Jutta Besser

Hell wie das Licht

Roman

UNIVERSO

Über die Autorin:

Die Autorin, Fotografin und Grafikerin Jutta Besser, geboren 1955 in Essen, arbeitete für verschiedene Verlage und Fachzeitschriften. Beruflich wie privat gilt ihre größte Leidenschaft den Pferden. Sechs Jahre lang trainierte sie Rennpferde und veröffentlichte einen sehr erfolgreichen Bildband über Vollblutpferde. Sie hat zahlreiche Auslandsreisen unternommen, unter anderem auch nach Asien und in die USA. Dort hat sie dem Pferdeflüsterer Monty Roberts über die Schulter geschaut und Cowboys bei der Arbeit geholfen.

Genehmigte Lizenzausgabe
Universo ist ein Imprint des Karl Müller Verlages –
SILAG Media AG, Liebigstr. 1–9, 40764 Langenfeld

Umschlagfotomotiv: konradbak / fotolia.com

PEFC zertifiziert
Dieses Produkt stammt aus nachhaltig bewirtschafteten Wäldern und kontrollierten Quellen
www.pefc.de
PEFC/32-31-039

Dieses Buch wurde auf Pamo Classic von Arctic Paper gedruckt.

ISBN-Nr. 978-3-95674-148-7
Printed in EU 2014

Für meinen Mann Hans, der mit mir durch Wyoming reiste, der das Essen über dem Feuer zubereitete, während ich tippte, und der mit mir zusammen Rinder und Pferde durch die Prärie trieb.

»Ich wünschte, die Menschen würden verstehen, dass alle Dinge ein Ding sind. Egal, ob Mensch, Tier, Insekt oder Pflanze. Selbst unbelebte Objekte wie Felsen oder Staub – sie sind alle Teil eines großen Ganzen.«

Jim Jarmusch (Regisseur und Schauspieler)

1

Es gibt Momente im Leben, in denen es uns scheint, als ginge eine Epoche zu Ende und eine neue beginne, ohne dass irgendjemand außer uns Notiz davon nimmt. An einem solchen Punkt befand sich Anna, als sie in der letzten Woche des Monats April die Gardinen ihres Schlafzimmers zurückzog.

Es war noch dunkel, und die wenigen Autos, die vorbeifuhren, gaben ein Zischen auf dem nassen Asphalt ab. Es regnete. Nichts Besonderes für diese Jahreszeit im Norden Deutschlands und nichts Ungewöhnliches in Annas Ohren. Heute jedoch war das Geräusch klarer und bedeutsamer als sonst und ließ eigene Bilder entstehen.

Übermüdet und dennoch hellwach schlüpfte sie in ihre Badelatschen, strich ihr Haar hinter die Ohren und schlurfte in die Küche. Die Kaffeemaschine hatte sie bereits am Vorabend gefüllt. Sie musste nur den Schalter nach links schieben.

Beim rauen Gurgeln des aufkochenden Wassers dachte sie an den Hassayampa River, und der Geruch des stark gebrannten Kaffees ließ das deftige Cowboyfrühstück im Ranchhaus lebendig werden. Sie hatte ihn aus Arizona mitgebracht, um die Erinnerung wach zu halten.

Nachdenklich ging sie ins Wohnzimmer und ließ sich erschöpft von den unruhigen Nächten in den Sessel fallen. Möbel, Bücher, Souvenirs und Poster, alles um sie herum, selbst die belanglosesten Gegenstände gewannen im Zuge des bevorstehenden Abschieds an Bedeutung. Sie dachte an ihre Freundin Lisa, die ihre Wohnung mit allen Möbeln übernehmen würde und die sie um ihr Glück beneidete. Dabei fiel ihr Blick auf die gepackten Koffer. Lediglich einigen Fotos, Büchern und Erinnerungsstücken hatte Anna einen Platz in ihren zwei großen Koffern eingeräumt, die sie ins

Cowboyland Wyoming begleiten sollten. Der weitaus größte Teil war praktischer Kleidung vorbehalten: T-Shirts, Jeans, Flanellhemden, dicke Pullover, Stiefel und natürlich ihre langen Cowboychaps.

Sie beobachtete ihre pausenlosen Gedankensprünge und lauschte dem nicht enden wollenden inneren Geschwätz, das sie zwischen Vorfreude und Bedenken, Sehnsucht und Abschiedsschmerz wie ein Stück Papier im Wind hin und her flattern ließ.

Sie reiste in Sekunden von Hamburg nach Arizona und von dort nach Wyoming.

Schon eine ganze Weile war sie nicht mehr dort, wo sie ihre Füße aufsetzte. Ihr Geist war die meiste Zeit damit beschäftigt, Bilder einer Gegend zu entwerfen, die sie nicht kannte, über die sie jedoch so viel gehört hatte, dass ganze Filme vor ihrem inneren Auge abliefen. Und immer wieder dachte sie an Jeff, an die gemeinsamen Ritte, an seine stillen Umarmungen, seine zärtlichen, wissenden Hände. Nie zuvor hatte sie sich derart auf einen Mann eingelassen. Nun gab sie sogar ihr Zuhause und ihren Job auf und damit ihre Selbstständigkeit. Denn sollte sie enttäuscht zurückkehren, wäre nichts wie vorher. Das Leben, das sie aufgab, würde nicht einfach auf sie warten.

Sie rieb sich den Schlaf aus den Augen und erhob sich. Jeff hat Recht, dachte sie, man spürt das Leben am intensivsten, wenn man nicht weiß, was der nächste Tag bringen wird. Er liebte dieses Gefühl, an das sie sich erst gewöhnen musste.

Sie goss den schwarzen Kaffee in den Becher mit dem aufgedruckten Foto eines Pferdes. Ja, dachte sie, Whistler, Jeffs damaliges Pferd, das sich bei einem Ritt in die Wildnis schwer verletzte. Die Bilder dieses Unfalls liefen bei jedem ihrer tierärztlichen Eingriffe ab und machten deren oftmalige Vermeidbarkeit noch deutlicher. Und immer wieder sah sie Jeff in dem Jeanshemd, dessen Ärmel sie abgeschnitten und um das aufgerissene Pferdebein gebunden hatte. Sie sah den Fluss, den Berglöwen, sie sah Jeff, wie er von seinem Ritt zum Hassayampa zurückkehrte, mit einem Lächeln unter seinem staubigen Hut, das ihr endlich die Gewissheit seiner Zuneigung gab. Dort, in der Wildnis Arizonas hatte sie alles über das Leben gelernt. Sie hatte die Wirklichkeit erfahren.

Als sie aus Arizona zurückgekehrt war, schienen die Tage stillzustehen. Die Sehnsucht nach Jeff machte jede einzelne Stunde zu einer Ewigkeit, und die arbeitsreichen Tage in den Reitställen schienen nicht enden zu wollen. Erst kurz vor dem Aufbruch nach Wyoming hatte das Leben eine ungeahnte Beschleunigung erhalten.

Anna trank ihren Kaffee aus und stellte den Becher in die Spüle. Sie blickte auf die Uhr. Kurz nach acht. Gegen drei Uhr sollte sie im Reitstall zur offiziellen Arbeitsübergabe erscheinen, und vorher musste sie alles gepackt haben. Sie würde ihrem Pferd ein letztes Mal den Hals streicheln und den Abend mit ihrer Mutter verbringen, die zu ihrer Verabschiedung aus Kassel gekommen war und bei einer Freundin wohnte.

Das Aufgeben all ihrer Bindungen dämpfte die überschwängliche Vorfreude auf alles Zukünftige. An diesem Tag schien ihr jeder Schritt nach vorn wie ein unfreiwilliger Tritt auf die Bremse. Es war der Tag der Zweifel und Ängste. In drei Tagen würde sie mit einem Mann Rinder und Pferde züchten, den sie vor gut einem halben Jahr auf der Jesus Canyon Ranch in Arizona kennen gelernt hatte. Und sie wusste, dass er ein unstetes Leben geführt hatte.

Sie ging ins Wohnzimmer zurück, suchte die Country-CD von Mary Chapin Carpenter heraus und legte sie in den Player ein. Die Erinnerungen an die wunderbare Nacht mit Jeff am Lagerfeuer hauchte ihr Zuversicht ein. Wie schön, dass man zwei Ohren hat und dass es Musik gibt, dachte Anna. Man glaubt den Boden unter den Füßen zu verlieren, und im nächsten Moment kehren die Klänge einer Gitarre und einer sanften Frauenstimme alles in einem um, weil man sie mit einem glücklichen Moment verbindet.

Sie ging ins Bad, machte sich fertig und packte ihre Sachen. Pünktlich um zwei Uhr nachmittags verließ sie die Wohnung in Richtung Reitstall.

2

Jeff strich sich das glatt frisierte Haar aus der Stirn. Eigentlich hatte er noch zum Friseur gewollt, aber die letzten Wochen in New York vergingen im gestreckten Galopp.

»Und Sie sind sich ganz sicher, dass Ihre Entscheidung die richtige war, Mr Smith?«, fragte der Mann ihm gegenüber, der vor knapp einem Jahr seine Bewerbung bei der Allmedia entgegengenommen hatte. Er verschränkte die Hände vor dem untersten Knopf seines gespannten Sakkos. Aus seinem breiten Lächeln sprachen Mitleid und Verständnislosigkeit.

»Ganz sicher«, erwiderte Jeff und drehte sich gelangweilt zu einem jungen blonden Mädchen um, das hohe Champagnerkelche auf einem flachen Plexiglastablett balancierte. Er verspürte ein leichtes Prickeln beim Anblick ihrer schlanken, langen Beine und lächelte sie auffordernd an. Sie beeilte sich, Jeff und dem Personalchef der Allmedia die gefüllten Gläser zu reichen.

Jeff und sein breites Gegenüber bedienten sich, den Blick auf die rasanten Formen oberhalb des Tabletts gerichtet. Push-up oder echte volle Brüste, fragte sich Jeff und erinnerte sich im nächsten Augenblick daran, dass ihn diese Frage nicht mehr interessieren sollte.

»Man wird dort erwarten, dass Sie bald heiraten.« Der Personalchef nahm einen kräftigen Schluck aus seinem Glas. »Die Leute im Middle West sind sehr konservativ, um nicht zu sagen altmodisch. Und verdammt gläubig.«

»Bin ich auch«, gab Jeff zurück.

Erstauntes Lachen. »An wen glauben Sie denn, an einen von diesen asiatischen Göttern?«

»An mich«, erwiderte Jeff gelangweilt, während sein Blick magisch von dem Mädchen mit dem Tablett angezogen wurde. Eine Gruppe junger aalglatter Männer und Frauen in

Designerkleidung nahm ihm schließlich die Sicht.

»Hi, Jeff, alter Cowboy!« Einer der Männer legte ihm seine schlaffe Hand mit betont kollegialer Geste auf die Schulter. »Schon aufgeregt?«

»Weswegen?«

»Cool wie immer, Mann.« Kurzes, steifes Lachen. »In Wyoming gibt's doch Grizzlys.«

»Richtig. Wölfe, Schwarzbären, Klapperschlangen, Kojoten, Berglöwen. Und Männer, die härter sind als ihre Gewehre!«

Der junge Typ ihm gegenüber pfiff durch die Zähne.

»Aber die Frauen, Jeff! Die sind von Männern nur durch ihre keifenden Stimmen zu unterscheiden«, warf der Lange mit den Clark-Gable-Koteletten ein.

»Ich habe doch eine, und die schlägt alles, was hier herumläuft«, erwiderte Jeff.

»Und du meinst, das reicht dir?«, zischte ihm eine junge Frau mit einem spitzen Lächeln ins Ohr.

Jeff atmete tief durch, die anderen lachten. Er steckte die Hände in die Taschen seines Seidenanzugs, den er vermutlich das letzte Mal trug. Er trauerte um die Zeit, die er hier vergeudete.

Der Agenturchef gesellte sich zu ihnen, goss ihnen höchstpersönlich mit gönnerhafter Miene Champagner nach.

»Also, trinken wir auf Ihre Zukunft, Mr Smith.« Er hob sein Glas. »Vor nicht mal einem Jahr hab ich Sie eingestellt. Da kamen Sie aus Nepal. Und nun verschwinden Sie in die entgegengesetzte Richtung. Sie sind wirklich ein komischer Kauz.« Er kniff die Lippen zusammen. »Schade eigentlich. Ihren Witz und Einfallsreichtum werden wir vermissen. Vor allem die Kampagne für ...«

»Erinnern Sie mich nicht mehr daran«, unterbrach Jeff den Agenturchef. Ihm war das alles zuwider. Die immer gleichen unerträglichen Zoten, das Gerangel um die spektakulärsten Ideen und die coolsten Spots, die immer direkter, brutaler und verunglimpfender wurden. Er hatte seinen Beitrag geleistet, hatte tausende Menschen davon überzeugt, dass sie genau das Produkt brauchten, das sein Auftraggeber ihnen verkaufen wollte. Er hatte längst mit alldem abgeschlossen. Er verspürte ein quälendes Verlangen nach Anna, ihrem ungekünstelten Lachen, ihrem seidigen rotbraunen Haar, das manchmal in seiner Nase kitzelte, wenn sie ihn küsste, nach ihren starken Händen und ihrem festen, runden Jeanshintern. Und er sehnte sich nach dem Geruch von Pferdeschweiß und frischem Heu.

Beim Anblick der Champagner schlürfenden Werbe-Elite vor der geschniegelten Agentur-Empfangsgarnitur aus cremefarbenem Leder überkam ihn das Bedürfnis, allen zu sagen, wie Leid sie ihm täten. Aber das würden sie ohnehin nicht verstehen. Sie empfanden einen so ungebrochenen Stolz auf ihre kreativen Ergüsse, dass sie vor lauter Arroganz den Blick für die Wirklichkeit verloren hatten. Die meisten würden beim Betreten der menschenleeren Prärie eine Panikattacke bekommen und umgehend vor der eigenen Leere in die nächste Stadt flüchten.

Jeff hob mit seinen Kollegen gemeinsam das Glas. Alle lächelten, alle wünschten ihm viel Glück, und alle tranken gleichzeitig auf sein Wohl. Aber er nahm es ihnen nicht ab.

3

Anna betrat den Reitstall und grüßte mehr Leute, als nötig gewesen wäre. Sie versuchte sich von sich selbst abzulenken. In ihrem Kopf rotierten die Gedanken an ihr neues Zuhause, und ihr Magen war in Aufruhr. Sie ging zu ihrer Stute, die morgen ihrer Freundin gehören würde.

Was ist, wenn Sabine nicht mit ihr klarkommt?, fragte sich Anna. Rubi war so sensibel, so leicht erregbar und scheu.

Loslassen, einfach loslassen und nach vorne schauen, wiederholte sie Jeffs Worte, aber es wollte ihr noch nicht so ganz gelingen. Mit bleiernen Füßen näherte sie sich der Box. Sie vernahm Rubis leises Brummen, und als sie die Hand durch das Gitter der Boxentür schob, spürte sie ihren warmen Atem auf ihrer Haut.

War es Verrat, sie zurückzulassen? Hatte sie die Stute nicht von der Rennbahn geholt, um ihr für immer ein ruhiges Zuhause zu geben? Sie öffnete die Box, trat neben das Pferd und klopfte seinen Hals.

Ihre Freundin erschien, und Anna bekämpfte ihre Trauer mit praktischen Anweisungen für das Reiten, die Fütterung und den Auslauf.

»Anna, ich weiß doch«, erwiderte Sabine und seufzte. »Wie oft willst du mir das noch erzählen?«

»Entschuldige. Es macht mich einfach völlig fertig, sie zurückzulassen. Das hat mit dir nichts zu tun. Sie ist nur so speziell mit vielen Dingen ...«

»Ich weiß, sie ist ein Vollblut.« Sabine atmete tief durch. »Du hättest sie besser mitnehmen sollen.«

Anna zuckte die Schultern. »Geht leider nicht«, sagte sie leise. Denn was hätte sie dort mit einer zarten, nervösen Vollblutstute anfangen sollen? Ein letztes Mal fuhr sie mit der flachen Hand über Rubis schmale Stirn. »Ihr werdet schon miteinander klarkommen«, sagte sie wie zu sich selbst.

Langsam schloss sie die Boxentür, übergab Sabine den Pferdepass und nahm sie kurz in den Arm. »Komm uns mal besuchen!«

»Klar, gerne.«

Alles war bereits gesagt. Sie gingen auseinander, und Anna spürte die ganze Tragweite ihres Entschlusses. Der Gewinn war gleichzeitig Verlust, die neue Beziehung bedeutete das Aufgeben gewachsener Verbindungen. Glück und Schmerz trafen hart aufeinander.

Energisch wischte sie die Feuchtigkeit aus ihren Augen und zog einen kleinen Notizzettel aus der Hosentasche. Sie blickte über eine Reihe von Pferdenamen mit den dazugehörigen Vermerken über Behandlungen, Medikamente, Charaktereigenschaften und öffnete die Tür zur Reiterstube. Ihr Nachfolger, ein junger Tierarzt aus Buxtehude, erwartete sie schon.

4

»Robert, alter Junge! Schön, dich zu sehen!«, rief Jeff, als er die Tür seiner New Yorker Wohnung öffnete.

»Jeff. Mein Gott, endlich!«

Sie umarmten sich, und Jeff spürte Roberts Wärme, dann seine festen, zupackenden Hände an seinen Unterarmen. Robert trat ein wenig zurück und sah ihn prüfend an. »Du bist schmal geworden, Jeff«, sagte er mit einem Klaps auf seine Wange.

»So einen Umzug macht man nicht mal so nebenbei.«

Robert nickte. Jeff nahm ihm die Tasche ab und schloss die Wohnungstür.

»Ich kann dir gar nicht sagen, wie froh ich bin, Jeff. Ich kann es noch gar nicht glauben.«

»Ich auch nicht.«

Robert lächelte geheimnisvoll. »Und es gibt große Neuigkeiten!«

»Komm, setz dich!« Jeff schüttelte das eingedrückte Kissen auf dem thailändischen Rattansessel auf. Er war das einzige Sitzmöbel, das noch im Wohnzimmer stand. Er selbst hockte sich auf sein Meditationskissen.

»Verdammt leer die Bude. Du bist schon startklar, wie ich sehe.«

»Hab ich auch gedacht, aber es gibt Probleme im Büro. Mein Nachfolger braucht noch Nachhilfe.«

»Ist das dein Problem?«

»Nicht wirklich. Ich finde trotzdem, dass ich ihn nicht einfach untergehen lassen sollte.«

»Und was heißt das für uns?«

»Dass es sein kann, dass ich ein paar Tage später auf der Ranch eintreffen werde.«

»Und Anna?«

»Könntest du sie abholen, falls ich es nicht schaffe?«

Robert nickte. »Wäre eigentlich dein Job. Sie wird enttäuscht sein.«

»Ich versuche es zu schaffen.«

Eine Weile herrschte Schweigen, und Jeff spürte, dass Robert etwas sagen wollte, was über die praktischen Dinge hinausging. Er holte Whiskey, Eiswürfel, Sodawasser und Gläser aus der Küche und setzte sich wieder zu ihm. Während er ausschenkte, spürte er Roberts Blick. Ihm war klar, was in seinem Kopf vorging. Er wusste, dass ihre Gedanken in diesem Moment untrennbar miteinander verwoben waren. Sein Blick flog suchend über Roberts Gesicht. Das schneeweiße Haar war immer noch voll, aber seine Züge schienen markanter. Die Falten in seiner sonnengebräunten Haut hatten sich tiefer gegraben.

Jeff versuchte sich zu erinnern, wie er im Alter von vierzig Jahren aussah, aber es gelang ihm nicht mehr.

»Lass uns auf die Ranch anstoßen!«, unterbrach Robert das gespannte Schweigen.

Jeff nickte. Sie hoben die Gläser und tranken. »Und auf dich, Robert. Ich danke dir so sehr für alles, ich weiß gar nicht ...«

»Nun hör auf damit. Mir war schon lange klar, dass du die Ranch bekommst und nicht diese Stadtneurotiker in Chicago. Und außerdem ...« Er hob sein Glas. »Nun lass uns erst mal auf Anna trinken. Ich bin so froh, dass du endlich den Blick über die Bettkante hinaus wirfst und eine Frau als Lebenspartnerin anerkennst. Ich bin verdammt neugierig auf sie.«

Jeff lächelte. Er dachte an den Brief, den ihm Robert auf die Ranch in Arizona geschickt hatte. Es war der Brief, der ihm eine neue Zukunft eröffnet hatte und in dem Robert mit ihm sprach wie mit einem Sohn.

»Und?«, fragte Jeff vorsichtig. »Kommen die Neuigkeiten von meiner Mutter?«

Robert wurde ernst, senkte den Blick und schaute dann entschlossen auf. Ein sanftes Lächeln breitete sich auf seinem Gesicht aus. Jeff versuchte darin zu lesen, zu deuten und etwas zu erkennen, das er lange vermutet hatte.

»Deine Mutter ...« Robert lehnte sich zurück und machte sich gerade. »Deine Mutter hat mir nach mehr als vierzig Jahren endlich eröffnet, dass du mein Sohn bist. Das heißt, sie vermutet es.« Er machte eine nachdenkliche Pause. »Also sie ist sich ziemlich sicher.«

Jeff blieb stumm. Es dauerte eine Weile, bis er das Gehörte erfassen konnte. Es war also tatsächlich so. Es war keine Vermutung mehr, es war die Wirklichkeit.

Er fuhr sich mit den Händen übers Gesicht und nickte nur. Wie sehr hatte er sich als Junge einen Vater wie Robert gewünscht. Mit sechs Jahren war seine Mutter zum ersten Mal mit ihm zu »Onkel Robert« auf die Ranch gefahren. Heute, nach vierunddreißig Jahren, erfuhr er, dass Robert sein Vater war – jetzt, wo er eigentlich keinen Vater mehr brauchte, jetzt, wo Robert längst sein bester Freund geworden war.

Er starrte auf seine gekreuzten Beine und versank in seinen Erinnerungen. Er sah die Rowly Ranch, dachte an die abenteuerlichen Ferientage, die er dort zwischen Pferden und Rindern verbracht hatte, an die Jungs der Cowboys, die ihm hart zugesetzt hatten, um seinen Mut und seine Ausdauer zu testen.

»Du sagst ja gar nichts mehr, Jeff. Ist das ein Schock für dich?«, fragte Robert mit gedämpfter Stimme.

Jeff schüttelte den Kopf. »Nein, nur eine traurige Erkenntnis. Eine Kindheit mit einem Vater verbracht zu haben, den ich nie geliebt und manchmal gehasst habe, um in der Mitte meines Lebens zu erfahren, dass er gar nicht mein Erzeuger ist, das erschüttert mich.« Er stand auf, ging durch den Raum, setzte sich wieder und nahm einen Schluck Whiskey. »Ich habe mir immer gewünscht, einen Vater wie dich zu haben. Ich habe dich immer bewundert, wollte so sein wie du. Ich hätte eine glückliche Kindheit haben können, wenn Mutter ...«

»Hatten wir nicht verdammt viel Spaß miteinander?«

»Es waren kurze Lichtblicke in meinem kleinen engen Leben.«

»Vielleicht spürt ein Kind, wer sein Vater ist, so wie ein Pferd.«

Jeff zuckte die Schultern. »Ich weiß nicht, es fühlte sich einfach nur gut an mit dir.«

Jeff kam langsam wieder zu sich, erhob sich, stand unschlüssig in dem leeren Raum, bis auch Robert aufstand und ihn in die Arme nahm.

»Mein Sohn«, sagte er nur, »verdammt, ich hab es immer geahnt.«

»Warum hat sie es dir erst jetzt gesagt?«

»Sie wollte Paul nicht verlieren. Sie hatte sich doch für ein Leben mit ihm entschieden, auch wenn sie mich vielleicht noch geliebt hat.«

»Und wie bin ich dann zustande gekommen?«

»Ich habe einen alten Freund in Denver besucht. Ich hielt es nicht aus und rief deine Mutter an. Wir sind dann zusammen essen gegangen und ...« Robert brach ab. Seine Finger hatten sich fest ineinander verhakt.

»Und dann?«

»Wir sind in ein Hotel gegangen.«

Jeff nickte. Wie banal! So wie es Millionen von verheirateten Leuten trieben, hinter der Tür eines mittelmäßigen Hotels, heimlich, versteckt, hastig, so war er gezeugt worden, er, Jefferson Patrick Smith, ja, Smith, obwohl eigentlich Wilson.

Und warum glaubt sie, dass du es warst? Sie muss es doch – wissen?«

»Ich bin am nächsten Tag abgereist. Als ich sie anrief, weinte sie und erzählte mir, dass Paul sie bei ihrer Rückkehr erst misstrauisch, dann wütend angesehen und sie regelrecht vergewaltigt habe, als sie sich ihm verweigerte.«

Jeff erstarrte. Ihm wurde übel, und er kippte einen gewaltigen Schluck Whiskey hinunter. Das Brennen in seiner Kehle war wie Medizin. Und mit dem zweiten Schluck spülte er die Vergangenheit hinunter, stellte das leere Glas mit den Eiswürfeln hart auf das Parkett zu seinen Füßen und atmete tief durch.

»Tut mir Leid, Jeff«, sagte Robert, »aber das ist nun mal die Wahrheit.«

Jeff blickte vor sich auf den Boden.

»Ich glaube, wir sprechen morgen über die Ranch, was? Lass das alles erst mal sacken, mein Junge.«

Jeff lächelte. Mein Junge, wiederholte er im Stillen. Robert sagte das nicht zum ersten Mal, aber jetzt hatte es eine andere Qualität. »Es gibt sicher viel zu besprechen ...« Er wollte Dad sagen, doch es kam nicht über die Lippen. Zu fremd war ihm dieses Gefühl, obwohl nicht unangenehm.

»Verdammt viel, wie du dir denken kannst. Die rechtlichen Formalitäten, Wyomings Gesetze, die dich als Rancher betreffen, den ganzen Mist mit den Weiderechten, die Arbeit ... Aber wir haben ja noch den morgigen Tag.«

»Wenn du meinst. Willst du nicht doch hier übernachten?«

»Nein, Jeff, du weißt doch, ich brauche viel Platz.«

Sie saßen noch eine Weile zusammen und sprachen über Anna und über den Winter. Dann verabschiedeten sie sich mit einem gemeinsamen Blick in den Spiegel. Sie lächelten, versuchten die Reste ihrer Vergangenheit abzuschütteln und verabredeten sich zum gemeinsamen Frühstück am folgenden Tag.

5

»Möchten Sie Huhn oder Rind?«

Anna fuhr zusammen und blickte in das glatte Lächeln der Stewardess.

»Rind«, antwortete sie, ohne zu überlegen. Sie war aus tiefsten Träumen erwacht, und Rinder waren das, was sie gerade vor Augen hatte. Sie richtete sich auf, und während ihr die junge Frau das in Alufolie verpackte Abendessen auf den ausgeklappten Tisch stellte, dachte sie, dass es eigentlich etwas völlig Unromantisches sei, Rinder über Weiden zu treiben, um sie am Ende zu Steaks zu verarbeiten. Es waren eben die Pferde, die Wildheit der Natur, die vom Roping gestählten Männer in Jeans und Lederchaps und ihre Geschichten, die aus dem schnöden Bauernleben ein Cowboyabenteuer machten. Sie und wir alle, dachte Anna, haben das Glück, den unschönen Tod dieser Tiere nicht miterleben zu müssen. Unsere Hände bleiben sauber.

Anna richtete ihre Lehne auf, packte ihr Essen aus und aß mit gebremstem Appetit. Sie war zu nervös, um auch nur die Hälfte davon hinunterzubekommen.

Eine Woche vor der Abreise hatte Jeff angerufen, um ihr zu sagen, dass er später komme. Danach hatte sie ihn nicht mehr erreicht.

Noch am selben Abend landete sie in Denver, Jeffs Geburtsort. Die Zeitverschiebung schluckte die verstrichenen Stunden und machte daraus wieder einen Morgen. Als sie durch die Ankunftshalle ging, kam ihr der Song »Rocky Mountains High« von John Denver in den Kopf. Die felsigen, wilden Berge lagen zu ihren Füßen und mit ihnen ihre Geschichten. Jim Bridger, Pecos Bill, Billy the Kid, Butch Cassidy und vor allem Buffalo Bill, der große Büffelschlächter und Haudegen. Sie alle hatten zum Mythos dieser Berge beigetragen, die wirklichen Helden so wie die, die sich eher mit Blut als mit Ruhm bekleckert hatten.

Der Flieger hatte Verspätung, und Anna verpasste ihren Anschlussflug nach Sheridan. Die einzige Möglichkeit, weiterzukommen, war ein Flug nach Buffalo. Sie erreichte Robert über Handy. Er war bereits in Sheridan, aber es sei kein Problem für ihn, sie ihn Buffalo abzuholen. Sie würden etwa zeitgleich dort eintreffen. Anna beschrieb ihm ihre Kleidung – nagelneue Wrangler, einen naturfarbenen Rollkragenpullover, eine dunkelblaue Steppweste und graue Cowboystiefel. Robert würde mit seinem hellen Stetson winken.

Vorfreude und Angst mischten sich, als sie ihre beiden Koffer vom Laufband auf einen Kuli hievte und zum Ausgang ging. Ihr Blick wanderte über die Wartenden und blieb schließlich an einem gut aussehenden, hoch gewachsenen Mann mit schneeweißem Haar hängen. Er hob seinen sandfarbenen Stetson, und sie gab ihm ein Handzeichen. Er hatte den gleichen Gesichtsschnitt und die ebenso leuchtend blauen Augen wie Jeff. Er war zweifelsfrei Robert und vermutlich Jeffs Vater.

»Willkommen in Wyoming!«, begrüßte er sie mit einem warmen Lächeln und legte seinen Arm um ihre Schulter.

»Hi! Ich darf Robert sagen?«

»Was für eine Frage!«

Er nahm ihr den Kuli ab, steuerte ihn zu einem blank geputzten monströsen Chevi-Pick-up mit hochgestellten Reifen und wuchtete ihre beiden Koffer mit den Resten ihres bisherigen Lebens auf die Ladefläche.

»Wie schön, Anna, dass du Jeff hier zur Seite stehen willst. Es gibt wenige Frauen, die sich freiwillig dazu entschließen, auf eine entlegene Rinderranch zu gehen«, sagte er ernst, und

Anna dachte an Jeffs Mutter, die vor diesem Schritt zurückgewichen war.

»Ich habe mir schon immer so ein Leben gewünscht«, erwiderte Anna mit einem scheuen Lächeln.

»Es tut mir Leid, dass ich es bin, der dich in dein neues Zuhause bringt«, sagte Robert. Seine Stimme war so rau wie das Land, das vor ihnen lag.

»Das ist schon okay«, erwiderte Anna. Sie blickte in sein freundliches Gesicht. Seine Stirn war fast weiß, alles, was darunter kam, von der Sonne gebräunt. Er schien nur selten seinen Hut abzunehmen.

»Wäre eigentlich Jeffs Aufgabe gewesen, aber er musste seinem Nachfolger noch ein bisschen auf die Sprünge helfen.«

»Oder er konnte noch nicht so recht loslassen.«

Robert schüttelte abwehrend den Kopf. »Das glaube ich nicht. Der ist froh, dass er da rauskommt!«

Anna schwieg, dachte darüber nach, versuchte sich Jeff in seinem New Yorker Büro vorzustellen. Es fiel ihr schwer, und so schweiften ihre Gedanken wieder voraus zur Rowly Ranch.

Robert steuerte den schweren Wagen durch die Dreieinhalbtausend-Seelen-Gemeinde Buffalo und in Richtung Sheridan hinaus. Vor Annas Augen liefen Szenen aus Westernfilmen ab. In dieser Gegend wurde im 19. Jahrhundert wahrscheinlich mehr Pulver und Blei in die Luft geschleudert als Abgase im Zeitalter des Autos. Das Land zwischen den roten Felsen und der weiten Prärie war Schauplatz des erbitterten Kampfes zwischen Großranchern und kleinen Farmern, die schon damals das Freiheitsgefühl dieser mächtigen Viehbarone bedrohten.

»Du bist also Tierärztin«, sagte Robert, nachdem er einen gigantischen pinkfarbenen Truck überholt hatte. »Ein schöner. Beruf!« Er blickte kurz zu ihr hinüber. »Und ein großes Glück für die Ranch.«

Anna lächelte. »Ich habe mich allerdings schon sehr früh auf Pferde spezialisiert. Im Umgang mit Kühen habe ich wenig Erfahrung.«

»Das wirst du schon lernen.«

Er trat auf die Bremse, schwenkte den Wagen scharf nach links an einem Rind vorbei und gab wieder Gas. Anna sah dem verirrten Tier hinterher, bis sich ihr Blick in der Weite verlor. Der Himmel offenbarte hier seine Unendlichkeit.

»Es ist unglaublich«, sagte Anna. »So viel Platz, so viel Land, einfach nur leer. Keine Häuser, keine Menschen, nur diese eine schnurgerade Straße bis zum Horizont!«

Robert lachte. »Ja, in Europa gibt es viel Kultur, aber wenig Land. Ich weiß das nur vom Fernsehen und vom Lesen. Ich war noch nie dort.«

»Es ist ein kleinteiliges Patchwork aus Zehnhektarweiden, Äckern und schrecklich vielen Dörfern und Städten. Keine zehn Meilen bis zum nächsten Haus.«

Robert nickte, und Anna beobachtete einige Pferde, die nahe der Straße auf einem Hügel grasten. Sie dachte an Rubi, an den Reitstall und an ihre Arbeit zurück. »In Arizona habe ich das Leben kennen gelernt«, sagte sie nachdenklich. »Ich freue mich darauf, es hier verwirklichen zu können.«

»Ich hoffe, es wird dir tatsächlich gefallen«, erwiderte Robert. »Das hier ist nicht Arizona, das ist Wyoming. Hier herrschen andere Gesetze – die des Winters. Der Sommer ist verdammt kurz, oder es kommt einem nur so vor. Ab September jedenfalls ist man bereits damit beschäftigt, sich auf den Winter vorzubereiten, und erst wer den überstanden hat, kann sagen, dass er bleiben will.«

»Mit Kälte habe ich keine Probleme.« Auch Jeff hatte sie vor dem harten Winter mit den beißenden Blizzards gewarnt.

Aber mit ihm stellte sie es sich sogar romantisch vor. An seiner Seite am prasselnden Feuer – was sollte ihr da passieren.

Als sie über einen Hügel hinweg in ein karges Tal hinabfuhren, das eher an eine Mondlandschaft als an Weideland erinnerte, überkam Anna ein Gefühl der Verlorenheit. Würde auch auf der Rowly Ranch der nächste Nachbar eine halbe Autostunde entfernt leben? Und wie würde sich ein Schneesturm auf diesem ungeschützten Land anfühlen?

In Ranchaster bogen sie auf den Highway 14 ab, ließen Dayton hinter sich und folgten den scharfen Serpentinen in die Bighorn Mountains hinauf. Annas Ängste lösten sich in Begeisterung auf. Das Morgenlicht legte einen goldenen Schimmer über die Prärie und die schneebedeckten Berge. Keine Siedlung, nicht mal ein dieser typischen Zweihundert-Seelen-Dörfer Wyomings stellte sich hier der Natur entgegen. Der Wind pfiff ungehindert über die Anhöhe und drückte das lange Gras platt auf den Boden nieder.

Als sie an der Burgess Junction nach Südwesten abgebogen waren und den Granite Pass erklommen, fuhren sie durch Schnee. Robert zeigte über sie hinweg aus dem Fenster. »Da hinten ist der Hunt Mountain. An seinem Fuß liegen unsere Sommerweiden.«

»Was für ein schönes Fleckchen Erde!« Anna blickte zu der über dreitausend Meter in den klaren Himmel aufsteigenden Erhebung hinüber. Eine grandiose Kulisse für den Beginn eines neuen Lebens.

Als sich das Land dem Horizont öffnete und sich der Highway ins Bighorn Basin senkte, sagte Robert, dass die Ranch nicht mehr weit sei. Sie bogen in ein lang gezogenes, hügeliges Tal ab, im Osten von den Bergen mit ihren hohen Kiefern- und Fichtenwäldern gesäumt, im Westen von einem Bachlauf mit Cottonwoodbäumen und Weidenbüschen, im Süden von einem lang gezogenen roten Felssockel begrenzt, der sich scharfkantig vom Himmel absetzte. Auf dem krausen ockerfarbenen Präriegras schimmerte der feine grüne Flaum des beginnenden Frühlings. Alles wirkte so klar und unverdorben, als wäre dieser Teil der Erde gerade erst erschaffen worden.

»Was für ein schönes Fleckchen Erde!« Anna blickte zu der über dreitausend Meter in den klaren Himmel aufsteigenden Erhebung hinüber. Eine grandiose Kulisse für den Beginn eines neuen Lebens.

Robert hielt den Wagen vor der Einfahrt zu einem Schotterweg an. Über dem hohen Tor aus zwei langen Pfählen und einem Querbalken prangte ein großes ovales Holzschild mit kantigen Lettern. Anna las ROWLY RANCH. Sie stand vor ihrem neuen Zuhause.

Robert lächelte, setzte seinen Stetson auf und stieg aus dem Wagen. Anna musterte ihn, suchte Jeff in ihm, meinte ihn in seinen Augen, in seinen Bewegungen zu finden. Sie sah ihn zu einem der drei röhrenförmigen Briefkästen gehen. Ohne Eile zog er einige Umschläge und Zeitungen heraus und kam zurück. Seine langen, hageren Beine steckten in klassischen Wrangler-Nietenhosen, und natürlich trug er ein kariertes Hemd dazu. In seinem Gang lag die zeitlose Ruhe dieser Landschaft. Hätte sie nicht sein Alter gewusst, sie hätte es nicht erraten.

Er lächelte ihr zu und stieg wieder in den Wagen. Er brachte die klare Kälte eines trockenen Maitages mit herein.

»Du bist angekommen, Anna«, sagte er bedeutungsvoll.

»Ja«, erwiderte Anna versonnen. »Es ist alles noch so unwirklich.« Ihr war, als geriete sie ins Wanken. Ihre Gefühle schlugen Kapriolen. Freude und Aufregung, Angst und Bedenken, mal siegte das eine, mal das andere.

Ihr Blick wurde von einer kleinen Gruppe kräftiger Pferde angezogen, die ihre Nüstern neugierig in ihre Richtung streckten. Sie schienen alle Freiheit der Welt zu besitzen – endlose Weiden und einen unverstellten Blick in die Ferne. Ihre langen Mähnen flatterten im Wind. Ihr Fell war dick und sandig und voller Schubberstellen.

»Das sind einige unserer Arbeitspferde, die wir in den nächsten Tagen wieder in den Corral holen«, erklärte Robert.

»Sie sind den ganzen Winter über draußen?«, fragte Anna erstaunt.

»Ja. Sie haben Unterstände, aber vor allem eine dicke Haut und ein wetterfestes Fell.«

»Werden sie satt von dem bisschen Gras?«

»Im Winter füttern wir Heu dazu. Als mein Vater noch die Ranch bewirtschaftet hat, reichte das Weideland bis an den Bighorn River heran. Da brauchten wir kein Heu.«

Anna nickte.

Sie folgten der schmalen Straße, die kein Ende zu nehmen schien. Der Wagen schaukelte über das Geröll, und sie dachte wieder an den Winter. Wie wäre es wohl, hier eingeschneit und abgeschnitten vom Rest der Welt im Ranchhaus zu sitzen?

Denk nicht immer so viel an morgen, hätte Jeff gesagt, und Anna sah den Gedanken hinterher, die im orangefarbenen Sonnenlicht dahinschwanden. Sie blickte über die kiefernbestandenen Bergkämme in der Ferne und die sanft gewellten Sandsteinhügel, die das weite Tal umfassten. Die Cottonwoodbäume zeigten den tief liegenden, sich schlängelnden Verlauf des Rowly Creek an.

»Das ist alles Ranchland?«, fragte Anna staunend.

»Fast vierzigtausend Acres«, erklärte Robert.

Sie holte tief Luft. »Es ist unglaublich!«

In Roberts Lächeln lag bescheidener Stolz. Er zog seinen Hut nach hinten und legte die breiten Hände um das Steuer. Der Wagen rollte langsam an einem Labyrinth von

Holzzäunen und Eisengattern mit langen Gängen und einer Verladerampe vorbei. Auf den Weiden dahinter grasten rote und schwarze Anguskühe. Die leeren sattgrünen Flächen schienen Heuwiesen zu sein. Riesige Bewässerungsanlagen standen am Rande des Zaunes.

Dann wurde die Schotterstraße zu einem Sandweg, gesäumt von Pappeln und Lavendelbüschen und eine Ansammlung von dunkelrot gestrichenen Holzhäusern, Ställen, Schuppen und Corrals tauchte vor ihnen auf. Auf dem zentralen Stallgebäude mit dem klassisch in Stufen zweikantig abfallenden Dach prangte in weißer Farbe das Brandzeichen der Ranch: ein großes R mit einem Dreieck darüber und einem Kreis drumherum.

Robert hielt vor einem weißen zweistöckigen Holzhaus mit einer weit vorgezogenen Veranda. Eine alte Hollywoodschaukel aus grobem Kiefernholz hing an einer dicken Kette von dem Vordach herab. Ein Hund bellte im Hintergrund.

»Das Ranchhaus«, sagte Robert.

Anna nickte und lächelte. Sie dachte an Jeff, und die Sehnsucht packte sie wie eine Windböe und ließ sie nicht mehr los.

6

Jeff nahm Anlauf. In letzter Sekunde sprang er in den randvollen Wagon der New Yorker Untergrundbahn. Die Menschen hinter ihm drückten sich weiter zusammen, drängten sich an seinen Rücken. Die Türen knallten wenige Zentimeter vor seinen Füßen ineinander, der Zug setzte sich in Bewegung.

Eigentlich hielt Jeff ein Auto in der Stadt für überflüssig, aber heute sehnte er sich nach seinem Jeep Cherokee. Vor einer Woche hatte er den Asphaltjeep verkauft, ohne mit der Wimper zu zucken. Auf den Schotterwegen der Rowly Ranch würde dieser Wagen spätestens im Winter hoffnungslos stekken bleiben. Dort gab es andere Kaliber von Geländewagen. Und eigentlich wollte er schon längst in Wyoming sein, bei Anna, bei Robert, zwischen Pferden und Rindern.

Er starrte aus dem Fenster, auf die vorbeifliegenden Häuserfronten, auf das kleine Stückchen Himmel. Der Blick nach draußen war das Einzige, was ihn die Enge ertragen ließ. Er versuchte flach zu atmen, aber das Geruchsgemisch aus Rasierwasser, Parfüm, Schweiß und Zahnbelag kroch unaufhaltsam in seine feine Nase. Er hatte sich gegen ein Taxi und für die U-Bahn entschieden. Es gab kein Entrinnen.

Noch vier Stationen musste er durchhalten, eingepfercht zwischen Menschen, mit denen er nichts gemein zu haben schien. Die klare Sicht des Einsseins mit allem und allen war hier schwer aufrechtzuerhalten. Die Enge erzeugte eine solche Abwehr gegen alles Menschliche in ihm, dass er nur noch hoffte, möglichst bald in der Einsamkeit der Wälder und Prärien abtauchen zu können.

Die Ankunft im Büro war unspektakulär. Man war busy, eilig, im Stress wie immer, vielleicht noch mehr als sonst, denn Jeff hatte tatsächlich ein Loch in die Mannschaft gerissen.

Sein kurzer Auftritt war so erfolgreich, dass sein Nachfolger allein deshalb schon zum Scheitern verurteilt war.

Nun setzte sich Jeff das letzte Mal mit ihm zusammen, gab ihm Tipps, machte Vorschläge für die geplanten Werbekampagnen, schüttelte einen – wie Harry meinte – mega-coolen Slogan aus dem Ärmel und trank becherweise dünnen Milchkaffee.

»Mit den Leuten von Walkstar musst du vorsichtig umgehen. Die glauben fest, sie seien der Nabel der Welt. Sag ihnen immer wieder, dass du ihre Laufschuhe mit Begeisterung trägst und dass du ihnen den genialsten Spot präsentieren wirst, den sie je gesehen haben.«

»Klar, Jeff. Hab mir schon was überlegt. Würd ich dir gern morgen zeigen. Wir haben ‚nen Probestreifen in Nevada gedreht. Hast du Zeit?«

»Morgen? Harry, das ist mein letzter Tag! Glaubst du wirklich, dass ich mir da noch ‚nen verdammten Film über Wunderlatschen an wulstigen Joggerbeinen ansehen will? Mann, da bin ich längst damit beschäftigt, mir zu überlegen, wie ich ‚ne Vierzigtausend-Acres-Ranch gewinnbringend durch die nächsten Jahre bekomme.«

»Okay, Jeff, hab schon verstanden. Das alles geht dich natürlich nichts mehr an. Ich dachte nur ...«

Jeff nahm einen Schluck Kaffee und lehnte sich zurück, die Hände hinter dem Kopf verschränkt. Er blickte in Harrys Milchbrötchengesicht. Er tat ihm Leid.

»Gut, Harry, weil ich dich irgendwie mag. Morgen um zehn, eine Stunde und keine Minute länger.«

»Ich kann dir meinen Wagen leihen. Dann musst du nicht erst auf ein Taxi warten.«

»Das ist nett, Harry. Ich fahre nicht noch mal mit der U-Bahn. Wenn ich noch einmal in diese stinkige Blechbüchse muss, ersticke ich, und du sitzt alleine hier.«

Jeff nahm den Autoschlüssel entgegen, während ihm Harry die Funktionsweise seines nagelneuen Chevrolet Cavalier Convertible erklärte.

Als er das Büro verließ, summte sein Handy. Er blickte auf das Display und erkannte die Nummer der Ranch. Robert oder Anna?

Erstaunt stellte er fest, dass sich sein Puls beschleunigte. Er drückte auf die grüne Taste und antwortete wie immer mit einem knappen »Ja«.

»Jeff?«, hörte er Anna sagen, und sein Herz pochte spürbar in seiner Brust. Er fühlte sich wie in seiner Jugend vor dem ersten Treffen mit seiner Auserwählten. »Anna! Wo bist du?«, fragte er.

»Auf der Ranch.«

»Schön«, sagte er, und eine plötzliche Spannung durchzog seinen Körper. Ihre Worte machten ihm in Sekunden die ganze Tragweite dessen bewusst, was er ganz aus dem Bauch heraus ins Rollen gebracht hatte. Er versuchte sich zu entspannen, wartete, bis das Rauschen aus der Leitung war. »Und? Wie gefällt es dir?«, fragte er.

»Es ist wunderschön, Jeff. Aber irgendwie fehlt etwas.«

»Was denn?«, fragte Jeff, obwohl er ziemlich sicher war, was sie damit sagen wollte.

»Du.«

Wieder störte ein Rauschen den Empfang. »Es ging nicht anders. Ich wäre auch lieber schon in Wyoming.«

»Na ja, dein Vater sorgt rührend für mich. Er ist einfach klasse.«

»Ja«, erwiderte Jeff nachdenklich, »mein Vater.«

»Und wann kommst du denn nun. Ich möchte mich einfach nur drauf einstellen können.«

»Mein Flieger geht übermorgen, über Denver. Ich werde meine Eltern ...« er stockte, »meine Mutter noch kurz besuchen. Ich komme am Samstag.«

»Ich hab mit Robert gesprochen. Ich werde dich abholen.«

»Mit seinem neuen Chevi?«

»Ja. Warum nicht?«

»Wundert mich nur.« Jeff brach ab. Er zögerte, überlegte und ärgerte sich über sich selbst. Seine Redegewandtheit versagte, wenn es um Herzensangelegenheiten ging, und er blieb stumm wie ein Fisch.

»Jeff, bist du noch dran?«, fragte Anna.

»Ja. Ich wollte nur sagen ... Ich vermisse dich ganz schrecklich.« Der Satz hatte ihn mehr Kraft gekostet als das Schleppen eines Zentners Hafer.

»Ich dich auch«, erwiderte Anna. »Ich würde die nächsten Tage am liebsten halbieren.«

»Ja, das wünschte ich mir auch.«

»Du meldest dich also noch mal wegen der Ankunftszeit?«

»Ja, mach ich.«

»Gut. Dann denk noch ein bisschen an mich.«

»Bis dann. Kuss.«

Jeff drückte die Aus-Taste. Er blickte noch eine Weile auf das Handy, so als würde er Anna darin sehen. Und ihn erfasste ein flaues Gefühl. Das, was ihm aus der Ferne wie die Erfüllung aller nur denkbaren Träume erschienen war, hatte sich nun in unumstößliche Realität verwandelt. Annas und sein Leben hatten sich zu einem einzigen Strang verwoben, und er übernahm nun die Verantwortung für ihr Glück, weil er sie auf die Ranch geholt hatte.

Am nächsten Tag saß er vor einem riesigen Bildschirm in einem leicht abgedunkelten Raum. Vor ihm versuchte sich Harry an den Knöpfen einer gigantischen Video- und Musikanlage.

»Vielleicht probierst du‘s mal mit Strom«, sagte Jeff, schob seinen Kaugummi vor die Zähne und ließ eine Blase zerplatzen.

Harry zupfte an seiner grauen Seidenhose und kniete nieder. Er steckte ein Kabel in die Steckdose. »Hab's gleich«, presste er aus der gebeugten Stellung hervor.

Jeff blickte schweigend auf das Schwarz des Bildschirms. Seine Gedanken waren auf der Rowly Ranch, bei Anna und Robert, als sich das Schwarz in Ocker verwandelte – in das Ocker einer steinigen Wüste. Dazu spielte »These boots are made for walking«. Eine Gruppe Frauen in hellblauen Burkas lief ins Bild. Die Musik wurde vom Knattern mehrerer Hubschrauber abgelöst, die Sekunden später über den Frauen hinwegflogen. Die Burkas der Frauen hoben sich im Wind bis über die Knie, und gelbe Päckchen regneten vom Himmel. Dazu setzte der Song »Freedom is another word for something else to wear« ein, dann ein harter Schnitt, die Musik verstummte, und eine Frau öffnete eins der Päckchen. Sie entrollte ein T-Shirt mit der Aufschrift »Think american, put on Walkstar-Shoes« und ein Paar Joggingschuhe.

Jeff sank tief in den weichen Ledersessel.

»Da bist du platt, was? Jetzt, wo ich's mir noch mal angesehen habe, denk ich wirklich, dass es einschlägt wie ‚ne Bombe.«

»Wie ‚ne Bombe, ja klar.« Jeff fuhr sich mit den Händen übers Gesicht.

»Cool, nicht?«, setzte Harry ungeduldig nach, seine ängstlichen, ehrgeizigen Augen lauernd auf Jeff gerichtet.

»Das ist nicht dein Ernst, Harry«, erwiderte Jeff.

»Na klar. Man muss halt noch feilen, und da dachte ich ...«

Jeff stand auf, nahm sein Sakko und hob den Arm. »Mach's gut, Harry. Ich wünsch dir, dass du in dem verdammten Wüstensand stecken bleibst.«

Noch ehe Harry etwas erwidern konnte, war Jeff aus der Tür. Er winkte ein Taxi heran, ließ sich vor seiner Haustür absetzen und ging zu Fuß die acht Stockwerke hinauf. Er warf das Sakko in die Ecke des Flurs, zog sich aus und stieg unter die Dusche, wo er so lange unter dem warmen Wasser stand, bis seine Haut an den Fingerkuppen faltig wurde. Es war wie eine Reinigung.

7

Anna betrat das geräumige Wohnzimmer des Ranchhauses. Robert hatte sie dort nach einer kurzen Begehung allein gelassen, damit sie sich einrichten konnte. Aber viel Platz für Veränderungen blieb nicht. Alles schien seinen Sinn zu haben, jedes Ding dort verwachsen zu sein, wo es stand, hing oder lag. Robert hatte lediglich seinen selbst gezimmerten Schaukelstuhl, einige Fotos und Bücher und die ausgestopfte Büste eines Gabelbocks in sein neues Haus mitgenommen. Er hatte sich für seinen Ruhestand in ein kleines Blockhaus zurückgezogen, gerade groß genug für eine Person, die keine Ansprüche stellte. Er war mit wenig zufrieden, obwohl er mehr hätte haben können. Das war es, was Anna sofort an ihm gefiel – seine Bescheidenheit.

Sie ließ den Raum auf sich wirken. Er strotzte vor amerikanischer Folklore. Zu beiden Seiten der sechsfach geteilten Fenster hingen grobe sandfarbene Vorhänge, auf dem Boden lagen dicke handgeknüpfte Teppiche mit indianischen Ornamenten und ein schwarzes Rinderfell. An den rohen Holzwänden die stummen Zeugen von Leben und Tod in einer rauen Natur: der Kopf eines Bighornschafes, Geweihe, ein Rinderschädel mit ausladenden Hörnern, alte Messer, Gemälde von Cowboys, Indianern, Landschaften, wilden Pferden und Bisons. An der niedrigen Decke eine Lampe mit fünf Birnen auf Krüppelkieferästen – das amerikanische Pendant zum europäischen Kronleuchter.

Der offene Kamin aus Feldsteinen wurde von zwei breiten, mit rubinrotem Stoff bezogenen Sesseln flankiert, daneben an der Wand lud eine große tannengrüne Couch zum Kuscheln ein. Die karierten Decken, die sauber zusammengefaltet auf jedem Sitzmöbel lagen, und der dicke gusseiserne Ofen in der Ecke ließen keinen Zweifel daran, dass die

Winterkälte bis ins Haus dringen würde.

Anna stand unschlüssig vor ihrem neuen Leben. Hier würde sie nun mit Jeff zusammen die Zeit verbringen, die nach den langen, harten Arbeitstagen übrig blieb. Sie durchschritt den Raum und öffnete die Tür zu einem schmalen Flur. In einer Holzhalterung an der Wand steckten zwei Gewehre, und in einem daran aufgehängten Ledergürtel hing ein Colt. Anna fuhr mit der Hand über den langen Lauf der Winchester und zog dann den Colt aus dem Futteral. Eine .45er Magnum, der klassische Sixshooter. Jeff tötete damit eine Klapperschlange am Hassayampa, die ihnen den Weg abschnitt.

Sie tat die Waffe zurück, warf einen Blick in das Büro, in dem ein alter Eichenschreibtisch und Regale mit Akten und Fachbüchern über die Bewirtschaftung von Ranchbetrieben standen. An der Tür hing eine Karte vom Bighorn Basin und den angrenzenden Bergregionen – im Osten die Bighorn Mountains, im Westen die Beartooth und Absaroka Montains und im Norden die Pryor Mountains –, die sich bis nach Montana hineinzogen. Sie hatte viel über ihre neue Heimat gelesen. Hier gab es noch wilde Pferde und natürlich Bären, Berglöwen, Luchse, Wölfe und jede Menge Kojoten.

Auf der Karte waren die Weidegebiete der verschiedenen Ranches mit ihren Brandzeichen eingetragen. Anna suchte die Sommerweide, auf die sie im Mai die Rinder treiben würden, und entdeckte sie zwischen zwei Bergketten westlich der Cloud Peak Wildernis.

Sie fand sich mutig – war ein wenig stolz auf sich selbst. Und doch erfasste sie bei dem Gedanken an die bevorstehende Arbeit und das Leben zwischen einsamen, undurchdringlichen Wäldern, endlosen Weiten und Menschen, die von der Rauheit dieser Gegend geprägt waren, eine leichte Beklommenheit. Und sie war froh, dass auch Jeff dieses Leben bewusst gewählt hatte und etwas anderes kannte.

Gespannt ging sie die Treppe hinauf ins Schlafzimmer. Der Fernsehapparat vor dem Bett sagte ihr, dass Robert wohl meistens allein darin geschlafen hatte. Und sie fragte sich, warum gerade ein Mann wie er allein geblieben war. Vielleicht, so sagte sie sich, war es der Verlust der ersten großen Liebe, der seine Gefühle hemmte.

Ihr Blick schweifte über den bunten Quilt, der das breite Bett bedeckte. Sie dachte an Jeff, an ihre letzte Nacht in Arizona, in der sie kein Auge zutaten. Nur noch wenige Tage, und ihre sehnsüchtigen Erwartungen würden von der warmen, alles durchdringenden Wirklichkeit abgelöst.

In dieses wohlige Gefühl mischte sich jedoch wieder störend ihr relativierendes Denken. Was wäre, wenn ... was wäre besser? Die Gedanken an das, was passieren könnte, stellten dem Gewinn sofort dessen möglichen Verlust zur Seite und nahmen dem Moment des Glücks den reinen, ungetrübten Genuss. Mit Jeff jedoch hatte sie gespürt, dass das Leben ausschließlich im gegenwärtigen Moment stattfand. Er löste sie für Stunden, manchmal gar für Tage aus Vergangenheit und Zukunft und ließ sie jeden Augenblick als etwas Wunderbares erleben.

Sie öffnete ihre Koffer, entnahm das Foto von ihrer Stute Rubi, sah die Wände entlang und legte es wieder zurück. Sie beschloss damit zu warten, bis das Vergangene wirklich Vergangenheit war. Irgendwann würde sie es aufhängen. Stattdessen stellte sie einen Klapprahmen mit einem Foto von Jeff auf den Tisch. Es zeigte ihn im karierten Hemd, sein dichtes dunkles Haar vom Wind zerzaust, die Baseballkappe in der Hand. Er saß auf seinem Pferd Joker, einem Falben, und seine blauen Augen leuchteten im tiefen Sonnenlicht.

So hatte sie Jeff kennen gelernt, hatte angenommen, er wäre immer Cowboy gewesen und hätte nie den Fuß in eine Großstadt gesetzt. Damals hatte sie noch nicht geahnt, dass er sein Geld im Büro einer New Yorker Werbeagentur verdient hatte, bevor er auf die Jesus Canyon Ranch in Arizona gekommen war.

Jeff war jemand, der sich nirgends wirklich einordnen ließ. Wie gut gerade das zu ihr passte, verstand sie erst nach der Flucht aus seinen Armen. Sie kehrte nach Arizona zurück und wusste, dass sie mit diesem Mann zusammenleben wollte.

Ihr Blick löste sich von Jeffs Bild und fiel auf den Koffer. Sie war hier in Wyoming, war angekommen, noch vor ihm. Langsam begann sie zu begreifen und packte aus. Als sie gerade ihre zerknautschten Blusen und Sweatshirts auseinander faltete, klopfte es an der Tür. Robert, dachte sie und straffte ihren kleinen Pferdeschwanz. Sie öffnete die Tür und trat einen Schritt zurück. Vor ihr stand ein Schrank von Mann in Hemdsärmeln und Latzhose. Sein breiter Schädel steckte in einer zu kleinen Baseballkappe mit der Aufschrift »Buffalo Bill«. Dicke Rindslederchaps mit Fransen hingen von seinen breiten Hüften über die Knie hinab.

»Stör ich, Mrs ... Smith?«, fragte der Hüne. Sein Gesicht war weich und plusterig wie ein Muffin.

»Nein ... eigentlich nicht«, antwortete Anna zögernd. Sie fühlte sich körperlich um einige Zentimeter geschrumpft.

»Ich bin Baxter, der Schmied«, beeilte sich ihr Gegenüber zu erklären. »Ich hab noch ‚nen Termin. Soll die Arbeitspferde beschlagen. Und ...« Sein Blick wanderte an Anna vorbei durch den Flur. »Sonst hat Robert mal aufgehalten, wenn einer zickt, aber jetzt ... Bill und Spencer sind in Greybull und ... »Er hängte die Hände in den Latz seiner Hose. »Jetzt ist hier ja ‚n neuer Chef. Ist er denn da?«

Anna schüttelte den Kopf. Das Amerikanisch, das ihr träge entgegenfloss, war so breit, dass sie Schwierigkeiten hatte, es zu verstehen.

»Jeff ist noch nicht da. Er kommt erst Samstag. Aber ich kann Ihnen helfen.«

Baxter trat auf das andere Bein. »Werd gucken, ob Robert noch mal einspringt.«

»Okay. Sonst kommen Sie wieder. Ich habe schon mal einen Pferdehuf in der Hand gehabt.« Sie lächelte. »Ich bin übrigens Anna und nicht Mrs Smith. Und ich bin Tierärztin.«

Baxter starrte sie aus kleinen runden Augen an. Er machte eine nickende Bewegung und trat zurück. »Na dann. Vielleicht bin ich gleich wieder da.«

Anna schloss die Tür und wusste, dass sie hier keinen leichten Stand haben würde.

Baxter war nicht zurückgekommen. Robert hatte ihm geholfen, wie sie abends beim Essen erfuhr. Sie war froh, mit Robert zusammenzusitzen. Ihr war, als würde sie ihn schon lange kennen.

»Ich habe immer gewusst, dass Jeffs Bestimmung nicht in der Stadt liegt«, sagte Robert, als er die vierte Flasche Bier öffnete. Er streichelte seinen alten Hund. »Und auch nicht Asien. Hier ist seine Heimat. Hier in Wyoming hat er sich immer wohl gefühlt.«

»Ja, er hat mir viel von den aufregenden Schulferien auf der Rowly Ranch erzählt.«

Robert lächelte. »Die Art, wie er bereits als Achtjähriger mit Pferden umging, wie er sich auf ihren blanken Rücken schwang und einfach davongaloppierte. So was steckt in einem drin. Es wächst mit, und irgendwann ist es reif.« Er zwinkerte. »Als ich ihm gesagt hab, dass er die Ranch bekommt, hat es gezündet. Er hatte gerade seinen neuen Job angetreten, und dann habe ich ihn im richtigen Augenblick da rausgeholt.«

»Wusstest du da schon, dass Jeff dein Sohn ist?«

»Wirklich wissen werden wir es wohl nie, aber ...« Er kratzte sich am Kopf. »Ich habe es immer vermutet, immer gehofft, schon lange bevor Elizabeth etwas gesagt hat. Jeff war eigentlich immer mein Sohn.«

Anna nickte. »Ihr habt die gleichen Augen, den gleichen Gesichtsschnitt. Nur der Mund, der scheint von seiner Mutter zu kommen.«

»Mag sein.« Roberts Blick lief ins Leere. Er schien für einen Moment weit weg.

»Und du hast nie geheiratet?«, fragte Anna vorsichtig.

Robert sah auf seine tellergroßen Hände und schüttelte den Kopf. »Es gab Frauen, aber ich habe nie aufgehört Jeffs Mutter zu lieben.« Er goss einen großen Schluck Bier hinunter. »Morgen machen wir eine Ranchbegehung, Anna. Ich werde dich unseren Cowboys, dem Stallburschen und Usaami vorstellen. Sie ist jetzt für die Fütterung zuständig und kümmert sich um die Stuten mit Fohlen. Sie ist Shoshoni-Indianerin. An ihren Namen wirst du dich erst gewöhnen müssen. Er ist nicht von hier, er kommt irgendwo aus dem Norden. Usaami ist noch nicht lange auf der Ranch. Sie hat hier keinen leichten Stand. Die Vorurteile ... und ...« Robert wippte ein paarmal nachdenklich mit dem Kopf. »Sie ist sehr attraktiv, ein bisschen unnahbar und sehr stolz, trotz ihrer ärmlichen Herkunft. Die Männer hier können schlecht damit umgehen.« Er zog die Augenbrauen hoch und machte eine kurze Pause. »Und du wirst John, unseren Trainer, kennen lernen. ‚ne ganz neue Einrichtung hier bei uns. Wir waren ja eigentlich eine reine Cattle Ranch, hatten nur unsere Arbeitspferde, und die reitet hier jeder selber ein. Aber das Geschäft mit den Rindern läuft bescheiden, um nicht zu sagen schlecht. Mit den neu zugewanderten Stadtflüchtlingen und den unzähligen Pack-Trip-Veranstaltern wächst der Bedarf an gut ausgebildeten Reitpferden. Wir haben uns also umorientiert.«

»Das kommt mir sehr entgegen und Jeff sicher auch.«

»Klar. Der hat mich darauf gebracht.«

»Ach!« Anna lachte. »Hat er mir gar nicht erzählt. Aber er erzählt ja ohnehin nicht sehr viel.«

»Der musste in seinem verdammten Job so viel sabbeln, der ist froh, wenn er mit jemandem schweigen kann. Das sagt manchmal viel mehr.«

Anna lachte. »Ja, mag sein.«

Immer wieder beobachtete sie Robert, versuchte zu erkennen, ob er wirklich Jeffs Vater war.

»Weißt du«, fuhr er fort, während ihr Blick über die Wand schweifte und an einem Gemälde mit Indianern vor ihren Zelten hängen blieb, »vor zehn Jahren hatten wir noch mehr als tausend-fünfhundert Rinder, heute sind es fünfhundert weniger. Bill, einer unserer Cowboys, kümmert sich jetzt auch um die Pferde. Aber bald wird hier einer überflüssig sein.«

Anna hatte Schmetterlinge im Bauch. »Ziemlich aufregend alles.«

»Kann ich mir vorstellen.« Robert legte seine Hand auf Annas Arm. »Aber ich bin sicher, dass es dir hier gefallen wird. Die Prärie verdirbt einen für das Leben in der Stadt. Sie ist so weit, dass du deinen Hund drei Tage lang weglaufen siehst.« Anna lachte, und Robert drehte sein Glas in der Hand. »Müsste ich zurück in die Stadt, ich würde krank werden, wie ein Tiger im Käfig auf und ab laufen.«

»Das kann ich mir vorstellen«, erwiderte Anna.

Robert gähnte hinter vorgehaltener Hand, und Anna trank ihr Bier aus. Sie erhob sich. Es war mittlerweile halb zwölf – eine unchristliche Zeit für früh aufstehende Rancher.

Er drückte sie kurz an sich. »Schön, dass du hier bist. Kein Wunder, dass Jeff gerade an dir hängen geblieben ist.«

»Danke, Robert. Und *ich* freue mich für Jeff, dass er so einen Vater hat.«

Robert lächelte verlegen. »Soll ich mit dir gehen?«

»Nein, Robert, die paar Schritte.«

»Ich habe dir einen kleinen elektrischen Heizer rübergestellt.«

»Danke.«

»Und nimm die Taschenlampe.«

Anna nahm die Lampe und verließ das Haus. In dem hellen Lichtkegel sah sie ihren Atem. Es war so kalt und klar, dass ihr fast die Luft wegblieb. Es war eine ganz andere Kälte als die, die sie kannte. Es war die Kälte eines Tales, in das die Schneeluft der nahe liegenden Berge herabfiel.

Sie ging einen Sandweg zwischen zwei runden Corrals entlang, links und rechts Pferdeställe, aus denen hin und wieder ein leises Schnauben und Stampfen drang. Zwei Hunde bellten, dann war es still. Sie betrat das Haus mit dem Gefühl, wieder einen Ranchurlaub zu machen. Dass sie jetzt ihr Zuhause aufschloss, entzog sich ihrer Vorstellungskraft. Sie kam sich ziemlich allein vor, verspürte leichten Ärger darüber, dass Jeff sie hier einfach sich selbst überließ. Der Elektroheizer stand im Schlafzimmer. Sie stellte ihn an, zog sich aus und fröstelte immer noch. Sie würde sich wohl tatsächlich wollene Pyjamas für den Winter kaufen müssen.

Als sie vor dem breiten, schweren Fichtenholzbett stand, versuchte sie sich vorzustellen, welcher Art die Frauen waren, die hier mit Robert gelebt oder nur gelegen hatten. Waren es derbe Rancherinnen oder herausgeputzte Frauen aus den umliegenden Kleinstädten gewesen? Frauen seines Alters oder jüngere? Vater und Sohn, für Anna stand es außer Zweifel. Beide lebten sehr ungebunden und liebten die gleichen Dinge. Wer weiß, wie sich alles entwickelt, dachte sie, klappte den Quilt zurück und kroch unter die mit einem Laken bezogenen Wolldecken. Sie rochen nach Weichspüler. Eine alte Indianerin, so hatte ihr Robert gesagt, kümmerte sich um seinen Haushalt.

Erst am frühen Morgen fand Anna endlich Ruhe und etwas Schlaf. Um sieben Uhr klingelte der Wecker. Robert hatte sie für acht Uhr zum Frühstück eingeladen und die Ranchbegehung für neun Uhr vorgesehen.

Sie erhob sich schwer und steif, als würden Bleigewichte an ihren Beinen hängen. Das Zimmer war kalt und das Bad geradezu eisig. Sie schleppte den Elektroheizer vor die Duschkabine und konnte sich kaum von der angenehm warmen Brause trennen. Wasser ist hier ein kostbares, manchmal verbissen umkämpftes Gut, sagte sie sich schließlich und drehte den Warmwasserhahn mit einem Ruck zu. Eine Sekunde kalt, ein leiser Aufschrei, dann drehte sie ab und stieg klappernd aus der Kabine.

Das Frühstück bei Robert brachte sie wieder auf Trab. In der Küche, die genauso groß war, wie das Wohnzimmer, musste sie an Linda und Ron denken, die ihr während ihres Ranchurlaubs in Arizona zu Freunden geworden waren. Auch hier hing das Kochgeschirr an den Wänden. Die jedoch waren hier überall aus massiven Baumstämmen, wärme- und kälteisolierend zugleich.

Es gab Rührei mit Bratkartoffeln, Tomaten, Speck und frischen Kräutern aus dem Gewächshaus, dazu Toast mit Butter und unerwartet starken Kaffee.

»Woll‘n wir«, sagte Robert, als Anna die zweite Tasse geleert und ihr Besteck auf den Teller gelegt hatte.

Sie nickte.

Die Ranch bestand aus mehreren großen und kleinen rotbraun gestrichenen Holzgebäuden mit Schindel- oder Blechdächern. Die Ställe waren dunkelbraun gestrichen, der neue Pferdestall roch noch nach Holzschutzmittel. Hier standen die Stuten mit Fohlen und die, die ihres noch erwarteten.

Anna folgte Robert und seinem Hund durch den Stall, blieb immer wieder vor den Fohlen stehen und ließ sich die Hand beschnuppern. Hier gab es keine Gitterstäbe, nur hohe Holztüren, über die die Muttertiere ihre Köpfe hängen konnten.

»Wir lassen sie gleich auf die Weide«, erklärte Robert. »Ab Mai bleiben sie dann Tag und Nacht draußen.«

»Tag und Nacht?«

»Klar. Unsere Arbeitspferde kennen gar keinen Stall. Wir brauchen harte Pferde, die auch mit Frost und Schnee zurechtkommen. Unsere Quarter Horses sind dafür gezüchtet. Sie haben ein dickes Fell, in jeder Hinsicht. Viele Pferde bleiben das ganze Jahr über draußen.«

»Ist schon was anderes als meine sensible Vollblutstute«, sagte Anna nachdenklich. Es war das erste Mal, dass sie an ihr Pferd dachte, seit sie das Foto ausgepackt hatte. Die neuen Eindrücke waren so stark, dass sie es regelrecht vergessen hatte, und sie beruhigte ihr Gewissen mit dem Vorsatz, endlich einmal Vertrauen in die getroffene Entscheidung zu haben. Sabine war eine zuverlässige Frau. Was sollte dem Pferd schon passieren.

Sie folgte Robert an den Boxen vorbei, als eine zierliche Frau etwa Mitte dreißig mit langen schwarzen Haaren die Stallgasse betrat. Ihre schlanken Beine steckten in engen schwarzen Jeans, darüber trug sie einen naturfarbenen Wollpullover und eine schwarze Steppweste. Ihr Gesicht war auffallend gleichmäßig geschnitten, ihre Augen dunkel, groß und aufmerksam. Sie war eine Schönheit und ohne Zweifel Usaami.

Anna zuckte innerlich zusammen. Sie blieb neben Robert stehen.

»Hi, Usaami!«, rief er, und sie gingen aufeinander zu. »Ich möchte dir Anna vorstellen. Sie wird mit Jeff zusammen die Ranch führen. Sie ist Tierärztin und kennt sich bestens mit Pferden aus.«

Usaami nickte kurz, und Anna streckte ihr die Hand entgegen. Ihr fester Händedruck wurde schwach erwidert, und eine undefinierbare Spannung lag in der Luft. Sie stellte sich

Jeffs Blick vor, stünde er jetzt neben ihr. Usaami würde ihm gefallen, das war so klar wie der Himmel in Wyoming.

»Usaami füttert um sechs Uhr morgens. Tom, unser Stallbursche, gibt den Dreijährigen, die jetzt gerade antrainiert werden, mittags um zwölf noch eine Ration Hafer. Die Hauptmahlzeit gibt es um sechs Uhr abends«, sagte Robert, und sein Blick wechselte dabei zwischen Anna und Usaami hin und her. »Anna kommt aus Deutschland«, erklärte er, »aber sie spricht perfekt Amerikanisch.«

»Na ja, perfekt. Vielleicht perfekt Englisch, aber die amerikanische Ausdrucksweise ...« Sie bemühte sich um entspannte Freundlichkeit, obwohl sie Usaamis überheblicher Gesichtsausdruck eher in eine Abwehrhaltung drängte. Sie ermahnte sich. Ihr Gewissen und ihr ausgeprägter Sinn für Gerechtigkeit geboten ihr, sich einer Indianerin gegenüber doppelt freundlich und korrekt zu verhalten. Schließlich waren sie die eigentlichen Eigentümer dieses Landes.

»Ich bin sozusagen ein Hamburger«, scherzte Anna. Ihr Mund verzog sich leicht nach links. Der Scherz war eher mittelmäßig, befand sie und lächelte entschuldigend.

Usaami schien nicht zu verstehen, was sie meinte, und lächelte fragend zurück.

»Also Anna kommt aus Hamburg, eine Stadt im Norden von Deutschland und wohl die Namensgeberin für unsere Fleischklopse«, sagte Robert mit einem Schmunzeln.

»Ah, verstehe.« Wieder huschte ein flüchtiges Lächeln über Usaamis volle Lippen. »Okay, ich muss weiter. Wir sehen uns«, gab sie zurück und verschwand in einer der Pferdeboxen.

Anna ging mit Robert hinaus. Auf dem harten Gras lag Raureif, und die Sonne blitzte zwischen den Hochnebelschwaden hervor.

»Wir haben jetzt zwölf Mutterstuten, zwei Vierjährige, fünf Dreijährige, acht selbst gezogene Jährlinge und sechs Zweijährige«, erklärte Robert, »und natürlich unsere Arbeitspferde. Die sind auf der Weide.« Er führte Anna in den zweiten Stalltrakt. Ein drahtiger Mann mit Schwanenhals und knochigem Schädel führte einen kräftigen Dunkelfuchs mit zwei weißen Füßen am Strick. Er ging so breitbeinig, als würde ein Fass zwischen seinen Beinen hängen, und seine Hüften knickten abwechselnd nach links und rechts ab.

»Hey, John, bring das Pferd in die Box zurück! Ich will dir Anna vorstellen!«, rief ihm Robert zu.

»Okay!« John drehte das Pferd um und ließ es in seine Box zurücklaufen. Er spülte seine Hände in einem Eimer mit Seifenwasser ab, trocknete sie mit einem alten Lappen und kam auf Anna zu. Seine Augen waren wässrig blau und hart, seine schmalen, verkniffenen Lippen schienen sich nicht gern zum Reden zu öffnen.

»Hi, ich bin John.« Er grinste. »John Wister«, fügte er wichtig hinzu, so als ob ihr sein Name etwas sagen müsste. Sein Atem roch nach dunklem Tabak.

»Freut mich«, erwiderte Anna.

»Johns Sohn Dave arbeitet hier zwei bis drei Tage in der Woche im Stall als Lehrling, Boxenmachen, Füttern und so.«

Anna nickte.

Wenig später betraten zwei Männer in wildlederbesetzten sandfarbenen Leinenjacken den Stall. Der ältere hatte das Gesicht eines Adlers. Er trug einen zerbeulten braunen Hut und unter seinen langen Hirschlederchaps lugten die schmalen Spitzen seiner staubigen Cowboystiefel hervor. Der andere war ein breitschultriger, großer Kerl mit rötlichem Haar und nach oben gebogenem Schnauzer. Sein Hut lag an einem Lederband befestigt im Nacken. Annas Blick blieb unwillkürlich an ihm hängen. Sie war gleichermaßen beeindruckt und belustigt. Seine schmalen Hüften steckten in engen Jeans, und er bewegte sich, als würde seine geballte Manneskraft gleich explodieren.

Robert hob den Arm. »Hi, Jason, hi, Spencer, ihr kommt gerade richtig. Wo ist Bill?«

»Keine Ahnung. Hab ihn heut noch nicht gesehn. Ist, glaub ich, mit dem Fourwheeler unterwegs auf der Bullenweide.«

»Darf ich vorstellen? Anna, Jeffs Lebensgefährtin.«

»Aus dem guten alten Deutschland, richtig?«, fragte der Jüngere mit dem dickem Hals und dem rundem Gesicht.

»Genau«, sagte Anna und atmete tief durch.

»Zwei unserer Viehtreiber, um nicht zu sagen, die besten Cowboys von ganz Wyoming.« Robert grinste.

»Ich würde sagen, die sturdsten Böcke von ganz Wyoming«, knurrte John.

»Halt die Klappe«, gab Spencer zurück.

Robert wandte sich Anna zu und zuckte die Schultern. »Denen entwischt kein Bulle. Die haben im Teamroping eine Trophäe nach der anderen kassiert.«

Jason wischte sich mit dem Ärmel die Nase und steckte die Hände in die Hosentaschen. »Na dann, Äänna« – ihr Name klang breiter als je zuvor –, »muss zu den Kälbern und Zäune flicken. Wir sehn uns spätestens beim Viehumtrieb. ,n bisschen reiten kannst du ja sicher.«

»Ein bisschen«, sagte Anna und kniff die Lippen zusammen. Nicht ärgern, beschwor sie sich, aber sie fühlte sich noch unwohler als zuvor mit Usaami. In Gegenwart dieser Männer empfand sie plötzlich so etwas wie eine weibliche Solidarität mit ihr und hoffte, vielleicht doch eine Freundin in ihr zu finden. Sie hatte sich darüber bisher keine Gedanken gemacht. Sie hatte die Rowly Ranch einfach nur mit Jeff verbunden, und sie vermisste ihn mehr denn je.

Robert nahm sie am Arm und führte sie aus dem Stall, vorbei an einem Platz mit frisch geschlagenem Kiefernholz. Die Sonne schien von einem knallblauen Himmel herab und wärmte ihr Gesicht. Sie öffnete ihre Steppjacke und atmete den Geruch von Holzspänen ein.

»Reicht für heute an Männern, nicht?« Robert sah sie prüfend von der Seite an.

»Um ehrlich zu sein, ja.« Anna seufzte. »Bis auf den einen, der noch in Denver steckt.«

Robert legte seinen Arm um ihre Schultern. »Jeff ist schon ,n prima Kerl. Du darfst die Schlinge nur nicht zu fest ziehen.«

Anna lächelte und schwieg.

»Komm. Jetzt gibt es etwas Schöneres zu sehen als ungeschliffene Kerle.«

»Wohnen eigentlich alle auf der Ranch?«

»Bill und Spencer wohnen hier, Jason wohnt mit seiner Familie in Greybull. Er hat vier Kinder, zweimal sechzehn, einmal achtzehn und einmal zweiundzwanzig. Er schläft nur manchmal auf der Ranch.«

»Die anderen sind allein stehend?«

»Spencer ist Junggeselle, treibt sich gern mit Mädels und in Bars rum. Ist aber ,n netter Kerl. Bill ist geschieden.«

Anna folgte Robert zwischen Getreidesilo, Scheune und Bunkhouse für die Angestellten hindurch auf eine Weide. Sie blickte nach Süden. Der Horizont schien die einzige Begrenzung zu sein.

Ja, das ist es, dachte Anna. Das ist Wyoming, das ist der Zauber des Westens. Sie beobachtete die Pferde, die gerade in die Freiheit hinausgelassen worden waren. Die Stuten fochten um die Rangordnung. Sie liefen auf und ab, warfen die Köpfe hin und her, bissen sich in die Seiten und die Fohlen erprobten ihre langen staksigen Beine.

Das kurz gefressene Gras war noch braun, und an einigen Stellen guckte die ockerfarbene Erde hervor. Aber ein Hauch von Grün kündigte bereits den Frühling an. Man konnte ihn riechen, konnte ihn am Verhalten der Tiere erahnen. Er steckte schon in ihren Knochen, gab ihnen Kraft und den

Trieb zur Fortpflanzung.

»Sie können zufrieden sein, nicht«, sagte Robert, zog seinen Hut in den Nacken, fuhr sich durchs Haar und schob ihn wieder in die Stirn.

»Ja«, erwiderte Anna. »Pferde ohne Halfter und Trense sind eigentlich der schönste Anblick.«

»Es gibt nichts Friedlicheres.«

»Eure Pferde haben es wirklich gut. Bei uns stehen viele tagaus, tagein in engen Boxen.«

»Das ist wider ihre Natur. Pferde brauchen den Blick in die Weite wie die Luft zum Atmen.«

Anna nickte.

»Ja, die Weite«, fuhr Robert nachdenklich fort. »Das Gefühl der Unbegrenztheit. Wir Rancher, die Cowboys, unsere Tiere, wir alle lieben es. Es macht unser Leben aus. Die Prärie ist für uns wie das Meer für die Fischer. Leider wollen uns das einige streitig machen. Da sind die Umweltschützer mit ihren Aktionen gegen die angebliche Überweidung und neuerdings auch noch die Bauunternehmer, die noble Villen und Golfplätze in die Prärie pflanzen wollen.«

»Golfplätze hier?«

»Ja. Und es wird einen Krieg ums Wasser geben, da kannst du Gift drauf nehmen.« Roberts Züge verhärteten sich plötzlich. »Unsere Vorfahren haben Quellen erschlossen und das trockene Land an den Ausläufern der Berge zum Erblühen gebracht. Jetzt wird es von Milliardären für Blödsinn verschwendet.«

»Zu viele Menschen, überall«, sagte Anna.

»Vor allem zu viele dumme.«

»Solche, die nicht begreifen, dass wir nur ein Teil des Ganzen sind.«

»Völker die das verstehen, haben wir niedergemetzelt oder vertrieben. Es ist eine Schande.«

Anna nickte. Roberts Worte stimmten sie traurig. Sie musste an Usaami denken.

»Es ist bald Mittag«, brach Robert das Thema ab. Er blickte auf die Uhr. »Alles andere kann dir Jeff zeigen.«

»Klar.«

»Wir essen hier mittags alle zusammen im Gemeinschaftsraum hinter dem Stutenstall. Ich bin heute allerdings das letzte Mal dabei.«

»Schade«, erwiderte Anna.

»Das muss jetzt so sein. Ich gehöre schließlich nicht mehr zur arbeitenden Bevölkerung.«

»Ich werde heute auch noch nicht rübergehen. Ich richte mich lieber ein bisschen im Haus ein. Ich werde übermorgen mit Jeff dabei sein.«

»Hast du keinen Hunger.«

»Nach so einem Frühstück nicht. Ich bin vor allem schrecklich müde.«

»Ja. Das glaube ich. Dann sehen wir uns heute Abend.«

»Okay.«

Anna ging über den Hof, an den beiden Corrals vorbei, stutzte und blieb stehen. Sie machte einen Schritt zurück und beugte sich leicht vor, so dass sie durch die mittlere Sprosse des mannshohen Holzzauns hindurchschauen konnte. In der Mitte des Sandplatzes stand der Dunkelfuchs, den sie gerade mit John im Stall gesehen hatte. Sein Fell schimmerte kupferfarben in der Sonne. Er war gezäumt und gesattelt und stand auf drei Beinen.

Anna erstarrte. Ihr Blick folgte dem Strick an seinem Hals, dessen Ende um das linke Hinterbein und von dort zurück zum Halfter gebunden war. Sein Kopf hing zum Boden hinunter, als lägen Bleiplatten darauf.

Sie sah sich um. Niemand war auf dem Hof. Sie näherte sich vorsichtig und spähte durch den Zaun hindurch. Das

Pferd blickte zu ihr auf, stellte die Ohren in ihre Richtung und wollte einen Schritt machen, wankte jedoch nur kurz vor und zurück. Der Strick spannte sich, und es blieb ruckartig stehen.

Anna spürte eine unbändige Wut in sich aufsteigen. Sie hatte gerade den Fuß auf die unterste Latte des Zauns gesetzt und zog sich zur zweiten hinauf, als John aus dem Stall kam, den Corral betrat und auf den Fuchs zuging. Der versuchte auszuweichen, der Strick spannte sich wieder, und er blieb stehen. Seine Nüstern bebten.

John entdeckte Anna. Sie spürte seinen scharfen Blick und nahm den Fuß von der Zaunlatte. Er zog den Hut, ging dann auf sie zu und drückte seine Kippe mit dem Stiefelabsatz in den Sand. »Komm ruhig rein! Der rennt dich nicht um.«

Vorsichtig kletterte sie über den Zaun und stieg Latte für Latte zu John hinab.

»Der fällt eher um als *ich* auf seinen drei Beinen«, gab sie zurück und lehnte sich an den Zaun. »Warum ist er gefesselt?«

»Hast wohl noch kein Pferd angeritten, was?« John stand jetzt breitbeinig vor ihr.

»Schon. Aber ohne Fesseln.«

»Hier macht man das so. Morgen wird er ausgesackt, und dann kann man sich draufsetzen.«

»Aha.« Anna zögerte, trat unsicher auf das andere Bein. »Ist das die Methode, bei der man den Pferden Jutesäcke auf den Leib schlägt?«

»Richtig. Ich nehme meistens Plastiksäcke oder so was. Das, was grade rumliegt.«

»Und dabei werden sie festgebunden, nicht?«

»Nix. Nicht bei mir. Viele hier machen das. Ich nicht. Robert ist auch kein Freund davon.«

Anna nickte.

»Okay. Für heute hat er genug gelernt. Darf jetzt auf die Koppel. Wir sehn uns!« John drehte sich um, ging mit ruhigen Schritten zu dem Dunkelfuchs und löste vorsichtig den Strick von seinem Fuß. Das Pferd machte einen Schritt vor, trat auf die offenen Zügel und blieb mit dem Ruck in seinem Maul stehen. John führte es hinaus. Anna sah ihm nach, bis er hinter den Stallungen verschwunden war.

Nein, so wollte sie die Pferde hier nicht anreiten. Für sie waren Pferde Partner, keine gebrochenen Untertanen, die nur aus Angst parierten. Sie würde morgen mit Jeff darüber sprechen.

8

Jeff verließ das elterliche Haus, stieg ins Taxi und fuhr ins Hotel. Seine Mutter wollte, dass er bei ihnen übernachtete, aber er zog es vor, den Rest des Abends in der Hotelbar zu verbringen. Es gab eine Menge Dinge, die er überdenken musste.

Er blickte auf die geraden Straßen seiner Geburtsstadt und fand nichts, was ihn festhielt. Denver ist nie mehr als eine Wohnstätte für ihn gewesen. Er war wenig in der Stadt herumgekommen. Sein Leben spielte sich zwischen Elternhaus, Schule und Kirche, später dann zwischen College und Elternhaus ab. Das Ökonomiestudium in Boulder hatte ihn gelangweilt. Er war nach New York gegangen, hatte über Beziehungen einen Job in einer Werbeagentur gefunden und war innerhalb eines Jahres zum Textchef aufgestiegen.

Das Taxi hielt, und der Fahrer holte Jeff in die Gegenwart zurück. Er stieg aus, hob sein Gepäck aus dem Kofferraum, zahlte durch das geöffnete Fenster und betrat das Hotel. In wenigen Minuten hatte er eingecheckt, ließ seine Koffer aufs Zimmer bringen und setzte sich in die Bar. Eine hagere Strohblonde in weißer Rüschenbluse stellte sich vor ihm auf und legte ihm mit einem zuckrigen Lächeln die Getränkekarte vor die Brust.

Jeff schob die Karte zu ihr zurück und bestellte einen Jim Beam an the rocks. Er dachte an Anna, stellte sie sich auf der Rowly Ranch vor und fragte sich, was sie wohl gerade tat. Es ist verrückt, dachte er. Man muss nur immer weitergehen, unbeirrbar durch jeden Tunnel, jede Biegung, dann rückt sich irgendwann alles zurecht. Und erst im Nachhinein begreift man, dass alles irgendwie einen Sinn hatte.

Er kippte den Whiskey hinunter und bestellte einen zweiten. Die Frau hinter dem Tresen lächelte diesmal noch süßlicher, aber Jeff verzog keine Miene. Er sah gerade den sauber geharkten Garten des buddhistischen Klosters in Kyoto, dann den in Sikkim vor sich. Etwas mehr als ein Jahr ohne Frauen, ohne Fleisch, ohne Whiskey. Er war aus New York, aus der Szene der Kreativen in die Einfachheit asiatischer Klöster und Dörfer geflohen, auf der Suche nach Erleuchtung. Er glaubte sie nie zu finden. Erst jetzt begriff er, dass ihn diese Zeit dorthin geführt hatte, wo er nun war. Als Robert anrief, war er bereit. Er war bereit zum Loslassen von allem, was ihm etwas zu bedeuten schien, sich allmählich jedoch als leere, leblose Hülle entlarvte. Der neue Job in New York war nur ein Luftholer vor dem Sprung in ein Leben, das ihm passte wie die Jeans auf seiner Haut.

Nun hatte er zu seinem neuen Leben noch einen neuen Vater. Sein Dasein hatte eine Grundsanierung erfahren. Während er an seinem dritten Glas Whiskey nippte, holte er sich das Gespräch mit seiner Mutter noch einmal vor Augen. Er spürte mehr denn je, wie unglücklich sie war. Er wünschte nichts sehnlicher, als dass sie endlich, im letzten Drittel ihres Lebens, wieder zu Robert finden würde. Warum hatte sie einen solchen Menschen verlassen? Es war ihm unbegreiflich. Sie sei keine Frau für ein Leben zwischen stinkenden Kühen, staubigen Cowboys und ödem, endlosem Land, hatte sie erklärt. Nun führte sie ein ödes Leben mit einem erfolgreichen Geschäftsmann, der ihr jeden Tag klar machte, wie klein und unbedeutend sie neben ihm war. Sie lebte in einer sauberen Siedlung mit sauberen Häusern, alle im gleichen Winkel, alle in Reihe. Nach dem vierten Whiskey würde man Gefahr laufen, den Schlüssel in das falsche Schloss zu stecken.

Nun hatte sie auf Roberts Vermutung hin ihr lang gehütetes Geheimnis gelüftet. Jeff blickte in den Spiegel hinter der Theke und fuhr sich mit der Hand über die Stirn. Wie die Jahresringe der Bäume zeichneten sich mit dem

Überschreiten der Lebensmitte die ersten Furchen auf seiner Stirn ab. Sein Gesicht war dadurch markanter und Robert ähnlicher geworden.

Er leerte sein Glas. Die junge Frau in der Rüschenbluse lächelte ihn an und griff zur Whiskeyflasche. Jeff schüttelte abwehrend den Kopf, legte zwei Scheine auf den Tresen und verließ die Bar.

Ich will es endlich wissen, nicht nur glauben, dachte er und beschloss mit Robert zu sprechen. Er soll einen Test machen. Alle sollen die Wahrheit erfahren, alle.

Um sieben Uhr des folgenden Tages stieg Jeff in den Flieger nach Sheridan. Von diesem Moment an waren seine Gedanken nur noch bei Anna. Vier Monate hatte er sie nicht gesehen, aber ihr klares direktes Lächeln war ihm so präsent, als hätte sie gestern vor ihm gestanden.

Ihr Mund, dachte er, ist etwas zu schmal, dafür wohl geformt und angenehm trocken. Er liebte es, wie sie ihre Lippen leicht nach links schob, wenn ihr etwas herausgerutscht war, was sie besser nicht gesagt hätte. Sie würde wohl gerade die Bighorn Mountains überqueren. Eine beschwerliche Strecke. Aber sie würde schon klarkommen, dessen war er sich ganz sicher. Sie hatte schließlich sein schwer verletztes Pferd in der Wildnis Arizonas gerettet. Einen Pick-up über die Berge zu steuern, dürfte für sie kein Problem sein.

Es ist komisch, dachte er, eigentlich hatte ich vor, in die Freiheit zu entfliehen, aber was ich mir ausgesucht habe, bedeutet Anhaftung, Gebundenheit und Verantwortung und vielleicht die größte Herausforderung in jeder Hinsicht. Aus der Entfernung sah alles so leicht aus wie das Erklimmen eines Viertausenders im blassen Morgenlicht. Mit dem Einfall des Abendlichts jedoch zeigten sich die scharfen Konturen, die Schluchten und die steilen Felswände.

An der Decke des Fliegers blinkte das Signal zum Anschnallen auf. Anschnallen, dachte Jeff, die größte Verarschung, die überflüssigste Handlung, die einem mit einem einzigen Handgriff die Illusion von Sicherheit vermittelt. Er ließ den Gurt neben sich liegen und lehnte sich entspannt zurück. Die Stewardess sah ihm in seine leuchtend blauen Augen, aber nicht auf die Hüften. Er landete unangeschnallt, mit einem leichten Aufprall, aber nicht weniger heil als mit Gurt. Gutes Karma, dachte er. Habe ich auch nicht anders verdient, jetzt, wo ich ein ruhiges, anständiges Leben führen will mit einer einzigen Frau an meiner Seite. Verdammt, Jeff, sagte er nach kurzem Innehalten zu sich selbst, hoffentlich hast du dir nicht zu viel vorgenommen.

9

Anna bog auf die Interstate 90 ab. Sie hatte gerade die Bighorn Moutains hinter sich gelassen und bewegte sich auf schnurgerader, leicht abschüssiger Fahrbahn auf Sheridan zu. In dem alten Kohle- und Viehverladezentrum hatte einst Buffalo Bill Cody ein Hotel, und Anna sah Revolverhelden und Cowboybräute vor sich. Immer wieder blickte sie auf den Tacho und drosselte das Tempo. Noch etwa zehn Meilen bis zu Jeff, dachte sie. In einer Viertelstunde würde er landen.

Als sie auf den Parkplatz des kleinen Kontinentalflughafens rollte, glaubte sie, ihr Herz würde in ihrem Brustkorb hüpfen wie eine Dohle. Sie stellte den Wagen ab, fuhr einmal mit der Bürste durch ihr Haar und eilte zur Ankunftshalle. Sie war zehn Minuten zu spät. Eigentlich kein Grund zur Beunruhigung, aber heute liefen die Uhren anders.

Es war nicht viel los auf dem Flugplatz. Touristen waren noch nicht in Wyoming, und der Bundesstaat hatte lediglich fünfhunderttausend Einwohner. Ein Blick genügte, um Jeff zu entdecken. Er stand, seine Jacke über dem Arm, mit dem Rücken zu ihr, den Blick auf ein Werbeplakat von Walkstar geheftet – muskulöse Beine in Joggingschuhen, im Hintergrund eine Herde rasender Mustangs.

Anna musterte ihn eine Weile aus der Entfernung und fand, dass sie eine gute Wahl getroffen hatte. Ihr Blick wanderte über seine hoch gewachsene Figur abwärts über seinen Rücken zu seinem wohlgeformten Hintern in der klassischen Lewis 501. Sitzt super, dachte Anna, nicht jedoch für einen Achtstundenritt geeignet. Die Innennaht würde bereits nach der ersten Meile drücken. Aber sicher steckte auch noch die cowboygerechte Wrangler in seinem Gepäck. Jeff war kein Greenhorn, auch wenn die städtische Eitelkeit noch nicht von ihm abgefallen war.

Sie näherte sich ihm von hinten und legte ihre Arme auf seine Schultern. Ohne zusammenzuzucken nahm er ihre Hände in seine und drehte sich langsam zu ihr um. Einen Augenblick lang war Schweigen. Sie wusste nicht, was sie sagen sollte. Ihr Hirn stand still, dafür arbeitete ihr Herz auf Hochtouren.

»Alles klar?«, fragte Jeff schließlich. Er hielt ihre Hände immer noch fest.

Sie nickte und lehnte sich zögernd an ihn. Er küsste sie. Es war ein Kuss, der ihren ganzen Körper in Aufruhr brachte.

Jeff hielt sie ganz fest, und sie spürte seine Gürtelschnalle an ihrem Bauch. Es war die mit dem silbernen Pferd, die er immer in Arizona getragen hatte.

»Ich glaub's noch nicht«, sagte er schließlich. »Du hier ...« Seine Stimme klang so, als wäre er gerade einen Hang hinaufgelaufen. Anna spürte seine Coolness dahinschwinden und damit ihre eigenen Zweifel am Bestand dieser Beziehung.

Jeff löste sich von ihr und legte seine Hände fest um den Griff des Kofferkulis, so als würde er Halt suchen. »Lass uns gehen, Anna«, sagte er bestimmt.

Sie folgte seinen langen, zielstrebigen Schritten auf den Parkplatz hinaus und fragte sich: Wer wird wohl die Führung übernehmen. Einer war schließlich immer der Stärkere. Vielleicht bin ich es diesmal nicht, und vielleicht ist das gut so, sagte sie sich.

Jeffs hinreißendes Lächeln beendete diesen gedanklichen Exkurs und beschleunigte ihren Puls wie damals am Ufer des Hassayampa, als sie unter sternklarem Himmel in ihren Schlafsäcken lagen.

Jeff hob seine beiden Koffer auf die breite Ladefläche des Chevi-Pick-ups. »Das ist alles, was ich noch besitze«, sagte er mit zufriedener Miene.

»Ich habe auch nur zwei Koffer«, erwiderte Anna. »Habe allerdings eine ganze Menge bei meiner Freundin und bei meiner Mutter gelassen.«

»Falls du‘s nicht mit mir aushältst?«

»Klar. Oder falls du mich rausschmeißt.«

Sie lachten.

Jeff nahm Anna den Autoschlüssel aus der Hand und wollte sich ans Steuer setzen.

»Ich würde auch zurückfinden«, sagte Anna spitz und blieb vor ihm stehen.

»Glaub ich dir. Geht es gegen dein feministisches Selbstwertgefühl, wenn ich jetzt fahre?«

»Das geht ja gut los!« Anna lachte.

»Ich hab einfach Lust zu fahren. Ich liebe dieses fette Auto mit den breiten Puschen.« Er zuckte die Schultern. »Du weißt doch, Männer ...«

Mit einem gönnerhaften Lächeln ging sie um den Wagen herum und nahm mit dem Beifahrersitz vorlieb. Jeff ließ den Wagen an.

Er steuerte das bullige Auto durch Sheridan. Sie ließen einige Farmen mit geradezu kitschig grünen Luzernewiesen hinter sich und rollten dann in die Hockbacks hinaus – in das weite Land, das Anna heute noch großartiger, noch freier und schöner schien als bei ihrer Ankunft. Die Wolken hingen in auseinander gewehten Fetzen auf einem lapislazuliblauen Himmel. Ein Van-Gogh-Himmel, wild, bizarr und ungestüm.

In der Ferne senkten sich die Wolken über die sanften Hügel der Prärie. Himmel und Erde schienen einander zuzustreben, um sich am Horizont zu vereinigen. Alles schien miteinander im Einklang, ungestört und klar. Der Mensch war hier nichts als ein winziges Klümpchen Lebendmasse, seine Vorstellungen, Ansichten und Sorgen ein Fliegenschiss in einer Welt ohne Anfang und Ende. Die enge Perspektive auf das eigene Leben öffnete sich zu einer weiten Sicht auf das Ganze.

Immer wieder fing Anna Jeffs Blick auf, schweigend, abwartend, voller Sehnsucht nach Berührung. Die Sprache erschien ihr als ein unzureichendes, der Großartigkeit dieses Momentes unangemessenes Mittel der Verständigung, und Jeff ging es wohl genauso.

Als sich die weite Ebene zu einem Tal schloss und der Blick von zartblau schimmernden Gipfeln begrenzt wurde, verengte sich auch Annas Wahrnehmung wieder auf die kleine Menschenwelt. »Wie war es bei deinen Eltern?«, wollte sie schließlich doch wissen.

Auch Jeff schien von weit her zurückzukehren. Er sah sie an und lächelte. »Nicht gerade erfreulich. Mein Vater hielt es kaum mehr für nötig, mit mir zu sprechen. Für ihn bin ich der größte Trottel von ganz Amerika. Er meint, die hätten mir in Asien das Hirn weggeblasen.«

»Weil du deinen Job hingeworfen hast und die Ranch übernimmst. Klar. Für einen Mann wie ihn ist das schwer zu schlucken. Noch dazu, wo es die Ranch seines Vorgängers ...« Anna hielt inne. »Weiß er eigentlich irgendetwas?«

»Nein, wissen nicht, aber er hat ein gutes Gespür für so was.«

»Wird er jemals erfahren, dass Robert dein Vater ist? Wenn er es denn ist.«

»Ich weiß nicht. Vielleicht würde es sein Leben zerstören. Als Junge hab ich ihn manchmal gehasst. Dieses Gefühl ist mir abhanden gekommen.« Jeff beschleunigte. »Der Bruch wäre allerdings eine Chance für meine Mutter und Robert.«

»Du glaubst, sie könnten noch einmal zusammenfinden?«

Jeff zuckte die Schultern. »Es ist nie zu spät.«

Er überholte einen breiten, mit rennenden Pferden bemalten Truck, hinter dessen langer Schnauze ein fetter Kerl mit tätowierten Armen saß. Kurz vor der Abzweigung zur Rowly Ranch bremste er ab und blickte zu Anna hinüber. »Was hältst du von einer Pause?«

Sie stutzte. »Aber wir sind doch gleich da.«

»Genau das möchte ich verhindern.«

Anna verstand nicht. Sie sah Jeff fragend von der Seite an. »Du freust dich gar nicht auf Rowly?«

»Natürlich freue ich mich. Aber wir sind dort nicht allein. Robert, unsere Viehtreiber und all die anderen. Sie werden uns gleich unter Beschuss nehmen.«

»Wird Robert sich nicht fragen, wo wir bleiben?«

»Er wird nicht dran sterben. Vielleicht wird er sich sogar denken, dass wir noch etwas Zeit für uns brauchen.«

Anna erinnerte sich, wie sie sich das erste Mal im Bunkhouse der Jesus Canyon Ranch in Arizona geliebt hatten, während draußen ein Gewitter tobte. Sie sehnte sich nach Jeffs Liebe, nach seinem Körper, an dem alles in perfekter Form an der richtigen Stelle saß. Aber der Gedanke an eine durchgewetzte Matratze in einem schäbigen Motel oder stacheliges Präriegras unter dem Hintern verdarb ihr die Lust. Sie sah Jeff forschend an, bekam jedoch keine Erklärung.

Er bog nach rechts ab, in eine kleine Schotterstraße, die sich in die Berge hinaufschlängelte, ein Durcheinander von bröckeligen Felswänden, kleinen Canyons und Nadelwäldern. Ein Laster, beladen mit dicken Baumstämmen, kam ihnen entgegen. Dann blieb die Straße leer.

Annas suchender Blick flog über unbesiedeltes Waldland und zerklüftete Felsen. »Und wo fahren wir hin?«, fragte sie.

»Etwa fünfzehn Meilen von hier steht eine kleine Berghütte.«

»Was für eine Hütte?«

»Lass dich einfach überraschen.«

Anna gab unwillig nach. Sie war ein Mensch, der gern wusste, was vor ihr lag. Aber sie ermahnte sich zur Gelassenheit. Mit Jeff zusammen würde sie auch das Nachgeben lernen müssen.

10

Jeff stellte den Motor aus und öffnete die Tür. Das tiefe, von der steilen Steigung angestrengte Brummen erstarb in der Stille des dichten, undurchsichtigen Waldes. Nur hin und wieder das Rauschen der Bäume im Wind, das Knacken eines Astes und das Knirschen der Schneereste unter den Füßen eines Wildtieres, das sich vor ihnen zurückzog.

Die kleine Hütte vor den hohen dunkelgrünen Nadelwäldern und den schneebedeckten Bergspitzen erschien ihm heute mehr denn je wie eine Hollywood-Kulisse. Sein Blick haftete auf den dicken, verwitterten Kiefernholzbalken, die fast schwarz waren von der moderigen, feuchten Bergluft und dem Ruß des Ofens. Er stieg aus, und auch Anna öffnete nun die Beifahrertür, rutschte vom Sitz und ging auf die Hütte zu. Jeff beobachtete, wie sie sich auf dem kleinen Plateau umsah, immer wieder ihre im Wind wehenden Haare hinter die Ohren steckte und den Reißverschluss ihres Pullovers hochzog. Es war kühl in über zweitausend Metern Höhe.

Er dachte, dass es gut war, sie nach Wyoming geholt zu haben. Sie passte hierher mit ihren ausgelatschten Jodhpurstiefeln, ihren ausgeblichenen Jeans und mit ihrer zupackenden, praktischen Art. Und der Ort erschien ihm heute in einem ganz anderen Licht. Früher war er hierher gekommen um allein zu sein, um von allem loszulassen, heute kam er, um Anna festzuhalten. Und er wusste, dass das, was er sich so sehnlich wünschte, ein kurzer Augenblick sein würde, denn nichts war so zerbrechlich wie Leidenschaft und weniges schmerzhafter als ihre Vergänglichkeit.

»Wem gehört die Hütte?«, fragte Anna.

»Mir.«

»Wieso denn dir?«

»Ich habe sie einem Typen abgekauft, dessen Vater hier gejagt hat und der dann angeblich von einem Bären getötet wurde. Aber wahrscheinlich war es eher der Suff.«

Anna nickte. Sie verzog keine Miene, stand vor der Hütte und kämpfte mit Wind und Haar. Sie wirkte unschlüssig, und Jeff konnte sich der Enttäuschung nicht erwehren.

»Gefällt es dir hier nicht?«, fragte er vorsichtig.

»Doch.« Sie drehte den Kopf zur Seite, um die Haare aus dem Gesicht zu werfen. »Sieht wildromantisch aus. Aber wofür hast du hier ein Häuschen, so in der Nähe der Ranch?«

»Ich brauche etwas, um mich zurückzuziehen. Hier klopft niemand an die Tür. Hier hat man wirklich seine Ruhe.« Er führte sie zur Tür, aber ihre Hand war kalt und fest. »Ist irgendwas nicht in Ordnung?«

»Doch. Es ist wunderschön.«

Er ließ ihre Hand los. »Aber?«

Sie schwieg, nestelte am Reißverschluss ihres Pullovers und blickte auf ihre Stiefel. »Die Wievielte bin ich denn, mit der du dich hier zurückziehst?«

Jeff zuckte zusammen. Ihre Worte trafen ihn wie ein Schlag ins Gesicht. Das war es also! Verdammt, dachte er. Ron hätte damals in Arizona nicht so einen Wind um seine kleinen Vergnügungen machen sollen. Es war unbedeutend gegenüber allem, was folgte.

Er drehte sich um und lehnte sich mit dem Rücken an die Tür der Hütte. Anna stand mit versteinerter Miene vor ihm. Er beugte sich vornüber, rieb sich mit beiden Händen das Gesicht und schüttelte den Kopf. »Du bist die Erste, Anna«, sagte er müde. Er hatte keine Lust, sich für sein Leben zu entschuldigen. Es war Vergangenheit. Er blickte an Anna vorbei ins Tal hinab. »Möchtest du, dass wir weiterfahren?«

Sie sah ihn aus großen Augen an. Ihre Wangen röteten sich, und ihre Züge verloren die Härte, die sie eben angenommen hatten. Einen Augenblick lang herrschte Schweigen. Dann schüttelte sie abwehrend den Kopf, trat zu ihm und legte ihre Hand auf seinen Arm. »Tut mir Leid«, sagte sie mit weicher Stimme. »Ich werde nie wieder davon anfangen.«

Jeff drehte sich sanft um und schloss die dicke Bohlentür auf. Sie knarrte, sträubte sich und gab schließlich den Blick auf den dunklen Raum frei. Jedes Mal musste sich Jeff von neuem überzeugen, dass alles so war, wie er es verlassen hatte. Diesmal hatte er seinen Fuß seit über einem Jahr nicht auf die abgewetzte Holzschwelle gesetzt.

Er drückte die Tür in den Rahmen, warf seine Jacke auf das alte Kiefernholzbett und blieb abwartend stehen, während Anna durch den Raum ging, aus dem niedrigen Fenster blickte und den Schaukelstuhl zum Schwingen brachte. In der anderen Ecke, neben dem Ofen, blieb sie stehen, lächelte und zeichnete mit dem Finger auf dem alten wackeligen Tisch etwas in den Staub. Jeff trat zu ihr und blickte auf die Tischplatte. Sie hatte ein Herz gemalt.

Er lächelte und blickte fast andächtig darauf. Was eben noch zwischen ihnen stand, hatte sich mit dem kleinen Zeichen in Luft aufgelöst. Nur der Schrei eines Raubvogels und das Quietschen der Kiefernzweige am Fensterglas erinnerten ihn daran, dass es noch etwas anderes gab als sie beide. Er nahm ihr Gesicht in seine Hände, zeichnete mit den Fingern ihre schmalen, natürlich gewachsenen Augenbrauen nach. Alles an ihr war so wie von der Natur vorgesehen. Er fand sie hübsch, nicht schön. Sie war, wie sie war, und wollte niemand anders sein. Das gefiel ihm. Und das war das Letzte, was er noch klar denken konnte, denn Annas Berührungen brachten alle Flüsse in ihm zum Fließen. Sie strömten alle in die unteren Regionen seines Körpers hinab, wie Wyomings Flüsse in den Missouri. Es waren ihre Lippen an seinem Hals, auf seinem Kinn, dann weich und erwartungsvoll auf seinem

Mund, erst hauchzart, dann verlangend. Seine Hände fuhren durch ihr volles Haar, ihren Hals hinunter zu ihren schmalen, aber kräftigen Schultern. Er zog ihr eilig den Pullover über den Kopf. Er fiel zu Boden, und Jeff griff danach. Aber Anna legte seinen Arm um ihre Hüften.

Seine Hände flogen unter ihr T-Shirt und wurden magnetisch von den weichen Teilen ihres sonst so angenehm festen Körpers angezogen. Ihre mädchenhaften Brüste, ein wenig unterschiedlich geformt, waren noch kalt und ihre Brustwarzen hart wie Zapfen. Er ließ seine Finger darum kreisen und wärmte sie. Er spürte ein Brennen im ganzen Körper, während sie sich an seinem Hemd zu schaffen machte. Es schien ihm, als hätte es tausend Knöpfe.

Als sie es endlich von seinen Schultern gezogen hatte, nahm er ihre Hand und führte sie zum Bett. Es roch muffig, nach einem Jahr menschlicher Abstinenz. Er hätte sich dafür entschuldigt, aber er brachte kein Wort heraus. Also setzte er sich schweigend auf die feste Filzmatratze, ließ sich rücklings fallen und zog Anna auf sich herab. Ihr Hemd war bis zum Hals aufgerollt. Sie streifte es ab. Ihre festen Brüste drückten auf seinen Oberkörper, ihre Schenkel auf seine Mitte, und schließlich spürte er ihre Finger an seiner Gürtelschnalle. Als sie die Knöpfe seiner Jeans öffnete, glaubte er für einen Moment die Kontrolle zu verlieren. Er war lange nicht so ungeduldig gewesen, nicht so jungenhaft hitzig. Er versuchte sich zu bremsen, dachte an Klostermauern und Mantras, aber es half nichts. Er wollte einfach nur das eine, und das sofort.

Eilig streifte er Jeans und Shorts von den Hüften, und Anna tat es ihm nach. Er beugte sich über sie und küsste ihren Bauch und ihre Brüste. Und als sie ihn zu sich hineinzog, glaubte er in einem Meer von Lust und Wonne zu versinken. Er atmete den feinen Geruch ihrer Haut, als wäre es ein Betäubungsmittel, ließ sich von ihrem Rhythmus mitnehmen, von ihrem Körper inspirieren. Er folgte ihr, wohin sie wollte, weich und nachgebend, dann wieder fordernd und leitend. Es gab kein Denken, nur Fühlen, Schmecken und Horchen, ein Treiben im Fluss des Augenblicks, in der Selbstverständlichkeit naturgegebener Gefühle, hinein in eine langsam steigende Flut.

Annas Atem drang stoßweise in sein Ohr, ihre Bewegungen wurden drängender, und er reagierte darauf bestimmter. Er hielt immer wieder inne, rieb seinen Körper an ihrem und sah sie dabei an. Dann schien sich ihr ganzer Körper um ihn herumzuschlingen und riss ihn mit sich. Und als er ihren leisen Schrei vernahm, ließ er sich gehen. Es war ein Beben, die Explosion eines Vulkans und schließlich das wohlige Entspannen in den Armen einer Frau, für die er etwas empfand, das er bisher nicht gekannt hatte. Es war ein Gefühl von Gleichklang, von Geistesverwandtschaft zwischen ihr, ihm und der Natur, die sie umgab. Sein Fluchtinstinkt hatte ausgesetzt. Er fühlte sich zufrieden, wollte bleiben, wo er war. Es gab nur sie, Anna.

Sie lag an ihn geschmiegt, ihr Bein über seinem, ihr Kopf auf seiner Brust. Ihre Finger spielten an dem dünnen roten Bändchen, das er am Handgelenk trug und das er von einem tibetischen Lama gesegnet und überreicht bekommen hatte. Sein Zweck war erfüllt. Es hatte ihn auf den richtigen Weg gebracht.

Er zog die schwere Baumwolldecke über Annas Rücken, wohl wissend, dass sie bald weiterfahren mussten. Er wollte liegen bleiben, einfach so, absichtslos, nur jetzt und an dieser Stelle der Welt und nur mit ihr.

Als Anna ihr Bein bewegte, erfasste ihn erneut die Lust. Sie hob den Kopf und lächelte auf ihn hinab. »Ich glaube, wir müssen los, Jeff«, sagte sie und strich ihm einige feuchte Strähnen aus der Stirn.

Sie ist immer so vernünftig, dachte er, und er wusste, wie gut das für ihn war. Nur heute nicht. Heute wollte er keine Vernunft, nur den Augenblick. »Wir fahren gleich. Aber jetzt noch nicht«, flüsterte er in ihr Ohr und nahm ihr mit seiner Zunge das Wort, das sie gerade sprechen wollte. Er ließ ihre Brüste sanft in seinen Händen hin und her rollen und fand, dass sie so gut hineinpassten, als wären sie für nichts anderes gemacht.

Anna leistete keinen Widerstand mehr. Ihr Atem ging schwer, sie schmiegte sich an ihn, und er wusste, dass sie noch lange nicht abfahren würden.

Als sie endlich aus der Hütte traten, blinzelte die Sonne bereits tief von Westen durch die Kronen der Fichten.

»Robert wird sich schon Sorgen machen«, sagte Anna und griff nach seiner Hand. Aber Jeff blieb stehen. Sein Blick schweifte über das Tal, über ockerfarbenes und gelbgrünes Weideland, durchzogen von kahlen, windgeschliffenen Felsen und einem schmalen Streifen Blau – dem Rowly Creek. Cottonwoodbäume und Weiden säumten sein Ufer, und im Vordergrund lagen einige braune Rechtecke. Jeff zeigte mit dem Finger darauf. »Sieh mal genau hin. Erkennst du was?«

»Die Rowly Ranch?«

Er nickte.

»Sieht aus wie eine Miniaturranch für Kinder auf einem melierten Teppich«, sagte Anna und lehnte sich an ihn.

Jeffs Blick wurde von einem Knacken im Unterholz zu den Felsen hinaufgezogen. Zunächst sah er zwei weiße Kleckse im Dickicht, dann die elegant aufgerollten Hörner zweier graubrauner Schafe, die das Geäst teilten. Sekunden später waren sie klar zu erkennen. Ihre weißen Nasen leuchteten in der Sonne, die dicken Hörner standen majestätisch auf ihren Köpfen.

»Bighornschafe.«

Anna nickte. »Sie beobachten uns.«

»Gleich werden sie sich zurückziehen.«

Die Tiere peilten noch einen kurzen Moment zu ihnen hinüber und verschwanden Sekunden später den Hang hinunter.

»Ein wirkliches Paradies«, sagte Anna. »Wenn da nicht die Menschen wären.«

»Du meinst uns?«

»Klar, wir gehören auch dazu. Aber ich finde uns noch ziemlich naturverträglich.«

»Das ist alles eine Sache der Perspektive.«

»Nein, Jeff. Nicht immer.« Anna hielt inne. Sie ließ seinen Arm los. »Ich muss mit dir sprechen ... Morgen oder so.«

»Worum geht's denn?«, fragte er irritiert und wollte es eigentlich gar nicht hören.

»Es könnte alles so schön sein, aber ... Lass uns morgen drüber reden«, antwortete sie. »Ich möchte unsere gute Laune nicht verderben.«

Jeff hob einen rund geschliffenen Stein auf, wischte ihn an der Jeans ab und ließ ihn in seiner Hand kreisen. »Das hast du schon geschafft«, erwiderte er und warf den Stein in den Staub zurück.

»Du hast doch gesagt, du könntest störende Gedanken jederzeit aus deinem Hirn pusten.«

»Meistens, nicht immer.«

Er versuchte es, aber das Gefühl ungestörter Harmonie wollte sich nicht mehr einstellen. Anna hatte ihn aus dem wunderbaren Augenblick hinaus in ein Morgen katapultiert, das sich sein Hirn irgendwie zusammenschusterte.

»Gibt es Probleme mit den Typen auf der Ranch?«

Anna band ihr Haar zu einem Pferdeschwanz zusammen. »Genau genommen nur mit einem.«

Jeff nickte. Er hatte es geahnt. Er zog den Autoschlüssel aus der Tasche, öffnete Anna die Beifahrertür und stieg dann selbst ein. »Einen Arsch gibt es immer. Wer ist es denn? Dave?«

Anna schüttelte den Kopf. »Der Trainer.«

»Ach, sein Vater! John also.« Jeff kräuselte die Stirn. »Ist er dir dumm gekommen?«

»Nein, das nicht.« Anna sah Jeff von der Seite an. »Sollen wir tatsächlich jetzt darüber reden?«

Jeff dachte an Roberts Worte in New York. John sei ein ziemlich harter Bursche, aber ein verflucht guter Reiter. Er hatte ihn bei seinem letzten Besuch nur flüchtig kennen gelernt. Er war gerade auf der Ranch angekommen.

»Ich muss wissen, worum es geht, bevor wir dort sind«, drängte er und drehte den Zündschlüssel um. Er lauschte dem satten, ruhigen Klang der Achtzylinder-Maschine und kämpfte gegen das Unbehagen, das sein inneres Gleichgewicht störte. Er kam nicht dagegen an, und er hasste Disharmonie wie nichts anderes. Er wollte keine Konflikte, und schon gar nicht jetzt.

Während er den Haarnadelkurven bergab folgte, erzählte ihm Anna, was sie nach der Ranchbegehung gesehen hatte. Was sie ihm berichtete, empfand er wie ein nahendes Gewitter. Anna würde so etwas nicht hinnehmen, und sie hatte Recht damit.

»Die halten hier nichts von Pferdeflüsterern«, erwiderte er nur und blickte auf die Straße, die sich nun gerade zum Tal hinabneigte.

»Dann müssen wir ihnen zeigen, wie man es besser macht.«

»Ja, Anna«, sagte Jeff ruhig und hielt den Wagen an. Die Rowly Ranch lag vor ihnen, und er erinnerte sich an seine letzte Ankunft. Sie war ein Augenblick unbeschwerter Freude, ein Gefühl grenzenloser Freiheit gewesen. Die Leichtigkeit, mit der er stets diesen Boden betreten hatte, stellte sich nicht mehr ein. Sie war einem Gefühl tonnenschwerer Verantwortung gewichen.

11

Anna bereute ihre voreiligen Worte. Sie hätte mit den unerfreulichen Dingen noch warten sollen. Jeff hatte sich seit ihrem Bericht regelrecht eingekapselt wie in einen Kokon.

Als er den Wagen vor Roberts Haus abstellte, bellte der Hund, und wenig später stand Robert in der Tür.

»Verdammt, Jeff, wo wart ihr denn?«

»Tut mir Leid. Wir sind stecken geblieben.«

»Wie, mit dem Wagen?«

Anna musste lachen, und auch Jeff lächelte wieder.

»Ich musste nachsehen, ob meine Hütte noch steht.«

»Ach! Und ich hab mir Sorgen gemacht.«

»Robert, nach fünf Monaten ... Wir brauchten ein bisschen Zeit für uns.«

»Okay, okay.« Robert hob den Arm und legte ihn dann auf Jeffs Schulter. Mit der anderen Hand drückte er Annas Arm. »Schön, dass ihr da seid. Kommt rein.«

»Das ist also dein neues Heim.« Jeff ging im Wohnzimmer auf und ab, während Annas Blick prüfend zwischen ihm und Robert hin und her wechselte. Ja, dachte sie, es gibt Ähnlichkeiten, aber auch einige Punkte um Kinn und Mund, die sie an Roberts Vaterschaft zweifeln ließen. Jeff fehlte Roberts kleine Kerbe im Kinn und der links ein wenig höhere Aufschlag der vollen Oberlippe. Jeffs Mund war schmal und gerade.

»Gefällt es dir?«, fragte Robert.

»Ich würde sagen, es ist das Ranchhaus in Kleinformat. Es fehlen nur einige Bilder.«

»Die habe ich gelassen, wo sie hingehören, nämlich im Ranchhaus.«

Jeff lächelte.

»Setzt euch! Ich hole was zu trinken.« Robert zeigte auf die Sitzecke aus dickem sandfarbenem Leinen.

Jeff ließ sich in die Couch sinken, Anna setzte sich neben ihn, und Robert verschwand in der Küche. Er kam mit einer Flasche Jack Daniels und drei Gläsern zurück.

Anna hielt die Hand über ihr Glas, als Robert ihr Whiskey einschenken wollte »Für mich keinen Alkohol«, sagte sie, und Jeff schloss sich ihr an.

»Was! Keinen Whiskey?«, fragte Robert entsetzt.

»Ich habe kaum was gegessen«, entschuldigte sich Jeff.

»Gibt ja bald was.«

»Bring mir einfach ein Wasser aus der Leitung. Und du, Anna?«

»Für mich auch. Ist mir auch das Liebste.«

»Leitungswasser! Ihr seid ja verrückt! Und womit stoßen wir an?«

»Mit eurem guten Quellwasser. Es gibt doch nichts Besseres.«

Robert schüttelte den Kopf. »Was ist denn mit euch los?«

»Ich bin doch nicht zum Vergnügen hier.« Jeff grinste. »Hast du nicht gesagt, dass du mir schon morgen einen von deinen noch ungerittenen Böcken unter den Hintern schieben willst?«

»Ja, richtig. John kann morgen nicht reiten. Muss zum Sattler. Aber das dürfte doch auch nach zwei Whiskey für dich kein Problem sein. Oder hat dich der kurze Stadtaufenthalt schon so verpimpelt?«

»Ich finde es gut, wenn er nicht so viel trinkt«, warf Anna ein.

Robert zog die Augenbrauen hoch und nickte. »Ich werde euch in jedem Fall in den nächsten Wochen noch ein bisschen unter die Arme greifen.«

»Ich möchte mir morgen unsere Versuchsflächen ansehen«, sagte Jeff.

Anna horchte auf.

»Da ist noch nicht viel zu sehen, Jeff. Aber in drei bis vier Wochen ...«

»Worum geht es?«, fragte Anna.

»Wir werden einen zukunftsweisenden Versuch starten«, erklärte Jeff. Seine Augen leuchteten und Anna entdeckte etwas ganz Neues an ihm. Einen jungenhaften Stolz, den seine Coolness bisher nicht zugelassen hatte.

»Wir wollen die Weideflächen effektiver nutzen«, ergänzte Robert. »Du hast sicher von den Weiderechtsbeschränkungen auf staatlichem Land gehört.«

Sie nickte.

»Was wir wollen, ist mehr Futter auf weniger Fläche. Die Rinder sollen uns zeigen, was sie am liebsten speisen und genau das wird angesät.«

»Damit können wir dann auf das Pachtland verzichten, oder?«

»Das müssen wir ohnehin. Niemand fragt uns Rancher, ob wir ohne die staatlichen Flächen noch klarkommen.«

»Ich werde mir morgen auch die Heuwiesen ansehen«, sagte Jeff.

»Und was mache *ich* morgen?«, fragte Anna.

»Komm doch mit.«

»Du könntest dich sonst morgen mit den Arbeitspferden bekannt machen und dir überlegen, ob du Dreamer oder Twister reiten willst«, warf Robert ein. »Bis zum Round-up in zwei Wochen musst du das klar haben.«

»Schön. Dann werde ich also morgen probereiten.«

»Ich habe mir überlegt, dass du langfristig ein selbst eingerittenes Pferd haben solltest«, sagte Jeff. »Ich möchte mit dir nach Worland auf die Frühjahrsauktion fahren. Dort kannst du dir einen Dreijährigen aussuchen.«

Anna schwieg. Sie dachte an ihre Ersparnisse, die ihr eine gewisse Unabhängigkeit garantierten.

»Das ist eine supernette Idee«, erwiderte sie, »aber ich habe Rubi verschenkt und ...«

»Mach dir über das Geld keine Gedanken. Das geht selbstverständlich auf Ranchkosten.«

Robert nickte beipflichtend und verschwand aus der Tür.

Anna legte ihren Arm um Jeffs Schulter, glättete seinen zerknitterten Hemdkragen und dachte für Sekunden an ihr Zusammensein in der Hütte. »Ist lieb von dir«, sagte sie sanft. »Ich muss nur selbst noch so viel lernen, was das Westernreiten betrifft.«

»Das kriegen wir schon hin«, erwiderte Jeff und lehnte sich entspannt zurück.

Anna blickte in sein zufriedenes Gesicht und hoffte, dass das. was sie gestern gesehen hatte, eine Ausnahme war, eine besondere Methode für besonders störrische, schwierige Pferde. Aber selbst dann, durchfuhr es sie, selbst dann ist es nicht der richtige Weg.

Robert kam mit einer Flasche Sodawasser zurück. »Was hältst du denn von Red Wings?«, fragte er zu Jeff gewandt. »Er ist ein verträglicher Bursche, vor einem Jahr kastriert und ein Pferd mit Cow-sense. Wir haben das schon ausprobiert.«

»Sagtest du nicht, dass es bereits einen Interessenten für ihn gibt?«, fragte Jeff.

»Ja, John.«

»John Wister?«

»Genau. Aber der will ihn sicher ausbilden und für viel Geld weiterverkaufen.«

Wie ein Blitz durchfuhr es Anna bei der Erwähnung des Mannes, den sie bereits als ihren Feind ausgemacht hatte.

»Ich könnte mir das Pferd ja morgen ansehen«, schlug sie hastig vor.

»Und du hast dich John gegenüber noch nicht festgelegt?«, warf Jeff dazwischen, ohne auf Annas Vorschlag einzugehen.

»Nein. Ich war nicht so glücklich über sein Interesse. Ich weiß nicht, warum, aber ...« Robert nahm einen Schluck Whiskey. Die Eiswürfel klapperten im Glas. »Ich finde, Red Wings ist ein Frauenpferd.«

»Die meisten Pferde sind Frauenpferde«, sagte Anna lächelnd.

Jeff legte seine Hand auf ihre. »Ja, ich weiß. Frauen sind einfühlsamer ...«

»Dich meine ich natürlich nicht, aber dieser John Wister ...« Anna bremste sich.

»Ist wohl nicht dein Typ?«, sagte Robert und zog die Augenbrauen hoch.

»Nein, wirklich nicht.« Sie wollte gerade ins Detail gehen, aber sie spürte Jeffs kräftigen Druck auf ihrer Hand und schwieg.

Er trank sein Glas leer und drehte es unruhig hin und her. »Wir sollten uns das Pferd erst mal gemeinsam ansehen«, sagte er. Der Ton seiner Stimme war scharf.

»Klar. Aber ich finde ziemlich schnell heraus, welches Pferd zu mir passt.« Sie nahm Jeff das Glas aus der Hand und goss ihm Wasser nach.

»Wir müssen auch dringend Zäune reparieren und die restlichen Arbeitspferde von den hinteren Weiden holen, Jeff«, wechselte Robert das Thema. »Die Corrals müssen für den Ansturm in zwei Wochen präpariert sein. Und wir müssen Spritzen für die Impfungen und Medikamente einkaufen und den neuen Gasofen fürs Branding ausprobieren, bevor das Round-up losgeht. Für Dienstagabend habe ich ein Treffen angekündigt, bei dem ihr euch vorstellen und die Aufgaben und die zukünftigen Arbeitsabläufe besprechen solltet.«

Jeff nickte.

»Und nächste Woche ist eine Versammlung bei Bob Raffert wegen des Protests gegen die Weiderechtsbeschränkung im

Basin und im Bighorn National Forest. Außerdem gibt es Gerüchte, dass Fred Ruster verkaufen will.«

»Was? Ruster will seine Ranch verkaufen?«

»Ich weiß nichts Genaues, aber jammern tut er schon lange. Und Richard sagte, man habe ihm eine Summe angeboten, mit der er keinen Finger mehr krumm zu machen braucht.«

Jeff schüttelte den Kopf. »Kalifornische Verhältnisse?«

»Da brauchen wir doch gar nicht mehr so weit zu gucken.«

»Du meinst Cody und Umgebung. Ja, da hast du Recht. Eine Ranchette an der anderen.«

Robert nickte. »Ich hoffe, das mit Fred ist wirklich nur ein Gerücht.«

Jemand klopfte an die Tür, und Robert ging hin. »Das ist Rosy. Sie wird sich jetzt um unser leibliches Wohl kümmern.«

Auch Anna erhob sich und zog Jeff aus den Kissen. Sie hatte das Bedürfnis, sich frisch zu machen.

Eine kleine rundliche Frau mittleren Alters mit kräftigen, hohen Wangenknochen, schmalen Augen und schwarzen Zöpfen betrat das Zimmer mit einem freundlichen Lächeln. Sie begrüßte alle, und Robert stellte ihr Anna vor. Dann trat sie zu Jeff. »Du hast lange nicht bei mir gegessen. Siehst schmal aus«, sagte sie und legte die Hände auf seine Wangen.

»Das Leben zehrt«, erwiderte Jeff mit einem Schmunzeln.

»Werdet ihr wie Robert mit den Männern in der Kantine essen?«

»Ich denke schon«, antwortete Jeff und wandte sich Anna zu. Sie nickte.

»Wenn ihr draußen bleibt, gibt‘s Lunchpakete. Aber das kennst du ja alles.« Sie klopfte Jeff liebevoll auf die Schulter. »Und wie steht es mit dem Abendessen?«

»Ich denke, da können wir uns selbst versorgen, oder?«

Anna schmunzelte. »Kannst du überhaupt kochen?«

»Wieso ich?«, fragte Jeff grinsend.

»Die jungen Frauen!«, warf Robert ein und schüttelte den Kopf.

»Ich werde genauso wie Jeff auf der Ranch arbeiten, und wir werden uns das Kochen teilen, wie alles, oder?«, fragte Anna. Sie lächelte herausfordernd.

»Wenn dir meine Rühr- und Spiegeleier schmecken.«

»Als alter Junggeselle dürfte das Essenmachen doch für dich kein Problem sein«, sagte Robert.

»Du hast vergessen, dass New York voller Diner und Sushi Bars ist.«

»Okay, ich bringe dir das Kochen bei und du mir die Feinheiten des Westernreitens.«

Jeff nickte, und Anna wusste, dass er damit eher Letzteres bejahte.

Als sie mit Jeff zusammen ihr neues Zuhause betrat, fühlte sie sich rundum wohl. Sie hatte Angst vor dem Wort Glück, mochte es nicht einmal denken, aber sie kam nicht umhin zu glauben, dass es zumindest Momente gab, die sich als solche bezeichnen ließen.

»Eigentlich hat sich nichts verändert«, sagte Jeff nachdenklich.

»Ist nicht riesig, aber ich denke, auf die Füße treten werden wir uns nicht, oder?«

»So große Füße hast du ja nicht«, erwiderte Jeff und stellte seine Koffer in den Flur. Anna beobachtete, wie er das Haus durchschritt, in der Küche verschwand, wieder herauskam, in die obere Etage entschwand und schließlich wieder zu ihr hinunterkam.

Sie hakte sich bei ihm ein. »Ist für uns beide eine ungewohnte Situation, nicht?«

Jeff lächelte.

»Oben ist ja noch eine kleine Kammer, die ich mir einrichten könnte«, sagte Anna. »Ich meine, wenn wir uns mal auf den Geist gehen.« Sie packte ihre neue Fleecejacke und eine frische Jeans aus. »Willst du erst rein?«, fragte sie, auf das Badezimmer zeigend.

»Nein.«

»Gut, dann gehe ich.«

»Nein.«

»Na was denn nun? Willst du gar nicht rein?«

»Doch. Wir gehen zusammen. Wir müssen Wasser sparen.«

Anna lachte und sah auf die Uhr. »Stimmt. Und wir sparen Zeit.«

Jeff schob sie vor sich her ins Bad. »Vergiss doch mal die verdammte Zeit.«

12

Als sie Roberts Haus betraten, brutzelten die riesigen Steaks schon auf dem Tischgrill. Rosy füllte Kartoffelchips und Salat auf ihre Teller und goss kalifornischen Rotwein in die großen, langstieligen Gläser, die Jeff bei seinem letzten Besuch aus New York mitgebracht hatte. Dann verschwand sie ohne ein Wort aus der Tür. Und während Robert von seiner Jugend erzählte, wurde Jeff die Gedanken an seine Mutter und seine Kindheit nicht los. Das Gespräch zwischen Robert und Anna lief an ihm vorbei wie ein plätschernder Bach. Er kannte die Geschichten, empfand sich dennoch als unhöflich und uninteressiert, aber die Frage nach seiner genetischen Herkunft ließ ihm keine Ruhe. Wer war sein Vater? Und wie würde der Mensch reagieren, der ein halbes Leben lang geglaubt hatte, einen Sohn zu haben, und dann erfahren muss, dass es ein Trugschluss war? Wäre es der gleiche Schmerz wie der Verlust eines Kindes durch einen plötzlichen Unfall? Es war das erste Mal, dass Jeff wirklich mit ihm fühlte, mit dem Menschen, bei dem er aufgewachsen war, mit dem er fast zwanzig Jahre Zimmer an Zimmer gelebt hatte, der für ihn gesorgt hatte, auch wenn nicht in der Art und Weise, die er selbst sich gewünscht hatte. Paul hatte versucht ihm alles zu geben, was ein Vater seiner Meinung nach geben sollte. Und dennoch. Er hatte mit seinem Starrsinn und seinem Egoismus zwei Menschen unglücklich gemacht. Zumindest seine Mutter hatte ein besseres Leben verdient.

Ich muss endlich wissen, wer mein Vater ist, und zwar hundertprozentig, dachte Jeff.

Als er mit Anna im Arm über den Hof zum Ranchhaus ging, drang eine aufgeregte Frauenstimme aus dem beleuchteten Stutenstall. Er blieb stehen, und beide lauschten.

»Da ist irgendwas passiert«, sagte Anna.

Sie drehten sich gleichzeitig um und gingen zum Stall.

Jeff öffnete die Tür. Aus der Abfohlbox drang das dumpfe Stöhnen eines Pferdes, dann wieder die Frauenstimme. Annas Schritte beschleunigten sich, und Jeff folgte ihr. Als sie vor der Box standen, trat ihm eine zierliche Frau mit indianischen Zügen und langem schwarzem Zopf entgegen. »Eine Hinterendlage, glaube ich«, rief sie Anna mit gedämpfter Stimme zu. Ihre schwarzen Jeans hingen voller Stroh, und die Ärmel ihrer karierten Bluse waren bis unter die Achseln aufgerollt. Jeffs Blick blieb unwillkürlich auf der samtigen karamellfarbenen Haut ihrer Oberarme haften.

Usaami, dachte er und zuckte innerlich zusammen. Er fand, dass sie verdammt gut aussah und dass diese Feststellung in dieser Situation völlig unpassend war.

Anna stand bereits in der Box und befühlte Bauch und Becken der Stute. Neben ihr hockte Tom im Stroh. Er hob den Kopf. »Verdammt, Jeff, es will nicht raus.«

»Anna macht das schon«, sagte er und blickte auf den mächtigen Pferdeleib. Vor ihm lag die Stute, die eben noch gestöhnt hatte, teilnahmslos, ausgestreckt auf der Seite. Ihr Bauch wölbte sich wie eine gewaltige Tonne zwischen Brust und Flanken auf.

»Die Hufe sind vorne schon fühlbar. Ist zumindest keine Rückenlage«, sagte Anna leise. »Habt ihr Gummihandschuhe, Desinfektionsspray, ein sauberes Handtuch und zwei Stricke?«

»Alles da.«

»Gut.«

Usaami öffnete eilig eine Truhe, die neben der Abfohlbox stand, entnahm ein Paar zusammengerollte Einweghandschuhe und reichte sie Anna. »Das Spray hat Tom«, sagte sie.

Jeff hielt sich im Hintergrund. Er fing Usaamis kurzen, versteckten Blick auf. »Kann ich was helfen?«, fragte er zaghaft und hoffte, dass man ihn nicht brauchte.

»Hol frisches Wasser«, sagte Anna. Sie zog ihre Jacke aus, warf sie Jeff in die Arme und schob die Handschuhe über ihre Finger. Er nahm den Eimer aus Toms Hand und ging zum Wasserhahn.

»Und bring mir die Stricke!«

»Hängen an der Wand«, rief Usaami.

»Okay!« Jeff eilte die Stallgasse hinunter, nahm die Stricke vom Haken und stellte den Eimer unter den Hahn. Scharfes Frauenregiment, dachte er und betrachtete das Sprudeln des Wassers vor seinen Füßen. Und er dachte auch daran, wie ihm damals – er war gerade vierzehn geworden – ein Indianermädchen gezeigt hatte, was ein Zungenkuss ist. Er drehte das Wasser ab und kehrte mit dem vollen Eimer zur Abfohlbox zurück.

Tom nahm ihm den Eimer ab und Usaami die Stricke. Wieder warf sie ihm einen Blick zu, nicht länger als einen Augenaufschlag. Sie drehte sich hastig um, ging zu Anna in die Box und reichte ihr die Stricke.

»Wir werden es herausziehen müssen«, sagte Anna zu Usaami.

»Soll ich dir helfen?«, fragte Jeff.

»Nein. Sie kennt dich nicht. Reicht, wenn ein Fremder um sie herum ist.«

Die Stute hob den Kopf, drehte ihn nach hinten, atmete schwer. Jeff starrte auf die geweitete Öffnung unter ihrem nassen Schweif. Mit der erneuten Wehe und einem angestrengten Stöhnen schob sich ein kleiner Pferdehuf heraus. Dann passierte eine Weile gar nichts. Die nächste Wehe blieb ohne Wirkung auf das Fohlen in ihrem Bauch.

»Verdammt, da tut sich nichts mehr!«, sagte Tom.

»Sieht nicht gut aus«, erwiderte Anna.

Und wieder herrschte eine lange Weile beängstigende

Stille. Die wenigen Minuten schienen nicht verstreichen zu wollen, und Jeff schnürte sich der Magen zu. Er hätte jetzt gern geraucht. Sein letzter Rückschlag war vor fast einem halben Jahr, als Anna ihm in Arizona mitgeteilt hatte, sie habe einen Freund.

Er wechselte ungeduldig das Standbein und fuhr sich durchs Haar. »Wir müssen doch irgendwas tun!«

»Im Moment können wir nur warten. Die Beine müssen raus, damit wir zupacken können.«

Es dauerte noch einige lange Minuten, bis die Stute wieder eine Reaktion zeigte. Sie richtete sich ein wenig auf und streckte den Kopf nach hinten, so als ob sie plötzlich begriffe, dass es um Leben oder Tod ging. Jeff reichte Anna zwei Handtücher. In dem Moment kam der zweite Huf zum Vorschein.

Wieder war einen langen Augenblick Ruhe, dann kam ein zweiter Schub, und die Beine des Fohlens hingen aus der Scheide der Stute heraus. Anna wickelte in Windeseile die Stricke um die Sprunggelenke des Fohlens und legte den rechten in Usaamis Hand. Gemeinsam zogen sie, im Rhythmus der Wehen. Sie zerrten an dieser ins Leben drängenden Kreatur, und Jeff spürte förmlich den Zug und den Druck am eigenen Leib. Die Stute gab einen langen seufzenden Ton körperlicher Qual von sich. Dann erschien der Rumpf des Fohlens, eingewickelt in transparente Haut.

Jeff starrte auf die beiden Frauen, die ein blutiges, schleimiges Bündel aus der Stute zogen. Ein Akt roher Gewalt, aber auch ein Ausdruck inniger Liebe zum Leben, dachte er.

Anna wischte sich mit dem Handrücken den Schweiß von der Stirn, und Usaami setzte sich erschöpft auf ihre Unterschenkel zurück.

Jeff lief ein Schauer über den Rücken. Er wechselte mit Tom einen Blick der Erleichterung. Aber die Erschütterung über diese Tortur steckte noch tief in seinen Knochen. Es war nicht seine erste Fohlengeburt, aber er hatte sich immer darum gedrückt, mit anzufassen. Zu groß war seine Angst, etwas falsch zu machen. Er blieb immer der stille Zuschauer.

»Hengst oder Stute?«, fragte er schließlich, um etwas zu sagen.

»Warum fragst du nicht, ob es gesund ist«, gab Anna zurück, und Jeff fuhr zusammen. Er dachte an den Zwischenfall am Hassayampa, dachte, wie ungeheuer schroff und sachlich Anna war, wenn sie ihren Beruf ausübte. Sie schien alle Gefühle auszuschalten, und das machte sie wahrscheinlich so unerschütterlich.

Er erwiderte nichts, sah nur stumm zu, wie sie ein staksiges braunes Wesen aus seiner glibberigen Hülle befreite. Sie gab ihm einen leichten Klaps auf die Nase und schob es zusammen mit Tom an die Seite der Mutter, mit der es noch durch die Nabelschnur verbunden war.

Die Stute blickte zu ihrem Nachwuchs, schien sich noch an das kleine Wesen neben ihr gewöhnen zu müssen. Sie machte Anstalten, sich zu erheben, und Anna und Usaami standen eilig auf und traten zur Seite. Jeff kam langsam wieder zu sich. »Wirf ihr trockenes Stroh vor die Hufe!«, rief er.

Usaami tat, was er sagte. Die Stute setzte die Hufe auf, rutschte ein wenig nach hinten und fand dann Halt. Sie stand, schüttelte sich und die Nabelschnur riss an der dafür vorgesehenen Stelle. Die körperliche Verbindung zwischen Mutter und Kind war gekappt, das Fohlen ein selbstständiges Lebewesen.

Es lag zu Annas und Usaamis Füßen, das Fell verklebt von den Resten der Fruchtblase, die Ohren schlapp zur Seite gelegt, die Augen voller Erstaunen. Die Stute neigte den Kopf zu ihm hinab, leckte seine Nase, seinen Hals, seine Flanken.

Jeff wollte etwas sagen, aber ihm fiel nichts ein. Alles, was er dachte, war zu schockierend und rührselig zugleich. Aber er lächelte, alle lächelten bis auf Anna.

»Es muss bald auf die Beine«, sagte sie.

»Sollen wir nachhelfen?«

Anna schüttelte den Kopf. »Lass uns noch einen kleinen Moment warten.«

Als sie verstummte, begann das Fohlen die zusammengefalteten dünnen Beine auseinander zu ziehen. Es stemmte die Röhrbeine nach vorn, versuchte sich abzustützen und es seiner Mutter gleichzutun. Immer wieder setzte es die kleinen Hufe auf, drückte sich ein Stück weit empor und sackte wieder zusammen.

Ein jämmerlicher Anblick, dachte Jeff. Menschenkinder beginnen ihr Leben mit einem Schrei, nachdem sie gedrückt, gequetscht und erschöpft den schützenden Mutterleib verlassen haben. Fohlen leiden still, aber nicht weniger.

Wieder zog sich der kleine Pferdeleib vor Anstrengung zusammen. Die Stute stieß das Fohlen energisch mit der Nase an, forderte es auf, das Ringen ums Leben fortzusetzen. Aber wieder sackte es in sich zusammen. Jeff schüttelte den Kopf, drehte sich kurz weg, dann wieder zu dem Häufchen Elend, das vor Anna und Usaami im Stroh lag. Tom stand in der Ecke und grummelte etwas vor sich hin.

»Wir müssen ihm helfen«, sagte Jeff.

Anna nickte. »Ich glaube, du hast Recht. Ich bin kein Freund von zu viel Hilfe, aber in diesem Fall ...«

Jeff ging in die Box. Gemeinsam mit Anna stützte er das Fohlen bei seinem erneuten Versuch, aufzustehen. Wenig später stand es auf seinen langen, wackeligen Beinen.

Eine Weile ließ Jeff seine Hände noch unter dem kleinen, bebenden Pferdeleib. Er spürte die Atmung, die Angst dieses Tieres, das gerade errungene Leben wieder zu verlieren. Dann zog er seine Hände behutsam zurück. Vor ihm stand ein fertiges Pferd, bereit, mit seiner Mutter über die Weide zu laufen, schnell genug, um mit der Herde vor den Gefahren der Wildnis zu fliehen.

Er lehnte sich an die Wand und betrachte das Fohlen. Es wankte zum prall gefüllten Euter seiner Mutter und sog schließlich die lebenserhaltende Kolostralmilch in seinen schmalen Körper.

Jeff beugte sich hinab und sah, dass es ein Hengstfohlen war. Er dachte daran, irgendwann einen Deckhengst aufzustellen. Womöglich hatte dieses kleine zarte Wesen die Anlagen dazu.

»Alles dran, alles normal, die Stute ist okay«, sagte Anna zufrieden. »Jetzt nur noch die Nachgeburt und das Darmpech.«

Usaami lächelte, und Jeff dachte, dass sie es sicher nicht häufig tat.

Anna streifte die Gummihandschuhe von den Händen, warf sie in einen leeren Eimer und verließ die Box. Sie ging an Jeff vorbei zum Wasserhahn, wusch sich die Hände und kam mit entspannter Miene zurück. »Es ist ein Hengstfohlen«, erklärte sie und streichelte seinen Arm.

»Was du nicht sagst«, erwiderte Jeff.

Anna wandte sich an Usaami und Tom, die die Box aufräumten, das Stroh glätteten und es an den Rändern zu einem kleinen Wall aufschütteten.

»Wenn es Probleme mit der Nachgeburt gibt oder das Fohlen kein Darmpech absetzt, ruft drüben an.«

»Klar, machen wir«, sagte Tom.

»Bist du eigentlich ...«

»Ich bin Tom. Bin für die Stallarbeit zuständig.«

»Ich bin Anna«, erwiderte sie mit einem Schmunzeln.

»War klar. Weiß ich doch alles von Robert.«

»Und du bist sicher Usaami«, sagte Jeff.

Sie drehte sich zu ihm um, nickte und sah ihn länger an,

als ihm lieb war. Ihre Augen schienen noch dunkler und undurchsichtiger als zuvor.

»Wir sehn uns«, sagte er und drehte sich um. Er stieß fast mit Anna zusammen, legte seinen Arm um ihre Taille und öffnete die Stalltür.

13

Als Anna in die kalte Nacht hinaustrat, waren alle Lichter gelöscht, und sie sah nichts bis auf ein Meer von Sternen. Sie legte ihren Kopf in den Nacken, blickte auf Milchstraße und Sternbilder und fühlte sich unendlich klein und unbedeutend. Sie glaubte zu verstehen, was Jeff damit meinte, wenn er behauptete, es gebe keinen Anfang und kein Ende im Universum. Ihr wurde ganz schwindelig vom Hinaufschauen und von den Gedanken. Jeff knipste die Taschenlampe an und holte sie auf den Boden zurück. Sie folgte ihm ins Ranchhaus.

Als sie die Haustür hinter sich schloss, ließ sich Jeff bereits in den Sessel fallen. Er zog den Schemel heran und legte die Füße darauf. »Haben wir eigentlich noch Bier im Kühlschrank?«, fragte er.

Klassisch, dachte Anna und sah auf seine abgewetzten Cowboystiefel. Wenn schon nicht Boss im Stall, dann doch wenigstens im Wohnzimmer. »Du hast so nette blaue Augen. Sieh doch mal nach«, antwortete sie, während sie ihre Jacke auszog. Sie beobachtete, wie Jeff seine Hände hinter dem Kopf verschränkte, sich zurücklehnte und etwas vor sich hin grummelte. Sie hoffte, dass dies nicht der Anblick wäre, der sich ihr böte, wenn das Abendessen anstand und ihnen der Magen knurrte.

Wie dem auch sei, sie verspürte selbst Appetit auf einen Schluck Bier. Jeff wollte sich gerade erheben, doch sie winkte ab, ging in die Küche und fand zwei Flaschen Budweiser im Kühlschrank. Sie kehrte mit einer Flasche zurück, goss sich Bier in ein Glas und drückte Jeff die Flasche in die Hand.

»Danke«, sagte er mit einem müden, abwesenden Lächeln.

Irgendetwas lag in der Luft. Ein merkwürdiges Schweigen war zwischen ihnen, seit sie den Stall verlassen hatten. Anna sah forschend zu Jeff hinüber. War es die Rangordnung, die hier gerade ausgefochten wurde, oder war es Usaami? Sie hatte ihre Blicke beobachtet. Es waren Sekunden – lang genug, um die kleine Spannung darin erkennen zu lassen.

Sie betrachtete die unkontrollierten Ausschweifungen ihrer Gefühle mit Verachtung. Wie kleingeistig, dachte sie und wehrte sich dagegen. Wie oft hatte sie selbst solche Augenblicke empfunden, und wie schnell waren sie verflogen. Da taucht jemand auf, der einem gefällt, während daneben der geliebte Mensch steht, für den man sich klar entschieden hatte. Ein Knistern, vielleicht sogar ein kurzes Verlangen, und genauso schnell, wie es kam, war es wieder verflogen. Aber – so resümierte Anna – das bedeutete, aus den Augen, aus dem Sinn. Usaami jedoch würde Jeff jeden Tag unter die Augen treten.

Sie ging ins Bad, duschte sich den Geruch von Pferdemist und blut vom Körper und zog ihr Nachthemd an. Sie fühlte sich besser. Und mit der Entspannung rieselte die Müdigkeit in sie hinein wie schwerer Sand, der sie zu Boden zog. Auf Beinen wie Blei stieg sie die Treppe hinunter. Jeff lag zusammengesunken im Sessel. Er war eingeschlafen.

Sie trat leise hinter ihn, legte die Arme um seinen Hals und ihr Gesicht an sein Kinn. Es war nicht mehr so glatt wie am Morgen, aber nicht weniger reizvoll. Sie liebte es, sich sanft daran zu reiben. Sie streichelte seinen Nacken, fuhr durch sein Haar und wartete auf eine Reaktion.

»Spielst du tot?«, flüsterte sie in sein Ohr.

»Ja.«

»Ich dachte, Tote sprechen nicht.«

»Behauptest du.«

Anna ging um den Sessel herum und setzte sich auf seinen Schoß. »Mal sehen, wie tot du bist.« Sie steckte ihre Hand in die Stelle seines Hemdes, an der einer der Perlmuttdruckknöpfe fehlte. Aber Jeff zeigte nicht die erwartete Reaktion.

»Ist schon komisch«, sagte er stattdessen mit geschlossenen Augen, »bei jeder Geburt wird einem klar, wie dicht Leben und Tod beieinander liegen.«

»Manchmal geht das eine sogar nicht ohne das andere«, erklärte Anna. »Das Schlimmste ist, wenn man sich zwischen dem Leben der Mutter und dem des Fohlens entscheiden muss.« Sie rieb sich die müden Augen. »Ich finde den Tod immer wieder erschreckend.«

»Der Tod ist nur ein kurzer Schnitt im Leben«, erwiderte Jeff und öffnete die Augen. »Danach geht es wieder von vorne los, immer wieder. Das samsarische Hamsterrad dreht sich unaufhörlich.« Er legte seine Hand auf ihren Rücken und ließ sie kreisen. »Tod, Leben, Tod, Leben, Tod ...«

Anna hob den Kopf. »Was ist denn mit dir los?«

»Gar nichts.«

»Glaub ich nicht. Diese Geburt scheint dir aufs Gemüt geschlagen zu haben!«

»Mag sein. Lass uns ins Bett gehen.«

Anna nickte. Nichts war ihr jetzt lieber als das.

Der Morgen war klar und trocken, der Himmel blank geputzt, im Osten noch rosig, im Westen zartblau. Sie ritt mit Jeff in die Prärie hinaus, nahm die dicken Lederzügel in die linke Hand und stieß sie sanft über den Mähnenkamm des Fuchswallachs. Dreamer war sein Name, und er schien ihm alle Ehre zu machen. Mit der Gelassenheit eines alten Weisen fiel er in einen Lope, wie man hier einen entspannten Galopp nannte. Die Luft war so klar und kalt, dass Anna den Atem der Pferde sehen konnte.

Jeff galoppierte neben ihr. Sie spürte seinen Blick, sah für einen Moment zu ihm hinüber. Das Blau seiner Augen schien noch schärfer als sonst, und Anna dachte, dass es ehrliche Augen waren. Sie empfand so etwas wie Dankbarkeit dafür, dass er sie mit hierher genommen hatte. Es war das erste Mal, dass sie es zuließ. Sie hatte sich stets daran erinnert, dass auch Jeff dafür etwas bekam. Etwas, das er vielleicht schon lange gesucht hatte, ohne es zu wissen. Anna sah, dass es ihm gut ging, und sie war überzeugt, dass sie ihren Teil dazu beitrug.

Seine Aufmerksamkeit wechselte von ihr zum Weideland und zu dem Vieh, das darauf graste, während er hin und wieder sein zu schnell werdendes Pferd mit sicheren, feinen Paraden zurückhielt. Das Land öffnete sich nach Süden. Sie überquerten einen Teil des nachbarschaftlichen Gebietes, wobei sie diverse Gatter öffnen und schließen mussten. Sie ritten durch sanft gewellte Salbeisteppe, durch einen steinigen Bach und über eine wackelige Holzbrücke, die über einen Wassergraben führte. In dem weiten offenen Becken wirkten die verstreut grasenden Rinder wie winzige Käfer. Einige schneeweiße, bauschige Wolken zogen auf und trieben gemächlich über sie hinweg. Sie zeigten ihnen die Richtung, aus der der Wind kam, und versprachen einen regenfreien, freundlichen Tag.

Sie ritten zum Rowly Creek hinunter, dem Teil des Gras- und Buschlandes, das Robert vom Staat Wyoming gepachtet hatte. Das tief liegende Gelände am Bachlauf war seit einigen Jahren im Frühjahr und Sommer von der Beweidung ausgeschlossen geblieben und sollte nun ganz für Rinder gesperrt werden. Sie würden Zäune errichten oder das Vieh immer wieder vom Bachlauf forttreiben müssen. Und sie würden neue Trinkwasservorkommen erschließen müssen. Eine schwierige und kostspielige Situation. Robert hatte der neuen Verordnung widerwillig zugestimmt. Er hätte das Land sonst verloren. Jeff wollte sich nun ein Bild vom Zustand der Natur machen.

Das Land, das sich vor Anna ausdehnte, war blassgrün und leer gefegt, von krausem Beifußgestrüpp, niedrigen gelbgrünen Gräsern und Salbeibüschen bedeckt. Anna fand, dass die Umweltschützer Recht hatten. Wohl oder übel würden sich die Rancher, zu denen nun auch sie gehörte, mit der neuen Situation anfreunden müssen, wenn sie nicht in ein paar Jahren vor kahl gefressenem Ödland stehen wollten.

Sie ritten schweigend zum Bach hinunter, folgten seinem Lauf und sichteten einige Pronghornantilopen, die zwischen den Weiden am Bachlauf ästen. Schräg über ihnen segelte ein Adler im Aufwind. Sekunden später stürzte er herab wie von einer Kugel getroffen. Was er erbeutet hatte, entzog sich ihrem Blick. Kurz darauf entdeckte Anna einen Kojoten, der einer Maus nachstellte.

»Einer von denen hat sich ,n Kalb geholt, als ich das letzte Mal hier war«, sagte Jeff.

»Geholt?«

»Das Kalb war eine Frühgeburt, aber es hätte vielleicht überlebt, wenn der Kojote nicht gewesen wäre.«

»Vielleicht.«

»Sie sollten sich lieber Präriehunde holen.«

Anna zuckte die Schultern. »Denen schmeckt eben auch ein Kalbssteak besser, als ein zäher Nager. Wir tun doch nichts anderes als die, nur unter anderen Vorzeichen. Für frei lebende Tiere gibt es nicht Mein und Dein. Das waren mal deine Worte, als es um Berglöwen ging.«

»Ja, ich weiß. Ist schwierig, den klaren Blick zu behalten, wenn es plötzlich um das eigene überleben geht.« Jeff spähte an ihr vorbei zum Bachlauf hinunter. »Als wir noch nicht hier waren, befand sich alles im Gleichgewicht«, sagte er leise, wie zu sich selbst. »Die Indianer jagten, was sie zum Leben brauchten, und überließen der Natur, was sie nicht benötigten. Sie waren mit wenig zufrieden, es gab keine weit gesteckten Ziele, nicht die Gier nach mehr Besitz, nach mehr Komfort ...«

»Ich glaube, du verherrlichst die Indianer ein bisschen«, erwiderte Anna. »Auch die hätten sich irgendwann so vermehrt, dass sie Tiere verdrängt und ihre und deren Lebensräume in Gefahr gebracht hätten. Der Mensch ist einfach zu dominant für diese Welt.«

»Mag sein.« Jeff dirigierte sein Pferd zum Wasser hinunter. Es scheute ein wenig, pustete, wich zurück. Er überließ es einen Moment lang sich selbst, gab ihm Zeit, um sich mit der Umgebung vertraut zu machen. Es war noch nicht häufig im Gelände gewesen. Als es seinen Kopf neugierig und ruhig in Richtung Wasser streckte, gab ihm Jeff etwas Druck mit den Schenkeln, ließ die Zügel locker und trieb es vorsichtig Stück für Stück ins Wasser. Anna beobachtete Jeffs Hände, die die Zügel so sanft und einfühlsam hielten wie gestern ihren Körper. Und sie hoffte, das diese Zartheit nie von dem harten Leben hier draußen zerstört würde. Sie dachte daran, was Robert gesagt hatte, dass sie hier mit den schwierigsten und stursten Vertretern der amerikanischen Tierwelt zurechtkommen mussten – mit Pferden, Rindern und Cowboys.

Um Punkt fünf Uhr saß Anna neben Jeff an dem langen, rauen Kiefernholztisch in der Kantine. Sie und Usaami waren die einzigen Vertreter des weiblichen Geschlechts zwischen breitschultrigen, rauchenden Kerlen in karierten Hemden. Der einzige Gegenstand an der hölzernen Wand des schmalen, kargen Raums war ein langes Brett mit Haken aus Hirschgeweihen. An dessen linkem Ende hingen in Reihe die Hüte der Männer, jeder mit seiner persönlichen Ausprägung.

Usaami saß neben Tom. Sie trug eine weiße Bluse, die auf ihrer rotbräunlichen Haut wie ein Werbemittel für Waschpulver leuchtete. Ihr dickes Haar steckte schwungvoll ineinander gedreht am Hinterkopf. Anna registrierte ihre versteckten Blicke zu Jeff hinüber. Sie redete sich ein, dass das völlig normal sei.

Schließlich war er ihr neuer Boss. Rosy kam herein, stellte zwei Sechserpacks Budweiser auf den Tisch, legte einen Öffner daneben und verschwand wieder aus der Tür.

Robert erhob sich und ließ seinen Blick durch die Runde kreisen. »Denke, wir sind alle versammelt. John hat sich abgemeldet. Seiner Frau geht‘s wieder schlechter. Er muss sie ins Krankenhaus fahren«, erklärte er.

Alle nickten betreten, und Anna fragte sich, was mit ihr los war. Plötzlich wurde ihr bewusst, dass auch John ein Mensch mit Gefühlen, mit einem Liebesleben und dem Wunsch nach Glück war.

»Ansonsten möchte ich das Wort erst mal an Jeff und Anna abgeben«, sagte Robert, setzte sich und blickte zu ihnen hinüber. Sein dichtes weißes Haar klebte an seinem Kopf, und auf seiner Stirn zeichnete sich noch die Kerbe seines Hutes ab.

Anna überlegte, was sie sagen sollte, und schob ihren Ellbogen an Jeffs Arm. Sie hoffte, er würde vor ihr das Wort ergreifen, und sie hatte Glück. Er stand auf.

»Freut mich, euch alle hier versammelt zu sehen«, begann er mit einem Lächeln. »Die meisten von euch kennen mich als Urlaubsbesucher, als City Slicker, als den, der das, was für euch harte Arbeit ist, als Freizeitspaß betrieb. Jetzt bin ich hier, um euch zu sagen, wo‘s langgeht. Eine nicht ganz einfache Situation für uns alle.« Jeff senkte den Blick.

»Hast ja ‚ne Menge von uns gelernt«, warf ein breitschultriger Mann mit rundem Gesicht und langen Koteletten ein, der nur Bill sein konnte. Seine Stimmbänder waren rau wie Präriegras, und sein Gesicht war freundlich, voll und erstaunlich glatt, dafür, dass es ständig Wind und Sonne ausgesetzt war.

»Ja, Bill. Ich bin euch sehr dankbar dafür«, gab Jeff zurück. »Es ist nicht einfach, ein Erbe anzutreten. Man steht immer im Schatten seines Vorgängers, wenn das Unternehmen erfolgreich geführt wurde und wenn, wie in diesem Fall, der Boss ein Mensch mit einer ganz besonderen Persönlichkeit war. Sicher hättet ihr euch keinen besseren wünschen können.«

Anna blickte zu Robert hinüber. Er hob abwehrend die Hand und wirkte ein bisschen verlegen.

»Dennoch denke ich, dass einer guten Zusammenarbeit nichts im Wege steht, vorausgesetzt, uns allen ist klar, dass wir im selben Boot sitzen. Keiner arbeitet hier allein für sein eigenes Wohl. Und vor allem die Schwierigkeiten mit den neuen Landgesetzen, dem Naturschutz, die Widrigkeiten einer manchmal erbarmungslosen Natur sollten uns zusammenhalten lassen.«

Alle trommelten mit den Fäusten auf den Tisch, und Robert nickte beipflichtend.

»Anna und ich werden vieles so fortführen, wie Robert es bisher getan hat. Aber es wird auch Dinge geben, die wir anders machen wollen.«

Alle schwiegen, und Anna spürte für einen kurzen Augenblick Jeffs Hand auf ihrem Arm. »Was Anna betrifft«, fuhr er fort, »so möchte ich gleich eventuellen Gerüchten und Erwartungen vorgreifen.« Er blickte sie kurz von der Seite an. »Anna ist meine Lebensgefährtin. Wir haben nicht vor zu heiraten, aber sie ist trotzdem genauso zu behandeln, als wäre sie meine Frau. Und damit möchte ich das Wort an sie abgeben.«

Wieder trommelten alle auf den Tisch, aber Anna bemerkte auch die Verwunderung in ihren Gesichtern. Sie selbst war ein wenig zusammengezuckt, hatte sie dieses stille Übereinkommen doch nie als so absolut und unabänderlich betrachtet, wie Jeff es jetzt kundgetan hatte.

Er legte seine Hand auf ihren Arm. Sie erhob sich.

»Also wir haben uns ja alle schon gesehen«, fing sie an und strich ihr Haar hinter die Ohren. »Mit Usaami und Tom habe ich einem Fohlen auf die Sprünge geholfen.« Sie blickte in

Usaamis verschlossenes Lächeln, dann zu Tom, der anerkennend den Daumen hob.

»Dank noch einmal an dich, Anna. Ist ein kerniges Hengstfohlen geworden«, warf Robert ein.

»Ist doch mein Job.« Sie lächelte und ließ einen Schluck Bier durch ihre trockene Kehle laufen. »Also was soll ich noch sagen«, fuhr sie fort. »Dass auch ich auf eine gute Zusammenarbeit hoffe, dürfte verständlich sein. Wenn ich hin und wieder etwas erstaunt nachfrage, hat das mit sprachlichen Schwierigkeiten zu tun. Mein Englisch ist zwar fließend, aber hin und wieder brauche ich etwas länger, um euch zu verstehen, vor allem, wenn es um typisch amerikanische Ausdrücke und Witze geht.«

Allgemeines Nicken.

»Die sind manchmal gar nicht für die Ladys gedacht«, sagte Spencer mit einem breiten Grinsen.

»Auf deine Witze können wir sowieso verzichten«, gab Bill zurück.

»Wenn sie geistreich sind, würde ich sie gern mal hören«, erwiderte Anna, und ihr Mund verzog sich leicht nach links. »Ich habe eigentlich gar nicht mehr viel zu sagen«, fuhr sie fort, »außer, dass ich sehr glücklich bin, hier in Wyoming zu sein. Es ist ein wunderschönes Land mit einer grandiosen Landschaft. Wir sollten alle dazu beitragen, dieses Land zu erhalten, es pfleglich zu nutzen und bei allem Nehmen das Zurückgeben nicht vergessen.«

Einen Augenblick lang war es so still im Raum, dass man eine Nadel hätte zu Boden fallen hören. Anna dachte einen Moment, nichts würde sich mehr rühren. Dann folgte das obligatorische Klopfen. Ihr schien es, als fiele es zurückhaltender aus als nach Jeffs Ansprache. Aber sie konnte sich auch getäuscht haben. Robert lehnte sich zurück, und Bill steckte sich eine Zigarette an.

Anna setzte sich und strich sich erneut die Haare aus dem Gesicht. Jeff umfasste sein Glas mit beiden Händen. Er sah sie kurz an. Sein Lächeln war verhalten, und sie dachte an ihre letzten Worte.

»Zu unseren Neuerungen wird übrigens eine Round Pen gehören«, warf Jeff in das betretene Schweigen. »Mit dem Bau soll gleich nach dem Viehumtrieb begonnen werden. Ich brauche dafür zwei Männer, die gut mit Säge und Hammer umgehen können.«

»Ist ‚ne prima Idee«, erklärte Robert. »Wird vor allem für John ‚ne enorme Erleichterung sein. Würd sagen, Tom, Jason und Dave helfen dir mit dem Bau, Jeff.«

Er nickte. »Da es mit der Rinderzucht nicht gut steht, wollen wir den Schwerpunkt noch mehr auf die Pferdezucht verlagern und uns durch die Teilnahme an Turnieren und Wettbewerben profilieren.«

Anna rang mit sich, überlegte und richtete sich dann auf. »Wir werden in diesem Zuge auch neue Methoden beim Anreiten der jungen Pferde einführen«, brachte sie hervor und blickte unsicher in die Runde. Sie vernahm ein leises Tuscheln aus der Ecke um Dave herum und bemerkte ein zynisches Grinsen auf dem jungen Gesicht, das bereits die harten Züge seines Vaters trug. Ihr war nicht ganz wohl bei dieser Äußerung und Jeff augenscheinlich ebenfalls nicht, aber sie fand dennoch, dass es an dieser Stelle gesagt werden musste.

»Also Leute, ihr seht, es weht ein frischer Wind. Wurde ja auch mal Zeit«, sagte Robert und hob seine Bierflasche. »Auf gute Zusammenarbeit und schwarze Zahlen!«

Alle hoben ihre Flaschen und nahmen einen Schluck.

»Bleibt's beim zwanzigsten mit dem Round-up?«, fragte Bill.

»Wenn das Gras noch ein bisschen austreibt«, erwiderte Jeff.

»Es passt auch in Bobs Plan und in den der Williams.«

»Sind das die Nachbarn, die uns helfen?«, fragte Anna.

Robert und Jeff nickten.

»Wer soll morgen die Zäune machen?«, fragte Spencer.

»Hast du was auf'm Zettel?«

»Noch nicht.«

»Gut, dann übernimm das.«

Kurzes Schweigen. Jeff blickte in die Runde.

»Okay. Gibt es noch irgendwelche Fragen?«

»Fällt einem nicht alles auf einen Schlag ein«, erwiderte Spencer.

»Macht ja nichts. Wir sehn uns ja noch ‚n paar Mal.«

Spencer grinste, und Jeff setzte sich. Er lehnte sich lässig zurück, mit demselben coolen Lächeln um die Lippen, das auch Anna damals hatte weich werden lassen.

Eine Weile wurde noch über das Wetter und das Vieh geplaudert, dann erhob sich einer nach dem anderen. Die Männer nahmen ihre Hüte vom Haken und Usaami zog ihre Daunenweste über. Sie warf Jeff einen kurzen Blick zu und verschwand mit den Männern aus der Tür.

Anna ließ Jeff mit Robert allein zurück. Sie wusste, dass er mit ihm reden wollte, ging hinüber ins Ranchhaus und nahm ein Bad. Anschließend bereitete sie das Abendessen so weit vor, dass sie nur noch Spaghetti kochen musste, wenn Jeff kam. Der Kühlschrank war fast leer geputzt. In den nächsten Tagen würden sie nach Greybull zum Einkaufen fahren müssen. Sie hoffte auf Jeffs Hilfe.

Es war fast acht, als er endlich erschien. Seine Schritte klangen schwerer als sonst. Anna brauchte nicht lange, um zu erkennen, dass die beiden nicht nur Bier getrunken hatten. Sein Kuss war derb, und sein Atem roch nach Whiskey.

»Ich hab Essen auf dem Tisch«, sagte sie und nahm seine Hand von ihrem Busen.

Jeff zog die Mundwinkel hinunter. »Ich dachte an ‚ne kleine Vorspeise.«

»Dann hättest du früher kommen müssen.«

»Manchmal bist du streng wie ‚ne Lehrerin. Hm, riecht gut. Pasta?«, fragte er, zog seine schwere Leinenjacke aus und warf sie zur Küchentür hinaus.

»Ja. Das Letzte, was im Kühlschrank war. Wir müssen dringend einkaufen.«

»Mach ich morgen. Ich muss sowieso los. Brauch ‚ne neue Jeans.«

»Weil diese nicht mehr zugeht?«

Jeff blickte erschrocken auf seinen Hosenschlitz. »Schuldigung.« Er machte die Knöpfe zu und setzte sich an den Tisch.

»Schaffst du‘s noch mit den Spaghetti, oder soll ich sie dir klein schneiden?«

Er grinste. »Hast du noch ‚n Bier?«

»Kann sein. Aber hier gibt es nur Selbstbedienung. Außerdem siehst du so aus, als hättest du genug. Hier ist gutes klares Quellwasser für den klaren Geist, um es mit deinen Worten zu sagen.« Sie schob ihm die Karaffe hinüber.

»Klarheit gibt‘s heute sowieso nicht.« Jeff erhob sich schwerfällig, ging in die Küche und kam mit einer Flasche Bier zurück.

»Welche Unklarheiten gibt es denn?«

»Ich wüsste gern, ob ich Robert dafür dankbar sein soll, dass er meine Mutter hinter Pauls Rücken in irgend ‚nem verdammten Hotel gebumst hat«, sagte er, stieß kurz auf und kämpfte mit den Spaghetti in der Schüssel.

Anna nahm ihm Gabel und Löffel aus der Hand und füllte Spaghetti und Soße auf seinen Teller. »Dass Männer immer so vulgär werden müssen, wenn sie betrunken sind.«

»Weißt du, irgendwie ist das ganz schön verlogen. Ich frag

mich immer wieder, warum meine Mutter Robert verlassen hat, wenn sie ein Jahr später schon wieder mit ihm ins Bett gegangen ist.« Jeff stützte die Ellbogen auf den Tisch und legte den Kopf in die Hände.

»Wenn Gefühle und Verstand nicht in die gleiche Richtung laufen, kommt eben so was dabei raus«, erwiderte Anna und dachte, dass sicher nur wenige Frauen, die in der Stadt aufgewachsen sind, dafür geeignet sein dürften, auf einer entlegenen Ranch unter raubeinigen Männern und dickfelligen Rindern zu leben.

»Robert wird ‚nen Test machen«, sagte Jeff, und seine Stimme klang fester.

»Du meinst einen Vaterschaftstest?«

Jeff nickte und leerte sein Glas.

»Ist wohl das Beste.« Anna blickte in Jeffs glasige Augen und hoffte, ihn nicht zu häufig in diesem Zustand zu erleben.

14

Den folgenden Tag verbrachte sie mit Robert, Bill und Jason auf den nahen Winterweiden. Sie sahen nach neugeborenen Kälbern und den letzten bald kalbenden Kühen.

Eine der Herfordkühe hatte gerade Zwillinge zur Welt gebracht – das sichere Aus für einen der beiden. Die Kuh hatte das schwächere Kalb angenommen. Sie war ein älteres Tier und an Menschen gewöhnt. Anna und die Männer konnten sich ihr problemlos nähern.

Vor der Kuh lag das winzige magere Kalb, unfähig, ans Euter zu gelangen. Den kräftigen, gesunden Zwilling stieß sie von sich weg. Bill und Jason gingen vorsichtig zu dem Winzling mit dem struppigen Fell, der vor dem massigen, ausgeleierten Körper seiner Mutter lag. Die Kuh senkte die Hörner und schnaubte. Das Kalb versuchte aufzustehen, sank kraftlos in sich zusammen, versuchte es erneut und blieb zitternd liegen. Bill hielt das Kalb fest und Spencer tastete es ab. Er blickte in Nase und Ohren, kontrollierte den Puls und schüttelte dann den Kopf.

Anna stieg ab, untersuchte das Tier eingehend und musste feststellen, dass es nur mit aufwendigen Infusionen in einem warmen Stall eine Überlebenschance hatte. So eine Behandlung war hier jedoch nicht möglich. »Sieht nicht gut aus«, erklärte sie schließlich.

»Leider haben nicht alle Kühe einen gesunden Instinkt.« Robert zuckte die Schultern und gab Bill ein Handzeichen. Keiner sagte mehr etwas, aber alle wussten, was gemeint war.

Robert stieg von seinem Pferd, zog seinen Colt aus dem Gürtel und blickte zu Anna. »So was ist für dich ja sicher nichts Neues«, sagte er mit gedämpfter Stimme. »Ich tue das nicht gern, aber wir würden‘s auch mit der Flasche nicht durchkriegen.«

Anna nickte. Bill saß auf und trieb die Kuh vom Kalb weg. Sekunden später fiel der Schuss. Sie fuhr zusammen, ihr Pferd machte einen kleinen Satz zur Seite. Dann wanderte ihr Blick zu einem Häufchen Fell am Boden und zu einem kleinen roten Rinnsal im Gras. Sie wandte sich ab. Sie hasste den Tod. Bis heute hatte sie sich nicht an den Anblick gewöhnt.

Sie sah hinüber zur Herde, die dicht zusammengeschlossen am Zaun stand. Die Mutter des toten Kalbes war klar zu erkennen. Sie hatte Hörner, ihr Fell war etwas heller als das der übrigen Kühe und ihr Kopf fast weiß. Ihr zweites Kalb stand etwas abseits.

Bill zog ein langes Messer aus dem Lederschaft an seinem Gürtel und blickte zu dem toten Kalb.

»Bill, lass es uns so versuchen!«, rief Robert.

»Wenn du meinst«, erwiderte er, steckte das Messer zurück und schwang sich in den Sattel. Er löste sein Lasso, hier Rope genannt, das aufgerollt am Sattelhorn hing, und zog dicke Lederhandschuhe aus seiner Westentasche. »Anna, halte du mit Spencer die Herde zusammen. Wir holen uns die Kuh.«

Anna ritt mit Spencer an die zurückweichenden Rinder heran, die jetzt die Köpfe senkten, schnaubten und im Sand scharrten. Staub wirbelte auf, und dahinter fegte Bills Rope durch die Luft. Ein perfektes Looping. Die Schlinge fiel über die Hörner der Kuh, der Strick spannte sich am Sattelhorn, und sein Pferd blockte ab. Die Kuh kämpfte nicht. Sie schüttelte nur ein paarmal den Kopf und blieb dann stehen. Robert war abgestiegen. Er hatte das Zwillingskalb am Strick und zog es zu seiner Mutter.

Es dauerte eine ganze Weile, und Anna kam es vor wie eine Ewigkeit, aber als das Kalb endlich am Euter seiner Mutter saugte, versöhnte sie sich mit dem Leben, das sie umgab. Sie betrachtete es, sah, wie ein wenig Milch von seiner rauen, fleischigen Zunge ins Gras tropfte, und dachte an das Blut des Zwillingskalbes.

»Gute Arbeit, Jungs«, sagte Robert zufrieden lächelnd. Er wandte sich Anna zu. »Hab dich nicht vergessen. Aber Mädels kann man ja nicht sagen. Bist ja nun mal die Einzige hier.«

»Schon gut, Robert. Ich habe ja nicht viel getan.« Sie ritt näher an ihn heran. »Was wollte Bill mit dem Messer?«

»Dem toten Kalb die Haut abziehen. Kommt vor, dass ‚ne Kuh sich gegen das zweite Kalb sträubt. Dann stülpen wir ihm die Haut von dem toten über.«

Anna schauderte. Sie war der Kuh unendlich dankbar, ihr diesen Anblick erspart zu haben.

Erschöpft, aber zufrieden fiel sie am Abend in Jeffs Arme. Er war gerade aus Greybull zurück, wo er Lebensmittel, neue Stiefel und Jeans gekauft hatte. Aber er zog noch etwas anderes aus der Tüte – einen hellgrauen Stetson mit schwarzem Band und einen silberbeschlagenen handgearbeiteten Naturlederzaum. Seine Augen leuchteten jungenhaft, und seine Finger strichen voller Verzückung über das blanke Silber.

»Für Blue Diamond«, sagte er entschuldigend. »Der Hengst hat die Anlagen. Ich hatte ihn heute Morgen unterm Sattel. Robert hat ihn selbst angeritten. Er könnte schon bald eine Futurity-Prüfung gewinnen. Ist das gelehrigste Pferd, das ich je geritten habe.«

»Schönes Teil. Wird ihm bestimmt gut stehen.«

»Übermorgen ist in Worland Auktion.« Jeff zwinkerte ihr zu. »Woll‘n wir hin?«

»Klar möchte ich.« Anna lächelte zurückhaltend.

»Wird Zeit, dass Dreamer seine wohlverdiente Ruhe erhält, und John will Red Wings kaufen. Es wäre nicht gut, ihm in die Quere zu kommen.«

Anna nickte. Sie dachte, dass es wohl richtig sei. Sie würde diesem John Wister schon zeigen, dass man ein Pferd ohne Zwang und Angst zu einem guten Arbeitspferd erziehen konnte. Und es würde ihr schon irgendwie gelingen, Red Wings die stundenlange Tortur mit hochgebundenem Fuß zu ersparen.

Die harten Schatten vereinzelter scharf umrissener Wolken lagen über den blassgrünen Wiesen und den rotbraun gestreiften Sandsteinplateaus an den westlichen Bighorn-Ausläufern, als Anna mit Jeff nach Worland fuhr. Die Wolken hingen hier höher am Himmel als in Europa – oder Anna kam es nur so vor –, denn sie standen still, während ein kräftiger Wind über das Land blies.

Sie durchquerten steiniges, windgegerbtes Weideland, auf dem Herbststürme und Blizzards ihre Spuren hinterlassen hatten. Wie gefräßige Tiere hatten sie die Landschaft bearbeitet, ihre Zähne in den Sandstein gehauen und bizarre Gesteinsbrocken zurückgelassen. Dazwischen Prärie. Eine gnadenlos karge, leer gefegte Weite mit kleinen Canyons und kantigen Felsformationen. Der Rowly Creek war ihr ständiger Begleiter, kristallklar, flach durch sein steiniges Flussbett fließend, mit der Botschaft von der wilden, unverdorbenen Wald- und Wiesenlandschaft der Berge.

Kurz vor Greybull wurde das Land wirtlicher, grüner und lieblicher, der Mensch präsenter und die Vegetation großzügiger in ihrem Angebot. Sie überquerten den Bighorn River, bogen nach links ab und folgten dem Fluss. Cottonwoodbäume flankierten sein Ufer und Luzerne-, Mais- und bewässerte Rinder- und Pferdeweiden, kleine Ranches, Farmen und Pferdezuchtbetriebe säumten die gerade Straße.

Jeff hatte Anna das Steuer überlassen. Ihr langer, auffordernder Blick beim Aufschließen der Fahrertür hatte ihn dazu veranlasst. In Worland würden sie dann wegen des Anhängers tauschen.

Anna fuhr gern Auto, jedenfalls hier in Wyoming, wo die Autobahnen leer und endlos waren. Die Offenheit beflügelte sie, und die unbegrenzt in den Horizont laufenden Highways schufen ein Gefühl von Freiheit und Zeitlosigkeit. Das Fahren war ohne Eile, so wie alles hier. Schalten musste sie lediglich beim Überholen einiger weniger Trucks und verbeulter Pick-ups mit Heu, Futtersäcken oder Männern auf der Ladefläche. Ein paar pechschwarze Rinder liefen vor ihnen über die Fahrbahn. Aber das Land war an dieser Stelle so weit und unverstellt, dass Anna rechtzeitig das Tempo drosseln und ausweichen konnte.

Sie näherten sich Worland, fuhren an vereinzelten Gehöften vorbei und bogen in eine kleine Straße ab. Hinter einem Gewirr aus Corrals, schulterhohen Metallgattern und Trailern ragte die Auktionshalle auf.

Die Luft war erfüllt von den Ausdünstungen nervöser Tiere, vom Geruch nach Pferdedung und vom Wiehern und Trampeln der Tiere, die auf ihre Käufer warten mussten.

Robert hatte ein Treffen mit einem der erfolgreichsten Quarter-Horse-Züchter vereinbart. Er würde einen vielversprechenden dreijährigen Wallach in den Ring bringen, und Anna sollte ihn sich vorher an der Longe ansehen.

Es dauerte nicht lange, bis sie den Mann im Gewimmel gefunden hatten. Er war hier bekannt wie ein bunter Hund. Und es war unverkennbar Roy Walberg, so wie Robert ihn beschrieben hatte, der vor ihnen auf dem Zaun eines Corrals saß, eingerahmt von Männern in karierten Hemden und Lederwesten, alle mit hellem Stetson auf dem Kopf. Ein kleiner, rundlicher Mann in den Fünfzigern, wie aus dem Ei gepellt. Sein weißes Hemd, steif von Wäschestärke, leuchtete besser als jedes Verkaufsschild in all den Braun- und Beigetönen der Umgebung. Ein mächtiger Bauch wölbte sich über den Gürtel seiner nagelneuen Jeans, und die blank polierten spitzen Stiefel mit Steppmuster blitzten in der Sonne. In der Mitte des Corrals wurde ein Pferd longiert, ein Rappe – eine Seltenheit unter Quarter-Horses.

Jeff stellte sich an den Zaun. »Mr Walberg?«

»Ja. Was kann ich für Sie tun?« Walberg sprang vom Zaun und klopfte sich den Staub von den Jeans. Er stellte sich vor Jeff auf, das Gewicht auf beiden Füßen, und streckte ihm die Hand entgegen.

Jeff schüttelte seine Hand. »Ich bin Jeff Smith, der ...«

»Roberts Nachfolger auf der Rowly Ranch. Freut mich.«

Jeff trat zur Seite. »Und das ist Anna Petersen.«

»Aus Deutschland.« Walberg schmunzelte.

»Ich sehe, Sie sind bestens informiert«, erwiderte Jeff.

»Habe lange mit Robert telefoniert. Hat gesagt, dass sie ein Pferd sucht, mit Cow-sense, gutem und unerschrockenem Charakter und im Typ nicht zu schwer.«

Anna nickte.

»Wer sucht das nicht hier in der Gegend. Aber ich habe da wirklich was Passendes für euch.« Walberg grinste. »Es gibt ‚ne ganze Menge Interessenten für das Pferd, die mitbieten werden. Aber Robert ist ein alter Freund. Also wenn ihr das Pferd haben wollt ...«

»Wir würden es gern erst mal ansehen«, erwiderte Anna.

»Natürlich. Kein Problem.«

»Schönes Pferd, das Sie da gerade an der Longe haben«, warf Jeff ein, und Anna kniff ihn sanft in den Arm.

»Genau«, flüsterte sie.

»Die Stute ist so gut wie verkauft. Aber ich werde sie natürlich noch in den Ring bringen. Mein erster Rappe. Eine echte Rarität, wie ihr ja wisst, und ein Pferd mit super Abstammung. Ist allerdings auch nicht für ‚nen Appel und ‚n Ei zu haben.« Er drehte sich zu der Stute um, die gerade zum Schritt durchpariert wurde. »Die wäre auch was für die Halterklasse oder für Showturniere. Eigentlich zu schade als Arbeitspferd.«

»Auch dreijährig?«, fragte Anna.

»Habe nur Dreijährige hier«, antwortete Walberg.

Anna betrachtete das pechschwarze Pferd. Sein Fell glänzte, als wäre es poliert worden. Glanzspray, dachte Anna. Sie kannte die Tricks, aber die Stute gefiel ihr. Sie hatte Charme, wenn man das von einem Pferd sagen konnte. Die Stute versuchte anzugaloppieren, warf den Kopf, so dass die Longe ein Looping machte. Sie war, das erkannte Anna auf den ersten Blick, ein sensibles Pferd mit viel Pfeffer, aber sie hatte zweifellos bessere Nerven als Rubi. Ein bildschönes, kräftiges Pferd mit einer einnehmenden Ausstrahlung.

Sie wurde durchpariert. Anna ging zu ihr und tastete Röhrbeine, Gelenke, Fesselköpfe und Rücken ab. Sie wusste, dass sie dieses Pferd haben musste, koste es, was es wolle.

»Kommen Sie mit!«, rief ihr Walberg zu. »Der Wallach steht da vorn. Wir werden ihn in dem angrenzenden Corral vorführen. Bin gleich wieder da.« Er wandte sich erneut an Anna und Jeff. »Die gefällt Ihnen, nicht?«

»Kann man wohl sagen«, gab Anna zurück.

»Aber die hat noch keinerlei Ausbildung. Ist ganz roh. Kennt nur die Longe.«

»Das wäre nicht das Problem. Im Gegenteil«, erwiderte Anna und kniff Jeff erneut in den Arm. Er sah sie kurz an und lächelte beschwichtigend.

»Hey, Jimmy, hol mal Red Eagle raus!«, rief Walberg.

»Okay«, gab ein Junge mit strohblondem Stoppelhaar zurück.

Anna stellte sich neben Jeff an den Corral, aber ihre Gedanken waren bei der Rappstute. Walberg wartete auf den Jungen mit dem Wallach. Sie tippte Jeff an. »Du?«

Er zog die Augenbrauen hoch.

»Die Stute, die ist es, meinst du nicht auch?«

»Nun warte doch erst mal ab.« Jeff blickte unbeirrt auf den Sandplatz, auf dem jetzt der Junge mit dem Wallach erschien. Er war ein gut gebauter Brauner mit einer Blesse, kräftigen Schultern und korrekter Beinstellung. Ein Pferd, an dem nichts auszusetzen war, das aber auch durch nichts bestach. Es trug bereits Sattel und Trense und folgte dem Jungen mit der Teilnahmslosigkeit eines dreißigjährigen Gnadenbrotpferdes.

Der Junge führte den Wallach an der Longe vor. Er wachte etwas auf, zog brav und fleißig seine Runden, während die letzten Wolken vom Himmel verschwanden und die Sonne eine fast sommerliche Kraft entwickelte.

Anna suchte Blickkontrakt zu Jeff. Er lehnte etwas abseits am Zaun, zog seine Baseballkappe aus der Weste und schob sie von hinten nach vorne über den Kopf. Er blinzelte in die Sonne, hockte sich hin, um den Gang des Pferdes genau zu prüfen, und warf Anna einen zufriedenen Blick zu. Walberg stellte sich neben ihn und sagte etwas zu ihm, woraufhin Jeff nickte.

Anna beobachtete aus dem Augenwinkel, wie die Rappstute aus dem benachbarten Corral geführt wurde. Dann sah sie wieder zu dem Wallach, der brav mit hängendem Kopf seine Trab- und Galopprunden absolvierte. Der Junge hielt ihn an und ließ die Longe auf den Boden fallen.

Annas Gedanken waren bei der Rappstute, während sie unschlüssig um den Braunen herumging, der stoisch in der Mitte des Corrals stand und nur ab und zu mit Nase und Schweif die Fliegen von seinem Fell vertrieb. Seine Augen waren ruhig, zu ruhig und abgeklärt für einen Dreijährigen, dachte Anna. Es war kaum Leben in dem Pferd.

Jeff kam mit Walberg heran und befühlte die Beine.

»Ist nichts dran auszusetzen, was?«, sagte der Züchter.

Jeff nickte nur. Er drehte sich kurz zu Anna um. Sie schürzte die Lippen. »Ich muss noch drüber nachdenken.«

»Okay«, sagte Walberg, »wir sehen uns im Ring. Der Wallach hat die Nummer einundsiebzig.« Er legte kurz die Hand an die Hutkrempe, schob den Hut ein wenig nach hinten und ging zum Gatter. Der Junge führte den Braunen hinaus, und Jeff und Anna folgten ihm.

»Und welche Nummer hat die Stute?«, rief ihm Anna hinterher.

»Fünfundsechzig«, antwortete Walberg.

Anna und Jeff schlenderten durch die Corrals.

»Und? Was sagst du?«, fragte er.

»Ich bin nicht überzeugt. Er ist mir zu brav. Er wirkt fast apathisch, macht den Eindruck, als hätte man ihn richtig in die Mangel genommen.«

»Nun sieh nicht überall Gespenster, Anna.«

»Mir ist dieser Walberg ziemlich unsympathisch.«

»Ihn sollst du ja auch nicht kaufen.«

»Ach Jeff.« Anna seufzte und kniff ihn in den Hintern. »Ich habe mich in die Stute verliebt.«

»Ich weiß«, erwiderte Jeff mit einem Schmunzeln. »Dann sollst du sie haben.«

Anna hängte sich an seine Schultern und gab ihm einen Kuss auf die Wange. »Wenn sie zu teuer ist, geb ich was dazu.«

»Lass das meine Sorge sein.« Er nahm ihre Hand, und sie folgte ihm in die Auktionshalle.

Als sie eintraten, tönte bereits das monotone Staccato des Auktionators durch den zum Bersten gefüllten Raum. Trotz der auf Hochtouren laufenden Klimaanlage war die Luft stikkig. Bieter machten unauffällige, für den Laien nicht identifizierbare Handzeichen, andere tippten Nummern in Handys. Jeff nahm einen langen Zettel aus einem Kästchen am Eingang und zog Anna zu einem letzten freien Platz neben einer dicken Frau mit Hut in der vorletzten Sitzreihe. Mit einem charmanten Lächeln machte er zwei Plätze daraus. Anna drückte sich dicht an ihn und blickte durch die Halle.

»Die Pferdehändler erkennst du am Stetson und den Stiefeln«, flüsterte ihr Jeff ins Ohr.

»Wieso? Tragen doch die Rancher auch?«

»Ihre Hüte sind so makellos wie gerade aus dem Regal gezogen und ihre Stiefel nicht von Steigbügeln abgewetzt.«

Anna lächelte.

»Ist ‚ne besondere Sorte Mensch.«

»Ja, das ist bei uns nicht anders«, erwiderte sie. »Mir tun die Pferde Leid, die ihren Käufern und Verkäufern so hilflos ausgeliefert sind und häufig wie ein Gebrauchsgegenstand von Hand zu Hand gehen.«

»Ja, eigentlich traurig, vor allem das hier.« Jeff zeigte mit dem Kopf auf das Pferd, das gerade in den Ring bugsiert wurde. Sein helles Fell stand struppig in alle Himmelsrichtungen, seine Beine stemmten sich in den Sandboden. Ein bulliger Typ zog es an einem Strick herein.

»Ein Mustang«, erklärte Jeff und fuhr im Flüsterton fort: »Sie werden vom Staat zur Adoption freigegeben, weil es, wie sie behaupten, zu viele gibt. Aber sie sind wild und schwer domestizierbar, und deshalb landen sie immer wieder auf Auktionen, gehen von Hand zu Hand und meist irgendwann zum Schlachter.«

»Schrecklich«, flüsterte Anna und verfolgte die Versteigerung des völlig verängstigten Tieres.

»Sehen Sie, Ladys und Gentlemen, hier haben wir etwas ganz Besonderes. Einen echten Mustang, aufgewachsen in Colorado, angeritten in Sheridan und extra für Sie nach Worland gebracht. Für nur zweihundert Dollar können Sie ihn sofort mitnehmen.«

Das erste Gebot wurde wenig später vom zweiten abgelöst. Dann ging es nicht weiter, obwohl der Auktionator sein

Bestes gab. Das sich unaufhaltsam gegen den Strick lehnende Pferd ging für dreihundert Dollar aus dem Ring.

»Nummer sechzig ist dran«, sagte Jeff mit fester Stimme. »Bist du dir ganz sicher, dass du nicht doch lieber den Wallach haben willst? Ich meine nicht wegen des Geldes. Aber er ist ein braves, korrektes Pferd, sicher einfacher als die Stute.«

Anna schüttelte den Kopf, und Jeff schwieg. Sie verfolgten in gespannter Erwartung der Nummer fünfundsechzig die Versteigerung der Pferde mit den Nummern sechzig bis vierundsechzig.

»Wie weit würdest du mitgehn?«, fragte Anna leise in Jeffs Ohr.

»Kümmer dich nicht darum«, antwortete er und strich kurz mit der Hand über ihren Schenkel.

Anna sagte nichts mehr. Ein Fuchshengst mit der Nummer dreiundsechzig wurde hereingeführt. Er war die Sensation. Nach schier endlosem Bieten und Überbieten fiel der Hammer mit einem energischen Ausruf des Auktionators endlich bei satten fünfundzwanzigtausend Dollar. Das Tuscheln hielt auch noch an, als Nummer vierundsechzig am Führzügel einer freundlich lächelnden Blondine mit gewaltiger Oberweite vorgestellt wurde.

»Nummer fünfundsechzig, Ladys und Gentlemen. Auch diese Stute ist etwas ganz Besonderes«, tönte es in Annas Ohren, und sie legte ihre Hand auf Jeffs Arm.

Er lächelte sie kurz an und blickte dann in höchster Konzentration in den Ring.

»Eine wundervolle Rappstute mit dem ebenso schönen Namen Luna«, schallte es dumpf aus dem Mikrofon. »Dreijährig, beste Abstammung ...«

»Ein bisschen nervös«, flüsterte Jeff.

»Daran bin ich gewöhnt«, gab Anna zurück. Sie lauschte dem Auktionator, verstand aber nichts mehr. Sie spürte nur hin und wieder Jeffs Arm an ihrem, wenn er dem Auktionator ein Zeichen gab. Die digitale Anzeige über dem Ring stand bereits bei einer vierstelligen Zahl, die Annas Puls in Wallung brachte. Sie sah Jeff an, aber der konzentrierte sich ausschließlich auf Blick, Gesten und Worte des Auktionators und auf die Leuchtziffern über dessen Kopf.

Wieder rollten monotone Wortfetzen durch den Raum. Der Blick des Auktionators schweifte durch die Halle. Er hob den Finger, nickte kaum sichtbar in die eine, dann in die andere Richtung, und Anna folgte seinen Augen. Ihr Rücken schmerzte vor Anspannung, ihre Blase gab vor Aufregung Alarm, obwohl sie seit heute Morgen nichts getrunken hatte. Mit Adleraugen beobachtete sie die Bieter, die ihr das Traumpferd streitig zu machen versuchten. Aber Jeff hielt wacker mit, obwohl der Preis längst den Wert für ein Arbeitspferd überschritten hatte. Annas Gedanken jedoch sausten schon weit in die Zukunft und entwarfen Bilder von Turnierteilerfolgen und großen Preisen. Luna war für sie bereits mehr als ein Gebrauchspferd.

Dann hielt sie die Luft an. Das monotone Non-Stop-Geleier endete schlagartig in verständlichen Worten. Der Blick des Auktionators war auf einen Mann in der rechten Ecke gerichtet und Anna dachte, sie hätte das Pferd verloren.

»Zum Ersten, zum Zweiten und ... zum ... na, Ladys und Gentlemen, letzte Chance, ergreifen Sie sie.« Für einen Moment war Stille. »... und zum ...« noch mal erfolgte eine kleine Pause, »zum ...« Der Hammer blieb kurz vor dem Aufprall in der Luft stehen, und Anna bemerkte, wie Jeffs Arm an ihrem entlangstrich und in die Höhe schnellte. Der Auktionator nickte in Jeffs Richtung. Dann fiel der Hammer. »... zum Dritten!«, hallte es aus den Lautsprechern, und die digitale Anzeige blieb auf neuntausend Dollar stehen.

Anna zuckte zusammen. Sie blickte zu Jeff. Er lächelte,

und sie wusste, dass sie unumstößlich Besitzerin einer pechschwarzen Quarter-Horse-Stute war. Sie konnte nicht länger still sitzen. Außerdem wollte sie nicht sehen, an wen der Wallach ging. Er tat ihr Leid. Ihr war, als hätte sie ihn in die Hände eines Pferdehändlers abgeschoben, einfach im Stich gelassen, wo Robert ihn doch extra für sie von Walberg hatte vorführen lassen.

»Willst du noch weitergucken?«, fragte Jeff.

»Nicht unbedingt.«

»Dich hält hier nichts mehr, was?«

Anna schüttelte den Kopf, und Jeff erhob sich. Sie folgte ihm die Treppe hinunter, an den Sitzreihen vorbei aus der Halle hinaus. Sie atmete kräftig durch und legte ihre Arme um Jeffs Taille. »Ich danke dir«, sagte sie und drückte ihn an sich.

Jeff erwiderte ihre Umarmung. Eine Weile standen sie Arm in Arm, und Anna dachte, dass sie noch nie so verliebt gewesen war.

»Kommen Sie nächste Woche zu mir. Bin eigentlich immer da. Wir müssen auf den Kauf anstoßen«, erklärte Walberg mit aufgesetzt freundlicher Miene. Irgendetwas sagte Anna, dass er das Pferd lieber in anderen Händen gesehen hätte. Es dauerte eine halbe Stunde, bis sie die Stute verladen hatten, und die Fahrt war eine Angstpartie. Immer wieder wurde der Hänger vom Schwanken und Trampeln des Pferdes hin und her geworfen, so dass Jeff anhielt und Anna das Pferd beruhigte. Erleichtert fuhren sie am Abend auf das Ranchgelände.

Vor dem Abladen der Stute ging Anna zu Robert. Er war über den Kauf überrascht, aber er fragte weder nach dem Warum noch nach dem Kaufpreis. Sie gingen zusammen in den Stall, wo sich wenig später auch Bill, Spencer und Jason einfanden. Die Ankunft des Pferdes hatte sie aus ihren Zimmern gelockt.

Das Fell der Stute war feucht vom Schweiß der Aufregung und ihre bebenden Nüstern weit geöffnet.

»Schönes Pferd«, sagte Bill, als Anna sie vom Hänger führte, »aber ,ne Granate. Für die Arbeit, na ja ... Mit den Stuten ist das eh so ,ne Sache.«

Robert nickte. Anna hatte Mühe, die Stute am Strick zu halten. Sie führte sie im Kreis, bis sie sich etwas beruhigt hatte, und brachte sie dann in eine Box im Stutenstall. Er war fast leer. Nur noch eine letzte tragende Stute und ein Gesellschaftspferd standen in den beiden hinteren Boxen.

Alle kamen in den Stall und versammelten sich vor Lunas Box.

»Hat ,nen herrlichen Arsch«, sagte Spencer. »Die solltest du auf die Rennbahn schicken. Kannst ,n Vermögen mit gewinnen.«

»Stimmt.« Jeff nickte. Schräg abfallende Kruppe, tiefe Brust, kräftige Schultern, alles, was ein Rennpferd braucht.«

Anna schüttelte den Kopf. »Die wird mein Arbeitspferd, und wenn alles gut geht, werde ich sie vielleicht auf Turniere vorbereiten. Dafür muss ich natürlich selbst noch lernen, aber ...«

»Ich hoffe, sie bringt unsere Wallache nicht durcheinander. Meiner ist erst mit vier Jahren kastriert worden«, sagte Robert mit einem skeptischen Blick in die Box. »Aber ich kann verstehen, dass du sie gekauft hast, Anna. Lass uns darauf trinken, dass aus ihr ein brauchbares Arbeitspferd mit Cow-sense wird.«

»Ja, gern«, erwiderte Anna und hakte sich in Jeffs Arm ein. »Aber diesmal gehen wir zu uns. Du hast ja netterweise eine Flasche kalifornischen Rotwein in unserer Küche deponiert.«

Robert hatte schon zu Abend gegessen, als er sein altes Zuhause betrat, aber Jeffs selbst gemachte Kartoffelpuffer musste er natürlich probieren. Nach Annas Rezept und mit ihrer Hilfe hatte er recht ordentlich schmeckende unförmige Flatschen zustande bekommen. Aber die Küche war nicht sein Revier, und Anna wusste, dass es jedes Mal Überredung kosten würde, ihn zum Kochen zu bewegen.

Während Jeff und Robert eine Runde Poker spielten, saß Anna im Sessel, dachte über ihr neues Pferd nach und schlief darüber ein. Auf Jeffs Arm erwachte sie. Er hatte sie einfach aus dem Sessel gehoben und sie aus einem Albtraum geholt.

»Das war ein schrecklicher Film«, sagte sie noch völlig benommen. »Rubi war beim Springen verunglückt.«

»Anna!« Jeff schüttelte den Kopf. »Versuch doch mal loszulassen.«

»Versuch ich ja«, erwiderte sie müde. »Nichts ist schwerer, als seiner eigenen Gedanken und Gefühle Herr zu werden.«

Jeff nickte. »Ich weiß«, sagte er sanft.

Und während er sie festhielt und streichelte, verflüchtigten sich ihre Gedanken über Treue und Verantwortung.

15

Die Sonne entwickelte gerade ihre frühlingshafte Kraft, als Jeff mit Dreamer zu einem Kontrollritt aufbrach. Er hatte bereits einen Dreijährigen angeritten und spürte sein Gesäß und seine Oberschenkel.

Die schneebedeckten Gipfel der Bighorns glitzerten in der Ferne wie Diamanten, sobald die Sonne ein Schlupfloch zwischen den Wolken fand. Jeff stellte fest, dass es ihm verflucht gut ging. Er dachte an sein New Yorker Büro, an Harry und seine afghanischen Frauen mit Walkstar-T-Shirts, an Dinner-Partys mit Shrimps aus Vietnam und Kaviar aus Russland am beleuchteten Pool, gereicht von schwarzem Personal in weißen Handschuhen. Er vermisste nichts davon, aber er fragte sich, ob es irgendwann irgendetwas geben könnte, das ihn das einfache Leben schwer ertragen lassen würde. Er dachte an den Winter, an Blizzards und betonschwere Schneemassen.

In der Nacht hatte es geregnet. Der Boden schien das Wasser gierig aufgesogen und sofort in Nährstoffe umgewandelt zu haben. In den gut zwölf Stunden, die Jeff nicht darauf geschaut hatte, schien der dünne Bewuchs der Weiden kräftiger und grüner geworden zu sein. Er stieg vom Pferd, hockte sich auf den Boden und strich mit der Hand über das daumenlange, harte Gras. Er hoffte, dass die Sonne sich noch durch die schweren Wolken kämpfen würde. In knapp zwei Wochen war Weideumtrieb.. Bis dahin musste die Natur noch einen gewaltigen Schub machen.

Jeff dachte an die neuen Naturschutzverordnungen, an die Weiderechtsbeschränkungen auf dem öffentlichen Land, an all das, mit dem er sich nun herumschlagen musste. Würden die eigenen Flächen reichen? Wie viel Vieh wäre darauf satt zu bekommen? Würden die Heuwiesen für die vielen Pferde reichen, die auch im Winter trainiert werden sollten?

Er erhob sich, setzte langsam einen Fuß vor den anderen, den Blick gesenkt. Abermals blieb er stehen, beugte sich über ein Erdloch und sah sich um. Verfluchte Mistviecher, dachte er und wollte gerade darauf treten, beherrschte sich aber. Präriehunde nun auch schon hier in der Gegend, und so dicht am Ranchgelände! In einiger Entfernung vernahm er eine Art Bellen und sah für Sekunden eine kleine bewegliche Nase. Dann war das Tier in seinem Bau verschwunden.

Er ertappte sich bei einer regelrechten Hassattacke auf die kleinen Nager, die Tollwut und Parasiten einschleppten und mit ihren kunstvollen Bauten Klapperschlangen anzogen. Ja, dachte er, keine vierundzwanzig Stunden der Besitzergreifung, und schon hatte sich – schnipp – die Sicht auf alles, was ihn umgab, verändert. Friedliche, wild lebende Tiere sind zu gierigen Bestien geworden und Umweltschützer zu einem wirtschaftlichen Problem. Welch ein Trugschluss zu glauben, es gäbe so etwas wie eine fest gefügte Persönlichkeit. Ändern sich unsere Lebensbedingungen, verändern sich auch unsere Interessen und Ansichten.

Jeff sah über das Grasland, das sich am Horizont im Nichts aufzulösen schien. Genau genommen gehört uns das alles gar nicht, sagte er zu sich selbst, den Blick unverändert in die Ferne gerichtet. Und genau von dort schienen plötzlich, wie von den Wolken herbeigetragen, ganz andere Gedanken zu kommen. Der Bruchteil einer Sekunde – vielleicht nicht einmal –, und sein Hirn empfing andere Signale, warf ihn in eine andere Gefühlswelt.

Anna war bei den Stallungen zurückgeblieben. Sie hatte noch einmal Stute und Fohlen untersucht, um sie am nächsten Tag auf die Weide hinauszulassen. Er fragte sich, was sie wohl gerade tat. Er sah ihr strenges Gesicht in der Abfohlbox, dann ihr weiches Lächeln, als er sie in der Hütte in den Armen hielt. War sie vielleicht schon John Wister begegnet, der heute wieder auf der Ranch war, um Pferde anzureiten? Wie würden sie aufeinander reagieren?

Jeff sah sich noch einmal um, ging zu seinem Pferd zurück und musterte es. Er ist knochig geworden, dachte er, sein weizenfarbenes Fell struppiger. Er erinnerte sich an Dreamers Geburt, an Roberts glückliches Gesicht, als nach dem vierten Stutfohlen endlich ein Hengst zur Welt kam. Dreamer war ein munteres Bürschchen, immer zu Späßen bereit, weshalb er nach vier Jahren, entgegen aller Pläne, seine Manneskraft einbüßte. Als Wallach wurde er ein brauchbares Arbeitspferd mit ausgeprägtem Cow-sense. Jetzt würde Anna ihn reiten, bis sie ihr eigenes Pferd so weit hatte.

Dreamer hatte viel getan. Er war stets sein Begleiter gewesen, hatte Robert und Tom beim letzten Round-up geholfen, hatte Besucher und Inspekteure einer Naturschutzagentur auf seinem Rücken getragen. Jeff fuhr mit der Hand über seinen Hals. Dreamer war mit ihm älter geworden und hatte ihn nun überholt. Er hatte das letzte Drittel seines möglichen Pferdelebens erreicht und wirkte müder als sonst. Sobald Annas neues Pferd mit allen Arbeitsabläufen vertraut war, nahm er sich vor, sollte Dreamer ins Rentnerdasein entlassen werden.

Er stieg wieder in den Sattel und dachte über Anna und Twister nach. Er fand, dass sie eigentlich gut zusammenpassten, aber Annas ausgeprägte Vernunft war stärker. Es gab keine Diskussion, sie überließ ihm das Pferd, das auch Robert für ihn vorgesehen hatte. Twister war ein vierjähriges, hoch im Blut stehendes und besonders schnelles, wendiges Pferd. Aber er war erst seit einem Jahr unter dem Sattel. Anna hatte sich am Morgen sofort in ihn verliebt, dann jedoch eingesehen, dass sie beide noch zu viel lernen mussten.

Als Jeff auf den Hof ritt, stand Anna am Zaun des kleinen runden Corrals vor den Stallungen. Ihr Blick war auf einen Dunkelfuchs gerichtet, der mit Strickhalfter und Sattel in der Mitte des Sandplatzes stand. An dem Halfter waren zwei Hanfseile befestigt. Sie hingen vor seinen Vorderbeinen auf den Boden hinab.

Jeff näherte sich, und Anna sah zu ihm auf. »Gut, dass du da bist«, sagte sie mit gepresster Stimme.

Ärger lag auf ihrem Gesicht, und er sah, wie sie sich zusammenriss, um nicht vor Wut zu explodieren.

»Er steht schon den ganzen Tag mit dem Sattel da drin«, zischte sie.

Jeff stieg vom Pferd. In dem Moment kam John aus der Sattelkammer. Sein schmalkrempiger Hut saß tief im Nacken, sein scharfes Kinn war unrasiert und seine Jeans grau vom Staub des Sandplatzes. Er schleifte einen blauen Plastiksack hinter sich her. Als er Jeff sah, zog er den Hut. »Hi, Jeff! Alles im Griff?«, fragte er, sog an seiner Kippe und warf sie in den Sand.

»Hi, John. Denke schon!«, gab Jeff zurück. »Wen hast du da im Corral?«

»Diver.«

»Du willst ihn aussacken?«

»Ja.« John hob den Plastiksack in die Luft und grinste. »Der knistert schön.« Jeff nickte schwach. Dreamer spitzte die Ohren, Diver hob den Kopf und pustete in die Luft.

Während John vorsichtig in den Corral trat, das Gatter schloss und eine Weile stehen blieb, nahm Jeff wieder Blickkontakt zu Anna auf. Sie sah ihn auffordernd an, und er warf ihr einen beschwichtigenden Blick zu. John bewegte sich mit breitem, gemessenem Schritt, den Sack hinter sich herziehend, auf das Pferd zu. Der Wallach senkte den Kopf, blies seinen warmen Atem in den Sand, trat zur Seite auf den Strick, erhielt eine harte Parade auf dem Nasenrücken, stockte, trabte an und wurde abermals von dem scharfen Zug auf seiner Nase gestoppt. Er drehte sich ein paarmal um sich selbst, und John ließ den Sack fallen. Das Pferd schnaubte, seine Flanken vibrierten. John ging zu ihm, klopfte ihm den Hals, inspizierte den Strick über der Nase und lockerte die Schlaufe.

Jeff blickte zu Anna hinüber. Sie lehnte am Zaun und starrte auf John und das Pferd. Er konnte ihr Gesicht nicht sehen, aber er spürte ihre Anspannung bis in den letzten Winkel seines Körpers hinein, als John mit dem Sack um das Pferd herumging. Es schnaubte, versuchte zu fliehen, blieb abrupt stehen und schlug aus, als der Sack seine Hinterhand berührte. John ließ den Sack in die Luft hinaufwirbeln, Diver galoppierte an und verfing sich erneut in den Stricken. Er erhielt einen kräftigen Ruck auf der Nase, blieb stehen, lief weiter, die Stricke zwischen den Vorderbeinen, bis er wieder hart abgeblockt wurde. Es ging noch eine ganze Weile so, dann stampfte John mit dem Stiefel auf.

»Verdammter Schisser!«, fluchte er und zog eine Zigarette aus der Hemdtasche. Er steckte sie zwischen die Zähne, ohne sie anzuzünden.

»Lass ihm Zeit!«, rief Jeff.

John schwieg, zog Hobbels aus der Tasche seiner Lederweste und ging auf Diver zu. Der stand steifbeinig am Zaun. Seine Nüstern bebten, und seine Ohren bewegten sich unruhig in Johns Richtung. Er machte einen Schritt zurück, als John den Sack in den Sand warf, zu ihm trat und sich zu seinen Vorderbeinen beugte.

»Nein!«, schrie Anna, erklomm die Einzäunung und sprang in den Corral. »Es reicht! Du hast gesagt, du bindest die Pferde nicht fest. Dann halte dich daran!«

Ihre Worte drangen pfeilscharf in Jeffs Ohr. Er betrat den Corral und starrte auf Anna, die sich mit energischen Schritten auf John zubewegte. Diver wich noch weiter zurück.

John nahm im Zeitlupentempo die Zigarette aus dem Mund und steckte sie genauso bedächtig in seine Brusttasche. Er stellte sich breitbeinig vor ihr auf. »Nun mal langsam, junge Lady. Das hier ist mein Job, und den mache ich, wie ich es für richtig halte.«

»Nicht ganz«, warf Jeff dazwischen, der mit verschränkten Armen neben Anna trat. Er war etwa einen halben Kopf größer als sein Gegenüber.

»Ich arbeite hier für Robert«, knurrte John.

»Okay, er hat dich hierher geholt. Aber jetzt sind wir hier verantwortlich. Ich will keinen Streit, und ich bin sicher, dass du deinen Job gut machst. Aber es gibt Dinge, die wir anders machen wollen.«

»Das hier ist Tierquälerei!«, platzte Anna dazwischen. Ihr Mund verzog sich nach links, und ihre Augen funkelten. »Das Pferd hat hier sechs Stunden mit dem schweren Sattel herumgestanden. Ohne Wasser und ...«

»Also ich finde, die Hobbels sind nicht nötig«, fiel ihr Jeff ins Wort.

»Tierquälerei! So ein verdammter Unsinn. Der Bock begreift's doch nicht anders«, erwiderte John, zog die Zigarette wieder hervor und zündete sie an. »Der hat heute schon mit ,nem Jutesack Bekanntschaft gemacht. Hab ihm das Ding so sanft über den Buckel gezogen, als würd ich ,ner Lady den BH abstreifen.« Er grinste breit. »Und der hat immer noch nicht begriffen, dass das kein verdammter Puma ist.«

»Tut mir Leid, John, aber ich möchte keine brennenden Zigaretten im Corral, genauso wenig wie in den Stallungen.« Jeff zog die Augenbrauen hoch und lächelte flach. Er dachte daran, wie ihm Robert damals eine gelangt hatte, als er ihn beim Rauchen erwischt hatte. Das war vor mehr als zwanzig Jahren.

»Schon gut. Okay. Ist nur, weil ich mich aufgeregt hab.« John ließ die Kippe fallen und drehte sie mit der Hacke in den Sand.

Anna ging vorsichtig zu Diver, löste wortlos den Gurt und hob den Sattel von seinem Rücken. John beobachtete sie. Seine ohnehin scharfen Züge gefroren zu Eis, seine Lippen wurden schmal wie Striche. Er kochte.

Warum kann „sich Anna nicht ein bisschen gedulden, dachte Jeff.

Sekunden später warf John die Hobbels in den Sand und drehte sich zu Anna um. »Verdammt! Macht doch mit dem Bock, was ihr wollt!«, fauchte er, zog seinen Hut ins Gesicht und machte sich aus dem Staub.

Anna hatte den Sattel bereits auf den Zaun gehängt. Das Sattelpad roch nach Adrenalinschweiß und war zum Auswringen. Sie stellte sich vor Jeff auf und schüttelte den Kopf. »Er ist ein Arsch!«

»Du wirst hier nicht jeden Arsch vom Platz fegen können!«, erwiderte Jeff gereizt.

Sie sah ihn mit großen Augen an. Ihre Wangen glühten. »Du willst weiter mit dem zusammenarbeiten?«

Jeff zog die Augenbrauen hoch und blickte zum Himmel. Er holte tief Luft. »Jetzt mach mal halblang, Anna«, sagte er mit ruhiger Stimme und wollte ihren Arm nehmen, doch sie entzog sich ihm. »Ich bin mit seinen Methoden auch nicht einverstanden. Aber Robert hat ihn eingestellt. Man kann die Dinge nicht übers Knie brechen.«

Anna trat von einem Bein auf das andere, strich ihre Haare hinters Ohr und sah zu Diver. »Und? Was willst du tun?«, fragte sie etwas sanfter.

Jeff zuckte die Schultern.

»Glaubst du, er ist zu Robert gegangen?«

Jeff vernahm das Scheppern von Johns altem Dogde und sah ihn die Pappelallee hinunterrollen. Er fragte sich, ob John wiederkommen würde.

»Ich schätze, der fährt nach Greybull und kippt sich einen hinter die Binde.« Er schob den Hut in den Nacken und kratzte sich am Kopf.

»Tut mir Leid, Jeff. Ich wollte nur ...«

Er nickte schwach und dachte an Robert. Ihm war nicht wohl dabei. Er sah zu Diver hinüber, der sich langsam entspannte und die Lippen leckte. »Ich glaube, er braucht was zu saufen«, sagte er im Begriff, Wasser zu holen. Aber Anna kam ihm zuvor. Sie nahm einen Eimer aus der Halterung am Zaun des Corrals, ging zum Wasserhahn und stellte ihn Diver vor die Füße. Er wich zurück.

»Er ist immer noch völlig panisch«, sagte Anna, und Jeff trat langsam, sich klein machend und den Blick zu Boden gewand, an den Wallach heran. Er legte behutsam die Hand auf seine Nase, lockerte den Strick und fühlte einen scharfen Einschnitt, drei Finger breit über den Nüstern.

»Ich glaube, es ist das Beste, wenn wir das Anreiten der Pferde selbst übernehmen«, sagte er und hoffte im gleichen Augenblick, dass alles, was gerade geschehen war, nichts als ein kurzer Spuk ohne Folgen war.

»Das glaube ich auch«, erwiderte Anna und näherte sich Diver erneut mit dem Eimer. Diesmal blieb er stehen, und wenig später soff er in großen Zügen. Jeff lehnte sich an den Zaun. Wieder verspürte er das brennende Bedürfnis zu rauchen. Er wollte alles andere, nur keinen Ärger mit Robert. Sein Blick lief ins Leere und seine Gedanken stockten, als würde eine Handbremse in seinem Hirn gezogen. Er stellte fest, dass Robert für ihn immer noch der Freund und Gönner und nicht sein Vater war. Und ihm gegenüber musste er sich nun rechtfertigen. Er wusste nicht, was schwerer wäre, er wusste nur, dass es ihm nicht leicht fiel, Roberts Entscheidungen und Maßnahmen bereits in der ersten Woche zu widersprechen.

Noch mehr Kopfzerbrechen jedoch machte ihm Annas undiplomatische Direktheit. Ihr Mut und ihre Konsequenz allerdings imponierten ihm in gleichem Maße, und diese gegenläufigen Empfindungen verwirrten ihn zutiefst. Plötzlich dachte er an Usaami und erschrak darüber. Er sah ihre dunklen, undurchsichtigen Augen vor sich. Er wollte nicht an sie denken und fragte sich, warum gerade jetzt ihr Bild vor ihm auftauchte. War es seine Sucht nach der Leichtigkeit eines kleinen Flirts, die sich immer einstellte, sobald es Schwierigkeiten gab?

Anna nahm den Sattel vom Zaun und verschwand damit zum Schuppen. Jeff brachte das Pferd in den Stall. Als er Fesseln und Sattellage abschwammte, kam ihm Usaami entgegen, als hätte er sie mit seinen Gedanken angelockt. Er begegnete ihr mit gespielter Unbefangenheit, blickte über den Rücken des Pferdes zu ihr hinüber und begrüßte sie mit einem neutralen Lächeln.

»Wo ist denn John?«, fragte sie erstaunt.

»Keine Ahnung.«

»Er wollte doch Diver aussacken.«

»Hat ‚n bisschen Ärger gegeben. Er ist weggefahren.«

Usaami schien nicht erstaunt. Sie sah ihn lange an, dann das nass geschwitzte Pferd. »Ich werde ihn in den Corral bringen, wenn er trocken ist«, erklärte sie, und Jeffs Blick verfing sich in ihren schwarzen Augen.

»Okay«, sagte er, im Begriff, sich umzudrehen.

»Was ist morgen? John wollte ihn doch bis zum Wochenende unterm Sattel haben?«

»Ich werde das klären«, erwiderte Jeff, übergab Usaami das Pferd und verließ eilig den Stall.

Als er zum Corral zurückkam, saß Anna auf dem Zaun, die Stiefel um die mittlere Holzlatte gehakt. Er betrachtete ihren Hintern, sah die festen, sanften Rundungen darunter, das kleine Grübchen auf der linken Pobacke, diese kleine Laune der Natur, die aus einem glatten, gesichtslosen Gesäß eine unverwechselbare Persönlichkeit machte. Und beinahe hätte er alles vergessen, was eben gewesen war, bis Anna sich zu ihm umdrehte und ihn anschaute. Ihre Augen waren voller Enttäuschung, und er fragte sich, ob ihr heute bewusst geworden war, dass es kein Paradies auf Erden gab.

Er stellte sich neben sie an den Zaun und sah zu ihr auf. »Komm, lass uns ins Haus gehen«, sagte er sanft.

Sie drehte sich um, hob die Beine über die Latte und sprang neben ihn in den Sand. Ihr Schweigen hielt an, und auch er selbst wusste nichts zu sagen. In seinem Kopf herrschte Chaos, seine Gefühle schwankten wie ein wackeliger Kahn auf hoher See.

Nach dem Abendessen fuhren sie zu Roy Walberg, um auf den Kauf der Stute anzustoßen. Seine Farm lag östlich von Cody, in einem unnatürlich grünen Streifen am Shoshone River, umgeben von bewässerten Wiesen und kleinen Ranchetten. Das Holzhaus und die Zäune waren weiß gestrichen, so wie es in seiner Heimat Kentucky üblich war. Die Weiden schienen grüner und fetter als die der Rowly Ranch, und die Stallungen sahen wie geleckt aus.

Walberg war nicht allein. Neben seiner Frau saß ein Mann, der sich mit Randy McClean vorstellte. Er hatte ein grobes sonnengebräuntes Gesicht, die linke Seite rau wie Schotter von der Akne, die wohl in der Jugend auf seinem Gesicht geblüht hatte. Mit einem schmierigen Charles-Bronson-Lächeln musterte er Anna von oben bis unten. Jeff hatte ihr von ihm erzählt. Auch er züchtete erfolgreich Pferde. Als Jugendlicher hatte er ein paarmal wegen Schlägereien im Knast gesessen.

Man einigte sich schnell auf die Anrede per Vorname. Roys Frau Judith stellte Bier, Whiskey und Gläser auf den Couchtisch und brachte zwei Stühle herein. Anna und Jeff setzten sich, und eine Weile sprachen sie über Jeffs Leben in New York, über seine Zeit in Arizona, über Annas Beruf und schließlich über die Zucht von Quarter-Horses.

»Und Ihr wollt auch ins Pferdegeschäft einsteigen?«, fragte Roy.

»Robert hat ja schon den Grundstein gelegt. Aber er hatte ‚ne Menge Pech mit den Pferden.«

»Ich hab immer gesagt, dass man was davon verstehen muss. Ich meine jahrzehntelange Erfahrung mit Zuchtlinien, Prüfungen, Halterklassen und dem ganzen Zeug. Robert versteht was von Rindern. Er hatte früher hervorragende Zuchtstiere, und seine Tiere waren immer gesund und gut bei Fleisch, egal, wie die Wetter- und Weidebedingungen waren.« Er sah zu Anna hinüber. »Na ja, jetzt ist ja ‚ne Fachfrau vor Ort.«

Sie lächelte. »Ich bin Tierärztin und Reiterin, aber in der Zucht von Quarter-Horses ist Jeff der Kenner. Auf jeden Fall werden wir eine Round Pen für das Anreiten der Pferde bauen«, erklärte sie. »Ich arbeite mit dem Join-up.«

Jeff hoffte, dass Anna nicht zu viel erzählen würde.

»Was soll denn das sein, dieses Join-up?«, fragte Randy.

»Die Methode von diesem Pferdeflüsterer in Kalifornien«, warf Roy ein. »Eigentlich nichts anderes, als ‚n paar Spinner schon früher gemacht haben, aber er hat‘s vermarktet.«

Randy verzog das Gesicht. »Aus Kalifornien ist noch nie was Gutes zu uns rübergekommen.«

»Mag sein, aber das Join-up ist schon ‚ne gute Sache. Die Pferde werden dabei nicht unterworfen, sondern auf freiwilliger Basis zur Mitarbeit überredet.«

»Dafür ist bei uns gar keine Zeit«, erwiderte Randy.

»Das geht viel schneller als mit Hobbels und Stricken«, gab Anna zurück.

»Aha«, sagte Randy. Er zog die Augenbrauen hoch und kratzte sich am Kopf, als wollte man ihm ein Märchen als

Wahrheit verkaufen. »Das kann man mit Stallpferden machen, aber hab mal ,nen Hengst, der nur Pferde und Prärie kennt.« Er kräuselte die Stirn und lächelte überlegen.

»Na dann«, sagte Roy mit einem mitleidigen Lächeln zu Anna, »auf die Stute und gutes Gelingen.«

Alle hoben ihre Gläser, tranken, und man sprach noch eine Weile über das Wetter und über Lunas Abstammung. Dann verabschiedeten sie sich.

Jeff ließ Anna fahren, da er mindestens ein Glas Whiskey zu viel getrunken hatte. Sie wollte mehr über Randy wissen, aber er hatte keine Lust zum Reden und schon gar nicht über diesen ungehobelten Kerl. Er erzählte ihr in wenigen Sätzen von seinem Sohn Charly, den sie Patchwork oder einfach Patch nannten, der Bronc-Reiter war und sich beim Rodeo das Kreuz gebrochen hatte. Dann schlief er ein und erwachte, als Anna das Auto vor dem Ranchhaus anhielt.

Während sie am nächsten Vormittag zusammen mit Spencer zwei kranke Kälber behandelte, mit Usaami Fohlen impfte und sich ihrem neuen Pferd widmete, nahm Jeff Diver an die Longe. Er war ziemlich eingeschüchtert. Ein sensibles Pferd, gerade richtig für die Reining- und Pleasure-Disziplin, aber kein Pferd für Touristen-Pack-Trips. Anna hatte Recht mit ihrem Ärger über John. Er war sicher kein Tierquäler und kein schlechter Reiter, aber ihm fehlte die einfühlsame Hand im Umgang mit hochgezüchteten Pferden für den Turnier- oder Freizeitreitbedarf.

Nach einer halben Stunde Longe übergab Jeff das Pferd Usaami, die es trockenführte und dann auf die Weide brachte. Anschließend prüfte und reparierte er mit Bill und Spencer die Zäune der Corrals und Weiden. Er stemmte große Rollen Stacheldraht, spannte und nagelte ihn zwischen die Holzlatten und knipste alte verrostete Teile ab. Und er dachte dabei an Anna und John und dass es wohl das Beste wäre, wenn sie sich bald von ihm trennten.

Der Himmel war grau, und hin und wieder regnete es – gerade so viel, wie für das Wachstum der Sommerweiden nötig war. Jeff dankte es dem Himmel, denn für den nächsten Tag hatte der Wetterbericht Sonne vorausgesagt.

Als er das letzte Stück Draht am Pfosten des Zauns festzurrte und mit der Zange abknipste, entdeckte er Robert. Er kam im entspannten Lope auf ihn zu, die zügelführende Hand bis zur Brust hochgezogen, der Bewegung des Pferdes mit jedem Galoppsprung nachgebend. Den Stetson trug er gerade, nur so weit im Gesicht, dass ihn der Wind nicht fassen konnte. Das Spätnachmittagslicht brach sich im Fell seines Cremello, und Jeff dachte an ihren Ritt ins Hassayampa-Tal, an Denver, an seine Mutter und an Paul. Dann stand Robert vor ihm.

»Na, Jeff, schon Schwielen an den Händen?«

Er lächelte und wischte sich mit dem Ärmel den Schweiß von der Stirn. »Bin gerade fertig geworden.«

»Wird auch Zeit. Wir sollten pünktlich bei Bob sein.«

Jeff blickte auf seine Uhr. Es war halb fünf, und um acht war die Versammlung. »Bill, Spencer«, rief er den beiden zu, die gerade das Erdloch an einem neuen Pfosten zuschütteten, »ich muss los. Macht das noch fertig. Tom holt euch nachher ab.«

»Okay!«

Jeff steckte die Zange in den Gürtel, zog die Lederhandschuhe an, rollte den restlichen Stacheldraht zusammen und warf ihn auf die Ladefläche des Pick-ups. Robert ritt an seine Seite und blickte ernst zu ihm hinunter. »Eigentlich habe ich hier ja nicht mehr viel zu sagen, aber der Knatsch mit John hätte nicht sein müssen, oder?«

»Nein«, erwiderte Jeff und drehte den Stiefelabsatz in einen Erdklumpen. Er fühlte sich das erste Mal ihm gegenüber wie der Sohn, der etwas ausgefressen hatte. »Trotzdem, Robert«, gab er zurück, »John passt einfach nicht hierher.«

»Er hat mir gesagt, dass er mit Anna nichts mehr zu tun haben will. Wenn seine Frau nicht krank wäre, hätte er wahrscheinlich umgehend gekündigt.«

»Was hat sie eigentlich?«

»Hatte ,ne Eileiterschwangerschaft. Wollten eigentlich endlich ,n zweites Kind. Große Enttäuschung.«

Jeff nickte.

»Er hat mir gesagt, Anna habe ihn als Tierschänder bezeichnet. Stimmt das?«

»Nein. Sie hat nur gesagt, dass es Tierquälerei sei, das Pferd so lange mit zusammengebundenen Beinen und dem schweren Sattel auf dem Rücken im Corral stehen zu lassen.«

»Es ging also nicht ums Aussacken?«

»Schon. Aber vor allem um die Hobbels.«

Robert schüttelte den Kopf. »Sie muss noch einiges lernen. Das hier ist kein Reitstall für feine Ladys mit langer Weile. Hier muss ein Pferd funktionieren, und das so schnell wie möglich. Wenn sie sehen will, was Tierquälerei ist, dann soll sie zu einer dieser Provinzrennbahnen gehen und sich angucken, wie Pferde verheizt werden.« Robert blickte über das Grasland und nahm die Zügel auf. »Sprich mit Anna, tu mir den Gefallen.«

Jeff nickte, zog seine Baseballkappe aus der Stirn und sah zu ihm auf. »Robert, sei mir nicht böse, aber ... Wir würden das Training der Pferde langfristig gern selber übernehmen. Lieber behalten wir alle Cowboys, aber John ...«

»Na gut, das ist jetzt eure Entscheidung. Aber das macht viel Arbeit. Pass auf, dass du den Viehbetrieb darüber nicht ganz vernachlässigst. Wir wissen doch noch gar nicht, wie das mit den Pferden läuft.« Er drehte sein Pferd um und galoppierte davon.

Als Jeff vor dem Ranchhaus stand, hoffte er, dass Anna schon da war. Der Wind hatte Roberts Worte und die gestrigen Ereignisse mit sich genommen und ihn mit einem Bedürfnis nach körperlicher Nähe zurückgelassen. Er hoffte sie unter der Dusche anzutreffen. Die Müdigkeit nach der ungewohnt harten körperlichen Arbeit riss ihn abends, sobald er eine weiche Matratze unter dem Rücken spürte, mit ungeahnter Macht in den Schlaf, so dass die Liebe auf frühere Tageszeiten verschoben werden musste.

Anna empfing ihn bereits frisch geduscht, in sauberen Jeans, die Haare zu einem Pferdeschwanz gebunden.

»Hi«, sagte sie, »alles geschafft, was du auf dem Zettel hattest?«

Jeff nickte. Sie gab ihm einen ihrer hektischen Küsse. Jeff spürte, dass sie unter Spannung stand. Als sie sich umdrehte und die Tür zur Küche öffnete, fiel sein Blick auf ihren Rücken. Fette weiße Lettern prangten auf ihrem grünen Sweatshirt. Er las: »Du brauchst die Natur – die Natur dich nicht« und erschrak. Verdammt, dachte er, sie ist schon wieder auf Krawall gebürstet. So konnte er sie nicht mitnehmen. Er überlegte kurz und folgte ihr in die Küche. »Wo hast du denn dieses Sweatshirt her?«, fragte er.

»Von Usaami.«

Jeff stutzte. »Sie hat es dir geschenkt?«

»Ja. Sie hat es von der Wyominger Umwelt-Allianz.«

»Ist sie dort Mitglied?«

»Ich weiß nicht. Sie hat wie immer nicht viel gesagt. Gefällt es dir nicht?«

»Grün ist überhaupt nicht deine Farbe.«

»Finde ich gar nicht.« Anna trug eine Kanne Kaffee und zwei Becher an ihm vorbei ins Wohnzimmer.

»Anna, das ist keine Party und erst recht keine Zusammenkunft von Umweltschützern.«

»Weiß ich doch. Deshalb hab ich's ja an.«

Jeff ging in den Flur, zog sich aus, warf alles vor die Treppe und öffnete die Badezimmertür. »Ich werde so nicht mit dir losfahren!«, rief er ihr zu.

Er hörte, wie sie die Kaffeebecher hart auf den Tisch setzte. »Dann fahre ich eben alleine!«

Jeff schloss die Badezimmertür, trat unter die Dusche und ließ das Wasser über sein Gesicht laufen. Er hoffte auf Annas Einlenken.

Als er im Bademantel ins Wohnzimmer kam, saß sie auf der Couch, trank Kaffee und las die *Range*. Auf dem Boden verstreut zu ihren Füßen lagen die Papiere vom Bureau of Land Management und vom Fish & Wildlife Service, die Robert ihr gegeben hatte. Er ging ins Schlafzimmer hinauf, nahm das einzige gebügelte Hemd aus dem Wandschrank, stieg in seine neuen Jeans und ging wieder ins Wohnzimmer hinunter. Anna nahm keinerlei Notiz von ihm, und er dachte an Frauensolidarität, Geschwätz und Verschwörung. Er überlegte, was sich daraus für Konsequenzen auf der Ranch ergeben konnten und fragte sich, ob Robert wohl von Usaamis Verbindung zur Umwelt-Allianz wusste.

»Wir sind Rancher, Anna«, sagte er in ruhigem, aber bestimmtem Ton. »Es steht uns nicht an, mit provokanten Sprüchen und Kampfaufrufen auf eine Versammlung von Viehzüchtern zu gehen, die ums Überleben kämpfen. Hier geht es um Existenzen ganzer Familien und um den Ausverkauf unseres Landes.«

»Gegen diesen Ausverkauf wenden die sich doch. Und sie wollen mit uns zusammenarbeiten.«

Jeff zog am Ärmel ihres Sweatshirts. »Die hier nicht. Gerade die Wyominger Umwelt-Allianz ist berüchtigt für ihre extreme Position.« Er ging durch den Raum, fand endlich seine guten Stiefel in der Ecke und blieb noch einmal stehen. »Wenn die Auflagen für uns Rancher weiter ausgedehnt werden, bleibt nur noch der Verkauf. Dann kommen die Landerschließungsgesellschaften und verscherbeln die Prärie an Promis und Aussteiger, die das weite Land in kleine Parzellen mit Ranchetten und Siedlungen zerstückeln. Dann gibt es die Wildnis, die diese selbst ernannten Ökoschützer retten wollen, nur noch in Parks. Was bleibt, sind künstliche Gehege, Jahr um Jahr von Millionen Touristen heimgesucht.« Er holte tief Luft und rieb sich das Gesicht.

»Aber wir müssen ein Signal setzen«, erwiderte Anna leise. »Usaami sagt, dass die Fronten total verhärtet sind. Man muss einfach die Bereitschaft zur Zusammenarbeit wecken – in beiden Lagern. Man muss einiges verbessern.«

»Klar, das wollen wir ja auch – jedenfalls Robert und ich. Und dafür sollten wir uns auch einsetzen. Aber nicht mit Sweatshirts und flotten Sprüchen.« Jeff goss sich Kaffee ein. Er überlegte, ob diese Organisation wohl bereits mit einer Werbeagentur zusammenarbeitete. Er hob den Kaffeebecher und roch daran. »Der ist ja so stark, dass ‚n Hufeisen drauf schwimmen könnte.«

»Ist eben richtiger Kaffee, stark und eindeutig«, erwiderte Anna mit einem provokanten Lächeln.

»Und außerdem ...« Jeff nahm einen Schluck, »die Rancher hier lassen sich nicht gern von jemandem was sagen, der gerade aus der Stadt und dann noch aus dem Ausland hierher gekommen ist. Wir sind für die immer noch Greenhorns. Wir können nicht gleich mit der Tür ins Haus fallen.«

»Aber ich werde doch wohl noch meine Meinung kundtun dürfen.«

»He, Anna, darum geht es nicht! Es geht um das Wie, nicht um das Was. Gib dir Zeit, und gib ihnen Zeit, und zieh ein anderes Hemd an. Ich bitte dich darum, auch in Roberts Namen.«

Er ging in die Küche, öffnete eine Dose Chili con Carne, füllte den Inhalt in einen Topf und stellte ihn aufs Gas. Als er ins Wohnzimmer zurückkam, saß Anna in einem schlichten blauen Sweatshirt auf der Couch.

Er trat zu ihr und wollte ihr einen Kuss geben, aber sie drehte den Kopf weg. Sie stand auf und sah nach dem Essen, während Jeff Löffel, tiefe Teller und Wassergläser auf den Küchentisch stellte.

Eine halbe Stunde später klopften sie an Roberts Tür. Er kam sofort heraus, im nagelneuen schwarzen Jeanshemd und einem cremefarbenen Stetson auf dem Kopf. Er wirkte zugeknöpft, überließ Jeff das Steuer, mit der Erklärung, noch ein bisschen nachdenken zu wollen. Anna war ebenfalls schweigsam, und Jeff hoffte, dass sie auch bei Bob Raffert so ruhig sein würde.

16

Die Dämmerung legte sich grau und dunstig über das sanft hügelige Land. Wildes, verfilztes Gras und Salbeibüsche duckten sich unter dem Wind. Der Horizont war eine gerade Linie.

Sie fuhren nach Süden, weiter ins Basin hinab. Das Gelände, das sie gerade passierten, gehörte zur Half Circle Ranch im Besitz von Bob Raffert.

»Wie groß ist die Ranch?«, fragte Anna und drehte sich zu Robert um.

»Zehntausend Hektar«, antwortete er. »Davon ist etwa ein Drittel öffentliches Land. Und im Winter bringt er einen großen Teil der Herde in die Bighorns, so wie wir.«

»Wir lange brauchen sie dafür?«

»Sie bringen sie mit dem Trailer hoch. Die Weide liegt direkt am Highway«, erklärte Jeff.

Einige Pronghornantilopen sprangen über die Fahrbahn. Ihre weißen Hinterteile leuchteten im Lichtkegel der Scheinwerfer wie Warnschilder. Links und rechts des Highways lagen Rinder wie schwarze Felsen im Gras.

Als sie nach Osten abbogen, war es dunkel. Der Wagen holperte über Steine und wogte durch Schlaglöcher wie ein Schiff auf hoher See. Dann ebnete sich die Straße. Vom Wind schief gewehte Lampen auf verwitterten Holzpfählen warfen ein spärliches Licht auf die schmale Schotterstraße, und in der Ferne tauchten nach etwa zehn Meilen die ersten Häuser auf.

Annas Blick fiel durch die Windschutzscheibe auf eine Ansammlung alter Holzgebäude, Silos, Schuppen und einem Wirrwarr aus Sandplätzen und Holzzäunen. Zottelige Pferde hängten neugierig ihre Köpfe darüber und blickten ihnen unaufgeregt entgegen.

Jeff hielt den Wagen zwischen einer Reihe großer und kleiner Pick-ups und Geländewagen vor einem rostrot gestrichenen Ranchhaus. Wyomings beharrlicher Wind hatte sich in die Fassadenfarbe des einstöckigen Holzhauses gefressen und die Veranda ein wenig schief gestellt.

Die Hunde bellten, als sie aus dem Auto stiegen, und ein rothaariger Junge in Latzhose kam mit einem Korb voller Bierflaschen aus einem Schuppen neben dem Haus.

Er begrüßte Robert, dann Anna und Jeff mit einem kurzen Hallo und ließ ihnen den Vortritt beim Betreten des Hauses. »Bobs Jüngster«, erklärte Robert.

»Er hat nur Jungs, nicht?« Jeff zog seine Jeansjacke aus und hängte sie über die Schulter.

Robert nickte. »Vier Jungs. Wollen unbedingt noch ‚n Mädchen.«

Anna vernahm Männer- und Frauenstimmen durch die geöffnete Tür, und als sie mit Robert und Jeff das Wohnzimmer betrat, schlug ihr der dumpfe Geruch von staubigen Wollteppichen, verkohltem Brennholz, Bier und Zigarettenrauch entgegen.

»Hi, Robert, hi, Jeff!« Ein Mann mit kantigem Gesicht, dünnem rotblondem Haar und dickem Schnauzer, der Bob Raffert zu sein schien, erhob sich, kam auf sie zu und schüttelte Robert die Hand. »Jeff!«, sagte er mit breitem Lächeln, das seine schiefen Zähne freilegte. »Lange nicht gesehn!« Er klopfte ihm auf die Schulter.

»Hi, Bob! Wie steht's?«, gab Jeff zurück.

»Könnte besser sein.« Er zuckte die Schultern. »Und du bist nun der neue Boss von der Rowly Ranch.« Bob nickte ein paarmal. »Wird nicht leicht für dich, Jeff. Er wandte sich Anna zu, und Robert stellte sie allen als Jeffs Frau vor. Jeff schwieg. Sein Gesicht blieb ohne Ausdruck.

Etwa zwanzig Rancher und wenige Frauen hatten sich in

dem niedrigen Raum versammelt, und ihre Namen rauschten an Annas Ohren vorbei wie die Zahlen der Fernsehlotterie. Bobs Frau Jane brachte drei Klappstühle und lächelte sie freundlich an. Anna setzte sich zwischen Jeff und Robert in die Runde. Ihr Blick wanderte von einem zum andern, und sie entdeckte Randy McClean. Er unterhielt sich mit dem jungen Mann an seiner Seite.

Ein hagerer Typ in abgewetzten fransenbesetzten Chaps trat nach ihnen ein, nahm den zerbeulten Hut von seinem knochigen Schädel und entschuldigte sich für sein Zuspätkommen. Er setzte sich auf einen Hocker in der hintersten Ecke, legte die Unterarme auf die Oberschenkel und ließ seinen Hut zwischen den breit gestellten Beinen pendeln.

»Glaube, wir sind alle versammelt«, sagte Bob und erhob sich. Er hielt ein Blatt Papier in der Hand. »Dank für euer zahlreiches Erscheinen.« Er senkte den Blick auf die Stiefel und ließ ihn dann durch die Runde wandern, bemüht, jedem kurz ins Gesicht zu schauen. »Der Anlass unserer Zusammenkunft ist die weitere Einschränkung der Weiderechte im Basin und in den Bighorns und der Antrag der Wyominger Umwelt-Allianz auf das Ansiedeln eines weiteren Wolfsrudels im angrenzenden Waldgebiet. Ist ‚ne ganze Menge auf einmal. Wird harte Arbeit mit der Protesterklärung. Die Verabschiedung und Verkündigung der neuen Verordnungen soll im Herbst erfolgen. Das heißt, dass wir möglichst bald eingreifen müssen.« Er räusperte sich, nahm einen Schluck Bier aus der Flasche und stellte sie wieder auf den kleinen Tisch neben seinem Stuhl. »Und ... vielleicht ist es bereits zu allen durchgedrungen ...« Er blickte zu einem grauhaarigen Mann in rot-weiß gewürfeltem Flanellhemd. »Fred gibt auf. Er wird verkaufen.«

Einen Moment lang herrschte Stille. Zigarettenrauch kräuselte sich zur Decke hinauf.

»Ist das dein letztes Wort, Fred?«, fragte Robert mit gedämpfter Stimme.

Der Mann, der zweifelsohne Fred Ruster war, nickte.

»Du kannst uns doch nicht diese Cocktailschlürfer mit ihren blau-weißen Feinstrickpullovern über der Schulter auf den Pelz jagen!«

»Doch, Robert. Mir bleibt nichts anderes übrig. Hab ‚nen Sack voll Schulden und ‚ne Familie, die endlich was anderes will als den täglichen Kampf mit Spinnern, die alles besser wissen. Das hier macht keinen Spaß mehr.«

Robert schüttelte den Kopf und legte das Gesicht in die Hände.

»Also Leute, ihr seht, wir müssen was tun«, sagte Bob und blickte durch die Runde. »Damit wir nicht noch den zweiten Golfplatz vor die Nase gesetzt bekommen.«

»Was? Sagtest du Golfplatz?«, rief eine Frau mit fingerdünnem grauem Zopf, breitem Gesicht und freundlichen blassblauen Augen.

Fred schien immer kleiner zu werden auf seinem schiefen Stuhl – wie ein Hund, der etwas ausgefressen hatte.

»Ne, Fred, sag, dass das nicht wahr ist!«, bat Robert. In seinem Blick lag die Enttäuschung eines Mannes, der mit seinem Land und seiner Arbeit so verwachsen war wie ein Mammutbaum in der trockenen Erde Kaliforniens.

Fred hob die Arme und legte sie dann in den Schoß. »Leute, mir steht das Wasser bis zum Hals. Ich ...« Er brach ab und versteckte sich hinter seiner Bierflasche.

Eine kurze Weile war Schweigen, und Anna hätte gern über ihre Visionen und Ideen gesprochen. Aber sie traute sich nicht – noch nicht –, und vielleicht, dachte sie, ist es besser so.

»Also unsere Botschaft an diese wild gewordenen Ökospinner ist«, fuhr Bob fort, »die Rancher nicht mit überzogenen Auflagen zu strafen, ihnen keine weiteren Weidegebiete streitig zu machen und ihnen keine Killer in die Herden zu hetzen. Wir brauchen weder Wölfe noch Grizzlys und die schutzbedürftige Natur auch nicht. Antilopen, Bisons, Präriehunde, Wapitis, sie alle brauchen keine Wölfe und Bären, die sie zerfleischen.«

Alle klatschten oder trommelten auf die Armlehnen ihrer Stühle. Anna spürte es in ihr kochen und brodeln wie unter dem Deckel eines Wasserkochers. Aber sie hielt sich eisern zurück.

»Dann ist der Punkt mit dem Wolfsrudel glaube ich geklärt«, sagte Bob, und Fred drückte seine Kippe in den Aschenbecher, der die Form eines Cowboyhuts hatte. Wir – das heißt Chuck und ich – werden bis Anfang nächster Woche ein Protestschreiben an das BLM aufsetzen.

»Da sollte auch rein, dass was gegen die Vermehrung der Kojoten getan werden muss«, bemerkte ein Mann mit verwittertem Gesicht. »Es muss doch möglich sein, die Tiere zu schießen, die sich auf unseren Weidegebieten breit machen, ohne dass man als Killer verschrien wird. Mehr als eine halbe Million Schafe und Lämmer werden hier jedes Jahr von Raubtieren getötet. Rechnet das mal durch! Das sind mehr als tausendvierhundert Tiere pro Tag! Bei uns sind es vor allem Kojoten und Adler, in Montana sind es Bären und Wölfe und in Arizona die Berglöwen. Sie werden beschützt und gepäppelt. Und wo bleiben unsere Kinder?«

»Genau, Chris! Du sprichst uns aus der Seele!«, rief eine Frau aus, unter deren hellblauem Umstandskleid sich ein dicker Bauch wölbte. »Und wir sollten auch den Fall mit dem Grizzly nicht vergessen! Ihr wisst schon, der bei Steve Wooster den Garten umgewühlt hat. Hat nicht viel gefehlt, und er hätte den Jungen zerfleischt.«

Anna sah Jeff fragend von der Seite an. »Die haben ,ne Ranch südlich der Absarokas«, flüsterte er.

»Gut. Ich werde das mit aufnehmen«, sagte Bob. »Was die Kojoten betrifft, okay, aber die Bären. Unsere Schwarzbären hier sind ja wohl nicht so das Thema.«

Seine Frau legte ihm einen Block auf den Beistelltisch. Er machte sich einige Notizen.

»Auf jeden Fall kann ich wohl davon ausgehen, dass alle das Protestschreiben unterzeichnen werden, oder?«

Alle hoben die Arme, bis auf Anna. Sie spürte die empörten Blicke bis ins Mark und sah sich aufgefordert, eine Erklärung abzugeben. Aber als sie sich aufrichtete, legte Jeff seine Hand auf ihren Arm.

»Ich werde die Petition gegen die Einführung eines weiteren Wolfsrudels bei uns unterschreiben«, vernahm sie Jeffs Stimme neben sich, »was für mich nicht heißt, dass das ein grundsätzlicher Protest gegen den Schutz von Wildtieren ist. Ich fühle genauso wie ihr, aber es ist eigentlich nicht richtig. Ich ertappe mich dabei, Präriehunde zu verdammen, Adler und Schlangen zu hassen, nur weil sie meine eigenen Fleischlieferanten bedrohen. Wir haben Menschen aus ihren Jagdgründen vertrieben, ihnen ihr Land genommen. Wir sollten das nicht auch noch mit den Tieren machen. Artenvielfalt gewährleistet unser ökologisches Gleichgewicht.« Jeff holte Luft und zog an seinem Hemd. »Man muss nicht so weit gehen und uns Wolfsrudel vor die Tür setzen, aber dass man sie vor dem Aussterben bewahrt und sie in Nationalparks und unerschlossenen Waldregionen aussetzt, finde ich richtig. Seid mal ehrlich! Ihr alle wisst – gerade weil ihr die wirklichen Kenner dieses Landes seid –, dass weder Wölfe noch Bären blutrünstige, angriffslustige Bestien sind. Terroristen, Autos, Flugzeuge, Uranbergwerke, Pipelines und der ganze Abfall unserer modernen Welt sind weitaus gefährlicher. Und den sollten wir uns vom Hals halten.« Jeff nahm einen Schluck Bier. »Was wir nicht tun sollten, ist, unser Land an

Spekulanten verkaufen.«

Anna lauschte der Stille. Sie war angenehm überrascht und spürte ihr Herz schlagen. Es schlug vor Erregung, aber auch ganz besonders für Jeff. Sie hätte nicht mit einer derartigen Erklärung gerechnet.

»Wir kennen dich ja nun, seit du aus den Windeln herausgewachsen bist«, erklärte eine massige Frau mit hochgestecktem blondiertem Haar, »aber dass du dich tatsächlich für Wölfe einsetzt, hätte ich nicht erwartet. Vielleicht ändert sich das erst, wenn du Kinder hast.« Sie warf Anna einen strengen Blick zu, dann huschte ein flüchtiges Lächeln über ihre Lippen. Es blieb ohne Erwiderung. Anna hasste diese Anspielungen. Sie hatte mit Nachwuchs so wenig im Sinn wie Jeff. Unsere eigene aus dem Ruder gelaufene Ausbreitung in alle Richtungen der Erde ist doch das eigentliche Problem, hätte sie gern erwidert.

»Jeff hat Recht«, sagte Robert. »Es geht um unser Wohl und genauso um das der Umwelt, weil eins das andere bedingt. Wir sollten unser einzigartig weites Land erhalten. Wir sollten es vor den Snobs mit ihren Whirlpools und Wassersprengern schützen, vor der Zersiedelung bewahren. Also müssen wir mit denen zusammenarbeiten, die die Natur in einem vernünftigen Rahmen erhalten wollen. Wir müssen diesen Forschern, Biologen, Verwaltern zeigen, dass wir Rancher mit *der* Natur, nicht gegen sie arbeiten. Wir müssen unseren Protest deshalb sehr genau formulieren. Keinen Flächenbrand, sondern gezieltes Vorgehen in die richtige Richtung.«

Nur Anna und Jeff klatschten, aber es gab keinen Widerspruch. Bob nickte und kniff die Lippen zusammen.

»Genau das ist es«, brach es nun aus Anna heraus. »Schließlich halten auch wir unsere Rinder nicht als Haustiere, zum Streicheln und zum Spaß. Wir sind genau solche Raubtiere wie Wölfe und Bären, wenn nicht sogar die schlimmeren. Wir machen uns alles untertan, mit manchmal ziemlich zweifelhaften Methoden.«

Sie spürte Jeffs beschwichtigende Hand auf ihrem Arm, aber sie ignorierte das Signal. Sie konnte jetzt nicht aufhören. Sie hatte so viel zu sagen, es musste heraus.

»Wir sind einfach zu viele Menschen«, fuhr sie fort. »Wo wir hingehen, ziehen wir eine Schleimspur aus Müll, Beton und Abgasen hinter uns her. Überall kollidieren wir mit der Natur, zerstören sie, und dort, wo sie noch intakt ist, beschweren wir uns über deren Gefahren. Warum protestieren wir nicht erst mal gegen Atomkraftwerke, Aufrüstung und Krieg?« Annas Mund verzog sich leicht nach links.

»Nun mal langsam, Lady«, warf Bob ein. »Unsere Bedrohung hier, das sind nun mal die Raubtiere und nicht die Atomkraftwerke. Wir woll'n beim Thema bleiben.«

»Mit denen werden wir auch ohne Tierschutz und diese ganzen Schwätzer fertig«, erwiderte der Cowboy aus der Ecke. Er machte eine Geste, als würde er eine Kugel abfeuern.

»Ihr Städter wisst doch gar nicht, was das bedeutet, wenn so ‚n verdammtes Mistvieh von Wolf sich unsere Kälber holt. Wie wollt ihr denn überhaupt ‚ne Ranch übern Winter bringen!«

»Unsere Fohlen nicht zu vergessen«, sagte Randy McClean. »Auch die Kojoten werden immer gewiefter. Wer glaubt, die geben sich nur mit Aas ab, der hat keine Ahnung.« Er legte seine tiefe Stirn in Falten. »Und dann muss man sich noch mit ‚nem Anwalt verteidigen, wenn man so ‚ne Töle abschießt.«

»Genau!«, rief ein alter Mann mit Glatze und blickte zu Anna und Jeff hinüber. »Wenn euch das mal passiert, dann werdet ihr anders denken.«

»Jeff hat ‚ne ganze Menge Erfahrung und die doppelte Menge Grips wie wir«, entgegnete Robert. »Auch ich bin kein

Freund von Wölfen und Bären auf unseren Weiden. Dass man sie in unseren Nationalparks ansiedelt, halte ich dagegen für richtig. Wir hatten eine fantastische Tierwelt, und unsere Vorfahren haben mit den Gefahren gelebt, und sie sind ziemlich gut mit ihnen fertig geworden. Aber – und das sage ich ganz klar – sie dürfen nicht in direkter Nachbarschaft zu unseren Weidegebieten ausgesetzt werden. Und wenn sie die Parks verlassen und zur Bedrohung für Kälber und Fohlen werden, gehören sie abgeknallt.«

Beipflichtendes Nicken und Zustimmung von allen Seiten.

»Du bist doch Tierärztin, nicht?«, fragte die Frau mit dem hochgesteckten blondierten Haar. »Du solltest mal unseren Seuchenbericht lesen. Präriehunde sage ich nur. Die schleppen alles ran, was unsere Tiere krank macht. Außerdem fressen sie jede Menge Gras, was man uns jetzt von allen Seiten streitig macht.«

»Womit wir beim Thema Weiderechte wären«, unterbrach sie Bob. »Es geht in erster Linie um die Bachläufe, das Problem der Wasserrechte und die Erschließung von Quellen. Es sind die immer weitreichenderen Gesetze zum Schutz der Natur und zur Verdrängung von Ranchern aus dem öffentlichen Buschland, die dieses Land in den Ruin treiben. Wenn die ländliche Struktur in Wyoming und seinen Nachbarstaaten zerstört wird, dann ist die Natur wirklich in Gefahr. Das ist es, was wir den angeblichen Naturschützern klar machen müssen.«

Lauter Beifall von allen.

»Was wir brauchen, sind langfristige Lösungen, die sowohl die Natur schützen als auch unsere Viehbetriebe«, erklärte Jeff. »Rinder sind keine Bedrohung für unsere Umwelt. Entgegen der Behauptung einiger Ökologen sind nämlich von Rindern genutzte Böden nicht schlechter als brachliegende. Im Gegenteil. Der Anteil an Kohlen- und Stickstoff ist auf Rinderweiden höher.« Nach kurzem Raunen und vereinzeltem Nicken fuhr Jeff fort: »Wie ihr vielleicht wisst, hat Robert einige ranchnahe Weiden umgepflügt und neu angesät – verschiedene Flächen mit unterschiedlichen Grassorten und Kräutern. Wir werden bei der Beweidung feststellen, welche Gräser die Rinder besonders gern fressen, und können so eine intensivere Bewirtschaftung der eigenen Flächen erreichen. Dann kommen wir mit weniger staatlichem Land aus. Von solchen Projekten brauchen wir mehr, und jeder ist aufgerufen, neue Ideen zu entwickeln.«

Robert trommelte auf die Armlehne seines Stuhls. Einige Männer steckten die Köpfe zusammen. Die Luft war zum Schneiden.

»Genau«, pflichtete ihm Anna bei. »Wir können nicht die Hände in den Schoß legen und klagen. Wir müssen Alternativen entwickeln.«

»Das ist alles richtig«, räumte Bob ein, »aber das hilft uns im Moment nicht weiter. Ohne den Zugang zum Shephard Creek bekommen wir ein Problem. Unsere Tiere brauchen Wasser und das vor allem im Sommer, und ausgerechnet in der Zeit wollen sie uns das ganze Gebiet sperren.«

Anna erhob sich leise und verschwand in Richtung Ausgang, neben dem sie beim Betreten des Hauses ein rotes Herz entdeckt hatte. Als sie wieder herauskam, hatte sie das Bedürfnis eine Weile allein zu sein. Sie ging auf die Veranda hinaus, vernahm das Schnauben der Pferde im Corral und atmete tief durch. Die Luft war kühl und erfüllt vom Geruch frischer Pferdeäpfel. Sie stieg die kleine Holztreppe hinunter, blickte in den Corral und dachte über ihre eigenen Worte nach. Ein leichtes Ziehen im Magen signalisierte, dass diese mal wieder zu schwer verdaulich waren. Sie wünschte sich sehnlichst, die Hälfte davon ungesagt machen zu können, legte sich andere, durchdachtere Sätze zurecht und hörte sich selbst reden.

Leider zu spät, sagte sie sich. Worte sind nun mal nicht rückholbar. Und sie erinnerte sich an Jeffs Äußerung am Lagerfeuer in Arizona. In Asien habe er das Sowohl-als-auch gelernt und das Entweder-oder abgelegt. Und sie dachte das erste Mal, dass das Sowohl-als-auch vielleicht doch richtiger war, weil das Leben in seiner Vielfalt etwas anderes gar nicht zuließ. Hier ging es um Existenzangst und Verantwortung für eine ganze Familie, etwas, das sie nicht kannte. Für einen kleinen Augenblick gelang es ihr, dieses Gefühl nachzuempfinden.

Dann knallten hinter ihr Stiefelabsätze auf die Holzbohlen. Sie erschrak und sah sich um. Die Tür mit dem Herz fiel ins Schloss und sie ging eilig ins Haus zurück. Als sie das Wohnzimmer betrat, waren alle Blicke auf sie gerichtet. Jeffs Stuhl war leer. Es dauerte eine ganze Weile, bis sie das Knarren der Haustür vernahm und er sich wieder neben sie setzte. Sicher hatte Jeff sie draußen gesucht, und sie berührte ganz sanft und unauffällig seine Hand. Er reagierte nicht darauf. Bob las gerade eine Passage aus dem Gesetzestext über Weiderecht und Brachland vor und brachte zum Abschluss noch einmal alles auf den Punkt, was in das Protestschreiben aufgenommen werden sollte. In der nächsten Woche würden alle einen Ausdruck davon erhalten. Anschließend werde man sich noch einmal im engeren Kreis treffen, um eventuelle Änderungen vorzunehmen. Der nächste Schritt sei die Unterschriftensammlung.

Anna nahm das alles nur am Rande wahr. Sie war mit dem Beurteilen ihrer eigenen Stellungnahme beschäftigt.

»Okay, Leute. Gibt es sonst noch Fragen?« Bobs Blick schweifte durch die Runde und verharrte einen Moment lang auf Anna. Sie sah von ihm weg zu Randy. Er erwiderte ihren Blick. Es lag Feindschaft darin.

Niemand meldete sich zu Wort. Bob stand auf und bedankte sich noch einmal für das zahlreiche Erscheinen. Alle erhoben sich, stellten Stühle beiseite und leere Bierflaschen in Pappkartons und Körbe, die der rothaarige Junge hereingebracht hatte. Dankend nahm er Trinkgelder in Empfang.

Jeff setzte sich wieder ans Steuer, und Anna ging diesmal nach hinten. Roberts Gesicht war finster. Sie spürte seinen Ärger und hätte sich seiner Gegenwart gern entzogen. Er stieg ein, stellte seine Rückenlehne etwas zurück, lehnte den Kopf an und blickte durch das Seitenfenster in die Finsternis. Jeff machte das Radio an, würgte Popmusik und Nachrichten ab, bis sanfte Countrymusic erklang. Beim Erreichen der Hauptstraße stellte Robert das Radio aus und Anna spürte die Spannung, die von ihm ausging.

»Das war nicht grade Diplomatie, mit der du dich bei den Nachbarn eingeführt hast, Anna«, sagte er schließlich, ohne sich zu ihr umzudrehen.

»Es tut mir Leid«, erwiderte sie, »die Fähigkeit dazu ist bei mir etwas unterentwickelt. Ich merke das leider immer erst, wenn die Dinge draußen sind.«

»Ich will damit nicht in Frage stellen, dass das, was du gesagt hast, richtig war. Aber ...«

»Ich weiß, ich habe kein Recht, den Männern zu sagen, wovor sie Angst haben sollen und wovor nicht.«

»Und auch nicht einem erfahrenen Trainer, wie er Pferde zu erziehen hat. John wird kündigen, sobald er einen anderen Job hat. Das klang durch. Ich weiß, dass ihr die Arbeit gern selber übernehmen wollt, aber ein sanfterer Abgang wäre mir lieber gewesen.«

Er machte eine Pause und zeigte auf den Tacho. Jeff nickte, bremste ab und fuhr langsamer weiter.

»Das hier ist nicht mehr mein Job«, fuhr Robert fort, »aber mir liegt was daran, dass ihr beide, du und Jeff, diese Ranch in guter Nachbarschaft führt. Wir sind hier sehr aufeinander angewiesen. Das Land um uns herum ist wild und die Natur manchmal erbarmungslos. Wir müssen zusammenhalten, wenn wir überleben wollen.«

»Das ist mir doch klar, Robert.«

»Okay, dann zeig es den Leuten.«

Anna spürte ihre Augen feucht werden. Roberts Ärger ging ihr unter die Haut. Er hatte sie so herzlich aufgenommen, war wie ein Vater zu ihr. Es tat ihr Leid, ihn enttäuscht zu haben.

Keiner sagte mehr etwas, bis sie zu Hause waren. Anna stieg aus dem Wagen und blieb zögernd vor Robert stehen. Er nahm ihr die Frage nach der Art der Verabschiedung ab, indem er sie kurz an sich drückte. Sie gingen wortlos auseinander, während Jeff mit Robert über die Vorbereitungen zum Round-up sprach.

Jeff schwieg, als sie zum Ranchhaus gingen, und Anna kam sich plötzlich schrecklich allein vor. Ihr wurde bewusst, dass sie hier niemanden hatte, mit dem sie sich aussprechen konnte, wenn es Probleme zwischen ihr und Jeff gab. Sie sehnte sich nach ihren Freundinnen und ihrer Mutter, und sie dachte an Usaami und das Sweatshirt. Vielleicht war das kleine Geschenk doch kein schlechtes Omen.

Als sie neben Jeff im Bett lag und er sie nicht wie sonst in den Arm nahm, kamen ihr die Tränen. Sie wusste das erste Mal in ihrem Leben, was Heimweh bedeutete. Sie stand auf, ging ins Bad hinunter und weinte sich aus. Als sie zurückkam, machte Jeff Licht und blickte sie erstaunt an. Sie legte sich an seine Seite; ihr Gesicht mit den feuchten Augen an seiner Schulter, und endlich fühlte sie seine Hand auf ihrem Arm.

17

Jeff griff über Anna hinweg zu dem kleinen Knopf auf dem Radiowecker. Die laut dröhnende Countrymusic verstummte, und Anna drehte sich zu ihm um.

»Bin gerade erst eingeschlafen«, murmelte sie und rieb sich die verquollenen Augen.

Jeff fuhr flüchtig mit der Hand durch ihr Haar und stand auf, ohne ihr einen Kuss zu geben. Ihm war einfach noch nicht danach. Sein Ärger saß in seinem Hirn fest wie ein Knoten. Er konnte noch so sehr daran rütteln, das störende Gefühl wollte sich nicht lösen. Er sah aus dem Fenster. Es regnete.

»Jeff?«, hörte er Annas müde Stimme vom Bett her.

»Ja?«

Er drehte sich zu ihr um.

»Was liegt heute an?«, fragte sie leise und gähnte.

»Ich muss die Ausrüstung fürs Round-up zusammensuchen und durchsehen. Vielleicht könntest du die Arbeitspferde kontrollieren.«

»Klar. Das hätte ich sowieso getan.«

»Okay.« Jeff ging ins Bad hinunter und machte sich fertig. Anna folgte ihm wenig später.

Als sie am Frühstückstisch saßen, erschrak er über ihre Blässe.

»Noch Kaffee?«, fragte er sanft und hob die Kanne über ihre Tasse.

»Ja, gern.«

»Ich kann noch Eier kochen.«

»Für mich nicht«, erwiderte sie mit einem matten Lächeln.

»Du könntest heute dein Pferd longieren, wenn der Regen aufhört.«

»Ist denn Zeit dafür da?«

»Klar. Das mit den Zelten und den Packtaschen schaff ich allein, und Rosy kümmert sich um das Geschirr und die Verpflegung.« »Gut. Dann werde ich versuchen sie heute anzureiten.«

»Heute schon reiten?«

»Klar. Das geht ganz schnell bei mir.« Ihre Augen leuchteten wieder. »Ohne Hobbels und ohne Stricke. Du wirst schon sehen.«

»Aha.« Jeff lächelte und gab ihr zwei Tage dafür.

Nach dem Mittag hörte es tatsächlich auf zu regnen. Jeff hatte einen dreijährigen Hengst angeritten und die Ausrüstung kontrolliert. Eines der Zelte war beschädigt, und er schnürte es zusammen, um es in die Werkstatt zu bringen. Als er am Sandplatz vorbeikam, fiel sein Blick auf Anna und ihr Pferd. Er legte das Zelt auf den Boden und stellte sich an die Zäunung, den Fuß auf die unterste Latte, die Arme auf die oberste. Er blinzelte in die ersten Sonnenstrahlen, die sich durch die Wolken kämpften. Was er sah, gefiel ihm. Anna stand in der Mitte des Corrals. Das Nachmittagslicht fing sich in ihrem kastanienbraunen Haar, und ihre Silberspange blitzte bei jeder Bewegung in der Sonne.

Tom saß gegenüber auf der Zäunung, grüßte freundlich zu ihm hinüber und richtete seinen Blick wieder auf Anna und ihr Pferd. Die Stute, die beim Verladen vor Angst fast seinen Fuß zerdrückt hatte, trabte ruhig und entspannt, mit gesenktem Kopf an einer Doppellonge. Sie schien bereits einige Runden galoppiert zu sein, denn sie schwitzte ein bisschen.

Als Anna sich von ihr abwandte, fiel sie in Schritt und stellte die Ohren in ihre Richtung. Sie sah müde aus. Sie hatte keine Lust mehr zu laufen und leckte sich die Lippen – das Zeichen für Unterordnung und die Bereitschaft zur Annäherung. Jeff hatte das alles als Junge von Bill gelernt.

Lass die Longe fallen, hätte Jeff ihr gern zugerufen, aber er beschloss, sich nicht einzumischen. Anna blickte kurz zu ihm hinüber, lächelte und wandte sich wieder dem Pferd zu. In diesem Moment kam Robert mit seinem Hund vorbei. Er lehnte sich neben ihn an den Zaun, der Hund ließ sich zu seinen Füßen nieder.

Anna näherte sich der Stute mit leicht gesenkten Schultern, ohne ihr in die Augen zu sehen. Sie löste die Longe vom Halfter, wandte ihr den Rücken zu und machte einige Schritte. Die Stute sah ihr hinterher. Anna blieb stehen, drehte ihre Schulter ein wenig seitwärts, dann bewegte sie sich wieder von Luna fort. Das wiederholte sie etliche Male, bis die Stute ihr schließlich ohne zu zögern folgte.

»John geht zu Randy«, sagte Robert mit gedämpfter Stimme.

»McClean?«

Er nickte.

»Hat sich heute Morgen sein Geld abgeholt.«

Jeff schwieg und starrte auf Anna und ihr Pferd. Die beiden gingen durch den Corral, Seite an Seite, stumm und ineinander versunken. Die Verbindung zwischen ihnen funktionierte ohne Strick, allein über Körpersprache, über feine Signale, die sich nur dem Kenner erschlossen.

Jeff legte den Kopf auf seine Hände, die die oberste Zaunlatte umfassten. Seine Augen folgten jeder ihrer Bewegungen, und sein Ärger wich uneingeschränkter Begeisterung. Er hoffte, sie auch in Roberts Augen zu finden, und sah ihn forschend von der Seite an. Aber Robert verzog keine Miene.

»Mit Pferden kann sie besser umgehen als mit Menschen«, sagte er nach einer Weile, den Blick auf Anna gerichtet.

Jeff lächelte. »Das würde ich so nicht gelten lassen.«

»Dass sie dich gut behandelt, will ich hoffen«, erwiderte Robert und legte seine Hand auf Jeffs Schulter.

Jeff amüsierte sich über den eigenen Stolz, den Stolz auf das, was seine Freundin vollbrachte, und über den Stolz dem vermeintlichen Vater gegenüber.

Anna blieb jetzt stehen und streichelte Luna lobend die Stirn. Sie ging zur Zäunung, stemmte den Sattel auf ihre Schulter und schleppte ihn in die Mitte des Corrals. Sie legte ihn auf den Boden, während Tom ihr die Trense brachte.

Luna wich ein wenig zurück und schnorchelte. Anna gab ihr Zeit, um sich an den fremden Gegenstand zu gewöhnen. Sie blickte zu Jeff hinüber, entdeckte Robert an seiner Seite und hob zögernd die Hand.

Jeff beobachtete die Stute. Es dauerte wenige Minuten, bis ihre Furcht ungebremster Neugier wich. Sie streckte den Hals in Richtung Sattel, blähte die Nüstern und machte einen Schritt in seine Richtung. Wieder nahm sie Witterung auf, wich zurück und näherte sich schließlich dem nach Leder, Pferdeschweiß und Sattelfett riechenden Ding zu ihren Füßen. Sie schien sich von dessen Ungefährlichkeit überzeugt zu haben. Ihre Nase berührte für Sekunden das Sattelhorn. Dann flehmte sie. Anna lächelte, nahm die Trense von ihrer Schulter und ging zu ihrem Pferd. Sie bewegte sich behutsam und weich, voller Kraft und Gewissheit. Vorsichtig schob sie das Gebiss in Lunas Maul, zog das Genickstück über Ohren und Halfter und ließ die offenen Lederzügel auf den Boden fallen. Luna kaute unruhig auf dem ungewohnten Eisen in ihrem Maul, rührte sich aber nicht von der Stelle. Anna strich über ihren muskulösen Hals, und Jeff staunte über die Ruhe und Gelassenheit der beiden.

»Das erste Mal?«, fragte Robert.

»Ja«, antwortete Jeff, während er mit Verwunderung beobachtete, wie Anna Tom ein Handzeichen gab, wie er ohne zu zögern vom Zaun sprang und mit behutsamen, aber bestimmten Schritten auf sie und das Pferd zuging.

Sie hat sich mit ihm verabredet, stellte Jeff mit Unmut fest. Warum hatte sie nicht ihn um Hilfe gebeten? Warum ausgerechnet Tom?

Er starrte auf den jungen Mann, den er vor fast zwanzig Jahren nach einem Sturz vom Pferd aus einem Graben gezogen hatte. Tom war damals zehn Jahre alt und hatte gerade reiten gelernt. Er war der Sohn eines Bahnbeamten aus Cheyenne und über entfernte Verwandte auf die Ranch gekommen. Eigentlich ein netter Kerl, dachte er. Jetzt stand er dicht, zu dicht für seinen Geschmack, neben Anna und half ihr beim ersten Satteln des Pferdes, das er – Jeff – ihr gekauft hatte.

Anna hakte die Longenleinen in die Trensenringe, ließ sie zusammengerollt auf den Boden fallen und sprach leise mit Tom. Jeff lauschte angestrengt, aber er konnte ihre Worte nicht verstehen. Sein Blick war auf Anna und den hoch gewachsenen blonden Mann gerichtet, der jetzt vorsichtig den Bauch der Stute berührte, über ihren Rücken strich und schließlich mit äußerster Vorsicht das Sattelpad darauf legte. Anna hielt Luna am Kopf, beobachtete jeden von Toms Handgriffen und gab ihm Anweisungen.

»Gutes Team«, stellte Robert zu allem Überfluss auch noch fest. Jeff ließ die Bemerkung ohne Kommentar. Noch nie zuvor war ihm aufgefallen, dass Tom ein ziemlich gut aussehender Typ war. Er sah Annas Blicke, fragte sich, ob ihr Tom gefiel, und versuchte sich mit der Feststellung zu beruhigen, dass er im Kopf ein bisschen hohl war.

Er starrte auf den Sattel in Toms Händen, sah ihn im Zeitlupentempo auf Lunas Rücken sinken und rechnete jeden Augenblick damit, dass das Pferd Anna umrennen oder Tom mit einem Buckler zur Seite werfen würde. Er dachte kurz an eine Warnung, blieb aber stumm.

Nichts von dem geschah. Nur ein kurzes Kopfschlagen, ein Ducken, ein kleines Zurückweichen. Die Stute reagierte überraschend gelassen. Anna streichelte ihren Hals, Tom ihren Bauch. Sie zuckte ein bisschen, schien kitzelig. Welch eine Harmonie, dachte Jeff und ärgerte sich am meisten über seine eigene Eifersucht. Dann beugte sich Tom weit unter den Bauch des Pferdes – zu weit, wie Jeff sofort erkannte. Er bemerkte Roberts Unruhe. Aber keiner mischte sich ein.

Tom zog den Sattelgurt zu sich hin. Jeff hörte noch, wie Anna etwas zu ihm sagte. Als der Gurt Lunas Bauch berührte, hob sie blitzartig ihr Hinterbein nach vorn und traf Tom mit dem Huf am Kopf. Er fiel zurück, landete mit dem Hintern im Sand und blieb liegen.

»Verdammt!«, rief Jeff aus, sprang zur obersten Latte des Zauns hinauf und in den Corral hinunter. In dem Moment regte sich Tom. Er setzte sich auf, fasste sich an den Kopf, blickte auf seine blutverschmierte Hand und hielt kurz inne. Dann sank er wie im Zeitlupentempo in den Staub zurück.

»Tom, sag was!«, rief Anna, die das Pferd losgelassen hatte und jetzt neben ihm kniete.

Auch Robert kam herbei. Der Hund bellte. Jeff klopfte Toms Wangen, aber der rührte sich nicht mehr.

»Ohnmächtig«, erklärte Robert. »Das Blut hat ihm den Rest gegeben.«

»Ich weiß nicht«, sagte Anna mit unsicherer Stimme. »Hoffentlich ist nichts anderes ...«

»Alles okay«, brachte Tom mit schmerzverzerrter Stimme hervor und öffnete die Augen. Sein Gesicht war weiß wie Kreide, und über Stirn und Nase lief ein schmaler Rinnsal Blut.

»Ich hol Verbandszeug!«, sagte Robert und verschwand in Richtung Stall.

»Mann, hast du uns ‚nen Schrecken eingejagt!« Jeff sah auf Toms blutende Stirn, beobachtete Annas Hand auf dessen Arm und verspürte ein allgemeines Unbehagen. »Atme tief durch, und entspann dich mal«, sagte er zu Tom. Er blickte sich um, sah Usaamis alten Ford Kombi und entdeckte Robert schließlich am Gatter. Er kehrte mit einem kleinen Metallkasten zurück, kniete neben Tom nieder und drückte eine Mullbinde auf die Wunde. Tom zuckte zusammen.

»Halt das fest!«, befahl ihm Robert. »Drücken, richtig drücken!«

Tom nahm die Binde und legte sie zaghaft auf seine Stirn. Robert wusch ihm mit einem feuchten Tuch das Blut aus dem Gesicht. »Glück gehabt, dass sie keine Eisen drauf hat.« Er nahm Tom die Mullbinde aus der Hand und ersetzte sie durch eine neue. »Das muss genäht werden, sonst siehst du nachher aus wie Patchwork-Charly. Wär schade um dein hübsches Gesicht.«

»Ich bringe ihn nach Greybull!«, rief eine Frauenstimme aus dem Hintergrund.

Jeff blickte sich um. Usaami stand am Zaun. Ihr Wagen lief bereits.

Tom erhob sich taumelnd, und Jeff hielt ihn fest. Weichei, dachte er und ging mit ihm zu Usaami.

»Du bist ja ganz bleich«, sagte sie. »Hab‘s nicht genau gesehn. Hat sie dich beim Gurten erwischt?«

Tom nickte.

»Ist nett, dass du ihn fährst«, sagte Jeff und sah Usaami länger an als beabsichtigt. Sie trug ihr Haar offen. Es hing an einer Seite bis über ihre Brust hinab.

»Ich wollte sowieso gerade in die Stadt. Wir brauchen noch Aufbaufutter für die Fohlen«, erwiderte sie.

Jeff nickte und stellte fest, dass Tom seinen Arm nicht mehr brauchte. Er sah ihm nach, wie er um das Auto herumging, die Tür öffnete und sich in den weichen Sitz fallen ließ. Usaami setzte sich ans Steuer, ließ ihr Haar durch die Finger gleiten und warf es mit selbstsicherer Geste nach hinten über die Schulter. In dem Moment kam Dave aus dem Stall. Er war das erste Mal wieder auf der Ranch, seit Anna mit seinem Vater aneinander geraten war. Er sah zu ihr und dem Pferd hinüber, steckte sich eine Zigarette an und ging zu Usaami, ohne von Jeff Notiz zu nehmen. Sie drehte die Scheibe runter.

»Du fährst nach Greybull?«

»Ja, aber erst zum Doc.«

»Was is'n passiert?«

»Mach mal deine Äuglein auf.« Sie wandte den Kopf zu Tom.

»Wer hat dich denn verprügelt?«

»Die Stute da drüben.«

»Ach! Die sanfte Methode!« Dave grinste breit, und Jeff konnte seine schiefen gelben Zähne sehen. »Sanft für das Pferd, klar, das ist die Hauptsache«, sagte er und spuckte aus.

Usaami fuhr an und ließ Dave in der Abgaswolke ihres alten knatternden Fords zurück. Jeff schaute ihr nach und fragte sich, welches wohl tatsächlich das starke Geschlecht war. Als er sich umdrehte, sah er Luna an der Longe um Anna herumbuckeln, bemüht, den lästigen Sattel auf ihrem Rücken loszuwerden. Robert stand am Zaun und sah zu. Jeff ging zu ihm. »Hast du diesmal den Kopf hingehalten?«, fragte er ihn.

»Hältst du mich für so einen Trottel?«

»Und wie habt ihr's hingekriegt?«

»Na mit dem Gurthaken natürlich. Lag da drüben am Zaun.«

Ja klar, dachte Jeff und blickte auf den Sandplatz.

Die Stute ging schließlich ganz ruhig mit dem Sattel auf ihrem Rücken im Kreis.

»Okay, Anna, was meinst du? Genug für heute?« Robert schob den Hut in den Nacken.

»Noch nicht ganz. Ich möchte heute noch kurz in den Sattel. Gleich am ersten Tag. Das funktioniert am besten.«

Jeff warf Robert einen entschuldigenden Blick zu und zuckte die Schultern.

»Hilft mir einer?«, fragte sie, hielt Luna an und stellte sie in die Mitte des Corrals.

Jeff ging zu ihr, entknotete die Zügel und legte sie um das Sattelhorn. Er hielt die Stute an der Longe fest, während Anna sie streichelte, einen Fuß in den Steigbügel stellte und sich dann ganz langsam bäuchlings in den Sattel zog.

»Lass sie ein paar Schritte machen«, sagte sie zu Jeff, und er ging langsam vorwärts.

Luna setzte zögernd, mit rückwärts gerichteten Ohren, einen Fuß vor den anderen.

»Halt sie wieder an.«

Jeff gehorchte schweigend, und Anna hob im Zeitlupentempo das Bein über Lunas Rücken und ließ sich behutsam in den Sattel gleiten.

»Jetzt gib ihr etwas Longe.«

Jeff trat etwa zwei Meter zurück, und Anna trieb Luna behutsam vorwärts. Sie machte einen kleinen Satz nach vorn, wölbte ein wenig den Rücken.

»Pass auf!«, rief Jeff. Aber die Stute beruhigte sich und zog ohne zu bocken mit Anna ihre Runde.

»Okay«, sagte sie zufrieden lächelnd, rutschte vorsichtig aus dem Sattel und nahm Luna die Trense ab.

Jeff trat ein wenig zurück, und Anna ließ die Schultern fallen, ging rückwärts und wartete, bis Luna neben ihr stand. Dann klopfte sie ihr sanft den Hals.

»Nicht übel«, sagte Robert, der jetzt dazukam.

»Ihr seht, es geht genauso schnell, wenn nicht schneller als mit Stricken um Nase und Beine.« Sie löste vorsichtig den Sattelgurt. »Zu dumm, dass das mit Tom passiert ist.«

»Ohnmächtig ist er geworden!«, rief Robert aus und schüttelte den Kopf. »Da fällt der Bursche einfach um!«

»Tja«, entgegnete Anna, »die Männer hier sind auch nicht mehr das, was sie mal waren.«

»Du sagst es.« Robert wischte sich die Hände an der Jeans ab.

»Aber er hat vielleicht ‚ne Gehirnerschütterung«, erwiderte Anna entschuldigend.

»Die braucht der auch mal«, brummte Robert, »damit er aufwacht! So dämlich kann man doch gar nicht sein!«

Jeff grinste. Roberts Worte kamen ihm gerade recht. Sein Blick lag forschend auf Annas staubigem Gesicht. Sie lächelte.

»Ich wollte ihn gerade warnen, aber da war's auch schon passiert.« Robert schob seinen Hut in die Stirn zurück. »Lasst das Pferd noch ein Sandbad nehmen, und stellt es dann in die Box.« Anna nickte, und Robert ging zum Gatter. »Und was ich noch sagen wollte ...« Er drehte sich noch einmal zu Anna um. »Bis auf den kleinen Zwischenfall war das eine großartige Vorführung. Ist vielleicht ganz gut, dass John gegangen ist.« Damit verließ er den Corral.

Jeff stellte sich zu Anna und blickte auf Luna, die sich im Sand wälzte. Ihr pechschwarzes Fell war grau, als sie sich in einer Staubwolke auf die Hufe stemmte und schüttelte. Er dachte dabei an Tom und Usaami, fragte sich, ob es irgendein Interesse von irgendeiner Seite gab und warum ihn das überhaupt beschäftigte.

»So ein Pech das mit Tom«, sagte Anna.

»Warum hast du dir auch gerade ihn ausgesucht?«

»Weil er gut mit Pferden umgehen kann, und weil er ein sensibler Mensch ist.«

Jeff zuckte zusammen. »Aha«, sagte er nur, blickte zu Boden, hob einen scharfkantigen Stein auf und warf ihn über den Zaun. Er fühlte sich ausgegrenzt, spürte ein Bedürfnis nach Rückzug. Eifersucht, sagte sein Bewusstsein, ein Gefühl, das er für gänzlich überflüssig gehalten hatte – häufig provoziert, aber bisher kaum selbst empfunden, traf es ihn besonders überraschend.

Anna nahm ihr Pferd am Halfter und führte es zum Ausgang.

»Kommst du nicht mit?«, fragte sie.

»Ich hab noch einiges zu tun.«

»Kannst du mir nicht eben schnell helfen?«, rief sie.

»Na gut.« Er folgte ihr, hob das zusammengerollte Zelt auf und blieb widerwillig neben Anna und ihrem Pferd in der Stallgasse stehen.

»Kannst du sie kurz festhalten, während ich sie putze?«, fragte Anna.

»Binde sie doch da drüben an«, entgegnete Jeff, ohne eine Miene zu verziehen.

»Was ist denn los mit dir? Bist du immer noch sauer wegen gestern?«

Er schüttelte den Kopf, nahm den Zügel aus Annas Hand und stellte sich vor das Pferd. Anna trat neben ihn und sah ihm tief in die Augen. »Bitte, Jeff, sag mir, was los ist.«

»Du wolltest doch das Pferd bürsten.«

»Das mache ich gleich. Erst mal möchte ich wissen, was los ist.«

Jeff blickte an ihr vorbei. »Es ärgert mich, dass du dir einen Stallburschen zu Hilfe holst, der vom Anreiten junger Pferde keine Ahnung hat und sich dann den Schädel einhauen lässt.«

Anna blieb regungslos neben ihm stehen. Sie sah ihn aus großen Augen an. Dann schlug sie mit der Hand auf ihre Stirn. »Jetzt verstehe ich«, sagte sie langsam und schüttelte den Kopf. »Ich hätte dich bitten sollen, mir zu helfen, und nicht Tom, stimmt‘s?«

»Wäre doch nicht so abwegig gewesen, oder?« Er hasste solche Rechtfertigungen und wäre jetzt lieber gegangen.

»Ich wusste doch gar nicht, wo du steckst«, erwiderte Anna. Die Stute scharrte ungeduldig mit dem Huf auf dem Betonboden. Jeff ruckte ein bisschen an ihrem Halfter, bis sie sich beruhigte, und Anna begann zu putzen. Dabei blickte sie über den Pferderücken zu Jeff hinüber.

»Du hast Glück, dass Robert so ein vernünftiger Mensch ist. Er hätte die ganze Sache auch als Argument für seine Methode, für John und gegen dich auslegen können«, sagte Jeff.

»Ich habe dich deshalb nicht gefragt, weil du heute Morgen ziemlich zugeknöpft warst.« Sie ging um das Pferd herum, putzte eilig die andere Seite, nahm Jeff die Zügel aus der Hand und brachte es in die Box.

Jeff blickte ihr hinterher und dachte, dass seine Bedenken wahrscheinlich völlig unbegründet waren. Er schaute auf die Uhr. Er hatte gar keine Zeit für Diskussionen. Anna jedoch sah nicht so aus, als ob sie mit der Sache fertig wäre. Eiligen Schrittes kam sie zu ihm zurück.

»Falls du übrigens glaubst, ich würde mich für den armen großen Jungen interessieren, der jetzt vielleicht schon unter Nadel und Faden an seiner Stirn ohnmächtig in der Ambulanz liegt, dann kann ich dich beruhigen. Ich interessiere mich nicht für Männer, die jünger sind als ich. Aber es tut mir trotzdem schrecklich Leid, dass er ab heute eine kleine Narbe auf der Stirn haben wird.«

Anna stand vor ihm, die Hände in die Hüften gestemmt, und er kam sich ziemlich lächerlich vor. »Immerhin hat der gute Junge ‚ne nette Erinnerung«, sagte er und blickte eilig zur Uhr. »Anna, ich habe eigentlich gar keine Zeit. Ich muss dieses Zelt noch zu Bill bringen. Er wartet in der Werkstatt darauf. Und ich muss noch zwei Pferde vorbereiten, eins an der Longe, eins reiten.«

»Okay. Ich hoffe, die Sache ist geklärt«, erwiderte Anna.

»Ich bin pünktlich zum Abendessen im Haus.«

»Was gibt es denn?«, fragte sie.

Jeff lächelte flach und schüttelte den Kopf. »Wir könnten nach Cody fahren und im berühmten IRMA essen gehen.«

Sie lachte. »Auch gut. Aus dir wird wohl nie ein moderner Mann.«

»Modern? Du bist nicht auf dem neuesten Stand! Die Neunziger sind vorbei, der Softie ist out, Frauen wollen wieder richtige Männer. Das hast du ja selbst eben zum Ausdruck gebracht.«

»Ohnmacht und Kochen, das solltest du nicht in einen Topf werfen.«

»Du weißt doch, ich fasse keine Töpfe an.«

»Du wirst auf Dauer nicht drum herumkommen, wenn du Frieden möchtest.« Sie drückte ihm einen Kuss auf die Wange. Er ließ es geschehen, nahm das Zelt und trat in die kühle Abendluft hinaus. Schäfchenwolken zogen auf, und Jeff dachte an das Round-up und an Regen.

18

Die nächsten Tage vergingen wie im Fluge. Pferde anlongieren, anreiten, Sattelzeug flicken, Weiden kontrollieren. Anna arbeitete mit Dreamer und Luna. Jeff zeigte ihr die Feinheiten des Westernreitens, die speziellen Ausbildungsziele beim Reining und Pleasure, und Robert führte sie in die Grundlagen des Cutting-Trainings ein.

Diverse Vorbereitungen für das Round-up standen an, und Anna fiel es nicht leicht, den Überblick zu behalten. Sie war von sechs Uhr morgens an auf den Beinen, mit dem Zusammensuchen von Spritzen, Verbandszeug, Medikamenten und dem Gesundheitscheck der Arbeitspferde beschäftigt. Schließlich gab es noch einen Kolikfall und ein kränkelndes Fohlen.

Alle waren mit dem Packen für den zweitägigen Cattle Drive beschäftigt. Zuerst musste die Herde in den Corral auf der Ranch geholt werden. Dort würde die Knochenarbeit stattfinden – Kühe mit Kälbern aussondern, die Kälber brennen und impfen, die männlichen kastrieren und schließlich noch einmal die rund zweihundert Kühe heraussortieren, die auf die Versuchsflächen sollten. Am übernächsten Tag würde der zweitägige Viehtrieb zu den Sommerweiden im Hochland beginnen.

Als Anna endlich um acht Uhr mit Jeff am Abendbrottisch saß, fielen ihr fast die Augen zu. Ihr war nicht nach Kochen und Jeff erst recht nicht. Also begnügten sie sich mit Brot, Salat und Käse.

»Wenn alle so wenig Fleisch essen würden wie wir, könnte die gesamte Rinderbranche auch ohne Umweltschützer einpacken«, sagte Jeff beim Anblick des gedeckten Tisches.

»Dann würden sich zwangsläufig andere Möglichkeiten ergeben«, erwiderte Anna. »Vielleicht würden wir dann Gemüse anbauen oder Touristen durch die Wildnis schaukeln. Fleisch ist schließlich nur so lange ein Stück Lebenskraft, wie es lebt.«

Jeff lachte. »Damit könntest du in die Körnerwerbung gehen.« Er drehte das Bändchen an seinem Handgelenk hin und her. »Ich habe ein Jahr lang kein Fleisch angerührt.«

»Kann ich mir gar nicht vorstellen, in keinerlei Hinsicht.«

»Ohne saftige Steaks vor der Nase und wohlgeformte Brüste vor Augen, ist das Entsagen gar nicht so schwer.«

Anna lächelte. Jeff gähnte und räkelte sich. Er schob das letzte Stück Brot in den Mund. »Übermorgen müssen wir jedenfalls dafür sorgen, dass die zukünftigen Steaks und ihre Erzeuger wohlbehalten auf die Sommerweiden kommen.«

»Das ist eine weitaus nettere Aufgabe als das herbstliche Round-up, was?«

»Ich habe mich immer verkrochen, wenn der Viehtransporter kam.«

»Immerhin haben die Tiere ein gutes Leben.«

Jeff nickte, und Anna trank ihr Bier aus. »Ich glaube, wir sollten ins Bett gehen, bevor wir am Tisch einschlafen.«

Aber in dem Moment klopfte es an der Tür. Es war Robert. Anna ließ ihn herein. Er sah besorgt aus.

»Tut mir Leid, dass ich noch so spät stören muss«, entschuldigte er sich und trat ein. »Bob hat abgesagt.« Er setzte sich an den Tisch.

»Mist!«, stieß Jeff aus.

Anna zuckte zusammen.

»Das ist das erste Mal, dass er uns nicht beim Cattle Drive hilft.« Robert legte seinen Hut auf den Tisch. »Randy will seinen Sohn schicken. Der arbeitet seit ‚ner Weile wieder bei ihm auf der Farm, meint, sein Rücken hält das Reiten aus, aber ...« Er seufzte. »Ist nicht grad ‚ne Spitzenbesetzung. Ob Joanna kommt, steht auch noch in den Sternen. Wenigstens kommen die Dixons zum Kälberbrennen.«

Jeff fuhr sich mit den Händen übers Gesicht, lehnte sich zurück und schlug ein Bein über das andere. Anna drehte einige Haarsträhnen um ihre Finger. »Ist es wegen mir?«, fragte sie zaghaft und sah in Roberts enttäuschtes Gesicht.

»Er hat gesagt, er könne nicht weg, weil einige Tiere krank sind, aber ...« Er brach ab und blickte über den noch nicht abgeräumten Tisch.

Anna fühlte ein Stechen in der Magengegend. Sie schaute auf ihre Hände, die ineinander verhakt in ihrem Schoß lagen.

»Also Charly, ich weiß nicht«, brummte Jeff und rieb sich die Augen. »Das ist ‚n ziemlich ausgekochter Bursche.«

»Ich hab das jetzt festgemacht, Jeff. Im Herbst könnt ihr euch eure Leute dann selbst zusammensuchen.«

Robert erhob sich und ging zur Tür. »Sieht übrigens verdammt nach Regen aus.«

Jeff nickte, und Anna dachte an die Versammlung, an Bob, an Randy und an das, was Jeff ihr von seinem Sohn erzählt hatte. Ihr war nicht wohl. Wie schwierig war doch das menschliche Miteinander.

Bereits in der Nacht kam starker Regen auf. Der Wind drückte ihn gegen die Scheiben, und Anna erwachte. Jeff schien fest zu schlafen, zumindest rührte er sich nicht, als sie vorsichtig aufstand und in die Dunkelheit hinausspähte. Sie schauderte bei dem Gedanken, dass es bis zum Roundup womöglich so bliebe. Sie lag noch lange wach, und der Morgen empfing sie so, wie sie es befürchtet hatte. Es goss immer noch wie aus Kübeln.

»Mistwetter«, grummelte Jeff vom Fenster herüber. Er war vor ihr aufgestanden, zog ein dickes kariertes Hemd über sein T-Shirt, stopfte beides in die Jeans und knöpfte sie zu.

»Es regnet schon die ganze Nacht«, sagte Anna. Sie hätte sich am liebsten einfach wieder mit Jeff zusammen im warmen Bett eingerollt und der Welt dort draußen eine Absage erteilt. Aber was half es. Sie musste hoch.

Als sie den Ranch-Schnelldurchlauf im Bad hinter sich hatte und in die Küche trat, stand der Kaffee schon auf dem Tisch und – Anna traute ihren Augen nicht – zwei Teller, zwei Messer, zwei mit Kaffee gefüllte Becher und vier getoastete Weißbrotscheiben. Über das fehlende Tischtuch und das krümelige Brot auf dem rohen Holztisch sah sie hinweg. Sie war gerührt über die erste morgendliche Bedienung.

»Was kann uns das Mistwetter schon anhaben, wenn drinnen die Sonne scheint«, sagte sie anerkennend und setzte sich vor ihren Kaffeebecher.

Jeff lächelte schwach, schmierte eilig Butter auf den Toast und verschlang ihn wie ein ausgehungertes Raubtier. Anna trank ihren Kaffee aus, stellte alles in die Spüle und suchte ihre Sachen zusammen. Pullover, Wachsjacke, Chaps, wasserdichte Stiefel, Halstuch. Sie zog alles an, streifte ein Gummiband von der Brottüte und schnürte damit ihr Haar zusammen. Sie dachte plötzlich an Hamburg. Es kam selten vor, meistens dann, wenn irgendetwas auf der Ranch nicht so lief, wie sie es sich vorgestellt hatte. Natürlich hatte sie mit einem Round-up unter stahlblauem Himmel gerechnet, und natürlich kam es ganz anders als erwartet. Wer erwartungsfrei lebt, lebt glücklich, hatte Jeff einmal gesagt. Sie beobachtete ihn, sah, wie er ohne Eile seine Chaps anschnallte, den Gürtel mit der Magnum darüber festzurrte und dabei ein WRIGLEY'S kaute. Er gab keinerlei Hinweise auf irgendeine Gefühlsregung.

Anna setzte ihre Baseballkappe auf, zog den Pferdeschwanz über der Schnalle hindurch, ging zur Tür und legte die Hand an den Schirm. »Bereit zum Abmarsch.«

»Schön.« Jeff lächelte abwesend. Er warf seine speckige Rindslederjacke über, klappte den Kragen hoch und hängte ihre Packtaschen mit dem Proviant über die Schulter. Anna folgte ihm in den Regen hinaus. Es war noch dunkel, und die gesamte Hofbeleuchtung brannte. Das fahle Licht spiegelte sich in den Pfützen, und Stimmen hallten von den Stallungen herüber. Anna ging wie immer einen Meter hinter Jeff. Sie hasste das, aber seine Schritte waren einfach zu groß für sie.

»Kannst du nicht mal so gehen, dass ich mitkomme«, beschwerte sie sich. »Ich komme mir vor wie eine Kurdin hinter ihrem Ehemann.«

»Dann würdest du das Gepäck tragen«, entgegnete er. Die Hunde bellten, und er blickte zur Ranchauffahrt.

Anna folgte seinem Blick. Ein alter Chevi mit einem Pferdehänger am Heck keuchte die Pappelallee herauf. Auf der Beifahrertür prangte, virtuos gepinselt, ein Reiter auf einem gescheckten bockenden Pferd.

»Da kommt Charly«, sagte Jeff. Anna sah dem Gespann hinterher, das vor dem Stall anhielt. Als sie näher kam, entdeckte sie Jason unter der Remise. Er kauerte in einen langen braunen Regenmantel gehüllt auf einem Appaloosa, die Hände auf das Sattelhorn gestützt, den zerknautschten Hut tief ins Gesicht gezogen, so dass nur seine scharfe Nase hervorguckte. Die Winchester hing neben dem zusammengerollten Rope am Sattel.

Robert stand ebenfalls in einem langen Wachsmantel vor dem Stall und hob die Hände zum Himmel. »Das Wetter ist unbarmherzig. Wir hätten wohl doch noch ‚n paar Tage warten sollen!«

»Morgen soll's besser werden!«, rief Jeff.

Bill erschien in der geöffneten Stalltür. Er trug eine ockerfarbene Jacke aus geöltem Leinen, einen breitkrempigen Hut und zog sein Pferd hinter sich her. Spencer folgte im gleichen Aufzug. Sie stellten sich unter das Dach und grüßten mit einem Fluch zum Himmel.

Anna ging mit Jeff in den Stall. Usaami putzte Dreamer, Tom war mit Twister beschäftigt.

»Das ist ja ein Service!«, sagte Anna.

Usaami lächelte flach.

»Ist beim Round-up so üblich«, warf ihr Tom über Twisters Rücken zu.

»Und was macht der Kopf?«

»Ist noch dran.« Er legte die Hand auf Twisters Kruppe und zeigte auf seine Stirn. »Hab jetzt ,nen kleinen Reißverschluss am Kopf. Nächste Woche werden die Fäden gezogen.«

»Tut mir Leid, dass das passiert ist.« Anna betrachtete das breite Pflaster auf seiner Stirn.

»War doch meine eigene Schuld«, erwiderte er mit einem freundlichen Lächeln.

Er ist ein netter Kerl, dachte Anna und hoffte, dass sie mit ihm so unbefangen umgehen konnte wie vor Jeffs kleinem Eifersuchtsanfall, den sie davon abgesehen als erfrischenden Beweis seiner Liebe zu ihr empfand. Sie zog den Anbinde-Strick über Dreamers Ohren, dann das Hackamore über seine Nase, hob den Sattel auf seinen breiten Rücken und befestigte die Packtaschen daran. Tom hängte auch noch ein Rope an ihr Sattelhorn.

»Ich kann doch gar nicht damit umgehen«, warf Anna ein.

»Ist egal. Gehört einfach zur Ausrüstung.«

Anna spähte zu Jeff hinüber. Sein Pferd war schon fertig. Er sprach mit Robert über den Bullen, der mit der Herde gehen sollte, um die letzten noch güsten Kühe zu decken. Und sie sprachen über die Aufteilung der Crew.

»Da Twister erst das zweite Mal dabei ist, solltest du mit ihm eher leichtere Aufgaben übernehmen«, hörte sie Robert sagen.

»Aber er ist das schnellste Pferd.«

»Du sollst kein Rennen mit ihm gewinnen, Jeff, du sollst Vieh zusammentreiben.«

»Mit dem hol ich jeden Critter in die Herde zurück, Robert!«

»Okay, du bist hier jetzt der Chef. Aber sei vorsichtig. Ich habe keine Lust auf eine Stampede.«

»Ich habe das gut überlegt. Der kann Sliding Stops und schlägt Wurzeln, sobald er Druck am Sattelhorn spürt.«

»Gut, Leute, dann los!«, rief Robert und wandte sich Anna zu. »Du bleibst hinten an der Herde. Du musst mit Charly zusammen Druck machen. Ruhig, versteht sich. Das hat dir Jeff hoffentlich alles erklärt.«

»Ja.«

Sie verließen den Stall. Charly humpelte gerade mit seinem gesattelten Pferd vom Hänger. Die Rädchen an seinen Sporen klimperten, und seine fransenbehangenen Chaps flatterten ihm um die Beine. Er ließ die Zügel fallen, das Pferd blieb stehen und hob den Kopf. Charly schloss die Schnallen seiner Chaps, dann die Ladeklappe des Hängers und stieg mit einem kurzen »Hallo« in den Sattel. Er drehte den kräftigen Braunen um die Hinterhand, richtete ihn rückwärts und parkte ihn neben Bill, Spencer und Jason unter dem vorgezogenen Dach. Sein Gesicht verbarg sich unter einem verwaschenen Dakota-Stetson, sein langer, gebeugter Rücken unter einer speckigen Lederjacke.

»Hi, Patch, wie geht‘s denn so?«, rief Robert.

»Besser als vor ‚nem halben Jahr«, antwortete Charly, holte ein Feuerzeug, dann eine Zigarette aus seiner Jackentasche und zündete sie unter der Wölbung seiner Hand an.

»Das ist Anna«, sagte Robert und nickte zu ihr hinüber.

Sie lächelte flüchtig, Charly zog andeutungsweise seinen Hut.

»Mit ihr und Jason wirst du die Herde hinten antreiben.«

»Ist in Ordnung«, erwiderte Charly mit abgeklärtem Blick.

»Es geht looooos!«, rief Robert. Er stieg aufs Pferd, breitete seinen Mantel über den Sattel aus und ritt los. Charly warf die Kippe in eine Pfütze und folgte ihm mit den anderen Männern, Anna und Jeff ritten hinterher.

Das Klappern der Eisen auf den nassen Steinen ging bald in ein dumpfes Trampeln über. Sie verließen den Hof und bewegten sich gemächlich über einen Sandweg an den Silos vorbei. Selbst die Pferde wirkten noch schläfrig und steifbeinig. Auch sie schienen den Regen zu verabscheuen.

Bill stellte sein Pferd neben das Gatter, hob den Riegel und stieß es mit der Hand auf. Der Tross schleuste sich hindurch, und Charly schloss es hinter ihnen. Sie ritten nach Süden in die Finsternis hinaus. Das nasse Gras schmatzte unter den Hufen, und die Salbeisträucher raschelten an den Pferdebeinen. Offenes, leeres Land im Dämmerzustand. Kein Eulenschrei, kein Kojotenheulen. Der Regen schien alles Leben hinweggespült zu haben.

Robert und Jeff ritten jetzt nebeneinander, Anna mit Jason dahinter. Ihr Blick ruhte auf den beiden Männern vor ihr, die sich unterhielten, und sie fragte sich, worüber sie wohl sprachen. Sie ritten im Gleichschritt. Ihre Hüften bewegten sich leicht im Takt der Pferde, und das Wasser rann wie in einer Regenrinne durch die Krempen ihrer Hüte auf ihre Rücken hinunter. Gute Freunde oder Vater und Sohn, was machte es schon für einen Unterschied, dachte Anna. Jeff sah sich ein paarmal nach ihr um. Sie konnte nicht erkennen, ob er ernst war oder lächelte.

Als sich in der Morgendämmerung Umrisse von Wolkenbergen am Himmel abzeichneten, galoppierten sie an und legten einige Meilen abwechselnd im Lope und im ruhigen Trab zurück. Mit dem nächsten heftigen Schauer fielen sie in Schritt zurück. Die Männer hinter Anna begannen miteinander zu plaudern, und Jeff hielt sein Pferd an, wartete, bis er auf ihrer Höhe war, und ritt neben ihr weiter.

»Alles klar?«, fragte er.

»Außer dass die Nässe so langsam unter die Haut kriecht, ja.«

»Da vorn wird‘s heller.«

Anna nickte.

»Was macht dein Rücken?«, fragte Jeff, während er sein Pferd zu Charly hinübersteuerte.

»Wie du siehst, hält er. Ha‘m mir vorm halben Jahr das Eisen rausgeholt. Zwei Platten« – er spreizte Daumen und Zeigefinger – »und vier Schrauben. Aber mit Rodeo ist Schluss.« Er machte ein verdrossenes Gesicht. Anna musterte sein kantiges, vernarbtes Kinn und seine mehrfach gebrochene Nase und hoffte, dass auch dies Spuren vom Rodeo und nicht von Prügeleien waren. Sie versuchte zu erraten, wie alt er war, schätzte ihn schließlich auf Ende zwanzig.

»Ist ja auch ‚ne harte Nummer«, entgegnete Jeff. »Sei froh, dass du wieder reitest und nicht rollst.«

»Hab verdammt gutes Geld verdient, Jeff. Davon kannst du im Viehgeschäft bloß träumen.«

»Mag sein.«

»Hast du auch Mustangs geritten?«, fragte Anna.

»So einer hat mir das Kreuz gebrochen.«

»Das hast du dir wohl eher selbst gebrochen«, erwiderte Anna, und ihr Mund verzog sich leicht nach links. Sie bemühte sich um eine mitfühlende Miene, die eigentlich eher den Pferden galt. »Die müssen doch irgendwann schlau werden oder einfach müde«, sagte sie unschuldig. »Warum bocken die immer wieder so heftig?«

»Ewig sind die natürlich nicht dabei. Und ‚n bisschen scharf gemacht werden die schon.«

»Was heißt das?«

»Im nächsten Monat gibt‘s jede Menge Rodeos. Da kannst du‘s dir angucken.«

»Ich glaube, das ist nicht so mein Ding. Wird den Pferden nicht so ein Gurt um die Flanken geschnürt, damit sie bokken?« Annas Mund verzog sich wieder leicht nach links.

»Klar. Das kitzelt sie ,n bisschen. Aber es gibt ja ,ne Menge verschiedener Wettkämpfe, Barrel Racing und so was.«

»Hast du auch Bullen geritten?«

»Nur ein paarmal. Einer hat mich fast aufgeschlitzt. Aber zuletzt nur noch Broncs, rohe Pferde, erst mit Sattel, dann ohne. Und natürlich ...« Er grinste breit zu Jeff hinüber. »Das war immer wie im Selbstbedienungsladen. Jede Menge Rodeomiezen, alle bereit zu ,nem sanften Ritt ins Paradies.«

Jeff lächelte schwach. Anna schwieg und war froh, als Robert nach Charly rief und der zu ihm aufrückte.

»Versprich mir, dass du dich nicht mit ihm anlegst«, zischte Jeff leise.

Anna fuhr zusammen, sah Jeff an, unfähig, etwas zu entgegnen. Sie hasste solche diktatorischen Übergriffe.

»Ich meine nur, falls es um Rodeo geht oder ...«

»Ich werde mein Bestes tun, aber versprechen kann ich dir das nicht. Es liegt schließlich nicht nur an mir.«

Die nächste Galoppade verhinderte eine Diskussion, und das Trommeln der Hufe verscheuchte alle Gedanken. Der blassblaue Himmel schien sich ausgeweint zu haben. Vereinzelte Sonnenstrahlen stachen metallen durch die hier und dort aufreißenden Wolkenlöcher. Alle schienen aufzuatmen, wenngleich die Nässe noch schwer in ihren Mänteln und in den Mähnen der Pferde hing.

Anna blickte über sie hinweg auf sanft gewelltes Grasland. Es lag vor ihr wie ein altes Waschbrett, das Moos angesetzt hatte. Sie ritten einem Bach entgegen. Die Ränder waren zertrampelt, die Weidenbüsche angefressen. Die Herde konnte nicht mehr weit sein.

Jeff klappte den Kragen seiner Jacke herunter, und Bill klopfte Wassertropfen aus der Krempe seines Hutes. Alle richteten sich langsam aus ihrer gebeugten Haltung auf.

Robert trieb sein Pferd langsam in den Bachlauf hinab. »Seid vorsichtig!«, rief er ihnen zu. »Ist ,ne ziemliche Schmiere.« Aber in dem Moment rutschte sein Pferd schon in ein Schlammloch, wich zurück, versuchte festen Boden unter die Hufe zu bekommen und sank noch tiefer ein. Robert stieg ab, kämpfte sich rückwärts durch den schmierigen Boden, erreichte eine feste Grassode und zog sein Pferd mit.

»Zurück!«, rief er. »Wir müssen dahinten rüber!«

Alle blieben stehen und warteten, bis Robert sein Pferd und seine Stiefel aus dem Schlamm gezogen hatte und wieder im Sattel saß. Die Stelle, die er ausgeguckt hatte, war weniger zertreten, aber auch hier hatte sich die Nässe in den kahlen Boden gefressen.

Alle waren bereits am gegenüberliegenden Ufer, bis auf Jeff und Anna. Twister wand sich unter seinen treibenden Hilfen in dem nachgebenden Gras vom Bachlauf weg. Jeder erneute Anlauf zum Wasser wurde mit Kopfschlagen und Ausweichen erwidert.

»Anna, geh du mit Dreamer vor!«, rief ihr Jeff zu.

Sie trieb ihn an Twister vorbei. Ein leichter Schenkeldruck reichte aus, und er stapfte ohne zu zögern durch den Morast ins Wasser hinein. Im Bach hielt sie ihn an und wartete auf Jeff und Twister.

»Stellt sich verdammt zickig an, der Bursche. Gib ihm mal richtig eins in die Flanken!«, rief ihm Bill zu.

»Bringt bei dem nichts.« Jeff stieg ab. Der triefnasse Boden seufzte unter seinen Stiefeln. Er zog an den Zügeln, aber das Pferd war nicht zu bewegen.

Anna lagen etliche Tipps auf den Lippen, aber in dem Moment nahm Jeff den aufgerollten Strick von Twisters Hals. Er legte ihn mit einer ineinander verschlungenen Schlaufe über Nase und Genick. Nach zwei Anläufen gab Twister dem Druck auf seiner Nase nach und folgte schließlich am losen Strick. Jeff stieg vorsichtig in den Sattel, und Twister tastete sich unter Jeffs treibenden Hilfen an Dreamer heran. Gemeinsam erklommen sie das Ufer.

»Irgendwann ist eben immer das erste Mal«, sagte Jeff und blickte entschuldigend zu Robert hinüber. »So was kann man nicht im Corral üben, wie du weißt.« Er wischte sich mit dem Ärmel die Schlammspritzer aus dem Gesicht.

»Wird nicht einfach, das Vieh durchzukriegen!«, rief Bill. »Vielleicht sollten wir einen Übergang bauen.«

»Die andere Seite ist immer trockener«, rief Robert, »aber es hat verflucht lange geregnet. Wir werden sehen.«

Als alle wieder festen Boden unter den Füßen hatten, lichtete sich der Himmel, und in der Ferne tauchte die Herde auf. Jeff lächelte zu Anna hinüber, hielt dann sein Pferd neben einem Espenhain an und ließ die Männer an sich vorbeireiten. »Wir machen eine Viertelstunde Halt für das Nötigste. Dann geht es los. Die Formation ist klar, denke ich. Bill, du bleibst mit Robert vorn. Ihr übernehmt die Führung. Spencer und ich machen die Swinger und Anna, Patch und Jason die Flanker.«

Allgemeines Nicken.

»Was mache ich, wenn an meiner Seite ein Rind ausbricht?«, fragte Anna.

»Wie ich dir gesagt hab. Bleib, wo du bist, sonst löst sich die ganze Herde auf. Spencer und ich kümmern uns darum.«

»Okay.«

Alle stiegen von den Pferden. Robert und Jason zogen die langen Mäntel aus, rollten sie zusammen und schnallten sie hinter ihre Sättel. Dann holten alle ihre Sandwiches hervor, und Robert reichte eins davon an Charly weiter. Sie aßen im Stehen, und Bill verteilte 7-Up-Dosen. Es dauerte nur wenige Minuten, und er konnte die leeren wieder einsammeln. Robert und Jason verschwanden in den Espen. Jeff blickte kurz zu Anna, zuckte die Schultern und folgte ihnen. Die anderen Männer drehten sich einfach vom Wind weg und pinkelten ins Gras.

Anna wandte sich ab, fühlte sich ziemlich verloren zwischen den Männern und blickte unschlüssig zu den Espen. Sie wartete, bis alle zurück waren, und ging dann eilig in das kleine lichte Wäldchen. Als sie wieder herauskam, hoffend, dass keiner sie beobachtet hatte, saßen die Männer bereits auf ihren Pferden. Sie war ihnen dankbar, dass sie ihre Blicke in die Ferne und nicht auf sie gerichtet hatten.

Sie nahm die Zügel auf und schwang sich mit bewusst unbefangener Miene in den Sattel. Sie dachte an die Zeit in Arizona und wünschte sich eine Frau wie Linda an ihrer Seite. Sie bedauerte, dass Robert keine Frau hatte.

»Aufbruch!«, rief er und ritt mit Bill voraus.

Langsam bewegten sie sich auf die bunt gewürfelte Herde zu, die westlich eines Wassergrabens weidete. Es waren rote und schwarze Angus und einige helle braun-weiße Hereforder mit massigen weichhäutigen Leibern. Bis auf wenige Ausnahmen hatten alle Kälber an ihrer Seite. Sie hoben die Köpfe, als sich der Tross näherte. Robert und Bill ritten in ruhigem Schritt und weitem Bogen um die Herde herum, die anderen verteilten sich wie abgesprochen.

»Der Bulle ist ganz hinten!«, rief Bill. Robert wendete sein Pferd, ritt um die Herde herum und blieb auf gleicher Höhe mit Bill stehen. Jeff und Spencer formierten sich ebenfalls einander gegenüber, und Anna, Charly und Jason blieben im Rücken der Herde. Alle bewegten sich in gleichmäßig ruhigem Tempo zu ihnen heran.

Ein Jungbulle scherte nach rechts aus, und Jeff folgte ihm im gestreckten Galopp. Er schwang sein Rope, flankierte das ausweichende Tier, schnitt ihm den Weg ab und trieb es zur Herde zurück. Anna schaute gebannt zu, sah Jeff mit Twister in perfekter Teamarbeit, schnell, wendig und sicher.

Seine Geschicklichkeit gefiel ihr, und sie fand es nicht mehr schlimm, dass er nicht kochen konnte.

Alle näherten sich der Herde in sternförmiger Formation. Die noch liegenden Kälber sprangen auf die Beine und drängten sich an ihre Mütter. Die Luft war dampfig und erfüllt vom Blöken und Stampfen der achthundert Rinder. Jeff und Spencer trieben noch einige herumstreunende Jungtiere heran, und Charly gab Anna ein Zeichen. Sie nahm Dreamer zur Seite, ließ die beiden mit zwei Rindern vorbei. Dann trabte Spencer wieder um die Herde herum und bezog seine Position gegenüber von Jeff. Robert pfiff, und Jeff gab das Signal an Anna und Charly weiter. Der Viehtrieb begann.

Robert und Bill flankierten ein pechschwarzes muskelbepacktes Tier mit mächtigem Schädel. Es schien der Bulle zu sein. Jeff und Spencer ritten dichter an die nach außen driftenden Tiere heran, so dass die Herde in tropfenförmiger Formation zwischen den Reitern hinter ihrem Leittier her über das Grasland trampelte. Sie rückten immer dichter zusammen, bis sich vor Anna ein Strom dampfender dickfelliger Leiber schloss. Eine wogende, brüllende Masse, dicht aneinander gedrängt, angetrieben von nur sieben Menschen auf ihren Pferden – gleichmütig, gehorsam, schicksalergeben. Kräftige Tiere, gefügig gemacht durch Vertrauen.

Anna blickte auf Dreamer hinab, spürte die Konzentration, die Freude an der Arbeit mit den Rindern. Er war spritziger als sonst, reagierte auf kleinste Impulse, schien völlig in seinem Element. Pfiffe und Rufe lenkten ihre Aufmerksamkeit für eine Weile zu Jeff hinüber, der gerade das Ausbrechen eines jungen Bullen mit einem geschickten Satz zur Seite verhinderte.

»Habt ihr dahinten Wurzeln geschlagen?«, schrie Spencer zu ihr hinüber. »Passt auf, dass die Alten nicht zurückfallen!«

Anna fuhr zusammen und sah zu Charly. Auch er richtete

sich im Sattel auf und trieb sein Pferd an. Sie ritten dichter an die Nachzügler heran. Es waren knochige Kühe mit ausgeleierten Bäuchen, die längst keine Furcht mehr kannten. Charly schwenkte ein paarmal sein Rope in die Luft und schnalzte mit der Zunge. Die Tiere trabten kurz an und schlossen auf.

Als sie den Bach erreichten, brach eine klare, optimistische Sonne durch die Wolken. Und mit der Öffnung des großen, unverstellten Himmels weitete sich Annas Blick. Er verlor sich in der langsamen Bewegung der Herde, in den sanften Hügeln und den fernen Spitzen der Bighorns.

Die Tiere bewegten sich in gemächlichem Tempo dem Bachlauf entgegen. Unter Zurufen und wirbelnden Ropes brandete die Herde zum Bach hinunter. Es schien keine Probleme zu geben. Die Tiere stapften ins Wasser hinab, einige soffen, andere gingen unbeirrt weiter. Dann plötzlich – alle hatten sich durch den Morast gewühlt und staksten bereits ans gegenüberliegende Ufer – sackte eine Kuh zusammen. Der tiefe Boden zog an ihrem müden Körper. Sie brüllte, fiel zur Seite, ruderte mit den Beinen im Schlamm.

»Haaaalt!«, schrie Jason von hinten. Alle drehten sich um.

»Verdammt!«, rief Jeff. »Charly, Anna, passt hier vorne mit auf, dass keiner ausbricht.«

»Okay.« Anna und Charly nickten.

»Sie muss auf den Rücken, wenn ihr sie rauszieht, sonst brechen die Beine!«, rief Robert.

Spencer wendete sein Pferd, machte sein Rope klar und war in wenigen Sekunden bei der schwächelnden Kuh.

»Die bringt's nicht mehr«, sagte Charly zu Anna. »Die ist schon die ganze Zeit hinterhergehumpelt.«

»Gehumpelt hat hier kein Tier«, erwiderte Anna. »Die kriegen das schon hin.«

»Pass lieber auf den Jungbullen da vorne auf«, zischte

Jason und bearbeitete den Hintern eines nach außen schwenkenden Rindes mit seinem Rope.

Charly schloss die Lücke, die zwischen Bill und ihm entstanden war, machte einige scharfe Manöver vor und zurück, während Anna erfolgreich eine störrische Kuh mit Kalb aufhielt. Alle Männer waren damit beschäftigt, die Herde zum Stehen zu bringen.

Spencer schwang sein Rope und ließ es pfeifend durch die Luft rotieren. Die Schlinge fiel um die Hörner der havarierten Kuh. Sie war eine der Letzten, der man sie noch gelassen hatte. Er zog das Rope fest. Jeff war vom Pferd gesprungen und versuchte, die zappelnden Beine der Kuh zusammenzubinden. Immer wieder musste er zurückweichen, wenn sie den Kopf hin und her warf und mit den Füßen strampelte. Ein letztes Zappeln, ein Schnaufen, dann blieb sie schließlich apathisch liegen. Jeff zog seine Stiefel durch den Schlamm und lehnte sich mit dem ganzen Gewicht von hinten auf den knochigen Körper. Mit schnellen Griffen zurrte er die Schlinge um Vorder- und Hinterbeine. Dann stapfte er ans Ufer zurück. Twister hatte sich nicht vom Fleck gerührt.

Jeff stieg auf, richtete ihn rückwärts und wendete. Das Rope spannte sich am Sattelhorn gleichzeitig mit dem von Spencer. Der trieb sein Pferd hart vorwärts, Jeff nur so weit, dass die Beine der Kuh oben blieben. Sie wehrte sich nicht mehr gegen den Strick und ließ sich schicksalergeben ans Ufer ziehen.

Jeff und Spencer sprangen aus den Sätteln. Ihre Pferde stemmten sich gegen den Zug am Sattelhorn, während die beiden Männer die Kuh von den Stricken befreiten. Anna atmete auf, als sie endlich auf den Beinen stand und Jeff und Spencer wieder auf ihren Pferden saßen. Sie trieben die schwankende Kuh langsam in die Herde zurück und ließen ihr noch etwas Zeit zum Verschnaufen. Dann hob Jeff den

Arm. »Geht weiter!«

Er ritt an Anna vorbei und nahm wieder seine Position ein. Kein Lächeln, nicht mal ein Blick, Jeff war ganz in seine Arbeit vertieft. Sie selbst musste nun wieder mit Charly und Jason dafür sorgen, dass die geschwächte Kuh und die übrigen älteren Tiere nicht zurückfielen.

Jason ritt dicht neben Anna. »Das ist die, die das Kalb verloren hat.«

Anna nickte.

»Das alte Klappergestell hätten die lieber gleich in die ewigen Jagdgründe schicken sollen«, brummte Charly. Er warf sein Rope auf ihren schlamm- und kotverschmierten Hintern, so dass sie einen Satz nach vorn machte.

»Die kann nächstes Jahr wieder ein gesundes Kalb bringen«, erwiderte Anna scharf.

»Ist ‚ne gute Hereforder, beste Zuchtlinie. Die muss noch ‚n bisschen halten«, unterstützte Jason sie. »Und wie gut, dass sie noch ihre Hörner hat. Das Rope am Genick ist nicht ungefährlich.«

In strahlender Sonne erreichten sie das Ranchgelände. Bis auf ein paar junge Bullen gingen alle Rinder ohne zu zögern durch das Gatter in den Corral. Bill und Jason fingen die Ausbrecher einen nach dem anderen mit ihren Ropes ein und zogen sie hinein.

Anna blickte auf das Labyrinth aus Zäunen, Gängen, Gattern und Verladerampen, in dem sich nun hunderte Rinder drängten. Sie stampften in dem vom Regen aufgeweichten schmierigen Boden umeinander herum, setzten Kot und riesige Mengen Urin ab, schnaubten und brüllten. Ein saurer Geruch lag über dem Gelände. Tom und Dave schleppten Heuballen und Salzlecksteine heran. Die Kühe mit den Kälbern machten sich als Erste darüber her.

Anna spürte ihre Knochen. Als sie zwischen schwitzenden, dreckigen Pferden und Männern aus dem Sattel rutschte, war sie steif wie ein Brett und ihr Hintern schmerzte. Jeder Schritt war eine Qual, und ihre Beine schienen die klassische Form eines Os angenommen zu haben. Ihr Körper fühlte sich schwer und müde an, aber in ihrem Kopf schien alles leicht und angenehm frei.

Während Tom ihr beim Absatteln half, blickte sie über Dreamers Hals zu Jeff hinüber. Usaami bearbeitete Twisters Rücken mit einem Schwamm, und Jeff kontrollierte seine Beine. Er schien zu Annas Beruhigung ganz auf das Pferd konzentriert zu sein.

»Jetzt ‚n schönes Budweiser«, seufzte Jason, der die Stallgasse heraufgeschlurft kam. Er zog sein Pferd hinter sich her und verschwand damit aus der Tür.

»Ich freu mich schon jetzt auf die Dusche heut Abend«, sagte Jeff. Anna klopfte Dreamer den Hals und ging zu ihm hinüber. Sie lächelte in sein dreckverschmiertes Gesicht, dachte an Arizona und fand, dass es ein großes Glück war, ihm dort begegnet zu sein.

Jeff fuhr ihr sanft mit der Hand durchs Haar. Der Geruch nach Pferd, Rinderdung und Erde blieb auf ihrer Haut zurück, und ihre Liebe durchströmte sie mit so ungeheurer Kraft, dass sie dachte, sie würde davon hinweggetragen. Es ist doch erstaunlich, ging es ihr durch den Kopf, wie ein einziger Blick, der den Atem stocken und das Herz rasen lässt, ein ganzes Leben verändern kann.

Als sie Dreamer und Twister zu den anderen Pferden in den Corral brachten und ihnen eine Weile beim Wälzen zusahen, rollte ein blauer Chevi Trail Blazer mit Anhänger die Auffahrt herauf. Die Hunde rannten bellend neben dem Auto her.

Robert nahm seinen Hut ab, fuhr sich durch das verklebte Haar und starrte auf den Wagen. »Das gibt‘s doch nicht!

Da kommt sie doch noch!«, rief er aus. »Das alte Mädchen! Ist doch Verlass auf sie!« Seine blauen Augen leuchteten wie Edelsteine.

Jeff zwinkerte Anna zu. »Joanna, ‚ne Freundin von ihm«, sagte er leise.

»'ne richtige Freundin?«

»War wohl mal was, aber genau weiß ich das auch nicht. Sie ist Witwe. Hat ihre Ranch den Kindern überschrieben und lebt dort ähnlich wie Robert in einem kleinem Haus. Sie war fast immer beim Round-up dabei.«

Der Wagen hielt vor dem Stall, die Handbremse ratschte, und der Motor ging aus. Eine mittelgroße, kräftige Frau in Jeans, Jeanshemd und rot-weißem Dreieckshalstuch stieg aus und grüßte mit einem lang gezogenen »Hi, Jungs«. In ihre Schläfen gruben sich Bündel von Lachfalten, und ihr schlichter graublonder Pferdeschwanz verriet, dass sie immer noch unter freiem Himmel arbeitete und meist einen Hut trug.

Sie öffnete die Arme, ging auf Robert zu, umarmte ihn und küsste ihn auf den Mund. Dann drehte sie sich um.

»Hey, Jeff! Schön, dich zu sehn!« Sie drückte ihn an ihren großen Busen. »Wie ist es so als Rancher?«

»Es gefällt mir. Man spürt die Erde unter den Füßen und hängt nicht irgendwo im zwanzigsten Stock in den Wolken.«

Joanna lachte und blickte auf seine Stiefel. »In dieser Erde scheinst du heute stecken geblieben zu sein!«

»Wir hatten Probleme mit der alten Hereforder. Die mit der Totgeburt. Wollte unbedingt ‚n Moorbad nehmen.«

»Habt ihr sie wieder mit zurückbekommen?«

»Klar. Auf'n Rücken gedreht und raus aus dem Schlamm«, warf Robert ein. »War am Rowly Creek, an dieser verfluchten Stelle, die immer absäuft.«

»Vielleicht solltet ihr doch mal ‚ne Brücke bauen.«

»Joanna, ich möchte dir Anna vorstellen, Jeffs Freundin

aus Deutschland.« Robert legte den Arm um ihre Schulter.

»Die Tierärztin aus Hamburg. Freut mich. Ich bin Joanna und wohne in Sheridan.« Sie reichte Anna ihre raue breite Hand und lächelte herzlich. Es war der Händedruck einer selbstbewussten Frau, die harte körperliche Arbeit gewöhnt war. »Ich bin Roberts Mädchen für alles«, sie zwinkere, »aber nur, wenn Round-up ist.«

Anna lächelte. »Schön, dass ich beim Cattle Drive nicht wieder die einzige Frau bin.«

»Wenn Robert mich dazu einteilt. Letztes Jahr bin ich auf der Ranch geblieben, weil Usaami noch nicht da war, und es gefiel mir eigentlich ganz gut, nicht den ganzen Tag im Sattel zu sitzen. Man wird ja nicht jünger, was Robert.« Ihre Stirnfalten vertieften sich.

»Das ist wohl so.« Robert legte den Arm um ihre molligen Hüften. »Lass uns das nachher besprechen. Und ihr seht zu, dass ihr in die Kantine kommt. Rosy hat sicher schon das Mittagessen auf dem Tisch.«

»Eine Stunde Pause?«, fragte Jeff,

»Würd ich sagen.«

»Die Kühe mit Kalb in den großen Corral, die Rinder für die Versuchsflächen erst mal auf die Ostwiese, oder?«

»Richtig.«

»Okay. Und ihr kommt nicht mit?«

»Wir gehn zu mir was essen«, antwortete Robert. »Gibt ‚n bisschen was zu bereden.«

Jeff lächelte und nahm Annas Arm. Als sie die Kantine betraten, blickten alle von ihren Tellern auf. Charly saß neben Dave, gegenüber von Usaami, Tom und Bill. Spencer und Jason saßen an den kurzen Seiten des Tisches. Charlys welliges braunes Haar klebte wie eine Perücke penibel nach hinten gekämmt auf seinem Kopf, und Anna starrte auf zwei lange Narben, die seine Stirn in drei Hälften teilten. Dann ließ sie ihren Blick von ihm zu Dave wandern, der etwas zu Charly sagte, woraufhin beide grinsten. Dabei schaufelten sie Bohneneintopf in sich hinein.

Anna und Jeff setzten sich neben Charly und Dave auf die lange Bank. Usaamis kurzer, verstohlener Augenaufschlag zu Jeff traf Anna wie ein Pfeil. Gleich darauf wandte ihr Usaami ihren Blick zu.

»Passt das Sweatshirt?«, fragte sie.

»Passt wie angegossen, aber nicht ins Ranchkonzept«, erwiderte Anna.

Jeff schwieg und füllte sich Eintopf in den Teller. Anna bedauerte, sein Gesicht nicht sehen zu können.

»Was für ‚n Sweatshirt?«, fragte Tom.

»Eins mit ‚nem Spruch. Nichts für euch«, antwortete Anna, senkte die Kelle in den Topf und füllte ihren Teller.

Usaami lächelte.

»Kann doch nur was Männerfeindliches sein, wenn's von Usaami kommt«, brummte Dave.

»Wenn du wüsstest, wie verdammt daneben du mit dieser Annahme liegst«, erwiderte Usaami. »Aber da dein armseliges Denken nur vom Testosteron bestimmt wird, kannst du die Unterschiede ja nicht erkennen.«

»Jetzt dreht sie völlig ab«, gab Dave mit einem verächtlichen Grinsen zurück.

»Wir wissen, dass ihr euch heiß und innig liebt«, knurrte Bill, »aber verschont uns mit eurem Gequake.«

»Und wir haben überhaupt keine Lust auf Stress«, sagte Jason sehr langsam mit drohendem Gesichtsausdruck.

Alle schwiegen, und das Klappern der Löffel auf den Tellern hallte durch den Raum.

»Ich würde übrigens gern mit zum Cattle Drive kommen«, warf Usaami in die betretene Stille. Sie spähte fragend in die Runde.

Jason lehnte sich im Zeitlupentempo zurück. Seine Stirn legte sich in Falten. »Da hätte ich was dagegen«, sagte er langsam. »Wir brauchen ,n eingespieltes Team. Das ist doch kein Vergnügungsritt.«

Usaami ließ seine Worte ohne Kommentar, als hätte sie schon damit gerechnet, und sah zu Jeff, dann zu Bill hinüber. »Ich habe Robert schon gefragt, aber da wusste er noch nicht, ob Joanna kommt und ob sie auf der Ranch bleiben würde.« Ihr Blick wechselte wieder zu Jeff. »Und heute hat er mich an den neuen Boss verwiesen.« Sie lächelte freundlicher als je zuvor.

Anna dachte, dass sie Joanna tausendmal lieber an ihrer Seite hätte und dass sie Usaami lieber auf der Ranch, als in Jeffs Nähe wüsste.

»Das habe ich nicht allein zu entscheiden«, sagte Jeff und sah Anna an.

Sie war überrascht. »Ich habe noch nicht so ganz den Überblick, wie viele Leute zum Treiben nötig sind«, bemühte sie sich um Objektivität. Sie wandte sich Usaami zu. »Warst du schon einmal beim Viehtreiben dabei?«

»Nein. Aber ich möchte es lernen.«

Anna nickte. Ihre Gefühle waren gespalten.

»Also wenn du sicher im Sattel sitzt, ist es kein Problem«, erwiderte Jeff und ließ seinen Blick zu Bill, dann zu Jason und Spencer schweifen. »Oder?«

Bill und Spencer zuckten die Schultern, Jasons Gesicht blieb ohne Ausdruck.

»Wenn das für Joanna in Ordnung ist«, sagte Bill, wischte sich den Mund mit dem Ärmel ab und erhob sich. »Ich geh schon mal zum Rindvieh.« Er verschwand aus der Tür.

Nach dem Essen wurden die Kälber gezählt und die Kühe mit Kälbern von den wenigen Jungbullen, die für die Zucht vorgesehen waren, getrennt. Jeff, Bill, Spencer und Jason schnitten sie mit scharfen Manövern aus der Herde heraus und trieben sie durch ein Gatter in den angrenzenden großen Corral. Dort würden die Kälber am nächsten Tag gebrannt, geimpft, kastriert und mit Ohrmarken versehen.

Um halb sieben war endlich Feierabend. Anna und Jeff schleppten sich zum Ranchhaus.

»Lange nicht so kaputt gewesen«, stöhnte Jeff.

Anna schlang ihren Arm um seine Taille und massierte seinen Rücken. »Du hattest Recht mit Twister. Der stand ja mit dem Rope am Sattelhorn wie ein Baum.«

Jeff lächelte. »Robert hat ihn angeritten, übrigens mit der klassischen Methode – Hobbels, Aussacken ... Aber sanfter als John natürlich.«

»Es gibt viele Wege. Ist nur wichtig, dass man das Pferd zur Mitarbeit überredet und ihm nicht den Willen bricht.«

Jeff nickte.

Der Abend bestand aus einer langen Dusche, einer Dosenmahlzeit und einem Western mit John Wayne, den sie sich im Bett ansahen und bei dem Jeff in Annas Armen einschlief. Sie löschte das Licht und ließ seinen Kopf sanft ins Kissen sinken. Es dauerte nicht lange, dann war auch sie eingeschlafen.

19

Der Wecker klingelte um fünf. Jeff hatte ein unsagbares Bedürfnis danach, sich einfach umzudrehen und weiterzuschlafen. Wenn ihm etwas zu schaffen machte, dann war es das frühe Aufstehen. Es waren die einzigen Momente, in denen er sich in seine New Yorker Wohnung sehnte, nach der morgendlichen Meditation und der anschließenden Lektüre der New York Times bei einer Tasse Kaffee. Natürlich musste er mit Abendarbeit büßen, aber es war die Zeit, in der sein Hirn so richtig auf Touren kam.

»Jeff? Bist du wach?« Annas Lippen an seinem Hals ließen eine Gänsehaut zurück. Er machte sich warme Gedanken und stieg rechtzeitig genug aus dem Bett in die kühle Morgenluft. Die Arbeit im Corral war nicht spurlos an ihm vorübergegangen. Seine Muskeln spannten wie Drahtseile. Alle Sehnen und Bänder hatten sich verkürzt, und er bedauerte einen Moment lang, vielleicht nie wieder einen brusthohen Karatetritt ausführen zu können. Für sportliche Betätigungen blieb hier weder Zeit noch Energie.

Annas starker deutscher Kaffee blies ihm die Wehmut aus dem Hirn und brachte ihn zu den Aufgaben des Tages zurück. Sie wirkte entspannt und zufrieden, entgegen seiner Befürchtungen. Schließlich war die gestrige Arbeit nichts für zarte Gemüter.

Die Luft war wärmer als die Tage zuvor, und Jeff dachte an Frühling, an Sommer, an Bergwiesen voller Arnika, blauer Lupinen und Schafgarbe, an laue Abende auf der Veranda, aber auch an die unerträgliche Hitze, die Gewitter und die Schwärme von Fliegen, die bald wieder über die Pferde und die Rinder herfallen würden. Und er wusste auch, dass das mit dem Frühling in Wyoming täuschen konnte. Vor einigen Jahren hatte es im Mai noch einen Blizzard gegeben.

Der Corral mit den Rindern befand sich in einer Dunstwolke. Die meisten Rinder lagen, käuten wieder, andere schoben Heu in ihre breiten Mäuler, einige Kälber saugten am Euter ihrer Mütter, und ihre Schwänze schlugen nach den ersten Fliegen. Wie friedlich alles war. Sie ahnten noch nichts von dem, was auf sie zukam.

»Ein schöner Anblick, nicht?«, sagte Jeff, und Anna lächelte.

»Nach buddhistischem Verständnis müssten doch Pferde und Rinder, eigentlich alle Pflanzenfresser, ein gutes Karma haben.«

Jeff sah Anna erstaunt an und nickte. »Müsste man meinen«, erwiderte er nachdenklich.

Bill, Spencer und Jason standen schon in dem kleinen Corral neben den Stallungen und sattelten ihre Pferde. Tom fuhr Mist weg, und Dave und Usaami schaufelten Hafer und Mais aus großen Säcken in Plastikfässer. Weder Robert und Joanna noch Charly waren zu sehen.

»Was hältst du davon, wenn Tom die Dreijährigen longiert, solange wir unterwegs sind«, fragte Anna.

»Tom?«

»Ja, warum nicht. Dave reitet ja schon Snow Dance und Choppy, weil die demnächst in der Reining-Prüfung gehen sollen.«

»Solln wir riskieren, dass sie ihm auch noch die Füße platt treten?«

»Komm, Jeff, jetzt tust du ihm Unrecht. Ich finde es nicht gut, wenn die jungen Pferde eine Pause machen.«

»Das stimmt schon. Uns fehlt eben doch ein Trainer.«

»Ach was, lass es Tom machen. Du wirst schon sehen, er kann das.«

»Welch ein Vertrauen«, erwiderte Jeff.

»Nicht so, wie du jetzt vielleicht annimmst, aber in Bezug auf Verlass und Pferdeverständnis schon.«

»Na gut, wenn du meinst«, presste Jeff schließlich heraus. Anna nickte, lächelte und drehte sich um. Sie marschierte zu Tom hinüber und hielt ihn an der Stalltür auf. Jeff beobachtete, wie sie mit ihm sprach, ihm mit ausladenden Gesten etwas erklärte. Er wünschte sich Augen wie Ferngläser und fand sich verdammt albern dabei. Er sah, wie sie beide lachten, und beschloss, an nichts anderes zu denken als an Rinder und Pferde. Er sattelte Twister, der als Reservepferd mitgehen sollte, falls Bill und Spencer seine Hilfe beim Einfangen der Kälber brauchten. Er hatte sich jedoch zur Bodenarbeit eingeteilt. Die beiden waren einfach die besseren Roper. Als er aufsaß, kam Anna mit ihrem Arztkoffer zurück und sah zu ihm auf. »Tom ist richtig glücklich, mal was anderes machen zu dürfen als immer nur füttern und misten.«

»Das ist ja schön«, erwiderte Jeff, obwohl ihm das mehr als gleichgültig war. Er dachte daran, dass Usaami zwei Tage mit ihnen zusammen durch die Prärie reiten würde und dass ihn das nicht unberührt ließ. War das der Grund für sein eigenes Misstrauen Anna gegenüber? Warum?, fragte er sich. Warum dieses Interesse an ihr, wo er doch noch nie mit einer Frau so glücklich gewesen war wie mit Anna?

Als Robert und Joanna auftauchten, waren Bill, Spencer und Jason bereits bei den Rindern. Baxter parkte seinen Schmiedelaster hinter dem Stall und kam mit schwerem Schritten heran. Die offenen Wildlederchaps schlugen wie lahme Flügel um seine Beine. Er streifte Ledermanschetten über seine Handgelenke und zog Handschuhe aus der Tasche.

Die Dixons kamen in einem breiträdrigen Ford-Pick-up. Ein hoch geschossener, schlaksiger Mann mittleren Alters, eine dicke Frau mit Zopf und ihre beiden erwachsenen Söhne stiegen aus. Jeff kannte sie von früher, und sie waren auch auf der Versammlung bei Bob Raffert gewesen.

Alle hatten sich nun eingefunden bis auf Charly und Dave.

Robert fluchte. »Einer für sich ist okay, aber wenn die beiden ihre verdammten Schädel zusammenstecken, läuft nichts mehr.« Er spähte ungeduldig zum Bunkhouse hinüber. »Wie gut, dass Joanna da ist und wir nicht auch noch Jimmy zum Brennen brauchen.«

In diesem Moment erschienen Charly und Dave. Sie kamen entspannter herauf, als Jeff lieb war. Vor der Zäunung drückten sie ihre Kippen in den Sand, sprangen mit zwei Sätzen in den Corral und hoben lässig die Hände zum Gruß.

»Habt ihr keine Uhr?«, rief Jeff ihnen entgegen.

»Meine geht nach«, erwiderte Charly, und Dave grinste. »Wir sind startklar«, sagte er betont locker, die Hände in den Taschen seiner fleckigen Rindslederhose.

Anna setzte sich mit Joanna zu Robert in die Kabine des großen Chevy-Pick-up. Charly, Dave, Tom, Usaami und Baxter stiegen auf die Ladefläche, und Jeff machte sich mit Twister auf zu den Corrals mit den Rindern. Der voll beladene Pick-up rumpelte an ihm vorbei, und er vernahm Charlys dreckige Lache, dann Daves jungenhaft freche Stimme. Sie haben gestern getankt, dachte er und hoffte, dass nichts schief gehen würde. Die Sorge um einen reibungslosen Ablauf drückte auf seine Stimmung, und seine Gedanken wanderten mit Sehnsucht zu seiner Zeit als Cowboy bei Linda und Ron in Arizona. Für einige Monate war er ein freier Mensch gewesen. Das war er auch während seiner Zeit in Asien, aber bei Linda und Ron hatte er sich obendrein zu Hause gefühlt.

Über den Bighorns kündigte sich vorsichtig die Sonne an. Ein rosa Schimmer lag über den Kuppen, und Jeff spürte ein Lächeln, das sich in seinem Innern ausbreitete. Wenn sich das launische Wyomingwetter nicht noch etwas anderes ausdachte, würden sie im Trockenen arbeiten können. Der Boden jedoch war noch feucht, und es roch nach Erde, Mist und Heu. Die Rinder blökten ungeduldig in der Enge, und einige

Pferde wieherten sich zu.

Bill, Spencer und Jason hatten schon alles vorbereitet. Gasbrenner und Brandeisen standen am Zaun; Messer, Spritzen und Ohrmarken lagen auf einer Karre daneben.

Jeff stellte Twister am Schuppen ab, stieg über den Zaun und blickte auf hunderte brauner und schwarzer Rinderleiber. Meine Herde, sagte er zu sich selbst und konnte es noch nicht fassen.

Wenig später war auch der Rest der Truppe im Corral versammelt. Robert legte seine Hand auf Jeffs Schulter. »Deine Mutter hat gestern Abend angerufen. Melde dich mal bei ihr.«

Jeff horchte auf. In Sekunden war alles wieder präsent, was er im Zuge der harten Arbeit fast vergessen hatte. Robert oder Paul, Robert und seine Mutter ...

»Gibt es was Bestimmtes?«, fragte er vorsichtig.

»Es geht ihr nicht gut. Stress mit Paul und auch sonst ... Ruf sie einfach an, sobald wir zurück sind, okay?«

Jeff nickte. Unzählige Fragen, Ängste und Hoffnungen flogen in Sekunden durch seinen Kopf. Dann sah er Anna kommen. Sie machte energische Schritte, und ihr Zopf pendelte auf ihrem Rücken hin und her wie ein Schweif auf einem Pferdehintern. Ihr hübsches, schmales Gesicht war streng und unnahbar. Sie ist im Dienst, sagte sich Jeff, und er beobachtete, wie sie ihr Skalpell aus dem Koffer nahm und es in die Tasche ihrer Steppweste steckte. Dann ging Robert mit ihr zu dem Karren, der am Zaun stand, und zeigte ihr die Spritzen für die Impfungen, die Schere für die Ohrkennzeichnung und die Ohrmarken. Danach stellte er den Gasofen an und legte die Brandeisen hinein.

Joanna schnallte ihre Chaps um und trat zu Anna. »Hast du schon mal kastriert? Ich meine so, wie es hier gemacht wird?«, fragte sie.

Anna nickte. »Nicht genauso wie hier, aber ähnlich. Bei

den Pferden machen wir es unter Narkose.«

»Ich hab's auf der Redwood Ranch gelernt«, sagte Usaami. »Ist nicht weiter dramatisch.«

»Hauptsache, sie wendet das nur bei Bullen an«, warf Charly ein. Tom stand schweigend hinter ihnen, Dave kicherte. »Wen meinst du?«

»Nehmt euch bloß nicht so wichtig mit eurem ...« Usaami brach ab.

»Wenn ihr nicht umgehend mit diesen dummen Sprüchen aufhört, hau ich euch eins auf die Zwölf«, knurrte Jeff.

Die Überraschung über seine harte Verwarnung brachte die beiden umgehend zum Schweigen. Jeff blickte entschuldigend zu Anna. Sie zog die Schultern hoch und hob die Arme.

»Charly, du arbeitest mit Jason zusammen Robert und Usaami zu«, sagte er. »Ich arbeite mit Tom, Dave und Baxter. Die Dixons bilden die dritte Gruppe. Die Frauen impfen, tackern, kastrieren und machen die Ohrkennzeichnung.« Alle nickten.

Bill und Spencer trabten um die Herde herum, sahen sich die Kälber an und riefen sich Kommandos und Zahlen zu. Bill schlug einen Haken, teilte die Herde von vorn und ließ sein Rope durch die Luft sausen. Es fiel treffsicher um den Hals eines kleinen schwarzen Kalbes, während Spencer einem größeren Hereforder die Schlinge um die Hinterbeine warf und einen Haken schlug. Das Kalb wurde herumgeschleudert und fiel zu Boden. Jeff warf sich mit seinem ganzen Gewicht darauf, zog mit schnellem Griff den Baumwollstrick aus seinem Gürtel und wickelte ihn um alle vier Beine des Tieres. Dave packte es am Kopf, und Tom löste Spencers Rope und hielt es am Schwanz fest. Bill zog das Black-Angus-Kalb an ihnen vorbei zu der Gruppe um Robert, während Spencer schon das zweite Kalb aussonderte, einfing und zu den Dixons zerrte.

Anna kam mit der Spritze, dem Desinfektionsspray und dem Skalpell, Baxter mit dem glühenden Brandeisen. Jeff drückte den kleinen, kräftigen Bullen nieder, gab Tom und Dave knappe Anweisungen. Dave arbeitete gut – besser und konzentrierter als Jeff erwartet hatte. Er saß mit dem Hintern im Sand, stemmte die Stiefelabsätze in den Boden und hielt den Schädel des Kalbes zwischen seinen Beinen fest.

Tom erwies sich einmal mehr als Flasche. Mit weit von sich gestreckten Armen drückte er seitlich auf den Rumpf des Tieres. Vielleicht hat er auch einfach nur Angst um seine angeschlagene Stirn, dachte Jeff. In jedem Fall war er kaum eine Hilfe. Gut, dass er bald von Larry Dixon abgelöst würde.

»Zieht ihm die Beine auseinander!«, keuchte Jeff. Schweiß perlte von seiner Stirn, und er sah aus dem Augenwinkel, wie Anna das Skalpell aus der Tasche zog. Er spürte wieder seine Abwehr gegen das, was jetzt kam, während die Muskeln seiner Arme zur Höchstleistung aufliefen. Baxter drückte das heiße Eisen in das Fell des Kalbes, dann ein kleines auf den Hornansatz. Es zuckte, blökte, setzte zum hoffnungslosen Kampf an und verlor ihn. Qualm stieg auf. Jeff sah Annas Handrücken zweimal auf den Hals des Kalbes klopfen, den Einstich der Nadel, den Tacker und die Schere am Ohr. Die Sonne brannte auf seinem Nacken. Joanna kniete sich in den Sand und stemmte die Beine des Kalbes auseinander. Einen Augenblick blieb es ergeben liegen. Dann zuckte es, wand sich, versuchte sich auf die Füße zu drehen. Jeff sah kurz auf. Anna hatte den ersten Schnitt getan, machte den zweiten, entnahm den Hoden und warf ihn zu dem anderen in eine Aluschüssel. Es war geschafft.

»Okay, loslassen!«, rief er, hob sein Gewicht von dem zappelnden Kalb, wurde rückwärts in den Dreck geworfen, blieb sitzen und sah Annas blutverschmierte Hände. Er atmete tief durch und kämpfte erfolgreich gegen das Übelkeitsgefühl.

Der Schmerz in seiner Leistengegend ließ nach.

»Jeff! Worauf wartest du?«, brüllte Spencer.

Er sprang auf die Füße, warf sich auf das nächste Kalb und drückte es nieder. Er dachte nichts mehr, sah nur noch Rinderleiber, hastige Hände, Stiefelabsätze, die sich neben ihm in den Boden hakten. Er atmete den Geruch von verbranntem Fell, Rinderkot und Schweiß. Er sah das Blut, und es machte ihm nichts mehr aus.

Erst am Abend, als das letzte Kalb seiner Zeugungsfähigkeit beraubt worden war und alle bis auf ihn und Anna gegangen waren, kehrten die Gedanken und Empfindungen zurück. Er betrachtete die Tiere, lauschte ihrem Blöken und lehnte sich an den Zaun. Die Muskeln seiner Arme und Beine zitterten. Er trat einen Schritt vor, hockte sich hin und fuhr sich mit beiden Händen über das staubige Gesicht, dann durch das zerzauste Haar. Es war hart wie Präriegras. Anna trat hinter ihn und legte ihre Arme um seinen Hals. Er roch die grüne Seife, mit der sie sich das Blut von den Händen gewaschen hatte.

»Was meinst du«, fragte er ohne sich zu rühren, »leiden sie noch?«

»Schmerzen haben sie sicher noch, aber der vergeht schneller, als man denkt. Sie bewegen sich, achten nicht bewusst darauf. Das ist wie mit Kleinkindern nach einer OP, hat mir ein Chirurg erklärt. Kleine Kinder und Tiere haben viel weniger Probleme mit der Genesung, weil sie nicht in ihren Wunden herumdenken.«

Jeff nickte und ließ den Kopf hängen. Er blickte auf seine hinfälligen Stiefel. Die letzten beiden Tage hatten ihnen den Rest gegeben. Schade, dachte er, denn sie steckten voller Erinnerungen. Als ihn in Arizona der Skorpion gestochen hatte, lagen sie am Ufer des Hassayampa, und das war auch gut so. Hätte er sie getragen, wäre er Linda und Ron und vor allem Anna nicht begegnet. Es war eine Kette von Ereignissen, die an diesem kleinen Unfall hing. Der Skorpion, das weggelaufene Pferd, Linda und Ron, die ihn völlig entkräftet in der Wildnis gefunden hatten, seine Arbeit als Cowboy bei ihnen und schließlich Annas Ranchaufenthalt.

Er erhob sich. Sein Körper schmerzte. Aber er dachte, dass es gerecht war. Sie hatten diesen hilflosen jungen Tieren das Fell bis auf die Haut versengt, damit auch der Fellwechsel nicht die Spuren verwischte und aus einem Rowly-Kalb ein freies machte.

Er betrachtete die Tiere vor ihm. Er, Anna, die Kälber, die zertretene Erde, der Himmel mit seinen Launen – nie hatte er so deutlich gespürt, wie alles ineinander griff, untrennbar miteinander verflochten. Erde und Blut klebten an seinem Unterarm, Rinderkot unter seinen Stiefeln, und er dachte an New York, an Partys, geputzte Schuhe und staub- und keimfrei gesprühte Penthäuser, aber auch an die Sommer im Village, bei einem Tequila Sunrise mit Cocktailkirsche und einer anschmiegsamen Grafikstudentin im Arm, die ihn anhimmelte wie einen Hollywoodstar. Und schließlich vermischte sich alles, drehte sich vor seinem inneren Auge und drohte ihn in einen Wechselstrom gegenläufiger Gefühle zu ziehen.

Er drehte sich zu Anna um und drückte sie an sich. Er spürte Tränen in seinen Augen. Es war das erste Mal seit dem Verlassen des elterlichen Hauses. Und er wusste nicht, warum er weinen musste, er wusste nur, dass er es nicht verhindern konnte. Anna fragte nichts, ließ ihre Hände in seinen Kragen gleiten, streichelte seinen Nacken und hielt ihn fest.

»Du musst ins Haus, Jeff«, sagte sie nach einer Weile, »du bist ja völlig fertig.«

Ja, dachte er, das war es vielleicht, nichts weiter. Anna nahm seine Hand, und er ging mit ihr über den Hof nach Hause.

Sie kochte ihm eine Rinderbrühe und ließ ein heißes Bad ein. Und als er in die Wanne glitt, drang der Geruch von Knoblauch und frischen Kräutern durch den offenen Spalt der Tür. Eigentlich bedeutete es ihm nicht viel, dass Anna gut kochen konnte, aber heute wusste er es zu schätzen. Er liebte ihr Pesto, und er war froh, dass es an diesem Abend kein Rindfleisch gab.

Am nächsten Morgen erinnerte ihn der, Muskelkater daran, dass er den Winter in der Stadt verbracht hatte. Es war noch keine vier Wochen her, dass er den Sattel gegen den Bürostuhl getauscht hatte. Der Schmerz durchzog seinen ganzen Körper, und selbst die Arbeit in Arizona erschien ihm nach dem gestrigen Tag wie ein Kinderspiel.

Auf dem Weg zum Pferdecorral dachte er an das letzte Kalb, das sich nicht hatte ergeben wollen, ihn mitgerissen und an den Zaun gedrückt hatte. Der Gang über den Hof schien ihm wie ein Vorgeschmack auf das Alter, und er dachte, dass es vielleicht besser wäre, noch vor dem Verfall von einem dieser gewalttätigen Wyominger Blitze erschlagen zu werden.

Nur mit Mühe fand er im Steigbügel Tritt und fiel steif wie ein alter, morscher Knochen in den Sattel. Auch Anna schien zu merken, was sie getan hatte. Sie war sehr ruhig, geradezu anormal schweigsam. Die körperliche Arbeit schien ihre gesamte Energie aus ihrem unruhigen Geist in ihren Körper gepumpt zu haben. Erst als sie zum großen Viehtrieb in die Berge starteten, kehrten die Lebensgeister zurück. Die Zügel in der Hand und eine Achthundertkopfherde im Blick ließen Schmerz und Müdigkeit verschwinden, und Jeff dachte an Annas Worte über kleine Kinder und Kälber.

Charly und Dave erschienen pünktlich und mit klarerem Blick. Die Sonne lauerte bereits hinter den schneebedeckten Bergspitzen im Osten des Graslandes, als Jason die Corrals öffnete und Bill und Spencer die Rinder mit »Come on little dogies, come on girls!« zurück in die Freiheit trieben.

Jeff sah Usaami das erste Mal im Sattel. Sie trug nagelneue schwarze Chaps mit Reißverschlüssen und ein schwarz-weiß gewürfeltes Flanellhemd. Ihr heller schmalkrempiger Hut hing an einem Lederband auf ihrem Rücken, und das schwere schwarze Haar, in der Mitte gescheitelt, war zu einem Zopf geflochten. Sie ritt neben Anna, und Jeff konnte den Blick nicht von den beiden Frauen wenden, bis ein ausscherender Jungbulle sein Eingreifen erforderte.

Der Himmel war so leer gefegt wie das Land, das sie durchkämmten, und als sie eine kleine Pause machten, kroch die Sonne pfirsichfarben, von einem gleißenden Lichtkranz umgeben, über die Berge. Sie ritten nach Nordosten weiter, zu den Ausläufern der Bighorn Mountains. Dort, hinter den ersten Gebirgskämmen, in etwa zweitausend Metern Höhe war das Weideland, auf dem die Rinder den Sommer verbringen sollten. Es wurde vom Forest Service eingeteilt und verwaltet und stand auch auf der Liste der langfristig zu sperrenden Weidegebiete. Die Schafe grasten in den kargeren freien Höhenlagen und wurden wegen der häufigen Weidewechsel von Hirten betreut. Große, scharfe Hunde bewachten die Herden vor Bären, Kojoten und Berglöwen.

Jeff ließ seinen Blick über die rosa, grau und gelb gestreiften Felsen gleiten, über einen Haufen weißer Knochen – vermutlich von einer Pronghornantilope –, über die kleinen Bäche, die sich ihren Weg durch die Felsen suchten und das Schmelzwasser aus den Bighorns ins Tal hinabtransportierten. Nur noch vereinzelte kleine Schneefelder hingen in den Zwei- und Dreitausendern. Bald würden auch sie in der Sonne schmelzen und dem flachen Land ein wenig Fruchtbarkeit spenden.

Und Jeff dachte an den Hassayampa. Er war tausende Meilen entfernt, aber war sein Wasser nicht vielleicht auch in diesem Schnee enthalten? Wasser, Wasserdampf, Wolken, Regen – es gab keine Trennung. Er blinzelte in die Ferne, sah den Schnee zu Wasser werden, das Wasser in den Pflanzen zu Nahrung, sah Blüten und Früchte entstehen, sah sie in den Mündern und Mäulern von Mensch und Tier verschwinden, um schließlich wieder ... Er musste grinsen, denn vor ihm blieb Roberts Pferd stehen und stellte eine gewaltige Stange Wasser in den Sand.

Nein, dachte er, das Wasser verschwand nie, wechselte nur kontinuierlich seinen Zustand und seinen Aufenthaltsort. Der Fluss blieb der Fluss, aber sein Wasser war dennoch nie dasselbe. Kein Anfang und kein Ende.

Als die Herde vor ihnen wie ein träger Strom durch einen schmalen Grat zwischen zwei Sandsteinwänden hindurchfloss, schnitt Annas Stimme vor ihm seine Gedanken ab.

»Dein Pferd hat ein dickes Bein, Charly!«, rief sie, und Jeff blickte zu Anna, dann zu Charlys Pferd.

»Hat er manchmal«, erwiderte Charly gleichgültig.

»Sieht nach entzündeter Sehne aus.« Anna ritt dichter an ihn heran. »Seit wann hat er das?«

»Da musst du meinen Vater fragen.«

»Der ist ja nicht hier.«

»Ich sagte doch, der hat das schon ‚ne Weile. Es stört ihn nicht.«

Charly ritt weiter vor, und nun sah Jeff die leichte Schwellung über dem Fesselkopf. Er hoffte, dass es so war, wie Charly sagte, und dass Anna sich zurückhalten würde.

»Sobald wir am Camp sind, sehe ich ihn mir an«, rief Anna Charly hinterher. Aber er reagierte nicht und gab seinem Pferd die Sporen.

Pünktlich um halb sechs erreichten sie die Ebene, auf der das Camp aufgeschlagen werden sollte. Die Abendsonne blitzte golden zwischen den Spitzen der Fichten hindurch.

Ein Waldhuhn flatterte aus einem Salbeibusch und flog gakkernd davon. Ein Hase schlug scharfe Haken, verschwand in der Ferne, und Jeff hielt sein Pferd an. Das flache Wasser des steinigen Bachlaufs glitzerte silbern, und sein Blick fiel auf einen kleinen Damm aus Ästen. Hier waren Biber am Werk. Sie standen jetzt unter Schutz, nachdem man ihnen jahrelang nachgestellt hatte. Sie verhinderten das Auswaschen der Bäche.

Jeff liebte diese Gegend. Sie steckte voller Erinnerungen und voller Leben. Er atmete den Duft von vermoderten Nadeln und Zapfen, von schwerer, feuchter Erde, frischem Gras und Salbei ein. Als sich Bill und Spencer Kommandos zuriefen, wandten zwei Wapitihirsche ihre Köpfe zu ihnen und sprangen dann ins Unterholz.

Die Herde wurde auf dem weiten Hochplateau vor einem hölzernen Corral zum Stillstand gebracht, und schon bald senkten die Tiere ihre Köpfe in das struppige Präriegras. Der Pick-up stand bereits am Rande des Kiefernwaldes, und Rosy stieg aus. Sie rief ihnen ein »Hallo« zu und begann Eimer mit dem Fleisch für das Barbecue, Körbe mit Kartoffeln und Schüsseln mit Salat heranzutragen.

Während Bill, Spencer und Jason noch bei der Herde blieben, stiegen alle anderen von ihren Pferden, nahmen ihnen Sattel und Trense ab und stellten sie in den Corral. Dann luden sie Salzblöcke für die Rinder, Zeltplanen, Stangen, Werkzeug und einen großen Grill von der Ladefläche des Pick-ups.

Es würde das letzte Mal sein, dass sie die alten Zelte verwendeten. Beim Herbst-Round-up bereits, so war Jeffs Plan, sollten ihnen ein großer Wohnwagen, aufsetzbar auf den Pick-up, und ein Wohnmobil als Unterkunft dienen. Robert hing an den alten Sachen. Jeff verstand seine Liebe zur Tradition, aber das letzte Round-up im Regensturm hatte ihm hautnah gezeigt, dass ein gewisser Komfort der Folklore vorzuziehen war.

Er schlug gerade einen Hering in den Boden, als er Anna neben Charlys Pferd entdeckte. Sie tastete sein Röhrbein ab, holte ihren Erste-Hilfe-Koffer und entnahm eine Spritze, ein Fläschchen und eine Bandage.

»Was machst du denn da?«, rief Charly gereizt und legte die Zeltplane aus der Hand.

»Es ist tatsächlich eine leichte Entzündung in der Sehne. Eigentlich müsste er Ruhe haben, aber ich werde ihm was geben, das ihm erst mal weiterhilft.«

Charly trat neben sie und das Pferd. Jeff beobachtete beide aus der Entfernung.

»Hilf mir mal, Jeff«, rief Robert ihm zu.

Er wandte sich dem Krisenherd ab und half beim Zeltaufbau.

»Hoffentlich ist sie diesmal diplomatischer«, sagte Robert mit Blick auf Anna und Charly.

»Er hat doch schon mal ein Pferd kaputtgeritten, war das nicht so?«

Robert nickte. »Damals hat ihn sein Vater deshalb vor die Tür gesetzt. War aber auch eins seiner besten Pferde und ...« Er schlug eine Zeltstange in den Boden. »Nach Patchs Unfall lässt Randy alles durchgehn.«

Charly kam zurück. In seinen Augen stand Ärger. Er brummte etwas in sich hinein und trat neben Usaami vor die ausgebreitete Zeltplane. Dann kamen auch Anna und Bill. Alle richteten gemeinsam das Zelt auf, und wenig später stand auch das zweite.

»Das kleine ist für die Ladys«, sagte Robert.

»Hab ich mir schon gedacht«, erwiderte Jeff mit Bedauern. Seine Gedanken wanderten zum Camp in Arizona, als Anna das erste Mal beim Round-up dabei war. Er hätte so gern mit ihr zusammen im Zelt gelegen. Wild romantisch, das Rauschen des Hassayampa im Ohr und Anna in seinem Arm. Nun musste er wieder zwischen schnarchenden Männern liegen und im Dunst ihrer ungewaschenen Körper an Liebe denken, anstatt sie zu machen. Er blickte auf das Zelt, dann zu Anna. Sie hatte Charlys Pferd bandagiert und packte nun mit Rosy zusammen Fleisch, Salat, Öl und zwei große Schüsseln geschnittene Kartoffeln aus, während Jeff mit den anderen Männern die Feldbetten und Schlafsäcke holte.

Als sie alle am Feuer saßen und das Fleisch auf dem Grill brutzelte, verschwand die Sonne hinter den Bergen. Sie ließ ein sanftes Dämmerlicht zurück, und die Prärie sank in ein blasses schattenloses Grau. Die meisten Rinder hatten sich hingelegt, und für eine Weile vernahm Jeff nur das Knistern des Feuers, das Zupfen der Pferdemäuler im Gras und hin und wieder den Schrei einer Eule. Er dachte daran, dass auch Bären und Berglöwen die Wälder und Anhöhen um sie herum bewohnten. Es war ein Gefühl natürlicher Gefahr, an das er sich jedes Mal von neuem gewöhnen musste. Irgendwann, wenn das hier seine Heimat geworden war, wäre es nicht aufregender als die Gefahren der Großstadt. Im Unterschied zu denen jedoch waren die der Wildnis annehmbar. Er akzeptierte sie, fast dankend, denn in ihr spürte er das Leben bis in jeden Winkel seines Körpers hinein. Sie gaben ihm das Gefühl, im Einklang mit der Natur zu leben und nicht gegen sie.

Er dachte an den Berglöwen, dieses geschmeidige Muskelpaket mit den samtweichen Pranken, in denen sich messerscharfe Krallen verbargen und der am Hassayampa ein Kalb gerissen hatte. Sein Schuss hatte ihn nicht getötet, nur verletzt, obwohl Annas Freund nicht weit entfernt vom Pferd gefallen war. Hatte er das Herz verfehlt oder absichtlich nicht getroffen? Er war sich nicht sicher. Es wusste nur, dass es einen inneren Widerstand gab.

Er hatte die Gedanken über diesen Zwischenfall stets verdrängt. Heute erkannte er, dass es nicht die Gleichgültigkeit diesem Menschen gegenüber war, die ihn zu dem Fehlschuss gebracht hatte. Nein. Es war der Respekt vor den Tieren, die in dieses Land gehörten wie die Kakteen, wie die Canyons, die knorrigen Kiefern, die Salbeibüsche und die Espenhaine, während er und sein Rindvieh nur Gäste waren.

Das Leben ist so kompliziert, weil wir so verdammt viel darüber nachdenken, ging es Jeff gerade durch den Kopf, als er die Stimmen der Cowboys und das Klappern der Töpfe und Grillroste vernahm. Rosy stellte den Dreibock über das Feuer und hängte einen Topf mit 01 daran. Alle bis auf Spencer saßen bereits um das Feuer herum auf Isomatten und Armeeschlafsäcken, ihre Colts und Hüte hinter sich, Baumstümpfe als Tische vor den Füßen. Usaami hockte zwischen Robert und Bill, daneben Jason und Charly und Anna und Jeff ihnen gegenüber. Spencer hielt Nachtwache bei den Tieren.

»Alles klar mit deinem Rücken?«, fragte Robert, Charly zugewandt.

»Nach dem langen Ritt merke ich die verdammten Knochen.«

»Du arbeitest wieder bei deinem Vater, nicht?«

»Was bleibt mir übrig.«

Robert nickte.

Rosy warf mehrere eiförmige Fleischstücke in das zischende Fett, und alle Blicke hingen an dem Topf.

»Eure Prärieaustern«, sagte sie, und alle lächelten und nickten. Usaami blieb ernst. Sie hockte mit gekreuzten Beinen dicht neben Robert und stocherte versunken mit einem Stock in den glühenden Espenscheiten.

»Prärieaustern?« Anna lachte. »Was soll das denn sein?«

»Ist ‚ne Wyominger Spezialität«, sagte Bill. Auf seinem stoppeligen runden Gesicht lag ein breites Grinsen.

»Aber Austern aus der Prärie?« Anna lachte wieder. »Aus dem Bach da drüben oder wie? Ihr könnt mir viel erzählen!«

»Noch nie was von Trockenlandaustern gehört?«

Sie schüttelte den Kopf, sah Jeff von der Seite an und erhaschte ein entschuldigendes Lächeln.

»Ich glaub, sie sind gut«, sagte Charly mit fachmännischem Blick. »Dave hat übrigens die größten ausgesucht.«

Rosy nahm den Topf vom Haken, hielt einen Deckel darauf, goss das Fett ab und stellte ihn auf die Ablage neben dem Grill.

»Austern und Steaks sind fertig, Salat und frittierte Kartoffeln stehen auf dem Klapptisch«, rief sie.

Alle erhoben sich, stiefelten zum Grill und schoben riesige, saftige Steaks auf ihre Teller. Und alle bis auf Jeff bedienten sich aus dem Topf.

»Hier«, sagte Bill und hielt Anna einen Teller mit den so genannten Austern hin.

Sie roch daran und ging mit den anderen zum Feuer zurück. Jeff setzte sich ihr gegenüber neben Bill und dachte an den gestrigen Tag, an Kälber im Schlamm und an das blutverschmierte Messer. Er sah Charlys hämisches Grinsen, Roberts mitfühlendes Lächeln, und als er wieder zu Anna blickte, kaute sie bereits. Sie lachte und schluckte, schien erleichtert, den Bissen hinunterbefördert zu haben. »Schmecken gar nicht so schlecht«, sagte sie mit einem Schmunzeln. »Und ihr habt geglaubt, ich würde nicht erkennen, was das ist?«

Alle machten große Augen. Jeff zog die Augenbrauen hoch und lächelte.

»Die sind aber vom Kalb«, sagte Charly und schnippte die Asche seiner Zigarette in die Glut.

Robert knuffte ihm mit der Faust in die Seite. »Halt dich zurück, sonst schneid ich dir höchst persönlich *deine* ab!«

»Lass gut sein, Robert«, erwiderte Jeff und lächelte gönnerhaft, »dem fehlen nur seine Rodeomiezen.«

Bill lachte und reichte Charly die Flasche Jack Daniels. »Wir nehmen dich mal wieder mit ins Groovy und bunkern dich da für ‚n paar Tage ein. Das reicht dann garantiert fürs ganze Jahr.«

»Danke für eure Sorge«, knurrte Charly. »Ihr solltet mal, alle wie ihr da seid, ‚n Jahr lang mit Eisen im Rücken rumlaufen.«

»Also die Überraschung ist euch jedenfalls gelungen«, sagte Anna.

»Die Spareribs sind gut!«, rief Rosy vom Grill herüber, und Jeff erhob sich, ließ sich die größte und magerste Rippe von Rosy auf den Teller legen, tat Salat dazu und ging damit zu Anna.

»Hier ist was Vernünftiges«, sagte er mit sanfter Stimme.

Sie nahm den Teller und gab ihm einen Kuss auf die Wange. »Bin ich heute nicht wunderbar verträglich?«, flüsterte sie.

»Du bist spitze!«

»Sei nicht so ironisch!«

»Ich meine das ganz ernst, Anna.«

»Charly müsste eigentlich sein Pferd im Hänger abholen lassen und mit einem Ersatzpferd weiterreiten. Ich soll mich ja nicht mit ihm anlegen, aber ich kann eigentlich nicht zulassen, dass ein Pferd mit einer Sehnenreizung beim Cattle Drive eingesetzt wird.«

Jeff zuckte die Schultern. »Schwierig«, sagte er leise und überlegte. »Ich werde versuchen, ihn von allen schnellen Einsätzen fern zu halten, okay?«

Anna nickte.

»Sieh mal nach oben.« Jeff zeigte zum Himmel.

»Wow! Vollmond!« Sie lehnte sich an seine Schulter.

»Aber mit Hof.«

»Heißt das Wetterumschwung?«

»Meistens.«

Anna zuckte die Schultern. Jeff nahm ihre Hand und zog sie zum Feuer zurück.

»Wann schickt Bob eigentlich den Protestbrief?«, fragte Jason und stellte seinen abgegessenen Teller hinter sich.«

»Wird sicher noch ‚ne Weile dauern, bis er ihn ausgearbeitet hat«, erwiderte Robert.

»Habt ihr schon gehört, dass Brad Adams die Paris Ranch kaufen will?«

»Wie, der Schauspieler? Der mit der Glatze?«

»Genau. Zum Zehnfachen des Preises, der für Weideland gezahlt wird.«

»Für den ist das immer noch wie einmal aus'm Fenster gespuckt.«

»Ich finde, die sollten Rancher und Cowboys auf die Liste der bedrohten Arten setzen«, brummte Robert.

»Genau!« Bill nickte, hob die Flasche Wyominger Coors an den Mund, ließ das goldgelbe Bier in seine Kehle gluckern und rülpste.

Jeff sah unwillkürlich zu Usaami hinüber. Ihr Blick war auf das Feuer gerichtet und ließ ihn in jeder Hinsicht im Dunkeln. Nichts an ihr gab zu erkennen, was in ihr vorging. Und genau das war es, was sein Interesse an ihr weckte.

Bill stand auf, um die Wache zu übernehmen. Wenig später kam Spencer zurück. Er zog seine Mundharmonika aus der Jackentasche.

»Genau danach wollte ich dich gerade fragen«, sagte Jeff. »Sei so nett und spiel ...«

»*Dig down deep*, ich weiß, Jeff.«

Er drückte seine Kippe aus, legte die Mundharmonika an die Lippen und blies einige schluchzende Töne, die Jeff in eine melancholische Stimmung versetzten. Er legte seinen Arm um Annas Rücken, und sie lehnte ihren Kopf an seine

Schulter. Eine wohlige Wärme durchzog seinen Körper. Dann blickte er zum Himmel, fand den Großen und den Kleinen Wagen und hoffte auf eine Sternschnuppe. Vergebens. Dafür flüsterte ihm Anna ins Ohr, dass sie ihn liebe und dass sie jetzt gern mit ihm allein wäre. Er lächelte und zog sie dichter an sich heran. Dabei blickte er durch die Flammen hindurch zu Robert, der sich angeregt mit Usaami unterhielt. Sie wirkte jetzt fröhlicher, lachte sogar einmal und trank aus der Whiskeyflasche, die Charly herumreichte. Dann legte Robert seinen Arm um ihre Schulter, sagte etwas zu ihr und ließ seine Hand über ihren Rücken hinabgleiten.

»Robert entwickelt väterliche Gefühle für Usaami«, flüsterte Anna.

»Er hätte gern eine Tochter gehabt«, erwiderte Jeff leise. Und obwohl das stimmte, konnte er sich eines anderen Gefühls nicht erwehren.

Ein lautes Knacken im Unterholz des Waldsaumes unterbrach seine Gedanken und ließ alle erstarren. Jeff griff nach seinem Colt, Robert nach seinem Gewehr. Alle lauschten, und Jeff sah Wölfe, Bären, Berglöwen. Aber keines dieser wilden Tiere tauchte auf, und alle entspannten sich bald wieder.

Rosy kam mit einer Gitarre zurück und reichte sie Usaami.

»Wow, du spielst Gitarre?«, fragte Spencer.

»Rosy hat sie einfach eingepackt«, entschuldigte sich Usaami. »Ich kann nicht gut spielen.«

»Kannst du ›The River‹ von Bruce Springsteen?«, fragte Spencer. Seine Augen leuchteten in seinem staubigen Mondgesicht.

Jason und Charly standen auf. »Wir gehn uns ,n bisschen die Sterne ansehn«, sagte Jason. Dann verschwanden sie in der Dunkelheit.

Usaami setzte sich dicht neben Robert und lächelte zu Jeff und Anna hinüber oder vielleicht auch nur zu Jeff. Er konnte das nicht genau ausmachen. Und er kannte sich nur zu gut. Es gefiel ihm, wenn attraktive Frauen ihre Augen auf ihn richteten. Er vermochte sich dieser Genugtuung nicht zu erwehren. Noch nicht, dachte er, aber irgendwann würde er über den Dingen stehen, bar dieser lächerlichen Gefühle und Fehlschaltungen des unreifen, verblendeten Geistes.

Usaami versuchte sich an dem Bruce-Springsteen-Song, und Spencer brachte seine Mundharmonika zum Weinen. Er legte sich richtig ins Zeug, zeigte Gefühl, das sonst tief unter seiner rauen Schale schlummerte.

Usaami spielte in einfachsten Akkorden, aber richtig. Ihr langer seidiger Zopf lag über ihrer rechten Schulter, und einige Strähnen hingen auf ihre Wangen hinab. Jeff zwang seinen Blick von ihr weg, beobachtete für eine Weile Robert, der sich leicht im Rhythmus der Musik hin und her wiegte. Seine Augen blitzten im Schein des Feuers, und Jeff versuchte sich in ihnen zu finden.

Anna lehnte an Jeffs Schulter. Er streichelte sanft ihren Nacken und lauschte andächtig der Musik. Usaami spielte jetzt einen Song von Mary Chapin Carpenter, der Jeff aufhorchen ließ. »You've got me walking through fire«, sang sie mit zarter Stimme. Und dabei lehnte sie sich ein wenig in Roberts Richtung. Dann sah sie durch das Feuer zu Jeff hinüber. Ihre Blicke begegneten sich, und er meinte ein leichtes Zucken in Annas Körper zu spüren. Er wusste, dass er Usaami nie wieder so ansehen durfte – zumindest nicht, wenn Anna dabei war.

Usaami spielte noch drei Songs. Dann brachte sie die Gitarre ins Auto zurück. Die Männer schleppten Wassereimer in den Corral und sahen nach den Rindern. Und während die Frauen das schmutzige Geschirr in eine große Kiste stellten, bauten Robert und Jeff den Grill und den Dreibock ab. Sie hoben alles auf den Pick-up. Rosy verabschiedete sich und fuhr zur Ranch zurück. Am nächsten Morgen würde sie mit Dave und Tom wiederkommen, Frühstück machen und das Zelt abbauen.

Jeff blickte ihr nach, sah die Lichter wie die Augen eines rennenden Tieres kleiner und schwächer werden, bis sie ganz in der Ferne verschwanden. Nun gab es nur noch die Pferde oder die eigenen Füße zur Fortbewegung, und er fühlte bis unter die Haut, dass sie weit draußen waren – in den Bergen der Bighornschafe, der Pumas, Schwarzbären und Wapitis.

Das Gefühl gefiel ihm. Dieser leise Kitzel, dieses Eingebundensein in die Gesetze der Natur, in *ihre* Regeln, nicht in die, die dem menschlichen Denken entsprungen und die zeitlich und räumlich begrenzt und vernichtend unlogisch waren. Hier galt das Gesetz der Unendlichkeit, das immer wieder Vergänglichkeit schuf. Und Jeff dachte, dass es ein Segen wäre, irgendwo hier in den schwarzen Wäldern zu sterben und nicht in dem kahlen Zimmer eines Krankenhauses.

Robert stand noch mit Usaami vor dem kleinen Zelt. Dann kroch sie durch den niedrigen Eingang hinein, und Robert ging zum Pferdecorral. Charly kam mit Jason rauchend aus der Finsternis. Er warf die leere Whiskeyflasche ins Gras und stellte sich breitbeinig ans Feuer.

»Mal sehn ob der Whiskey die Glut noch mal auf Touren bringt«, sagte er und pinkelte auf die glimmenden Scheite.

»Also wenn, dann machen wir‘s jetzt richtig aus«, erklärte Jason und stellte sich dazu.

Anna schüttelte den Kopf. »Cowboys sind doch kleine Jungs.«

»Aber nicht alle«, erwiderte Jeff.

»Ich bin mir da gar nicht so sicher.« In Annas Blick lag etwas Warnendes. »Hat Charly eigentlich was gegen Usaami?«, fragte sie dann.

»Er meint, alle Indianer wären Asoziale.«

»Soll aufpassen, dass er nicht selber einer wird.«

Jeff nickte und sah Jason nach, der zur Herde ging, um Bill abzulösen.

»Aber Charlys Meinung kann ihr ja nicht viel anhaben«, fügte Anna hinzu und trat etwas zur Seite, als Jeff sie in den Arm nehmen wollte. »Sie hat ja mehr als Rückendeckung von der entscheidenden Stelle.«

Jeff zuckte zusammen und ließ seine Arme sinken. »Klar«, sagte er gespielt gleichmütig. »Jason ist auch einer von diesen ignoranten Republikanern. Aber alle anderen hier ...«

»Okay. Lass uns schlafen gehen.« Annas Stimme klang unterkühlt.

»Schade, dass wir kein Zelt für uns beide allein haben«, erwiderte Jeff trotzdem und kämpfte gegen das Verlangen nach Zärtlichkeit an. Er dachte an Bills sägendes Schnarchen, an den muffigen Geruch, der aus Jasons Stiefeln drang, wenn er sie neben dem Bett abstellte, und an Spencers aufregende Träume, die das Feldbett immer dann zum Quietschen brachten, wenn er gerade eingeschlafen war.

»Träum von mir«, sagte Anna ernst, »oder von den Pferden und den Rindern.«

»Natürlich von dir.« Jeff küsste sie, aber ihre Lippen waren nicht so weich und empfänglich wie sonst, und er ließ von ihr ab. Er konnte sie verstehen, aber es tat deshalb nicht minder weh. »Mach das Zelt gut zu«, sagte er, als sie sich umdrehte und ging.

Er sah sie zu Usaami in das kleine Zelt kriechen und fragte sich, wie ihr dabei wohl zumute war. Die Sterne waren vom Himmel verschwunden, der Mond tauchte nur noch hin und wieder bleich zwischen den heraufziehenden Wolken auf, und kurze scharfe Böen kündigten einen Wetterumschwung an. Hoffentlich bleibt es trocken, dachte Jeff und ging zu den Pferden. Einige schnaubten unruhig. Die Petroleumlampen pendelten im Wind und flackerten. Er spürte, dass etwas in der Luft lag. Er ging weiter zu Jason und den Rindern. Es war stockfinster, und er konnte die Tiere nur riechen und hören. Er vernahm ihr Kauen und das Rascheln des harten Grases unter ihren Füßen und Mäulern, dann das dumpfe Trampeln von Pferdehufen auf hartem Boden.

»Jason? Ich bin's!«, sagte Jeff mit gedämpfter Stimme.

Das Pferd blieb stehen, und er erkannte Jasons Umrisse in seiner gewohnt krummen Haltung.

»Verdammt, jetzt hast du mich aber erschreckt«, knurrte er. »Was gibt's denn, Jeff?«

»Das Wetter, Jason. Spürst du's auch?«

»Ja. Gefällt mir gar nicht.«

»Können wir irgendwas vorbereiten? Ich meine, falls ...«

Jeffs Augen gewöhnten sich an die Dunkelheit. Er konnte die hellen Hereforder in der Herde ausmachen.

»Nicht viel. Wir können die Mistviecher ja nicht ins Zelt holen.«

Eine kurze Böe schmiss sich über die Herde und fegte durch die Salbeibüsche. Die Tiere hoben die Köpfe. Dann war es wieder still, als wäre nichts gewesen. Jeff zog den Reißverschluss seiner Lederjacke hoch und stellte den Kragen auf. Aber es war nicht nur die Kälte, die ihn schaudern ließ. Er dachte an den Blizzard, der sie einmal beim Cattle Drive erwischt und sie zwei Tage lang im Camp festgehalten hatte.

Er blickte zu den Zelten hinüber und fragte sich, ob Anna wach war oder ob sie schlief.

»Vielleicht zieht es vorbei«, sagte Jason. »Ich drehe mal meine Runde.« Er verschwand in der Dunkelheit.

Jeff sah ihm eine Weile hinterher und ging dann zum Zelt. Aber die nächste, kräftigere Böe sagte ihm, dass er sich nicht schlafen legen sollte. Die Herde wurde unruhiger. Eine Kuh blökte, andere erhoben sich, ein Pferd scharrte mit den

Hufen im Gras. Er ging zum Corral, stellte sich mit dem Rücken gegen eine weitere Böe und vernahm ein Grummeln in der Ferne.

Anna trat aus dem Zelt, die Arme um den Körper geschlungen. Sie sah sich um, und Jeff ging ihr entgegen.

»Gewitter. Ausgerechnet.« Der Wind wehte ihr die offenen Haare ins Gesicht, und ein Blitz züngelte am Horizont vom Himmel in die Erde hinunter.

»Ich hoffe, es zieht nicht genau über uns hinweg«, sagte Jeff.

»Sollen wir Robert wecken?«

»Lass uns noch einen Moment abwarten.« Er blickte zum Himmel und drückte seinen Hut fester auf den Kopf.

Wieder pfiff der Wind über sie hinweg, und das Donnern kam bedrohlich näher. Schwarzblaue Wolkenschluchten bildeten sich am Himmel, zerstoben und formierten sich neu.

»Zieh erst mal deine Jacke an. Ich gehe zu ihm«, entschied Jeff schließlich.

Anna verschwand in dem kleinen Zelt, das vom Wind geschüttelt wurde. Jeff klappte die Eingangsplane des Männerzelts zurück, knipste die Taschenlampe an und trat in den gerade mannshohen muffigen Raum. Die Männer lagen in zwei Reihen auf ihren Feldbetten und schliefen. Bill schnarchte wie immer, als würde er massenweise Holz zersägen, und Robert lag bis zur Nase eingerollt in seinem neuen blauen Mumienschlafsack. Nur sein weißes Haar leuchtete aus der Dunkelheit hervor.

Jeff wartete, lauschte dem näher rollenden Donner, blickte auf den Schlafenden hinab und tippte schließlich auf das Fußende seines Schlafsacks. »Robert!«

Mit einem leisen Brummen drehte er sich auf den Rücken. »Ist es schon so weit? Hab den Wecker gar nicht gehört.«

»Nein, aber ...«

Jeff brauchte nichts weiter zu sagen. Ein Blitz warf für Sekunden sein scharfes fahles Licht über die Betten. Der Donner krachte wenig später über die Berge, und eine Böe erfasste das Zelt und rüttelte an den Planen. Dann klopften die ersten Tropfen auf den harten Stoff.

»Verflucht!«, zischte Robert, zog den Reißverschluss seines Schlafsacks auf und pellte sich heraus. Wieder ein Blitz. Jeff zählte die Sekunden bis zum Donner. Es waren keine fünfzehn mehr, und der nächste Schlag drang so messerscharf durch die Zeltwände, dass alle wach wurden. Wenig später kamen Anna und Usaami herein. »Jason sagt, er braucht Verstärkung. Die Rinder werden unruhig«, rief Anna.

Alle Männer sprangen aus den Betten in ihre Jeans und Jacken und schnallten die Chaps um. Als die Tropfen zu Regenschnüren wurden, waren sie draußen, und Jeff folgte ihnen mit Anna und Usaami zu den Pferden.

Der Wind peitschte ihnen den Regen ins Gesicht, und die Blitze zuckten über das weite Land. Jason rief etwas, aber sie konnten es im prasselnden Regen nicht verstehen. Sie warfen Sattelpads und Sättel auf die feuchten Rücken der Pferde, saßen auf und ritten aus dem Corral hinaus zu Jason und den Rindern, der grimmigen Nacht entgegen.

Dieses Mal kamen Blitz und Donner fast gleichzeitig. Ein Feuerschein, ein Krachen. Die Spitze einer Fichte in etwa dreihundert Metern Entfernung spaltete sich und klappte wie ein Taschenmesser auseinander. Knarrend fielen die schweren Äste zu Boden, und im gleichen Augenblick waren alle Rinder auf den Beinen. Twister machte einen Satz nach vorn und trippelte auf der Stelle. Jeff trieb ihn energisch an die Herde heran. Die Tiere drehten ihre Hinterteile gegen den Wind und den Regen. Zwei – einer schien der Leitbulle zu sein – drängten vorwärts, durch die Herde hindurch, und schließlich setzten sich alle Tiere blökend in Bewegung.

»Ich brauch hier vorn Verstärkung!«, brüllte Bill.

»Jason, hol die Ladys, und halt außen gegen!«, schrie Robert. Die folgenden Worte wurden vom Donner verschluckt. Die Blitze erhellten die Landschaft, zeigten die scharfen Umrisse der fetten Kumuluswolken am Himmel, die nun steinharte Hagelkörner über sie ausschütteten. Wenig später sahen sie so gut wie nichts mehr. Der Wind schlug die daumengroßen Eisstücke wütend auf alles, was sich ihm in den Weg stellte. Jeff spürte sie hart auf seinem Rücken und auf seinem Hut, den er so tief ins Gesicht gezogen hatte, dass er kaum noch etwas sah. Ihm blieb fast die Luft weg. Er machte sich Sorgen um Anna. Aber er durfte sich nicht von seiner Position entfernen. Hier musste jetzt jeder allein klarkommen und die Rinder in Schach halten. Die Herde stand kurz vor einer Stampede.

Er flankierte die nach außen drängenden Tiere, die dem Beschuss des gefrorenen Wassers zu entfliehen versuchten. Er sah nur Schemen, hörte die Stimmen der Männer, ihre Befehle, Flüche, Pfiffe, das Brüllen der Rinder. Er ritt zurück, wendete, trabte vor – jedes Manöver blitzschnell und doch so ruhig wie möglich, um keine Panik zu erzeugen.

Schließlich sah er nur noch einen grauen Vorhang aus Hagelkörnern, dazwischen kämpfende Reiter, kreisende Rinder und über ihm Blitze hell und heiß wie die Hölle. Der Himmel spuckte Galle.

Jeff suchte nach Anna. Sie war nicht zu sehen. Er wurde unruhig, lauschte durch das Getrampel der Rinder, das Aufschlagen der Hagelkörner, den Donner. Dann vernahm er einen Schrei, dann ein Fluchen. Nein, dachte er, bitte nicht, Anna. Er verließ seinen Posten, ritt um die Herde herum, gegen den Wind. Der Hagel traf sein Gesicht. Er hielt die Hand davor, zog den Hut noch tiefer. Usaami ritt ihm entgegen. Er rief ihr zu, sie solle seine Position übernehmen.

Dann hörte er Annas Stimme, fand sie schließlich gebeugt auf ihrem Pferd, das bloße Haar von Eisstücken durchsetzt. Sie heulte. Charly ging wütend neben seinem Pferd auf und ab. Es stand auf drei Beinen, und der Sattel hing schief auf seinem Rücken.

»Scheiße, verdammte Scheiße!«, fluchte er immer wieder, zog sich den Kragen über die Ohren und tastete schließlich das Bein ab. Er zuckte die Schultern.

»Also doch die Sehne!«, schrie Jeff gegen den Wind an. Er hielt Anna seinen Hut hin, aber sie schüttelte abwehrend den Kopf. Ein Blitz in der Ferne, der Donner rollte hinterher und hallte in den Bergen nach. Eine Böe zerrte an Jacken und Mähnen.

»Er ist gestürzt«, schluchzte Anna, »genau vor mir, gerade ...« Ihre Stimme brach im Wind ab.

Jeff blickte auf das verletzte Pferd. Der Fesselkopf baumelte in der Haut.

»Jeff, wo steckst du denn?«, brüllte Jason.

»Ein Unfall. Bin hier drüben bei Charly und Anna!« Ein Donner verschluckte seinen Ruf.

»Was?«, rief Jason.

»Es gibt Probleme!«

Der Hagel ging in Regen über, der Wind ließ nach, und der Mond goss sein bleiches Licht durch die aufreißende Wolkenschicht.

Anna stieg vom Pferd. Sie hielt es am Zügel fest und trat zu Charly.

»Da gibt‘s nichts zu gucken. Das is‘n Abriss«, sagte er mürrisch.

Einen Augenblick lang standen alle ratlos da. Ein Donner rollte träge in der Ferne dahin. Bill kam zu ihnen. »Wir haben‘s überstanden!«, rief er.

»Nur Charlys Pferd nicht«, brachte Anna schwach hervor.

Sie war völlig außer Atem und stand hinter Charly, der sie nicht an das verletzte Pferd ließ.

»Sieht nicht gut aus!«, sagte Bill, der jetzt neben ihnen war.

Anna öffnete die Satteltasche und zog eine Bandage heraus. Aber Charly führte das Pferd von ihnen und der Herde weg. Es humpelte erbärmlich auf drei Beinen. Jeff schauderte. Das linke Vorderbein war nicht mehr zu gebrauchen.

Charly nahm den Sattel ab und legte ihn ins Gras. Anna stand neben Dreamer, die Bandage in der Hand. Der Regen rann aus ihrem Haar über ihr Gesicht und fing sich im Kragen ihres Pullovers. Jeff beobachtete, wie Charly etwas aus der Tasche seiner Chaps zog, wie er sich vor den Kopf des Pferdes stellte und langsam die Hand hob. Und Jeff erkannte den Colt. Er hielt die Luft an.

»Nein!«, schrie Anna und ließ Dreamer los.

Jeff sprang vom Pferd und hielt sie fest, bevor sie sich auf Charly stürzen konnte. Der Schuss fiel, ein zweiter, dann das Pferd. Es war ein dumpfer Aufprall, der alle zusammenfahren ließ. Die Pferde trippelten nervös auf der Stelle, die Rinder blökten, Bill fluchte, und Robert und Jason kamen herbei, sahen das Pferd und trabten weiter, um die Herde zusammenzuhalten.

Anna erstarrte in Jeffs Arm. Sie blickte auf das tote Pferd und zitterte. Dann riss sie sich los und trat vor Charly.

»Du Schwein!«, schrie sie und schlug ihm hart ins Gesicht. Für einige Sekunden standen sie sich reglos gegenüber.

»Das wird dir noch Leid tun!«, knurrte Charly und spuckte vor ihre Füße. Er steckte den Colt weg, hob den Sattel auf, schulterte ihn und verschwand in Richtung Camp.

»Charly!«, rief ihm Jeff hinterher. »Sei vorsichtig!«

Er sah Robert aus der Dunkelheit auf sie zukommen, aber Bill rief ihn, und er drehte ab.

Anna beugte sich über das Pferd, fühlte den Puls und

schloss seine Augen. Sie trat zurück, und Jeff nahm sie in den Arm.

»Anna, beruhige dich. Wir konnten es nicht verhindern.«

Sie blickte schweigend auf den leblosen Pferdekörper. Der Mond stand darüber, als wäre nichts geschehen, und tauchte alles in ein bläuliches Licht. In der Ferne sah man noch die Blitze, die jetzt vielleicht ein anderes Camp heimsuchten.

»Weder ich noch Charly konnten in dem Chaos verhindern, dass sich das Pferd überanstrengte«, fuhr Jeff fort.

»Er hätte das Pferd nicht mitnehmen dürfen«, erwiderte Anna müde.

»Das ist wohl richtig.

»Und er hätte ihm noch eine Chance geben können.«

»Nein Anna. Das weißt du besser als ich. Bei Sehnenabriss ...«

Sie schwieg, und Jeff fragte sich, ob Pferde merken, wenn sie verloren sind. Er strich Anna das nasse Haar aus dem Gesicht und zog sie an sich. Seine Jacke und seine Chaps waren schwer wie Blei, und ihn fröstelte genauso wie Anna. Er blickte über ihre Schulter hinweg zu ihren beiden Pferden, die ihre Nüstern in ihre Richtung streckten, vielleicht auch zu ihrem toten Kameraden. Und er fragte sich, wie Pferde litten, ob ihnen der Schmerz Zeichen gab oder ob sie ihn nur hinnahmen, ohne ihn zu bewerten. Und er würde nie erfahren, ob sie den Schmerz des anderen verstanden.

Es war still geworden. Die Herde stand ruhig, und Robert kam mit Bill, Spencer und Jason herbei.

»Er hat ihn erschossen?«, fragte Bill unaufgeregt.

»Ja. Sehnenabriss«, erwiderte Jeff.

»Das zweite Pferd, das auf sein Konto geht«, sagte Robert.

»Der Gaul war aber auch nicht mehr ganz frisch«, warf Jason ein.

»Randy hätte ihm das Pferd gar nicht mitgeben dürfen.«

»Er hat doch kaum noch Pferde, die auf Rinder trainiert sind«, entgegnete Bill.

Jeff nickte. »Wo ist eigentlich Usaami?«, fragte er schließlich.

»Ich hab sie ins Zelt geschickt. Sie ist völlig fertig.« Robert stieg ab und ging zu dem toten Pferd. Er hockte sich hin und befühlte das kaputte Bein. Dann klopfte er einmal auf den leblosen Pferdehals, hob den Schädel an und zog die Trense herunter. Und Jeff überlegte, was wohl in einem Pferdekopf vorginge, wenn vor ihm ein toter Mensch läge.

»Wir müssen den Kadaver vom Camp wegziehen, sonst kriegen wir noch Besuch von ,ner Kojotenbande.«

Anna stand schlotternd vor Jeff. »Du musst endlich aus den nassen Klamotten raus und schlafen«, sagte er.

Sie nickte schwach. Bill, Spencer und Jason lösten ihre Ropes vom Sattelhorn und stiegen ab, während Anna wortlos in Richtung Zelt verschwand. Jeff sah ihr nach. Würde sie dieses Leben aushalten? Er dachte an seine Mutter, die Robert verlassen hatte, weil sie dieses Leben nicht wollte.

20

Anna wurde von einem Motorengeräusch geweckt. Sie war allein im Zelt. Usaamis zusammengerollter Schlafsack und ihre nasse Kleidung lagen auf der Pritsche. Als sie nach dem Hagelsturm ins Zelt gekommen war, hatte Usaami fest geschlafen oder vielleicht nur so getan, als ob. Sie dachte an das Zusammensein am Lagerfeuer, an den Song, den Usaami gespielt, und an den Blick, den sie Jeff zugeworfen hatte. Den schweren Baumwollschlafsack bis über die Ohren gezogen, starrte sie auf die dunkelgrünen Zeltplanen. Die Feuchtigkeit saß noch in den Wänden. Auf ihrem Kopf lag ein bleierner Druck.

Das Erlebte und die Ängste der gestrigen Nacht hatten sich tief in ihr Inneres gefressen. Sie fühlte sich ausgebrannt, bar jeglicher Energie und zu schwach zum Aufstehen. Sie dachte an Charly, sah sein scharf geschnittenes, eiskaltes Gesicht mit den Narben und das ihm ausgelieferte Pferd in aller Deutlichkeit.

Welches Recht haben Menschen, Tiere zu Untertanen zu machen, fragte sie sich. Es gibt keine schlechten Menschen, nur Unwissende und Verblendete, hatte Jeff gesagt. Es klang richtig, aber heute konnte sie nur in Gut und Böse unterscheiden. In ihrem Innern war es schwarz wie die Nacht. Der Himmel über Wyoming hatte seine Klarheit verloren und ihr zu verstehen gegeben, dass es kein reines Land auf dieser Erde gab.

Sie vernahm Charlys Stimme und das Klappern des Frühstücksgeschirrs. Sie schloss die Augen und stellte sich vor, dass der Boden unter ihr aufbrach und sie darin versank. Vor ihr öffnete sich ein Tunnel, der geradewegs zum Ranchhaus führte. Ihr war nach Abtauchen zumute.

Und sie dachte an Hamburg, an das Pferd, das wegen chronischer Hufrollenentzündung zum Schlachter gebracht wurde. Sie hatte es monatelang behandelt – vergeblich. Sie sah das Rennpferd, das kurz nach Vollendung seines zweiten Lebensjahres mit einem Trümmerbruch den gleichen Weg einschlug. Sie wollte das alles nicht mehr, aber es gab kein Entrinnen. Wo Menschen von und mit Tieren lebten, gab es Überforderung, rücksichtsloses Leistungsdenken und Missbrauch der still leidenden Kreatur.

Sie hatte einen schalen Geschmack im Mund. In ihrem Kopf herrschte Dumpfheit. Die Wildheit des Wetters, die Ängste, der gewaltsame Tod. Die Illusion war zerstört, heruntergerissen wie ein Vorhang, dahinter die erbarmungslose Wirklichkeit.

Sie lauschte den Stimmen und Geräuschen um sie herum. Sie kamen ihr fremd vor, fern und belanglos, nicht zu ihr gehörend. Sie dachte an ihre Freunde, an ihre Mutter, und sie wurde vom Heimweh gepackt. Nie hätte sie das für möglich gehalten, nie hätte sie geglaubt, dass derartige Gefühle ihrer Herr werden könnten, und nie zuvor hatte sie das Bedürfnis nach Vertrautheit, nach Nähe und über Jahre gewachsener Freundschaft so brennend verspürt, dass es sie in einen Zustand allgemeiner Lähmung versetzte. Bis sie das Knirschen von harten Stiefelsohlen im Sand aufhorchen ließ.

»Anna, bist du wach?«, hörte sie Jeff vor dem Zelt fragen. Seine warme Stimme tat ihr gut. Sie war wie ein kleiner Funke in der Dunkelheit.

»Ja!«, rief sie und richtete sich auf. »Komm rein.«

Er kroch durch den niedrigen Eingang, hielt eine Flasche Wasser in der einen und ein T-Shirt in der anderen Hand. Er selbst trug jetzt trockene Kleidung und schien wenigstens für eine kurze Weile im Zelt gewesen zu sein. Er hockte sich neben ihre Pritsche und streichelte ihre Wange. »Wie geht es dir?«

»Okay, bis auf die Kopfschmerzen.« Sie rieb sich die Stirn.

»Wie spät ist es?«

»Halb sieben. Ich habe dich schlafen lassen, aber Brot und Kaffee stehen noch für dich bereit.«

»Sie bauen schon das große Zelt ab, nicht?«

»Ja, aber wir sind genug Leute da draußen.« Er lächelte. »Ein Eimer mit Wasser steht vor dem Zelt zum Frischmachen. Und hier ist noch ein T-Shirt. Es ist einmal getragen, aber ... Ich brauche es nicht. Und lass dir Zeit.« Er legte das Hemd und eine Packung Aspirin auf ihren Schlafsack, öffnete die Wasserflasche und stellte sie neben die Pritsche.

»Danke, Jeff«, sagte sie schwach und griff kurz nach seiner Hand. Sie nahm die Tablette aus der Packung und schluckte sie.

»Wenn du nach Hause möchtest, können dich Rosy und Tom mit zurücknehmen.«

»Und Dreamer?«

»Den würde dann Charly übernehmen.«

»Nein, Jeff. Dreamer wird er nicht reiten.«

»Ich habe mir Charly übrigens vorgeknöpft. Er war das letzte Mal dabei.«

Anna nickte. »Ich reite mit«, sagte sie mit fester Stimme.

»Okay.« Er gab ihr einen Kuss auf die Stirn und verließ das Zelt.

Anna hatte jetzt keine Ruhe mehr. Sie kämpfte ihre Mattigkeit nieder, stand auf, zog Jeffs T-Shirt an, darüber ihr dickes kariertes Flanellhemd. Sie packte zusammen, kroch aus dem Zelt und goss sich einige Hände voll Wasser übers Gesicht. Es ging ihr besser, wenngleich die Wut auf Charly und eine allgemeine Enttäuschung noch in ihrem Innern wühlten.

Das große Zelt war schon auf dem Pick-up verstaut, und ihr Frühstück – zwei Sandwiches mit Schinken und eine Thermoskanne mit Kaffee – stand einsam wartend auf einem kleinen Klapptisch, eine Holzkiste als Stuhl davor. Der

Anblick tat ihr gut. Sie setzte sich auf die Kiste und lächelte Jeff zu, der das kleine Zelt abbaute.

Der Boden war noch feucht und kalt, aber die Luft angenehm mild. Der Himmel sah schuldlos aus.

»Hi, Anna! Wie geht es dir?«, riefen ihr Rosy und Tom zu. Auch Usaami lächelte ihr zu. Charly saß auf der Ladefläche des Pick-ups und rauchte. Er würdigte sie keines Blickes.

»Einigermaßen, danke«, erwiderte sie, goss Kaffee in den Becher und aß ein Sandwich.

Außer Jeff waren alle Männer schon auf den Pferden und ritten um die Herde herum. Keines der Tiere hatte sich in der Aufregung verletzt und Anna war froh, dass sie nicht gebraucht wurde.

Wenig später stiegen sie in die nassen Sättel und ritten in den Bighorn National Forest, die Berge hinauf, die Herde flankierend. Die Tiere folgten dem Pfad in zügigem Tempo durch eine kiefernbestandene Schlucht hindurch, als erahnten sie das Ziel dieses Marsches. Die Espen waren vielleicht um einige Blätter ärmer, aber sie hatten sich erfolgreich dem Angriff gebeugt, gut verwurzelt und elastisch in den schlanken Asten. In den schattigen Nischen der Felsen schmolzen kleine Haufen von Hagelkörnern vor sich hin, und einige morsche Äste lagen wie stumme Zeugen des gestrigen Unwetters am Rande des Pfades. Sonst erinnerte nichts an den gewaltigen Wutausbruch der Natur.

Die Sonne malte Glanzlichter auf die fernen, noch schneebedeckten Gipfel, und ihre frühlingshafte Eindeutigkeit war wie eine Verheißung auf bessere Tage. Die bleierne Lethargie des Morgens fiel von Anna ab wie ein schwerer, drückender Mantel. Sie spürte Jeffs T-Shirt auf ihrer Haut, atmete seinen Geruch, dachte daran, wie er sich an sie schmiegte, wenn sie sich liebten, und ein Schwall wohliger Wärme durchzog ihren Körper.

Das Weideland, das sie nun erreichten, war von dichtem, hartem Präriegras bedeckt und von Glockenblumen, Arnika und Paintbrush durchwirkt. Es war umgeben von zerklüfteten Bergen, schwarzen Nadelwäldern und kleinen Gruppen hellgrüner Espen. Die hohen schlanken Kiefern warfen scherenschnittartige Schatten auf das zarte Gelbgrün des Hochplateaus, und Anna war tief ergriffen von der Unverdorbenheit und Schönheit dieser Natur. Wer hier noch nach dem Sinn des Lebens fragt, ist wie ein Durstiger inmitten eines Sees, dachte sie und verfluchte im gleichen Augenblick alles Menschengemachte. Sie ritt an Jeffs Seite und meinte zu erkennen, dass er ähnlich fühlte wie sie.

»Sie wissen genau, dass sie angekommen sind«, sagte er, während sein Blick über die Herde und das Land schweifte. »Wo der Mensch nur vereinzelt auftritt, ist die Natur von so bestechender Klarheit, dass jegliches Nachdenken überflüssig wird.«

Anna lächelte und streichelte ihrem Pferd den Hals. Die Rinder grasten, soffen an den vom Schmelzwasser üppig gespeisten Wasserstellen, trotteten bedächtig umher, auf der Suche nach den schmackhaftesten Gräsern. Die Kälber stillten ihren Durst am Euter ihrer Mütter, und der Bulle brüllte seinen Anspruch auf dieses Stück Erde in die Berge.

Die Männer sahen zufrieden aus. Noch nie hatte Anna sie so gesehen. Ihre Züge waren sanfter als sonst, ihre Blicke weicher. Sie saßen auf ihren Pferden, die Hüte im Nacken, die Hände auf dem Sattelhorn und die Großartigkeit dieser Landschaft im Blick. Keiner sagte etwas.

Anna stand mit Dreamer neben Jeff und Twister. Sie zog langsam ihre Finger durch die verfilzte Mähne und lauschte dem Wasser, das in rasantem Tempo über die Felsen sprudelte. Robert, Jason und Bill kontrollierten das alte hölzerne Tränkensystem, und Usaami stand etwas abseits. Sie wirkte nachdenklich, und Anna fragte sich, welcher Art wohl ihre Beziehung zu diesem Land war, das die Weißen ihren Vorfahren entrissen hatten.

Sie betrachtete eines der letzten Paradiese dieser Erde. Bussarde spähten von einem klaren, endlosen Himmel herab, einige Wolken zogen vom Wind getrieben vorüber, und ihre Schatten flossen wie Seide über die Hochebene.

Anna blickte zu Jeff. Seine Augen leuchteten. Er lächelte, und sie hätte diesen Moment gern festgehalten – für immer. Es war ein Moment unverfälschten Daseins und völliger Wunschlosigkeit.

»Was denkst du gerade?«, fragte er, ohne den Blick von der Herde zu wenden.

»Dass die Zeit jetzt stehen bleiben sollte.«

»Die Zeit besteht doch aus Augenblicken. Und jeden einzelnen sollte man bewusst wahrnehmen, die schönen genießen und die weniger schönen als unvermeidbar hinnehmen.«

»Leicht gesagt.«

»Wenn du die Zeit festhalten willst, zerrinnt sie dir wie Wasser zwischen den Händen.«

Anna lachte. »Du bist so schrecklich weise, aber lebst du tatsächlich danach?«

»Ich versuche es jedenfalls.«

Jeff wendete sein Pferd. »Wir müssen zurück«, sagte er und rief zum Aufbruch.

Anna fiel es schwer, die Tiere zurückzulassen. Sie betrachtete noch einmal die Kälber, dachte an die Gefahren der Wildnis, an Bären, Berglöwen und Wölfe, und sagte sich schließlich, dass das nichts war gegen das Leid in zu engen, dunklen Ställen. Einmal pro Woche würden sie beide oder die Cowboys mit den Pferden im Hänger zu ihnen hinauffahren und einen Kontrollritt über die Weiden machen.

Sie drehte Dreamer um und folgte Jeff, den anderen Männern und Usaami in Richtung Süden. Auf der Anhöhe blickten sie noch einmal auf die Herde hinab. Die Tiere hatten sich verteilt und grasten, als befänden sie sich hier seit anfangloser Zeit. Ein Bussard stürzte sich vom Himmel ins Gras, stieg mit seiner Beute wieder auf und ließ sich in einer Kiefer nieder.

Anna beobachtete Jeff, der jetzt vor ihr neben Bill und Spencer ritt und sich mit ihnen unterhielt. Sie folgten einem Bach, und er hob die Hand zum Halten. Er stieg ab, sah sich die Uferböschung an, beugte sich zu den tief stehenden Weidenbüschen hinab, hockte sich hin und inspizierte einen Biberdamm. Dann goss er sich eine Hand voll Wasser übers Gesicht, saß auf und kam zu ihr und Robert zurück.

»Der Bach sieht gut aus«, sagte er, als sie weiterritten.

Robert nickte. »Ja. Vernünftige Beweidung. Im nächsten Jahr werden wir hier wieder eine Weidepause einlegen. Aber ...« Er hob die rechte Hand zum Himmel. »Hoffentlich wird das auch mal von den Bürokraten und Umweltschützern honoriert. Die sehen nämlich immer nur, was sie sehen wollen.«

Anna dachte an das tote Pferd, das sie in der Wildnis zurückgelassen hatten. Sein Fell war sicher schon von den harten Schnabelhieben der Geier oder den scharfen Eckzähnen der Kojoten durchlöchert. Schon bald würde nur noch ein Haufen Knochen zurückbleiben, und irgendwann wäre auch er zu Staub zerfallen. Gras würde darüber wachsen und die letzten Spuren verdecken. Niemand würde sich mehr daran erinnern, dass dort einmal ein Pferd erschossen wurde.

Anna war mit Dreamer hinter den anderen zurückgefallen und trieb ihn an. Die Sonne entwickelte eine fast sommerliche Kraft. Sie drang in jede Pore ihres Körpers ein und breitete sich dort aus. Sie hatte sich mit dem Leben versöhnt und freute sich darauf, am Abend in Jeffs Arme zu fallen. Aber als sie das Ranchhaus betraten, steckte das Protestschreiben von Bob Raffert an das BLM in der Tür. Jeff öffnete den

Umschlag, setzte sich an den Küchentisch und las, während Anna Brote strich. Dann reichte er ihr das Schreiben. Es beinhaltete die Punkte, die auf der Versammlung besprochen worden waren. Es war ein klarer einseitiger Aufruf gegen die weitere Einschränkung der Weiderechte auf dem öffentlichen Land und gegen die Reintegration des zweiten Wolfsrudels im Ostteil des National Forst, in unmittelbarer Nähe zum Weideland der Rancher. Und es war mehr als das. Es war ein genereller Aufruf gegen die Rückführung wilder Tiere in die Wälder und Prärien Wyomings.

Anna las noch einmal, blickte über die Unterschriften. Der Name Robert Wilson stand in der untersten Reihe. Er hatte ihnen das Schreiben also in die Tür gesteckt.

»Sie sprechen davon, dass es grundsätzlich eine Bedrohung für uns Menschen ist, Raubtiere wie Wölfe und Bären wieder in besiedelte Gebiete auszusetzen«, sagte Anna. »Aber wo sonst sollten sie leben, wenn nicht hier in diesen menschenleeren Staaten des Nordwestens?«

Jeff fuhr mit der Hand über sein stoppeliges Kinn. »Ich weiß auch nicht«, sagte er müde. »Wir stehen zwischen den Fronten. Aber der mittlere Weg scheint oft der schwierigste zu sein. Ich bin einmal einem Wolf begegnet, in der Absaroka-Wildnis. Er stand allein auf einer Lichtung und ließ sich von mir wegscheuchen wie ein wilder Hund. Aber es gibt auch andere Geschichten, und scharfe Jäger sind sie allemal.« Er zuckte die Schultern.

»Robert hat selbst gesagt, dass der Großteil der Verluste beim Vieh auf das Konto der Blizzards geht.«

»Ja. Das ist die eine Sache. Aber was die Weiderechte am Rowly Creek anbelangt, sind wir direkt betroffen. Robert hat doch längst mit den Leuten vom BLM gesprochen und eine Wechselbeweidung eingeführt. Aber die wollen den Bach langfristig völlig frei von Rindern haben.« Jeff zog die

Augenbrauen hoch. »Und zumindest den unteren Lauf brauchen wir für unser Vieh.«

»Und die neuen Intensivflächen?«

»Die reichen nicht aus. Dann müssen wir die Herde noch weiter verkleinern.«

»Aber wollen wir nicht ohnehin mehr Pferde und weniger Rinder züchten?«

»Auch Pferde brauchen Gras.«

»Aber nicht solche Mengen. Wir werden doch keine tausend Pferde haben.«

»Nein, aber wir können nicht nur von der Pferdezucht leben, und wir können nicht dulden, dass die landwirtschaftliche Struktur hier zerbrochen wird. Es ist doch Dummheit, anzunehmen, wir Rancher würden die Prärie gnadenlos ausbeuten. Wenn es so wäre, würden wir unsere Rinder nicht mehr satt bekommen.« Jeffs Blick verfinsterte sich. »Ich werde unterschreiben, Anna. Ich bin Rancher, und es ist meine verdammte Pflicht, dieses Land vor dem Ausverkauf zu bewahren. Und ich möchte hier nicht auch noch irgendwann diesen Bildschirmerlebern und Stadtneurotikern begegnen. »

»Ist das nicht ein bisschen arrogant, Jeff. Schließlich warst auch du einer von diesen Snobs mit ,nem dicken Portemonnaie und ,nem Asphaltjeep vor der Hochhauswohnung. Auch du bist so ein Stadtflüchtling. Vergiss das nicht.«

Jeffs Züge verhärteten sich. »Mit dem Unterschied, dass ich jetzt eine Ranch mit einer Tausendkopfherde betreibe, von der ich mich ernähren muss, und nicht eine von diesen verzuckerten Ranchetten mit drei bunten Kühen vor dem Fenster.«

»Jeff ...«

»Und außerdem, nicht nur Promis und City Slicker stehen mit ihren Milliarden bereit, auch Minenbetreiber und Ölbarone.«

»Aber dieses Schreiben ist eine undifferenzierte, störrische Auflehnung gegen den Naturschutz und alles, was damit zu tun hat. Es ist ein Rundumschlag, genau das, was auch du nicht wolltest. Ich hätte gern unterschrieben, aber das hier? Nein.«

Jeff zog das Schreiben auf seine Seite, setzte mit energischem Schwung Datum und Unterschrift darunter und erhob sich. Anna sah ihm nach, ihm und dem Schreiben, auf dem ihre Unterschrift fehlte. Er verschwand im Büro, und sie dachte darüber nach, wo sie eigentlich stand. Ich bin Rancher, hatte Jeff gesagt. Und was war sie? Tierärztin – aber das war hier zweitrangig neben all den anderen Aufgaben. Eigentlich war sie nichts weiter als die Geliebte des Ranchers. Sie lebte hier an seiner Seite und arbeitete ihren Aufenthalt und ihre Verpflegung ab. Das war ihr offizieller Status. Würde sie vielleicht als seine Frau ganz anders denken? Würde sie sich zugehöriger fühlen? Würde sie mit einer Heiratsurkunde als Legitimation ihrer Anwesenheit eher als Rancherin denken? Sie sagte sich schließlich, dass das vielleicht gar nicht wünschenswert war.

Jeff kam mit einem Umschlag zurück, legte ihn in den Flur und ging schweigend an ihr vorbei ins Wohnzimmer. Wenig später, beim Wenden des vierten Pfannkuchens, vernahm sie seine Stimme am Telefon. Sie hielt inne und lauschte. Er sprach mit seiner Mutter, bat sie, mit Robert klare Verhältnisse zu schaffen und die Vaterschaft bestätigen zu lassen. Sie solle ihr Leben überdenken, damit sie nicht daran zerbreche. Es sei nie zu spät für eine Veränderung. Und er sagte, es sei wunderschön, auf der Rowly Ranch zu leben.

Es war ein langes Gespräch, und Anna hätte gern gehört, was seine Mutter antwortete. Nachdem er aufgelegt hatte, setzte er sich wortlos an den Küchentisch und aß abwesend ihre mit Schinken und Käse belegten Pfannkuchen.

»Willst du mir nicht sagen, mit wem du telefoniert hast?« Anna lächelte flach.

»Mit meiner Mutter.«

»Und?«

»Nichts Besonderes.«

»Na gut. Wenn du deinen Mund heute nur zum Essen einsetzen willst, kann ich ja Nachrichten gucken.« Anna stand auf und stellte ihren Teller in die Spüle. »Ich denke, du bist heute mal wieder mit Abwaschen dran«, sagte sie mit fester Stimme und ging ins Wohnzimmer, in dem jetzt das alte Fernsehgerät stand. Sie schaltete CNN ein. Aber sie bemerkte nach einigen Minuten, dass die Neuigkeiten, die der Nachrichtensprecher verkündete, wie Wolken an ihr vorbeizogen. Jeffs Schweigen lag dumpf und schwer auf ihrem Gemüt, und sie dachte an das Gespräch über Weiderechte und Naturschutz.

»Ich bin müde, ich gehe ins Bett«, sagte er, als alles gespült und weggeräumt war. Damit verschwand er nach oben.

Anna war genauso erschöpft, aber zu aufgewühlt zum Schlafen. Sie holte ein Bier aus dem Kühlschrank und setzte sich damit ins Wohnzimmer. Die Disharmonie mit Jeff schmerzte sie, und wieder überfiel sie dieses Gefühl von Einsamkeit. Es war einer der Momente, in denen Jeff sie allein ließ, sie ausgrenzte, sie womöglich sogar als störend empfand. Das traf sie härter als der Hagel in der offenen Prärie.

Sie dachte an den Heimweg aus den Bergen, ohne die Herde. Nur sieben Reiter und sieben Pferde in einer gewaltigen Landschaft. Sie sah die rostroten Felsen, die erhebende Weite des Hochplateaus mit den graugrünen Salbeibüschen und den bunten Tupfern der Bergblumen. Sie versuchte diese Eindrücke lebendig zu halten, trank ihr Bier aus und ging ins Schlafzimmer hinauf. Jeff schlief schon. Sie legte sich leise neben ihn und spürte ein brennendes Verlangen danach, sich an seine Seite zu schmiegen. Ihre Gedanken und Gefühle ließen sie nicht zur Ruhe kommen, und ein schwaches Licht zeichnete sich hinter den Gardinen ab, als sie endlich in den Schlaf fand.

Als sie erwachte, war sie allein. Es war bereits kurz nach acht. Sie sprang aus dem Bett und fand Jeff am Frühstückstisch.

»Warum hast du mich nicht geweckt?«, fragte sie.

»Nach dem Cattle Drive lassen wir's etwas ruhiger angehen«, erwiderte Jeff teilnahmslos.

»Ich habe eigentlich ein volles Programm.«

»Ist doch alles noch gut zu schaffen.«

Anna zuckte die Schultern, setzte sich zu ihm, aß eine Scheibe Brot und trank ihren Kaffee.

Das Radio lief, und wie immer gab es Countrymusic, Nachrichten und Werbung im Wechsel.

Jeff erhob sich wortlos und zog seine Lederweste an. Anna nahm ihre Kappe und ihren Spickzettel, auf dem sie notiert hatte, welche Pferde mit welcher Gesundheitsvorsorge versehen werden sollten. Dann trat sie mit Jeff zusammen auf den Hof hinaus, ging zum Corral, trieb mit Usaami die Pferde zusammen, impfte und verteilte Wurmkuren. Anschließend sattelte sie Luna. Als sie gerade das Rückwärtsrichten übte, kam Robert auf sie zu. »Willst du morgen mit zu Randy kommen?«, fragte er. »Jeff und ich wollen ein paar Worte mit ihm über Patch – ich meine Charly – reden. Ihr könnt euch bei der Gelegenheit seine Round Pen ansehen.«

Bei dem Namen Charly durchfuhr es Anna eiskalt. Sie wollte nichts mehr mit ihm zu tun haben, genauso wenig wie mit John Wister. Die Vorstellung, ihnen dort über den Weg zu laufen, war ihr ein Gräuel.

»Ich denke nicht, Robert, dass ich Charly noch einmal begegnen möchte«, sagte sie.

»Ich glaube, der ist unterwegs. Der will zum Rodeo nach Cheyenne.«

»Zum Rodeo?«

»Nur zugucken.«

Anna nickte. »Und John?«

»Der fängt erst in zwei Wochen bei Randy an.«

»Wenn sie nicht da sind, komme ich mit.«

»Okay. Ich werde das irgendwie rauskriegen und gebe dir Bescheid. Und übrigens ...« Robert zog an seinem Hut. »John hat sein Kaufangebot für Red Wings zurückgenommen.«

»Du scheinst nicht traurig darüber zu sein.«

»Nicht wirklich.«

Anna lächelte, und Robert drehte sich um und ging davon.

Sie ließ Luna noch einige Schrittrunden machen. Die Lenkung funktionierte schon gut. Die Stute war ein ausgesprochen aufmerksames und begabtes Pferd, aber wie die Männer meinten, nicht unbedingt das, was man ein unerschrockenes Quarter-Horse nannte. Sie und Jeff hatten beschlossen, die Stute als Showpferd auszubilden. Da passte es hervorragend, dass Red Wings auf der Ranch blieb.

»Übrigens mein Kompliment an dich, Anna«, sagte Robert, als sie alle drei am nächsten Tag im Auto saßen und in Richtung Lovell zu Randy McClean fuhren, »Luna ist sicher ein gelehriges Pferd, aber dass sie schon so weit ist ...«

»Ich denke, wir beide sind wie geschaffen füreinander. Aber natürlich liegt es auch am Join-up. Partnerschaft ist eben ergiebiger als Unterordnung.«

»Da magst du Recht haben«, sagte Robert nachdenklich. Anna spürte das Zögern in seiner Stimme. Die Anerkennung ihrer Arbeit, die von seinen eigenen Methoden abwich, hatte ihn Überwindung gekostet. Sie wusste das zu schätzen.

Randy, seine Frau Mary und seine Tochter Claire begrüßten sie vor dem weiß gestrichenen Ranchhaus – Robert und Jeff freundschaftlich, Anna reserviert.

»Ist es Ihnen recht, wenn ich mir schon mal die Round Pen ansehe?«, fragte sie, als Randys Frau sie ins Haus führen wollte.

»Komm mit«, sagte Claire und nahm sie am Arm. »Ich zeig sie dir.«

Und während Jeff und Robert mit Randy ins Haus gingen, folgte Anna Claire zu der runden, überdachten Halle. Sie spürte Randys Missfallen daran, aber Claire kümmerte sich nicht darum. Sie war eine selbstbewusste Frau um die dreißig, und sie hatte das scharf geschnittene Gesicht ihres Bruders Charly.

»Ich bin gestern aus Kalifornien zurückgekommen«, erklärte sie. »Ich war mit drei Pferden auf mehreren Turnieren.«

»Was für Prüfungen?«

»Futurity-Pleasure und Reining.«

»Interessant. Wir wollen jetzt auch ein bisschen in die Richtung arbeiten.«

»Hab schon gehört. Und du arbeitest mit dem Join-up?«

Anna nickte. Es hatte sich also bereits herumgesprochen. Die Weite des Landes schien der Verbreitung solcher Neuigkeiten nicht im Wege zu stehen.

»Mein Vater hält das für Schnickschnack, aber ich habe in Kalifornien viel Positives darüber gehört.« Sie lächelte und nickte zum Eingang. »Bruce hat gerade einen Dreijährigen drin. Würdest du mir eine kleine Vorführung geben?«

»Klar. Wenn er wirklich roh ist und kein John Wister schon an ihm herumgepfuscht hat.«

Annas Mund verzog sich leicht nach links.

»Wieso?«, fragte Claire. In ihrer Stimme lag Empörung.

»Wie du wahrscheinlich weißt, hat er für Robert gearbeitet.«

»Ja. Und demnächst fängt er hier an. Er ist einer der besten Trainer in der Gegend.«

»Jeff und ich sind nicht mit ihm klargekommen. Aber wir wollen ohnehin das Training der Pferde selbst übernehmen.

Wir wollen den Bereich weiter ausbauen und langfristig weniger Rinder züchten.«

»Aha.« Claire wurde ernst, und Anna dachte, dass sie vielleicht schon wieder zu viel erzählt hatte. Sie betraten die Halle, und Claire zeigte auf einen kleinen, kräftigen Paint-Horse-Wallach. Er stand mit Trense und Strick über der Nase neben einem hageren jungen Mann, der einen Jutesack in der Hand hielt.

»Vielleicht ist er doch ein bisschen zu heftig für das Experiment«, sagte Claire mit Blick auf das kräftige Pferd, das die Färbung einer deutschen rotbunten Kuh hatte.

»Glaub ich nicht«, erwiderte Anna und trat zu dem Mann, der sie erstaunt ansah und dann mit dem Aussacken fortfuhr. Er legte den Sack vorsichtig auf den Rücken des Pferdes. Es zuckte, versuchte zur Seite auszuweichen, wurde aber von den Stricken daran gehindert und blieb mit steif aufgerichtetem Hals stehen.

»Anna wird uns das Join-up vorführen«, unterbrach ihn Claire, und er hielt inne.

»Was für ‚n Ding?«

»Überlass ihr einfach den Wallach und schau zu.«

Er trat zur Seite, sah Anna noch einmal prüfend an und zog sich mit missbilligender Miene und lässigem Gang zu Claire hinter die Bande zurück.

Anna löste den Strick, nahm eine Longe von der Wand und begann mit denselben Arbeitsschritten, die sie bei Luna angewandt hatte. Es dauerte jedoch länger als bei ihr, bis der Wallach das erste Signal zur Kontaktaufnahme gab. Als er endlich die Lippen leckte und eine leichte Kaubewegung machte, entdeckte Anna Randy, Jeff und Robert hinter der Bande. Etwas entfernt von ihnen stand ein Mann in heller Jeans und Turnschuhen, mit einem jungen Mädchen an seiner Seite. Sie mussten alle so leise hereingekommen sein, dass Anna sie in ihrer Konzentration auf das Pferd gar nicht bemerkt hatte. Sie ließ sich jedoch auch jetzt nicht irritieren und fuhr mit ihrem sanften, aber bestimmten Werben um die Mitarbeit des Pferdes fort. Als es ihr schließlich anstandslos folgte, wohin sie wollte, hakte sie die Longe in sein Halfter und ließ sie fallen. Der Wallach blieb ruhig stehen, und Anna gab dem Ausbilder das Zeichen, dass sie fertig war. Er übernahm das Pferd, ohne sie anzusehen.

»Sollen wir ihn auch gleich satteln?«, fragte sie.

»Nein. Ist okay so«, erwiderte Claire.

Anna blickte zu ihren Zuschauern hinauf. Sie brauchte nicht lange, um zu erkennen, dass Randy nicht begeistert davon war, sie hier mit seinem Pferd zu sehen. Jeff wirkte verschlossen und Robert erstaunt.

Claire kam zu ihr. »Nicht übel«, sagte sie mit einem kurzen, anerkennenden Lächeln und schaute unsicher zu ihrem Vater. Der Mann und das Mädchen gingen zu ihnen und strichen prüfend über Rücken und Beine des Pferdes.

»Und Sie meinen, er ist nicht zu kräftig für meine Tochter«, fragte der Mann.

»Ihre Tochter ist ja in einem Alter, in dem sie noch wächst, und der Wallach wird hier schon merken, wer der Chef ist«, sagte der Ausbilder.

»Überlegen Sie sich's in Ruhe«, warf Claire ein. »Wir bringen ihn jetzt erst mal auf die Weide.«

Sie verließ mit Pferd und Ausbilder die Halle, und der Mann und das Mädchen blieben zurück.

Anna ging zu Robert und Randy, während Jeff den Bau der Round Pen inspizierte.

»Und? Was sagst du, Randy?« Robert legte ihm kurz die Hand auf die Schulter. Er wirkte gespielt heiter. Irgendetwas stimmte nicht.

»Ist ‚n ganz braver Kerl. Der tut keiner Fliege was zuleide.

Das war schon auf der Weide so.«

»Aber so ganz ohne Hilfsmittel. Das ist doch beachtlich.«

»Ist ja nichts Neues. Macht Jack White auch. Aber er hat dabei auch schon mal eine geknallt bekommen. Den Huf auf die Rübe. Nasenbein gebrochen.«

»Das liegt meistens an den falschen Handgriffen«, erwiderte Robert.

Der Mann mit dem Mädchen trat zu Anna. »Mein Name ist Hamilton«, sagte er und reichte ihr die Hand. »Ich bin hier, um ein Pferd für meine Tochter auszusuchen.« Er lächelte zu dem etwa sechzehnjährigen zierlichen Mädchen hinab und wandte sich wieder Anna zu. »Ein guter Charakter ist natürlich das Wichtigste. Und eine gute Schulung soll es auch bekommen. Wir sind übrigens gerade aus New York hierher gezogen.«

Eine Ranchette, schoss es Anna durch den Kopf. Sie sah kurz zu Jeff hinüber, aber der betrachtete die Dachkonstruktion der Halle.

»Da müssen Sie sich an Mr. McClean wenden«, erwiderte Anna.

»Wir haben schon miteinander gesprochen. Der Paint-Wallach gefällt uns gut«, sagte der sportlich wirkende Mann, »aber ich dachte nach dieser beeindruckenden Vorführung ... Sie kennen das Pferd doch sicher am besten.«

»Ich kenne es seit einer halben Stunde«, entgegnete Anna lächelnd.

Randy stand neben Robert. Sein hartes ledernes Gesicht verfinsterte sich. »Kommen Sie mit, Mr Hamilton«, sagte er. »Ich werde Ihnen das Pferd in Ruhe zeigen und Ihnen alles darüber erzählen.« Beide verabschiedeten sich kurz, und Hamilton drehte sich noch einmal zu Anna um. Sie folgte den beiden Männern mit Robert hinaus. Jeff kam, schloss den Wagen auf und setzte sich mit ausdrucksloser Miene ans Steuer.

»Und was hat Randy zu dem Vorfall mit Charly gesagt?«, fragte Anna auf dem Nachhauseweg.

»Randy behauptet, das Pferd sei vor dem Cattle Drive in Ordnung gewesen«, erklärte Robert.

»Macht er uns etwa noch Vorwürfe?«

»Nein. Er sagt, dass es einfach Pech war und dass ein altes Pferd keinen besseren Tod finden kann als den durch eine Kugel unter freiem Himmel. Punkt und Schluss. Für ihn ist die Sache erledigt. Er macht keinem Vorwürfe, weder uns noch Patch. Aber vielleicht nur deshalb, weil er mit dem alten Zossen nicht mehr viel anfangen konnte.«

»Ja, wahrscheinlich. Diese Dinge passieren eben überall«, sagte Anna und blickte aus dem Fenster auf die Teerstraße, die sich wie ein Band durch die Ebene zog. Sie überholten einen riesigen Sattelschlepper, der mächtige Baumstämme geladen hatte.

»Jetzt kriechen diese Baumkiller auch schon über die Nebenstrecken. Frage mich, was er hier zu suchen hat«, knurrte Robert.

»Der kommt aus Montana«, sagte Jeff und warf Anna einen kurzen Blick zu. »Das sind die wirklichen Umweltsünder. Warum regen sich die Leute nicht darüber auf?«

»Die Holzindustrie ist mächtig«, entgegnete Robert, »mächtiger als wir Rancher.«

»Das ist schlimm«, sagte Anna, »aber eins hebt das andere nicht auf. Wir müssen an allen Enden umdenken.«

Eine Weile drang nur das satte Brummen des schweren Motors in Annas Ohr.

»Du hast nicht unterschrieben, Anna, stimmt's?«, sagte Robert plötzlich mit veränderter Stimme.

Sie zuckte zusammen. »Nein«, antwortete sie leise und überlegte. »Vielleicht empfindet ihr das als Verrat. Aber es ist nicht so gemeint. Ich stehe zu den Ranchern. Ich möchte nicht, dass die Rinderherden von hier vertrieben und in Mastställe gepfercht werden. Aber ich möchte mich auch nicht gegen den Schutz der Natur aussprechen. Ich möchte mit euch an Lösungen arbeiten.«

»Wir sind ja dabei. Ich habe sogar Leute vom Forest Service und vom BML eingeladen, sich unsere Versuchsflächen anzusehen. Aber wir brauchen Zeit, Anna. Und die wollen sie uns nicht geben. Deshalb ist dieser Protest richtig.«

Jeff nickte.

»Und Wölfe können wir hier nun wirklich nicht gebrauchen«, fügte Robert hinzu.

Keiner sagte mehr etwas, bis sie die Ranch erreicht hatten.

Am nächsten Tag – Jeff saß schon auf dem Pferd – klingelte das Telefon, und Hamilton war am Apparat.

»Spreche ich mit Mrs Smith?«, fragte er.

»Ich bin zwar nicht Mrs Smith, aber die Partnerin von Jeff Smith«, antwortete sie und dachte, wie umständlich es doch manchmal ist, nicht verheiratet zu sein.

»Wenn Sie die junge Frau sind, die den Paint Wallach bei McCleans auf der Bold Creek Farm anlongiert hat ...«

»Das bin ich«, erwiderte Anna.

»Ich habe das Pferd für meine Tochter gekauft«, sagte Hamilton.

»Das ist sicher eine gute Entscheidung.«

»Ja. Meine Tochter ist ganz selig. Der Grund meines Anrufs ist die Ausbildung des Pferdes. Meine Frau und ich können reiten, aber ein Pferd ausbilden ...« Kurzes Schweigen. »Es gefiel mir, wie Sie mit dem Pferd umgegangen sind. Mr McClean hat mir zwar angeboten, den Wallach in Beritt zu nehmen, aber die Art und Weise, wie die Pferde dort angeritten werden, also ... Ich möchte Sie fragen, ob Sie die Ausbildung auf der Rowly Ranch übernehmen können.«

»Selbstverständlich kann ich das«, antwortete Anna ohne zu zögern. Hamiltons Worte lösten in ihr ein Gefühl der Überlegenheit und Genugtuung aus.

»Wann könnte ich vorbeikommen, um alles Nähere zu besprechen?«

»Kann ich Sie zurückrufen?«

»Natürlich. Ich gebe Ihnen am besten meine Handynummer.«

Anna notierte. »Ich rufe Sie gleich morgen an.«

»Wunderbar.«

Sie verabschiedeten sich, und Anna ließ den Hörer auf die Station sinken. Sie setzte sich und lächelte in sich hinein. Sie war gespannt auf Jeffs Reaktion. Immerhin hatte sie den ersten Kunden für die Ausbildung eines Pferdes geworben, das nicht auf der Ranch gezogen war. Und es bedeutete einen kleinen Sieg ihrer Methode.

In bester Stimmung machte sie sich fertig, um zwei Fohlen zu kastrieren und anschließend drei Pferde zu reiten, unter anderem natürlich Luna. Jeff würde am Nachmittag mit Robert und einem Zimmermann aus Cheyenne über den Bau der überdachten Round Pen sprechen. Sie hoffte, ihn noch vorher mit ihrer Nachricht endlich wieder aus seinem Schneckenhaus hervorlocken zu können.

Als sie das dritte Pferd unter dem Sattel hatte, zogen regenschwere Wolken von Norden herauf. Jeff stieg gerade etwas ermattet von einem störrischen Hengst und machte den Rücken gerade. »Sturer Bock!«, schimpfte er.

»Hamilton hat angerufen«, sagte sie, als Jeff vor ihr stand, den Sattel in der rechten Hand, den Hut in der anderen.

»Hamilton? Der von gestern bei Randy?«

»Ja.«

»Was wollte er denn?«

»Er hat den Paint Wallach gekauft.«

»Deshalb ruft er ja wohl nicht an.«

»Er will ihn hier anreiten und ausbilden lassen.«

Jeff hängte den Sattel über den Zaun, und Anna folgte ihm. Die Nachricht schien ihn eher in Schock als in Freude versetzt zu haben.

»Unser erstes Ausbildungspferd«, sagte Anna, in der Hoffnung, doch noch die erwartete Reaktion zu erhalten.

»Aber Randy hat ihm das Pferd doch sicher angeritten verkaufen wollen«, entgegnete Jeff halb verwundert, halb vorwurfsvoll.

»Na ja, meine Methode hat eben überzeugt.«

Er nickte nachdenklich.

»Freust du dich denn gar nicht über unseren Erfolg?«

»Doch, schon.«

»Aber?«

»Lass uns nachher darüber reden, okay? Ich muss jetzt zu Robert rüber. Der Typ aus Cheyenne kommt um vier, und ich muss noch meinen Plan holen.«

»Okay.« Anna versuchte Jeffs Reaktion als eine vorübergehende Laune abzutun. Sie beendete ihr Reitprogramm im Regen, machte noch einen Kontrollgang zu den Stuten mit Fohlen, ging ins Ranchhaus zurück und war optimistisch, was Jeffs Stimmung betraf. Die Freude über den Erfolg würde die Unstimmigkeit über das Protestschreiben schon aus der Welt schaffen, sagte sie sich.

Sie hängte die gewaschenen Vorhänge auf, machte sauber und fragte sich wieder einmal, warum immer sie diese Arbeiten erledigte. Schließlich hasste sie die Tätigkeiten nicht weniger als Jeff. Er hielt es einfach nicht für nötig. Man würde ihn erst mit einer Staublunge ins Krankenhaus bringen müssen, bevor er einen Lappen anfassen oder Gardinen waschen würde. Dieses Gefühl männlicher Erhabenheit über so banale Arbeiten wurde hier regelrecht kultiviert. Ja, Männer, die weit draußen in der Prärie arbeiteten, mit den Gefahren der Natur kämpften, unbeugsame Broncs einritten und störrische Rinder einfingen, konnten ihren Blick natürlich nicht auf wenige Quadratzentimeter Tuch begrenzen. Mit diesem Resümee weiblichen Nachsehens beendete Anna ihre Arbeit ohne Wut im Bauch.

Jeff kam mit geschäftiger Miene pünktlich zum Essen, seine gezeichneten Pläne unter dem Arm. Die Tür fiel hart hinter ihm ins Schloss. Ein scharfer Wind war heraufgezogen.

»Und?«, fragte Anna. »Was ist bei der Besprechung herausgekommen?«

»Wir werden eine Halle bauen, die alles in den Schatten stellt, was es hier in Wyoming gibt«, antwortete er und setzte sich an den Küchentisch.

»Na super. Dann passt doch alles.« Anna gab ihm einen Kuss. Er erwiderte ihn nicht.

»Weißt du, Anna«, sagte er nach langem Schweigen, als sie sich gegenübersaßen und Anna den Bohneneintopf auffüllte, »es ist wunderbar, wenn die Leute deine Methode annehmen und uns ihre Pferde zur Ausbildung bringen, aber Kunden abwerben, das sollte nicht unser Stil sein.«

Anna erschrak. Dann richtete sie sich auf. »Abwerben? Was ist eigentlich in dich gefahren? Ich habe dem Typen nichts gesagt, als dass er sich wegen der Ausbildung des Pferdes an Randy wenden soll.«

Jeff kaute, schluckte und nahm einen kräftigen Zug Bier. »Du hast ihm deine Methode vorgeführt, in Randys Halle mit seinem Pferd. Ist das etwa keine Werbung?«

Anna erstarrte – entrüstet, gekränkt, missverstanden. »Das Ganze war Claires Idee! Und außerdem ist es eigentlich gar nicht meine Methode, sondern die von ...«

»Ich weiß. Aber *du* hast doch sicher davon angefangen.«

»Na und? Es ging um John und dass er bei uns weg ist. Das

weiß doch sicher jeder hier in der Nachbarschaft. Und Claire hat mich gebeten, ihr das Join-up vorzuführen.«

»Anna, du hättest es einfach nicht tun sollen. Ich hätte auch etwas dagegen, wenn irgendjemand kommt und eines meiner Verkaufspferde longiert. Aber es geht vor allem darum, dass wir uns hier nicht die Kunden und somit die Arbeit streitig machen wollen. Wir arbeiten nebeneinander und nicht gegeneinander. Und wenn du dich nicht an diese Regeln hältst ...«

Er brach ab, legte den Löffel in den halb vollen Teller und schenkte sich den Rest Bier aus der Flasche ein.

Anna standen Tränen in den Augen – ein salziges Gemisch aus Wut und Enttäuschung.

»Sprich dich ruhig aus, Jeff«, brachte sie stockend hervor. »Was ist, wenn ich mich nicht an eure Regeln halte?«

»Nichts, Anna. Vergiss das. Nichts ist, wenn. Aber es kann verdammt schwierig werden ... für uns alle.« Er fuhr sich übers Gesicht, stand auf, nahm seinen Teller, leerte sein Glas und stellte beides in die Spüle.

»Du kannst dein Geschirr selber abwaschen, genauso wie gestern«, sagte sie mit fester Stimme. Der Wind drückte gegen die Fensterscheibe.

»Tut mir Leid. Hab‘s einfach vergessen«, erwiderte Jeff und folgte ihrer Anweisung.

»Und ich möchte auch nicht einfach wieder so stehen gelassen werden wie ein lebloser Holzklotz. Ich zerbreche mir nach jeder Auseinandersetzung den Kopf, und du gehst einfach ins Bett und schläfst.«

»Ins Bett ja, aber schlafen ... von wegen! Wenn du meinst, diese Dinge ziehen an mir vorbei wie Schlechtwetterwolken, dann täuschst du dich.«

»Warum sprechen wir dann nicht darüber?«

»Dieses Ausdiskutieren liegt mir nicht.«

»Und wie soll es dann weitergehen?«

Er zuckte die Schultern. »Ich werde darüber nachdenken.«

»Aha.« Anna stand auf, ließ ihren Teller stehen und nahm ihr Glas. Sie ging ins Wohnzimmer und setzte sich auf die Couch. Sie hoffte, Jeff würde vielleicht doch noch kommen, bereit zu einem Gespräch. Aber er kam nicht. Er hatte sich ins Schlafzimmer zurückgezogen.

21

Er lag noch lange wach. Er dachte an Anna und an die morgige Arbeit. Der Plan für den Bau der Round Pen musste nach den Verbesserungsvorschlägen des Zimmermanns verändert, Material eingekauft und die Nennung der Pferde für die Turniere fertig gemacht werden. Wie konnte er das alles mit einem Rückzug in seine Berghütte vereinbaren? Er würde Robert um eine Vertretung bitten müssen. Aber vorher ... Er brach ab, erwog eine andere Möglichkeit. Kaum etwas ist so dringend, dass es nicht aufschiebbar wäre, sagte er sich und beschloss, den Beginn des Baus um eine Woche zu verschieben. Er würde gleich übermorgen in die Berge reiten, dort zwei oder drei Tage bleiben und dann, hoffentlich mit einem klaren Kopf zurückkehren. Nur ein Abstand konnte seiner Meinung nach die Beziehung wieder ins Lot bringen.

Er versuchte sich die zärtlichen Stunden mit Anna vorzustellen, aber die Bilder und Worte von ihrem Streit schoben sich mit penetranter Unbeirrbarkeit davor. Er zählte seine Atemzüge, immer bis zehn und dann wieder von vorne. Schließlich schlief er ein.

Um zwei Uhr morgens wurde er wach und war allein. Annas Decke lag unberührt auf dem Bett, ihr Kissen war glatt und aufgeschüttelt. Sie hatte nicht neben ihm gelegen.

Jeff sah sie bereits durch die Nacht irren, in Toms Armen oder bei Robert Trost suchen. Er eilte die Treppe hinunter, in der Hoffnung, sie vielleicht einfach nur auf der Couch zu finden. Aber sie war nicht da. Er rief nach ihr, obwohl er längst jeden Winkel des Hauses abgesucht hatte. Ihm wurde heiß und kalt, und er beschloss, draußen nach ihr zu suchen. Vielleicht machte sie einen kleinen Spaziergang, um zur Ruhe zu kommen.

Er zog sich an, trat in die Nacht hinaus, schnitt mit dem Lichtkegel der Taschenlampe ein helles Loch in die Finsternis und erwartete jeden Augenblick einen kleinen Ausschnitt von Annas schlankem Körper darin zu sehen. Vergeblich. Die Nacht war still und ohne Hinweis.

Er überlegte, ob er Robert wecken sollte, verwarf den Gedanken jedoch schnell wieder. Anna war bei aller Spontaneität ein vernünftiger Mensch. Sie würde nichts Unüberlegtes, Leichtsinniges tun. Er dachte an Umkehren, ging dann aber doch weiter. Und plötzlich sah er im Stall das Aufblitzen eines kleinen Lichtes. Er blickte durch eines der Fenster, konnte jedoch nichts erkennen. Die Hunde bellten im Zwinger. In Bills Zimmer über dem Stutenstall ging das Licht an, und er zuckte zusammen. Wie ein Einbrecher schlich er um den Stall herum, sah die Umrisse von Bills Gesicht am Fenster und rief die Hunde zur Ruhe. Es war wieder still, und das Licht in Bills Zimmer erlosch. Dann öffnete sich die Stalltür. Der Strahl einer Taschenlampe blendete ihn, fiel dann auf seine Füße, und er erkannte Anna.

»Gott sei Dank, du bist es«, sagte sie erleichtert. Ihr Gesicht war blass, ihre Augen glasig.

»Was machst du denn um diese Zeit im Stall?«

»Das frage ich dich auch.«

»Ich habe dich gesucht.«

»Du weißt auch nicht, was du willst. Erst flüchtest du vor mir, und dann suchst du mich.«

»Du hast mir ganz schön Angst eingejagt.«

»Ach!«

»Komm, lass uns ins Haus gehen.«

»Ich habe mir die Pritsche aufgebaut und wollte eigentlich vor Lunas Box schlafen. Ich ...«

»Komm, Anna. Wir werden doch noch zusammen unter einem Dach schlafen können.«

»Ich laufe niemandem hinterher. Ich kann jederzeit zurückfliegen. Hier habe ich ja leider keine eigene Wohnung.«

»Die brauchst du auch nicht«, erwiderte Jeff, bemüht um Sanftheit in seiner Stimme. Er ergriff ihre Hand, zog sie behutsam zu sich und nahm sie in den Arm. Aber es lag eine Reserviertheit darin, die ihm selbst im Weg stand, unverrückbar wie eine Mauer, über die er hinweggucken, aber die er nicht einreißen konnte.

Anna wehrte sich nicht. Sie kam mit ins Haus und legte sich zu ihm ins Bett. Ihr Schweigen war beklemmend. Sie hatte das Blatt umgedreht und ließ ihn dieses Mal im luftleeren Raum hängen. Die Spannung blieb so lange, bis er in den Schlaf gezogen wurde.

Als er am nächsten Morgen vor dem Wecker aufwachte und auf Anna hinabsah, empfand er immer noch diese merkwürdige Fremdheit ihr gegenüber. Er wagte nicht, sie zu wecken, denn er wusste nicht, wie er sich verhalten sollte. Vorsichtig rollte er sich aus dem Bett, suchte seine verstreute Kleidung zusammen und schlich die Treppe hinunter. Als er die Badezimmertür öffnete, hörte er Annas Schritte im Schlafzimmer. Sie ging ins Bad, als er Frühstück machte.

»Ich werde für zwei bis drei Tage in die Berghütte gehen«, sagte er, als sie eine halbe Stunde später am Küchentisch saßen. »Ich werde hinaufreiten.«

Anna schaute von ihrem Teller auf und sah ihn lange an, ohne etwas zu erwidern. Es war ein zermürbend stummer Blick, und Jeff wünschte sich bereits in der Hütte.

»Ich werde Robert fragen, ob er mich vertritt«, brachte er schließlich hervor. »Mit der Halle fangen wir eine Woche später an. Ich habe das genau überlegt. Es geht nicht anders. Mit einem Abstand zu den Dingen wird sich alles wieder einrenken.«

Anna zuckte die Schultern. »Dass Reden so schwer sein kann«, sagte sie und seufzte. »Das fällt Männern im Allgemeinen schwer, wenn es unangenehm werden könnte.

Aber du scheinst ein besonders schwieriger Fall zu sein.«

»Mag sein. Es gibt jedoch auch Dinge, die nicht in Worte zu fassen sind, die tiefer liegen und die man vielleicht mit anderen Mitteln aufbrechen kann.«

»Na gut, wenn du meinst. Aber strapaziere meine Nerven nicht über. Irgendwann hält man ein Leben in der Schwebe nicht mehr aus, und dann bringt man auch die größte Liebe zum Absturz. Selbstschutz nennt man das, Jeff.«

Er stand auf, trat neben sie und legte kurz seine Hand auf ihre Schulter. Dann nahm er seine Jacke und seinen Hut und ging hinaus.

Robert war nicht begeistert von seinen Plänen, aber er hielt ihn nicht auf. Er erklärte sich trotz seiner Bedenken bereit, während seiner Abwesenheit die Pferde zu reiten und Anna auch sonst unterstützend zur Seite zu stehen.

Am nächsten Morgen packte Jeff seine Sachen und brach auf. Es war ein windstiller, freundlicher Frühlingstag, und der Aufstieg in die Berge wurde zu einem langsamen Auftauchen aus einer tiefen Umnebelung. Je höher er kam, desto klarer wurde sein Kopf. Immer wieder blickte er zurück über das Tal mit seiner Ranch am Rowly Creek. Seine Ranch, die er nun mit einer Frau teilte, von der er noch so wenig wusste. Früher hatte er diese Nähe abgelehnt, und dann – noch nicht einmal ein halbes Jahr war verstrichen, seit sie sich kannten – hatte er diesen Schritt getan und teilte nun Nacht für Nacht mit ihr das Kopfkissen. War es das, was Paul als Gehirnwäsche bezeichnet hatte? Oder war es der Hassayampa oder einfach nur Anna? Er würde das wohl nie ergründen können.

Er ritt durch die Schlucht, in der ihn vor Jahren beinahe ein herabfallender Stein erschlagen hatte. Der etwa kopfgroße Felsbrocken streifte seinen Arm und schlug unmittelbar neben den Hufen seines Pferdes auf. Es sprang zur Seite und stemmte die Vorderbeine an den Rand des Abgrunds.

Die Schlucht öffnete sich zu einer Wiese, auf der Besenginster und Glockenblumen blühten. Der Schnee auf den Bergen war geschmolzen, und die Sonne warf ihre frühlingshafte Wärme auf ihn herab. Er wünschte sich so fühlen zu können, wie die Fichten und Espen, wie die Rehe, wie die Bären und wie die Wolken, die über ihn hinwegzogen. Er wünschte sich ein kindliches Denken, das nur seinen Sinneseindrücken folgte, das nicht bewertete und nicht unterschied.

Er hielt Twister an, hängte das rechte Bein nach links um das Sattelhorn und ließ ihn grasen. Er beobachtete einen Steinadler, der über den Fichten kreiste, und meinte für einige Sekunden die Schnauze eines Bären am Rande der Lichtung gesehen zu haben, war sich aber nicht sicher. Wenig später tauchten einige Wapitikühe mit ihrem Nachwuchs auf und schließlich auch ein Hirsch. Ein stattliches Tier mit einem ausladenden Geweih. Jeff dachte an die Jäger, die sich am Ende des Sommers wieder in der Bear Lodge einquartieren würden, um im Morgengrauen oder in der Dämmerung mit ihren Fourwheelern durch die Wälder zu ihren Jagdrevieren zu knattern. Sie kannten die Plätze der Wapitis, der Schwarzbären und der Berglöwen. Es sprach sich herum. Sie würden abends mit ihrer Beute prahlen, ihre Geschichten aus der Wildnis zum Besten geben und in ihren Armeeklamotten im Bear Lodge-Restaurant riesige blutige Rindersteaks verdrücken. Und sie würden nach einigen Flaschen Coors oder Budweiser in ihren verrauchten Waldhütten verschwinden.

Jeff fragte sich abermals, ob der männliche Spaß am Erlegen von Tieren ein Zeichen ihrer natürlichen Anlage war oder ob dieses Bedürfnis durch das großzügige Waffengesetz und die ausgedehnte Wildnis in diesem Land geschaffen wurde. Sind wir dem Tier ähnlicher, als wir denken, oder sind es Umwelt und Gesellschaft, die uns Männer zu Jägern machen? Alle Raubtiere waren für die Jagd ausgestattet, aber wir Menschen? Ohne Waffen würden wir noch nicht einmal einen Präriehund erwischen. Wir sind weder schnell genug, noch haben wir große Pranken mit scharfen Krallen, und unserem Gebiss fehlen die Reißzähne. Es ist winzig im Vergleich zu unserem Körper und anfällig für Karies und Parodontose. Sind wir nicht eher für den Verzehr von Nüssen, Früchten und Gemüse ausgerüstet?

Jeff trieb sein Pferd an und führte es über einen schmalen Pfad den Berg hinauf. Er fragte sich, warum ihm selbst das Bedürfnis zu töten fehlte. Er hatte es stets abgelehnt, schießen zu lernen. Erst bei Linda und Ron in der Hassayampa-Wildnis ließ er sich dazu überreden. War ihm dieses Bedürfnis mit wachsendem Bewusstsein abhanden gekommen, oder hatte es nie wirklich in ihm gesteckt?

Er erinnerte sich an seine Kindheit, dachte an den Tag in den Wäldern der Bighorns. Robert hatte damals den Wapitihirsch geschossen, dessen Kopf nun sorgsam präpariert im Ranchhaus hing. Er hatte die Stunden im Wald genossen, hatte sich wie ein Tier gefühlt, frei und bloß, bedroht und bedrohend, verletzlich und verletzend. Die Suche, das Heranpirschen, das Beobachten und schließlich der große Moment, der sein Herz für Sekunden zum Stillstand brachte. Er stand dicht neben Robert, spürte dessen Anspannung. Dann das Laden des Gewehrs, das Anlegen und Zielen. Er sah es so deutlich vor sich, als wäre es gestern gewesen. Der Augenblick hatte etwas so Elementares, Pures, dass ihm alle anderen Arbeiten wie ein Spiel vorkamen. Der Schuss war wie das Erkennen der Wahrheit. So und nicht anders war der Tod. Das Tier lag flach hingestreckt auf einem Teppich aus Nadeln und Tannen. Er hatte beruhigt festgestellt, dass es weich gefallen war. Die Kugel saß direkt im Herzen. Die Brust war rot vom Blut.

Robert hatte darauf geachtet, dass alles von dem erlegten Tier verwertet wurde, so wie es die Indianer mit den Bisons getan hatten. Das Fell war zu Handschuhen und Kappen verarbeitet worden, das Fleisch war gegessen, die Reste eingefroren worden, die Hufe, Ohren und Innereien hatten die Hunde bekommen. Der Tod hatte seinen Sinn erhalten.

Jeff trieb Twister zum weiteren Aufstieg an. Noch etwa acht Meilen lagen vor ihm, davon die Hälfte durch dichten Wald. Er atmete den Geruch von Kiefernzapfen und -nadeln, von frisch geschlagenem Holz und von Erde ein, und er richtete seine Gedanken auf Anna. Mit jedem Schritt seines Pferdes, mit jedem wunderbaren Ausblick über Schluchten, Lichtungen und klare Bergbäche lösten sich seine Zweifel mehr und mehr auf. Er spürte so etwas wie eine Liebe zu allen Dingen, die ihn umgaben. Er fühlte sich dem Leben verbunden, stark genug, alle Hürden zu nehmen, ruhig genug, um den Gleichmut und die Zuversicht wiederzugewinnen, die ihn hierher gebracht hatten. Und er sehnte Anna herbei. Sie war die erste Frau, die das alles verstand, die mit ihm fühlen und schweigen konnte.

22

Anna ging zum Corral, auf dem die dreijährigen Stuten und Wallache standen. Und obwohl der Himmel die Transparenz einer zartblauen Folie besaß, hinter der eine Tausend-Watt-Birne aufblitzte, war es in ihrem Innern trüb. Sie fühlte sich betäubt, von Gewichten zu Boden gehalten. Jeder Schritt war wie das Kämpfen gegen scharfen Wind.

»Hi, Anna!«, rief ihr Tom entgegen. Er kam mit dem Futterwagen von der Jährlingskoppel und hob die Hand.

Sie erwiderte seinen Gruß und entdeckte dann Robert und Usaami. Sie kamen den Weg von Roberts Haus herauf und grüßten ebenfalls.

»Ich werde die beiden Hengste reiten, und Usaami bewegt Blue Diamond ein bisschen im Schritt«, sagte er, als sie sich gegenüberstanden.

»Okay, danke.« Anna presste ein Lächeln hervor. Alle waren ein bisschen verlegen, und Robert verlor kein Wort über Jeffs Abwesenheit. Sie lag nur wie ein Schatten über ihnen. Usaami wirkte unberührt wie immer, vielleicht noch verschlossener als sonst. Sie gingen schweigend zum Corral.

Als Anna auf dem Rücken ihres Pferdes saß, fielen die Sorgen für eine Weile von ihr ab. Das Training wurde von einem gewaltigen Fortschritt gekrönt. Es war Lunas erster Galopp unter dem Sattel, den sie ohne einen Buckler, in aller Ruhe absolvierte. Ein Kontrollritt zu den Kühen mit Kälbern, die bald auf die Versuchsflächen getrieben würden, stand an, und Anna beschloss, ihn mit Luna zu machen. Es war eine gute Entscheidung.

Als sie abends das Ranchhaus betrat, erfasste sie wieder ein Gefühl dumpfer Einsamkeit. Sie dachte daran, ihre Mutter anzurufen, aber sie brachte es nicht fertig, sie aus dem Schlaf zu reißen. Sie probierte es bei einer Freundin, doch sie nahm nicht ab. Die Zeitverschiebung gab der Trennung von den vertrauten Menschen eine Absolutheit, die sie zu erdrücken drohte. Sie versuchte sich Jeff in der Hütte vorzustellen, und sie dachte daran, wie sie sich dort geliebt hatten. Es zerriss ihr fast das Herz.

Anna setzte sich in den Sessel und ließ alles an sich vorüberziehen, was zu der Unstimmigkeit geführt hatte. Dann ging sie durch die Räume, die Jeff mit seiner Persönlichkeit zum Leben erweckt hatte. Sie waren still und leer, wirkten größer als zuvor. Sie betrachtete sein Foto und legte es nach unten gewandt auf den Tisch. Sie versuchte sich Lunas Bild vor die Augen zu schieben, aber ihre Gedanken und Gefühle überlisteten sie. Sie waren stärker als sie selbst, spülten gnadenlos alle Bilder hinweg, die nicht mit Jeff zu tun hatten. Und als sie gerade beschlossen hatte, sich nicht gegen ihre Appetitlosigkeit zu wehren und lediglich ein Bier aus dem Kühlschrank zu holen, klopfte es an der Tür.

Sie öffnete, und Robert stand im Eingang.

»Ich hätte auch anrufen können«, entschuldigte er sich, »aber ich dachte ...«

»Komm rein. Ich freue mich doch ...«

Er schloss die Tür und folgte ihr ins Wohnzimmer.

»Ich habe Jeff nicht gerne weggelassen, Anna«, sagte er und setzte sich ihr gegenüber auf die Couch, »aber ich weiß, dass es falsch ist, ihn aufzuhalten.«

Anna spürte den Druck der aufsteigenden Tränen in ihren Augen. Sie nickte.

»Aber eigentlich hätte er eine Tracht Prügel dafür verdient, dich hier allein zu lassen.«

Mit Roberts tröstenden Worten waren die Tränen nicht mehr zu stoppen, und er stand auf, setzte sich zu ihr und nahm sie in den Arm.

»Wein dich ruhig aus. Man soll nichts unterdrücken«, sagte er, und sie ließ ihrem Kummer freien Lauf.

»Ich bin zu unbequem für ihn«, brachte sie stockend hervor.

»Du machst es uns allen manchmal nicht leicht.« Robert lächelte bedauernd.

Anna nickte und schluchzte. Er zog ein sorgsam gefaltetes Taschentuch aus der Jeans und reichte es ihr. Sie nahm es dankend und trocknete sich die Augen.

»Jeff hat oft sehr junge Freundinnen gehabt. Natürlich war das einfacher«, sagte er, »aber er wird schon lernen, mit einer erwachsenen Frau umzugehen.«

Anna spürte die Unsicherheit in seiner Stimme, doch sie versuchte an seine Worte zu glauben.

»Magst du ein Bier?«

»Ich wollte dich fragen, ob du nicht rüberkommen möchtest. Rosy hat einen Rinderbraten in den Ofen geschoben und grüne Bohnen gekocht.«

Anna überlegte. Ihre verletzten Gefühle wühlten in ihrem sensiblen Magen. »Das ist lieb, Robert, aber ich kriege keinen Bissen hinunter.«

»Wenn du meinst.« Er legte seine warme Hand auf ihre Schulter und erhob sich. »Aber morgen kommst du zum Essen! Das musst du mir versprechen. Sonst fällst du noch vom Fleisch.«

»Versprochen.« Anna lächelte schwach.

Als Robert aus der Tür war, ging sie zum Kühlschrank, kippte einen Whiskey und schwor sich, mit jeder Situation, die sich ergeben würde, fertig zu werden.

Ihr Optimismus und ihr Selbstvertrauen halfen ihr, den folgenden Tag leichter zu überstehen, als erwartet. Die Arbeit war die beste Arznei. Den Abend verbrachte sie vor dem Fernseher mit Kevin Kostners *Der mit dem Wolf* tanzt. Das Einschlafen jedoch gelang ihr nicht. Immer wieder verlor sie den Kampf gegen die quälenden Gedanken an Jeff, an die eigenen und an seine Worte über falsch und richtig. Verzweifelt griff sie zur Tablette, und irgendwann nach Mitternacht fiel sie in einen künstlichen Schlaf mit unruhigen Träumen.

Um sieben Uhr des folgenden Tages wurde sie von Usaamis aufgeregter Stimme und ihrem Klopfen an der Tür aus dem Schlaf gerissen. Ihr war sofort klar, dass etwas passiert war. In Sekunden war sie aus dem Bett und an der Tür.

»Luna! Sie steht so merkwürdig im Corral!«, rief Usaami.

»Bin sofort da!« Anna streifte ihr Nachthemd über den Kopf, schlüpfte in eine Jeans, die vor der Waschmaschine lag, und in ein Sweatshirt von Jeff, das an der Garderobe hing.

Sie zog die Stiefel über die bloßen Füße und raste aus der Tür. Usaami war schon wieder auf dem Weg zu den Pferden. Anna holte sie schnell ein, und wenig später standen sie nebeneinander vor dem Corral.

Anna starrte auf ihr Pferd. Sie wollte nicht glauben, was sie sah. Luna stand am Rande des Zauns, zitternd, die Vorderbeine vorgestreckt, die Hinterbeine weit unter den Rumpf geschoben. Sägebockstellung, durchfuhr es sie. Ein sicheres Zeichen für Hufrehe. Nein, dachte sie, nein. Es darf nicht sein. Warum ausgerechnet Luna.

Sie sprang über den Zaun, lief zu ihrem Pferd, befühlte die Fesselköpfe und die Hufe, spürte die starke Pulsation unter ihren Händen. »Hol Robert«, rief sie. Panik lag in ihrer Stimme.

Usaami lief zu dem gegenüberliegenden Corral, in dem Robert einen Dreijährigen ritt.

»Ich brauche Bute«, sagte Anna, als Robert wenige Minuten später neben ihr stand. »Ist im Kühlschrank, im Stutenstall.« Sie holte Luft. »Und mehrere leere Einwegspritzen, die dicke Kanüle mit dem Schlauch und Desinfektionsspray.«

»Verdammt!«, rief Robert, »das sieht nach Rehe aus.«

Anna nickte.

Robert lief in den Stall hinüber, Anna zum Wasserhahn. Sie drehte den Schlauch ab, wickelte ihn zusammen und lief damit zum Corral zurück. Sie versuchte ruhig zu bleiben, aber diesmal überwältigte sie eine nicht bezwingbare Angst vor dem Versagen. Ihr Hände zitterten das erste Mal bei der Behandlung eines kranken Pferdes, und sie hatte alle Mühe, den Schlauch am Wasserhahn festzubekommen. Schließlich leitete sie ihn durch den Zaun in den Corral und zog ihn zu Luna. Die anderen Pferde stoben zur Seite. Luna rührte sich nicht. Sie hatte das Hauptgewicht ihres Körpers auf die Hinterhufe verlagert. Sie schwitzte, und aus ihren Augen sprachen Schmerz und Furcht.

Robert kam mit Spritzen, Flaschen und Eimer zurück. Er verscheuchte die anderen Pferde, die sich neugierig näherten.

»Könntest du die Spritze aufziehen, Robert?«, fragte sie mit flatternder Stimme, »meine Hände ...«

»Klar. Wie viel?«

»Eineinhalb Gramm.« Sie hielt den Wasserstrahl auf Lunas Vorderhufe und überlegte. »Gib ihr zwei Gramm«, korrigierte sie sich.

»Wenn du meinst.« Robert zog die Spritze auf, und Anna blickte auf ihre Hände und atmete tief durch. »Ich glaube, es wird gehen«, sagte sie, nahm ihm die Spritze ab und injizierte Luna das schmerz- und entzündungshemmende Mittel. Sie legte noch einmal die Hände auf die Hufe und spürte die Hitze darin.

»Sollen wir sie zur Ader lassen?«

»Ich glaube ja. Es sieht ziemlich schlimm aus.«

»Die Hufvorderwand ist ein bisschen gewölbt«, sagte Robert mit fester Stimme.

»Ja. Vielleicht sollten wir die geschwollene Hufléderhaut auffräsen, damit die Entzündung rauskommt. Wie gut ist Baxter?«

»Gut. Ich rufe ihn an.« Robert zog sein Handy aus der Tasche und bat ihn, alles stehen und liegen zu lassen und auf dem schnellsten Weg herüberzukommen. Dann legte er seine Hand auf Lunas Hals und sprach ihr beruhigend zu, während Anna die Kanüle mit dem Schlauch vorbereitete. Ihre Hände waren jetzt ruhiger. Sie nahm die Kanüle zwischen die Finger und führte sie in Lunas Hals. Die Stute zuckte zusammen, der Schlauch spannte sich und färbte sich dunkelrot. Im Eimer sammelte sich das Blut.

Anna dachte daran, dass Jeff jetzt vielleicht friedlich auf seinem Kissen oder einem Stein saß und meditierte, und das kam ihr verdammt überflüssig vor. Sie zog die Kanüle aus Lunas Hals, nahm ihr mit einer Spritze Blut ab, zog die Nadel heraus und gab Robert die Blutprobe. »Fürs Labor.«

Er nickte und steckte das Röhrchen in die Tasche seiner Lederweste.

»Wie konnte das nur passieren?«, sagte er leise und schüttelte immer wieder den Kopf. »Wir passen so genau mit den Futtermengen auf.«

»Keine Ahnung.« Anna fragte sich, warum das ausgerechnet während Jeffs Abwesenheit geschehen war. Sie vernahm Schritte und drehte sich um.

»Verdammt. Die hat‘s ganz schön erwischt!« Bill trat neben sie und blickte auf Lunas weit vorgestellte, leicht gewölbte Hufe. »So was haben wir hier noch nie gehabt, solange ich hier arbeite.«

Anna zuckte die Schultern. »Zu viel Eiweiß, Fruktan oder verdorbenes Futter oder ... eine Vergiftung.«

»Wir haben hier keine Pflanzen, die Hufrehe verursachen können«, erklärte Robert.

»Keine falsche Akazie?«

»Nein.«

»Ich werde eine Stromlitze spannen, damit sie Ruhe vor

den anderen Pferden hat«, warf Bill ein.

»Ja, das ist gut. Und hilf mir bitte, die Eisen runterzunehmen.« Anna hielt wieder den Wasserschlauch auf Lunas Hufe. »Hoffentlich kommt Baxter gleich.«

»Rehebeschlag?«

»Auch. Erst mal auffräsen.«

Bill nickte. »Soll ich Snow Dance und Choppy reiten?«

»Ja, bitte«, erwiderte Robert und ging zum Schuppen.

»Wir kriegen sie schon durch«, sagte Bill und drehte sich um. »Ich hole die Zange.«

Anna nickte. Aber sie wusste, dass eine völlige Genesung in diesem Stadium eher unwahrscheinlich war.

Bill kam mit der Zange zurück und Robert mit einer Rolle Stromlitze. »Ich denke, ich sollte Jeff holen«, sagte Robert.

Anna sah zu Robert auf. Sie schüttelte den Kopf. »Ich möchte nicht, dass er geholt wird.«

»Aber er wird hier gebraucht, Anna.«

Sie zögerte, überlegte, ob sie Jeff jetzt wirklich brauchte oder ob sie ihn nur gern an ihrer Seite hätte. Eben noch hatte sie seinen Rückzug verdammt, aber jetzt, da Robert im Begriff war, ihn zu holen, fürchtete sie, seine vielleicht aufkeimende Sehnsucht zu ersticken. »Ich glaube, wir sollten ihn in Ruhe lassen«, sagte sie und blickte in Lunas trübe Augen.

»Ich werde das tun, was ich für richtig halte. Jeff ist mein Sohn, und ich nehme das auf meine Kappe.«

Anna horchte auf. »Wenn du ihm erklärst, dass nicht ich es bin, die ihn holen wollte.«

»Ich werde es ihm sagen.«

Als sie Luna von ihren Eisen befreit hatten, kam Baxter. Robert half Bill beim Aufbau der provisorischen Einzäunung und fuhr dann los, um Jeff zu holen.

23

Jeff hockte am Rande des Hochplateaus vor seinem kleinen Blockhaus. Er trug seine schwarze Budohose, die er in Japan gekauft hatte. Er trug sie hier das erste Mal, und es fühlte sich gut an.

Er hielt seinen Kaffeebecher in der Hand und blickte entspannt und zufrieden auf das lichtdurchflutete sattgrüne Tal hinab. Die Vögel zwitscherten ihre Frühlingsgefühle in den Himmel, zwei Wapitis ließen sich von ihm nicht beim Deckakt stören, und er fragte sich, warum er eigentlich allein hier oben saß, während Anna auf der Ranch grübelte. Alles schien so klar und einfach.

Er hatte bereits vor dem Frühstück meditiert, einige Energie- und Dehnübungen gemacht und auf eine Rasur und die Berührung mit kaltem Wasser verzichtet. Er fühlte sich bar aller Zwänge, im Einklang mit sich selbst und der Natur. Und mit diesem Gefühl brachen die Beklemmungen auf. Die Scheuklappen fielen von ihm ab, und er vermochte seinen eigenen kleinen Blickwinkel zu verlassen. Es war, als würde er Anna neu entdecken, sie so sehen, wie sie wirklich war. Es war wie das Aufplatzen eines Knotens, und er begann zu verstehen, was in ihr vorging, nicht nur mit dem Kopf, sondern auch mit dem Herzen. Der Ärger über ihren konsequenten Einsatz für das, was eigentlich auch seiner Überzeugung entsprach, wich der Achtung dafür, und er versuchte die Heftigkeit und Vehemenz darin mit ihrem Temperament zu entschuldigen. Die Ruhe hier draußen würde sie mit der Zeit besonnener machen, und ihr Verständnis für die Menschen hier würde allmählich wachsen.

Nach einem Tag der Sammlung war ihm schnell klar geworden, wohin er gehörte, und alle Zwietracht in ihm löste sich auf. Ein unbändiges Verlangen, Anna in die Arme zu schließen, erfasste ihn, und es zog ihn zurück auf die Ranch.

Er stand auf, um seine Sachen zu packen, und als er im Begriff war, das Haus zu betreten, vernahm er das dumpfe Motorengeräusch von Roberts Achtzylinder-Pick-up. Es dröhnte in die Stille – hart, fordernd und störend.

Er starrte auf den Wagen, der wie ein Eindringling auf ihn zuholperte. Er fühlte sich bedrängt, seiner Freiheit beraubt und um eine Entscheidung gebracht, die allein seinem Herzen entsprungen war. Er sah Robert hinter dem Steuer, blickte voller Beklommenheit auf den Pferdeanhänger. Und er fand, dass es ehrlicher gewesen wäre, wenn Anna sich selbst auf den Weg gemacht hätte, um ihn zu holen. Warum ließen sie ihn nicht einfach in Ruhe. Warum zerstörten sie alles, was sich so wunderbar in seinem Innern zurechtgerückt hatte? Er klopfte sich den Sand von der Hose, ging zur Tür und blieb dort stehen. Am liebsten hätte er sich verkrochen, den Aufbruch wieder verschoben, aber als Robert den Motor abstellte und ausstieg, erkannte er, dass etwas passiert war. Er blickte in sein finsteres Gesicht, und der sanfte Fluss in seinem Innern kam jäh zum Stillstand.

»Luna hat Hufrehe«, sagte Robert.

Jeff fuhr zusammen.

»Es war meine Entscheidung, dich zu holen.«

Jeff starrte reglos auf Robert. Er war unfähig, irgendetwas zu erwidern.

»Pack deine Sachen, Jeff, und hol das Pferd!«

Jeff nickte. Die Stille war stiller als sonst, und er ging zum Haus, warf ein paar Sachen in seine Tasche und stellte sie vor die Tür. »Ich wollte gerade aufbrechen«, sagte er, während er das Haus abschloss.

Robert reagierte nicht. Er stieg ins Auto und wendete, während Jeff Twister aus dem kleinen Corral unterhalb des Hauses holte. In weniger als fünfzehn Minuten war das Pferd im Hänger, und er stieg zu Robert in den Wagen.

»Wie konnte das passieren?«, fragte er, als sie in rasantem Tempo über den steinigen Weg zum Highway hinunterholperten. Er hoffte inständig, dass alles nicht so schlimm war, wie es sich anhörte.

»Keine Ahnung«, sagte Robert, »aber es sieht nicht gut aus. Du weißt ja, Hufrehe ...«

Jeff schluckte, drehte das Band an seinem Handgelenk.

»Und Anna?«, fragte er vorsichtig.

»Es geht ihr ziemlich schlecht, wie du dir vielleicht denken kannst. Übrigens auch schon, bevor das passiert ist.« In Roberts Blick lag väterlicher Vorwurf, und Jeff spürte eine Mischung aus Hitze und Kälte durch seinen Körper jagen. Er hatte das Gefühl, die Erde unter ihm würde beben, und jegliche Zentrierung in seinem Innern löste sich auf.

»Verdammt, Jeff! Du hast endlich eine Frau gefunden, die zu dir passt. Verdirb es dir nicht mit ihr.« Robert warf ihm einen scharfen Blick zu. »Oder bekommst du schon wieder eine deiner Panikattacken?«

»Nein.«

»Dann verhalte dich wie ein Mann und nicht wie ein neurotischer Herumstreuner.«

Jeff horchte auf. Ärger regte sich in ihm, und er sah zu Robert hinüber. »Wenn ich tatsächlich dein Sohn bin, dann war mein Zustandekommen auch kein Heldenstreich.«

Robert sagte nichts mehr, und sein Schweigen lag wie ein Block Eis zwischen ihnen. Er schien hart getroffen.

»Tut mir Leid«, sagte Jeff und starrte aus dem Fenster. Das kahle Weideland sauste an ihm vorbei wie ein zu schnell gespulter Film.

Sie erreichten das Basin. Ein Truck donnerte an ihnen vorbei. Dann drang nur das Brummen des Motors in Jeffs Ohr. Er dachte an Anna und Luna.

»Ich werde übrigens in drei Wochen nach Denver fliegen,

einen Test machen lassen und mich anschließend mit deiner Mutter treffen«, sagte Robert plötzlich in das angespannte Schweigen hinein. Seine Stimme war sanfter.

Jeff nickte stumm.

Wieder herrschte eine Weile Schweigen.

»Ist Luna ... ich meine, sind es beide Hufe?«, fragte Jeff, ohne auf Roberts Worte einzugehen.

»Beide Vorderhufe.«

»Wie weit ist es fortgeschritten?«

»Sie wird es überleben, aber ob Anna sie jemals wieder wird reiten können?«

»Wer hat sie gefüttert?«

»Usaami, wie immer.«

»War Luna auf der Weide?«

»Ja, Jeff. Aber die sind in Ordnung. Und dass sie eher zu mager

als zu fett sind, weißt du selbst.«

»Aber irgendetwas muss es doch gewesen sein. Kann sie schimmeliges Heu gefressen haben?«

»Nein, unmöglich.«

Jeff hielt inne. Es durchfuhr ihn eiskalt. »Kann es eine Vergiftung sein?«

»Ich habe eben die Blutprobe nach Greybull zu Ted gebracht. Er wird sie morgen weiterleiten.

Jeff holte tief Luft, lehnte sich in den Sitz zurück und fuhr mit den Fingern durch sein ungekämmtes Haar. »Wenn es doch das Futter war ... So was darf einfach nicht passieren. Ich werde mit Usaami sprechen.«

Robert schüttelte abwehrend den Kopf. »Sie kann mit Sicherheit nichts dafür. Sie hat immer alle Pferde korrekt gefüttert. Und außerdem wären dann auch andere Pferde betroffen.«

»Aber Luna ist besonders sensibel. Vielleicht hat sie die Futterumstellung nicht vertragen.«

»Die Umgewöhnungsphase ist doch längst vorbei.« Robert trat auf die Bremse und bog auf die Abfahrt zur Ranch ab. »Sprich mit Anna, Jeff. Ich weiß es auch nicht. Ich wollte mich eigentlich schon längst aus allem zurückgezogen haben.« Er klang müde.

Als sie den Wagen vor den Stallungen parkten, fuhr Dave gerade mit dem kleinen Fourwheeler vorbei. Er grüßte nicht. Wenig später kamen Jason und Spencer auf ihren Pferden heran. Sie trieben drei tragende Stuten vor sich her und bugsierten sie mit Rufen und Pfiffen in den Corral.

»Wart ihr auch schon hinten am Rowly Creek bei den Herefordern?«, fragte Robert.

»Wir haben wieder ein Kalb verloren. Nur noch die Knochen sind übrig. Vermutlich Kojoten.«

»Wahrscheinlich war es schon vorher tot«, erwiderte Robert.

Jeff ging zu dem Corral, in dem er Luna vermutete. Etwas anderes interessierte ihn im Moment nicht. Er fand Anna auf dem Zaun sitzend. Sie starrte auf ihr krankes Pferd. Es lag auf der Seite, die Beine von sich gestreckt, und Jeff spürte, wie sich sein Magen zusammenzog. Er wusste nicht, was er sagen sollte. Jede Art der Begrüßung kam ihm in Anbetracht dieser Situation unpassend vor.

Er ging langsam über den Platz, blieb neben ihr stehen und blickte zu ihr empor. Ihre Hand lag fest auf der obersten Latte des Zauns, und er legte seine darauf. Anna reagierte nicht. Ihr Gesicht war ausdruckslos. Ihr Blick löste sich nicht von dem still leidenden Tier.

»Es tut mir so Leid. Ich meine alles.« Er blickte auf das schwer atmende Pferd. »Wie steht es mit den Hufen?«

»Die Huflederhaut ist beschädigt, aber die Verbindung zum Hufbein ist noch intakt«, sagte sie sachlich.

»Anna …« Er streichelte ihre Hand. »Ich wäre heute zurückgekommen – auch ohne Robert.«

Sie blickte ihn kurz an, dann wieder das Pferd.

»Ich habe das nicht veranlasst. Es war Roberts Idee, dich zurückzuholen«, erwiderte sie.

»Es spielt keine Rolle. Es wäre dein gutes Recht gewesen.«

Eine kurze Weile herrschte Schweigen, und das Wiehern eines Pferdes auf der angrenzenden Weide brachte ein wenig Leben in Lunas Ohren.

»Wir werden es schaffen, Anna«, sagte Jeff und suchte ihren Blick.

»Wir?« Anna lachte auf. »Warum bist du überhaupt weggegangen?«

Jeff schwieg und blickte zu Boden. Ein messerscharfer Schmerz durchfuhr seinen Körper.

»Du kannst dir gar nicht vorstellen, wie einsam ich mich gefühlt habe mit alldem hier!« Sie zog ihre Hand unter Jeffs hervor und sprang vom Zaun.

»Es war wichtig. Ich meine nach unserem Streit …« Jeff hielt inne. Es war überflüssig, die Dinge wieder aufzurollen und abzuleiern. Und es fiel ihm nicht leicht, über seine Gefühle zu sprechen. Er zögerte und gab sich einen Ruck. »Mir ist dort oben klar geworden, wie sehr ich dich liebe«, sagte er schließlich.

Anna schwieg, aber sie hob ihren Blick zu ihm empor. Er war froh, es gesagt zu haben, und stand abwartend vor ihr. Dann lehnte sie sich an seine Brust, und er legte seine Arme um ihre Schultern und drückte sie fest an sich. Sie standen eine lange Weile so da, und Jeff spürte, wie sein Hemd feucht wurde. Dann vernahm er ihr leises Schluchzen.

»Der Kreislauf. Sie muss jetzt unbedingt aufstehen«, sagte Anna stockend und hob den Kopf.

Er nickte. Sie gingen beide zu dem erschöpften Pferd und forderten es mit Zurufen und Händeklatschen zum

Aufstehen auf. Anna zog behutsam mit einem Strick am Halfter, bis Luna die schmerzenden Hufe aufsetzte und sich stöhnend erhob.

»Ich habe ihr die höchste Dosis Bute gegeben, aber es dauert eine Weile, bis es richtig anschlägt«, sagte Anna.

Jeff nickte wieder. Die Stute war sein Geschenk an Anna gewesen. Sie hatte dieses Pferd so sehr gewollt. Er spürte den Schmerz in allen Knochen.

»Robert hat gesagt, dass er die Blutprobe schon zu Ted gebracht hat.«

»Ja. Er hat so ein komisches Gefühl bei der Sache. Usaami habe gefüttert wie immer. Er vermutet eine Vergiftung, aber die kann nicht von der Weide oder vom Kraftfutter herrühren. Wir haben alles kontrolliert.«

Jeff sah Anna lange an. Hatten ihre Offensiven derartige Emotionen hervorgerufen? Ist es Charly gewesen? Oder Dave – von seinem Vater geschickt? Jeff mochte nicht weiterdenken. Das waren ernsthafte Verdächtigungen. Vielleicht war es ein Vergehen, so etwas überhaupt zu denken.

Luna stand steifbeinig vor ihnen, den Kopf gesenkt. Ihr schwarzes Fell war stumpf und staubig, Schweif und Mähne verklebt.

»Denkt Robert an eine Böswilligkeit?«

Anna zuckte die Schultern. »Ich selber fange an, das zu glauben.«

Sie stand in sich zusammengesunken vor ihrem kranken Pferd. Ihr strahlender Optimismus, ihre Selbstsicherheit und Energie schienen gebrochen. Sie sah schmal und blass aus, und Jeff kam nicht umhin, sich Vorwürfe zu machen, sie allein gelassen zu haben. Er legte seinen Arm um ihre Schulter. »Komm, wir können ihr im Moment nicht helfen, Anna. Lass uns in die Kantine gehen. Sie hat nichts davon, wenn wir hungern.«

Sie schüttelte den Kopf. »Ich kann nichts essen.«

»Das sieht man dir an. Du musst unbedingt zu Kräften kommen.«

»Ich werde ihr noch mal die Hufe kühlen.« Anna ging zur Tränke und stellte das Wasser an. Jeff nahm den Schlauch und hielt ihn auf Lunas Hufe. Dann kam Tom herbei. Er hatte bereits zu Mittag gegessen und bot sich an, Luna zu versorgen. Er nahm Jeff ohne etwas zu fragen den Schlauch ab.

Jeff drehte Anna von ihrem Pferd weg, griff nach ihrer Hand und zog sie mit sich.

»Ich möchte niemanden sehen«, sagte sie. »Ich möchte ins Haus und einfach nur ein Brot essen.«

»Dann werde ich allein gehen. Dave ist da und ... Ich möchte mit ihm und Usaami sprechen.«

»Du glaubst, dass Dave ...?

»Ich glaube gar nichts. Aber wir müssen alles in Erwägung ziehen und wachsam sein.«

»Rache. Ja, ich habe auch schon daran gedacht. Aber dann eher an Charly.«

»Die beiden hängen ohnehin immer zusammen. Wir sollten aber nicht zu sehr spekulieren.« Jeff drückte Annas Hand. »Wann kommt das Ergebnis aus dem Labor?«

»Nächste Woche.« Sie legte kurz die Hände auf ihr Gesicht. »Der Gedanke ist so schrecklich, Jeff.«

»Es muss ja nicht so sein.«

Anna sah zu Boden und nickte. Jeff stellte sich vor sie hin und nahm ihr Gesicht in seine Hände. Er hob ihren Kopf zu sich empor und blickte ihr tief in die Augen. »Luna könnte auch eine prima Zuchtstute werden, Anna. Sie hat eine gute Abstammung und ein tadelloses Exterieur. Wenn sie nicht mehr geritten werden kann, wirst du im nächsten Jahr ein Fohlen von ihr haben.«

Sie lächelte schwach. Jeff gab ihr einen Kuss und ging hinaus.

Das Gespräch verstummte, als er in die Kantine trat. Alle grüßten etwas verlegen. Ob sein Ausflug oder Lunas Erkrankung der Anlass war, konnte Jeff nicht ausmachen. Dave wirkte ernst und unnahbar und Usaami war nicht anwesend. Bill und Spencer waren die Einzigen, die Jeff in die Augen sahen.

»Wie geht es der Stute?«, fragte Bill kauend.

»Schlecht«, antwortete Jeff und wandte sich Dave zu. »Hast du mit Tom am Mittwoch Heu gefüttert?«

»Nein. Ich war am Mittwoch gar nicht da.« Dave verzog keine Miene. Er sah nur einen kurzen Augenblick von seinem Teller auf.

»Du hättest dich abmelden müssen.«

»Hab ich.«

»Bei Anna?«

»Nein, bei Robert.«

»Du weißt doch, dass er nichts mehr damit zu tun haben will. Warum hast du nicht Anna oder mich gefragt, ob das überhaupt geht?«

»Robert hat meinen Vater und mich eingestellt.«

Jeff holte tief Luft. »Das ändert nichts daran, dass wir jetzt den Laden führen.«

Dave schwieg. Alle schwiegen. Und alle hatten aufgehört zu essen.

»Heu habe ich gefüttert«, sagte Tom.

»Das Heu ist hundertprozentig in Ordnung«, warf Jason ein.

Rosy kam herein und brachte noch einmal Fleisch und Gemüse. Jeff bediente sich und reichte beides weiter. Alle nahmen nach und aßen schweigend.

Spencer wischte sich den Mund am Ärmel ab. »Fangen wir nun doch schon diese Woche mit der Round Pen an?«, fragte er.

»Wir werden übermorgen zu Rick fahren und das Holz abholen. Und ich werde morgen vielleicht schon das übrige Material in Sheridan besorgen. Aber anfangen tun wir nächste Woche, wie besprochen.«

Spencer nickte.

»Weiß einer, wo Usaami ist?« Jeff blickte in die Runde.

Alle zuckten die Schultern.

»Hab sie zuletzt heute Morgen bei den Corrals gesehen«, sagte Jason.

Jeff nickte. Er aß seinen Mais auf, schob das letzte Stück Fleisch in den Mund und verließ die Kantine. Er dachte über Usaami nach. In seine Begehrlichkeit hatte sich Ärger gemischt. Sie war für die Fütterung der Pferde verantwortlich. Und er fragte sich schließlich, ob vielleicht jemand an ihr vorbei in den Stall eingedrungen war und das Pferd vergiftet hatte. Das Fenster ihres Zimmers ging auf den Stall und den Corral hinaus, und die Hunde hätten anschlagen müssen. Aber weder Bill noch Spencer und Tom schienen etwas gehört zu haben, wenn sie denn überhaupt auf der Ranch waren.

Jeff ging den Weg zu den Corrals und Weiden hinunter. Er war ganz benommen von all den Gedanken und Fragen. Als er seinen Blick vom Boden hob, entdeckte er Usaami auf dem Sandweg, der zu Roberts Haus führte. Sie trug ihr Haar offen. Es wehte im Wind.

Als sie sich einander näherten, trafen sich ihre Blicke. Aber es war anders als sonst. Nicht die Andeutung einer Aufforderung lag mehr darin, und Jeff spürte für einen kurzen Moment die Enttäuschung darüber. Usaami grüßte kurz, bereits im Begriff, zu den Stallungen abzubiegen.

»Ich muss mit dir reden!«, rief Jeff, und es fiel ihm nicht leicht.

Sie blieb stehen. Sie war ernst und wirkte noch verschlossener als zuvor. Ihre Schönheit schlug ihm entgegen wie eine offene Herausforderung, und die Spannung zwischen ihnen hatte eine andere Dimension angenommen, mit der er schwer umgehen konnte.

»Du willst mit mir über Luna sprechen, aber ich habe nichts zu sagen«, erwiderte sie schließlich mit monotoner Stimme. Sie wich seinem Blick aus.

»Wir müssen gemeinsam herausfinden, was passiert ist.«

Sie zuckte die Schultern.

»Du wolltest sicher gerade zu den Pferden.«

»Ja.«

»Kannst du anschließend zum Corral kommen? Wir werden eine Viertelstunde Zeit finden, um miteinander zu reden.«

Usaami nickte stumm, und sie gingen auseinander.

Jeff bemühte sich vergebens, Usaamis Bild aus seinem Inneren zu verbannen. Und er fragte sich, ob sie bei Robert zum Mittagessen gewesen und welcher Art dieses Verhältnis war. Usaami hatte vor zwei Jahren ihren Vater verloren. War es das? War es Roberts Sympathie und Mitgefühl für die Indianer? Oder vielleicht doch ihre Schönheit?

Er betrat das Haus und fand Anna im Büro am Schreibtisch über ihre Veterinärbücher gebeugt.

»Neue Erkenntnisse?«, fragte er.

Sie schüttelte den Kopf »Ich weiß nicht. Vielleicht leide ich auch mittlerweile unter Verfolgungswahn. Ich denke nur noch an Charly und höre immer wieder seine Worte – das werde mir noch Leid tun.«

Jeff schwieg. Er war so ratlos wie Anna. Aber er wusste auch, dass eine Menge Arbeit auf ihn wartete und dass das Leben nicht stehen blieb, selbst wenn das eigene ins Stocken geraten war.

»Lass die Dinge doch erst mal ruhen, bis wir das Laborergebnis haben«, sagte er so sanft wie möglich. Er ging um den großen Schreibtisch herum, trat dicht hinter sie und legte seine Hände auf ihre Schultern. »Ich muss zu den Pferden, Anna. Nächste Woche wissen wir mehr. Mach dich nicht verrückt.«

»Ich bemühe mich. Ich komme gleich nach. Ich werde nach Luna sehen und dann Choppy reiten.«

Jeff gab ihr einen Kuss auf die Wange, verließ das Haus und ging zu den Corrals.

Die Arbeit mit den Pferden kappte alle Gedanken und fokussierte die Aufmerksamkeit auf den Augenblick. Anna kam wenig später nach. Er beobachtete sie. Und bereits mit den ersten Schritten, die das Pferd unter ihr tat, schien etwas von ihr abzufallen, das ihren ganzen Körper wie in Gips gegossen hatte. Ihre Schultern schienen zu sinken, ihre Arme lockerten sich mit jeder Zügelhilfe, und ihr Rücken fand in seine entspannte, gelassene Aufrichtung zurück. Erst mit Usaamis Ankunft auf dem Reitplatz verlor alles wieder seine Leichtigkeit.

Sie gingen alle drei wortlos in die Kantine, nahmen sich Becher von dem kleinen Bord neben dem Eingang und gossen dünnen Kaffee aus der Thermoskanne hinein. Dann setzten sie sich an den langen Tisch, Usaami gegenüber von Anna und Jeff.

Bill und Jason traten ebenfalls ein. Die Lederabsätze ihrer Cowboystiefel knallten hart auf die Holzdielen, und in ihrer Kleidung hing der Geruch von Mist und verbranntem Fell. Sie kamen von der Nachbarranch, hatten dort bei einem kleinen Viehumtrieb und beim Brennen der späten Kälber geholfen. Sie grüßten, schoben die Hüte aus der Stirn und schnallten ihre Chaps ab.

»Das mit Luna hat sich schon herumgesprochen«, brummte Jason.

»Und wie ist die Reaktion?« Jeff blickte kurz zu Anna.

»Die tippen auf Luzerne.«

»Haben wir gar nicht gefüttert.« Jeff sah zu Usaami hinüber. »Bisher noch nicht, oder?«

Bill und Jason verließen mit ihrem Kaffee den Raum, und Usaamis Blick flog über Jeff und Anna hinweg zur Tür.

»Nein. Ich habe bisher noch keine Luzerne gefüttert«, sagte sie spröde.

»Und gab es sonst irgendwelche Auffälligkeiten? Ich meine verschimmeltes Heu, verdorbenes Futter oder ...«

Sie schüttelte den Kopf.

»Usaami, es geht darum, herauszufinden, wie die Erkrankung zustande gekommen ist und wie man verhindern kann, dass so was noch mal vorkommt.«

»Wir müssen genau wissen, was Luna an dem Tag gefressen hat«, warf Anna ein.

»Genau das, was sie immer bekommen hat«, erwiderte Usaami tonlos.

»Aber dann kann so was doch nicht passieren!«, ereiferte sich Anna.

Usaami zuckte die Schultern und ließ sie dann hängen, als lägen Gewichte darauf. Sie blickte an Anna und Jeff vorbei an die Wand. Jeff beobachtete ihre Hände. Sie spielten an ihrer Uhr, dann an ihrem Silberkettchen.

»Was ist dann deine Erklärung?«, fragte Anna gereizt.

»Ich habe keine.«

»Aha.« Anna stand auf, goss sich Kaffee nach und setzte sich wieder.

»Es ist vielleicht gar nicht die Fütterung. Es gibt schließlich auch die Belastungsrehe.« Jeff sah den Ärger in Annas Augen.

»Sie war nicht mehr als eine halbe Stunde pro Tag an der Longe oder genauso lange unter dem Sattel«, verteidigte sie sich. »Es kann nur am Futter liegen.«

»Vielleicht solltest du dich nicht zu weit mit deiner

Pferdeflüsterermethode aus dem Fenster lehnen. Die Leute hier lieben es nicht, wenn Greenhorns ihre Arbeitsweise kritisieren.«

Jeff zuckte zusammen. Er blickte Anna an, hoffte auf ihre Zurückhaltung.

»Du glaubst, dass sich jemand an mir rächen wollte?«

»Ich glaube gar nichts. Ich habe nur gesagt, dass man sich nicht zu viele Feinde machen sollte.« Usaami blickte Anna ernst und eindringlich an, und Jeff meinte eine Art Warnung, ein Bitten in ihren Augen zu entdecken. Es lag keine Feindschaft darin, sondern ganz versteckt Mitgefühl.

Er stand auf und gab Anna das Zeichen zum Aufbruch. Aber sie blieb unbeirrt sitzen.

»Hast du irgendwelche Hinweise?«, fragte sie. In ihrer Stimme lag ein verzweifeltes Bitten.

»Nein«, erwiderte Usaami, und Anna stand auf und folgte Jeff auf den Hof hinaus.

»Hier liegt was in der Luft. Können wir nicht den Sheriff einschalten?«

Jeff steckte die Hände in die Hosentaschen und blickte auf seine Stiefelspitzen. Er überlegte, dachte, dass es wohl nicht zu verhindern war. »Vielleicht hast du Recht«, erwiderte er zögernd. »Wenn uns das Ergebnis aus dem Labor sagt, dass es eine Vergiftung war, werde ich ihn anrufen.«

24

Anfang der folgenden Woche lag der Brief vom veterinärmedizinischen Institut im Briefkasten. Das Ergebnis zeigte stark erhöhte Leberwerte, was tatsächlich auf eine Vergiftung hinwies.

Jeff rief Sheriff Sam Osborn an, und einen Tag später stand er vor der Tür, ein mittelgroßer, dickbäuchiger Mann um die vierzig, mit einem schwammigen Gesicht. Sein schütteres dunkelblondes Haar war streichholzkurz geschnitten. Er trug ein Kakihemd und Bundhosen über schwarzen Cowboystiefeln. Der Sheriffstern blitzte auf seiner Brust.

»So, und ihr meint, jemand hätte mutwillig euer Pferd vergiftet«, sagte er, nachdem Anna ihm den Vorfall geschildert hatte. Er setzte sich ihnen gegenüber in den Sessel, breitbeinig, beide Hände auf den Armlehnen, seine Wichtigkeit genießend.

»Der Befund lässt kaum eine andere Möglichkeit zu. Unsere Pferde kommen nicht mit giftigen Pflanzen in Berührung. Und außerdem verursachen die, die wir hier haben, alles andere, aber keine Rehe.«

»Gibt es sonst noch einen Grund zu der Annahme?«

Anna zögerte. Sie sprach nicht gern über ihre Differenzen mit Charly und John Wister.

»Es gab einen Streit mit einem Trainer und mit dem Sohn von ...« Anna hielt inne. Ihr wurde die Tragweite ihrer Worte bewusst, und auch Jeff schien die Sache unangenehm. Er blickte auf seine Hände, die unruhig an seinem roten Bändchen spielten.

»Mrs Smith ...«

»Petersen«, stellte Anna richtig.

»Also Sie müssen mir jetzt alles genau erzählen«, sagte Osborn und wandte sich an Jeff. »Die Dinge bleiben selbstverständlich unter uns. Sollten sich eure Vermutungen nicht bestätigen, dann werde ich alles vergessen, was gesagt wurde. Das ist schließlich mein Job.«

Anna nickte und fuhr nach kurzer Pause fort: »Ich bin mit John Wister wegen seiner Ausbildungsmethoden aneinander geraten. Er hat danach gekündigt und ist zu Randy ...«

»McClean gegangen. Ist mir nichts Neues.«

»Und ich hatte einen kleinen Streit mit Randys Sohn Charly, weil er sein Pferd erschossen hat, nachdem er es kaputtgeritten hat.«

Osborn horchte auf. »Patch hat sein Pferd erschossen? Habe gehört, dass der Bock altersschwach war und getötet werden musste.«

»Er ist damit zu uns zum Cattle Drive gekommen. Das Pferd hatte bereits eine entzündete Sehne.«

»Verstehe.« Osborn wippte nachdenklich mit dem Kopf und blickte ins Leere.

»Ihr habt doch Hunde beim Stall. Ist es trotzdem möglich, dass ein Fremder unkontrolliert die Ranch betritt?«

»Die Hunde kennen Patch. Ich weiß nicht, wie sie reagieren würden ...« Jeff brach ab und zuckte die Schultern. »Ich möchte ihn nicht beschuldigen ...«

»Okay. Patch ist kein unbeschriebenes Blatt und sein Vater ebenso wenig. Wir müssen einfach versuchen die Wahrheit zu finden. Wer ist denn bei euch für die Fütterung zuständig. Nur diese Indianerin aus dem Wind River Reservat?«

»Und Tom Evans ist ihr unterstellt. Aber auch Dave Wister hat mit den Pferden zu tun«, antwortete Jeff.

»Hat außer der Indianerin jemand einen Schlüssel für die Futterkammer?«

»Bloß Robert und Anna«, erwiderte Jeff.

»Tom wohnt hier, richtig?«

Jeff nickte.

»Und Dave ist jeden Tag hier?«

»Nein. Nur zwei- bis dreimal die Woche.«

»Füttert er auch?«

»Er hilft dabei. Futterwagen schieben, Futter umfüllen, misten.«

»Er ist also nie allein dabei?«

»Nein.«

»Und die Indianerin ist die Einzige, die unbeaufsichtigt an die Futterkammer, in die Ställe und die Corrals kommt? Ich meine natürlich außer Bill, Spencer und Jason.«

»Ja.«

Osborn nickte nachdenklich und schwieg. Schließlich fuhr er fort: »Das Pferd ist aus der Zucht von Walberg, richtig?«

»Ja.«

Osborn zog sein Notizbuch hervor und schrieb mit Annas Hilfe die genauen Daten auf.

»Ich brauche das Ergebnis aus dem Labor. Ich werde der Sache nachgehen, die Alibis für die Nacht vor der Erkrankung des Pferdes prüfen und auch mal mit Robert sprechen.«

Anna zog das Schreiben aus der Tasche, löste den Durchschlag ab und reichte Sam Osborn das Original.

Er steckte es in die Tasche seines Hemdes, stand auf und verabschiedete sich. Am nächsten Tag erschien er mit zwei Beamten zur Zimmerdurchsuchung aller Ranchangestellten, und zwei Wochen später rief er wieder an und sagte, er sei mit der Überprüfung der Alibis beschäftigt. Er wollte mehr über das Verhältnis zu Charly McClean und Dave Wister wissen, und Anna beschrieb ihm noch einmal den Zwischenfall beim Cattle Drive in allen Details. Sie überlegte hin und zurück, dachte an Charly und seine letzten Worte nach der Tötung des Pferdes, dann an John Wister. Sie sah ihn vor sich, wie er auf dem Absatz kehrtgemacht hatte und kochend vor Wut davongefahren war. Und sie sah seinen Sohn Dave vor sich, sein junges, schon so abgebrühtes, freches Gesicht. Und sie hörte sein verächtliches Lachen. Sie alle hatten aus ihrer engen Sicht Anlass, ihr Schlechtes zu wünschen. Aber waren sie deshalb fähig, ihr Pferd zu vergiften? Und Randy McClean? War sein Neid auf ihre Erfolge und den Abzug eines Kunden so groß, dass er womöglich mit seinem Sohn zusammen ...

Sie mochte ihren Verdacht nicht zu Ende denken. Ihr ging nur wie schon so oft durch den Kopf, dass das Leben mit Tieren so viel einfacher und angenehmer war und dass ihr die Menschen immer wieder Steine in den Weg legten. Warum begriffen sie nicht, dass sie sich selbst mit ihrem Neid, Ärger und ihrer Missgunst genauso viel schadeten wie anderen? War ein Leben in Freundschaft nicht viel bequemer als Feindschaft und Krieg? Und dabei suchten doch alle nach Glück und Zufriedenheit. Warum waren sie nur so verdammt blind auf beiden Augen.

Anna setzte sich auf die Veranda. Sie war nicht in der Kantine gewesen, hatte sich stattdessen zwei Spiegeleier in die Pfanne gehauen. Als Jeff kam, atmete sie auf. Sie sehnte sich nach seiner Ruhe und Gelassenheit.

»Ich möchte auf jeden Fall, dass Dave hier verschwindet«, sagte er, als Anna sich auf der hölzernen Hollywoodschaukel an seine Schulter lehnte. »Auch wenn er nichts mit der Sache zu tun hat. Ich kann ihn einfach nicht mehr ertragen.«

»Das ist sehr in meinem Sinne«, erwiderte Anna. Eine sanfte Briese fuhr durch ihr Haar. Jeff ließ es durch seine Hand gleiten und legte es in ihrem Nacken zu einem Zopf zusammen. »Robert fährt übrigens nächste Woche nach Denver. Kannst du mir Blut abnehmen, oder soll ich zum Arzt gehen?«, fragte er leise.

»Kein Problem. Wenn du still hältst, kann ich das machen.«

»Keine Sorge. Ich kippe schon nicht um.«

»Reicht es nicht auch, wenn du in ein Röhrchen spuckst?«

»Am sichersten ist beides.«

Anna nickte.

»Ich bin plötzlich ganz unsicher«, sagte Jeff, im Aufstehen begriffen, um noch einmal zur Baustelle der Round Pen hinüberzusehen.

Sie hielt seinen Arm fest. »Ich hoffe so inständig für dich, dass es Robert ist.«

Anna nahm Weste und Baseballkappe vom Haken im Flur und ging hinaus zur Weide der Zuchtstuten. Sie entdeckte zwei heruntergebrochene Latten und ließ ihren Blick eilig über die Pferde gleiten. Zwei fehlten. Nein. Sie zählte noch einmal. Es waren drei. Luna war natürlich da. Ihre empfindlichen Hufe hatten aus ihr ein besonders ruhiges, vorsichtiges Pferd gemacht, das in der Herdenhierarchie ganz unten stand.

Anna lief zu Usaami, die gerade in der Futterkammer war und Hafer umfüllte. »Drei Stuten sind aus dem Corral ausgebrochen!«, rief sie ihr zu.

Usaami legte die Futterschaufel aus der Hand und sah zu ihr auf. »Ist der Zaun kaputt, oder ist das Gatter offen?«

»Zwei Latten sind runter.«

»Von den Cowboys ist keiner da«, erwiderte sie. »Jeff ist gerade nach Greybull gefahren. Irgendetwas fehlt beim Material. Und Spencer macht Pause. Wir sollten Robert holen.«

»Die Pferde können nicht weit sein, aber wir dürfen keine Zeit verlieren. Lass uns den Zaun zumachen, losreiten und sie suchen.« »Okay!«

Sie holten zwei Ersatzlatten und nagelten sie provisorisch vor das Loch. Dann nahmen sie ihre Sättel und gingen eilig zu der kleinen Weide hinter dem Stall, auf dem die Arbeitspferde standen. In wenigen Minuten hatten sie zwei Pferde gesattelt und ritten zu den angrenzenden Weiden in Richtung Osten hinaus. Die Sonne stand schon schräg über dem Sandsteinplateau im Westen. Sie würde bald untergehen.

»Was mag die drei zu diesem Ausbruch getrieben haben? Das Gras auf der Weide ist gut.« Anna blickte sich immer wieder um.

»Pferde eben«, sagte Usaami und zuckte die Schultern. Sie schien Anna rätselhafter denn je. Sie war sanfter bei dem, was sie sagte, aber sie redete noch weniger als sonst. Anna empfand die Spannung zwischen ihnen wie Starkstrom. Sie versuchte vergeblich einige lockere Worte zu finden. Als sie etwa zwei Meilen schweigend zurückgelegt hatten und der Zaun zur Ranch der Dixons auftauchte, entdeckte sie die drei Stuten friedlich grasend unter einer Gruppe von Cottenwoodbäumen, nahe eines Bewässerungsgrabens.

Sie stieg vom Pferd, löste ihr Rope und rollte es vom Sattelhorn ab. Vorsichtig näherte sie sich der Leitstute mit herabhängenden Schultern und gesenktem Blick, blieb kurz stehen und wartete. Das neugierige Pferd folgte ihr, als sie sich von ihm abwandte und einige Schritte in die entgegengesetzte Richtung tat. Dann hielt Anna noch einmal an, hob behutsam das Rope und legte es um ihren Hals. Die Stute warf den Kopf hoch, trat zurück, blieb im Zug des Seils stehen und folgte schließlich. Dann blockte sie hart ab, sog Witterung in ihre Nüstern wie ein Staubsauger und war nicht mehr vom Fleck zu bewegen.

»Vorsicht!« Usaamis Stimme klang schrill und alarmierend.

Anna fuhr zusammen und blieb wie angewurzelt stehen. In ihrem Kopf spulten sich in Sekunden die Bilder von dem Berglöwen am Hassayampa ab. Sie blickte sich um. Ein Schwall Adrenalin schoss empor, ihr Magen zog sich wie unter einem Stoß zusammen. Sie glaubte sich bewegungsunfähig. Ein Kojote näherte sich ihr in untypischer Haltung, nicht geduckt, sondern mit gewölbtem Rücken, angstfrei, aggressiv, in unkontrolliert schwankendem Gang. Sie sah sein weißes, schaumiges Maul, seine verwirrten Augen, spürte eine Hitze in sich aufsteigen und Schweiß aus ihren Poren schießen. Tollwut, fuhr es ihr durch den Kopf.

Sie machte schließlich einige Schritte rückwärts, das taumelnde Tier folgte, die Stute zerrte am Strick, und Anna ließ los. Sie setzte zur Flucht an. Dann fiel ein Schuss. Der Kojote knickte ein, jaulte auf, die Pferde stoben auseinander. Eine zweite Kugel streckte ihn nieder. Er blieb auf der Seite liegen.

Anna starrte fassungslos auf das tote Tier, das eigentlich wie ein mittelgroßer Hund aussah. Blut sickerte aus seiner Stirn, wässriger Sabber aus seinem Maul. Sie blickte sich um, sah niemanden als Usaami, die leicht vorgebeugt im Sattel saß, einen Colt in der herabhängenden Hand. Beide Pferde schnorchelten in die Luft, versuchten über den Geruchssinn zu erfassen, was geschehen war.

Es dauerte eine Weile, bis Anna etwas sagen konnte. Sie wischte sich kalten Schweiß von der Stirn und setzte zitternd einen Fuß vor den anderen.

»Du hast ...«

»Ich hab ihn erschossen, wer sonst«, erwiderte Usaami. »War verflucht knapp. Der hatte es tatsächlich auf dich abgesehen.« Sie schüttelte den Kopf. »So was habe ich noch nicht erlebt.«

»Tollwut«, brachte Anna aus trockener Kehle hervor. Sie schluckte, strich sich die Haare aus dem Gesicht und atmete ein paarmal tief durch. »Danke«, sagte sie, als ihr Hirn wieder zu arbeiten begann.

»Ist das wenigste, was ich tun konnte.« Usaamis Blick war ernst. Sie stieg vom Pferd und ging zu dem toten Tier.

»Nicht anfassen!«, rief Anna und folgte ihr. Sie hockte sich hin, blickte auf die verklebten Lefzen und schauderte.

»In der Gegend hier haben wir noch nie mit Tollwut zu tun gehabt«, sagte Usaami.

»Dann ist es jetzt das erste Mal.« Anna seufzte. »Ich scheine diese Dinge anzuziehen wie ein Magnet.«

»Ja, schaut so aus.«

Anna stand vor dem toten Tier und schüttelte den Kopf. Immer wieder sah sie die ängstlichen und zugleich aggressiven Augen, und der Schuss hallte noch in ihrem Innern nach. »Du kannst ja verflucht gut schießen«, sagte sie anerkennend.

»Hab ich von meinem Dad gelernt.«

Anna nickte.

»Wollen wir aufbrechen, bevor noch mehr von diesen Mistviechern kommen?«

Anna ließ ihren Blick über das weite Land schweifen. Zwanzig Meilen unverstellte Sicht. Nichts bewegte sich. Die Stuten standen etwas abseits, die Leitstute mit Annas Rope um den Hals. Sie hatten die Köpfe längst wieder ins Gras gesenkt.

»Vielleicht war ein Kojote der Grund für das Ausbrechen der Pferde.«

»Kann schon sein«, erwiderte Usaami abwesend.

Anna stieg in den Sattel, nahm die Zügel auf und näherte sich vorsichtig den Pferden. Sie rutschte langsam aus dem Sattel, umkreiste die ausweichende Stute, packte mit blitzschnellem Griff das Rope, das von ihrem Hals ins Gras hinabhing, und stieg wieder in den Sattel. Sie nahm die Leitstute als Handpferd mit, während Usaami die beiden anderen Pferde vor sich hertrieb.

Ein bleicher Halbmond erhob sich über ihnen und warf sein bläulich silbernes Licht über die aschgraue Landschaft.

»Der Vorfall muss sofort dem Fish & Wildlife Service gemeldet werden«, sagte Usaami, als sie durch das Gatter und auf den Hof ritten.

»Ich weiß. Aber den werde ich wohl erst morgen früh erreichen.«

»Und ihr müsst den Kadaver holen.«

Anna nickte und spähte über das Ranchgelände. Sie waren

die Einzigen auf dem Hof. Alles lag still in der Dämmerung.

»Ich würde dich gern zum Essen und zu einem angemessenen Drink einladen«, sagte sie.

Usaami blickte sie ungläubig an.

»Was hältst du von der Bear Lodge?«

»Ich gehe eigentlich nie essen.«

»Dann tust du‘s jetzt mal.«

»Der Schuss vorhin bedeutet keine Verpflichtung.«

»Keine Verpflichtung, aber einen Anlass.«

Usaami zuckte die Schultern.

»Das heißt, du nimmst meine Einladung an.«

»Na ja ...«

»Also dann morgen Abend in der Bear Lodge.«

Usaami schüttelte den Kopf.

»Hast du morgen Abend schon was vor?«

»Ich habe nie was vor. Schon seit einem Jahr nicht mehr.«

»Dann wird‘s ja Zeit.«

»Und Jeff? Kommt er mit?«

Anna zuckte zusammen. »Nein. Ich dachte an einen Frauenabend«, erwiderte sie.

Usaami nickte.

Als sie die Ranch erreichten und die Stuten in den Corral brachten, kam ihnen Jeff entgegen. »Was macht ihr denn hier mit den Pferden?«, fragte er erstaunt.

»Die drei hier sind aus dem Corral ausgebrochen!«, rief ihm Anna zu.

»Tollwut«, sagte Usaami.

»Tollwut? Moment mal. Jetzt eins nach dem anderen.«

»Wir haben die Stuten etwa zwei Meilen von hier gefunden. Als ich Madonna einfangen wollte, hat mich beinahe ein Kojote attackiert. Schaum vorm Maul und so. Und Usaami hat ihn abgeknallt.«

Jeff sah sie aus großen Augen an. »Wollt ihr mich

verarschen?«

»Ist leider die Wahrheit«, sagte Usaami.

»Verdammt.« Jeff blickte prüfend auf die Einzäunung.

»Haben wir bereits repariert. Muss morgen noch mal richtig gemacht werden.« Anna lächelte. Sie war ein bisschen stolz darauf, dass sie die Situation so gut gemeistert hatten.

»Ist sonst alles okay mit euch?«, fragte Jeff und nahm Anna den Sattel ab.

»Sehn wir irgendwie tollwütig aus?«

Ein flüchtiges Lächeln huschte über Jeffs Lippen. »Habt ihr das schon gemeldet?«

»Wann sollten wir das machen?«, erwiderte Usaami. »Die Stuten sind ausgebrochen. Vielleicht sind sie vor dem Kojoten geflohen. Wir haben sie am Ende der ersten Weide gefunden. Dann kam dieses verrückte Vieh und wollte Anna angreifen. Zum Glück hatte ich die alte Magnum dabei.« Sie zog den Colt und hielt ihn hoch. »Wird Zeit, dass deine Freundin schießen lernt.«

Jeff nickte. »Wo liegt der Kadaver?«

»Gleich neben den Cottonwoodbäumen, nahe dem Nordzaun.«

»Wir müssen ihn sofort holen.«

Sie gingen zum Stall und hängten Sättel und Trensen in die Sattelkammer.

»Hoffentlich hat sich nicht schon ein anderes Tier an ihm infiziert«, sagte Jeff. Er drehte sich um, wandte sich dann noch einmal Usaami zu. »Vielen Dank übrigens für den Schuss. Hätte nicht gedacht, dass du so ein guter Schütze bist.«

»Ich werde immer unterschätzt, zumindest von euch Weißen«, erwiderte sie.

Jeff lächelte. »Das tut mir Leid, hat aber eher damit zu tun, dass du eine Frau bist.«

»Das ist genauso ärgerlich.«

Er zuckte die Schultern. »Ich hole jetzt Robert.«

»Ich komme mit«, erwiderte Anna.

»Auf den Fourwheeler passen nur zwei Leute.«

Anna nickte.

Jeff machte sich auf den Weg, während sie und Usaami ihre Pferde absattelten.

»Und ich hole dich dann morgen Abend am Stall ab«, sagte sie zu Usaami.

Sie nickte verhalten. Die Verabredung schien ihr unangenehm, und Anna zweifelte an der Richtigkeit ihrer Idee. Sie vernahm das harte Knattern des Fourwheelers und ging zum Haus zurück.

Sie musste immer wieder an das tollwütige Tier denken. Usaami hatte nicht nur sie selbst gerettet, sondern auch dieser armseligen Kreatur das Leiden verkürzt. Und sie dachte, dass Usaami Recht hatte. Sie musste lernen, mit einer Waffe umzugehen. Die Wildnis war nicht zimperlich. Jeff hatte das bereits in Arizona verstanden, nachdem ihm das Leben hautnah gezeigt hatte, dass es ihm nicht nur zulächelte. Dies war kein Lebensraum für Menschen, die sich dem Prinzip des Nichttötens verschrieben hatten. Die Natur hier war nicht verschwenderisch, voller Gefahren und funktionierte auf dem Kreislauf von Fressen und Gefressenwerden.

»Ich werde Usaami morgen Abend zum Essen einladen«, brachte Anna vorsichtig beim Abendessen hervor. Sie wusste, dass Jeff nicht begeistert wäre. »Ich dachte mal an einen Frauenabend. Schließlich gibt es ja Anlass genug. Um ein Haar hättest du eine tollwütige Freundin gehabt.« Sie sah ihn forschend an. »Außerdem bekomme ich auf die Weise vielleicht etwas über Luna heraus.«

Jeff rang sich ein Lächeln ab. Er schluckte ein Stück Fleisch hinunter. »Ihr wollt nach Cody?«

»Nein. In die Bear Lodge.«

»Das ist nicht dein Ernst!«

»Warum nicht?«

»Im Dunkeln über die Serpentinen ...«

»Jeff, wir sind keine kleinen Mädchen. Die zwanzig Meilen werden wir ja noch schaffen. Oder hast du Angst, uns holen die Bären?« Oder die Jäger, dachte Anna, sprach es jedoch nicht aus.

Jeff schüttelte den Kopf und schob Bohnen auf seine Gabel. »Hier ist die Tollwut ausgebrochen, und ihr wollt in die Bear Lodge euch amüsieren.«

»Wir haben doch alles getan, was man tun kann. Wir können doch nur abwarten, was die Leute vom Fish & Wildlife Service sagen, oder? »

»Ist schon okay.«

Anna goss Mineralwasser in ihre Gläser. Männer, dachte sie. Nur sich selbst gestehen sie Freiheit und Unabhängigkeit zu.

»Wann wollt ihr denn morgen los?«, fragte Jeff, sichtlich bemüht, die Sache entspannt zu sehen.

»Gleich nach dem Füttern.«

Fr nickte.

»Hätte ich dich einladen sollen, mitzukommen?«, fragte sie und legte ihre Hand auf seinen Arm.

»Mitnehmen?« Er lächelte. »Ich finde, das Ganze ist eine Schnapsidee. Mitten in der Nacht durch die Berge, nur um in der Bear Lodge essen zu gehen!« Er schüttelte den Kopf.

»Du bist doch derjenige, der gesagt hat, es wäre ein Lokal mit Atmosphäre und mit einer guten Bar.«

»Klar, aber eigentlich eher was für Männer.«

»Aha.«

»Wird fast nur von Jägern besucht.«

»Ach deshalb die Sorge.«

Jeff lächelte gelangweilt. »Großwildjäger. Die gehen nicht dorthin, um Frauen zu jagen, wenn du das meinst.«

»Na gut, dann kannst du uns ja beruhigt fahren lassen.«

Jeff zuckte die Schultern und lehnte sich zurück. »Damit hab ich kein Problem. Vielleicht komme ich auf diese Weise endlich mal zum Pokerspielen.«

»Kannst du auch bei ihm essen?«

»Mach dir darüber keinen Kopf.«

Am Abend des folgenden Tages setzte sich Usaami neben Anna in den alten Dodge-Pick-up. Sie wunderte sich nicht nur über sich selbst, sondern über das Phänomen weiblicher Gefühlszustände, als Usaami zu ihr ins Auto stieg und der Aprikosenduft ihres Shampoos in ihre Nase drang. Sie dachte an ihre und Jeffs Blicke am Feuer und an den Schuss, der ihr vielleicht das Leben gerettet hatte. Sie bemühte sich um Lockerheit, fand jedoch noch nicht die richtigen Worte, obwohl sie jeden Tag mit Usaami bei den Pferden zu tun hatte.

Sie fuhren in die Dämmerung hinein, bergaufwärts, und das einzige Licht auf dem Weg hinauf war das ihres Autos.

»Der Fish & Wildlife Service hat bereits zwei weitere Meldungen über Tollwutfälle erhalten«, sagte Anna schließlich. »Sie werden sofort Flyer mit der Warnung für das betroffene Gebiet drucken lassen und Jäger losschicken, um eine Verbreitung zu verhindern.«

»Auch Kojoten?«

»Keine Ahnung.«

»Haben sie was gesagt, wo die anderen Fälle gesichtet wurden?«

»Ja. In der Nähe der Black Horse Ranch.«

»Bei Bruce also.«

»Ich kenne ihn nicht.«

»Du kennst immer noch wenig Leute hier, nicht?«

»Die wohnen ja auch alle meilenweit entfernt.«

»Das ist das eine, aber ... Ich glaube, dir geht es nicht viel anders als mir. Wir sind hier beide Außenseiter.«

»Da magst du Recht haben«, sagte Anna nachdenklich. Und sie musste sofort an das Treffen bei Bob Raffert und an ihre Join-up-Vorführung bei Randy McClean denken. Sie war froh, als die Straße steiler und die Kurven enger wurden, so dass sie ihre Konzentration ausschließlich darauf lenken musste. Usaami schwieg, was Anna zwar nicht überraschte, aber eine wachsende Spannung in ihr erzeugte.

Nach etwa zwanzig Meilen Anstieg erreichten sie eine weite Hochebene. Anna bog an der Burgess Junction vom Highway 14 auf die 14A ab, und wenig später tauchten die ersten Lichter in der Dunkelheit auf.

»Da vorne ist die Bear Lodge.« Usaami deutete mit dem Kopf auf ein Schild. Annas Blick fiel auf ein zweistöckiges Haus aus dicken Holzbohlen.

»Na, dann haben wir's ja geschafft«, sagte Anna, weil ihr nichts Besseres einfiel.

Sie rollte auf den Parkplatz und stellte den Wagen zwischen die bulligen Pick-ups, die meisten mit ATV-Fourwheelern auf der Ladefläche, die heute die Pferde bei der Jagd ersetzten.

»Hier gibt es also Bären?«, fragte Anna mit Blick auf das Schild der Lodge.

»Hier gibt es alles, was der Abenteurer begehrt. Bären, Berglöwen, Luchse und vielleicht auch bald wieder Wölfe. Und Wapitis und Elche zum Abknallen.«

Anna nickte und beobachtete eine Gruppe von Männern in graugrün gescheckter Tarnkleidung, die gerade mit schweren Schritten das Lokal betraten.

»Soldaten?«, fragte Anna.

Usaami lächelte mitleidig. »Jäger.«

»Aha.« Anna öffnete die Tür und ließ Usaami den Vortritt.

Sie setzten sich an einen Tisch am Fenster, etwas abseits der Männer, die aussahen, als hätten sie zumindest den Tieren den Krieg erklärt. Rasieren tat man sich hier nicht. Man gab sich animalisch, martialisch, verwegen, und mit Sicherheit drehten sich ihre Gespräche ausschließlich um das Aufspüren und Erlegen der Beute und um kapitale Hirsche und Trophäen.

»Wir sind anscheinend die einzigen Frauen«, sagte Anna.

»Nein«, entgegnete Usaami. »Sieh mal genau hin.«

Anna ließ ihren Blick durch den Raum schweifen. Von allen Wänden starrten braune Reh- und Wapitiaugen auf sie herab. Und bei näherem Hinsehen stellte sie fest, dass sie die Frau an dem Tisch in der Ecke gar nicht als solche ausgemacht hatte. Auch sie trug Armeekleidung und schwere Stiefel, und Anna versuchte sich vorzustellen, wie sie auf eine Wapitikuh zielte. Dann wandte sie sich Usaami zu. »Und du arbeitest jetzt gut ein halbes Jahr auf der Ranch?«, fragte sie.

Usaami nickte.

Die Kellnerin brachte ihnen die Karte.

»Und wo hast du vorher gelebt?«

»In Morton im Wind-River-Indianer-Reservat. Ganz klassisch.«

»Das ist doch in der Nähe von Fort Washakie, nicht?«

»Ja. Washakie war der Vorzeigehäuptling. Er war brav genug, um eine geheiligte Grabstätte zu bekommen.« Usaami zog die Mundwinkel herunter. Ihr dunkler Blick ging verächtlich ins Leere.

»Ich wollte eigentlich immer mal dorthin«, erwiderte Anna.

»Ist ‚n langweiliges Touristennest, so was wie ‚ne Rechtfertigung der Weißen. Viele von uns machen den Powwow-Zirkus mit. Mir ist dieser zu inhaltloser Folklore erstarrte Quatsch total peinlich. Ich finde, es reicht, wenn die Weißen hier so tun, als wäre die Zeit stehen geblieben. Und sie haben immer noch nichts kapiert. Erst zerstören sie unsere Kultur, und dann schlachten sie sie für ihre eigenen Interessen aus. Erst die Bisons und jetzt uns. Sie haben unseren Wert als Werbemittel für den Tourismus erkannt.«

Ja, wir Weißen haben alle unsere Altlasten, dachte Anna, aber sie war in diesem Moment doch froh, keine Amerikanerin zu sein.

»Die Gegend um Shoshoni soll doch ganz schön sein«, sagte Anna und hoffte auf irgendetwas Positives aus Usaamis Mund.

»Schön? Ha! Die haben uns Indianern nur die Badlands von Wyoming gelassen. Da wächst kein Baum und kein Strauch, und Morton ist ‚n Nest, in dem man nicht begraben sein möchte. Meine Mutter wohnt heute noch dort. Sie lebt in einem winzigen schäbigen Holzhaus, auf der winzigen Parzelle, auf der vorher der Wohnwagen stand und in dem ich mit meinen beiden Geschwistern geboren wurde.«

»Was hat dein Vater gemacht?«

»Gesoffen. Ich sagte doch, klassisch und alle Vorurteile bestätigend.« Usaami blickte auf ihre langen Hände, die ineinander verschränkt vor ihr auf dem Tisch lagen.

»Das war sicher nicht einfach für euch, nicht?«, sagte Anna und dachte, dass es nie möglich war, angemessene Worte auf derartige Offenbarungen zu finden. Sie war versucht, weitere anteilnehmende Fragen zu stellen, aber sie vermutete, dass Usaami kein Freund von zu viel Nähe war. Einen Moment lang herrschte Schweigen. Anna klappte die Karte auf, flog über die Zeilen mit den Fleisch- und Nudelgerichten und entschied sich für einen Nudelauflauf. Usaami bestellte ein Steak.

»Und wann heiratet ihr beide, Jeff und du?«, fragte sie in das Schweigen und klappte die Speisekarte zu.

Anna erstarrte, glaubte zu erröten. »Heiraten! Nie.« Sie lachte kurz auf, aber eigentlich machte sie dieses Thema eher traurig. »Wir sind auch ohne dieses Stück Papier glücklich«, fügte sie eilig hinzu.

»Und Kinder?«

»Wir wollen beide keine«, sagte sie aus voller Überzeugung. »Wir sind beide Einzelkinder und lieber zu zweit.«

Usaami lächelte wieder und nahm einen Schluck von dem kalifornischen Rotwein, den Anna bestellt hatte.

»War schon klasse, wie du diesen Kojoten erledigt hast«, wechselte Anna das Thema. »Ich bin dir wirklich dankbar dafür.«

Usaami senkte den Blick, als wäre ihr der Dank unangenehm. Ihre Schönheit war Anna nicht mehr unheimlich. Ihre Verbitterung war ihr verständlich geworden, und sie meinte auch eine Verletzlichkeit hinter der harten Schale zu erkennen.

»Was hat dich eigentlich dazu gebracht, in einer Umweltorganisation aktiv zu werden?«, fragte sie nach einer Pause.

»Natürlich die Ausbeutung unseres Landes.«

»Und was bedeutet das für dich – euer Land. Denkst du da als Indianerin oder einfach als Amerikanerin?«

»Ersteres trifft die Sache am besten.«

Anna senkte unwillkürlich den Blick.

»Aber ich werde austreten«, sagte Usaami nach kurzer Pause.

»Warum?«

»Ich bekomme zunehmend Schwierigkeiten mit den Leuten hier, und das kann ich mir nicht leisten.«

Anna horchte auf. »Aber nicht bei uns, oder?«

Usaami schüttelte zögernd den Kopf und ließ ihren Blick durch den Raum schweifen. »Hast du eigentlich mal die Weiden von Bob Raffert gesehen?«, fragte sie eilig und sichtlich bemüht, das Gespräch von ihren persönlichen Dingen abzulenken.

»Nein. Das ist ein schwieriges Thema. Es bereitet mir immer wieder Kopfzerbrechen. Natürlich habe ich nicht übersehen, dass es hier überweidetes Land gibt. Auf der anderen Seite würde ich es bedauern, wenn das Bighorn Basin irgendwann so aussieht, wie die Gegend bei Cody.«

»Was hast du gegen das Wapiti Valley? Ich habe mir immer gewünscht, in so einer Gegend zu wohnen. Die Leute dort sind gut drauf, viel offener, und sie bauen hübsche Holzhäuser und schonen das Land. Die meisten Ranchettenbesitzer arbeiten an ihrem Laptop und strapazieren das Land weniger als die Rancher mit ihren Rinderherden.«

Anna lachte kurz auf. »Erstaunlich, dass gerade du so was gut findest. Früher haben hier eure Bisons gegrast. Und außerdem hast du dir gerade ein Steak bestellt. Du scheinst nicht darauf verzichten zu wollen, genauso wenig wie diese Bürohengste mit ihren Computern.«

»Trotzdem sind diese Leute viel mehr um den Erhalt einer intakten Umwelt bemüht. Die Rancher interessiert doch nur die Anzahl und das Gewicht ihrer Rinder auf ihrem oder dem gepachteten öffentlichen Land.«

»Für diese City Slicker kommen die Steaks aus dem Supermarkt, genauso wie der Strom aus der Steckdose. Aber wie das dahin gelangt, darüber machen die sich keinen Kopf. Und dass das Fleisch nur noch aus Massentierställen kommen wird, wenn die Rancher kein Weideland mehr haben, sehen sie auch nicht«, ereiferte sich Anna und holte tief Luft. »Und außerdem«, fügte sie hinzu, »was ist mit den Golfplätzen, den Klimaanlagen und den Whirlpools? Sind die etwa umweltfreundlich in einer Gegend, die den ganzen Sommer durstet?«

Usaami schwieg, setzte dann an, etwas zu sagen, aber Anna kam ihr zuvor.

»Warum arbeitest du überhaupt auf einer Ranch?«, fragte sie verwundert.

»Ich arbeite gern mit Pferden und ...« Sie stockte und blickte zu dem Tisch, an dem schallend gelacht wurde. »Außerdem habe ich gar keine Wahl.«

Eine Weile herrschte Schweigen, und Usaami nippte an ihrem Wein. Dann stellte sie das Glas ab und blickte darauf. »Mir macht die Arbeit bei euch großen Spaß und ... »Sie hielt inne und schlug ihre Augenlider mit den langen Wimpern auf. Es war einer der seltenen Momente an diesem Abend, in denen sie Anna direkt in die Augen sah. »Natürlich liebe ich auch das Ranchleben, und ich fühle mich sehr wohl bei euch«, sagte sie merkwürdig verlegen. »Aber vieles im Leben ist so schwer miteinander vereinbar. Man schwimmt in einem Strom, der pausenlos seine Richtung ändert. Und manchmal gerät man in einen Strudel, und dann ...« Sie schien noch etwas sagen zu wollen, trank jedoch stattdessen ihren Wein aus.

Anna schaute in ihr ebenmäßiges Gesicht, das genauso unzugänglich war wie die Wildnis der Bighorn Mountains. Sie überlegte, wie sie auf das hinauskommen konnte, was ihr eigentlich unter den Nägeln brannte.

»Usaami«, sagte sie schließlich ohne Umschweife, »du hast von Feinden gesprochen, die ich hätte. Wer sind sie?« Annas Blick bohrte sich in ihre abwehrenden Augen. »Wir müssen die Sache aufklären, verstehst du? Auch in deinem Interesse! Die Rancher hier glauben nicht an eine Vergiftung. Oder sie tun nur so. Auf jeden Fall stehst du als die Verantwortliche für eine falsche Fütterung da.«

Usaami senkte den Blick. Ihre Finger spielten mit dem Besteck, bis die Gabel scheppernd zu Boden fiel. Sie beugte sich unter den Tisch, hob sie auf, wischte sie mit der Serviette ab und legte sie neben den Teller.

Die Kellnerin unterbrach das gespannte Schweigen. Sie stellte freundlich lächelnd Steak und Nudeln auf den Tisch und fragte, ob sie sonst noch etwas bringen könne. Beide schüttelten den Kopf. Eine Weile aßen sie wortlos, und Anna musste sich Mühe geben, ihren verspannten Magen zu füllen. Ihre Frage lag lauernd zwischen ihnen, und sie stellte fest, dass auch Usaami mit dem Essen kämpfte. Schließlich hörte sie ganz auf, und Anna sah zu ihr hinüber. Usaami starrte sie aus glasigen Augen an.

»Ich würde dir gern mehr sagen, Anna, aber in meiner Situation ist das nicht möglich«, fuhr Usaami fort. »Ich möchte dich aber nochmals warnen. Cowboys lieben Feinde. Umgehe Konfrontationen und Situationen, die Neid und Ärger schaffen. Zieh auch das Sweatshirt nicht mehr an. Es gibt hier eine ganze Reihe netter Menschen, aber es gibt auch eine Clique, die sich nicht gern die Butter vom Brot nehmen lässt. Und es gibt jemanden, der nicht mag, wenn ihm eine Frau – wie er sagen würde – dumm kommt. Und selbst die netten, ehrlichen Leute legen Wert auf das Einhalten gewisser Regeln. Sie kleben an ihren Traditionen, meinen, ihre überlieferten Methoden wären die besten.«

Sie hielt inne, und Anna wollte gerade ihre Pause dazu nutzen, auf ihr Anliegen zurückzukommen, aber Usaami war noch nicht fertig.

»Und auch diese netten, immer freundlichen und hilfsbereiten Menschen bestehen auf ihrem Recht, ihr Wertesystem notfalls mit der Waffe zu verteidigen«, fügte Usaami hinzu. Dann holte sie tief Luft und blickte zur Seite zum Fenster, in dem nichts zu sehen war als schwarze Nacht.

Anna starrte sie an. Ihr Herz schlug schneller, und ihre Muskeln spannten sich.

»Du weißt also etwas?«, fragte sie scharf.

»Ich kann dir nichts sagen, Anna. Es geht nicht.«

»Und wenn ich dir verspreche, dass es bei mir bleibt?«

»Daran glaube ich nicht. Wir Frauen sind nicht zum Schweigen geboren.«

Anna überlegte. Vielleicht hatte Usaami sogar Recht, aber der Glaube an die eigene Fähigkeit zur Verschwiegenheit blieb von dieser Erkenntnis unberührt.

»Usaami, bitte! Ich werde dich nicht verpfeifen. Schon gar nicht, nachdem du mir vielleicht das Leben gerettet hast.«

Diesmal schien das Schweigen nicht enden zu wollen. Usaami saß reglos vor ihrem halb vollen Teller. Daumen und Zeigefinger ihrer schmalen Hand glitten am Stil ihres Glases auf und ab. Dann legte sie ihr Besteck zusammen und blickte wieder zum Fenster, als würde sie am liebsten dort hindurch verschwinden. Sie wirkte unruhig, gespannt, fast ängstlich. »Mein Gewissen quält mich schon lange, Anna«, sagte sie ganz leise. »Du darfst keinem – auch Jeff nicht – auch nur irgendetwas von unserem Gespräch und meiner Warnung an dich erzählen«, fügte sie eindringlich hinzu, und ihre Augen weiteten sich. »Die machen mich sonst fertig, Anna! Mich oder meine Mutter!«

Ihre Augen wurden feucht, ihr Blick huschte durch den Raum. »Du wirst nichts weiter von mir erfahren. Bitte stelle mir keine Fragen mehr.« Sie stand auf und eilte aus der Tür.

Anna blieb reglos sitzen. Sie fühlte ihren Puls rasen, starrte auf ihre restlichen Nudeln und den angetrockneten Käse darauf und versuchte zu erfassen, was Usaami gerade gesagt hatte. Was wusste sie? Und warum wusste sie etwas? Wer setzte sie unter Druck und lauerte vielleicht auf den nächsten Anlass, um ein weiteres Pferd zu vergiften?

Sie schauderte. Als sie kurz darauf ihre Umgebung wieder wahrnahm, suchte sie nach ihrer Mastercard, fand sie nach hektischem Kramen in ihrer Handtasche und steckte sie mit zittrigen Händen in das Lederetui, das die Kellnerin auf den Tisch gelegt hatte. Sie wartete ungeduldig auf die Rückgabe und eilte dann hinaus, um nach Usaami zu sehen. Sie irrte zwischen Pick-ups und Geländewagen umher und schaute auf der Terrasse nach. Von Usaami keine Spur. Die matten Lampen, die den Weg zwischen der Lodge und den kleinen Holzhütten flankierten, schnitten nur kleine helle Ausschnitte in die Finsternis, und Anna ging langsam, sich immer wieder umdrehend, zum Waldrand hinunter. Dort stand sie, das Gesicht in den Händen. Sie weinte, und Anna blieb ratlos vor ihr stehen. Die Auflösung ihrer scheinbaren Unerschütterlichkeit berührte sie auf eigentümliche Weise, und die Verweigerung ihres Vertrauens kränkte sie. »Lass uns zurückfahren«, sagte Anna.

Usaami folgte ihr widerstandslos. Im Auto beruhigte sie sich.

Anna bemühte sich um Verständnis. »Du verlangst sehr viel von mir, Usaami«, sagte sie und ließ den Motor an. Sie kämpfte mit ihren Gefühlen, die wie wilde Affen durch ihren Kopf sausten und sich im Labyrinth ihrer Gedanken verfingen. Und sie ermahnte sich immer wieder zur Konzentration auf die Straße.

Als sie die ersten Kurven bergab durch die Finsternis unbewohnter Nadelwälder nahm, dachte sie an Hamburg, an ihre Freunde, an ihre Mutter und an Rubi. Sie fühlte sich verraten, bedroht und entsetzlich allein. Sie war Opfer einer Verschwörung geworden, in einem Land, in dem sie die große Erfüllung gesucht hatte. Sie liebte die Weite, die Tiere, die Arbeit mit ihnen, aber an diesem Tag sehnte sie sich mehr denn je nach ihrer angestammten Heimat zurück. Sie wusste nicht mehr, wo sie wirklich hingehörte.

Der Boden wankte unter ihren Füßen, als sie den Wagen nach fast zwanzig Meilen Serpentinen vor dem Ranchhaus parkte. Usaami stieg aus und schlug die Beifahrertür zu.

»Danke für das Essen«, sagte sie über die Kühlerhaube hinweg und war im Begriff, sich abzuwenden.

»Du musst mir sagen, wer mein Pferd vergiftet hat und dich unter Druck setzt«, beschwor Anna sie.

»Ich kann nicht. Ich riskiere vielleicht mein Leben.« Sie drehte sich um und ging.

Anna sah ihr noch eine Weile hinterher, bis sie in der Dunkelheit verschwunden war. Eine leichte Brise rauschte durch die Bäume, und das Wiehern eines Pferdes hallte aus der Ferne herauf. Sie spürte ein brennendes Verlangen danach, Jeff von ihrem Gespräch mit Usaami zu erzählen. Das versprochene Schweigen war eine harte Prüfung für sie, denn er kam ein paar Minuten nachdem sie das Haus betreten hatte gut gelaunt und mit weniger Alkohol im Blut als erwartet vom Pokerspiel bei Robert zurück. Es war Samstagabend, und Jeff wirkte müde, aber entspannt.

»Und, wie war es in der Bear Lodge?«, fragte er, zog die Stiefel von den Füßen, warf sie in die Ecke und ließ sich ihr gegenüber in den Sessel sinken.

»Ganz nett«, erwiderte Anna, bemüht um ein heiteres Lächeln.

»Irgendwie wirkst du so, als wäre es ziemlich aufregend gewesen.«

»Das täuscht.« Anna stand auf und öffnete eine Flasche Rotwein. Sie hob die Flasche in seine Richtung. »Du auch?«

»Ja, gern.«

Sie holte zwei Gläser, spürte, dass ihre Hände immer noch flatterig waren, und goss den Wein so ein, dass Jeff sie dabei nicht im Blick hatte. Als sie ihm das Glas auf den kleinen Beistelltisch stellte, hielt er ihren Arm fest.

»Irgendwas ist doch mit dir los«, sagte er und blickte sie forschend an.

»Nein, eigentlich gar nichts.«

»Komm, du kannst mir nichts vormachen.«

»Ich vermisse einfach meine Freunde.«

Jeff ließ ihre Hand los. »Ich habe gehofft, Usaami und du, ihr würdet euch ein bisschen anfreunden.«

Anna spürte, dass das ein Wunsch seines Verstandes war und nicht seines Herzens. Sie setzte sich wieder auf die Couch. »Du weißt doch, wie Usaami ist«, brachte sie nach kurzem Schweigen hervor.

»Erstaunlich wortkarg für eine Frau, wenn du das meinst.«

»Und verschlossen wie ein Safe.«

»Habt ihr über Luna gesprochen?«

Anna schüttelte den Kopf und Jeff nickte. Sie betete, dass das Blut, das in ihr emporschoss, nicht ihre Wangen rötete. Sie dachte an Luna, an ihre zerstörten Hoffnungen und an ein Leben in ständiger Gefahr, würde der Täter nicht gefasst oder wenigstens zu einer schmerzenden Geldstrafe verurteilt.

»Du bist woanders, nicht hier bei mir«, sagte Jeff misstrauischer als zuvor.

»Ja. Ich war zu Hause«, log sie, und sie fühlte sich schrecklich dabei.

»Zu Hause. Ach ja ...« Jeff nickte. Enttäuschung sprach aus seinen Augen.

Sie stand auf, schlang ihre Arme um seinen Hals und legte ihren Kopf auf seine Schulter. »Natürlich ist jetzt hier mein Zuhause, aber ...«

»Du brauchst dich nicht zu entschuldigen.«

»Jeff, es hat nichts mit uns zu tun.« Sie drückte ihr Gesicht fest an seinen Hals. »Ich liebe dich.«

Er reagierte nicht.

»Ich habe Angst«, sagte sie schließlich.

Jeff horchte auf. Er nahm ihr Gesicht in seine Hände. »Hey, Anna! So kenne ich dich ja gar nicht.« Er sah sie forschend an. »Wir beide glauben zu wissen, wer es war, und der hat erreicht, was er erreichen wollte. Er hat dir dein Pferd kaputtgemacht, und er hat dir Angst eingejagt. Aber er wird dafür büßen.«

»Und Lunas Fohlen?«

»Nein, Anna. Er wird nicht so dumm sein und noch mal etwas Derartiges tun, jetzt, wo sie ihm ohnehin schon auf den Fersen sind.« Er drückte sie an sich, und ihre Gedanken verloren allmählich ihre zermürbende Kraft. Sie spürte Jeffs Hände unter ihrem Hemd. Und als er sie schließlich ins Schlafzimmer hinaufzog, lösten sich Angst und Spannung auf. Was blieb, war der Augenblick, dort, wo das Vergangene aufhörte und das Vielleicht nicht existierte. Er streifte all ihre Ängste von ihr ab wie die Kleidung von ihrer Haut und ließ sie für einige Stunden alles vergessen, was nicht mit ihm zu tun hatte. Seine Liebe entführte sie in gedankenfreie Sphären, erfüllte sie mit Wärme wie das Morgenlicht über der Prärie, wie das Treiben einer Herde junger Pferde. Sie liebten sich, als wären sie füreinander erschaffen worden und als gäbe es nichts und niemanden außer ihnen auf der Welt. Ihr Zusammensein war eine stille Verrücktheit. Es war anders als sonst, und es schien, als würden sie etwas festhalten wollen, das immer mehr in Gefahr geriet.

Und als sie erschöpft nebeneinander lagen, drehte sich Jeff plötzlich zu ihr und sah sie lange an. »Es ist nicht nur die Angst vor Charly. Hab ich Recht?«

Anna wusste ihm nichts zu antworten. Sie kämpfte gegen die Tränen an, während Jeff sich erhob und das Zimmer verließ.

Usaamis Andeutungen quälten Anna tagaus, tagein, denn die Arbeit ließ ihr keinen Fluchtweg. Es war, als würde sie jeden Tag vor einer angelehnten Tür stehen, die die Wahrheit versperrte, und immer wieder musste sie davon zurücktreten und in Unwissenheit verharren. Das Verlangen, mit Jeff zu sprechen, zerrte an ihren Nerven. Sie konnte ihre Angespanntheit nicht mehr vor ihm verbergen, fühlte sich beobachtet, in all ihren Gesten und Reaktionen verunsichert.

Jeffs unbeantwortete Fragen führten schließlich zu seinem Rückzug, und die Einsamkeit an seiner Seite drückte sie nieder wie regenschwere Wolken. Sie musste Usaami zum Reden bekommen, sonst würde die Beziehung zerbrechen.

25

In der dritten Augustwoche, einen Monat vor dem Herbst-Round-up, fuhr Robert endlich nach Denver zum Vaterschaftstest. Jeff stand an der Auffahrt, und als der Wagen langsam seinem Blickfeld entschwand, sah er Paul im Angesicht der Wahrheit, dann seine Mutter in Roberts Armen. Und die Zerrissenheit seiner Gefühle machte ihm weit mehr zu schaffen als die Ungewissheit.

Robert würde Elizabeth gleich nach dem Test besuchen. Er würde eine Woche lang wegbleiben, eventuell auch noch zu einem Freund fahren. Seinen alten Hund hatte er Anna und Jeff anvertraut. Jacky war zu schwach, um draußen bei den anderen Hunden zu bleiben.

Jeff ging mit langsamen Schritten zu den Corrals hinauf und dachte an die zurückliegenden Wochen. Es war ein heißer, trockener Sommer gewesen, und alle im Basin warteten ungeduldig auf Regen. Die Weiden waren gelb, bis auf die Grasnarbe abgefressen, und die Kälber wogen ein Drittel von dem, was sie im letzten Jahr auf die Waage gebracht hatten. Noch nie war Jeff der Sommer so lang und heiß erschienen wie in diesem Jahr. Jeden Tag erhob sich die Sonne vor einem wolkenlosen, leeren Himmel wie ein Feuerball. Der Wind war ein ständiger Begleiter, aber er war warm und trocken und brachte keine Abkühlung.

Jeff dachte an Anna und erschrak über sich selbst. In seinem Innern war es still und reglos. Er fühlte sich so ausgedörrt wie die Prärie, die ihn umgab. Anna verbarg etwas vor ihm. Es hatte ihn lange gequält, hatte ihn gekränkt und sein Vertrauen erschüttert. Und als er nichts aus ihr herausbekam, gab er auf.

Sie waren zweimal bei Sam Osborn gewesen. Die Ermittlungen hatten nichts Neues gebracht. Alle

Verdächtigen, auch Charly und Dave, hatten ein stichhaltiges Alibi für den Tag, nach dem Luna erkrankt war. Sie waren im Groovy gewesen, was dort bestätigt wurde. Aber was war zwischen Groovy und dem Nachhauseweg? Waren sie tatsächlich gleich zurückgefahren, oder hatten sie einen Umweg über die Rowly Ranch gemacht?

Usaami, Bill und Spencer waren auf der Ranch gewesen. Es gab jedoch kein Tatmotiv, und niemand auf der Ranch würde einen von ihnen verdächtigen. Osborn jedoch hatte angedeutet, er sei auf einer neuen Fährte. Ob er wirklich um die Aufklärung bemüht war, dessen war sich Jeff nicht sicher. Schließlich ging es nur um den Wert eines Pferdes, nicht um einen Menschen.

Dave war von einem auf den anderen Tag von der Ranch verschwunden. Er war seinem Vater zu Randy McClean gefolgt. Ob er Jeffs Abneigung gespürt oder ob er tatsächlich in die Sache mit Luna verwickelt war, blieb im Dunkeln. Pamela Whitfield, eine Cousine von Larry Dixon, hatte den Job übernommen. Sie war eine ruhige, freundliche junge Frau, die als junges Mädchen bereits auf der Ranch geholfen hatte.

Das Protestschreiben der Rancher blieb ohne Erfolg. Im nächsten Jahr würden die Weiderechtsbeschränkungen in Kraft treten, und Jeff musste umdenken und umplanen. Er hatte sich mit Robert zusammengesetzt und neue Ideen diskutiert. Das Ergebnis der intensiv bewirtschafteten Versuchsflächen würde Aufschluss über das Weideverhalten der Rinder geben und ihnen hoffentlich eine effizientere Bewirtschaftung ermöglichen. Aber das Viehtreiben über die Weiten der Prärie würde irgendwann zu einer wehmütigen Erinnerung, zum Mythos vom Leben in einer ursprünglichen Natur und vom freien Cowboydasein. Und vielleicht würden sie dann von diesem Mythos leben und Touristen das Flair vergangener Zeiten schnuppern lassen.

Jeff setzte sich auf den Zaun des kleinen Corrals. Das Spätsommerlicht tauchte die Stallungen und die frisch gezimmerte, überdachte Round Pen in goldene Farbe. Er atmete den Geruch des frischen Holzes ein und ließ die Arbeit der letzten Monate an sich vorüberziehen. Er war stolz auf den Bau, war zufrieden mit den Erfolgen der Pferde, die sie bereits darin trainiert hatten. Anna hatte die Ausbildung von Hamiltons Paint Wallach zu größter Zufriedenheit der Besitzer abgeschlossen, und Jeff hatte ihm ohne weitere Diskussion den letzten Schliff in der Westerndressur gegeben.

Annas für ihn unerklärbare Verschlossenheit jedoch, ihr stilles Verlangen nach Zärtlichkeit und das Ausbleiben ihrer kleinen Sticheleien, wenn es um Hausarbeit und Küche ging – all das sagte ihm, dass etwas nicht stimmte. Er hatte ein paarmal an ein Verhältnis mit Tom gedacht, an eine Bekanntschaft aus der Bear Lodge, verwarf diesen Gedanken jedoch endgültig. Und er hoffte, dass es nicht das Heimweh war und dass es ihm nicht so ergehen würde wie Robert.

Er sprang vom Zaun, ließ sich zu den Weiden treiben und dachte an die Tage, die sie beim Branding und Round-up bei den Nachbarn verbracht hatten, an die Ritte mit Anna zu den Rindern, die in den Bighorn Mountains grasten. Wundervolle Stunden voller Harmonie, unbeschwert und leicht. Sie waren Vergangenheit. Würde er all das ebenso genießen können, wenn Anna nicht mehr bei ihm wäre?

Sein Blick schweifte über die Stutenherde. Die spät geborenen Fohlen verlangten noch nach der Milch ihrer bereits wieder trächtigen Mütter. Luna hatte sich von ihrer schweren Erkrankung so weit erholt, dass sie mit Hilfe eines Spezialbeschlags wieder über die Weiden ziehen konnte. Anna würde sie jedoch nie mehr reiten können. Die endgültige Feststellung dessen war für sie beide ein harter Schlag, aber es gab auch einen Trost. Im nächsten Frühjahr würde

Luna ein Fohlen bekommen, vorausgesetzt, diesmal ging alles glatt.

Anna hatte Red Wings zu ihrem Arbeitspferd ausgebildet. Der Wallach hatte sich unter ihrer Obhut schnell zu einem leichtrittigen Pferd entwickelt, und Robert gab ihm den letzten Schliff für die Rinderarbeit. Zum bevorstehenden Herbst-Round-up würde er ein recht zuverlässiges Arbeitspferd abgeben, denn er war ruhiger und abgeklärter als Twister zu Beginn seiner Schulung.

Jeff ging nachdenklich ins Ranchhaus zurück. Es war später Nachmittag, und die Sonne bereitete sich zum Untergang vor. Alles, was er sich für den heutigen Tag vorgenommen hatte, war erledigt, und er konnte beruhigt Feierabend machen.

Als er in den Flur trat, hob Jacky noch nicht einmal den Kopf. Er lag zusammengerollt in seinem Korb, dem Leben abgewandt, und rührte sich nicht. Sein Zustand verschlechterte sich so rapide, dass Anna befürchtete, er würde sterben, bevor Robert aus Denver zurück war. Und Jeff konnte sich der Annahme nicht erwehren, dass Jacky aufgab, weil er dachte, sein Herr hätte ihn verlassen.

Als Jeff auf die Ranch kam, hatten seine Augen bereits eine bläulich matte Trübung gehabt – ein sicheres Zeichen für grauen Star. Seine Hinterläufe waren so schwach, dass er keine Treppen mehr gehen konnte, und die Hälfte seiner kleinen Schneidezähne war ausgefallen. Dennoch hatte es immer wieder Momente in seinem Leben gegeben, die voller Freude zu sein schienen. Und wenn Robert mit ihm am Nachmittag über den Hof ging, stets bemüht, sein Tempo zu drosseln, um dem alten Tier seine Unzulänglichkeit nicht vor Augen zu führen, wirkte er mit sich und der Welt zufrieden.

Seit einigen Tagen jedoch schienen Jackys Nieren nicht mehr richtig zu arbeiten. Er erbrach sich und fraß kaum noch etwas. Anna spritzte ihm sterile Kochsalzlösung unter die

Haut, aber alles, was er zu sich nahm, kam wenig später wieder heraus. Einen Tag bevor Robert zurückkehrte, verweigerte er schließlich jegliche Nahrungsaufnahme und war kaum noch aus seinem Korb herauszubewegen.

»Ich fürchte, wir müssen ihn einschläfern, sobald Robert zurück ist«, sagte Anna zu Jeff, als sie nebeneinander vor seinem Korb standen und auf das Häufchen Elend hinabsahen.

Jeff nickte schwach. Er war sich nicht sicher, ob das der richtige Weg war. Sollte man den Hund nicht so, wie es in der Natur war, sich selbst überlassen? Wer sind wir, dass wir ständig über Leben und Tod von Tieren entscheiden, wo wir uns selbst und unseren Mitmenschen, wenn es medizinisch machbar ist, den natürlichen Tod verwehren, selbst wenn er humaner wäre?

Jeff dachte an Robert und daran, wie sehr er diesen Hund brauchen würde, sollte er nicht als sein Vater zurückkehren.

»Jeff, was ist?« Anna sah ihn fragend an. »Findest du nicht, dass ich es tun sollte?«

»Doch. Aber es ist letztendlich Roberts Entscheidung.«

»Eigentlich ja. Aber du siehst doch, wie er sich quält.« Anna streichelte Jackys stumpfes Fell. »Ich weiß, wie sehr Robert an ihm hängt. Aber das ist nun mal der normale Lauf der Dinge. Er ist immerhin vierzehn Jahre alt, und man sollte ...«

»Vielleicht stirbt er einfach so.«

»Soll Robert zusehen, wie er verhungert?«

Jeff schüttelte den Kopf und wandte sich ab. Er selbst konnte Leid schwer ertragen. Er führte sich sein einstiges Ziel vor Augen, die Erlösung aus dem Kreislauf des Daseins mit seinen nicht endenden Wiedergeburten durch das Loslassen alles Vergänglichen. Er hatte es im Zuge der Rückkehr in das aktive Leben mit seinen immer neuen Herausforderungen, mit seinen Verlockungen, Schönheiten und berauschenden Gefühlswelten aus den Augen verloren. Die Probleme der letzten Zeit jedoch hatten ihn wieder daran erinnert, dass es ein anderes Ziel gab als dem Lauf des eigenen, begrenzten Hamsterrades zu folgen und sich immer wieder in seinen Störgefühlen zu verstricken.

Jackys Leiden, die Gedanken an Roberts bevorstehende Rückkehr und die Unsicherheit über das Ergebnis lasteten auf ihrer Stimmung, und das Abendessen wurde von einem bedrückenden Schweigen überschattet. Jeff zog sich früh ins Bett zurück, und Anna folgte wenig später.

Als es am nächsten Abend an der Tür klingelte, fuhr Jeff zusammen. Es bestand kein Zweifel daran, dass es Robert war – womöglich sein leiblicher Vater. Er hörte aus dem Wohnzimmer heraus, wie Anna aus der Küche eilte und öffnete. Er blieb stehen, unschlüssig über sein eigenes Verhalten, unfähig, auch nur einen Schritt in Richtung Tür zu machen. Er lauschte, vernahm zunächst Annas Stimme, dann die von Robert. Noch verriet nichts den Zustand seiner Gefühle, aber womöglich kannte Anna, die ihm gegenüberstand, bereits das Ergebnis seiner Reise.

Jeff hörte Roberts Schritte, dann seine Worte zu Jacky.

»Es geht ihm sehr schlecht«, hörte er Anna sagen. Dann war eine Weile Schweigen.

Als Robert das Wohnzimmer betrat, spürte Jeff seinen Puls. Wie ein reißender Strom raste das Blut durch seinen angespannten Körper. Er starrte in Roberts tiefblaue Augen und fand Freude darin. Und noch ehe er seine Frage hervorbringen konnte, bewegte sich Robert auf ihn zu, legte seine Arme auf seine Schultern und sagte langsam und feierlich: »Jeff, mein Sohn.« Mehr brachte er nicht hervor. Anna stand im Hintergrund, lächelte und verschwand wieder in der Küche.

Jeff spürte einen Kloß in seiner Kehle. Er war außerstande, etwas zu sagen, obwohl es ihn danach drängte.

Einen Moment lang standen sie dicht aneinander gelehnt in der Mitte des Wohnzimmers. Jeff spürte Roberts Wärme und blickte über seine Schulter hinweg auf die Bilder von Pferden und Rindern der Rowly Ranch und auf den Kopf des Wapitihirsches, den er mit Robert vor dreißig Jahren, in voller Lebenskraft, stolz und imposant auf der Lichtung in den Bighorn Moutains entdeckt hatte. Damals wusste er noch nicht, dass er neben seinem Vater stand, dass sein Vater einen Wapiti geschossen und dass er ihm ein Steak davon gebraten hatte, während seine Mutter mit einem Mann in Denver saß, der glaubte, einen Sohn zu haben.

»Es ist also sicher nachgewiesen?«, fragte Jeff schließlich.

Robert nahm seine Arme von Jeffs Schultern und nickte stumm.

Jeff schüttelte den Kopf, lächelte, steckte die Hände in die Hosentaschen.

»Ist schon komisch, nicht?

Robert nickte.

»Möchtet ihr Jungs was trinken?«, fragte Anna aus der Küche heraus.

»Klar!«, rief Robert und setzte sich auf die Couch. »Komm, Jeff, das Herumstehen ist ungemütlich.«

Jeff setzte sich Robert gegenüber in den Sessel, aber er war zu aufgewühlt, um still sitzen zu können.

»Ich muss kurz noch mal in den Stall, Red Wings die Kühlgamaschen abnehmen«, sagte er, obwohl Usaami das wahrscheinlich längst erledigt hatte.

»Okay, Jeff. Geh nur! Ich unterhalte mich solange mit Anna.«

Robert lächelte gönnerhaft, und Jeff wusste, dass er verstanden hatte, was mit ihm los war. Er erhob sich, rief Anna zu, dass er gleich zurück sei und dass sie sich solange um seinen Vater kümmern solle.

»Aber das Essen ist gleich fertig!«

»Zehn Minuten!« Damit verschwand er aus der Tür, sog gierig die frische Luft ein und ging langsam, die Hände in den Hosentaschen, über den Hof.

Der Himmel war von feuerroten Schlieren bedeckt. Kein Lüftchen regte sich. Auch die Pappeln standen reglos da, bis ins letzte Blatt hinein. Kein Rascheln, kein Säuseln. Wyomings Wind schien die Puste ausgegangen zu sein. Oder er hielt den Atem an, so wie er selbst eben, als er das erste Mal mit Gewissheit seinem Vater in die Augen gesehen hatte.

Es war auch sonst stiller geworden. Die wenigen Vögel hier unten im Basin schienen des Singens müde geworden zu sein, und die Pferde wieherten sich seltener zu. Der Spätsommer kündigte sich an. Die Sonne warf Flammen herab, als ob es darum ginge, noch einmal zu beweisen, wer die Macht über das Leben hatte. Es war wie ein letztes Aufbegehren, ein üppiges Verschwenden von Energie und Wärme vor einer Zeit der Kälte und Finsternis. Der Wandel der Jahreszeiten lag im Einklang mit dem Wandel seiner eigenen kleinen Welt. Jeff dachte an Robert. Sein Erbe erschien nun selbstverständlich, seine Verantwortung der Dankbarkeit entledigt und eher der Pflicht unterworfen.

Die Fragen, die sich in seinem Kopf türmten, ließen ihm keine Ruhe mehr, und er begab sich zum Ranchhaus zurück. Und als er wieder eintrat, fand er Robert und Anna im Flur bei Jacky.

»Mein alter Junge«, sagte Robert leise. Tiefe Traurigkeit lag in seiner Stimme. »An seinen Kindern und an seinen Tieren spürt man, wie die Zeit vergeht.« Er hockte sich neben den Hund und streichelte seinen Kopf.

Jeff stand im Hintergrund und blickte auf die beiden hinab. Jackys Schnauze schien in den letzten Tagen noch grauer geworden zu sein, sein langes Fell dünner und weicher. Er blieb noch einen Augenblick stehen, zögerte und zog sich dann ins Wohnzimmer zurück. Er setzte sich in den Sessel und nippte an dem Glas, das Anna ihm hingestellt hatte. Es war Whiskey, stark mit Soda verdünnt. Er hielt sich nicht lange damit auf, goss sich einen zweiten ein und hörte, wie Anna Robert empfahl, Jackys Leiden zu verkürzen. Er konnte seine Antwort nicht verstehen, aber er ging davon aus, dass auch er ihrer Meinung war.

Erst als sie alle drei am Tisch saßen und Annas erstklassiges Pesto aßen, kehrte eine gewisse Normalität zurück. Robert erzählte von seiner Untersuchung und von dem Ausflug zu seinem Freund. Und schließlich fragte Jeff nach dem Treffen mit seiner Mutter.

»Ich lasse euch jetzt allein«, sagte Anna, und Robert lächelte dankbar. Er wollte sein Geschirr in die Spüle stellen, aber Anna nahm ihm den Teller aus der Hand und räumte den Tisch ab. Jeff ging mit Robert ins Wohnzimmer.

»Wir haben uns in Boulder getroffen«, fing Robert an. »Wir haben ein kleines Restaurant nahe der Berge gefunden, wo wir ungestört waren. Elizabeth war nicht überrascht von dem Ergebnis, aber die Gewissheit führte ihr zum ersten Mal die Konsequenzen vor Augen.«

Jeff nickte. Er versuchte sich Paul vorzustellen, während seine Mutter ihm die Wahrheit offenbarte. »Was wird sie tun?«, fragte er.

Robert senkte den Blick auf den Tisch. Einen Moment lang herrschte Schweigen. »Wir werden alles so lassen, wie es ist.«

Jeff erstarrte. Der Raum wurde enger, die Luft dünner, sein Brustkorb schnürte sich zusammen. Roberts Worte erstickten in Sekunden alle Hoffnung auf ein Zusammenfinden seiner Eltern und damit den Glauben an das eigene Glück. »Warum?«, fragte er. Ich denke, du ...«

»Ja, Jeff. Ich liebe deine Mutter. Daran wird sich nie etwas ändern. Aber es ist nicht mehr so wie früher. Es ist eine Liebe, die nicht mehr besitzen will. Wir haben uns beide unser Leben eingerichtet und sind darin verhaftet ...«

»Aber sie ist doch todunglücklich ...« Jeff versuchte »Dad« zu sagen, aber es gelang ihm nicht. »Du musst sie da rausholen! Sie hat mir erzählt, dass sie unter Bluthochdruck leidet. Das ist der Stress mit Paul!«

Robert schwieg und blickte auf seine Hände hinab, die das Whiskeyglas umfassten.

»Ich kann sie da nicht mehr rausholen, Jeff. Als ich mich dazu entschloss, die Ranch meines Vaters zu übernehmen und die Stadt endgültig zu verlassen, hatte ich immer geglaubt, sie würde irgendwann nachkommen. Ich habe ihr damals noch nach ihrer Hochzeit angeboten, mich jederzeit anzurufen, wenn sie es sich doch noch anders überlegen sollte. Ich habe ihr immer eine Tür offen gehalten. Aber wir sind beide älter geworden. Wir haben uns auseinander gelebt. Irgendwann ist es zu spät, und ...« Robert hielt inne. Er schien noch etwas sagen zu wollen, schien zu überlegen, aber er schwieg und goss sich ein zweites Glas Whiskey ein. Einen Moment lang war Schweigen, und Jeff legte den Kopf in die Hände. Er dachte an Anna und fragte sich, an welcher Stelle er wohl stehen würde, wenn er in Roberts Alter wäre.

»Anna wird Jacky morgen einschläfern«, sagte Robert leise.

Jeff nickte. Er hätte das an diesem Tag lieber nicht mehr gehört. Er fühlte sich müde, wie betäubt. Die Freude über das positive Ergebnis schwand unter der Endgültigkeit der Trennung seiner Eltern. Auch die Vernunft vermochte ihn nicht aus seiner Enttäuschung zu befreien. Immer wieder versuchte er sich vor Augen zu führen, dass seine Mutter keine Frau für das Leben in der Abgeschiedenheit der Prärie war. Sie liebte Denver und die Berge um Boulder herum.

Das waren nicht die undurchdringlichen Bighorns mit ihren einsamen schwarzen Wäldern. Da war der Rocky Mountain Park mit seinen Erholungszentren, seinen Skigebieten und Wanderwegen, auf denen man sich nicht vor Bären und Pumas fürchten musste, und wo es nette kleine Ortschaften gab, in denen man einkaufen und ausgehen konnte. Aber es fiel ihm schwer zu akzeptieren, dass seine Mutter diese Dinge einem Leben mit Robert vorzog.

Als Robert sich erhob, kam Anna die Treppe herunter. Sie lächelte. »Ihr seht ja schrecklich ernst aus«, bemerkte sie und holte sich ein Glas aus dem Wandschrank.

»Ist wegen Jacky«, sagte Robert.

»Es tut mir so schrecklich Leid, und es wird auch mir sehr schwer fallen«, erwiderte Anna.

Robert nickte abwesend.

»Aber auf deine Vaterschaft sollten wir trotzdem anstoßen, oder?«, sagte Anna zögernd und mit sanfter Stimme.

»Ja, du hast Recht.«

Sie goss allen noch einmal nach und hob ihr Glas erst in Roberts, dann in Jeffs Richtung. Sie sprachen über das bevorstehende Round-up und über Lunas Trächtigkeit. Aber die Stimmung blieb gedämpft. Jedes ihrer Worte schien fehl am Platz, und schließlich stand Robert auf und verabschiedete sich von beiden mit einer kurzen Umarmung. Er versuchte Jacky aus dem Korb zu locken, aber der sah nur schwach zu ihm auf. Ein Blick voller Sehnsucht, ein kleiner Ruck – der Wille, seinem Herrn nach Hause zu folgen. Die Schwäche jedoch siegte über die Treue. Er blieb liegen. Robert streichelte seinen Kopf und ließ ihn zurück.

Jeff konnte sich des Eindrucks nicht erwehren, dass Robert ihm irgendetwas vorenthalten hatte. Er fragte sich, warum nun auch er ein Geheimnis vor ihm zu hüten schien. Lag es vielleicht an ihm. Gab es etwas, was Menschen dazu veranlasste, ihm nicht die ganze Wahrheit zu offenbaren? Oder waren es Dinge, die das Verhältnis zu ihm in seinen Grundfesten erschüttern konnten?

Anna hatte noch einmal nach Jacky gesehen und kam ins Wohnzimmer zurück. Sie sah traurig, aber besonders hübsch aus an diesem Tag, und Jeff hätte sie gern in die Arme genommen. Aber er fühlte sich innerlich gebremst, so als würde ihn etwas festhalten. Er war seit der Nacht nach ihrem Ausflug zur Bear Lodge außer Stande, auf sie zuzugehen.

»Wie ist es denn so mit einem neuen Vater?«, fragte Anna mit einem weichen Lächeln.

»Es ist, als ob ein Bild das andere überlagern würde«, erklärte er, »oder als ob man die Brille wechseln würde. Man denkt, fühlt und sieht den alten Freund, und damit entsteht ein Bild. Und dann sagt einem der Mensch, dass er der leibliche Vater ist, und das Gefühl hinkt hinterher.

»Hast du nicht gesagt, Robert sei für dich immer wie ein Vater gewesen, mehr als Paul?«

»Ja, früher war das so, aber mit dem Erwachsenwerden, mit der geistigen Annäherung hatte sich das Verhältnis in eine Freundschaft verwandelt. Und jetzt fühle ich noch die Freundschaft und nicht die Liebe zum Vater.«

Jeff überlegte, lehnte sich in den Sessel zurück. »Gibt es überhaupt unterschiedliche Arten von Liebe? Vielleicht ist es nur eine Frage der Perspektive.«

»Vielleicht«, erwiderte Anna. In ihrer Stimme lag Trauer.

»Sie werden nicht mehr zusammenkommen«, sagte Jeff leise. Und er musste ihr nichts erklären. Sie verstand, was er meinte.

»Schade«, entgegnete sie nur und blickte zu Boden.

Als Jeff am nächsten Morgen erwachte, fühlte sich das Leben besser an. Jede Menge Arbeit wartete auf ihn, und das war gut so. Sie trieben einige der Ersatzarbeitspferde und zwei güste Zuchtstuten auf entferntere, bisher brachgelegene Prärieweiden und drei Zuchtbullen auf eine der Winterkoppeln. Es war ein warmer, sonniger Tag in den offenen Plains, der alle Sorgen klein und unwesentlich erscheinen ließ.

Als sie zurückritten und die rostroten Farben der Ranch hinter den Hügeln auftauchten, lächelte Anna. »Holt ihr uns ein?«, rief sie und ließ den kleinen, molligen Fuchs, der Dreamer hin und wieder ersetzte, zum Galopp abspringen. Jeff gab Twister die Sporen und überholte, dann kam Anna auf seine Höhe und galoppierte voraus. Jeff folgte ihnen, ohne das Rennen wieder aufzunehmen. Die sanften Hügel vor ihm begannen zu rollen, und der Himmel öffnete sich in seiner ganzen Größe. Er sah Anna hinterher, und ein Lächeln huschte über seine Lippen. So liebte er sie, angstfrei, fröhlich, unternehmungslustig. Er hatte sie lange nicht so erlebt und dachte, dass es vielleicht doch nur Lunas ungeklärte Erkrankung war, die auf ihr lastete. Und er hoffte, dass das, was zwischen ihnen stand, nur ein Produkt seiner Gedanken war.

Anna parierte ihr Pferd durch und sah sich nach ihm um. Sie lachte, und er rückte zu ihr auf. Er spürte die Wärme in sich, die er so lange vermisst hatte. Wenn sie ihn heute noch einmal küssen würde, dachte er, dann würde er sie für den Rest des Tages nicht mehr loslassen.

Der Nachmittag jedoch war Jackys Erlösung vorbehalten, und Anna begann sofort mit den Vorbereitungen, nachdem sie die Pferde in den Corral gebracht hatten und ins Haus gegangen waren. Sie breitete eine Decke in der Mitte des Wohnzimmers aus und stellte ihren kleinen Koffer daneben. Jeff schlich durch den Raum und dachte an Flucht. Aber er wusste, dass er dabei sein sollte, wenn Anna Jacky ins nächste

Leben entließ. Er war es seinem Vater schuldig, die schwere Stunde an seiner Seite zu verbringen.

Er ging noch einmal zum Stall hinüber und organisierte das Training der Pferde, und als er zurückkehrte, saß Robert mit gekreuzten Beinen auf der Decke im Wohnzimmer. Jackys grauer Kopf lag in seinem Schoß.

»Ich mag das kaum sagen, weil einen viele Menschen für einen sentimentalen Spinner halten«, sagte er mit gepresster Stimme, als sich Jeff hinter ihn in den Sessel setzte, »aber es gibt nur vier Wesen in meinem langen Leben, die mir wirklich nahe stehen, und dazu gehört auch Jacky.« Er streichelte seinen Kopf und sah zu Jeff auf. »Du und Elizabeth, ihr steht natürlich ganz oben, aber ...« Er brach ab und lächelte traurig.

Jeff fragte sich, wer wohl das vierte Wesen war.

»Ich glaube, Jeff, du hast Recht, wenn du sagst, dass unser leerer Geist oder einfach unsere Energie alles überdauert und mal in der einen, mal in der anderen Form erscheint«, fuhr Robert fort, als Anna behutsam die Nadel der Beruhigungsspritze in Jackys abgemagerten, hingestreckten Körper steckte. Ein kurzes Zucken, ein fragender Blick, dann sank sein Kopf wieder in Roberts Schoß zurück. »Wir sind doch irgendwie alle miteinander verwandt, ob Mensch oder Tier, was Jeff?«

»Ja, irgendetwas verbindet uns alle.«

»Ich frage mich einzig und allein, nach welchem Gesetz das funktioniert. Warum man als Mensch oder als Tier wieder auftaucht. Ob das wirklich damit zu tun hat, wie entwickelt unser Bewusstsein und unser Wissen von den Zusammenhängen des Lebens ist, wenn wir sterben?«

»Es wäre die einzig logische Antwort«, erwiderte Jeff.

Robert schwieg und streichelte seinen Hund. Jeff betrachtete seine großen rauen Hände, die sanft wie fließendes Wasser über das Fell des sterbendes Tieres fuhren. Er bekam eine Gänsehaut. Noch nie hatte er sich Robert so nahe gefühlt wie in diesem Augenblick. Er hockte sich neben ihn und legte seine Hand auf seine Schulter. Ihm war, als würde Roberts Blut durch seinen eigenen Körper fließen, und er spürte seinen Abschiedsschmerz am eigenen Leibe.

»Es ist so weit«, sagte Anna leise, und Robert nickte. Sie nahm die Spritze und führte sie vorsichtig in den bereits leblos wirkenden Hundeleib.

Jeff blickte zu Boden. Sein Atem stockte. Und als Jacky noch einmal zuckte und versuchte in das ihm vertraute Leben zurückzufinden, spürte er ein Zittern unter seiner Hand. Robert schien innerlich zu weinen, streichelte seinen Hund noch einmal, nahm dann seine Hand zurück und ließ Jacky ziehen.

»Er ist ganz ruhig eingeschlafen«, sagte Anna, und Jeff blickte in ihre glasigen Augen. Heute war sie anders als sonst. Heute machte sie nicht nur ihren Job, heute war sie einfach Anna.

Sie legte ihr Stethoskop an Jackys Brust, horchte und nickte. Einen Augenblick lang war alles reglos – Raum, Zeit, Leben und Tod, Mensch und Tier untrennbar.

Robert erhob sich und wischte sich mit den Händen die feuchten Augen.

»Komm, setz dich«, sagte Anna und nahm seinen Arm.

Robert ließ sich kraftlos auf die Couch sinken und starrte auf Jacky. Jeffs Blick fiel auf seine Hände, die ineinander verschränkt waren. Erinnerungen zogen vorbei und verschwammen wieder.

Er holte die Flasche Hennessy und drei Cognacgläser. »Lass uns darauf trinken, dass er es in seinem nächsten Leben gut hat.« Jeff blickte in Roberts traurige Augen. »Natürlich wird er es gut haben. Hat ja schließlich nur gute Eindrücke gesammelt und keinem was getan.«

Robert versuchte ein Lächeln und goss den Cognac hinunter. Anna und Jeff hoben ebenfalls ihre Gläser und tranken. Und schließlich sprachen sie über Jacky, über seine Launen und seine Vorlieben und über seinen Sturz in eine Tränke bei der Katzenjagd. Dann stand Robert auf und betrachtete noch einen Augenblick lang seinen toten Hund, so als könnte er noch nicht fassen, dass dort nur noch seine leblose Hülle lag. »Wohin mag er wohl entschwunden sein?«, fragte er leise, als wäre die Frage an jemanden gerichtet, der alles wusste.

»Wir werden es nicht erfahren, Robert. Der Tod wird wohl immer ein Mysterium bleiben«, antwortete Anna mit einem tiefen Seufzer.

Jeff zuckte die Schultern »Ich denke, der Tod ist wie das Wechseln des Fells oder der Kleidung.«

»Ich werde ihn hinter meinem Haus begraben«, sagte Robert, und Jeff spürte, wie schwer ihm der Gedanke war.

»Ich bringe ihn rüber«, sagte Jeff, »ich mache das.«

»Danke«, gab Robert zurück, lächelte kurz und verschwand aus der Tür.

Am nächsten Morgen trug Jeff den Hund auf die Wiese hinter Roberts Haus. Er schaufelte ein tiefes Loch, legte den leblosen Körper hinein und zögerte. Es fiel ihm schwer, die Erde über das Fell des Tieres zu werfen, das er so oft gestreichelt hatte. Er sah ihn noch einmal vor sich, jung und kräftig, immer um die Pferde und Rinder herum, immer zum Spielen aufgelegt.

Mit einem energischen Spatenhieb riss er sich aus den Erinnerungen heraus, schaufelte das Loch zu und klopfte die Oberfläche mit den bloßen Händen glatt. Er dachte, dass es für die Erde keinen Unterschied machte, ob er einen Menschen oder einen Hund in ihr begrub.

Einen Augenblick lang blieb er noch andächtig vor dem kleinen Hügel stehen, dann drehte er sich um und ging zu den Pferden.

Er bekam seinen Vater zwei Wochen lang nicht zu Gesicht. Dann stand er plötzlich vor seiner Tür und lächelte. »Nächste Woche ist Rodeo in Sheridan«, sagte er. »Ihr seid doch dabei, oder?«

»Klar«, erwiderte Jeff und lächelte ebenfalls. »... Dad«, sagte er. Es war das erste Mal. »Klingt komisch, nicht?«

»Aber offiziell bleibt es bei Robert? Sonst gerät hier alles durcheinander.«

Jeff nickte.

»Hab mir übrigens ,nen neuen Hund ausgesucht. Bob hat ,nen feinen Wurf. In sechs Wochen will er sie abgeben. Wollt ihr nicht auch einen?«

Jeff stutzte. »Kommt etwas überraschend, aber ist eigentlich keine schlechte Idee.« Er überlegte und fand schnell Gefallen an dem Vorschlag. »Ich werde mit Anna sprechen.«

»Okay, dann sehn wir uns Samstag?«

»Ja, ich denke schon.«

Abends rief Jeff seine Mutter an. Sie klang verstört, und es ging ihr sehr schlecht. Sie klagte über Herzrhythmusstörungen und über Pauls schlechte Laune. Sie habe ihm nichts gesagt, aber wenn er sie weiterhin so tyrannisiere, schlage sie ihm die Wahrheit um die Ohren und suche sich eine eigene Wohnung. Sie habe sich schon etwas angesehen.

Jeff schmerzte die Vorstellung, sie allein in einer Wohnung in Denver zu sehen, wo sie doch so wunderbar mit Robert in seinem Haus leben und ihren Lebensabend genießen könnte. Aber er wusste jetzt mit Gewissheit, dass das nur seine eigene Vorstellung von ihrem Glück war. Und er nahm sich vor, nun endgültig davon loszulassen.

26

Anna blickte auf die Uhr. Sie musste sich umziehen. Die gesamte Ranch bis auf Bill, der diesmal Nachtwache halten musste, würde zum Rodeo nach Sheridan fahren. Es war das große Ereignis in dieser Gegend, in der das Unterhaltungsangebot sehr begrenzt war.

Jeff hatte sie inständig um ein ruhiges, unauffälliges Verhalten gebeten, egal, ob ihr diese Art von Vergnügung gefiel oder nicht. Aber seit Lunas Erkrankung und Usaamis Andeutungen war ihr ohnehin nicht an einer Konfrontation gelegen. Zu fest saß die Angst vor einem zweiten Racheakt. Und vielleicht hatte Jeff Recht, wenn er über das Rodeo sagte, dass es weitaus schlimmere Dinge für Tiere gab, als acht Sekunden lang einen gepolsterten Ledergürtel um die Flanken und einen verrückten Menschen auf dem Rücken zu ertragen.

Sie ging ins Schlafzimmer hinauf und fand Jeff in Boxershorts vor einer Holzkiste auf dem Boden kauernd. Er versuchte zwei zueinander passende Socken aufzutreiben, was ebenso erfolgversprechend war wie die Suche nach Gold in den Bergen Wyomings. An Arbeitstagen gab er diesen Versuch sehr schnell auf, aber heute sollte seine Erscheinung wohl doch bis zu den Füßen hinab stimmig sein.

»Du ziehst doch Stiefel darüber«, sagte Anna. Sie trat hinter ihn, legte ihre Hände auf seine bloßen Schultern und knetete ein paarmal liebevoll seine Muskeln. Sie waren von der Arbeit noch härter geworden, so wie ihre eigenen. Und auch ihre Hände hatten sich verändert. Der Silberring, den sie vor langer Zeit von einem Freund bekommen hatte, passte nicht mehr über ihren Finger. Was sie nicht weiter störte. Schließlich war das ein sicheres Zeichen für einen glatten Schnitt mit der Vergangenheit, und den musste sie sich manchmal vor Augen führen, wenn das Heimweh wieder zuschlug.

Jeff erhob sich unter ihren Händen und drehte sich zu ihr um, ohne auf ihre Zärtlichkeit einzugehen. Und anstatt, wie noch vor wenigen Monaten, die Gelegenheit für einen Abstecher ins Bett zu nutzen, ließ er weder die schwarze und noch die graue Socke fallen und zog sie über seine Füße. »Ist eigentlich völlig egal. Du hast ja Recht«, sagte er nur, ohne Anna irgendeine Art von Aufmerksamkeit zu schenken. Er stieg in die dunkelblaue Lewis, knöpfte sie zu, schob den breiten Ledergürtel durch die Schlaufen und schloss die silberne Schnalle mit dem Pferdekopf.

Anna hielt ihm schließlich das frisch gebügelte weiße Jeanshemd mit den Perlmuttknöpfen hin. Sie dachte, dass sie das Schweigen nicht mehr lange durchhalten konnte, ohne verrückt zu werden und ohne Jeff immer weiter von sich fortzutreiben.

Als sie das Haus verließen, setzte Jeff seinen neuen hellen Stetson auf. Er sah nun wirklich aus wie ein Rancher. Nichts erinnerte mehr an seine Vergangenheit, an sein Dasein als Werbetexter in den New Yorker Häuserschluchten. Rein äußerlich ist er einer von ihnen, dachte Anna, und sie fragte sich, ob auch sein Inneres von dem Leben hier umgeformt würde. Was war mit dem Teil von ihm, der einmal das Stadtleben gewählt hatte? Der ohne elterliche Vorbelastung, nur aus seiner eigenen Entscheidung heraus in die Werbebranche eingestiegen war? Konnte man sich tatsächlich häuten wie ein Reptil? Oder war Jeff damals nur in eine Haut gestiegen, die ihm nicht passte, weil die Gelegenheit da war, weil er von etwas beeinflusst wurde oder weil er die andere Möglichkeit gar nicht kannte?

»Wir müssen los. Ist Viertel nach zwei«, sagte Jeff, als Anna noch einmal ins Bad ging, um einen letzten Blick in den Spiegel zu werfen und ihre Haare zu glätten. Sie nickte sich selbst zu, versuchte die störenden Gefühle zu vertreiben und folgte Jeff auf den Hof hinaus.

Robert sollte Rosy, Usaami und Pamela in seinem viersitzigen Pick-up mitnehmen, und Spencer hatte vorgeschlagen, sich zu Jeff und Anna in den alten Dodge zu quetschen. Jason würde von Greybull aus mit seiner Familie anrücken, und Tom hütete die Ranch.

Alle erschienen pünktlich und Robert empfing Anna mit einem »Gut siehst du aus«.

Sie lächelte, blickte an sich hinab, über ihre karierte Bluse, die Wrangler zu ihren blank polierten Cowboystiefeln. Sie hatte sich vorgenommen, diesmal nicht aufzufallen.

»Auf geht's«, sagte Robert und winkte seine Mitfahrer heran.

»Und Usaami?«, fragte Pamela.

»Sie hat sich abgemeldet. Sie fühlt sich nicht.« Er zuckte die Schultern.

Anna beobachtete Jeffs Züge, aber sie konnte weder eine tiefe Enttäuschung noch sonst irgendeine Reaktion feststellen. Sie selbst war froh darüber, dass sie Usaami nicht gegenübertreten musste. Die täglichen Begegnungen bei der Arbeit waren belastend genug. Sie sah in Usaamis Absage ein sicheres Zeichen dafür, dass die Erpresser unter den Zuschauern sein würden, und der Gedanke ließ das Blut in ihren Adern gefrieren.

Alle stiegen in die Autos, und wenig später rollten sie hintereinander vom Ranchgelände.

»Bin gespannt auf Jimmy«, sagte Spencer, als sie den Highway 14 in die Bighorns hinaufackerten. Der dreizehn Jahre alte Dodge hatte hundertfünfzigtausend Meilen auf dem Tacho und keuchte, was das Zeug hielt.

»Wer ist dieser Jimmy?«, fragte Jeff.

»Na Jimmy Watson, der mit der krummen Nase. Die Nummer eins von Wyoming.« Spencers Stimme klang vorwurfsvoll. Wie konnte man Jimmy Watson nicht kennen!

»Saddle Bronc?«, fragte Anna mit gespieltem Interesse.

Spencer nickte, und Anna war froh, das Richtige erwischt zu haben.

Jeff schaltete in den zweiten Gang. Die Piste wurde steiler, der Motor lauter. Wie eine graue Schlange wand sich die Straße um Felswände und fichtenbestandene Hänge, dann über die kahle Anhöhe. Die Sonne stand im Zenit und ließ das niedrige, von Schafen und Wapitis kurz geschorene Gras der Hochebene verblassen.

Als sie die steinige Anhöhe hinter sich hatten, schoben sich die Bilder von der Fahrt in die Hassayampa-Wildnis vor ihre Augen. Jeff hatte sie damals abgeholt und in seinen Bann gezogen, ohne dass sie wusste, wer er war.

Der Geruch von Spencers billigem Aftershave und der Wäschestärke in seinem penibel gebügelten Hemd drang aufdringlich in Annas Nase. Es war das erste Mal, dass er nicht nach Pferd und Rinderdung roch. Sein linkes Knie kippte immer wieder an ihres, und er zog es immer wieder zur Seite. Er konnte einfach nicht mit zusammengestellten Beinen sitzen.

Die Straße schlängelte sich wieder bergab. Spencer griff in die Tasche seines Hemdes und klopfte eine krumme Lucky Strike aus der zerknitterten Packung. »Darf ich?« Er beugte sich ein wenig über Anna hinweg zu Jeff hinüber, als hätte sie dazu nicht das Geringste zu sagen.

»Mach aber das Fenster auf«, erwiderte Jeff.

Spencer kurbelte die Scheibe im Zeitlupentempo hinunter, zündete seine Zigarette mit einem silbernen Sturmfeuerzeug an, nahm einen tiefen Zug und pustete den Rauch zwischen den Zähnen hindurch in die klare Bergluft hinaus. Das Einzige, was in Wyoming Tempo zeigt, dachte Anna, sind die Pferde und der Wechsel des Wetters.

»Womit geht‘s denn beim Rodeo los?«, fragte sie, obwohl ihr das vollkommen schnuppe war.

»Weiß nicht genau. Auf jeden Fall mit Calf Roping oder Steer Wrestling.«

»Also euer täglich Brot.«

Spencer grinste. »Wenn man so will, ja. Hab auch mal beim Wettkampf mitgemacht. War ziemlich gut. Bill auch. Aber die beim Rodeo sind Professionelle. Die fahren mit ihren Pferden im Trailer die Staaten rauf und runter. Das sind ganz andere Leute als wir.«

»Und Charly ist auch so durch die Gegend gefahren?«

»Du meinst Patch?«

»Ja.«

»Der war überall unterwegs, von Montana bis nach Texas. War ganz oben. Einer der Besten. Hat verdammt gutes Geld gemacht, bis ihn ein Mustang so in den Staub geschleudert hat, dass er nicht mehr aufstand. Bill war dabei. Hat gedacht, er wird seinen Arsch nie wieder in ‚nen Sattel kriegen, aber Patch ist ‚n zäher Bursche ...«

»Und was hältst du sonst von ihm«, wollte Anna wissen und fing Jeffs bremsenden Blick auf.

»Wie meinst du das?«, fragte Spencer erstaunt.

»Ich meine, ist er ‚n Kumpel oder ist er ‚n Arsch?« Sie bemühte sich, in seinem Jargon zu sprechen.

Jeff trat auf die Bremse und schaltete zurück. »Zehn Prozent Gefälle auf den nächsten dreizehn Meilen, steiler Grat, scharfe Kurven. Wählen Sie einen niedrigen Gang«, las Anna und vermutete, dass das nicht der einzige Grund für Jeffs Reaktion war. Sie fuhren an mehreren Kiesbettrampen für bremslahme Trucks vorbei, und Anna dachte erst an heruntergefahrene Bremsbeläge, dann an die eventuellen Konsequenzen ihrer Frage.

»Also ich weiß nicht genau«, erwiderte Spencer, und Anna sah sein Bemühen, die richtige Antwort zu geben. Er war eine ehrliche Haut mit wenig Inhalt. Er gab stets sein Bestes, ohne genau zu wissen, wofür und warum. »Ich bin immer mit ihm klargekommen«, sagte er schließlich, und Anna fragte nichts mehr. Es gab eigentlich niemanden, mit dem Spencer nicht klarkam. Und sie sah ein, dass ihre detektivischen Versuche ins Leere laufen würden.

Sie hätte noch gern danach gefragt, ob Charly auch zum Rodeo käme. Aber sie entschloss sich zum stillen Abwarten.

Nach etwa vier weiteren beschwerlichen Meilen ließen sie die dunklen Wälder der Bighorns hinter sich, passierten die gigantischen Felsbrocken von Fallen City und rollten durch ein Nadelöhr aus rotem, kantigem Gestein hinab in eine endlose Ebene. Das Hockback mit Dayton im Norden, im Hintergrund Ranchaster und Sheridan im Süden lagen vor ihnen.

Jeff tauschte das Gaspedal gegen die Bremse. Sie durchquerten Dayton, einen kleinen sauberen Ort ohne Gesicht. Dann rauschten sie schneller als erlaubt durch die offene Prärie, vorbei an bewässerten, sattgrünen Heuwiesen und hielten in Ranchaster, weil Spencer Zigaretten brauchte. Sie ließen ihn an einer Tankstelle kurz raus und fuhren dann durch plattes, menschenleeres, von schwarzen Rindern gespicktes Weideland nach Sheridan hinein. Countryklänge, das Wiehern von Pferden und das Blöken orientierungsloser Kälber erfüllten die warme, staubige Luft über dem Rodeo-Gelände.

Jeff stellte den Wagen neben Roberts Chevy ab. Vor ihnen stand ein zerbeulter Kleinlaster mit zwei schwarzbraunen bulligen Hunden auf der Ladefläche. Der gesamte hintere Bereich des Platzes gehörte den Pferdegespannen, meist fette, breitreifige Achtzylinder-Pick-ups mit Trailern, die vier Menschen und vier Pferden Wohnraum boten, eingehakt in eine schwere Anhängerkupplung auf der Ladefläche. Der flache Raum des Trailers darüber beherbergte das Schlafzimmer der Pferdebesitzer.

Wer hier keinen Hut und noch nicht mal eine Baseballkappe trug, gehörte dem weiblichen Geschlecht an oder war unter vierzehn, und wer etwas anderes als Jeans trug, war nicht aus der Gegend. Frauen gab es beim Rodeo ausschließlich auf den Zuschauerrängen oder beim Barrel Racing. Alle anderen Disziplinen waren reine Männerdomänen. Und das, dachte Anna, wird sich hier wohl nie ändern.

Während Spencer zu einer Gruppe von Cowboys stieß, ging Anna mit Jeff und Pamela über den Vorplatz. Sie musterten Pferde, stämmige Quarter-Horses, die in stoischer Ruhe an den Trailern angebunden auf ihren Einsatz bei der Kälber- und Stierarbeit warteten. Geduldige, abgeklärte Pferde mit langen Mähnen und kräftigen, gut bemuskelten Hinterbacken – auf der Viertelmeile schneller als ein Vollblut.

Anna blieb vor einem Pferd stehen, auf dessen breitem Rücken ein Sattel mit der Gravur »Texas Rodeo Champion« lag. Dann zupfte Pamela sie am Ärmel und zeigte auf eine Reihe knackiger Hinterteile, die den obersten Balken der Abzäunung eines Corrals schmückten. Die Männer warfen sich Wortfetzen zu, nickten unter ihren Cowboyhüten und schnippten die Asche ihrer Kippen in den Sand. Die schrägen Absätze ihrer spitzen Cowboystiefel mit den großrädrigen Sporen hakten hinter der darunter liegenden Latte. Ihre Chaps übertrafen an Farbe, Silberbesatz und Breite alles, was Anna bisher im Cowboyland Wyoming gesehen hatte. Hier ging es um mehr als um praktischen Schutz. Hier zählte der Auftritt.

»Nett nicht?«, sagte Pamela mit gespitzten Lippen, und Anna nickte. Pamela hatte sich in Schale geworfen und den Pony ihres dunkelblonden Haares etwas hochtoupiert. Aber sie war nicht gerade das, was Männer auf den ersten Blick beeindruckte. Ihr grobes Gesicht war meist freundlich, doch – und Anna bedauerte sie dafür aufrichtig – ein wenig zu breit und pickelig. Es gab jedoch auch eine Ecke in Annas Herzen, die das zu schätzen wusste, und das hatte natürlich mit Jeff zu tun.

Anna betrachtete die Männer und stellte fest, dass ihr rechter Arm in einem Verband steckte.

»Haben die sich tatsächlich alle an der gleichen Stelle verletzt«, wunderte sie sich.

Jeff und Pamela lächelten. »Das ist bei den meisten reine Vorsorge«, erklärte Jeff. »Die müssen den Arm ständig in die Luft strecken, dürfen nie damit den Körper des Pferdes oder des Stieres berühren. Das geht verdammt auf die Knochen.«

»Aha.« Anna dachte, wie verrückt die Männer doch waren. Für eine Hand voll Dollar – mit der Chance fifty-fifty, sie tatsächlich nach acht Sekunden verdient zu haben, riskierten sie Brüche aller Art und chronische Knochen- und Bänderverletzungen.

Anna musterte die Männer, die hinter der Arena in einem kleinen Pferch ihre Stiefel polierten, die Sporen umschnallten, ihre Beine auf die Latten legten, um sie zu dehnen, und dabei coole Sprüche klopften. Nichts als kurze Wortfetzen, keine Silbe zu viel, kein Beweis von Mut zu wenig. Alle gaben sich unerschrocken, selbstsicher und stark im Angesicht einer gefährlichen Herausforderung, die das Leben eigentlich nicht von ihnen verlangte.

»Kommt! Kann voll werden auf den Tribünen«, rief ihnen Robert zu, der zielstrebig mit Spencer und Larry Dixon in Richtung Zuschauertribünen ging.

Pamela nahm Annas Arm und zog sie weiter. »Es geht gleich los. Dann kannst du sehen, wie lange sich diese Hintern im Sattel halten.«

»Okay«, sagte Anna und gab sich Mühe, heiter und unbefangen zu wirken. Aber ihr Blick haftete bereits angespannt auf den Tribünen. Und während sie sich ihnen näherten, spürte sie das Pochen ihres Herzens wie einen Motor in der Steigung. Aber sie konnte noch so angestrengt hinaufspähen, kein bekanntes Gesicht tauchte in ihrem Blickfeld auf.

Sie betrat erleichtert die Tribüne und setzte sich an Jeffs Seite zu Robert und Spencer. Pamela ging zu Annas Bedauern mit Larry zu den Dixons hinüber.

»Wo ist denn Rosy?«, fragte Anna verwundert.

»Sie sitzt da drüben bei den anderen Natives«, erwiderte Bill.

Anna stutzte. »Getrennte Sitzordnung wie bei den Schwarzen in den Südstaaten?«

»So direkt nicht. Aber die sind eben auch lieber unter sich«, antwortete Robert.

Jason kam auf sie zu, seine gesamte Familie im Schlepptau – Frau, zwei Söhne, zwei Töchter, so wie es sein sollte hier im Westen. Die Jungs steckten in karierten Hemden, dunkelblauen Jeans, und der Ältere trug schon einen Stetson, die jungen Frauen eine in weißer, eine in hellblauer Bluse, Halstuch, engen Jeans und schmalen Stiefeln. Die Mode aus New York, L.A. und Chicago war in den Weiten der Prärie vom Winde verweht oder womöglich niemals angekommen. Was hier zählte, war die gute alte Cowboy-Tradition. Vielleicht, dachte Anna mit einem gewissen Bedauern, würde sie schon bald zur romantischen Verklärung des Westens, von der man sich so gern verzaubern ließ.

Die Tribünen füllten sich. Man begrüßte sich, tauschte Wissen über Rodeo-Cracks und Champion-Roper aus, trank zuckrige Zitronenlimonade und knabberte Nachos in roter oder gelber Soße.

Anna sah sich in Ruhe um, während Jeff mit Jason, seiner Familie und den Dixons plauderte. Ihr Blick schweifte über die Werbebanner an der Arena. Sie las »Geh raus ins Land der Gesetzlosen – noch diesen Sommer«, darunter ein Foto von einem Cowboy mit einer Herde schwarzer Rinder und darunter in fetten Lettern »NICE WOMEN CREEK RANCH«. Daneben die Werbung des Rodeo-Sponsors Wrangler: Ein Plakat mit einem kleinen Mann vor einem riesigen Pferd, darüber der Spruch »Es gibt nur zwei Arten von Gefühlen, die in den Sattel gehören: der Sinn für Humor und eine tüchtige Portion Geduld.«

Zu dicke Männer und Frauen führten winzige Hunde an der Leine, dauergewellte Blondinen tuschelten in Gruppen miteinander, drahtige Rodeojungs mit schweren Chaps an den Beinen schoben an den Tribünen vorbei zur Arena und pusteten Rauchkringel in die klare Luft.

»Mein Enkel, ein Junge, vor drei Monaten geboren«, sagte Jason stolz, als sich Anna zu ihnen stellte. Er zeigte auf das kleine Bündel im Arm seiner strohblonden Tochter. Seine Frau lächelte noch verzückter als er und ließ sich den fleischigen haarlosen Säugling in den Arm legen. Dann erklang die amerikanische Nationalhymne, alle standen auf und setzten sich wieder, als sie verstummte. »Ladys und Gentlemen, Sie werden nun das Vergnügen haben, die besten Calf Roper, Saddle Bronc Rider, Bare Back Bronc Rider, Bull Rider und Steer Wrestler zu erleben, die ganz Amerika zu bieten hat. Und nicht zu vergessen das Vieh. Wir haben erstklassige wilde Stiere und Pferde von unseren Vertragspartnern bekommen und damit die besten Cowboys der Vereinigten Staaten. Leute, das hier ist mehr als eine kleine Show, das hier ist eine echte Sensation.« Der Mann hinter dem Mikrofon räusperte sich. »Will Sandwick, amtierender Champion im Calf Roping, aus Texas eingeflogen, ist der Erste, der hier seine Geschicklichkeit unter Beweis stellen wird.«

Eine Windböe wirbelte durch den Sand der Arena, die Box am Ende des schmalen Ganges, durch den die Kälber zu ihrem Auftritt geschleust wurden, öffnete sich mit einem

Scheppern, und ein schwarzes Kalb rannte in die Arena. Der Reiter ließ sein Pferd aus dem Stand abspringen, verfolgte es in gestrecktem Galopp, ließ sein Rope durch die Luft rotieren und warf es um die Hinterbeine des Kalbes. Er bog zur Seite ab, das Kalb wirbelte durch die Luft und fiel in den Staub. Sekunden später war er aus dem Sattel. Sein Pferd hielt wie ein Standbild gegen den gespannten Strick. Er begrub das zappelnde Rind unter seinem Körpergewicht und wickelte blitzartig seinen Baumwollstrick um alle vier Beine. Dann kniete er in Siegerpose neben dem reglosen schwarzen Körper, hob unter dem Applaus des Publikums den Arm und befreite das Kalb mit präzisen Griffen von seinen Fesseln. Noch etwas benommen erhob es sich und trottete unversehrt durch die Arena, bis es von den Helfern in den Corral getrieben wurde.

Als Anna sich inmitten ihrer Männerschar beim Barbecue anstellte, entdeckte sie Randy, John und Bob vor sich in der Schlange. Randy zog gerade einen Dollarschein aus der Tasche seiner Jeans und steckte ihn in die Pappschachtel mit der Aufschrift »Spende für die Überschwemmungsopfer von Kaycee«. Als er sich umdrehte, traf sie sein Blick. Es war ein harter, unversöhnlicher Blick, ein kurzer Moment, aber er traf Anna wie ein Schlag ins Gesicht. Noch Sekunden später war ihr, als würde jemand mit den Fäusten auf sie einhämmern.

Randy drehte sich wieder um und ließ sich von der dikken Frau hinter dem Grill zwei riesige Stücke Fleisch auf den Plastikteller legen. Er sagte etwas zu John. Es dauerte wenige Sekunden, und auch er drehte sich kurz um. Er sah sie einen Augenblick lang an und wandte sich wieder Randy zu. Bob grüßte förmlich zu ihr und Jeff hinüber. Er wirkte neutral. Dann tauchte Dave an Randys Seite auf, sagte etwas zu ihm und verschwand wieder in Richtung Tribüne. Charly schien nicht anwesend zu sein.

Anna schnürte sich der Magen zu. Sie würde nichts mehr hinunterbekommen, obwohl sie kaum etwas gefrühstückt hatte und schnell an Unterzuckerung litt. Sie dachte an Aufgeben, an die Rückkehr in die wohl behütete Enge Deutschlands. Sie sehnte sich nach dem täglichen Trott ihres Jobs im Reitstall und nach ihren Freundinnen, die in schweren Zeiten immer ein offenes Ohr für sie hatten.

Mit einem energischen Ruck befreite sie sich aus diesem Anfall von Sehnsucht.

»Hast du ihre Blicke gesehn?«, fragte sie schließlich, aus dem Augenwinkel beobachtend, wie sich Robert und Spencer zu den drei Männern gesellten.

Jeff nickte. Auch er schien von der Begegnung nicht unberührt. Sein Gesicht war hart, seine Augen so kalt, dass sie erschrak. Ihr schien es, als würde sich seine Wut auf sie beziehen, nicht auf die Männer, die sich gegen sie verschworen hatten. Vielleicht sah er immer noch die ganze Schuld bei ihr allein. Sie hatte den Ärger auf sich gezogen, mit ihren Belehrungen, ihrem Alleingang in Sachen Weiderechte, ihren Pferdeflüsterermethoden, aber hatte sie nicht auch Recht mit ihren Forderungen?

Und plötzlich löste sich unter einem unbändigen Druck der Knoten in ihrem Innern, und Wut stieg auf. Eine Wut auf diese verschworene Männerwelt, die sie ausgrenzte und bedrohte wie einen Schädling.

»Glaubst du eigentlich, ich sei hier die Übeltäterin?«, platzte es aus ihr heraus, als sie die unter der Last schwerer Steaks und Kartoffeln nachgebenden Pappteller zu einem leeren Stehtisch balancierten.

Jeff blickte sie an, als hätte er nicht verstanden, was sie gerade gefragt hatte. Er schüttelte fassungslos den Kopf.

»Du sahst gerade so aus«, fügte Anna hinzu.

»Dann tut's mir Leid.«

»Und du verhältst dich auch so.« Sie konnte sich nicht länger zusammenreißen. Es drängte aus ihr heraus wie heiße Lava. »Du behandelst mich schon eine ganze Weile wie eine Schuldige, nicht wie ein Opfer. Ich stehe mächtig unter Druck.« Sie zögerte. »Jeff, ich ...«

»Anna, das ist nicht der richtige Ort für eine derartige Diskussion.«

»Das ist mir ganz egal.« Anna schluckte. Sie spürte die ersten Tränen in ihren Augen und den Druck in ihrem Kopf. Zu lange lag das Schweigen auf ihrem Gemüt. Und sie hatte so dicht am Wasser gebaut wie ihre Heimat. Es ärgerte sie immer wieder. »Jeff, bitte. Du musst verstehen, dass ich dir nicht alles sagen kann, was ich weiß. Bitte gedulde dich. Ich werde alles klären«, bat sie.

Jeff sah sie lange an. In seinen tiefblauen Augen lag Ratlosigkeit, und die Furcht vor dem Verlust seiner Liebe schnürte ihr die Kehle zu. Sie spürte plötzlich, wie der scharfe Wind Wyomings an ihr zerrte, wie sich die Schönheit dieses Landes in einem Wirbel schmerzlicher Gefühle verlor, wie ihr das Leben in einem Land, dessen Freiheit auch Unberechenbarkeit bedeutete, die Luft abschnürte. Ein Land, in dem eine Hand voll Viehzüchter, Minenbetreiber und Ölbarone regierten und ihre eigenen Gesetze schufen, denen sich alle unterzuordnen hatten, die an der Freiheit und Weite der Natur teilhaben wollten. Und eine ungeahnte Angst vor den Männern, die aus der Feindschaft ihr gegenüber keinen Hehl machten, ließ sie taumeln. Sie blickte in die Arena, sah den ersten Rodeo-Cowboy im harten Rhythmus des bockenden Bullen auf und ab fliegen, sah ihn in den Staub fallen, aufspringen, vor dem explodierenden Rindvieh davonlaufen und sich auf dem Gatter in Sicherheit bringen. Dann flimmerte es vor ihren Augen, und sie spürte, wie es ganz still in ihrem Herzen wurde und wie sich das Blut aus ihrem Kopf zurückzog.

»Du bist ja ganz bleich«, hörte sie Jeff sagen. Aber sie sah nur noch den grauen Sand unter ihren Stiefeln. Ihr war, als würde sie in sich selbst hineinsinken, sich auflösen. Dann brach alles ab.

27

Jeff saß auf der Kante des Feldbettes in dem kleinen Schuppen hinter der Arena. Er blickte auf Regale voller Verbandszeug und Flaschen mit Desinfektionslösung, Antibiotika, Schmerzmitteln und Pflasterrollen. Dann sah er auf Anna hinab. Sie öffnete die Augen und er nahm ihr die kalte Kompresse von der Stirn.

»Du bist im Sanitätsraum des Rodeo-Geländes«, sagte er, als sie den Kopf hob.

»Bin ich umgekippt?«, fragte sie.

»Wenn ich dich nicht aufgefangen hätte, ja.«

»Ich hätte was essen sollen.«

»Hab mich ganz schön erschrocken.« Jeff lächelte schwach. »Scheint wohl nicht allein das fehlende Essen zu sein.«

Anna legte den Kopf zurück auf das flache Kissen. »Das ist mir schon mal passiert, auf einer Wanderung in den Alpen.«

Jeff nahm ihre Hand in seine. »Wir werden das alles aufklären, und dann wirst du auch wieder atmen können.«

»Haben Randy und John gesehen, dass ich umgefallen bin?«

»Weiß ich nicht. Ich hab mich nur auf dich konzentriert.«

»Und Robert und die anderen?«

»Klar. Die waren eben hier drin.«

Anna nickte.

»Robert ist ein Mensch mit feinen Antennen. Der hat schon lange gemerkt, dass mit dir was nicht stimmt. Aber ob er das mit heute in Verbindung bringt, weiß ich nicht. Er fragte sofort, ob du schwanger wärst.«

Anna lächelte kurz. »Das fehlte noch.« Sie richtete sich ein wenig auf, und Jeff ließ ihre Hand los.

»Alles okay?«

»Ja, ich denke schon.«

Er reichte ihr die Flasche mit dem Mineralwasser. Sie nahm einen großen Schluck und setzte sich auf.

»Hier ist auch etwas zu essen. Robert hat das für dich gesichert.«

»Du hast einen rührenden Vater.«

»Ich weiß.« Jeff packte einen Hamburger aus und reichte ihn Anna. Sie aß sehr langsam, aber sie ließ nichts zurück.

»Wollen wir nach Hause fahren?«, fragte er.

Sie nickte

»Ich werde Spencer holen. Das Hauptprogramm ist ja durch.«

In diesem Moment öffnete sich die Tür, und ein Sanitäter kam mit einem humpelnden Rodeo-Cowboy herein.

»Wir gehen gerade«, sagte Anna.

»Das geht auch im Stehn«, entgegnete der Verletzte und wischte sich mit dem Ärmel seines lederbesetzten Jeanshemdes den Dreck von der Stirn.

»Du legst dich jetzt hier drauf und bist ganz ruhig«, sagte der Sanitäter. Anna erhob sich langsam mit Jeffs Hilfe. Sie gingen an den Männern vorbei und verließen den Raum.

Jeff brachte Anna zum Wagen und machte sich auf den Weg zu den Tribünen, um Spencer zu suchen. Als er an der Arena entlangging, kam ihm Randy entgegen. Er hatte seinen Hut ins Gesicht gezogen. Es lag im Schatten. Jeffs Hände spannten sich. Er dachte an Fäuste, die er nicht machte, und an den Stoß, den er nicht ausführen würde.

»Hi, Jeff.« Randy grinste gespielt freundlich.

»Hi, Randy, auch mal wieder beim Rodeo?«

»Klar. Heute sind die Besten hier. Da kann man ja nicht fehlen.«

»Bis auf Patch.«

Ein leichtes Zucken ging um seinen Mund. »Ja, da hast du

Recht. Zu dumm, dieser Unfall.«

»Und er wollte auch nicht zugucken?«

»Patch ist auf nach Mexiko. War ja schon lange sein Traum. Hat schon lange seine Fühler ausgestreckt. Jetzt hat er‘s endlich gemacht.«

»Nach Mexiko? Und was will er da?«

»‘n Freund von ihm hat ‚n Stück Land gekauft. Woll‘n ‚ne Ranch aufbauen. Longhorns und so was.«

Jeff staunte und registrierte Randys unruhigen Blick. »Das wird bestimmt nicht einfach.«

»Denk mal, nicht schwerer als hier.«

»Mag sein.«

»Okay, dann will ich mal wieder. Geht gleich mit Bull Riding weiter«, sagte Randy.

Jeff nickte.

»Man sieht sich.«

»Ja, sicher.«

Als Randy vorbei war, ballten sich seine Fäuste. Charly war es, dachte er, und er wünschte ihm eine verdammt harte Zeit in Mexiko. Der wird nie wieder auf die Beine kommen, sagte er still vor sich hin. Er wird eine verfluchte Pleite erleben, auf dem Zahnfleisch kriechen und nicht wissen, wohin. Er ist ein Verlierer. Jeff war sich dessen so gewiss wie der Tatsache, dass Charly Annas Pferd vergiftet hatte.

Als er schließlich Spencer auf der Tribüne gefunden und mit ihm zu Anna zurückgekehrt war, stand für ihn fest, dass Usaami Charly auf frischer Tat erwischt und er sie zum Schweigen gebracht hatte. Aber nun war Charly weit weg. Nun würde sie ungehindert sprechen können.

»Zieht sich langsam zu«, sagte Jeff, als sie aus Sheridan hinausfuhren. Das Sonnenlicht fiel in einem Bündel Strahlen durch ein Wolkenloch, und er fand, dass es aussah, als würde sie der Herrgott persönlich auf das weite Land werfen, wenn es ihn denn gab. Er blickte in den Rückspiegel, und ihm wurde plötzlich klar, dass er die Straße eine lange Weile gar nicht wahrgenommen hatte. Sein Geist hatte einen Ausflug unternommen und ihn unbewusst und automatisch funktionierend auf dem Asphalt zurückgelassen. Er drosselte das Tempo, und ein Viehtransporter donnerte an ihm vorbei.

»Der hat mindestens achtzig Meilen auf'm Tacho«, brummte Spencer.

»Vor allem hing der mir zu dicht am Arsch«, erwiderte Jeff und ließ kurz Wasser und Wischer über die Scheiben laufen, um Staub und Insekten abzuwaschen.

»Die ha'ms jetzt eilig«, sagte Spencer, »in drei Wochen sind unsre dran.«

Jeff nickte. Er wurde nicht gern daran erinnert.

»Patch ist auf nach Mexiko«, sagte er und blickte kurz zu Anna.

»Was? Nach Mexiko?«, brachte sie hervor und richtete sich auf.

»Hör ich auch zum ersten Mal«, warf Spencer ein.

»Hat angeblich mit ‚nem Freund ‚ne Ranch gekauft. Kann mir das kaum vorstellen, aber ... Vielleicht irgend'ne heruntergekommene Hazienda mit ‚ner stinkigen Baracke und ‚nem Haufen stacheliger Kakteen drumrum.« Jeff versuchte seine Wut zu bremsen. Er erinnerte sich daran, dass Charly ein armes Schwein war, dass er nichts vom Leben und vom Glück verstand.

»Wahrscheinlich«, sagte Spencer, »der hat schon ‚ne ganze Zeit lang davon gequatscht. Ich meine, dass er das vorhatte. Aber keiner hat dran geglaubt.«

»Na ja, jetzt musste er ja weg«, entfuhr es Anna, und ihr Mund verzog sich leicht nach links

Jeff blickte sie scharf von der Seite an.

»Wieso musste er weg?«, fragte Spencer.

»Hier war ja nichts mehr für ihn zu holen«, erwiderte Anna, aber Spencer sah sie noch eine Weile an, als würde ihm plötzlich klar werden, worauf Annas Worte anspielten. Er sagte nichts mehr.

Als Jeff den Wagen abstellte, schlief Anna fest. Ihr Kopf lag zur Seite gesunken an der Rückenlehne. Sie sah schmaler aus als sonst, ihre Wangen eingefallen, ihre Haut blass. Jeff fragte sich, ob es richtig war, sie auf die Ranch geholt zu haben. Er beugte sich zu ihr hinüber und gab ihr einen Kuss auf die Stirn. Sie öffnete die Augen und blickte ihn an. Sie sah so erschöpft aus wie nicht einmal nach dem Unfall am Hassayampa.

»Wir sind da, Anna. Nur ein Paar Schritte, und du kannst ins Bett«, sagte er sanft.

Sie nickte schwerfällig, als ob ihr Kopf Tonnen wöge. Als sie vom Sitz rutschte, schwankte sie.

»Na bis morgen dann!«, rief Spencer und verschwand in der Nacht.

»Ja, wir sehn uns!«

Jeff schloss die Tür auf, und Anna stolperte hinein. Er nahm sie kurzerhand auf den Arm, trug sie ins Schlafzimmer hinauf und legte sie aufs Bett.

»Ich hab die ganze letzte Zeit so schlecht geschlafen«, entschuldigte sie sich.

»Hab ich gemerkt. Und ich hab mich gefragt, warum. Und irgendwann hab ich nicht mehr danach gefragt ... Es tut mir Leid. Ich weiß jetzt, was los war.« Jeff setzte sich auf die Bettkante. Anna streifte sich die Kleidung von ihrem müden Körper und kroch unter die Decke.

»Was weißt du?«, fragte sie matt.

»Das mit Patch und Usaami.«

»Dann weißt du mehr als ich.« Anna hob den Kopf.

»Sie hat ihn auf frischer Tat erwischt, und er hat sie unter Androhung von Rache zum Schweigen gebracht. So war es doch, oder?«

»Vielleicht. Ich weiß nur, dass Usaami den Täter kennt, und das ist es, was mich so verdammt nervös macht.« Anna sank ins Kissen zurück.

»Ich lasse dich jetzt schlafen. Morgen können wir darüber reden.«

Anna nickte schwach, und Jeff fuhr mit der Hand über ihre Wange. Dann verließ er das Zimmer.

Er ging hinunter, öffnete das Sixpack Budweiser, das im Kühlschrank stand, und nahm zwei Flaschen mit ins Wohnzimmer. Als er sich in den Sessel gesetzt hatte, klingelte das Telefon. Er erhob sich und nahm ab.

»Jeff?«, fragte eine Frauenstimme.

»Ja.«

»Hier ist Judith.«

»Hi, Judith! Du?« Jeff staunte. Er hatte seit über einem halben Jahr nichts mehr von seiner Tante gehört. Er setzte sich wieder in den Sessel zurück. »Wie geht es dir?«

»Jeff ...« sie machte eine Pause »es gibt schlechte Nachrichten.«

Er spürte, wie das Blut durch seinen Körper schoss und sein Puls raste. Er wartete.

»Deine Mutter, Jeff ...« Wieder brach sie ab, und Jeff sah seine Mutter bereits im Krankenhaus.

»Deine Mutter hat gestern einen Herzinfarkt erlitten.«

»Verdammt«, sagte er nur und hoffte, dass es nicht so schlimm wäre. Seine rechte Hand krallte sich in die Lehne des Sessels.

»Sie war sofort tot«, hörte er dann Judith sagen.

Die Worte drangen wie ein Messer in ihn ein. Er legte die Hand aufs Gesicht, spürte ein Hämmern in seinem Kopf. Ihn schwindelte. Eine lange Weile herrschte Schweigen, dann vernahm er wieder die Stimme seiner Tante.

»Ich weiß, wie sehr du an ihr gehangen hast, Jeff. Ihr habt euch in der letzten Zeit nicht häufig gesehen, aber ...«

»Sofort tot«, wiederholte Jeff. »Wieso? Wer hat das gesagt?«

»Paul.«

»Er war dabei?«

»Er war wohl der Auslöser.«

»Er ist nicht mein Vater, Judith. Er ist ein verfluchter Wichser. Er ...«

»Ich weiß, Jeff. Ich weiß alles. Aber das hat sie das Leben gekostet. Ich habe ihr gesagt, sie solle es für sich behalten. Sie fand das auch, aber dann ... »

»Dieser verdammte Arsch. Vierzig Jahre Lüge, und wofür?«

»Nächste Woche ist die Beerdigung, Jeff. Ich gebe dir noch Bescheid, wann.«

Jeff konnte nichts mehr sagen, nichts mehr denken. Er fühlte nur eine unendliche Wut auf Paul, auf Robert, auf das Leben, zu dem sie sich hatte hinreißen lassen und das zweifelsohne zu ihrem frühen Tod geführt hatte.

»Jeff? Bringst du Robert mit?«, fragte Judith.

»Natürlich«, presste er hervor.

»Ich lasse dich jetzt in Ruhe. Ich melde mich morgen noch mal bei dir. Dann können wir die formalen Dinge besprechen.«

»Ja.«

Jeff legte auf, erhob sich, stand eine Weile unschlüssig im Raum und ging schließlich auf den Hof hinaus.

Robert reagierte gefasster auf die Nachricht, als es Jeff lieb gewesen wäre. Es kränkte ihn. Sie waren doch beide seine Eltern! Bedeutete das Robert gar nichts mehr? Genügte ihm die bewiesene Vaterschaft zu seinem Glück?

Als Jeff im Flieger neben ihm saß, dachte er an die erste Ankunft auf, der Ranch im Alter von sechs Jahren, dann daran, wie seine Mutter ihn das letzte Mal hingebracht hatte. Er war schon sechzehn, und natürlich hätte er den Flug längst alleine machen können. Nein, das war es nicht. Es zog seine Mutter zu Robert hin, immer wieder, auch wenn sie nicht bei ihm leben wollte.

Jeff blickte aus dem winzigen Fenster in den leeren Himmel. Er sah sie beide deutlich vor sich. Er hatte die versteckte Intimität zwischen ihnen gespürt, wenn sie sich begrüßten, miteinander scherzten, sich zum Abschied in die Arme nahmen. Er wusste damals nicht, was es ihm verriet, aber er ahnte, dass sie mehr als gute Freunde waren. Erst mit ihrem Tod wurde ihm klar, dass es eine starke sexuelle Anziehung gewesen sein musste, eine Leidenschaft, die das tägliche Leben nicht ausgehalten hätte. Seiner Mutter war schon früh klar geworden, dass ihre unterschiedlichen Interessen und Lebensvorstellungen ein Zusammenleben nicht zuließen. Aber Robert hatte jahrelang einer Illusion nachgehangen und wohl deshalb nie geheiratet.

Und er selbst? Jeff dachte an Asien, an frühere Freundinnen, an Anna. Seine Mutter hatte sich die Heirat ihres einzigen Sohnes so sehr gewünscht und sicher auch ein Enkelkind. Keiner ihrer Wünsche war jemals in Erfüllung gegangen. Alles war anders gekommen. Ein trauriges Leben, dachte er, und die Erkenntnis machte ihren Tod nicht erträglicher.

»Wo bist du mit deinen Gedanken, Jeff?«

»Warum fragst du das?«

Robert schwieg und blickte auf seine ineinander gelegten Hände. »Etwas von ihr bleibt immer in meinem Herzen, auch wenn dort mal jemand anders seinen Platz finden sollte«, sagte er, und Jeff horchte auf. Aber er fragte nicht nach. Es war nicht der richtige Augenblick dafür.

»Denk dran ...« Robert blickte über ihn hinweg auf die Wolken, die sich nun vor dem kleinen Fenster türmten »... die Seele lebt weiter. Gott hat sie zu sich geholt.«

»Seit wann glaubst du an Gott und eine Seele?«

»Schon immer, Jeff. Aber ich brauche dafür keine Kirche. Gott ist überall, wir müssen ihn nur erkennen.«

»Wir müssen unseren Geist und seine Kraft erkennen. Wenn du das meinst ... Aber es ist eine Illusion, anzunehmen, dass wir so etwas wie eine dingfeste Seele haben. Nichts in uns ist dauerhaft bis auf den leeren, klaren Geist.«

»Jeff, was redest du denn da plötzlich? Du hast doch ...«

»Ich habe von Wiedergeburt gesprochen, nicht von Seelenwanderung.«

Robert schwieg, er schien nicht zu verstehen.

»Warum soll es Elizabeth anders ergehen als Jacky?«

Robert erwiderte nichts darauf, und Jeff wusste, dass er damit aufhören sollte. Robert – sein Vater. Es fiel ihm immer noch schwer, es zu fühlen. Erst als sie landeten, war es ihnen möglich, wieder ganz normal miteinander zu reden. Sie sprachen über die schönen Stunden in Elizabeths Leben und versuchten sich mit dem Unausweichlichen zu versöhnen. Und als sie die Kirche betraten, rückten sie ganz dicht zusammen – Vater und Sohn. Jetzt konnte Jeff es fühlen, auch wenn es vielleicht nur für diesen Augenblick war.

Paul saß zwischen seinen Freunden, nur wenige Plätze weiter. Er hatte Jeff keines Blickes gewürdigt. Nicht nur das Leben seiner Mutter war ausgelöscht worden, auch das, welches Jeff an der Seite dieses Mannes als sein Sohn verbracht hatte.

28

Die Vorbereitungen zum herbstlichen Round-up holten alle in die Normalität zurück. Jeff saß nun oft im Büro am Computer, telefonierte mit Käufern und Viehtransporteuren und kalkulierte Preise. Es war keine schöne Arbeit und kein angenehmer Anlass, und sie versuchten beide das zu verdrängen, was mit diesem Viehtrieb verbunden war.

Anna blickte über die Koppeln. Es war ein herrlicher sonniger Spätsommertag, und der morgige Ritt in die Bighorn Moutains versprach zunächst einmal Licht in das getrübte Ranchleben zu bringen. Anna warf Heu über den Zaun der Weide, auf der die Stuten mit Fohlen liefen. Das Gras war kurz gefressen und von der Sonne versengt. Ein ockerfarbener Teppich war zurückgeblieben, die Kontraste waren aus der Landschaft gewichen, und alles wirkte gedämpft und still.

Usaami war für eine Woche zu ihrer Mutter ins Wind River Reservat nach Morton gefahren und wollte zum Round-up zurück sein. Anna hatte sich ein wenig beruhigt. Ihre Aufmerksamkeit war mit dem Tod von Jeffs Mutter auf andere Dinge gelenkt worden, und die Verantwortung für die Arbeit während seiner Abwesenheit hatte sie in die Gegenwart zurückgeholt. Nach dem Round-up, sagte sich Anna, würde sie alles erfahren.

Sie war gerade bei Luna gewesen und hatte sie noch einmal untersucht. Alles wies darauf hin, dass sie trächtig war. Und als sie im Begriff war, sich auf den Weg zur Scheune zu machen, fuhr ein Polizeiwagen die Auffahrt herauf, hielt vor den Stallungen und spuckte Osborn und zwei Beamte aus. Anna blieb wie angewurzelt stehen. Die drei Männer kamen mit gewichtigen Schritten auf sie zu. Sie wollten wissen, wo Usaami war.

»Sie ist für eine Woche zu ihrer Mutter gefahren«, erklärte

Anna. Und ihr lief es eiskalt den Rücken hinunter.

»Haben Sie einen Schlüssel für ihr Zimmer?«, fragte Osborn.

»Der ist, so viel ich weiß, bei Robert, bei Mr. Wilson.«

»Ist er zu Haus?«

»Keine Ahnung.« Anna zuckte die Schultern. »Aber Sie haben doch ihr Zimmer schon damals durchsucht.«

»Doppelt hält besser, das wissen Sie doch.«

»Gibt es denn neue Ergebnisse?«

»Nur einen Hinweis. Aber« – Osborn baute sich breitbeinig vor ihr auf und hängte seine grobe Hand in den Pistolengürtel – »ihr Vater stand, kurz bevor er gestorben ist, unter Verdacht, einige Rinder von Randys Sommerweide geklaut zu haben.«

Anna erschrak. Sie dachte an das Gespräch in der Bear Lodge. »Und was hat das mit Usaami zu tun?«

»Es sagt uns etwas über das kriminelle Potenzial dieser Person.«

In Anna regte sich unwillkürlich Solidarität mit Usaami. Sie schüttelte den Kopf. »Aber das ist doch ...«

»Wir können Ihnen dazu noch nichts sagen. Wir melden uns, sobald wir mehr wissen.«

Anna nickte, und die Männer gingen zu Roberts Haus hinüber. Sie beobachtete, wie die drei hinter den Stallungen verschwanden, und wartete eine Weile. Robert schien ihnen geöffnet zu haben, und Anna versuchte ihren Blick von seiner Haustür zu lösen und ihrer Arbeit nachzugehen. Ihre Gedanken jedoch blieben bei Usaami. Und in ihrem Kopf verdichtete sich eine Vorstellung von dem Tathergang, während sie mit Pamela und Tom Heu stapelte. Sie sah Charly aus einem entfernt geparkten Auto steigen, in dem Dave wartete, sah ihn über das Tor zum Ranchgelände klettern, an den Corrals vorbeischleichen, die Hunde mit einem

Rinderknochen beruhigen. Sie sah ihn in der Dunkelheit zum Stall mit den Verkaufs- und Turnierpferden huschen, das Schloss knacken und schließlich das vergiftete Futter in Lunas Trog werfen. In dem Moment betrat Usaami den Stall, und Charly drohte ihr, sie oder ihre Mutter zusammenzuschlagen, sollte sie ihn verpfeifen.

Toms freundliche Stimme holte sie aus ihren kriminologischen Überlegungen, und sie folgte ihm zur Scheune, zählte Futtersäcke und Heuballen und machte sich Notizen. Als sie anschließend zwischen den Stuten und Fohlen hindurch über die Weide ging und ihr Blick prüfend über Röhrbeine und Sprunggelenke schweifte, ihre Hand über Hälse und Kruppen strich, spürte sie wieder, wie sich die Ruhe und Gelassenheit der Tiere auf sie übertrug. Die Bilder von Charly und Usaami verflüchtigten sich. Sie beobachtete eine Weile das rhythmische Schütteln ihrer Mähnen und Schweife im Kampf gegen die Fliegen, das Rupfen ihrer Mäuler und das gleichförmige Mahlen ihrer Zähne. Sie schienen diese Bewegungen kaum wahrzunehmen. Es waren automatische Reflexe, ohne Anstrengung und Aufmerksamkeit. Und beim Anblick dieser großen Ruhe dachte Anna, dass sie alles aushalten würde, was das Leben ihr noch entgegenwerfen würde.

Als sie ins Haus ging, um ihre Sachen für den Viehtrieb zu packen, klingelte das Telefon. Jeff war gerade mit Spencer in Greybull, um den Wohnwagen abzuholen, und sie nahm ab.

»Ich bin‘s, Usaami.« Annas Atem stockte. »Bist du auf dem Weg hierher?«, fragte sie.

»Nein. Ich bin noch bei meiner Mutter. Es geht ihr ziemlich schlecht.«

»Was ist mir ihr?«

»Lungenentzündung.«

»Das tut mir Leid. Liegt sie im Krankenhaus?«

»Sie wird morgen entlassen, und ich würde gern noch ein paar Tage bei ihr bleiben.«

»Jetzt, wo Round-up ist?«

»Kommt Joanna?«

»Ja.« Anna hielt kurz inne. »Wie lange würdest du ausfallen?«

»Nur noch bis Ende der Woche.«

Sie überlegte einen Moment. »Osborn war hier«, sagte sie schließlich.

»Ich weiß. Er ist auch nach Morton gekommen.«

Anna glaubte im nächsten Augenblick zu erfahren, wer der Täter war. Sie setzte sich. »Und?«, fragte sie ungeduldig.

»Nichts natürlich.«

»Du hast ihnen nichts gesagt?«

»Ich habe nichts zu sagen.«

Anna atmete tief durch, kurz davor zu platzen.

»Sie haben noch mal dein Zimmer durchsucht, Usaami!«

»Ich weiß«, erwiderte sie tonlos.

»Sie verdächtigen dich.«

»Findest du das erstaunlich?«

Anna wusste nicht mehr, was sie denken, geschweige denn, was sie noch sagen sollte.

»Anna, kann ich noch bleiben?«, fragte Usaami sanfter als zuvor.

Sie trat von einem Fuß auf den anderen, ging im Zimmer auf und ab und entschied. »Okay. Wenn Jeff auch einverstanden ist, und wenn du mir endlich die Wahrheit sagst.«

»Ich kann nicht.«

»Usaami ...«

Das Klicken im Hörer war wie eine Ohrfeige. Sie hatte aufgelegt.

Anna stand benommen vor dem Telefon und sah zur Uhr. Jeff würde gleich zurückkommen. Was würde sie sagen, was nicht? Sie wusste ja noch nicht einmal über ihre eigenen Gefühle Bescheid. Sie wurde zwischen Zorn und Mitgefühl, Ablehnung und Verständnis hin und her gezerrt.

Energisch wandte sie sich den praktischen Dingen zu, stopfte Unterwäsche, zwei warme Hemden, eine Ersatzjeans und einen Pullover in ihre Tasche und legte ihre Wachsjacke darauf. Dann bereitete sie das Essen vor und deckte den Tisch.

Jeff kam wenig später, umarmte und küsste sie und holte zwei Flaschen Bier aus dem Kühlschrank. »Der Camper ist klasse«, sagte er zufrieden. »Lässt sich leicht lenken und hat eine gute Straßenlage.«

»Schön«, erwiderte Anna. »Dann müsst ihr Männer ja diesmal keine Zelte aufbauen.« Sie zögerte, beobachtete Jeff und wartete, bis er am Tisch saß und sich Spaghetti und Soße aufgefüllt hatte.

»Usaami hat sich entschuldigt. Sie wird noch einige Tage in Morton bleiben. Ihre Mutter hat eine Lungenentzündung.«

Mit einem Ruck legte er das Besteck neben den Teller und sah sie aufmerksam an. »Das ist doch wegen Osborn. Die wollen sie jetzt zum Reden bringen, genauso wie wir. Sie ist geflüchtet, nichts von Lungenentzündung!«

»Jeff, ich weiß nicht. Es klang irgendwie überzeugend.« Anna versuchte sich Usaamis Worte und ihre Stimme noch einmal präsent zu machen.

»Wir brauchen sie, Anna«, entgegnete Jeff.

»Aber Joanna kommt doch.«

»Anna! Robert hat mir vorhin erzählt, dass Osborn noch mal hier war und Usaamis Zimmer durchsucht hat.«

»Ja.«

Jeff legte die Hände links und rechts neben den Teller und lehnte sich zurück. »Ich verstehe dich nicht, Anna. Warum deckst du Usaami, wo du dich schon so lange mit der

Ungewissheit herumquälst?« Er zog die Stirn kraus. »Hat sie dich etwa auch zum Schweigen gebracht?«

»Nein. Sie hat aber mein Versprechen, niemandem zu erzählen, dass sie etwas weiß – auch dir nicht, Jeff. Dass du jetzt selbst herausgefunden hast, was läuft, ändert nichts daran, dass wir Usaami nicht in Gefahr bringen dürfen.«

»Jetzt, wo Osborn sie unter Beobachtung hat, wagt sich ohnehin keiner an sie ran. Das ist ihr bester Schutz.«

»Kann aber auch sein, dass der Täter die Nerven verliert, weil Usaami ihn verpfeifen könnte.«

Eine Weile aßen sie schweigend. Dann legte Jeff den Löffel auf den Teller und stand auf. »Robert hat mich gebeten, die Ermittlungen einzustellen, weil sie Usaami ungerechtfertigterweise beschuldigen würden, mit der Sache was zu tun zu haben. Sie seien mal wieder auf Indianerjagd, sagt er, und wer es auch gewesen sei, sie würden Usaami fertig machen, ihr die Tat in die Schuhe schieben.«

Anna schwieg und stellte ihren halb vollen Teller zur Seite. Sie sah Osborn vor sich, die Hände selbstgefällig im Pistolengürtel.

»Wir müssen versuchen die Sache ohne Osborn zu klären, und ich denke dabei mehr an dich.«

Anna nickte. »Irgendwann wird sie müde werden. Sie wird das nicht durchhalten.«

»Sie soll in Morton bleiben, bis wir zurück sind.«

Der nächste Morgen roch bereits nach Herbst. Das Thermometer war auf drei Grad gesunken, und Nebelbänke hingen über der Ebene. Das matte rosige Morgenlicht fing sich darin, und alles schien voller Geheimnisse.

Anna zog Red Wings das Hackamore über die Nase, ließ die Zügel fallen und fing dann Twister ein. Sie führte beide aus dem Corral auf den Hof hinaus. Jeff nahm ihr Twister ab, und sie brachten beide Pferde auf den Trailer.

»Hi, Anna, hi, Jungs! Alle wach und fit zum Round-up?«, erscholl Pamelas immer freundliche, unverbindliche Stimme auf dem Hof. Sie trug einen braunen Hut, abgewetzte Wrangler – wie immer etwas zu eng für ihre Figur – und eine hellbraune Canvasjacke und führte Bills struppigen Quarter-Mix-Fuchs am Halfter heran. Sie zog ihn hinter sich her über die Rampe des Trailers und band ihn neben Red Wings fest. Dann brachte Spencer sein Pferd, stellte es zu den anderen und stieg zu Robert, Bill und Jason in den Camper. Jason und Pamela waren für die Bodenarbeit im Corral eingeteilt, und Bob Raffert, der diesmal wieder dabei war, hatte bereits Roberts Pferd in seinem Trailer mitgenommen.

»Eure Bullen da oben werden noch gut was draufpacken müssen«, sagte Pamela. Ihre Ledersohlen knallten über die Rampe, und sie schloss mit Anna zusammen die Ladeklappe.

»Ja, das bisschen Regen hat nicht viel gebracht. Die Weiden sehen schlecht aus », erwiderte Anna und ging zum Wagen.

Jeff hockte auf der Ladefläche. Er prüfte die Aufhängung des Trailers, sprang mit einem Satz hinunter und stieg in den Wagen. Anna rutschte neben ihn, und Pamela rückte an ihre rechte Seite. Ihre Gesellschaft tat Anna gut, auch wenn sie mit ihr nur über Pferde, Sättel, die Vor- und Nachteile von Angus und Hereforder Kühen und von Branding-Boxen reden konnte. Sie ersetzte in keinster Weise ihre Freundinnen, aber sie nahm Anna das Gefühl völliger Isolation in dieser eingefleischten Männerwelt, die auch Jeff nicht aufzubrechen vermochte.

»Ist ‚n verdammt trockenes Jahr. Das wird wieder einige von uns die Existenz kosten.« Pamela ließ die Kaugummiblase vor ihren geschürzten Lippen platzen.

»Ja. Sieht nicht gut aus mit dem Viehgeschäft«, pflichtete Jeff ihr bei. »Steigende Preise für Futter- und Lebensmittel gegenüber sinkenden Preisen für das Vieh. Wird Zeit zum Umdenken.«

»Leicht gesagt«, entgegnete Pamela. »Larry hat mal überlegt, in den Sommermonaten Touristen aufzunehmen, aber ich halte nicht viel davon. Die sind verflucht anstrengend. Hab das mal auf der NW-Ranch erlebt. Die sind den ganzen Tag am Plappern. Fragen über Fragen. Von nichts ,ne Ahnung als von überflüssigem Zeug.« Sie zog die blassen Augenbrauen hoch. »Bei Rick war so ein Typ in ,ner hellen Hose mit tausend Taschen und Reißverschlüssen über den Knien. Der ist auf dem Rückweg von einem vierstündigen Trailritt zu Fuß gegangen, weil seine Beine blutig gescheuert waren.«

Anna lachte kurz. Sie sah Jeff von der Seite an.

»Es gibt auch andere. Einige sind sogar geschickter als unsereiner«, sagte er, ohne eine Miene zu verziehen, und Anna lächelte.

»Denkst du an jemand Bestimmten?«

»Ja. An eine Frau mit kastanienbraunen, halb langen Haaren, die ihren Mund immer nach links verzieht, wenn sie etwas Gesagtes gern rückgängig gemacht hätte.«

Pamela blickte zu Anna. Anna grinste. »Rückgängig nicht, aber mit weniger Schärfe«, erwiderte sie und wandte sich Pamela zu. »Ich war eine von diesen Touristinnen. Ich habe auf einer Ranch in Arizona meinen Urlaub verbracht und dort Jeff kennen gelernt.«

»In Arizona?«

»Er hat dort als Cowboy gearbeitet.«

Jeff schwieg.

»Ziemlich heiß da unten, nicht?«, fragte Pamela.

»Ja. Und eine ganz andere Landschaft. Kakteen, Mesquitebüsche, Paloverdebäume.«

»Ich glaub, das wär nicht mein Ding.« Pamela zog die Winkel ihres breiten Mundes hinunter.

»Du warst also noch nicht dort?«

»Ich war nur mal für einen Tag in Montana. Sonst kenne ich nur dieses verdammte Stück Erde hier.«

Anna nickte und ließ ihren Blick über die braune Prärie mit ihren feinen Schattierungen von blaugrauem Beifuß und olivgrünem Salbei schweifen. In der Ferne ragten die Bighorns majestätisch in den Himmel. Wie empfindet man wohl dieses Land, wenn man nie etwas anderes gesehen hat?, fragte sie sich.

Sie erreichten die Sommerweiden, als sich die Sonne dem Zenit näherte. Bob war bereits angekommen und hatte beide Pferde ausgeladen. Sie standen fertig gesattelt friedlich grasend vor dem Corral.

Alle luden ihre Pferde ab und begannen sofort mit dem Zusammentreiben der Rinder. Am Abend hatten sie die Herde bis auf ein paar Einzelgänger beisammen. Nur neun Kühe mit ihren Kälbern fehlten noch, und die würden sie am nächsten Morgen einsammeln. Der Viehtransporter war für zehn Uhr morgens bestellt.

Pünktlich eine Stunde vorher hatten sie die letzten verstreuten Rinder bei der Herde im Corral, und wenige Stunden später waren alle Bullenkälber von ihren Müttern getrennt und zum Abtransport bereit.

»Sie tun mir so schrecklich Leid«, sagte Anna, als sie neben Jeff im Sattel saß und auf die Kühe und Kälber blickte, die suchend einander zublökten. Ihr war, als würden sich die Berge und Bäume um sie herum unter den Rufen krümmen. »Wie lange werden sie in den Feedlocks bleiben?« , fragte sie leise.

»Sie sind jetzt im Schnitt sieben Monate alt, und mit vierzehn Monaten werden sie geschlachtet«, erklärte Jeff. Die Worte kamen schwer über seine Lippen. Anna wusste, dass seine Traurigkeit nicht nur dem Schicksal der Tiere galt, sondern auch der Tatsache, dass diese wunderschöne Arbeit so ein schreckliches Ziel hatte.

»Feedlocks sind doch eigentlich Corrals, nicht?«, fragte Anna und hoffte auf eine tröstende Antwort.

»Im Prinzip ja.« Er nickte. »Aber die Tiere fressen dort kein Gras, der Boden ist zugeschissen und ... Es ist nicht die Enge eines Maststalles, aber auch keine Prärie. Eine Entwicklung, die mit dem zunehmenden Fleischbedarf und den fallenden Rinderpreisen kam. Es geht überall nur noch darum, in möglichst kurzer Zeit möglichst viel Fleisch aus einem Tier zu gewinnen. Auch wir können uns dem nicht mehr entziehen, ohne bankrott zu gehen. Früher war das alles anders. Da blieben sie bis zu ihrem Ende in der Prärie.«

Anna schwieg, holte nur einmal tief Luft. Und dann rollten die Viehtransporter heran. Sie näherten sich den Corrals wie Eindringlinge aus einer gierigen, kalten Welt.

»Ich würde jetzt gern zur Ranch zurückreiten«, sagte Jeff und schüttelte den Kopf. »Ich gerate immer wieder an einen Punkt, an dem sich die Unmöglichkeit rein irdischer Erfüllung als Trugschluss erweist.«

Anna streckte den Arm zu ihm hinüber und legte ihre Hand auf seine. »Es geht mir genauso, Jeff. Das Paradies existiert nur in unserem Kopf. Aber eine ganze Menge liegt auch in unserer Hand. Wir sollten irgendwann mit den Rindern aufhören und nur noch Pferde züchten.«

Jeff nickte, rief die Hunde und stieg vom Pferd. Der Transporter hielt, Bob verabschiedete sich, setzte sich ins Auto und fuhr mit seinem Pferd im Trailer zum Highway hinunter. Robert begrüßte den dicken Mann, der aus der Fahrerkabine des Trucks sprang, und Jeff ging zu ihnen hinüber, während Spencer, Bill, Jason und Pamela am Corral standen und auf ihren Einsatz warteten. Sie blickten auffordernd zu Anna hinüber, aber sie schüttelte den Kopf, stieg aufs Pferd und ritt zum Bach hinunter.

Ein scharfer, trockener Wind war aufgekommen. Er kam

aus der Richtung, in der vierhundert Kälber ihrer Mütter und ihrer Heimat beraubt wurden und wo ihr Todesurteil gesprochen wurde. Das unaufhörliche Trampeln ihrer Klauen auf den Metallrampen und ihr Brüllen drang als bittere Botschaft in ihr Ohr und ließ den Wald erzittern. Anna dachte an die Rehe und Wapitis darin, die um ihr Leben bangten, weil das Brüllen der Kälber wie eine Warnung für sie war. Dann fiel die Klappe des zweiten Trucks ins Schloss, und der Motor sprang an. Sie sah den Viehtransporter auf den Highway abbiegen und ritt zum Corral zurück. Der Wind fuhr in den Wald, erzeugte ein gewaltiges Rauschen und zerrte wütend an ihrem Haar.

29

Jeff sah den riesigen Aluminiumtransportern hinterher, in denen nun dicht gedrängt die Kälber standen, die einen Tag zuvor noch durch die Weiten der Prärie gezogen waren. Im Frühjahr hatte er sie mit Anna und Robert zusammen auf diese Weiden getrieben, hatte sie zufrieden zurückgelassen. Nun waren ihm diese Tiere erneut gefolgt – vertrauensvoll, widerstandslos – in die Enge und bald in den sicheren Tod hinein. Sie würden ihr Leben für das der Menschen lassen, und das war von Beginn an ihre einzige Bestimmung. Es war ihre einzige Existenzberechtigung, und Jeff empfand es jetzt als Verrat. Verrat an einer friedlichen Kreatur, an der Natur, die zwar durch Töten in ihrem Gleichgewicht blieb, die aber nicht quälte, um von den Überschüssen fett zu werden.

»Jeff! Was zum Teufel stehst du da rum wie ‚ne Mama beim Abschied ihrer Kinder!«, rief Robert ihm zu. »Komm, Junge, es gibt noch viel zu tun.«

Jeff drehte sich um, sah Robert winken, blieb jedoch stehen, als Anna kam. Er war froh, dass sie da war. Sie stieg vom Pferd, ließ die Zügel fallen und trat auf ihn zu. Sie legte ihre Arme um seine Schultern, lehnte sich an ihn, und er wusste, dass sie genauso fühlte wie er.

»Irgendwann möchte ich nur noch so viele Rinder haben, wie ich für den eigenen Verzehr benötige«, sagte er müde. »Und ich möchte die Verantwortung für das Töten dieser Tiere nicht an andere abgeben, um mein Gewissen zu beruhigen und mir damit die Illusion von Unschuld zu verschaffen. Was ist mit dem Schicksal des Schlachters? Sind wir dafür nicht auch verantwortlich, wenn wir ihm allein das Töten überlassen, um unsere eigenen Hände nicht mit Blut zu besudeln?«

Jeff spürte Annas Nicken an seiner Brust.

»Und wie viel mehr Leid bedeutet es für ein Tier«, fuhr er fort, »in einem engen Trailer durchs Land gekarrt und zwischen hunderten frischer Kadaver unters Beil geführt zu werden, anstatt von einer einzigen Kugel getroffen auf dem heimischen Hof ins Gras zu fallen?«

Wieder spürte er Annas Einverständnis. Sie hielt ihn immer noch fest.

Nein, dachte Jeff, ich sollte die Tiere, die ich essen will, eigenhändig erschießen. Und wenn ich dafür zu feige bin, werde ich kein Fleisch mehr essen.

Er löste sich von Anna, fuhr mit der Hand durch ihr Haar, lächelte matt und folgte Roberts Aufforderung. Die Luft war noch immer erfüllt vom Brüllen der nun kälberlosen Kühe. Er trat zu Robert und Bob, die mit dem Brandeisen auf ihn warteten, und er tat seine Arbeit. Sie brannten die im Mai in den Bighorn Moutains geborenen Kälber, versorgten die Tiere mit Heu und Maisbruch und aßen im Camper. Weder Jeff noch Anna war an diesem Abend nach einem Steak zumute, und es war ihnen gleichgültig, dass man sie als Spinner betrachtete. Einzig Robert schien ein bisschen Verständnis zu haben. Er lächelte mitfühlend, als sie sich nur Bohnen, Mais und Kartoffeln auf die Teller füllten.

Alle verschwanden früh in den engen Betten von Camper und Trailer, und bereits um halb fünf des folgenden Morgens standen sie wieder auf der Matte, um die Kühe und die verbliebenen Kälber ins Bighorn Basin hinunterzutreiben. Es war ein ruhiger Viehtrieb ohne Zwischenfälle unter einem kühlen blauen Himmel. Die Erde bereitete sich auf den Winter vor, nährte sich von den langsam welkenden Grasbüscheln, die sich müde zu ihr hinabbeugten. Die Bären würden bald in den Winterschlaf gehen, winzige Junge zur Welt bringen und sie säugen, bis sie den Anforderungen des Frühlings gewachsen waren.

Der Geruch von zertretenem Salbei und Kiefernnadeln würzte die klare Bergluft, und Jeff versöhnte sich mit seiner Arbeit und seinem Leben an Annas Seite. Schon lange hatte er sich ihr nicht mehr so nah gefühlt, und das Ziel, der Ranch ein neues Gesicht zu geben, erfüllte ihn mit Zuversicht und Vertrauen in die gemeinsame Zukunft.

Mit der untergehenden Sonne erreichten sie die Ranch, und nach dem Absatteln und Abschwammen der Pferde, im Anblick einer kristallklaren Mondsichel über der Pferdekoppel, wurden Jeffs letzte Zweifel zum Schweigen gebracht. Streit, Kränkung und Ärger, alles, was zwischen ihnen gestanden hatte, schrumpfte zur Nichtigkeit zusammen.

Joanna kam mit zwei großen Futtereimern aus dem Stall, und Pamela und die Viehtreiber zogen sich in die Kantine zurück, während Jeff mit Anna beim Füttern der Pferde half. Sie blieben noch eine Weile dort und sahen ihnen zu. Twister wälzte sich genüsslich im Sand, und die anderen taten es ihm nach, als hätte er ihnen gesagt, wie schön das sei. Dann standen sie alle dicht beieinander, und das bleiche Mondlicht fing sich in ihren Mähnen. Es war ein Moment der Fülle, der Einigkeit und des Vergessens.

Jeff sah zu Anna, die neben ihm am Zaun lehnte. Sein Blick streifte ihren schlanken Hals. Einige Strähnen ihres nun bis über die Schulter reichenden Haares hatten sich aus dem Gummiband gelöst und wehten in der Abendbrise über ihr Ohr. Sie hatte hübsche, wohlgeformte Ohren mit kleinen festen Läppchen, und er verspürte das, was er schon verloren geglaubt hatte – ein unbändiges Verlangen danach, sie zu küssen, sie zu streicheln, sie zu lieben. Die Zärtlichkeiten vergangener Tage rieselten vor seinem inneren Augen herab, und Anna drehte sich zu ihm um, als hätte sie seine Gedanken gehört. Sie nahm seine Hand, und er ging schweigend mit ihr zum Ranchhaus.

Usaami kehrte zwei Tage nach dem Round-up auf die Rowly Ranch zurück, und Jeff hatte ihr eine sechswöchige Frist gesetzt, innerhalb der sie alles über den Vorfall mit Luna herausrücken sollte. Sonst, so hatte er ihr gedroht, würde er Osborn darauf hinweisen müssen, dass sie etwas verbarg, was zur Aufklärung des Falles beitragen konnte.

Die ausgesprochene Drohung bedrückte ihn, und die nach wie vor magnetische Anziehung, die sie auf ihn ausübte, kämpfte mit dem Ärger über ihr hartnäckiges Schweigen um die Oberhand.

Der September verabschiedete sich mit einer letzten Welle sommerlicher Wärme, und der Oktober kündigte sich mit den ersten scharfen Stürmen und nächtlichen Minusgraden an. Fast übergangslos übernahm der Herbst die Regie und tauchte das Bighorn Basin in dumpfe Kupfer- und Brauntöne. Die Espen in den Bergen bildeten leuchtende Farbkleckse vor den dunkelgrünen Fichten, und die Cottonwoodbäume am Rowly Creek verloren ihre Blätter im Kampf gegen den Wind. Sie wirbelten über den Hof wie aufgescheuchte Vögel und schwammen auf den Pfützen, die die heftigen Regengüsse hinterlassen hatten.

Auf der Ranch war es ruhiger und leerer geworden. Bill war wie jedes Jahr zu seinen Eltern gefahren, wo ihn sein Sohn einige Wochen besuchen würde. Tom hatte seit einigen Monaten eine Freundin und würde bis zum Februar, wenn die ersten Pferde und Kühe Nachwuchs bekämen, bei ihr in Douglas bleiben.

Die alten Hasen unter den Ranchern kündigten einen harten Winter an, und Jeff verbrachte die Vormittage zusammen mit Spencer beim Holzsägen und -hacken. Es war eine ungewohnte Tätigkeit, und er spürte sie bereits nach den ersten gespaltenen Scheiten in seinen Armen und Schultern. Als sich das Holz jedoch im Schuppen bis unter die Decke stapelte, war sein Körper an die Arbeit gewöhnt und seine Muskeln so hart wie das Holz, das er zerlegt hatte. Die Arbeit gefiel ihm. Der konzentrierte Blick auf die Stämme, das dumpfe Klopfen der Axt, das Krachen des Holzes – es war wie das stundenlange Fegen im Garten eines japanischen Zenklosters.

Anna war mit Robert zu Bob gefahren, um die Hunde abzuholen. Er war froh darüber, dass sie jetzt eine neue Aufgabe hatte, die Spaß und Unbeschwertheit versprach. Mit dem trüben Wetter, Usaamis nicht zu brechender Weigerung, etwas zur Wahrheitsfindung beizutragen, und Osborns ins Stocken geratenen Ermittlungen war die Anspannung zurückgekommen. Anna wirkte in sich gekehrt, was nicht unbedingt ein schlechtes Zeichen sein musste. Es konnte auch, wie bei ihm selbst, das Einswerden mit der Langsamkeit und der Stille dieser Gegend sein. Aber es schien ihm doch, dass sich hin und wieder so etwas wie Heimweh in ihr breit machte. Und er fragte sich, ob Frauen vielleicht gar nicht für ein Leben in der Abgeschiedenheit geeignet waren. Er hatte Anna vorgeschlagen, für ein paar Wochen nach Deutschland zu fliegen, aber ihre beste Freundin Lisa würde erst im März wieder dort sein.

Als Jeff den zweiten Baumstamm mit der Kettensäge in armlange Abschnitte zerteilt und diese gemeinsam mit Spencer in ofengerechte Scheite gespalten hatte, spürte er zum ersten Mal sein Kreuz, und er dachte an das Altern und ein Leben mit halber Kraft. Er hieb die Axt in einen Baumstumpf, streckte sich und massierte ein paarmal über seinen Rücken.

»Hey, Jeff, alter Junge, du wirst doch nicht schlappmachen«, sagte Spencer und wischte sich mit dem Ärmel seines karierten Hemdes über die Stirn.

»Ich brauch ‚ne Pause, Spencer.«

»Mein Dad sagte immer, denk beim Holzschlagen nicht an andere Dinge, sonst kriegst du‘s im Kreuz.«

Jeff nickte. »Ja, das scheint zu stimmen.«

»Sei so gut, bring mir ‚nen Kaffee mit, Jeff«, bat Spencer.

»Klar, mach ich.«

Jeff zog die Handschuhe aus, steckte sie in die Taschen seiner Canvasjacke und ging zur Kantine. Als er die Tür öffnen wollte, stieß er beinahe mit Usaami zusammen, die im Begriff war, hinauszugehen. Sie standen einen Moment lang ratlos voreinander, mit einem unschlüssigen Lächeln auf den Lippen. Die Sekunden der Anspannung wollten nicht vergehen. Anziehung und Abwehr schlugen wie kalte und warme Luft bei einem Gewitter zusammen.

Jeff fing sich als Erster und blickte in den Korb über ihrem Arm. Das rote Strickhalfter von Luna, das gerissen war, lag über Roberts sandfarbener Leinenjacke.

»Du kannst nähen?«, fragte Jeff kurzerhand.

Usaami errötete und drehte den Korb ein wenig aus Jeffs Sichtweite. »Für kleine Reparaturarbeiten reicht‘s«, erwiderte sie. »Hab Lunas Halfter genäht.«

Jeff nickte, beließ es dabei. Aber er fragte sich, ob Usaami jetzt Rosy ersetzt hatte und Roberts Mädchen für alles war.

Usaami wollte sich gerade an ihm vorbeiwinden, aber Jeff nutzte die Gelegenheit, um sie an das Ultimatum zu erinnern. »Und wie geht es Luna?«, fragte er, als sie sich abwandte.

Sie drehte sich noch einmal um. Jeff hatte sie noch nie so abweisend und unnahbar erlebt. Es schmerzte ihn mehr, als er sich eingestehen mochte.

»Sie sieht prächtig aus, aber das weiß Anna doch besser als ich«, erwiderte sie in messerscharfem Ton.

»Du fütterst sie aber.« Jeff fixierte sie. Seine Muskeln spannten sich wie bei einem Tier, das seiner Beute auflauerte.

»Wenn du zu Osborn gehst, werde ich verschwinden«, sagte sie und verließ den Raum.

Jeff goss Kaffee in zwei Becher, wobei seine Hände leicht

zitterten. Ein Zustand, den er so nicht kannte. Er stellte die Becher ab, atmete ein paarmal tief durch und sammelte sich. Dann kehrte er mit dem Kaffee zu Spencer und dem Holz zurück. Er spaltete noch einige Baumstümpfe, konzentrierte sich auf die Bewegung der Axt unter seiner Hand, und schließlich vernahm er das Brummen des Chevi. Anna und Robert kamen mit den Hunden von Bob zurück.

»Tut mir Leid, Spencer«, sagte er, »sieht so aus, als müsste ich dir den Rest überlassen.«

»Okay, wenn ich morgen ‚n bisschen später antreten kann«, erwiderte er grinsend.

»Die aus Powell?«, fragte Jeff mit einem Zwinkern.

»Richtig. Genau die. Ist ‚ne verflucht heiße Braut. Könnte direkt was für länger sein.«

»Na dann halt mal deine Hände beisammen, wenn du wieder ins Groovy gehst.«

»Klar. Fällt mir diesmal bestimmt nicht schwer. An der ist so viel dran«, er wölbte die Hände über seine Brust, »da braucht man nix andres.«

Jeff klopfte sich die Späne von der Hose und ging zum Ranchhaus hinüber. Anna, Robert und zwei braun-schwarze Welpen, an ihren Leinen zerrend, kamen ihm entgegen.

»Sind sie nicht süß?«, sagte Anna. Jeff hatte sie lange nicht so strahlend erlebt. Die kleinen Hundeknäuel rollten sich vor ihnen übereinander und stolperten über die Leinen.

»Na, was sagst du, Jeff?« Robert lächelte. Auch er sah glücklich aus.

Jeff hockte sich hin, ließ die Welpen an sich hochspringen und seine Hand lecken. »Und welcher ist unserer?«

»Die Hündin.« Anna beugte sich hinunter und nahm sie auf den Arm. »Ich habe sie nach Lindas Hündin Chola genannt. Ich finde, sie sieht ihr ähnlich.«

»So, findest du?«

»Genau weiß man natürlich noch nicht, was draus wird, aber Bob sagt, der Vater sei ein amerikanischer Viehhütehund.«

»Die Mutter kennst du ja«, warf Robert ein.

Jeff nickte.

Sie unternahmen gemeinsam einen Spaziergang über das Ranchgelände. Tom und Pamela kamen herbei, und die Hunde riefen allgemeine Verzückung hervor. Dann trennten sie sich vor Roberts Haus. Jeff sah die Silhouette einer Frau hinter den Vorhängen in der Küche. Es waren nicht Rosys Umrisse.

Die folgenden Tage vergingen im Flug, mit der Erziehung des Hundes, mit dem Bewegen der Pferde, der Fahrt nach Greybull zu Probst‘s Western Store und zum Friseur. Aber die Arbeitstage wurden kürzer, die Abende länger und dunkler. Jeff las dicke Bücher, Anna hin und wieder Zeitschriften und kleinere Romane, aber am liebsten kuschelte sie sich an Jeffs Seite und sah den Flammen im Kamin zu. Hin und wieder stellten sie den Fernseher an, und gelegentlich fuhren sie nach Cody, Greybull oder in die Bear Lodge zum Essen. Für eine Woche kamen Freunde von Jeff aus New York zu Besuch. Aber es war, als würde ein Schwarm fremdartiger Vögel über die Ranch flattern, eilig, oberflächlich und laut zwitschernd. Zu viele Fragen, zu wenig Nähe. Eine kleine Zerstreuung, die auch Jeff mehr zu stören als zu freuen schien. Er war wie die Bären in einen Dämmerzustand versunken. Sein Biorhythmus schien sich dem Winter anzupassen, fuhr halbe Kraft, und Anna hatte manchmal das Gefühl, vor einer Wand zu stehen. Die Momente seiner Öffnung jedoch waren wie die Klarheit des Himmels nach düsteren Tagen.

Chola wurde schnell stubenrein, ließ sich leicht und gern erziehen, wich jedoch zu Annas Enttäuschung nicht von Jeffs Füßen.

»Vielleicht kommt das, weil du sie Chola genannt hast«, sagte er entschuldigend, als sich die Hündin wieder mit seligem Blick vor seinen Füßen niederließ. Er sah Linda und Rons Hündin vor sich, wie sie in den Hassayampa sprang, dann wieder auf ihn zukam und sich schüttelte, wie sie ihn überall aufspürte und verriet, wenn er eigentlich unentdeckt bleiben wollte.

Jeff bedauerte Cholas Entscheidung. Er hätte sich gewünscht, dass es umgekehrt wäre, denn Anna hatte die Wärme und Anhänglichkeit eines Hundes nötiger als er. Aber das war nun mal der Instinkt, der gerade bei diesen Hunden sehr ausgeprägt war. Und so folgte ihm Chola die Treppe hinauf, wenn er zum Meditieren ins Schlafzimmer ging, lauerte hinter der Tür und lag nicht bei Anna unten im Wohnzimmer. Und wenn er zu Robert zur Pokerrunde ging, jaulte sie, bis Anna die Tür öffnete und sie hinterherlaufen ließ. Anstatt sein Gewissen zu beruhigen, wenn er den Rückzug nötig hatte, trieb sie ihn noch tiefer in die Defensive.

Der November begann grau und langsam. Erst am Anfang der zweiten Woche des Monats zeigte sich wieder einmal die Sonne. Jeff wachte vor dem Klingeln des Weckers auf. Der feine Lichtstreifen zwischen Fenster und Gardine verriet ihm einen klaren Himmel. Er stieg vorsichtig aus dem Bett, in der Hoffnung, Anna nicht zu wecken, und schlich zur Tür. Aber Chola begann bereits dahinter zu quieken, und Anna hob den Kopf in seine Richtung.

»Wohin gehst du?«, fragte sie schlaftrunken.

»Ich mache mir Twister fertig und sehe mal nach den Zäunen auf der Ostweide.« Jeff erschrak vor sich selbst. Es war eine Lüge.

Anna setzte sich auf. »Warst du nicht gestern schon dort. Spencer sagte so was.« Sie blickte ihn halb verwundert, halb entlarvend an.

»Einige Pfähle sind gammelig. Vielleicht muss ich sie erneuern«, verhedderte sich Jeff noch tiefer in seine Ausrede.

Anna stieg aus dem Bett und zog die Vorhänge zurück. »Und das musst du dir ein zweites Mal ansehen? Warum bringt das nicht Spencer in Ordnung?«

»Anna.« Jeff rieb sich das Gesicht. Chola kratzte ungeduldig an der Tür. »Ich muss mir das einfach noch mal ansehen. Es ist ...«

»Ich weiß. Du hältst es nicht aus mit mir, Tag für Tag. Du brauchst deinen Freiraum, du brauchst dies, du brauchst das.« Sie seufzte. »Ich habe dieses Bedürfnis nicht, und das ist wahrscheinlich mein Problem.«

Jeff zuckte die Schultern. Er wusste nicht, was er sagen sollte.

»Lass Chola rein. Sie kratzt die ganze Tür kaputt«, sagte Anna ungeduldig.

Jeff öffnete ihr, während Anna wieder unter die Decke kroch. Chola sprang ihm vergnügt entgegen.

»Warum lädst du eigentlich nicht mal Pamela ein oder machst einen Ausritt mit ihr?«, fragte er.

»Danke für die Fürsorglichkeit, aber Pamela ...«

»Ich dachte, es wäre vielleicht eine nette Abwechslung.«

Anna lachte auf. »Du hast offenbar nichts begriffen, trotz deiner diversen Liebschaften. Deine Kenntnis von dem, was Frauen lieben, beschränkt sich anscheinend nur auf das, was sich unterhalb der Gürtellinie abspielt.«

Jeff erstarrte und schwieg. Er hatte gedacht, dieses Thema wäre endgültig vom Tisch, und er fand, dass es jetzt richtig war zu gehen.

»Du weißt genau, dass ich Pamela sehr schätze«, fuhr Anna fort. »Ich bin froh, dass sie hier ist. Sie ist ein prima Kumpel bei der Arbeit, aber wenn dir nicht auffällt, dass ihre Interessen und Ansichten nicht die meinen sind, dann ...«

»Ich werde jetzt einen Ausritt machen, ob dir das gefällt oder nicht«, brach Jeff die Diskussion ab. Er legte die Hand auf die Türklinke und sah Anna noch einmal an. Die tiefe Enttäuschung in ihren Augen ließ ihn innehalten.

»Willst du mitkommen?«, fragte er schließlich, als kämen die Worte nicht aus seinem Mund.

Anna schüttelte den Kopf. »So nicht.«

Er zögerte noch einmal und trat dann in den kalten Flur hinaus. Ohne sich zu waschen, stieg er in Jeans, Hemd und Pullover, nahm Hut und Chaps vom Haken und verließ das Haus. Der Wind wirbelte das Espenlaub um seine Beine, und er vermochte nicht zu erkennen, was ihn immer wieder allein hinaustrieb. Sein Innenleben erschien ihm manchmal wie ein dunkles Loch. Und als er Twisters lang gewachsenes Fell putzte und den Sattelgurt zwei Loch länger einstellen musste, wurde ihm klar, dass der Winter hart würde.

30

Der erste Schnee fiel Ende der zweiten Novemberwoche, als Anna mit Jeff zu den Winterweiden am Rowly Creek ritt. Es war ein lautloses, unaufgeregtes Rieseln federleichter Flocken, die sich in den Mähnen der Pferde verfingen und das schwache Sonnenlicht reflektierten. Sie legten sich wie weicher weißer Flaum über die Prärie, und alles wirkte hell und freundlich. Eine klare, schimmernde Welt, neu erschaffen, strahlend und friedlich. Das Fell der Rinder hatte sich zu einem dicken Pelz verdichtet. Alle waren wohlauf und schienen dem Winter trotzen zu können.

Die Zäune waren intakt, alles wirkte friedlich und so, wie es sein sollte, und so ritten Anna und Jeff zeitig wieder zum Hof zurück. Hin und wieder kreuzten Wapitis ihren Weg, die vor dem hohen Schnee in den Bighorns ins Basin geflüchtet waren. Und Anna dachte an die Verse auf der Karte, die Jeff ihr nach Hamburg gesandt hatte: »Im Frühling die Blumen; im Sommer leichter Wind; im Herbst der Mond; der Schnee im Winter. Wenn der Geist nicht getrübt ist von unnützen Dingen, ist dieser Tag im Menschenleben ein glücklicher Tag.« Sie atmete auf, genoss die blendende Reinheit, lauschte dem Quietschen des pulvrigen Schnees unter den Hufen ihres Pferdes.

Der Oktober lag hinter ihr. Er war langsam und zäh vergangen. Der tief herabhängende Himmel, Usaamis Schweigen und Jeffs regelmäßige Rückzüge hatten ihr diese Zeit nicht leicht gemacht. Immer wieder fragte sie sich, warum sie hier so schlecht mit dem Alleinsein zurechtkam. Jeff schien den Zustand zu lieben, sie in seiner Nähe zu wissen und dennoch für sich zu sein. Sie beneidete ihn darum.

Der Schnee war wie eine Verheißung auf lichtere Stunden, auch wenn – wie Robert meinte – der Blizzard bereits in den

Bergen lauerte. Ihr Verstand sagte, dass die gemächlich herabsegelnden Flocken nur ein sanfter Vorbote von dem waren, was noch käme. Aber diese Prophezeiungen entzogen sich ihrer Vorstellungskraft, und was blieb, war die Freude über den Schnee.

»Ich werde morgen nach Greybull fahren und noch ein paar Lebensmittel und Getränke kaufen«, sagte Jeff, als sie unter der Remise von den Pferden stiegen und den Schnee von den Chaps und den Stiefeln stampften.

»Meinst du nicht, dass unsere Vorräte noch bis zur nächsten Woche reichen?«, fragte Anna erstaunt.

»Der Wetterbericht hat weiteren Schneefall vorausgesagt. In den Bighorns liegen schon zehn Inches, und die Passstraße ist bereits geschlossen. Verflucht früh in diesem Jahr. Aber alles scheint ja extremer zu werden.«

»Du meinst, wir kommen hier sobald nicht mehr weg?«

»Man muss damit rechnen. Immerhin liegen wir fast zehn Meilen vom Highway entfernt.«

Anna hob den Sattel von Red Wings Rücken und stemmte ihn auf den Bock. Sie konnte sich in ihren vier Lagen aus Hemden, Pullover und Wachsjacke kaum rühren, dachte an die vielen Dicken in diesem Land und fragte sich, wie sie wohl im Winter zurechtkämen.

»Man könnte ja zum Skilaufen fahren. Du hast doch auch Skier, nicht?«

»Leider nur Abfahrtsski, und davon halte ich nichts mehr.«

»Aber ich. Ich hätte so richtig Lust, in den Bighorns mal wieder auf die Bretter zu steigen.«

Jeff nickte schwach.

»Wie kann man nur so lustlos sein und immer alles ablehnen, was Spaß macht!«

»Lustlos? Nur weil ich keine Schneisen der Verwüstung mehr in die Wälder ziehen mag?«

Anna zuckte die Schultern. »Wann fährst du nach Greybull?«

»Irgendwann nachmittags, wenn die Pferde alle bewegt sind und der Zaun repariert ist.«

»Fahr nicht so spät. Die Straßen ...«

»Ich weiß. Schneeketten und Abschleppseil liegen schon im Auto.«

Sie holten Chola bei Robert ab. Sie war noch zu klein, um die weiten Strecken mit den Pferden zurücklegen zu können. Sie sprang ihnen mit Roberts Hund Teddy freudig entgegen und wich dann nicht mehr von Jeffs Seite. Anna konnte ihre Enttäuschung darüber nicht verbergen, und Robert legte seinen Arm auf ihre Schulter. »Sieht so aus, als hätte ich lieber Chola nehmen sollen und ihr Teddy.«

Anna lächelte.

»Ich kaufe dir einen Rüden zum Geburtstag.«

»Das ist eine nette Idee, Robert, aber ich denke, wenn, dann werde ich mir selbst einen aussuchen, und auch erst im Frühjahr.«

»Vielleicht hast du Recht«, erwiderte er, und Anna gab ihm einen Kuss auf die Wange.

»Ich fahre morgen nach Greybull«, sagte Jeff. »Brauchst du noch was?«

Robert drehte sich erstaunt zu ihm um. »Was willst du denn da bei diesem Wetter?«

»Einkäufe machen.«

»Ach, Einkäufe machen. Erzählt mir jetzt nicht, dass ihr eure Speisekammer nicht voll habt.«

»'n paar Sachen fehlen noch.«

»Jeff, dafür sollte ich dir verdammt noch mal die Ohren lang ziehen. Gelassen auf das zu gucken, was kommt, ist ja ganz schön, aber die Lage nicht richtig einzuschätzen, ist Dummheit.«

»Dad …«

Anna legte beschwichtigend ihre Hand auf Roberts Arm. »Ist auch meine Schuld. Ich hätte ja auch fahren können.«

»Nein, Anna. Wer den Winter hier noch nicht erlebt hat, wird ihn immer unterschätzen. Aber zu Jeff hab ich letzte Woche schon gesagt, ihr sollt das organisieren. Du weißt doch, hier kannst du nichts auf morgen verschieben. Dann kann es schon zu spät sein.«

»Ist ja nicht gesagt, dass es so dicke kommt.« Jeff verlagerte sein Gewicht auf ein Bein und schob die Hände in die Gesäßtaschen seiner Jeans.

Robert seufzte. »Die Kantine ist gut bestückt, aber du weißt ja, weder Spencer noch Pamela gehn gern auf Diät, und ihr beide seht auch nicht grade so aus, als würdet ihr drei Tage ohne Futter auskommen.«

Jeff lächelte. »Ich fahre gleich los und bin locker vor Sonnenuntergang zurück.«

»Aber du nimmst meinen Wagen.«

Jeff nickte, und Robert gab ihm den Schlüssel.

Sie öffneten die Tür, und Chola sprang hinaus. Sie schaufelte sich voller Begeisterung durch den Schnee, biss knurrend hinein und hängte sich immer wieder an Jeffs Hosenbeine.

Anna ging zum Stall und holte die nassen Sattelpads, während Jeff im Schuppen Brennholz auf eine Karre lud und sie zum Haus schob. Es schneite immer noch. Die Flocken wurden dicker und schwerer. Sie schwebten nicht mehr, sie fielen jetzt herab und bildeten eine dichte, unter den Stiefeln knirschende Schicht über dem Boden. Huf- und Fußspuren waren verschwunden, und jeder Schritt hatte etwas Jungfräuliches.

Jeff stellte die Karre vor der Veranda ab und klopfte den Schnee von den Stiefeln, Anna legte die Pads ab und schloss auf. »Glaubst du, wir schneien noch ein?«, fragte sie.

Jeff drückte ihr seinen Hut in die Hand und trug dann das Holz Stapel für Stapel zum Kamin.

»Kann gut sein«, antwortete er.

Anna lächelte. Wie sehr hatte sie sich gewünscht, mit Jeff zusammen eingeschneit zu sein, sich nur ihrer Liebe hingeben zu können, die Welt um sich herum vergessend. Wie würde es wohl nun sein, nach all den Schwierigkeiten, die es gab?

Das Wohnzimmer war noch kalt. Die kleine Gasheizung reichte nicht aus, und es dauerte fast eine Stunde, bis Ofen und Kamin ihre Wärme im Raum verströmten. Das Knistern und Knacken des Holzes im Feuer jedoch brachte schnell Behaglichkeit, und Anna ließ sich müde und nach Anlehnung suchend neben Jeff auf die Couch sinken. Ein wohliges Gefühl durchzog sie, als er seinen Arm um ihre Schultern legte.

»Ich habe endgültig beschlossen, meinen Geburtstag dieses Jahr nicht zu feiern«, sagte sie leise.

Jeff nickte.

»Ich möchte auch keine Geschenke. Ich habe ja das hier.«

Sie fasste an das Amulett, das ihr Jeff in Arizona geschenkt hatte, und sie dachte an die Feier bei Linda und Ron. Damals war sie offiziell noch mit Michael zusammen gewesen, aber Jeff hatte in ihrem Herzen bereits seinen Platz eingenommen.

»Mir ist nicht nach Feiern, solange Usaami sich ausschweigt. Die Stimmung wäre verkrampft. Schließlich haben alle irgendwie mitbekommen, was läuft«, erklärte sie mit einer gewissen Traurigkeit in der Stimme.

»Ja. Wahrscheinlich hast du Recht«, entgegnete Jeff.

Anna ging in die Küche und strich ein paar Brote. Jeff folgte ihr und brühte Tee auf. Sie setzten sich mit ihren Tellern und Teetassen vor den Kamin, schalteten kurz die Nachrichten an und stellten mit der Werbung wieder aus.

»In der letzten Range war ein Artikel über Dude-Ranches«, sagte Anna und griff nach der Zeitschrift.

»Ja, hab ich gelesen. Die sprießen wie Pilze aus dem Boden.«

»Findest du nicht, Jeff, dass das was für uns wäre? Natürlich in Verbindung mit Pferdezucht und ausbildung.«

»Für mich allerdings ein Akt purer Verzweiflung.«

»Der Umgang mit Touristen kann doch keine so schlechte Erfahrung gewesen sein, oder?«

Jeff lächelte. »Nein, natürlich nicht.«

Anna dachte, dass er vielleicht Angst vor sich selbst hatte, was die nicht nur pferdebesessenen Mädchen und Frauen betraf, die dann auf der Ranch einquartiert wären. Schließlich hatte er in Arizona seinem Ruf nach nichts anbrennen lassen, was jung, attraktiv und weiblichen Geschlechts war.

Jeff nahm ein Holzscheit aus dem Weidenkorb und warf es ins Feuer. Er hockte sich vor den Kamin, stocherte in der Glut und setzte sich wieder neben sie. »Aber du hast schon Recht, wir sollten uns umorientieren.«

Es könnte viel Spaß machen, dachte Anna. Leute aus allen Ländern kämen, würden mit ihnen zusammen Ausritte in die wundervollen Bighorn Mountains machen und über ihr Leben berichten.

»Ich werde mal mit Robert darüber sprechen«, sagte Jeff nachdenklich und streichelte ihren Arm. Ein leises Heulen ging durch den Abzug des Kamins, und er trat zum Fenster und blickte auf das Thermometer. »Schon minus zwölf Grad und dieser verdammte Wind.«

»Müssen wir nicht nach den Tränken gucken?«

Jeff nickte.

Sie zogen ihre Daunenjacken und Handschuhe an und gingen auf den Hof hinaus. Schneeflocken wehten ihnen wie ein dichter Vorhang entgegen, und Anna hielt die Hand vor die Augen. Jeff knipste die Taschenlampe an und leuchtete ihnen den Weg zu dem Corral. Die Pferde standen dicht aneinander geschmiegt unter dem vorgezogenen Dach des Stalles, und Anna dachte an die Kühe mit ihren Kälbern, die in der offenen Prärie Sturm und Kälte ausgesetzt die Nacht verbringen mussten. Hatten sie es tatsächlich besser als ihre Kameraden in den Mastställen, oder war das nur eine Frage von Würde und Bestimmung?

Mit dem Betreten des Hauses empfand sie es als unglaubliches Privileg, Mensch zu sein, in der Lage, schützende Häuser zu bauen, Feuer zu machen und Vorräte in Dosen zu speichern.

»Lausige Temperaturen hier oben!«, rief Jeff aus dem Schlafzimmer zu ihr hinunter.

»Ich werde den Heizlüfter anstellen.«

»Ich finde, wir sollten unser Lager unten vor dem Ofen aufschlagen.«

Anna lachte. »Gute Idee!«

Jeff holte die Matratze aus dem kleinen Gästezimmer und schleppte sie hinunter. Anna nahm das Bettzeug mit.

»Wie hat Robert das nur ausgehalten?«, fragte sie und zog das Laken über die Matratze.

»Der Körper gewöhnt sich an die Kälte. Ist nur eine Frage der Zeit.«

»Mal sehen, ob uns noch ein Fell wächst.«

Jeff lächelte und blickte andächtig auf das Nachtlager vor dem Ofen. Er legte noch einmal Holz nach. Es knackte und zischte im Feuer. Dann zogen sie sich aus und krochen unter die Decken. Und während der Wind draußen den Schnee an die Scheiben drückte, schoben sie sich ganz dicht aneinander und genossen die Wärme, die sich wohlig in ihnen ausbreitete.

Der Wind hatte den Schnee über Nacht weit unter das Dach der Veranda geweht, und die Hollywoodschaukel war in eine weiße, glitzernde Decke gehüllt. Der Himmel ergoss sich in feurigen Farben über das Land, und Anna dachte, wie gut es doch war, dass sie an dieser Stelle der Erde jetzt ihren Fuß in den unberührten Schnee setzen durfte und nicht in den trüben Matsch einer Großstadt.

Sie fuhren zu den Weiden hinaus, um nach den Kühen mit ihren Kälbern zu sehen und Heu zu verteilen. Die aufgehende Sonne legte einen rosigen Schimmer über den Schnee. Sie ließ die Eiskristalle wie Sterne funkeln. Die Rinder kamen blökend und schnaubend heran, als Anna den Pick-up am Zaun entlang durch den Schnee quälte und Jeff die Heuballen von der Ladefläche warf. Sie bliesen warmen Dampf in die kalte, klare Luft und senkten ihre Mäuler gemächlich in das Heu hinab.

»Du solltest dich bald auf den Weg machen, Jeff«, sagte Anna, als sie zur Bullenweide weiterfuhren. »Schau mal da vorne, die graue Schicht am Himmel.«

»Ja, ich werde das Mittagessen ausfallen lassen und sehen, dass ich um zwölf Uhr loskomme. Sie haben Sturm angesagt.«

»Was?« Anna horchte auf. »Willst du nicht lieber hier bleiben?«

»Unsere Vorräte reichen für ganze zwei Tage. Sollten wir tatsächlich einschneien ...«

»Kann Spencer nicht die Pferde reinholen? Dann könnte ich mitfahren.«

»Willst du mir den Weg freischaufeln?«, erwiderte Jeff lächelnd.

»Nein, einfach nur bei dir sein.«

»Das ist lieb, aber einer von uns muss bei den Viechern bleiben.«

Anna nickte.

Jeff machte sich bereits kurz vor dem Mittag auf den Weg, und Anna ging mit Spencer und Pamela in die Kantine.

Usaami kochte tatsächlich für Robert, und sie aß auch mit ihm zusammen. Er klinkte sich nach und nach aus dem aktiven Ranchleben aus, und für Usaami bot sich eine ideale Rückzugsmöglichkeit.

Als Rosy gerade die Terrine mit der Suppe auf den Tisch stellte, kam Robert herein. »Wo ist Jeff?«, fragte er aufgeregt.

»Gerade losgefahren.«

»Verdammt.« Er schob seinen Hut in den Nacken und kniff die Lippen zusammen. »Ich wollte ihm sagen, dass er nicht fahren soll. Habe grad den Landfunk gehört. Ein Blizzard zieht herauf. Soll am Abend das Basin erreichen.«

Anna erschrak. Ihr Magen krampfte sich zusammen. Sie hörte auf zu essen.

»Soll ich hinterherfahren und versuchen ihn einzuholen?«, bot Spencer an.

»Wie lange ist er weg?«, fragte Robert.

Anna sah auf die Uhr. »Fast eine halbe Stunde.«

»Mist!«

Anna zog ihr Handy aus der Tasche und tippte Jeffs Nummer ein, aber nicht Jeffs Stimme erklang, sondern die Standardstimme des Mobilnetzes. Sie sagte ihr, dass der gewünschte Gesprächspartner nicht erreichbar sei und sie es später noch einmal versuchen solle. Anna kam es vor, als würde ihr jemand im Schneetreiben empfehlen, einen Schirm aufzuspannen. »Warum verdammt stellt er nie sein Handy an!« Anna klopfte sich mit der Hand auf den Oberschenkel und schüttelte den Kopf.

»Er hat aber sicher das Radio an und wird in Greybull warten, bis sich der Sturm gelegt hat.«

»Ich fahre hinterher«, sagte Anna.

»Das tust du nicht«, entgegnete Robert. »Das ist Wahnsinn! Jeff schleicht nicht gerade über den Highway, auch nicht bei diesem Wetter. Den holst du nie ein, ohne dein Leben zu riskieren.«

Anna stand auf. Sie krallte die Hände um die Lehne des Stuhls.

»Der schafft es noch vor dem Sturm zurück zu sein, so wie ich ihn kenne«, sagte Spencer so langsam, wie er seine Zigaretten aus der Westentasche zog.

»Jeff ist kein Dummkopf«, pflichtete ihm Robert bei. »Wir können ihn nicht mehr zurückholen. Wir können nur noch beten, dass er so vernünftig ist und in Greybull bleibt.« Er fuhr sich mit den Händen übers Gesicht, nicht fähig, seine Unruhe zu verbergen. In seinen Augen lag die Angst um den endlich bestätigten eigenen Sohn.

Anna überlegte. »Wir könnten doch den Supermarkt anrufen.«

Robert horchte auf. »Gute Idee, wenn er sein Handy tatsächlich nicht mehr anstellt.« Er setzte seinen Hut auf und trat zur Tür. »Geh du telefonieren, Anna. Wir drei müssen die Pferde von der ungeschützten Nordkoppel holen und mehr Heu zur Viehweide bringen.« Er wandte sich Spencer und Pamela zu. »Macht euch fertig.«

»Ich komme mit«, sagte Anna. »Bitte wartet. Ich suche nur schnell die Nummer raus und rufe an.«

»Wir brauchen nicht mehr als drei Leute, Anna.«

»Macht nichts. Ich kann jetzt nicht untätig im Haus sitzen und hoffen, dass mit Jeff nichts passiert.«

»Okay. In einer Viertelstunde vor dem Stall. Ich mach dir Twister fertig, der ist erfahrener, was Schnee angeht.«

Anna nickte und stürmte über den Hof und zum Haus hinüber. Als sie das Telefonbuch aus dem Regal zog, klingelte ihr Handy.

»Anna! Hörst du mich«, vernahm sie erleichtert Jeffs Stimme durch das Knistern.

»Ja. Wo bist du?«

»In Shell. Die haben ...« Ein Rauschen fuhr durch die Leitung.

»Jeff. Ein Blizzard kommt auf. Nimm dir ein Hotelzimmer in Greybull, und komm morgen früh zurück.«

»Was?«

Die Verbindung wurde jetzt klarer.

»Nimm dir ein Zimmer. Der Blizzard ...«, sagte Anna.

»Ich bin vorher zurück. Der ist erst für heute Abend oder heute Nacht ...« Wieder rauschte es. »Anna! Hörst du mich?«

»Ja.«

»Ihr müsst die Pferde ...«

»Machen wir. Und wir bringen Heu zur Viehweide.«

»Okay ... bin in zwei Stunden zurück. Wenn nicht, melde ich mich von ...«

»Bleib lieber da«, bat Anna.

»Mal sehn. Ich denke, ich schaff das.«

Ein Piepton ertönte in der Leitung.

»Jeff?«

»Ja. Verflucht, der Akku ...« Die Verbindung brach ab.

»Sei vorsichtig«, sagte Anna, in der Hoffnung, er würde sie noch hören. Sie drückte die Aus-Taste. Einen Augenblick lang stand sie wie gelähmt in der Mitte des Raumes, dann nahm sie eilig ihre Chaps, ihren Lederhut, Schal und Handschuhe und zog den Reißverschluss ihrer Daunenjacke bis unters Kinn.

Als sie auf den Hof trat, schneite es bereits wieder, und eine dunkle Wolkenfront zog von Norden herauf. Sie versuchte umgehend Jeff noch einmal zu erreichen, aber wieder ertönte nur die nüchtern freundliche Frauenstimme aus dem Mobilnetz. Die Akkus, fluchte Anna. Warum hatte er sie nicht aufgeladen? Ausgerechnet jetzt.

Robert, Spencer und Pamela warteten schon mit den Pferden auf sie, und auch Usaami stand bei ihnen. Robert gab ihr gerade Anweisungen. »Öffne das Westgatter des großen Corrals für die Arbeitspferde, und wirf Heu unter die Remise. Und mach den Pferch dahinter im Stall fertig für Pamelas Stute und Red Wings. Die haun mir sonst noch die anderen kaputt, wenn‘s eng wird.«

Usaami nickte.

»Robert!«, rief Anna, aber er hörte nicht.

»Und hab dein Handy bei dir!«, befahl er Usaami.

»Klar«, erwiderte sie mit einem kurzen Lächeln.

»Robert! Jeff hat angerufen. Er wird wohl gleich in Greybull sein. Er will noch zurückkommen. Aber ...«

»Hast du ihm nicht gesagt, dass er dort bleiben soll, Anna?«, fiel ihr Robert aufgebracht ins Wort.

»Doch, natürlich!«, erwiderte sie, »aber er will nicht. Du kennst ihn ja. Nur wenn es gar nicht anders geht, wird er bleiben. Dann meldet er sich noch mal. Aber sein Handy ...«

»Ist leer«, sagte Robert ungeduldig. Er schüttelte den Kopf. »Das Ding ist schon seit ‚ner Woche nicht in Ordnung, und ich hab ihm gleich gesagt, er soll sich neue Akkus bestellen. Aber nein ...« Robert hob die Hände. »Wir müssen los.«

Er drückte den Hut fester auf den Kopf, schlug den Kragen seiner fellgefütterten Lederjacke hoch und stieg in den alten Pick-up mit dem Heu auf der Ladefläche. Spencer nahm die Zügel seines Pferdes auf und stieg in den Sattel. Anna und Pamela folgten ihm.

Sie ritten auf die zugeschneiten Weiden hinaus, und der Wind wehte ihnen dicke Flocken ins Gesicht. Die Luft flimmerte aufgeregt. Die Pferde schnaubten und fielen immer wieder in Trab, was ungewöhnlich war. Twister bockte ein paarmal und Anna musste ihn mit einer energischen Parade zur Vernunft bringen. Es lag etwas in der Luft.

Anna dachte an den Hagelsturm beim Viehauftrieb, sah Jeff durch den Supermarkt hetzen und hinter einer langen Schlange abbremsen. Sie sah ihn auf dem Highway hinter einem breiten Truck im Schneegestöber, und sie mochte nicht weiterdenken. Sie versuchte die Aufmerksamkeit auf das Schöne zu lenken, auf die verschneiten Hügel, die Pferde wie unter Puderzucker, Reif in den Haaren ihrer Ohren und Nüstern. Aber es gelang ihr nicht, den Blick von der Unwetterfront zu lösen, die sich jetzt Stück für Stück vor ihnen über den Himmel zog und langsam das Licht verschluckte. Der Wind gewann an Schärfe, schnitt hart in ihr Gesicht und wuchs sich zu boshaften Böen aus. Die Temperatur fiel merklich, und Anna spürte die Kälte unter ihre dicken Handschuhe kriechen. Pamela und Spencer schienen besser zurechtzukommen. Der Mensch gewöhnte sich wohl tatsächlich an alles, wenn er nur lange genug damit zu tun hatte.

»Bleib hinter mir, Anna«, rief ihr Spencer zu.

Sie nickte, duckte sich unter der nächsten Böe, legte mit steifen Fingern die Zügel um das Sattelhorn und zog den Schal übers Gesicht. Aber immer wieder riss ihr der Wind die schützende Wolle vom Gesicht und warf seine beißende Kälte auf ihre empfindliche Haut. Und als sie nur noch an die Rückkehr, an Ofenwärme und heiße Brühe dachte, tauchten die Pferde vor ihr auf. Sie standen mit dem Hintern zum Wind, das dicke Fell unter einer Schicht aus Schnee, die Köpfe gesenkt. Anna bewunderte sie, hatte die vielen Lagen aus Wolle auf ihrem Körper vor Augen und mochte nicht daran denken, was wäre, wenn sie die nicht besäße. Und schon war sie wieder bei Jeff, der sich vielleicht gerade auf den Nachhauseweg machte, denn ihr Handy hatte nicht geklingelt.

31

Die Tür des Supermarktes schnappte hinter ihm zu, und Jeff rollte den randvoll gepackten Einkaufswagen in den Schnee hinaus. Ein Junge in Strickmütze und kniehohen Goretexstiefeln schob eine Schneise in den Schnee. Überall klapperten Einkaufswagen über den Parkplatz, Autotüren schlugen zu, und ein Mann mit grauem Stetson gab übers Handy Anweisungen für die Viehversorgung auf seiner Ranch. Dann drehte er sich um. »Hi, Jeff!

Es war Ron Gibson, ein Freund von Robert. »Hi, Ron«, erwiderte Jeff.

»Hoffentlich kriegt uns der verdammte Blizzard nicht am Arsch«, sagte Gibson und steckte das Handy weg. »Wir sollten sehn, dass wir nach Hause kommen. Gruß an Robert.«

Jeff nickte, und sie gingen eilig auseinander, jeder zu seinem Wagen.

Eine Böe wehte Jeff den Schal und die Schneeflocken ins Gesicht, und er blickte auf die Uhr. Es war Viertel nach eins. Das Anstehen an der Kasse hatte ihm kostbare zehn Minuten geraubt. Ganz Greybull schien, in Panik um die Versorgung für die nächsten Tage, emsig wie ein Ameisenstaat damit beschäftigt, Vorräte zu sammeln. Und als er entdeckte, dass ihn ein dicker babyblauer Cadillac zugeparkt hatte, sah er sich bereits in einem der trostlosen Hotels von Greybull auf einem vergilbten Laken nächtigen. »Verdammter aufgemotzter Scheißer«, fluchte er und hätte am liebsten seine Stiefelspitze in den Kotflügel gerammt. Es dauerte weitere womöglich entscheidende Minuten, bis eine junge Frau in knallengen Stretchjeans und hochhackigen weißen Stiefeln, langbeinig wie ein Insekt, über den Parkplatz stakste, im Zeitlupentempo den Wagen aufschloss und ihre Einkaufstüten in den Kofferraum stellte. »Bin gleich weg, noch vor dem Blizzard«, sagte sie lächelnd, schob ihren Hintern auf den Fahrersitz, streckte die Beine hinaus und klopfte den Schnee von den Stiefeln. Dann zog sie die Beine hinein und lehnte sich noch einmal aus der Tür. »First Street Nummer fünfzehn, falls du nicht mehr nach Hause kommst.«

»Sehn Sie zu, dass Sie Ihre Kiste hier wegfahren!« Jeff schüttelte den Schnee aus dem Lammfell seines Kragens, schloss den Wagen auf und stellte die Lebensmitteltüten vor den Beifahrersitz. Er fegte die Scheibe frei und stieg ein. Der Cadillac rollte rückwärts, und er konnte endlich starten.

Es war halb zwei, und einen kurzen Moment lang dachte er, es wäre besser, in Greybull zu bleiben. Aber das Bedürfnis, bei Anna zu Hause im eigenen Bett zu schlafen, war stärker. Er war schließlich mit einem nagelneuen Wagen mit Vierradantrieb und Standheizung unterwegs, und er hoffte immer noch, dass der Sturm sich bereits in Montana ausgetobt und seine zerstörerische Kraft verloren haben würde, wenn er Wyoming erreichte.

An der nächsten Tankstelle zog er die Schneeketten auf, fuhr los und wurde von den Sturmwarnungen daran erinnert, dass einem hier oben nichts geschenkt wurde. Temperaturvoraussagen von minus dreißig Grad, Windgeschwindigkeit bis zu sechzig Meilen pro Stunde, Chaosmeldungen aus Billings in Montana, Berichte von mannshohen Schneewehen und stecken gebliebenen Autos ließen ihn erneut an seiner Entscheidung zweifeln. Aber er fuhr weiter, nahm die erste Abzweigung nach Osten auf den Highway 14 und überholte ein dröhnendes Räumfahrzeug. Er würde es gerade noch schaffen, wenn sich ihm nichts mehr in den Weg stellte.

Der Wind trieb einen immer dichter werdenden Flockenteppich vor sich her und stemmte sich von Norden aus seitlich gegen den Wagen, als Jeff den Bighorn River überquerte. Die Reifen mit den Ketten griffen hart in den Schnee. Er spürte die Anstrengung des Motors bis in die Knochen. Kein Begrenzungsstreifen war mehr zu sehen. Die Spuren des Räumfahrzeugs waren nur noch in Form kleiner Hügel an den Seiten sichtbar und halfen ihm zumindest, nicht vom Highway abzukommen. Von hinten näherte sich ein Truck. Er schob sich bedrohlich dicht an sein Heck, brummte schließlich in todesmutigem Tempo an ihm vorbei, schlingerte und fing sich dann wieder mit dem tiefen Schluchzen seiner Bremsbeläge.

Jeff dachte noch einmal ans Umkehren, dann an Anna, an das Ranchhaus und an den Kamin und fuhr weiter. Zwei Antilopen sprangen vor ihm über die Fahrbahn. Er bremste, rutschte, steuerte leicht gegen und brachte den schweren Wagen wieder auf Spur. Dann tauchte nichts mehr vor seinen Augen auf als Schwaden von wirbelndem Schnee.

Als er Shell im Tempo von knapp dreißig Meilen pro Stunde erreicht hatte, holte der Sturm zum Angriff aus, und Jeff sah sich einem ausgewachsenen Blizzard gegenüber. Heulend wie ein Rudel Wölfe warf er sich um das Auto herum, brachte es zum Schwanken und ließ den Schnee vor dem Kühler in Spiralen emporschießen. Aus dem Radio ertönten Sturmwarnungen, Empfehlungen für die nächsten Tage, nicht unnötig das Haus zu verlassen, das Vieh, falls noch möglich, mit Heu zu versorgen und alles festzuzurren, was nicht niet- und nagelfest war.

Jeff drosselte das Tempo auf fünfzehn Meilen pro Stunde und bog vor den verschneiten Schildern und Briefkästen nach Norden auf den Weg ab, an dem die Rowly Ranch lag. Nun peitschte ihm der Schnee frontal entgegen. Die Sicht war auf Scheibenweite geschrumpft, die Wischblätter schafften kaum noch ihre Arbeit, und die Straße verschmolz übergangslos mit der Prärie. Er schlich und schlingerte an den Strommasten entlang. Der Sturm griff unter den Wagen, fauchte und rüttelte an den Klappen der Ladefläche. Eine Schneewand raste ihm entgegen und zwang ihn schließlich, kaum mehr als zwei Meilen vor dem schützenden Ranchhaus, zum Anhalten.

Er ließ den Wagen laufen und sah sich in der Kabine um. Robert hatte vorsorglich alles in seinem Auto verstaut, was nötig war, um einen Blizzard unbeschadet zu überstehen. Eine rote Fahne oder irgendetwas Leuchtendes, das man als Blickfang an der Antenne hätte befestigen können, war jedoch nicht auffindbar.

Jeff sah unschlüssig auf das rote Bändchen an seinem Handgelenk, das er noch nie gelöst hatte, seit es ihm sein Lehrer in Sikkim zum Schutz überreicht hatte. Er überlegte und löste schließlich den festgezurrten Knoten mit Fingern und Zähnen, setzte seine Wollmütze auf und öffnete vorsichtig die Tür. Er kämpfte gegen den Druck von außen und rutschte vom Sitz in das Schneetreiben hinaus. Er stemmte sich gegen den Sturm, der ihm die Flocken ins Gesicht peitschte, knotete das Band an die Antenne, so dass das Ende im Wind wehte. Seine Finger waren in wenigen Sekunden fast erfroren, und er zog eilig die hintere Tür zu sich heran und wand sich auf die Sitzbank. Der Wind schnürte ihm die Luft ab, pfiff ins Auto, wehte den Schnee herein, bis er Sekunden später die Tür im Schloss hatte.

Er öffnete das Fenster einen Schlitz weit und machte Licht. Dann zerrte er den Schlafsack unter dem Sitz hervor, zog die Stiefel aus und schlüpfte hinein. Er kramte drei Wolldecken hervor und legte sie über sich. Die Scheiben waren zugeschneit, er sah nichts mehr. Würde es die ganze Nacht so weiterschneien, dann wären das Dach und das rote Bändchen an der Antenne bald das Einzige, was von ihm und dem Auto noch zu sehen war.

Er dachte an den Winter vor sechs Jahren, bei dem hunderte von Menschen im Blizzard ums Leben gekommen waren, und er fragte sich, wie es wohl wäre zu erfrieren, und ob es schlimmer wäre als an Krebs oder Altersschwäche einzugehen. Und dann dachte er an Anna und Robert, rollte sich noch enger in die Decken ein und sprach sich Optimismus zu. Der Wagen besaß eine leistungsstarke Standheizung. Robert hatte ihn voll getankt und einen Reservekanister auf der Ladefläche deponiert. Damit konnte er beim Wechsel zwischen Batterielauf und Motorantrieb mehrere Stunden im Auto ausharren, ohne zu erfrieren.

Er zog den Schlafsack bis über die Schultern, die Füße auf den Sitz und lehnte sich zurück. Eine Böe schüttelte das Auto, wirbelte den Schnee von den Scheiben und schleuderte neuen darauf. Was sich dort draußen abspielte, glich einer Schlacht.

Er dachte an seine Rinder, die schutzlos dem Wutausbruch der Natur ausgesetzt unter dem erbarmungslosen Himmel standen, dann wieder an Anna und an sein Handy, das leer gelutscht in seiner Tasche schlummerte. Er verfluchte seine Schludrigkeit, sah Robert darüber schimpfen und im Stillen um ihn bangen. Dann dachte er an den Auspuff. Er blickte aus der Heckscheibe, hoffte, dass sich kein Schnee daran festsetzte und die Abgase ins Auto leitete. Aber der Wagen stand mit dem Heck im Windschatten. Es würde gehen, ohne dass er noch einmal in das Unwetter hinausmusste.

Das tatenlose Warten in der Enge war beklemmend. Wie lange würde er ausharren müssen? Würde er überhaupt ohne Hilfe wieder herauskommen? Was wäre, wenn ihn niemand fände? Vielleicht sollte er lieber versuchen zu Fuß zur Ranch zu gelangen? Nein, sagte er sich, es war unmöglich. Gut zwei Meilen durch tiefen Schnee, schutzlos dem Blizzard in die Fänge – nein, das würde er nicht überleben. Ihn schauderte. Bis zu diesem Augenblick hatte er auf sich vertraut, auf seine Kraft, seine Gelassenheit, seine Ergebenheit in alles, was auf ihn zukam. Jetzt aber stieg eine quälende Unruhe in ihm auf.

Anna würde verzweifelt auf seinen Anruf warten, Robert würde sie trösten und selbst mit seiner Angst kämpfen. Er fühlte sich elend, gefangen in seiner falschen Entscheidung. Wäre er doch in Greybull geblieben, hätte Anna angerufen und sie beruhigt in den Schlaf entlassen.

Anna blickte zum wahrscheinlich zwanzigsten Mal auf die Uhr. Ihre Hände zitterten, ihr Atem ging flach und stockend. Es war halb fünf, und es gab kein Lebenszeichen von Jeff. Die Hollywoodschaukel auf der Veranda quietschte in nervtötender Regelmäßigkeit, die Nachrichten sprachen von einer Katastrophe, von Stromausfall in weiten Teilen Montanas und von ersten Verlusten beim Vieh. Ein Schneesturm setzt alle menschliche Planung außer Kraft, hatte Robert mal gesagt. Nichts blieb, wie es war, alles entschied sich von Sekunde zu Sekunde.

Robert ging schweigend im Zimmer auf und ab, brummte hin und wieder etwas in sich hinein und ließ sich dann Anna gegenüber im Sessel nieder. »Er wird im Auto sitzen und den Sturm zur Ruhe kommen lassen«, sagte er bereits zum dritten Mal, und Anna nickte nur noch. Sie lauschte dem Nachrichtensprecher. »Blizzard mit fünfundfünfzig Meilen pro Stunde fegt über die Bighorn Mountains und ins Basin hinab ...« Anna hielt sich die Ohren zu. Genau das spürte sie bereits. Der Sturm rüttelte am Dach und an den Türen, schlug den eisigen Schnee hart an die Scheiben wie Federbälle und zerrte an den Pappeln hinter dem Haus, als würde er sich an ihnen rächen wollen. Ein leerer Futtereimer polterte über den Hof, und Chola sprang neben Anna auf die Couch. Es war das erste Mal, dass sie Anlehnung und Schutz bei ihr suchte.

»Ich halte das nicht mehr lange aus«, schluchzte Anna schließlich. »Vielleicht sollten wir ihn suchen gehen.« Und sie wusste im selben Moment, dass das unmöglich war.

»Anna, wenn ich auch nur die geringste Chance darin sähe, würde ich es tun, das kannst du mir glauben. Aber wir würden nicht weiter als eine halbe Meile kommen, wenn überhaupt. Wir würden im Schnee ersticken oder erfrieren. Damit würden wir Jeff nicht helfen.«

»Ja, ich weiß«, sagte sie leise.

Robert warf Holz in den Ofen. Dann klingelte das Telefon. Anna sprang aus dem Sessel und riss den Hörer von der Station. Aber Pamelas Stimme ließ sie wieder in sich zusammensinken.

»Hi, Anna. Das Telefon funktioniert ja noch. Hast du was von Jeff gehört?«, fragte sie, und Anna brachte keinen Ton mehr hervor. Robert nahm ihr den Hörer aus der Hand, und sie sank heulend auf die Couch.

»Nein, noch nicht«, hörte sie ihn antworten. »Ja, glaub ich auch«, sagte er nach einer Weile. Und Anna hoffte, dass auch Pamela davon ausging, dass er vor dem Erfrieren sicher im Auto saß. Jede Bestätigung dieser Hoffnung half ihr vor dem völligen Zusammenbruch. »Nach einer Stunde muss er wieder laden«, sagte Robert. »Der Wagen war voll getankt, und ein Reservekanister steht auf der Ladefläche.« Dann horchte er kurz. »Mit Verlusten müssen wir rechnen, aber im Moment ist das zweitrangig. Ich muss die Leitung freigeben.« Er drückte die Aus-Taste, legte das Telefon griffbereit auf den Tisch, setzte sich zu Anna und nahm sie in den Arm. Sie schnupfte und blickte wieder auf die Uhr. Es war halb sechs, und die Scheiben oberhalb der Schneeablagen waren schwarz wie die Nacht. Der Sturm warf sich wütend ans Haus. Die Scheiben vibrierten. Dann erlosch das Licht.

»Jetzt hat's die Stromleitung erwischt«, sagte Robert matt, und der Wind heulte im Kamin. »Habt ihr Kerzen?«

»Ich weiß nicht«, sagte Anna abwesend, und Robert stand auf, tastete sich mit der winzigen Flamme seines Feuerzeugs durch den Raum und fand den Keramikkerzenhalter, den Anna mitgebracht hatte. Er zündete die Kerze an und stellte sie auf den Couchtisch. Anna hatte die Beine angezogen und kauerte in der Ecke der Couch. Sie fröstelte, obwohl die Heizung auf vollen Touren lief und das Feuer im Kamin brannte. Robert ging im Halbdunkel auf und ab. »Womöglich ist in Greybull das Telefon ausgefallen, und Jeff liegt schon gemütlich im Bett, in süßen Träumen von dir«, sagte er. Es war jedoch keine Überzeugung in seiner Stimme. Anna glaubte nicht daran. Jeff gab sich ungern geschlagen, wenn ihn die Umstände nicht bereits zwangen. Sie war sich sicher, dass er noch losgefahren war.

»Ich werde die Polizei anrufen«, sagte Robert schließlich. Er nahm das Telefon, tippte die Nummer ein und wartete. Wahrscheinlich versuchte gerade das gesamte County eine Verbindung zu bekommen. Er schien in der Warteschleife zu hängen. Dann endlich vernahm Anna seine Stimme.

»Hi. Robert Wilson von der Rowly Ranch. Wir kommen hier nicht weg, und mein ... mein Sohn«, sagte er beim zweiten Anlauf, »sitzt wahrscheinlich mit dem Wagen fest, vermutlich irgendwo an der A 14 oder auf dem Weg zur Ranch. Gibt es irgend ...« Er wurde wohl unterbrochen und lauschte. »Aber falls die Räumfahrzeuge doch ...« Wieder horchte er angestrengt. »Ein silbergrauer Chevy Silverado 2500HD mit dem Kennzeichen ...«

Die nächste Unwetterwarnung zog ihre Aufmerksamkeit für einen kurzen Augenblick zum Radio. Dann lauschte sie wieder Roberts Worten.

»Funktionieren die Telefonleitungen in Greybull?«, fragte er und wartete auf die Antwort. »Aha. Danke. Ja. Okay.« Er legte das Telefon auf den Tisch zurück. »Sobald es möglich ist zu fahren, werden sie nach ihm sehen«, sagte er.

»Ich kann nicht mehr.« Anna stand auf, ging gebeugt durch

den Raum, sah, dass Robert betete, setzte sich wieder und stellte fest, dass auch sie von Zeit zu Zeit stille Hilferufe aussandte, ohne zu wissen, an wen sie sich überhaupt wendete. Es war das einzige Ventil ihrer quälenden Angst.

»Wir müssen etwas essen«, sagte Robert. »Wir müssen vernünftig sein und uns bei Kräften halten. Wenn sich der Sturm legt, werden wir Jeff vielleicht doch ...« Er brach ab.

»Was?«, fragte Anna mit zittriger Stimme.

»Ich meine, falls er nicht in Greybull geblieben ist.«

»Werden wir Jeff aus dem Auto befreien müssen, das wolltest du doch sagen, nicht?«

Robert nickte.

»Und wenn ihm was passiert ist? Ein Unfall ...«

»Nein. Nein, Anna, so was darfst du nicht denken. Das nimmt ihm die Kraft. Bleib mit deinen positiven Gedanken bei ihm. Er wird es spüren.«

»Ja«, sagte sie leise. Robert hatte so Recht. Sie schloss die Augen und sammelte sich. Es war das erste Mal, dass sie so etwas tat. Sie sagte wie ein Mantra still vor sich hin, er solle durchhalten. Sie würde ihn brauchen, ihn lieben, ihn herausholen, sobald es möglich wäre, und sie würde ihm ihre ganze Energie hinüberschicken.

Jeff schlug die Arme über Kreuz um seinen Körper, zog die Beine an, streckte sie, beugte sie wieder, klopfte sich Brust, Rücken und Schenkel und machte dann eine Pause. Er lauschte dem Brausen des Windes, dem Scheppern der Ladeklappen, und als der Wind kurz Luft holte, dachte er an Anna. Er sah sie ganz klar vor sich. Ein Schwall Wärme durchzog seinen Körper und gab ihm Zuversicht. Er blickte auf die Uhr. Es war kurz nach sechs. Er hatte den Motor vor einer halben Stunde ausgestellt, und die Standheizung lief. Die Batterie würde eine weitere halbe Stunde schaffen. Dann wäre es kurz nach sieben, und er musste den Wagen wieder laufen lassen.

Einige Minuten vor der Zeit pellte er sich aus Schlafsack und Decken, hangelte sich über die Mittelkonsole auf die vordere Sitzbank und ließ den Motor an. Er kroch wieder zurück, setzte sich aufrecht hin, zog den Schlafsack bis unters Kinn und versuchte zu meditieren. Es fiel ihm schwer, die Gedanken dort zu halten, wo er saß. Immer wieder wurden sie mit dem rasenden Sturm zu Anna hinausgewirbelt und brachten die Ungeduld zurück. Schließlich zählte er die Atemzüge, erst das Ausatmen, dann das Einatmen, konzentrierte sich auf seine Energiezentren und spürte den leichten Wärmefluss. Für eine Weile vermochte er sich zu beruhigen, sich in das Schicksal zu fügen, das er selbst verursacht hatte, und keine unnötige Energie durch Nervosität zu vergeuden. Er lehnte sich zurück und lauschte dem Sturm und dem Motorengeräusch. Es ließ ihn nicht zur Ruhe kommen. Es führte ihm mit jeder Sekunde vor Augen, dass das Benzin Liter um Liter in die Luft gepumpt wurde.

Er sah auf die Uhr. Noch eine Viertelstunde, dann war die Batterie wieder aufgeladen und er konnte den Motor ausstellen. Seine Nerven waren gespannt, und er versuchte erneut sich innerlich zu zentrieren. So wurde er eine Weile zwischen Angst und Gelassenheit hin und her geworfen, bis er endlich den Motor ausstellen konnte.

Anna sprang auf. Das Telefon klingelte bereits zum dritten Mal. Diesmal war es Jeffs Tante, die, von dem Unwetter beunruhigt, hören wollte, ob auf der Ranch alles okay sei. Und Anna gab ihr diese Beruhigung. Sie sagte, er sei in Greybull geblieben.

Robert hatte die alte Petroleumlampe aus dem Gästezimmer geholt und ein paar Brote gestrichen. Aber Anna war nicht in der Lage, auch nur einen Bissen hinunterzubekommen. Sie fühlte sich von der schleichenden Zeit in die Schraubzwinge genommen, langsam in Auflösung befindlich, wirr im Kopf und kurz davor, die Nerven zu verlieren.

»Können wir nicht doch irgendetwas tun?«, fragte sie, als Robert ihr noch einmal den Teller mit dem Brot hinüberschob.

Er schüttelte den Kopf. »Es stürmt und schneit ununterbrochen, Anna. Jeff ist in Ordnung. Ich spüre das.« Er ging mit der Kerze in die Küche, kam mit einer Flasche Jim Beam zurück, goss zwei Gläser halb voll und reichte Anna das eine. Sie kippte die Hälfte hinunter. Ein Brennen durchzog ihre Kehle, sie musste husten, nahm noch einen Schluck und legte den Kopf in die Hände. Sie schluchzte und konnte nicht mehr aufhören.

Jeff blickte auf die Uhr. Es war Viertel vor zehn. Er legte die Hände an die Schläfen und versuchte aus dem Fenster zu sehen. Aber die Scheiben waren dicht gefroren. Er konnte nicht ausmachen, wie hoch der Schnee das Auto schon eingeschlossen hatte. Der Motor lief gerade, musste noch zwanzig Minuten arbeiten. Hunger und Durst machten sich bemerkbar.

Er kroch aus dem Schlafsack nach vorne, nahm die Flasche mit dem Orangensaft aus der Tüte und gab dann doch dem Bedürfnis nach einem Budweiser nach. Er aß mehrere Scheiben Käse auf trockenem Brot und trank gierig das Bier aus. Dann stellte er den Motor ab. Wieder wurde der Wagen von einer scharfen Böe erschüttert und sein Gemüt von dem durchdringenden Pfeifen des Windes am Metall.

Das Bier rächte sich, indem es schnell wieder hinauswollte. Jeff dachte an die Eiseskälte vor der Tür, die ihm alles gefrieren lassen würde. Er nahm kurzerhand eine Flasche Orangensaft aus der Tüte, goss einen Teil in die beiden

Becher in der Halterung neben dem Lenkrad, trank den Rest aus und pinkelte in die leere Flasche. Ein Lächeln huschte über seinen Mund, als er den Hosenschlitz zuknöpfte. Ein Anflug von Galgenhumor. Er schraubte den Deckel auf die Flasche und stellte sie hinter den Rücksitz.

Er fühlte sich erleichtert, gesättigt, sogar ein bisschen schläfrig und blickte noch einmal auf die Uhr. Kurz vor halb elf. Er rollte sich wieder in Schlafsack und Decken ein. Der Sturm schien ein wenig an Kraft zu verlieren. So jedenfalls kam es ihm vor, und er dachte, dass er vielleicht bald aus dem Auto kriechen und zur Ranch stapfen konnte. Er sagte sich, dass er den Motor in einer halben Stunde wieder anlassen musste. Das war sein letzter bewusster Gedanke. Dann übermannte ihn die Müdigkeit, und er schloss die Augen.

Er sah Schneeberge, die sich um das Auto herum aufbauten, es einmauerten, sah, wie der Schnee betongleich bis über die Fenster hinaufwuchs und schließlich das Dach erreichte.

Anna lag wie ein Knäuel zusammengerollt auf der Couch unter der dicken Wolldecke, die Robert um sie gewickelt hatte. Sie schluchzte, zitterte und grub die Hände in das Kissen unter ihrem Kopf. Robert saß zu ihren Füßen, die Hand auf ihrem angezogenen Oberschenkel. Vor ihnen auf dem Boden schliefen Chola und Teddy, und das Telefon, das nun seit fünf Stunden keinen Ton von sich gegeben hatte, lag wie eine Verweigerung schweigend auf dem Couchtisch. Der Sturm zerrte am Dach und donnerte noch einmal in den Kamin hinunter. Die Schindeln klapperten, und das Holz an den Außenwänden knarrte, wie von Geisterhand zusammengedrückt. Dann wurde es allmählich stiller.

»Anna, hast du irgendwelche Beruhigungs- oder Schlaftabletten?«, fragte Robert.

Sie nickte, ohne den Kopf vom Kissen zu heben.

»Wo sind sie?«

»Im Bad.« Annas Stimme flatterte. Sie fühlte sich wie ein Stück Stoff, das vom Wind geschüttelt wurde. Ihr Denkvermögen wurde, von einer hämmernden Angst erstickt, auf die niedrigsten Funktionen reduziert. Und aus der Angst um Jeff wurde die Angst um den eigenen Verstand. Sie dachte an die Statistik in der Zeitung über die Selbstmordraten. Im Winter, in der Zeit der Blizzards, stand Wyoming ganz oben. Die Zahlen wurden lebendig, die Ursachen verständlich. Die Isolation, die Verzweiflung, die Angst und schließlich die Auflösung, das Zerreißen der inneren Struktur im erbarmungslosen Heulen des Windes.

Sie registrierte die leichte Bewegung der Polster, vernahm Roberts Schritte, die sich entfernten. Sie hörte, wie die Haustür ächzte, wie Chola aufsprang und hinauslief. Eisige Luft wehte herein. Nach einer Weile knarrte die Tür erneut, und Chola kam zurück. Anna spürte ihre Schnauze an ihrem Haar, aber sie blieb reglos liegen. Dann vernahm sie wieder Roberts Schritte, und kurz darauf das helle Knacken eines Tablettenriegels. »Ich habe dein Schlafmittel gefunden«, sagte er und beugte sich zu ihr hinab.

Anna drehte sich zu ihm um. Er zog ihre Hand unter der Decke hervor und legte die Tablette hinein. Sie fiel aus ihrer zitternden Hand, er hob sie wieder auf, schob sie ihr zwischen die Lippen und hielt ihr ein Glas Wasser hin. Sie schluckte die Pille und trank gierig das Wasser aus. Sie hatte einen brennenden Durst, aber es wurde ihr erst jetzt bewusst. Sie hatte seit dem Frühstück nichts zu sich genommen.

»Es ist Viertel vor eins«, sagte Robert. »Der Sturm hat nachgelassen. Ich werde Spencer holen. Ich werde versuchen mit dem Fourwheeler oder mit dem Pferd zur Straße hinunterzukommen. Spencer und Pamela müssen zum Vieh.«

»Ich komme mit«, sagte Anna mit apathisch monotoner Stimme.

»Nein! Du bleibst hier. Du hast nichts gegessen, eine Schlaftablette im Bauch und bist völlig erledigt. Usaami wird dir Gesellschaft leisten.«

Anna hob den Kopf. »Nein!«, schrie sie auf. »Nein, nicht.«

»Anna, Pamela kann nicht kommen. Es fehlt ein Mann, aber den müssen wir wohl erst mal aus seinem Wagen befreien.«

Anna schluchzte laut auf und drückte das Gesicht ins Kissen. Sie sah Jeff bereits erfroren im Auto, unter einer dichten Decke aus Schnee begraben.

Robert ging zu ihr und strich mit der Hand über ihr Haar. »Jeff kennt das Wetter hier. Der weiß, was er tun muss. Der sitzt im warmen Auto, macht sich über die Essenseinkäufe her und trinkt ,ne Flasche Budweiser.«

Sie nickte, ohne aufzusehen.

»Ich lasse dich jetzt allein, Anna. Du musst mir versprechen, dass du ruhig liegen bleibst. Du gehst um Gottes willen nicht aus dem Haus!«

Sie schüttelte den Kopf.

»Versprich mir das!«

Anna drehte sich zu ihm um und nickte.

Robert stieg in seine Thermohose, zog seine Daunenjacke an, nahm seine Lammfellhandschuhe und setzte die Mütze mit den Ohrwärmern auf.

»Es wird alles gut, Anna«, versuchte er sie zu beruhigen. Sie vernahm das Öffnen der Tür, Chola und Teddy sprangen auf. »Ihr bleibt bei Anna«, hörte sie Robert sagen. Seine Stiefel knirschten im Schnee, dann fiel die Tür ins Schloss. Sie war allein.

Das Dach über Jeff wölbte sich nach innen und brach unter einer dicken Schicht Schnee zusammen. Alles fiel tosend auf ihn herab und ...

Mit einem Ruck fuhr er hoch. Er sah zur Decke des Wagens. Ein Traum! Es war nur ein Traum, und er empfand einen Augenblick lang Erleichterung. Er rieb sich das Gesicht und richtete sich etwas auf. Die Wirklichkeit war zurückgeschnellt, und sie war kaum weniger dramatisch. Das leise Brummen der Standheizung war verstummt, der Zeitpunkt verschlafen, zu dem er den Motor hätte anwerfen müssen. Die Batterie lag im Koma, die Kälte war bis in den Schlafsack gekrochen, sein Nacken schmerzte, war steif wie ein Pfahl. Er wusste nicht, ob ihn der Traum oder der Frost geweckt hatte, er wusste nur, dass er jetzt verloren war, wenn er sich nicht sofort bewegen würde.

Der Sturm hatte sich gelegt. Es war still geworden. Erschreckend still. Jeff sah auf die Uhr, dann von einem zum anderen Fenster. Es war kurz vor eins. Ein mattes Licht fiel durch die Heckscheibe, die keine Schrägung hatte und den Schnee nicht festhielt. Er dachte daran, wie ihm vor fast fünfundzwanzig Jahren die Jungs auf der Ranch beim Ausritt einen Wollschal über die Augen gebunden und ihn gefesselt auf seinem Pferd zurückgelassen hatten. Sie wussten, dass das Pferd ihnen folgen würde, aber sie wussten nicht, dass ein Blizzard aufkommen würde. Man hatte ihn irgendwann unterkühlt im Schnee gefunden und mit einer Lungenentzündung ins Krankenhaus gebracht.

Er rieb sich Schultern und Oberschenkel, wühlte sich aus Schlafsack und Wolldecken und versuchte eine der hinteren Türen zu öffnen. Vergebens. Auch die andere Tür war zugefroren. Sein Herz stockte, und ein Anfall von Panik ließ ihn für einige Sekunden fast die Nerven verlieren. Er stemmte sich gegen die Tür, dann noch einmal gegen die andere, und schließlich fiel ihm ein, dass Robert die Gummidichtungen der vorderen Türen vielleicht mit Talk beschmiert hatte. Er hangelte sich eilig auf den Fahrersitz und drückte den Hebel hinunter. Ein harsches Knirschen, ein letzter Widerstand, und die Tür sprang unter seinem Druck auf. Sie schabte durch den Schnee.

Jeffs Muskeln entspannten sich. Die Eiseskälte jedoch schnitt ihm den Atem ab und krallte sich in seine Hände. Sogar die Luft schien im Frost erstarrt. Der Vollmond hing teilnahmslos an einem schwarzen Himmel. Im Süden blinkten Sterne, im Norden war es finster und undurchsichtig. Der Schnee lag vor ihm, weiß und unberührt. Alles war reglos. Die ganze Welt schien still zu stehen.

Er nahm Handschuhe und Mütze vom Rücksitz, holte die Taschenlampe aus der Ablage und blickte auf das rote Band, das an der Antenne hing. Er versuchte es abzunehmen, aber es war fest gefroren, und er ließ es zurück. Er bemühte sich um Gelassenheit. Wenn der Geist stark ist, ist auch der Körper gestählt, sagte er sich und überlegte, ob er noch irgendetwas für den Nachhausemarsch brauchte. Und plötzlich, wie aus dem Nichts, überfiel ihn das Bedürfnis zu rauchen. Vor gut einem Jahr hatte er die letzte Kippe in den Sand geworfen. Er hätte nicht daran denken dürfen. Es quälte ihn.

Er legte sich die Wolldecke über die Schultern, sah sich noch einmal im Wagen um und schlug dann die Tür zu. Das Schweigen des Windes war nicht weniger erschreckend als sein Tosen. Jeff dachte an die Geschichte von dem Mann, den sie steif wie ein Brett, nackt und mit ausgerissenen Haaren im Schnee gefunden hatten. Er war im Angesicht des Todes durch Erfrieren einem Anfall von Wahnsinn erlegen, hatte sich die Kleider vom Leib und die Haare vom Kopf gerissen.

Er klopfte sich noch einmal warm und machte sich auf den Weg. Er nahm sich vor, nicht zu denken, konzentrierte sich auf jeden bleischweren Schritt durch den kniehohen

Schnee. Die Baumgruppe am Rowly Creek tauchte rechts von ihm auf. Eis hing an den Rändern des Bachlaufs, in den Ästen der Cottonwoodbäume und an den Strommasten, die ihm den Weg wiesen. Und plötzlich begannen sie aneinander zu klirren. Der Wind meldete sich zurück.

Jeff zog die Mütze tiefer ins Gesicht. Er begann seine Schritte zu zählen, von eins bis zehn, erwischte sich immer wieder dabei, die zwanzig zu erreichen, weil er an den Frost gedacht hatte, an Anna, an Robert, an das Vieh und an den Tod. Und er begann wieder von vorne. Eins, zwei, drei, vier ... Er stockte, vernahm ein Knirschen, ein leises tierisches Stöhnen und wandte sich nach Osten, einer Schneewehe zu. Er hielt inne, warf den Lichtkegel seiner Taschenlampe darauf und entdeckte eine Antilope, die bis zum Hals in einer Schneewehe steckte. Er starrte auf ihren Rücken, der sich unter dem Schnee aufbäumte, beobachtete ihren verzweifelten Kampf gegen die kalte, im Mondlicht glitzernde Pracht, gnadenlos, schön und tückisch. Sein Gefühl sagte helfen, sein Verstand weitergehen. Er wusste, dass Ersteres seinen eigenen Tod bedeuten konnte, und er bedauerte, keine Waffe dabeizuhaben.

Er vermochte nicht, sich dem Anblick des Tieres zu entziehen, kämpfte sich durch den Schnee zu ihm hinüber, Auge in Auge mit der Angst, die nun in Panik überging. Die Antilope stemmte sich mit ganzer Kraft gegen den Schnee, als Jeff ihren Hals umfasste und zog. Sie strampelte. Schnee wirbelte auf. Sie sprang, fand Halt und versank wieder in einem Berg aus Schnee.

Jeff keuchte. Die Decke war von seinen Schultern gerutscht. Er spürte den Schweiß auf seiner Haut, spürte, wie sein Hemd feucht und seine Jacke hart vom Frost wurde und wie die Kälte in seine Stiefel drang. Er taumelte rückwärts, wandte sich ab und ging vorwärts. Noch einmal vernahm er das Rascheln im Schnee, dann das Stöhnen. Er legte die Hände auf die Mütze, presste sie auf seine Ohren und ging weiter, immer schneller. Mit jedem Schritt erhöhte er sein Tempo. Er sah sich nicht um, spürte den eisigen Wind. Er dachte an den alten Meister in Japan und hörte die Worte »offene Weite, nichts von heilig«. Und wieder zählte er die Schritte. Nicht denken, sagte er still vor sich hin, vor allem nicht rückwärts.

Irgendwann – er sah nicht mehr auf die Uhr – hielt er kurz inne. Sein Atem ging schwer. Es war das einzige Geräusch, das die erstarrte Luft durchbrach. Er war allein, allein mit dem Frost in seinen Knochen. Und der arbeitete sich langsam seine Beine hinauf und nagte an seinen Händen. Vor ihm lagen die Hügel im Schnee, die er so sehr liebte und die ihn nun zu hassen schienen. Sie schoben sich ihm entgegen wie Wellen, gewaltig und kalt. Und irgendwo dahinter war die Ranch.

Er sagte sich, dass es nicht mehr weit war und dass Robert und Anna ihm gleich entgegenkommen würden. Er versuchte sie sich vorzustellen, auf ihren Pferden, eingehüllt in Daunen und Felle. Aber dann verschwamm alles im monotonen Weiß, in der mechanischen Bewegung seiner Beine. Die Kälte ließ auch seine Empfindungen gefrieren.

Der Mond verschwand, und es fing wieder an zu schneien. Lautlos und gespenstisch rasten die Flocken durch die schwarze Nacht. Jeffs Schritte wurden kleiner. Er wurde langsamer, zu müde zum Denken, zu schwach zum Hoffen. Er spürte den Schnee auf seiner Mütze und auf seinen Schultern und er spürte den Schweiß auf seiner Haut erkalten. Er zählte nicht mehr die Schritte, er zählte das Sinken und Anheben seiner Beine, er zählte die Flocken, die auf seinem Mund hängen blieben, und er zählte die Strommasten.

Die Erschöpfung zog schwer an seinen Beinen. Er blieb

stehen, beugte sich vornüber, versuchte den Atem zu beruhigen. Er dachte an Jim Bridger, der nach seiner Überwinterung auf dem Yellowstone Plateau berichtet hatte, die Worte seien den Trappern im Mund gefroren. Und er dachte, dass er weitergehen sollte, aber er tat es nicht und war froh, dass er den Schmerz noch in den Füßen und in den Händen spürte.

Als sich sein Wille verkroch wie ein Tier beim Sterben, zerbrach die Stille. Er vernahm ein hartes, rhythmisches Knirschen, ein Schnauben und schließlich eine menschliche Stimme. Robert, durchfuhr es ihn. Er sah auf, spähte durch den Vorhang aus weißen Kristallen. Ja. Es war Robert, sein Vater. Er saß auf seinem Pferd und hielt Twister am Strick, den Sattel mit einer Plane überzogen, eine dicke Rolle mit wärmender Kleidung dahinter, eine Feldflasche am Sattelhorn.

Anna fuhr aus einem bleiernen Halbschlaf auf. Sie hatte richtig gehört. Das Telefon klingelte. Sie griff danach, aber es rutschte vom Tisch. Sie hob es auf, suchte mit zitternden Fingern wie durch Nebel die An-Taste und drückte sie schließlich.

»Ich habe Jeff gefunden«, hörte sie Robert keuchen. »Und ich habe Usaami zu dir geschickt, damit ihr alles vorbereitet.«

»Ja«, sagte Anna.

Robert hatte ausgestellt. Sie lehnte sich zurück, lächelte und heulte. Die Anspannung rieselte langsam aus ihrem Körper, und was blieb, war ein ausgehöhltes, leeres Gefühl. Sie dankte dem Himmel und konnte es noch nicht fassen. Dann klopfte es, und Usaami kam herein, ohne auf ihre Aufforderung zu warten.

»Ist ja noch mal gut gegangen«, sagte sie und stellte ihren Korb ab. Sie kam auf Anna zu, blieb vor der Couch stehen und legte ihre Hand auf ihre Schulter. »Die Nerven, was? Kann ich verstehen.«

Anna sah sie nur an und dachte für eine Sekunde an das Gespräch in der Bear Lodge. Usaami ging zum Ofen und warf Holz hinein. Dann begab sie sich in die Küche, und Anna versuchte aufzustehen. Aber ihr Kreislauf war zu schwach. Ihr schwindelte, und sie setzte sich wieder hin. »Ich komme gleich«, brachte sie matt hervor.

»Ich schaff das schon. Sag mir nur, wo eure Thermoskanne ist«, rief Usaami.

Anna erhob sich schwankend, blieb einen Moment stehen und ging langsam in die Küche. Sie hielt sich an der Spüle fest und öffnete den Wandschrank. Usaami griff an ihr vorbei und nahm die Kanne heraus. »Robert sagt, du sollst unbedingt was essen.«

»Sie nickte.«

»Du zitterst ja Furcht erregend.« Usaami sah sie mit großen Augen an. »Ich bereite das Bad vor, dann koch ich dir was.«

»Ich kann nichts essen.«

»Du musst. Jeff kommt gleich zurück, und dann musst du fit sein – für ihn.«

»Ja«, sagte Anna apathisch. Sie hielt den Kopf unter den Wasserhahn, trocknete ihr Gesicht und trank zwei Gläser Wasser in einem Zug aus, die Tablette verfluchend. Vergeblich kämpfte sie gegen die Benommenheit an. Sie setzte sich an den Küchentisch, und nach einer Weile kam sie langsam etwas zu sich.

Usaami betrat wieder die Küche und brühte Kräutertee auf. »Ist ein indianisches Rezept«, sagte sie.

»Meinst du, er hat ... Ich meine, der Frost ...« Anna hielt inne. Ihre Nerven waren gespannt.

»Bisher hat er keine Erfrierungen. Ist nur völlig unterkühlt«, erklärte Usaami.

Anna nickte.

»Ich habe auch Kräuter in die Badewanne getan. Du musst gleich kochendes Wasser darüber gießen und dann mit normaler Temperatur auffüllen.«

»Danke«, sagte Anna mit schwachem Lächeln.

Ein Fauchen ging durch den Abzug des Ofens und das Holz darin knackte. Der Wind – wie sie ihn hasste. Sie blickte auf die Uhr. Es war halb fünf morgens, und sie flehte darum, dass die beiden gleich eintreffen würden.

Usaami nahm ein Glas mit Brühe aus ihrem Korb und goss sie in den Topf auf dem Herd. »Die wird euch beiden helfen. Ist Kraftbrühe von Rowlyrindern.« Sie sah zu Anna hinüber. »Meinst du, dass du jetzt alleine klarkommst?«

»Ich denke schon.«

»Ich gehe dann rüber und mache alles für Robert fertig. Der wird auch nicht gerade schwitzen.«

»Okay.«

Usaami verließ das Haus, und wenig später vernahm Anna Stimmen und das Knirschen von Hufen im Schnee. Sie lief zur Tür, öffnete, blieb stehen und spürte, wie sich die Spannung in ihrer Brust löste. Jeff und Robert kauerten vor ihr auf ihren Pferden. Der Schnee lag zentimeterdick auf ihrer Kleidung und auf dem Fell der Pferde, und der Wind fegte über sie hinweg.

Anna eilte zu ihnen, in Socken und Pullover. Sie klammerte sich an Jeffs Bein und heulte. Die Hunde sprangen quietschend um die Pferde herum. Robert stieg als Erster ab. »Bist du wahnsinnig!«, schrie er sie an. »Es reicht, dass zwei fast erfroren sind!« Er löste ihre Hände von Jeffs Bein und schob sie auf die Veranda. Dann half er Jeff aus dem Sattel, half ihm die Treppe hinauf und aus dem langen Mantel, den er ihm über die Jacke gezogen hatte.

Jeff rührte sich nicht. Schmerz stand in seinem Gesicht. Anna zog die Handschuhe von seinen Händen und die

Mütze von seinem Kopf. Dann warf sie sich an seine Brust und klopfte mit den Fäusten darauf. »Warum bist du nicht in Greybull geblieben?«, schrie sie und sank heulend an ihm hinab.

Robert zog sie zu sich hoch, packte ihre Handgelenke und sah ihr beschwörend in die Augen. »Anna! Deine Nerven. Ich weiß, du bist am Ende. Aber es wird alles gut. Du musst dich jetzt beruhigen.« Er warf seine Jacke beiseite, legte seinen Arm um Jeffs Hüften und schob ihn ins Wohnzimmer. Anna folgte ihm. Robert ging schnell noch einmal hinaus und band die Pferde an den Anbinder. Gleich darauf kam er wieder herein, und Jeff hob langsam die Arme, so dass ihm Robert den Pullover über den Kopf ziehen konnte. Dann öffnete er die Knöpfe von Jeffs bretthart gefrorener Jeans. Auch seine eigenen Finger waren noch unbeweglich. Der Stoff knisterte und sperrte sich, aber mit einem Ruck streifte ihm Robert schließlich die Hose von den Hüften. Den Rest schaffte er allein.

Anna stand wie paralysiert im Zimmer und blickte auf Jeff, dem Robert jetzt die Wolldecke umwickelte. »Setz Wasser auf, Anna, für das Badewasser«, sagte er, und sie folgte seiner Anweisung. Es tat ihr gut. Sie wollte etwas tun, aber sie konnte nicht denken. Alles war wie taub in ihrem Innern. Sie nahm den Kessel und ließ das von Usaami erhitzte Wasser noch einmal aufkochen. Währenddessen goss Robert den Tee in zwei Becher und reichte Jeff einen. Aber er konnte ihn noch nicht halten, und so drückte er ihn Anna in die Hand. »Du musst ihm das einflößen«, sagte er, nahm den Kessel und ging damit ins Bad hinauf. Wenig später hörte Anna das Plätschern des Wassers.

Jeff ließ sich vorsichtig auf die Couch sinken, und Anna hielt ihm den Becher an den Mund. Seine Lippen waren blau und zitterten. Er trank in kleinen Schlucken und sah sie dabei an. Seine eingefallenen Wangen waren rot vom Frost und seine Augen müde und abwesend. Anna wagte nicht, ihn zu berühren. Seine Haut sah gereizt aus, und sie fuhr nur ganz vorsichtig mit der Hand über die Decke auf seinem Arm.

Das Rauschen im Bad verstummte, und Robert kam ins Wohnzimmer. »Du kannst reinsteigen«, sagte er zu Jeff und wollte ihm helfen. Aber er kam alleine hoch, wenn auch mühsam. Er bewegte sich wie um Jahre gealtert, und Anna dachte, dass die Zeit eine andere Dimension bekommen hatte. Sie ging mit zum Badezimmer, und Robert folgte ihnen.

»Ich habe die Wanne nicht voll gemacht und nur mäßig warm. Lass nach und nach heißeres Wasser ein, hörst du?«

Jeff nickte, Anna nahm ihm die Decke ab, und er zog langsam ein Bein über den Wannenrand, dann das andere. Er biss die Zähne zusammen, hockte sich hin und ließ sich schließlich ins Wasser gleiten.

»Ich lasse euch jetzt allein. Ich denke, ihr kommt klar.«

»Danke, Dad«, sagte Jeff. Seine Stimme klang gebrochen und fremd.

»Ich danke *dir* dafür, dass du durchgehalten hast«, erwiderte Robert und ging hinaus.

Als Anna erwachte, war das Bett neben ihr leer. Helles Tageslicht drang durch die groben Baumwollvorhänge und bildete ein Muster auf dem Boden. Sie richtete sich langsam auf, versuchte Klarheit zu erlangen und fand nur Wirrnis in ihrem Kopf. Und in ihrem Herzen steckte immer noch die Angst. Sie dachte an Jeffs Worte, damals am Hassayampa. Wenn das große Zittern um das eigene oder das Leben anderer überstanden war, krallte sich die Angst noch eine Weile wie ein saugendes Insekt an einem fest.

Sie vernahm Jeffs Stimme im Wohnzimmer, zwang sich mit einem Ruck aus dem Bett und zog die Vorhänge zurück. Sie blickte auf glitzernde Eisblumen. Eine metallene Sonnenscheibe klebte am Himmel und warf messerscharfe Schatten vor die Pappeln auf den Schnee – ein wundervoller Anblick, wäre die gestrige Nacht nicht gewesen.

Anna eilte die Treppe hinunter und fand Jeff im Morgenmantel am Telefon. »Für wann?«, hörte sie ihn fragen. »Mist!«, sagte er und legte auf. Er blickte besorgt zum Fenster hinaus. Anna sah ihn lange an und war erstaunt, wie schnell Jeff sich erholt hatte. Sein Gesicht war blass, müde und hagerer als zuvor, aber er schien bereits wieder normal zu funktionieren – was Anna von sich nicht behaupten konnte. Sie hatte immer noch das Gefühl, neben sich zu stehen, und der kleinste Gedanke an die Nacht versetzte sie in Panik.

Einen Moment lang standen sie sich unschlüssig gegenüber. Dann trat Jeff zu ihr und nahm sie in den Arm. »Tut mir Leid«, sagte er sanft. »Aber es gibt einen Punkt, an dem man nicht mehr umdrehen kann.«

Anna nickte stumm.

»Wir haben wieder Strom. Sie haben das Eis von den Leitungen geschossen.«

»Geschossen?«

»Ja. Einige Masten sind unter der Last zusammengebrochen.« Jeff ließ sie los und blickte sie an. »Wir müssen uns schnell fertig machen, Anna. Wir müssen die Kühe mit Kälbern auf die Südweide holen und die Arbeitspferde alle in den Pferch am Stall. Es zieht wieder ein Schneesturm herauf.«

»Nein, Jeff! Nicht noch mal!« Anna schüttelte verzweifelt den Kopf. »Du kannst doch nicht schon wieder in die Kälte!« Sie begann erneut zu zittern.

»Was ist denn los mit dir, Anna? Denk mal an Whistler mit seinem kaputten Bein!«

Sie zuckte die Schultern.

»Anna! Wir werden alle gebraucht. Hier und jetzt. Wir

können uns nicht hängen lassen. Wir müssen mit anpacken. Du und ich.« Er nahm sie bei den Schulten und sah sie an. »In einer halben Stunde drüben am Stall. Komm!«

Sie ging hinter ihm nach oben, nahm wie in Trance ihre wattierte Skihose, Wollunterwäsche und den Shetlandpullover von der Heizung und zog sich an. »Ich mache schon Kaffee«, sagte Jeff und verschwand nach unten. Anna folgte ihm widerwillig.

»Wir dürfen nicht mehr zurückdenken«, erklärte Jeff mit Blick auf ihre Hände, die zitternd nach dem Becher griffen.

Sie nickte stumm. Das Essen fiel ihr immer noch schwer. Sie stopfte ein Ei und einen Muffin in sich hinein und trank zu viel Kaffee. Er brachte ihren schwachen Puls in wenigen Sekunden zum Rasen. Jeff füllte heißen Tee in die Feldflasche und reichte ihr eine Wollmütze mit Kinn- und Ohrenschutz. In dicke Daunenjacken und Schals gehüllt, verließen sie das Haus.

Die Sonne stand im Zenit. Sie hatte ihre Klarheit verloren, klemmte milchig zwischen fetten Schneewolken, die nur darauf zu lauern schienen, auch noch den Rest der Natur unter dem weißen, glitzernden Teppich verschwinden zu lassen. Und auch der Wind erinnerte sie daran, dass längst noch nicht alles überstanden war.

Als sie die Viehweide erreichten, fing es wieder an zu schneien, und Anna bot sich ein Bild des Grauens. Sie konnte nicht sagen, wie viele es waren. Vielleicht zehn, vielleicht fünfzehn leblose Augenpaare starrten aus einer Schneewehe am Wassergraben. Die Köpfe der erfrorenen Rinder wirkten wie ausgestopft. Davor lag ein zerfleischtes Kalb. Die anderen blökten und scharrten im Schnee, einige leckten daran, denn sie waren so schlau, nicht in den Graben hinunterzusteigen, um ihren Durst zu löschen.

»Scheiße«, sagte Spencer und ritt dichter heran.

Jeff und Robert blickten schweigend auf die erstarrten Köpfe. Anna wandte sich ab. Sie hatte schon viel gesehen. Das war es nicht. Aber es ballte sich etwas in ihr zusammen und verdichtete sich zu einem immer enger werdenden Knoten aus Angst und Enttäuschung. Und es war vor allem die Angst vor der eigenen Unfähigkeit, mit diesem Leben fertig zu werden.

Teilnahmslos folgte sie Pamela und den Männern, die sich um die Herde herum formierten. Der Wind frischte auf, und alle hatten ihre Mützen tief ins Gesicht geschoben, die Schals über Mund und Nase gewickelt. Sie pfiffen und riefen sich Kommandos zu, versuchten die geschwächten Tiere aufzumuntern. Aber sie setzten sich nur langsam und zögerlich in Bewegung. Was verstreut im Hintergrund blieb, wurde zurückgelassen. Die Zeit war zu knapp, um auf Nachzügler und störrische Alleingänger zu warten. Der Wind trieb alles vor sich her, mit immer brutalerer Gewalt – Reiter und Vieh, Schnee und Frost, alles nach Süden, alles unter einem mächtigen, launischen Himmel.

Als sich der Wind wieder zu einem eisigen Blizzard gemausert hatte, erreichten sie die Weide. Sie trieben die Rinder hinein und ritten, ohne das Nordtor zu schließen, an ihnen vorbei zum Südgatter. Sie hatten kaum noch Sicht und erreichten mit Mühe die Ranch. Als Anna aus dem Sattel rutschte, verschwamm alles um sie herum zu einem Nichts.

Spencer nahm ihr das Pferd ab, Robert schützte sie vor dem Sturm, Jeff sattelte ab. Und Pamela lebte ihr vor, wie eine Frau zu sein hatte, die diesem Land gewachsen war. Sie sprang aus dem Sattel, klopfte sich fluchend Beine und Hintern und führte ihr Pferd in den Stall, als wäre sie von einem etwas anstrengenderen Vergnügungsritt zurückgekehrt.

Als Anna hinter Jeff ins Haus wankte, fühlte sie nichts als die Kälte in ihren Knochen. Er machte Feuer, und sie stand einen Augenblick lang im Raum und beobachtete ihn. Sein Schweigen war nicht das von gestern. Es war nicht die Unfähigkeit zu reden, es war, so glaubte sie zu erkennen, die Sprachlosigkeit über ihr Unvermögen. Sie war zu nichts mehr zu gebrauchen, nur noch ein Klotz am Bein einer funktionierenden Gemeinschaft, die Jahr für Jahr diesem Wetter trotzte. Sie wandte sich ab, ging die Treppe hinauf und warf sich aufs Bett. Sie weinte, bis sie erschöpft einschlief.

Als sie erwachte, war sie wieder allein. Sie wusste nicht, wie spät es war, und es interessierte sie auch nicht. Sie zog die Decke übers Kinn, drehte sich auf die Seite und spürte immer noch die Erschöpfung. Dann sah sie Jeff vor sich durch den Schnee wanken. Sie rief ihn, aber er drehte sich nicht um. Er ging immer weiter, hörte nicht auf ihr erneutes Rufen. Sie blieb stehen und fiel in den Schnee. Ihre Mutter hob sie auf und schimpfte über ihre Unvernunft. Sie schüttelte den Schnee aus ihrem Haar. Dann war ihre Mutter verschwunden, und vor ihr tat sich ein Abgrund auf. Sie rutschte, versuchte sich an der Wand festzuklammern und fiel ...

Mit einem Ruck fuhr sie hoch und öffnete die Augen. Schweiß stand auf ihrer Stirn, und Jeff fuhr mit der Hand darüber.

»Du hast geträumt«, sagte er sanft.

Sie fragte sich, wo sie war, und fand schließlich in die Wirklichkeit zurück. Sie sah Jeff lange an. In seinem Blick lag eine unendliche Traurigkeit, und sie glaubte zwei neue graue Strähnen in seinem Haar zu entdecken. Sie dachte an den Hassayampa, fasste an ihren Hals und erschrak. Das Amulett von Jeff war nicht mehr da.

»Du trägst es nicht mehr?«, fragte er.

»Ich muss es verloren haben.«

Eine Weile sahen sie sich schweigend an.

»Ich muss los«, sagte er. In seiner Stimme lag Müdigkeit.

»Ich muss nach den Tieren schauen.«

»Ja«, antwortete Anna leise, und Jeff erhob sich langsam und ging zur Tür.

Anna sank ins Kissen zurück. Eine Welle der Verzweiflung erfasste sie, und ein Schluchzen erschütterte ihren Körper. Jeff drehte sich zu ihr um und starrte sie an.

»Ich kann nicht mehr«, brach es aus ihr heraus. »Ich werde zurückfliegen. Ich muss nach Hause.

Jeff nickte. Einen Moment lang lagen ihre Worte schwer im Raum. »Ich habe damit gerechnet«, sagte er und ging hinaus.

32

Der November verabschiedete sich mit einem bedrükkenden Lächeln. Kein Wölkchen trübte den Himmel, und es schien Jeff, als ob er sich über ihn und sein Schicksal lustig machen wollte. Er starrte auf Annas Koffer. Er hatte zwanzig Kühe und fast doppelt so viele Kälber verloren. Und nun würde er Anna verlieren. Bisher hatte er immer dazugewonnen, hatte von vielen Dingen im Leben losgelassen, aber es nie gemusst. Es war stets seine eigene Entscheidung gewesen. Was hatte er falsch gemacht, dass es ihn jetzt so kalt erwischte?

Anna hatte in den letzten Tagen kaum das Bett verlassen. Robert meinte, sie sei ein Fall fürs Sanatorium. Sie war nervlich am Ende, und das nicht allein wegen des Schneesturms. Jeff dachte in den letzten Tagen oft an die Zeit in Arizona, an Annas Erste-Hilfe-Aktion am Hassayampa, an ihre sicheren Hände beim Impfen und Kastrieren und an ihre Geburtshilfe im Stutenstall. So hatte er sie kennen und lieben gelernt, und so hatte er sie sich in diesem Land an seiner Seite vorgestellt. Wo war ihre zupackende Art, ihre Umsicht und ihre Unerschrockenheit geblieben? Vom erbarmungslosen Wind in Wyoming zerschlagen? Anna war nicht mehr die Frau, in die er sich verliebt hatte. Und so sehr er versuchte sie zu verstehen, er konnte das Bild, das er sich von ihr gemacht hatte, nicht mit dem Zustand in Einklang bringen, in dem sie sich jetzt befand. Die Korrektur seiner Sicht blieb in seinem Intellekt hängen und fand keinen Zugang zu seinem Herzen. Aber der Verlust tat deshalb nicht weniger weh.

Um elf Uhr abends würde ihr Flieger gehen. Cody – Denver – Frankfurt – Hamburg. In etwa achtzehn Stunden würde sie in ihrer Heimat ankommen – in ihrem Zuhause, hatte sie gesagt. Es war immer noch Deutschland.

Die Tür vom Schlafzimmer öffnete sich mit einem leisen Klacken, und Anna kam langsam die Treppe herunter. Sie war so schmal und blass geworden, ihr Haar so glanzlos und ihre Augen so matt, dass Jeff erschrak. Sie sah ihn kurz an und ging zu ihren Koffern. Es gab nichts mehr zu sagen. Es gab nur die Abreise und das Zurückbleiben. Es war, wie es war. Kein Wort wäre stark genug gewesen, sie zu halten, kein Versprechen glaubwürdig genug, um ihn davon zu überzeugen, dass sie beide es schaffen würden. Und dennoch hätte Jeff sie gern zurückgehalten. Noch nie hatte ihm eine Frau so zugesetzt. Dieser Schmerz war kein Schmerz, der ihn am Leben erhielt, es war ein Schmerz, der ein Stück seines Lebens mit sich nahm.

»Ich bin so weit«, sagte Anna, ohne ihn anzuschauen. Sie hatte das in den letzten Tagen kaum noch getan. Vielleicht aus Angst vor einem Rückfall. Denn es war ihr anzusehen, dass auch ihr diese Entscheidung nicht leicht fiel.

Jeff stand auf, nahm ihre Koffer, und Anna öffnete ihm die Tür. Chola rannte an ihr vorbei auf die Veranda und sprang freudig durch den Schnee, während Jeff die Koffer auf die Ladefläche von Roberts Pick-up hievte.

»Ich würde mich gern von Robert verabschieden«, brachte Anna leise hervor.

»Er hat doch gesagt, dass er das nicht möchte«, erwiderte Jeff.

Sie blickte zu Boden und nickte. Jeff öffnete ihr die Beifahrertür. Die Sonne schien so grell herab, dass er die Hand über die Augen halten musste. Der Schnee reflektierte das Licht, und alles flimmerte und strahlte.

Anna stieg in den Wagen, ohne sich noch einmal umzusehen, und Jeff schloss das Haus ab. Er ließ Chola auf die Rückbank springen, setzte sich hinters Steuer und drehte den Zündschlüssel um. Er langte nach rechts auf das

Armaturenbrett nach seiner Sonnenbrille. Anna legte sie wortlos in seine Hand. Der Wagen sprang an und vibrierte in der Kälte. Jeff steuerte ihn über den Hof, die Auffahrt hinunter und auf die Straße hinaus. Die Ketten knirschten durch den Schnee, und er fühlte den Abschied bis ins Mark hinein.

Die Prärie lag schweigend in ein weißes Tuch gehüllt da, und Jeff war froh, dass er hier und nirgendwo anders erfuhr, wie es war, verlassen zu werden. Er blickte auf das reine Land, sah einer Herde Antilopen hinterher und fragte sich, ob jene, die er in der Schneewehe zurücklassen musste, vielleicht doch überlebt hatte und darunter war. Er sah die Tiere nach Westen verschwinden, sah einen wunderbaren Augenblick nach dem anderen kommen und vergehen – für immer. Alles ist flüchtig und vergänglich, dachte er, auch der Schmerz. Und er sagte sich, dass er auch diesen Tag überstehen würde. Nicht festhalten, was nicht zu halten ist, ermahnte er sich und blickte geradeaus auf die Spuren des Treckers, mit dem sie den Pick-up aus dem Schnee befreit hatten. Das rote Bändchen schmiegte sich wieder um sein Handgelenk, aber es war vom Frost dünn und brüchig geworden.

Er bog auf den Highway ab und steuerte den Wagen nach Westen, in Richtung Cody.

»Es ist nicht deine Schuld«, sagte Anna plötzlich in das dumpfe Schweigen.

»Was ändert das?«, fragte er müde.

»Ich möchte nur, dass du das weißt.«

Er antwortete nicht. Er dachte, dass es nicht um Schuld ging. Annas Stimme jedoch hallte in seinem Ohr nach, und ihre Nähe im Angesicht des Abschieds war eine Folter. Er wäre gern ausgestiegen, geflüchtet, allein durch den Schnee gestapft. Lieber die Kälte, lieber der Schmerz in den Knochen als der im Herzen. Einen kurzen Moment lang dachte er an Kämpfen, aber dann siegte die Einsicht in den Lauf der

Dinge. Nur Anna konnte die Trennung verhindern. Es machte keinen Sinn, sie aufhalten zu wollen. Es wäre ein Vergehen, sie in dieses Leben pressen zu wollen.

Sie überquerten den Bighorn River, der tiefblau, von abgerissenen Eiskanten flankiert, träge nach Norden floss. Sie fuhren schweigend nach Westen weiter und erreichten Cody im Sonnenuntergang. Eine blutrote Sonne versank langsam hinter den Absarokas und tauchte die kantigen Bergkuppen in ein surreales Licht. Schnee und Wolken leuchteten magentafarben vor einem violetten Himmel, und ein Schwarm Wildgänse zog kreischend, in offenem Bogen von Norden kommend, über sie hinweg. »Es ist ein wunderschönes Land«, sagte Anna leise, »aber es wollte mich nicht.«

Jeff zuckte zusammen. Er dachte an Charly, an Luna, an Usaami und an den Blizzard. Und er hatte ihr nichts entgegenzusetzen.

Pünktlich erreichten sie den kleinen Cityhopper-Flugplatz von Cody. Jeff stellte den Wagen auf dem Parkplatz ab, stieg aus und ging um den Pick-up herum. Er sah, wie Anna Chola streichelte und dann langsam vom Sitz rutschte. Er stemmte ihre schweren Koffer von der Ladefläche, stellte sie vor Annas Füße, ging zum Eingang und sicherte sich einen der letzten Kofferkulis.

Sie hatten noch viel Zeit, aber Jeff wollte den Abschied schnell hinter sich bringen. Er nahm seine Sonnenbrille ab, stellte Annas Gepäck auf den Kuli und schob es mit eiligen Schritten zum Eingang der kleinen Halle. Sie ging neben ihm, legte eine Hand auf den Griff und blickte auf die Uhr an der Wand der Halle. Dann fingerte sie umständlich das Fax mit der Flugbestätigung aus der Jackentasche, und Jeff blickte auf ihre zitternden Hände. Sie waren seit dem Schneesturm nicht mehr ruhig gewesen.

»Du wirst abgeholt?«, fragte er.

»Ja. Meine Mutter kommt.«

Er nickte.

Anna nahm ihren kleinen Rucksack vom Rücken und suchte ihren Pass. Nach einer Weile zog sie ihn hervor. Er fiel zu Boden. Jeff hob ihn auf und legte ihn in ihre Hand. Sie gingen zum Counter, und er half ihr beim Abholen des bestellten Tickets und bei der Gepäckabfertigung.

»Du solltest tun, was deine Mutter vorgeschlagen hat, und zur Kur fahren«, sagte er.

Jeff sah Tränen in ihren Augen. Sie versteckte ihr Gesicht in den Händen, und er stand vor ihr – ratlos, wie gelähmt, die Kehle zugeschnürt. Ihm war, als ob sein Herz taumeln, als ob es orientierungslos im Körper driften würde.

»Ich fühle mich völlig entwurzelt«, sagte sie stockend und blickte kurz zu ihm auf.

»In neun Stunden bist du zu Hause«, erwiderte Jeff trocken, so wie er es immer tat, wenn zu viel Gefühl auf ihn zurollte. Und sein Fluchtinstinkt sagte ihm, dass er jetzt gehen sollte.

Anna schnupfte und blickte zu Boden. Jeff stand reglos vor ihr. »Ich werde mich jetzt auf den Rückweg machen.«

Sie nickte und kämpfte die Tränen nieder. Jeff sah sie einen Augenblick lang an, dachte an eine Umarmung und brachte es nicht fertig. »Ich wünsche dir viel Glück«, sagte er und drehte sich um.

»Ich ...« Anna brach ab, und Jeff wusste, dass sie noch etwas Nettes sagen wollte. Es war okay. Er ging zügig zum Ausgang. Die Tür flog auf, und er trat in die frostige Luft hinaus, atmete tief ein und blickte zum Himmel. Der Abend war sternenklar. Er stieß mit einem Mann zusammen, entschuldigte sich und ging zum Auto. Eilig ließ er den Wagen an, wendete mit quietschenden Reifen und fuhr auf die Straße, an den unzähligen In-Kneipen und Möchtegern-Cowboy-Saloons von Cody vorbei und in die Weite hinaus. Er gab Gas. Er folgte der schnurgeraden Straße nach Osten, die Yellowstone mit den Bighorns verband und die ihn jetzt auf seine Ranch zurückbrachte. Er würde in ein leeres, kaltes Bett steigen, am nächsten Morgen dünnen Kaffee trinken und dann seiner Arbeit nachgehen. Und abends würde er wieder ein leeres Haus betreten, mit dem Hund sprechen und sich mit dem Whiskey gegen die Einsamkeit stemmen. Er dachte wieder an die Nacht im Schnee, dachte daran, dass er knapp dem Tod entronnen war und dass das vielleicht kein Glück war.

Als er den Wagen vor Roberts Haus abstellte, ging sofort die Tür auf. »Komm rein, mein Junge!«, rief sein Vater.

Jeff schlug die Autotür zu und folgte ihm hinein. Es roch nach Lamm und Knoblauch. Robert legte die Hand auf seine Schulter. »Usaami hat uns einen Lammbraten zubereitet. Sie ist eine gute Köchin, mindestens so gut wie Rosy. Und die ist ganz froh, dass sie nicht mehr so viel in der Küche stehn muss. Du weißt ja, ihre Knie.«

Jeff nickte.

»Ich habe ihr natürlich keinen Cent abgezogen«, fügte Robert hinzu. Er schob Jeff vor sich her ins Wohnzimmer. »Setz dich erst mal. Ich hole ‚ne Flasche guten kalifornischen Rotwein.«

»Danke, aber ich bin müde. Ich gehe gleich rüber«, erwiderte Jeff matt.

Robert kam zurück und sah ihn lange an, als würde er sein eigenes Leben in Jeff erkennen. »Es ist verdammt hart, Jeff. Keiner weiß das besser als ich. Aber du schaffst das schon«, sagte er.

Jeff nickte. »Sei mir nicht böse, aber mir ist weder nach essen noch reden zu Mute.«

»Kann ich verstehn. Ich dachte nur ... Ich wollte dich natürlich nicht allein lassen.«

»Ist lieb von dir.«

»Und ich wollte dir noch sagen ... Weißt du, ich war so fest davon überzeugt, dass sie hier richtig wäre, damals, als das mit Luna war und ich dich geholt habe, und als ich dir gesagt habe, du sollst sie ...«

»Ist schon gut, Dad«, fiel ihm Jeff ins Wort. Er legte den Autoschlüssel und den Fahrzeugschein auf den Tisch, drückte kurz Roberts Arm und ging zur Tür.

»Jeff!«

»Ja.«

»Sie ist weit weg. Es wird dir leichter fallen als mir.«

Er nickte, verließ das Haus und ging über den Hof zur Remise, unter der Twister und die anderen Arbeitspferde ihre Köpfe zusammensteckten. Er konnte sie dort nur erahnen, lauschte ihrem Atem, ihrem leisen Schnauben, dem Knirschen des Sandes unter ihren Hufen, als sie sich zu ihm umdrehten. Und er dachte, wie gut es ihnen doch ging, mit ihrem kleinen Hirn, das sich nur um den satten Bauch, die Rangordnung und den besten Platz im Windschatten sorgte. Verließ ein Pferd die Herde, war es nach wenigen Stunden vergessen. Hengste bestiegen Stuten, wurden danach verscheucht oder gingen von selbst ihrer Wege, zum nächsten Vergnügen. Instinktive Bestimmung statt leidvoller Anhaftung. Keine Ausgrenzung durch Äußerlichkeiten, keine Erwartungen, keine Enttäuschungen. Es musste wunderbar sein.

Jeff spürte die Kälte. Er hatte nichts im Magen, und ihn fröstelte. Abwesend ging er zum Ranchhaus, schloss auf und hängte seine Jacke an den Haken. Er machte im Eingang Licht, konnte den Anblick des leeren Hauses nicht ertragen, tastete sich im Halbdunkel in die Küche und holte den Whiskey aus dem Kühlschrank. Mit der Flasche Jim Beam und einem Glas betrat er das dunkle Wohnzimmer und ließ sich in den Sessel fallen. Es war kalt im Haus, aber er hatte keine Lust, den Ofen anzuwerfen. Er wickelte sich in die Decke ein und starrte in die Finsternis. Aber Anna tauchte immer wieder darin auf. Er sah sie auf Dreamer im gestreckten Galopp, sah ihr fein geschnittenes Gesicht, dachte an die Liebe mit ihr, sah ihr kastanienbraunes Haar über ihr Gesicht fallen, und er mochte nicht glauben, dass es nie mehr durch seine Finger gleiten würde.

Immer wieder schob er die Bilder von sich fort. Aber sie kamen zurück. Es tat so verdammt weh – wie ein Stachel im Fleisch. Ihm wahr hundeelend, und er griff nach der Flasche. Er dachte daran, Licht zu machen, und ließ es dann doch. Vorsichtig kippte er den Flaschenhals an das Glas, lauschte dem Gluckern und zog die Flasche zurück, als seine Finger feucht wurden. Er leckte den Whiskey von der Hand, trank das Glas in einem Zug leer und fand sich vor einem Berg von Fragen wieder. Er dachte über Karma nach, über die Frauen, die er verlassen hatte, über seine Rückzüge, die Anna gekränkt hatten, über Luna und Usaami und lange über seine Mutter. Und er empfand plötzlich ein Gefühl von Solidarität mit seinem Vater. Das Schicksal hatte sie zusammengeführt und ließ sie nun noch enger zusammenrücken. Vater und Sohn, von der Liebe enttäuscht, auf einer entlegenen Ranch untergetaucht ... Er bremste sich energisch ab, um nicht in Selbstmitleid zu zerfließen, und goss den nächsten Whiskey hinunter. Die Bilder verschwammen, und er goss nach. Und mit dem fünften Glas sackte er nach hinten, sein Kopf kippte zur Seite, und er schlief ein.

Das Klopfen an der Haustür weckte ihn. Er fand sich auf der Couch wieder. Irgendwann musste er das Lager gewechselt haben, aber er konnte sich nicht mehr daran erinnern. Sein Kopf schmerzte. Er öffnete die Augen und blickte in Roberts Gesicht. Er fühlte sich erbärmlich, saft- und kraftlos wie ein gammeliges Stück Fleisch.

»Jeff! Komm hoch. Du kannst dich nicht so gehen lassen«, sagte Robert streng, verschwand in der Küche und kam mit einem feuchten Handtuch zurück. Er legte es ihm auf die Stirn.

Jeff hob langsam den Kopf. »Wie spät?«

»Viertel nach sieben.«

»Verdammt!«

»Mach dich fertig. Du musst zum Vieh. Und du musst dich um die Pferde kümmern. Denk dran, dass ich im Ruhestand bin.«

»Ich komme.« Er schlug die Wolldecke zurück.

»Angezogen bist du ja. Frühstücken kannst du bei mir«, sagte Robert und verschwand.

Jeff erhob sich mühsam. Er fühlte sich wie ein Penner, ging ins Rad, schlug den Whiskey ab und schluckte ein Aspirin. Er kratzte sich das raue Kinn und ließ es, wie es war. Eine Viertelstunde später saß er seinem Vater gegenüber am Küchentisch, trank einen labberigen Kaffee, schlang den Toast mit dem angebrannten Spiegelei hinunter und versuchte vergeblich, nicht an Anna zu denken.

Als sie die Pferde sattelten, war ihm, als würde er diese Trennung nicht überstehen, ohne durchzudrehen. Er sah Anna bei allem, was er tat. Sie war so präsent, ihr Bild so erdrückend, dass es ihm fast das Herz zerriss.

Erst der helle Lichtschein über den fernen Bergen erinnerte ihn daran, dass es noch etwas anderes gab als sie und dass das Leben weiterging. Er hatte seinen Vater gefunden und Anna verloren. Brach ein Stück im Leben ab, so wurde es durch ein anderes ersetzt. Das war der Lauf der Dinge.

Er wuchtete den Sattel auf Twisters Rücken, spürte den Whiskey in seinen Knochen und nahm sich vor, die nächsten Tage abstinent zu leben. Dann saß er auf und ließ sich den Wind in den Nacken wehen. Er griff in Twisters lange

Mähne, schüttelte sie und fuhr mit der Hand über sein winterdickes, fettiges Fell. Spencer ritt dicht an ihn heran und machte ein finsteres Gesicht. »Verfluchte Weiber, was, Jeff?«

Er nickte.

»Mary hat mir auch den Laufpass gegeben. Ich hätte sie betrogen, sagt sie. Stimmt gar nicht. Was kann ich dafür, wenn mir Rita im Groovy in den Schritt greift.« Er spukte aus. »Die alte Schlampe!«

Jeff schüttelte den Kopf und lächelte. »Ich glaube eher, dass du ihre Hand darauf gelegt hast.«

»Das ist nicht fair, Jeff, verdammt. Wir kennen uns jetzt fast fünfzehn Jahre.«

»Eben.«

Spencer sagte nichts mehr. Er beugte sich zum Gatter hinab und öffnete es. Sie ritten schweigend in die schneeweiße Prärie hinaus, und der Wind zerriss Jeffs Sehnsucht und ließ ihn auf alles pfeifen. Und er kultivierte dieses Gefühl bis hin zu einer leisen Wut. Es half ihm, den Tag einigermaßen unbeschadet zu überstehen.

33

Der Flieger setzte mit einem leichten Ruck auf der Landebahn auf und bremste die Wucht des Tempos hart ab. Er rollte über den Beton in Richtung Terminal, und Anna dachte an ihre erste Rückkehr aus Arizona. Damals war sie geflüchtet, weil Jeff ihr seine wirkliche Identität und seine Vergangenheit als New Yorker Werbemann offenbart hatte. Damals ahnte sie, dass der Abschied nicht von Dauer war. Diesmal schien der Bruch endgültig. Sie verabscheute sich dafür. Sie war gescheitert. Eine verweichlichte Städterin, die den Härten einer ungezähmten Natur und ihrer Menschen nicht standhielt. Und sie hatte nicht akzeptieren können, dass Jeff bei all der Liebe, die er ihr gegeben hatte, immer ein Einzelgänger geblieben war.

Der Flieger hatte sich gemächlich an den Gang zur Ankunftshalle gerobbt. Das Klicken der Sicherheitsgurte holte sie aus den Gedanken zurück, und auch sie befreite sich nun und stand auf. Sie nahm ihren Rucksack, schob sich in die Schlange und schloss sich einfach dem Strom Deutsch sprechender Passagiere an. Sie driftete zum Fließband, hob ihre Koffer herunter und auf den Kuli, ließ sich durch Pass- und Zollkontrolle treiben und fand sich schließlich in der Ankunftshalle wieder.

Ihre Mutter winkte ihr zu. Ihr Gesichtsausdruck war eine Mischung aus Freude und Besorgtheit über die Rückkehr ihrer einzigen Tochter. Sie empfing Anna mit einem Strauß Winterastern und schloss sie in ihre Arme. »Anna, mein Liebes«, sagte sie. »Was musst du durchgemacht haben.« Sie griff nach dem Gepäckwagen.

Anna nahm ihn ihr energisch aus der Hand und schob ihn zum Ausgang.

»Ich habe dich gleich nächste Woche in Bad Harzburg untergebracht«, erklärte sie. »Jemand ist ausgefallen, und wir haben kurzfristig noch einen Platz bekommen. Mit deinem Arzt ist auch schon alles geklärt. Du musst morgen zu ihm, und dann geht alles seinen Weg.«

»Ja, danke«, sagte Anna. Sie war so müde und vernünftig, die Idee ihrer Mutter anstandslos zu akzeptieren, und so sehr sie ihre Freundinnen vermisst hatte, so wenig war ihr nun danach, über das Geschehene zu sprechen. Lisa, ihre beste Freundin, war noch in Frankreich. Ihre alte Wohnung würde ihr und ihrer Mutter also für einige Tage zur Verfügung stehen. Wie gut es doch war, dachte sie, eine Mutter zu haben, die mit ihrer bedingungslosen Liebe alles abfederte und organisierte. Sie hatte immer geglaubt, ihre handfeste und resolute Art geerbt zu haben, hatte sich stark und unerschütterlich gefühlt. Jetzt war alles anders. Selbst die kleinsten Schritte waren so mühsam wie das Erklimmen eines Berges.

Als ihre Mutter sie durch die Straßen Hamburgs fuhr, war ihr, als würde sich jemand mit aller Kraft gegen ihren Brustkorb lehnen und sie erdrücken wollen. Sie starrte auf Beton und Backsteinfassaden, die den Himmel verstellten und das Licht verdrängten, auf Bäume hinter Gittern, auf kantig geschnittene Hecken, auf dichte Reihen von Autos und winzige Gärten. Die Menschen wirkten verloren, wie blutleere Roboter, irgendwohin strebend, teilnahmslos aneinander vorbeihastend. Einige zerrten Hunde von Häuserecken fort, das Bein noch in der Luft, andere schleppten Boss-Tüten in Hauseingänge, die ohne Nummern nicht zu unterscheiden waren. Anna schauderte. Hier sollte sie wieder Fuß fassen?

Sie dachte an die Ranch, an die Berge, an die Pferde und versuchte vergebens Jeffs Bild auszublenden.

»Wie lange bleibst du?«, fragte sie ihre Mutter.

»Ich bringe dich nach Bad Harzburg. Von dort aus fahre ich zurück nach Kassel.«

»Wird dir das nicht zu viel?«

»Warum? Ich habe doch Zeit.«

Anna fühlte sich zu angeschlagen, um dagegen anzugehen. Sie würde sich diesmal schicksalergeben neben ihre fast siebzigjährige Mutter auf den Beifahrersitz setzen. Was konnte ihr noch passieren. Das Leben war ohnehin nur noch ein mühsamer Weg in eine unbestimmte Richtung.

Die Tage krochen dahin, fraßen sich mit ihrer Trostlosigkeit in Annas Gemüt, und erste Zweifel an ihrer Entscheidung brachten ihre angeschlagenen Nerven zum Flattern. Sie vermisste den weiten Himmel, fühlte sich wie ein Tiger im Käfig, eingeklemmt zwischen Autos, Beton und Asphalt. Und selbst der Ausflug nach Schleswig-Holstein führte ihr mit jedem Kilometer Wiese vor Augen, dass hier die Menschen und nicht die Natur das Sagen hatten.

34

Der Schnee in Wyoming hielt sich noch ein paar Wochen am frostigen Boden fest. Dann setzte Tauwetter ein und verwandelte den weißen Teppich in Wasser. Es strömte in Rinnsalen über die Weiden, und der Sand in den Corrals verwandelte sich in Schlamm. Mit dem t. Dezember zog die Kälte wieder ein bisschen an, aber es blieb windstill und schneite nur hin und wieder dünne Flocken.

Abgesehen vom Bewegen der Verkaufspferde und den Versorgungsfahrten zu den Weiden gab es nicht viel zu tun auf der Ranch und Jeff hatte viel Zeit – zu viel Zeit zum Grübeln. Er versuchte sich beim Poker bei Robert zu zerstreuen, fuhr einmal mit Spencer ins Groovy und einmal nach Cody. Aber nichts konnte den Trennungsschmerz verdrängen, der ihn in eine ihm bisher unbekannte Antriebslosigkeit versinken ließ. Er rasierte sich nicht mehr, trank mehr Bier und Whiskey als sonst und wurde erst aus seiner Lethargie gerissen, als Robert eines Abends unangemeldet in der Tür stand. Er fuhr aus dem Sessel hoch.

»Es gefällt mir nicht, dass du hier herumläufst wie ‚n räudiger Straßenköter«, fuhr Robert ihn an.

Jeff hatte sich gerade das dritte Bier hinter die Binde gegossen, und der Whiskey stand bereits auf dem Tisch. Er legte den Kopf in die Hände und fuhr sich übers Gesicht.

»Mir eigentlich auch nicht«, erwiderte er müde und strich sich das wirre Haar aus der Stirn.

»Warum tust du dann nichts dagegen?«

Jeff zuckte die Schultern.

»Interessante Antwort.«

»Nächste Woche hör ich auf und fahr nach Greybull.«

»Hoffentlich auch zum Friseur. Und nimm dir endlich dieses Unkraut aus dem Gesicht.«

»Ja.«

»Gut. Ich nehme dich beim Wort. Du hast hier eine verdammte Aufgabe und du hast zu funktionieren, und das vor allem in deinem eigenen Interesse.«

»Ich bin kein Schuljunge, Dad. Ich weiß schon, was ich tue.«

»Na hoffentlich. Keine Frau ist es wert, dass man sich ihretwegen kaputtmacht. Umgekehrt gilt das natürlich genauso.«

Robert ging zur Tür und drehte sich noch einmal um. »Übrigens, falls es dich noch interessiert, sie haben Usaami noch mal verhört. Sie steht unter Verdacht in Sachen Luna. Ich fahre morgen Nachmittag zu Osborn und werde dem Arsch mal das Hirn durchpusten.«

Jeff richtete sich auf. »Verdammt, sie muss endlich ausspucken, was sie gesehen hat.«

»Nein, Jeff, das muss sie nicht. Ich glaube genauso wie du, dass es Patch war, vielleicht unterstützt von seinem Vater. Und die beiden sind nicht zimperlich, wie wir wissen. Ich werde dafür sorgen, dass die Ermittlungen eingestellt werden und dass sie Usaami in Ruhe lassen. Sie kommt morgen aus Morton zurück, wie du ja weißt. Ich bin morgen Abend bei Bob zum Essen und werde von dort aus zu meiner Schwester weiterfahren. Bin Ende der Woche zurück. Sei freundlich zu ihr.«

Jeff nickte. Er hatte das Thema Luna so satt wie Robert. Es hatte zur Zerrüttung seiner Beziehung beigetragen. Er wollte keinen Gedanken mehr daran verschwenden.

Robert ging, und Jeff blickte auf die Jim-Beam-Flasche. Er stellte sie in den Kühlschrank zurück und legte sich schlafen.

Als er am nächsten Morgen in den Stall kam, sah er Usaami, die sich gerade unter dem Hahn in der Stallgasse die Hände wusch. Sie erschrak bei seinem Anblick und schaute ihn prüfend an.

»Keine Sorge«, sagte er, »ich bin nicht gekommen, um dich an das längst überschrittene Ultimatum zu erinnern.«

Sie richtete sich auf und trocknete sich die Hände an der Jeans ab. »Es hätte nichts geändert«, erwiderte sie und musterte ihn mit einem mitleidvollen Blick.

»Ist irgendwas komisch an mir?«

»Ja, die Haare in deinem Gesicht«, antwortete sie und lächelte plötzlich. Sie wirkte so entspannt wie lange nicht, und Jeff fragte sich, ob das mit Annas Abreise zu tun hatte.

Er fuhr sich mit der Hand über den Bart. »Ich muss neue Klingen für den Rasierer kaufen.«

Usaamis Augen waren immer noch auf ihn gerichtet, und er konnte sich ihrem dunklen Blick nicht entziehen. Dann dachte er an Anna und fuhr innerlich zusammen. Es war, als würde sie sich in ihm festklammern, als könnte sie ihn dabei beobachten, wie er gerade vier Wochen nach ihrer Abreise wieder den Reizen dieser Frau erlag.

»Ich kann das machen«, sagte Usaami. »Ich habe Klingen und eine gute Schere. Früher habe ich mir Geld damit verdient. Eigentlich nur mit Haare schneiden, aber bei den Weißen habe ich manchmal auch gleich den Bart gestutzt oder abgenommen.«

Jeff starrte sie entgeistert an. Dann lächelte er. »Ich hätte nicht den Mut dazu, mir von einer Frau das Messer an die Kehle setzen zu lassen.«

»Hast du so viele Leichen im Keller?«, fragte Usaami mit einem Schmunzeln.

»Was glaubst du wohl?«

»Ist auf jeden Fall heilsam, seine Ängste zu überwinden.«

Jeff blickte auf ihre Hände, die durch ihr fast hüftlanges rabenschwarzes Haar fuhren.

»Da magst du Recht haben«, erwiderte er.

»Okay. Heute Nachmittag?«

Jeff sah sie überrascht an. »Was?«

»Na, Haare schneiden und Bart abnehmen.«

»Und wo?«

»Bei dir drüben?«

Er zuckte die Schultern.

»Ist vier Uhr okay?«

»Ja. In Ordnung.« Jeff blieb noch einen Augenblick unschlüssig vor ihr stehen und ging dann mit einem kurzen Lächeln an ihr vorbei zu Blue Diamonds Box. Er dachte an Anna, dann an Usaami, dann daran, wie es wohl war, wenn sie ihm das Rasiermesser an den Hals setzte.

Um kurz vor vier war er aus der Dusche und hatte alle Möglichkeiten durchgespielt, die Usaami dazu bewegt haben konnten, ihm den Bart abzunehmen. Er hatte sich eins seiner letzten frischen Hemden angezogen. In Kamin und Ofen züngelten die Flammen und warfen eine wohlige Wärme in den Raum. Annas Kerzenhalter stand auf dem Couchtisch, und Jeff hielt die Streichhölzer in der Hand, blickte eine Weile darauf und stellte ihn wieder weg. Er versuchte Anna aus seinem Bewusstsein zu verdrängen, aber es gelang ihm erst, als es an der Tür klopfte. Er wartete einen Moment und öffnete. Usaami stand vor ihm, das lange Haar zu einem Zopf geflochten, ihren Korb über dem Arm, in dem diesmal ein Lederetui auf einem geblümten Stück Stoff lag.

»Na, gut hergefunden?«, fragte er.

»Nur einmal verlaufen«, erwiderte Usaami mit einem vagen Schmunzeln.

Jeff schloss die Tür hinter ihr und dachte kurz an Roberts Worte. Usaami schien sich sehr sicher zu sein, dass er Sam Osborn von ihrer Unschuld überzeugen würde. Er betrachtete ihre zierliche Figur, während sie im Türrahmen vom Wohnzimmer stand.

»Hat sich ja kaum was verändert«, sagte sie.

Sie zog ihre Jacke aus, und sein Blick streifte ihren kleinen apfelförmigen Po, der in einer schwarzen Wrangler steckte. »Etwas viel indianische Folklore, aber sonst ist es eigentlich ganz okay«, erwiderte er mit einem Zwinkern.

»Etwas zu viel totes Wild an den Wänden«, gab Usaami zurück und drehte sich zu ihm um.

»Okay. Den Friseursalon sollten wir ohnehin im Bad eröffnen. Da hängt nichts an den Wänden außer Kacheln.«

»Gut, dann kann ich mich ja ganz auf das Wesentliche konzentrieren.«

Jeff spürte eine Spannung in sich aufsteigen und sagte sich, dass Usaami wahrscheinlich ihren Job machen und dann verschwinden würde. Sie würde ihm weder das Messer in die Kehle drücken noch das tun, was er sich in diesem Augenblick wünschte. Und er nahm ihren Arm und führte sie ins Bad. Er holte einen alten Eichenstuhl mit Armlehnen, stellte ihn an das Waschbecken vor dem Wandspiegel und lächelte ihr darin zu. Sie rollte das Lederetui auf der Ablage auseinander und zog Rasiermesser, Pinsel und Schere daraus hervor. Dann nahm sie das zusammengefaltete geblümte Stück Stoff aus dem Korb und schüttelte es auseinander.

»Nein«, sagte Jeff, »doch nicht diesen Tuntenumhang.«

»Ich habe nichts anderes«, erwiderte sie.

»Das ist doch albern.«

»Du musst ja nicht in den Spiegel gucken«, entgegnete sie spitz, rückte den Stuhl näher an das Waschbecken und signalisierte ihm, dass er sich setzen solle.

Jeff folgte ihrer Aufforderung und ließ sich widerwillig den rotgelb geblümten Umhang um die Schultern legen. Als Usaami dicht hinter ihm stand, die Klettverschlüsse an seinem Nacken schloss und ihre Finger dabei seine Haut berührten, fühlte er sich wie ein kleiner Junge. Er musste innerlich grinsen. Es ging ihm wie vor fünfundzwanzig Jahren, als ihm ein Indianermädchen ihre Hände um den Hals legte, um ihm zu zeigen, was ein Zungenkuss war. Er bekam einen Ständer und Panik, dabei entdeckt zu werden.

Usaami ging um ihn herum und nahm Pinsel und Rasierschaum von der Ablage. »Erst muss der Bart ab«, sagte sie und beugte sich schräg seitlich über ihn, so dass sein Blick – ob er es wollte oder nicht – auf ihren Busen fiel, der sich fest und ohne künstlichen Halt unter ihrem feinmaschigen weißen Pullover wölbte. Mit einem Grinsen sprühte sie den weichen Schaum auf seine Wangen und verteilte ihn mit dem Pinsel. »Wie in alten Tagen, nicht?«

Er nickte.

Usaami nahm das Rasiermesser und setzte es an seiner Kehle an. Er zuckte ein wenig zusammen, und sie lächelte auf ihn herab. Dann glitt die Klinge von unten nach oben über seinen Hals, über sein Kinn und seine Wangen, und immer wieder streifte sie den Schaum an dem Handtuch ab, das sie sich um die Hüften gebunden hatte. Und als sie schließlich das Tuch abnahm und ihm damit den Schaum aus dem Gesicht wischte, hielt er ihre Hand fest, zog sie auf sich herab und küsste sie. Sie wehrte sich kurz und halbherzig, befreite ihn schließlich mit einem Lächeln von dem geblümten Frisierumhang und setzte sich rittlings auf seinen Schoß. Jeff löste das Band aus ihrem Haar und ließ seine Finger hindurchgleiten. Und als sie sich beide hastig bis zum Gürtel entblättert hatten, hob Jeff sie hoch und aus dem kühlen Bad hinüber ins Wohnzimmer. Er ließ sie vor dem Kamin auf den dicken indianischen Webteppich sinken. Dann beugte er sich über sie, zog ihr die Jeans von den Hüften und entledigte sich eilig seiner eigenen. Einen kurzen Augenblick lang dachte er an Anna, glaubte sich unfähig, weiterzumachen, wollte aufspringen und die Flucht ergreifen. Aber dann spürte er Usaamis volle, weiche Lippen an seinem Hals, an seiner Brust, spürte ihre zarten Hände von dort abwärts gleiten, und alles Gedankliche zerfloss und wurde schließlich im Rhythmus ihrer Körper aufgelöst.

Das Feuer war heruntergebrannt, und Jeffs Blick wanderte über Usaamis makellosen Rücken, über die sanfte Welle ihrer Pobacken hinab zu ihren schlanken Schenkeln. Sie war unglaublich schön, aber er war nicht glücklich darüber, dass sie neben ihm lag. Wie ein kurzer, heftiger Sturm war das Verlangen über ihn hinweggefegt. Was blieb, war ein dekorativer Anblick und die körperliche Befriedigung, sein Herz jedoch war davon unberührt.

Er stand auf, warf zwei Scheite Holz in den Kamin und lockerte die Glut mit dem Eisenhaken. Als er zu Usaami zurückging, regte sich plötzlich so etwas wie Unmut in ihm. Er konnte sich des Gefühls des Betrugs nicht erwehren, obwohl Anna tausende von Meilen entfernt womöglich schon mit ihm und dem Leben hier abgeschlossen hatte. Und als er sich aus Anstand wieder neben Usaami setzte, sah er, dass sie leise weinte.

»Was ist denn los?«, wollte er wissen.

Sie antwortete nicht, und Jeff fragte sich, warum sich die kleinsten Störgefühle bei Frauen immer gleich in einen Strom aus Salzwasser ergossen. »Hab ich was falsch gemacht?«, fragte er vorsichtig.

Sie schüttelte eilig den Kopf. »Nein. Es war schöner, als ich mir eingestehen mag. Aber das ist es ja gerade.«

»Du hast einen Freund?«, fragte er verwundert.

Sie nickte, und Jeff verspürte plötzlich so etwas wie eine Kränkung. »Kenne ich ihn?«

»Ich möchte nicht darüber sprechen«, erwiderte sie leise und drehte sich auf den Rücken. Sie weinte nicht mehr, aber sie fröstelte, und Jeff ließ seinen Blick noch einmal über ihre samtige Haut gleiten, betrachtete ihre perfekt geformten runden Brüste und breitete eine Wolldecke über ihr aus. Und wieder schob sich Annas Bild vor seine Augen, so eindringlich und lebendig wie nie zuvor.

Usaami setzte sich auf, und Jeff ergriff ihre Handgelenke. »Warum bist du hier?«, fragte er sie.

»Weil es nicht anders ging. Du weißt das so gut wie ich. Vom ersten Tag unserer Begegnung an war klar, dass es passieren würde.«

Jeff hielt inne, im Begriff, sie loszulassen. Dann aber packte er sie noch fester und sah ihr eindringlich in die Augen. »Du sagst mir jetzt, was du gesehen hast, Usaami. Es war Charly, oder? Sag's mir.«

»Du tust mir weh, Jeff!«

»Sag mir die Wahrheit! Nur mir. Ich muss es endlich wissen.«

»Dann lass mich los.«

Er ließ von ihr ab. Sie sank in sich zusammen und begann wieder zu weinen. Sie tat ihm Leid, und er griff zu seiner Jeans hinüber, zog ein Taschentuch heraus und hielt es ihr hin.

»Danke«, sagte sie leise. Sie wischte sich die Tränen weg und sah ihn aus großen Augen an. In ihrem Blick lag ein Flehen. »Ich war es«, gestand sie schließlich.

Jeff fuhr wie unter einem Donnerschlag zusammen. Sein Herz pochte. Er saß reglos vor ihr, den Blick auf ihre Hände gerichtet, hinter denen sie ihr Gesicht verbarg. Sie beugte sich vor und schluchzte.

Jeff wollte nicht glauben, was sie ihm gerade offenbart hatte. Er starrte sie fassungslos an. »Sag das noch mal!«, befahl er.

»Ich habe Luna das Gift ins Futter gemischt«, erklärte sie und wickelte sich in die Decke ein.

»Aber warum zum Teufel?«

»Weil Charly es von mir verlangt hat. Wenn ich es nicht täte, hat er gesagt, würden sie es mir besorgen und meine Mutter fertig machen. Sie behaupten, mein Vater hätte Kühe von Randys Weide gestohlen.«

Jeff rieb sich das Gesicht, schüttelte den Kopf, stand schließlich auf und stieg in Jeans und Hemd. Usaami kauerte reglos in die Decke gehüllt am Boden.

Er ging wie benommen ins Bad, warf Usaamis Sachen in ihren Korb, stellte ihn an die Haustür und kehrte mit ihrem Pullover ins Wohnzimmer zurück.

»Hier.« Er hielt ihn ihr hin.

Sie ließ die Decke von ihren Schultern fallen und zog sich langsam an. »Du wirst mich doch nicht verpfeifen?«, sagte sie mit bittenden Augen. »Jeff! Es tut mir so Leid, und ich bin so froh, dass Luna noch lebt. Ich habe nicht alles hineingetan. Ich habe ...«

»Hör auf!«, schrie er und bedeckte einen Moment lang sein Gesicht mit den Händen.

»Was hätte ich denn tun sollen, Jeff? Mich von Charly und Dave vergewaltigen lassen? Das Leben meiner Mutter aufs Spiel setzen?«

»Die sind doch viel zu feige dazu! Die haben bloß ,ne große Klappe!«

»Das sagt sich so verdammt einfach als Mann! Du hast doch keine Ahnung, was eine Frau dabei empfindet. Du weißt doch gar nicht, was Angst ist. Du bist doch auch nicht anders als die!«

Jeff erstarrte. Seine Gefühle rasten zwischen Erschütterung, Wut und Kränkung hin und her.

»Tut mir Leid, war nicht so gemeint«, sagte sie, ging zur Haustür, nahm ihren Korb und ihre Jacke und blieb noch einmal stehen. »Bitte, Jeff, behalte es für dich. Die sperren mich ein, nur mich. Die werden mir nicht glauben, weil sie es nicht wollen. Charly ist weit weg, und Randy und Dave ... Jeff, bitte.«

Er wusste nicht, was er wollte, was richtig war, was er sagen sollte. Er sah sie nur an, sah, wie sie die Tür öffnete und hinausging.

35

Anna erwachte schweißgebadet. Sie hatte wieder von dem zermürbenden Wind geträumt, von den Schneemassen, dem Frost, von der Angst um Jeff und schließlich von Luna und Charly. Aber es kam immer seltener vor, und mit dem anbrechenden Tag schoben sich andere Bilder vor ihre Augen. Sie sah Jeff auf Twister bei der Rinderarbeit, die frühlingsgrünen Weiden der Rowly Ranch, so wie sie sie bei ihrer Ankunft erlebt hatte, und die Sehnsucht nach Jeff und dem weiten, offenen Land, nach den majestätischen Bergen, den langmähnigen, zähen Pferden und den Kühen mit ihren Kälbern gewann immer mehr Oberhand. Sie fühlte sich gestärkt, und es fiel ihr schwer, den Zustand nachzuempfinden, in dem sie Jeff und Wyoming vor über zwei Monaten verlassen hatte.

Seit vier Wochen war sie wieder in Hamburg, und die Stadt, in der sie fast zehn Jahre ihres Lebens verbracht hatte, kam ihr fremd vor. Alles sah anders aus als vor ihrer Abreise, und ihr wurde bewusst, wie sehr die Wirklichkeit von den eigenen Erfahrungen und Stimmungen gezeichnet wurde. Nichts hatte sich verändert, und doch war für sie alles anders.

Sie erhob sich, zog sich an und vernahm das Klingeln des Telefons. Schlaftrunken raffte sie sich auf, aber Lisa hatte bereits abgenommen. »Ja, sie ist da«, hörte sie ihre Freundin sagen. Dann ging die Tür auf, und Lisa kam herein. Sie hielt die Hand über den Hörer und lächelte verheißungsvoll. »Es ist dein Arzt«, flüsterte sie mit einem Zwinkern.

Anna fuhr zusammen. Sie nahm das Telefon aus Lisas Hand, wartete, bis sie allein war, und meldete sich mit »Hallo?«

»Anna! Hier ist Dieter. Ich hoffe, ich habe dich nicht geweckt.«

»Nein, hast du nicht. Wo bist du?«

»In Hamburg. Bin gerade angekommen.«

»Schön«, sagte Anna zaghaft.

»Hast du den Anrufbeantworter abgehört?«

»Ja.«

»Dann weißt du ja, wohin dich das Taxi bringen soll.«

»Ja. Um wie viel Uhr?«

»Die Vorträge dauern bis um sechzehn Uhr. Dann noch die Stellungnahmen und die Diskussion. Also ich denke, um sechs Uhr sind wir durch.«

»Ich werde um sieben losfahren. Okay?«

»Was hältst du von halb sieben? Ich kann es kaum erwarten, dich zu sehen.«

»Gut. Ich werde zwischen Viertel vor sieben und sieben dort sein.«

»Ich warte unten in der Halle auf dich.«

»Ja, gut.«

»Und das Taxi bezahle ich.«

»Okay. Bis nachher dann.«

Sie drückte die Aus-Taste und setzte sich auf das Schlafsofa zurück. Sie sah Dieter vor sich, im weißen Kittel, das dünne blonde Haar gescheitelt, die prüfenden graublauen Augen über den Rand seiner schmalen Lesebrille auf sie gerichtet. Und sie sah ihn im dunkelblauen Jogginganzug um den Teich im Park laufen, dann im Anzug beim Verlassen der Klinik. Sechs Wochen lang war sie bei ihm in Bad Harzburg in Behandlung gewesen, und bereits mit dem Beginn der zweiten Woche hatte er ihr unmissverständlich zu verstehen gegeben, dass er nicht nur an ihrer Genesung interessiert war. Sie waren kurz vor ihrer Entlassung aus der Klinik ein paarmal zusammen spazieren und essen gegangen, und am letzten Tag hatte er sie zu sich nach Hause eingeladen. Es war ein netter Abend gewesen, aber Anna hatte sich entgegen Dieters Erwartung noch vor Mitternacht verabschiedet. Er war ein gut aussehender, gebildeter Mann, seit einem Jahr geschieden und für ihre Mutter die große Hoffnung auf ein normales, bürgerliches Leben ihrer Tochter. Auch Anna fand Gefallen daran, dass er sich für sie interessierte, und von Zeit zu Zeit glaubte sie, sich verliebt zu haben.

Lisa klopfte an die Tür und kam dann herein. »Und?«, fragte sie. »Wann trefft ihr euch?«

»Gegen sieben.«

»Aufgeregt?«

»Ein bisschen, aber ...«

»Er hat eine sympathische Stimme.«

Anna nickte.

»Ich werde jetzt zu Oliver fahren. Wir haben um zwei Uhr wieder eine Wohnungsbesichtigung.«

»Ich drücke euch die Daumen«, sagte Anna abwesend.

»Und dir viel Spaß.«

»Danke.«

Lisa verschwand aus der Tür, und Anna tastete sich durch ihre vielschichtigen Gefühle. Es brachte sie zu keinem Ergebnis. Sie rollte ihr Bettzeug zusammen, verstaute es hinter dem Sessel und verwandelte das Bett wieder in ein Sofa. Bald würde sie hier wohl wieder alleine wohnen, es sei denn ... Sie dachte nicht weiter, ging in die Küche, stellte das Radio an und machte sich Frühstück. Am folgenden Tag würde sie sich in einem Reitstall vorstellen. Vielleicht würde sie bald wieder ihrem gelernten Job nachgehen, Gittertüren aufschieben, Pferde aus ihren Zellen herausführen, kranke Hufe und Beine behandeln und ungeduldigen Reitern erklären, dass sie selbst der Grund für die Verspannung ihres Pferdes waren. Der Gedanke daran machte sie traurig, aber der, an Dieters Seite ein Leben ohne Arbeit zu führen, gefiel ihr noch weniger.

Um kurz vor sechs trat Anna aus der Dusche und vor den Spiegel, steckte ihr Haar zusammen, legte etwas Rouge und Lippenstift auf und blickte dann prüfend auf ihren dunkelroten Mund. Er kam ihr fremd und aufdringlich vor, und sie wischte die Farbe wieder ab. Sie zog ihre neue Unterwäschegarnitur an, drehte sich darin vor dem Spiegel hin und her und dachte an Jeffs Hände, die sie so zart und verlangend berührt hatten, dass ihr fast die Luft weggeblieben war. Sie griff energisch nach ihrem langen Rock und dem engen gerippten Rollkragenpullover und zog sich an. Aber die Vorstellung, dass es vielleicht schon eine andere Frau in seinem Leben gab, quälte sie.

Um Viertel vor sieben saß sie im Taxi, in Gedanken jedoch immer wieder in Jeffs altem Pick-up. Sie versuchte sich auf Dieter zu konzentrieren, dachte daran, dass er ein guter Arzt war, dass er seine Kinder liebte und sicher ein verständnisvoller Partner wäre, frei von Bindungsängsten und Junggesellenallüren. Dieter hatte nicht im Zusammenleben versagt, nein, seine Frau war manisch depressiv und nicht mehr in der Lage gewesen, eine Ehe zu führen. Mit anderen Worten, Dieter schien das zu sein, was man eine ideale Partie nannte, und Anna ermahnte sich zur Vernunft.

Das Taxi hielt vor dem Portal des Pazifik-Hotels. Der Portier kam eilig heran und öffnete ihr die Tür. Sie bezahlte das Taxi und betrat das elegante Foyer mit kippeligem Gang. Die Sicherheit auf den hohen Absätzen war ihr abhanden gekommen. Zu lange war es her, dass sie ihre Füße in schmale Pumps gezwängt hatte und sich ohne direkten Kontakt zur Erde über einen glatt gewienerten Boden bewegte.

Dieter kam ihr strahlend entgegen. Der offizielle Teil des Tages war beendet, und er trug eine der ausschließlich zu diesem Zweck entworfenen Freizeithosen, im Bund gerafft und von einem schlichten Ledergürtel zusammengehalten. Sein schwarzes Hemd hatte einen leichten Glanz, geschmackvoll und wertvoll, aber Anna kam nicht umhin, insgeheim die natürliche Selbstverständlichkeit und Unaufdringlichkeit einer Jeans und eines karierten Hemdes vorzuziehen. Sie ließ sich von Dieter auf den Mund küssen, spürte die Wärme seiner Hände an ihrer Wange und dachte an Jeff. Sie fühlte sich wie eine Lügnerin. Die Ehrlichkeit hatte sich unter einer Schicht aus guten Vorsätzen verkrochen und ließ sie ein Lächeln in ihr Gesicht pressen, das so unecht war wie die van Goghs und Monets an den Wänden.

»Wo ist denn der Taxifahrer?«, fragte Dieter.

»Abgefahren.«

Er sah sie vorwurfsvoll an.

»Sind doch Peanuts«, beruhigte ihn Anna.

Dieter legte den Arm um ihre Hüfte und führte sie durch das Foyer zum Restaurant. »Wie geht es dir?«, fragte er sanft.

»Gut.«

»Das nehme ich dir auch ohne weiteres ab. Du siehst blendend aus.«

Anna lächelte. »Und wie war die Tagung?«

»Unspektakulär. Aber ein paar neue Erkenntnisse gibt es immer, vor allem, was das Zusammenspiel von Nerven und ... Aber das erkläre ich dir mal in Ruhe.« Er lächelte und schob sie mit leichtem, aber bestimmtem Druck in das halb besetzte Restaurant an einen reservierten Tisch. Sie lauschte den gedämpften Klängen des Pianos und setzte sich auf den mit Kunstleder bezogenen Stahlstuhl, den ihr Dieter unter dem Tisch hervorzog. Sie dachte an ausgesessene Sättel, zottelige Pferde und deftige Cowboysprüche und fürchtete, dass ihr irgendetwas Unpassendes herausrutschen und sie womöglich das falsche Besteck zum falschen Gang des Menüs wählen würde.

»Das Restaurant hier ist eins der besten von Hamburg«, sagte Dieter mit einem Blick männlicher Kompetenz.

Anna nickte und nahm die Speisekarte entgegen, die ihr der Ober reichte. Ihr Blick flog über goldene Buchstaben in

 420

schräger, ebenmäßiger Schreibschrift und blieb an den Zeilen »Frische Entenleber, Langustinen in Champagner und Tee-Sorbet Lion d'Or« hängen. Und sie musste urplötzlich an Prärieaustern denken. Mit einem versteckten Grinsen las sie weiter und konnte ihr Lachen schließlich nicht mehr zurückhalten. Es platzte in die helle Steifheit des Raumes wie der Flügelschlag eines Vogels beim Entweichen aus dem Käfig. Sie schüttelte den Kopf, und Dieter sah sie verwundert an.

»Schnepfenbrüste mit Gemüsepüree!«, las Anna vor, hielt sich die Hand vor den Mund und kämpfte gegen den Druck in Brust und Kehle. Sie druckste und konnte einen zweiten Ausbruch ihrer Belustigung nicht vermeiden. Sie blickte zu Dieter hinüber, in sein verzeihendes, väterliches Lächeln und hoffte auf irgendeine beipflichtende Äußerung.

»Klingt etwas pikant, aber die kleinen Viecher schmecken ganz ausgezeichnet«, erwiderte er stattdessen.

»Aha«, sagte Anna und tupfte sich mit der gestärkten Stoffserviette die feuchten Augenwinkel.

»Probier's doch einfach mal.« Dieter lehnte sich zurück, und Anna schüttelte den Kopf. »Mir ist eher nach dem Fränkischen Sauerbraten mit Klößen«, erwiderte sie mit einem provokanten Lächeln.

»Schade. Das bekommst du doch überall. Aber nach den derben Ranchmalzeiten ist das vielleicht ein sanfterer Übergang.«

Anna fragte sich, ob sie diesen Übergang ansteuern sollte, und blickte zu dem Ober in der langen weißen Schürze hinauf. Dieter gab ihre Bestellung auf und ließ eine Flasche Chablis kommen.

»Was macht deine Jobsuche?«, fragte er, als der Ober entschwunden war.

»Ich habe morgen einen Termin in einem Reitstall am Großensee.«

»Musst du dich da für länger verpflichten?«

»Ich weiß nicht. Das werde ich wohl morgen erfahren.«

Er nickte, und der Ober brachte den Wein. Er schenkte Dieter einen Schluck ein. Dieter nippte, ließ den Wein zwischen Gaumen und Zunge hin und her gleiten und gab das Glas an Anna weiter. Sie lächelte, probierte, weil sie ihm für den Bruch der Konventionen zugunsten der Gleichberechtigung dankbar war, und nickte. Der Ober schenkte die zerbrechlichen langstieligen Gläser zu einem Viertel voll, und Dieter erhob sein Glas. »Auf deine Gesundheit«, sagte er mit einem verliebten Lächeln.

»Danke.«

Anna trank, lächelte zurück und setzte das Glas ab. Einen Augenblick lang herrschte Schweigen. Der Ober brachte Weißbrot und Butter.

»Fühlst du dich wieder ganz stabil?«, fragte Dieter.

»Ja. Es geht mir gut.«

»Kannst du durchschlafen?«

»Ja. Manchmal träume ich noch etwas heftig, aber ansonsten geht es.«

»Und wovon träumst du? Immer noch von dem Blizzard?«

»Ja, aber immer seltener.«

Wieder war Schweigen, und Dieter schien etwas zu überlegen. Er sah sie durchdringend an. »Denkst du noch an ihn?«, fragte er schließlich.

»Natürlich«, antwortete Anna. Sie empfand die Frage als Affront, und eine gewisse Verärgerung stieg in ihr auf.

Dieter nahm einen Schluck Wein, Anna ein Stück Brot. Sie strich Butter darauf, biss hinein und fing die Krümel mit der Handfläche auf. Wenig später erschien der Ober mit dem ersten Gang.

»Was ist das?«, fragte sie.

»Trüffel-Souffle.«

»Aha.« Anna breitete die Serviette über ihrem Schoß aus.

Sie aßen, und Dieter erzählte von der Tagung, von Kollegen und vom letzten Golfturnier, bei dem er recht ordentlich abgeschnitten habe. Er ist so nett und begeisterungsfähig, nur leider für die falschen Sachen, dachte Anna mit Bedauern.

»Hast du dich in Hamburg wieder eingelebt?«, fragte Dieter schließlich.

»Nein«, antwortete Anna, »nicht wirklich.«

»Ich glaube, die Großstadt ist für dich genauso wenig das Richtige wie für mich.«

Sie nickte.

»Vielleicht solltest du überlegen, ob du in die Berge umsiedelst.« Er lächelte. »Die Harzer Berge sind zwar nicht die Bighorn Mountains, aber dafür gibt es dort weder Blizzards noch boshafte Cowboys.«

»Cowboys wohl nicht«, erwiderte Anna, »aber Bosheit mit Sicherheit auch.«

Dieter lächelte noch immer. »Da hast du wahrscheinlich Recht. Aber ...« Er hielt inne und sah sie eindringlich an. »Anna«, er legte das Besteck auf den Teller und die steife Stoffserviette daneben, »was sind deine Pläne für die nahe Zukunft?«

Annas Sinne spannten sich. Sie wich Dieters Blick aus. »Arbeit suchen und ... Na ja, erst mal einfach das. Man sollte nicht zu sehr in der Zukunft herumstochern.«

»Ich meine nur ... Könntest du dir vorstellen, irgendwann in Bad Harzburg zu leben?«

Annas Magen krampfte sich um den Sauerbraten herum zusammen. Sie wusste nicht, was sie Dieter antworten sollte. Er war so schrecklich nett und so rührend um sie bemüht. Es schmerzte sie, ihn verletzen zu müssen. Aber der Wunsch, den sie in ihrem schwachen Zustand verspürt hatte, ein vielleicht unkompliziertes Leben in Wohlstand und in der Ruhe einer deutschen Kleinstadt im Mittelgebirge zu führen, schwand mit jeder Stunde ihrer zunehmenden inneren Festigung. Und in der Gegenwart dieses Mannes wurde ihr klar, dass sich die Liebe zu Jeff in ihrem Herzen und auf ihrer Haut eingebrannt hatte wie das Brandzeichen der Rowly Ranch. Sie wusste, dass das, was ihr Kopf versucht hatte, nie ihr Herz erreichen würde, auch nicht, wenn Jeff sie nicht mehr wollte.

»Ich weiß nicht«, antwortete sie schließlich. »Ich habe noch nicht darüber nachgedacht.«

Dieter nickte. »Hat ja auch Zeit. Aber du könntest doch, bevor du deinen neuen Job antrittst, für ein, zwei Wochen heraufkommen. Was meinst du?«

Anna zuckte die Schultern.

»Was ist denn los?«, fragte er. Sein forschender Blick bohrte sich in ihr Inneres. Sie fühlte sich schuldig.

»Ich weiß nicht. Es ist ...« Sie überlegte, zögerte, holte tief Luft. »Ich glaube nicht, dass ich in Bad Harzburg leben könnte.«

Dieter nickte stumm, und Anna sah, wie er versuchte seine Verletztheit zu verstecken. Sie litt mit ihm.

»Es ist wegen ihm, nicht?«, fragte er schließlich.

Anna senkte den Blick. »Nicht nur. Es ist mir alles zu eng. Ich glaube, ich würde dort ersticken.«

Einen langen Moment herrschte Schweigen, und die Chopin-Romanze drang in ihr Ohr wie eine Parodie.

»Lass uns gehen«, sagte Dieter plötzlich mit verzweifelter Bestimmtheit.

Anna erschrak. Dieter winkte den Ober heran, flog über die Rechnung und reichte ihm seine Zimmerkarte. Sie erhoben sich, nachdem der Ober die Karte zurückgebracht hatte. Die Stühle schrammten hart über den Boden, und Anna folgte Dieter ins Foyer hinaus. Einen Augenblick lang standen sie sich schweigend gegenüber.

»Es tut mir Leid«, sagte Anna.

»Du kannst es dir ja noch überlegen.«

Sie zuckte die Schultern.

»Du kannst mich jederzeit anrufen.«

»Danke.«

»Und pass auf dich auf.«

Sie nickte, drehte sich um und verließ das Hotel.

Als sie ihre Wohnung betrat, drängte es sie, mit Jeff zu sprechen. Sie konnte es gar nicht abwarten, ihm zu eröffnen, dass sie ihn liebte wie am ersten Tag und dass sie es diesmal schaffen würde, mit dem Land und seinen Unwegsamkeiten fertig zu werden. Sie hoffte auf Lisas Beistand, falls er ihr zu verstehen geben würde, dass er mit allem, was sie beide betraf, bereits abgeschlossen hatte. Ihre Weihnachtskarte an ihn war schließlich unbeantwortet geblieben.

»Lisa? Bist du da?«, rief sie in den Flur. Sie bekam keine Antwort. Anscheinend war sie bei ihrem Freund, und Anna überlegte, ob sie mit dem Anruf nicht doch lieber bis zum nächsten Tag warten sollte. Sie schlich durch die Wohnung wie eine eingesperrte Katze. Sie sah auf die Uhr. Es war kurz vor Mitternacht und Nachmittag in Wyoming. Eigentlich eine gute Zeit, um Jeff zu erreichen. Sie ging in die Küche und machte sich einen Tee. Dann legte sie eine von ihren neuen Meditations-CDs auf, stellte den Computer an und loggte sich ein, um endlich ihre neue E-Mail-Adresse einzugeben. Sie überlegte, lächelte in sich hinein, tippte eine ganz neue Idee in das Adressfeld und schickte sie los. Die Überlegung, Jeff sofort eine E-Mail zu senden, verwarf sie jedoch schnell wieder, denn er stellte den Computer nur selten an. Sie machte stattdessen einige Energie- und Entspannungsübungen und wurde dabei von dem dringenden Bedürfnis überwältigt, Jeff von ihren neuen Erfahrungen zu erzählen. Sie nahm das Telefon vom Tisch, setzte sich damit aufs Sofa und hielt inne.

Wer weiß, wobei ich ihn gerade störe, dachte sie und zögerte. Dann tippte sie schließlich seine Nummer ein. Das Signal für die Verbindung erklang, und ihr Herz schlug bis in den Hals hinauf. Es klingelte einmal, zweimal, dreimal ... Jeff schien nicht im Haus zu sein. Enttäuscht ließ sie den Apparat sinken und vernahm dann doch Jeffs Stimme.

»Hallo?«, hörte sie ihn sagen.

»Jeff?«

Keine Antwort.

»Ich bin's.«

»Ach ... Anna.«

»Hi.«

»Hi.«

»Ich wollte mal hören, wie es dir geht«, sagte sie vorsichtig.

»Okay. Und dir?«

»Gut. Ich meine ... Also mein Zustand ist wieder ganz stabil. Ich war sechs Wochen zur Kur und bin jetzt zurück in Hamburg.«

»Freut mich, dass es dir gut geht.«

»Ja, aber es gefällt mir hier nicht mehr.«

»Vielleicht solltest du aufs Land ziehen.«

»Ja, das sollte ich.« Sie seufzte. »Stell dir vor, ich habe Qigong gelernt, in der Klinik.«

»Es geschehen noch Wunder.«

Anna lachte. »Ja. Und du wirst es nicht für möglich halten, ich habe sogar angefangen zu meditieren.«

»Kaum zu glauben.«

»Ja. Also es ist ... es tut wirklich gut.«

»Schön für dich. Es freut mich wirklich.«

Sie zögerte und rang sich schließlich dazu durch, auf den Punkt zu kommen.

»Jeff?«, fragte sie leise.

»Ja?«

»Ich hatte keine andere Wahl, verstehst du? Ich musste abreisen. Die Kur war ganz wichtig für mich.« Sie hielt kurz inne und horchte.

»Ja, ich weiß.«

»Ich fühle mich jetzt ruhig und gestärkt«, fuhr sie fort. »Ich könnte Bäume ausreißen.«

»Ich brauche leider immer noch die Kettensäge«, erwiderte Jeff.

Anna lachte kurz. »Vielleicht liegt das ...« Sie brach ab. Ihr Mund verzog sich leicht nach links

»Mag sein«, sagte Jeff, und einen Augenblick lang war Schweigen. Anna lag die Frage nach Usaami und dem Ultimatum auf der Zunge, aber sie erinnerte sich an ihren Vorsatz, nicht mehr an der Sache zu rühren.

»Wie geht es Luna?«, fragte sie stattdessen.

»Sie hat einen dicken Bauch und frisst wie ein Scheunendrescher.«

»Gut zu hören. Und Chola?«

»Sie ist groß und frech geworden.«

Anna schluckte. Sie stand auf, ging mit dem Telefon am Ohr zum Fenster und blickte hinaus. Dann holte sie tief Luft. »Denkst du eigentlich noch manchmal an mich, Jeff?«

»Im Augenblick ja.«

Anna schwieg.

»Ich habe versucht es nicht zu häufig zu tun«, fügte Jeff hinzu.

»Ja, natürlich.«

Sie ging zurück zum Sofa und setzte sich wieder. »Ich denke ständig an dich, Jeff, jeden Tag, jede Minute, jede Sekunde. Es wird immer schlimmer.« -

Wieder war nur das leichte Rauschen in der Leitung zu vernehmen.

»Hast du gehört, was ich gesagt habe, Jeff?«

»Anna, was willst du?«, fragte er, und sie spürte, wie ihr Puls zu rasen begann.

»Zu dir zurück. Meine Gefühle für dich haben sich nicht geändert.«

»Aber dieses Land hier auch nicht.«

»Das ist auch gut so.«

»Du bist fast daran zerbrochen.«

»Ich war nicht mehr die, die ich eigentlich bin. Die Ereignisse haben sich gehäuft. Das war einfach zu viel auf einmal. Das wird ja nicht immer so sein.«

»Aber der Winter wird nie sein Gesicht verändern und auch die Menschen hier nicht.«

»Ich kann das jetzt aushalten, Jeff. Ich bin auf alles vorbereitet. Ich habe so viel gelernt. Über mich, über das Leben, über die Menschen. Ich sehe alles gelassener und klarer. Ich habe gelernt, vieles zu akzeptieren, wogegen ich früher einen hoffnungslosen Kampf geführt hätte. Und ich glaube ... ich hoffe zumindest, dass ich gelernt habe, mich zu gedulden.« Sie hielt inne und holte noch einmal Luft. »Bitte gib uns noch eine Chance, Jeff.«

Wieder war Schweigen.

»Ich erwarte nicht, dass du mir heute eine Antwort gibst. Ruf mich an, wenn du nachgedacht hast. Aber ruf mich bitte auch an, wenn du mich nicht mehr willst. Du kannst mir auch einfach eine E-Mail schicken, wenn es eine negative Antwort ist. Das fällt dir sicher leichter. Hast du was zu schreiben?«

»Nein. Ist nicht nötig. Ich rufe dich an«, erwiderte Jeff.

»Die Adresse ist leicht zu merken. Ich geb sie dir vorsichtshalber. »Annalovesjeff@t-online.de«, sagte sie, legte auf und lehnte sich erschöpft zurück, als hätte sie einen Tausend-Meter-Sprint hingelegt.

36

Jeff legte das Telefon auf den Tisch zurück. Annas Anruf hatte alles wieder wachgerufen. Er fühlte sich wirr im Kopf, fuhr sich ein paarmal mit den Händen übers Gesicht und ging im Wohnzimmer auf und ab. Es war nicht das erste Mal, dass sie eine Trennung rückgängig machen wollte. Und wieder erwischte sie ihn in einem Augenblick, in dem er gerade begonnen hatte, sich abzufinden.

Das Telefon klingelte noch einmal, und diesmal war Robert am Apparat. »Hast du Zeit, mal rüberzukommen?«, fragte er.

Jeff überlegte. »Was gibt es denn?«

»Unsere speziellen Freunde von der Umwelt-Allianz haben angerufen. Ich habe ihnen jetzt erst mal deine Nummer gegeben.«

»Okay.«

»Ich würde aber gern mit dir über die Sache reden.«

»Ich komme rüber.«

»Und bring deine Ausarbeitung mit, du weißt schon.«

»Ja«, erwiderte Jeff, obwohl er nicht gerade in der Stimmung war, um über das regenerative Verhalten von Präriegras zu sprechen. Dennoch saß er eine halbe Stunde später seinem Vater gegenüber im Sessel.

Robert sah irgendwie verändert aus. Jeff musterte ihn. Er trug sein Haar nicht mehr glatt nach hinten gebürstet, sondern seitlich gescheitelt. Es machte ihn jünger.

»Für Anfang März hat sich eine Delegation von Umweltschützern und von Beamten des BLM angemeldet«, erklärte er. »Wir müssen sie davon überzeugen, dass es sinnvoller ist, wenn sie im Juni kommen, damit sie nicht immer nur abgefressene Weiden sehen, sondern das, was im Frühjahr nachgewachsen ist.«

»Ich werde mich mit ihnen in Verbindung setzen.«

»Du musst ihnen klar machen, dass es nicht um die Anzahl der Rinder auf einer Fläche geht, sondern um die Abstände zwischen Beweidung und Brachlegung.«

»Ich weiß.«

»Okay. Dann lass mal sehen, was du da zusammengeschrieben hast.«

Jeff reichte Robert seinen dreißigseitigen Bericht.«

»Das ist ja ‚n ganzer Roman!«

»Behalte es ein paar Tage bei dir, und lies es in Ruhe durch.«

»Ja, gut.« Robert blickte auf Jeffs Hände. »Du siehst aus, als hättest du Ameisen im Bauch. Was ist los, Jeff?«

Einen Augenblick lang herrschte Schweigen.

»Anna hat angerufen«, sagte Jeff schließlich.

Robert horchte auf. »Wann?«

»Vorhin.«

»Herrgott, sie ist wirklich ein zäher Brocken.«

Jeff lächelte, weil ihm der Anruf doch gut getan hatte. Er spürte, wie das Eis allmählich zu tauen begann und seine Gefühle empordrängten.

»Halte dich fest, Jeff«, sagte Robert plötzlich mit veränderter Stimme. »Ich wollte es auch nicht glauben, bis ich es mit meinen eigenen Augen gesehen habe. Randy reitet seine Pferde seit einigen Wochen nach dem Join-up ein.«

»Du machst Scherze.«

»Ich hab noch kein Pferd kotzen sehen, aber ... Es stimmt tatsächlich.«

Jeff schüttelte lächelnd den Kopf.

»Seine Tochter hat damit angefangen, wahrscheinlich nach der Sache mit Anna und Hamilton.«

Jeff nickte stumm. Robert ging in die Küche und ließ ihm einen Moment lang Zeit zum Nachdenken. Und er kam zu dem Ergebnis, dass dieser kleine Sieg wohl eine größere Genugtuung für Anna wäre als Charlys Bestrafung. Sie hatte etwas erreicht, was er selbst nie für möglich gehalten hatte.

»Jeff!«, sagte Robert, als er mit der Flasche Jack Daniels und zwei Gläsern zurückkam. »Liebst du sie denn noch?«

Jeff blickte auf seine Stiefelspitzen. »Liebe. Hm. Ein launisches Phänomen.« Er senkte den Blick.

»Das ist keine Antwort, Jeff.«

Er zuckte die Schultern.

»Also du liebst sie nicht mehr.«

»Doch.«

»Na also. Dann sag ihr, dass sie zurückkommen soll. Mit einem neuen Anlauf wird sie das hier schon packen.«

Jeff zuckte die Schultern und griff nach dem Glas, das Robert ihm hingestellt hatte.

»Lass uns auf die Liebe trinken«, sagte Robert, und Jeff sah seinen Vater verwundert an. Sie kippten den Whiskey und drehten ihre Gläser in den Händen.

»Osborn habe ich übrigens auf Spur gebracht. Er wird nicht länger in der Sache Luna herumstochern. Das sollte dann auch Anna wissen.«

Jeff erschrak. An Anna und Usaami in einem Zuge zu denken, brachte ihn in Bedrängnis.

»Auch du solltest mit der Sache abschließen, Jeff. Usaami ist unschuldig. Darin sind wir uns doch alle einig, oder?«

Jeff durchfuhr es eiskalt. Er überlegte, wog ab und nahm einen Schluck Whiskey.

»Ja, klar«, sagte er schließlich.

Robert musterte ihn einen Moment lang und lehnte sich nachdenklich zurück. Jeff dachte an den Abend mit Usaami und fühlte sich unwohl. »Dann werde ich mal wieder rübergehen«, sagte er schließlich und erhob sich.

»Weißt du, es gibt eine ganze Menge Dinge, über die wir noch sprechen sollten. Ist alles eine Frage der Zeit und des richtigen Augenblicks.«

»Gibt es Neuigkeiten?«

Robert blickte aus dem Fenster. »Der Wind hat gedreht.«

»Das ist sicher nicht das, worüber du mit mir sprechen willst.«

»Nein. Aber ein gutes Zeichen. Er kommt aus Süden.«

»Okay, Dad. Ich gehe dann«, sagte Jeff. »Wir sehn uns.«

Auch Robert erhob sich, gab ihm einen Klaps auf die Schulter und schloss die Tür hinter ihm.

Er scheint tatsächlich eine neue Frau kennen gelernt zu haben, sagte Jeff zu sich selbst, und ein Lächeln huschte über seinen Mund. Der alte Dad. Er schüttelte den Kopf, dachte kurz an seine Mutter und sah Joanna vor seinem inneren Auge. Sollte Robert tatsächlich endlich eine Frau fürs Leben gefunden haben, dann würde sie wohl von ihrem Schlag sein, dachte er, während er zu den Pferden hinüberging.

Als er Luna betrachtete, deren Bauch sich nun langsam zu wölben begann, beschloss er, die Dinge einfach so zu nehmen, wie sie waren. Und als er das Haus betrat, dachte er nur noch an Anna. Er schlich um das Telefon herum, erinnerte sich an die Zeitverschiebung und ließ den Computer hochfahren. Er lächelte still in sich hinein, während er Annas E-Mail-Adresse eintippte. »Annalovesjeff@t-online.de«, las er laut. Ja. Sie war wieder die Alte. Ihr Humor, ihre Zuversicht und ihre großen, mutigen Schritte – das war sie, so wie er sie liebte.

»Liebe Anna«, tippte er »wenn dir tatsächlich danach ist, es unter ungehobelten, launischen Viehtreibern, dickfelligen Bullen und unter einem manchmal gewalttätigen Himmel noch einmal zu versuchen, dann überleg dir, ob du deinen nächsten Urlaub in Down-Under-Wyoming verbringen willst. Bald ist Abfohl- und Kälbersaison, und du hättest alle Hände voll zu tun. Dann müssten wir nicht Watson aus Greybull holen, wenn‘s mal wieder ‚ne Hinterendlagengeburt gibt.

Übrigens: Randy arbeitet jetzt mit dem Join-up. Das ist kein Scherz, sagt Robert.

Und natürlich habe ich immer an dich gedacht«, tippte Jeff weiter, und er hätte in diesem Moment den Abend mit Usaami gern rückgängig gemacht.

»Hoffentlich bis bald, dein Jeff«, schloss er die Mail ab und speicherte sie als Entwurf. Er ging in die Küche, öffnete eine Dose Bohnen, goss Öl in die Pfanne und warf ein Steak hinterher. Dann machte er eine Flasche Budweiser auf.

Der Rechner lief noch, als er Teller und Glas geleert hatte, und er öffnete noch einmal OUTLOOK, rief seine Mail auf und schickte sie ab. Es war in Ordnung so.

37

Anna stellte den Computer an. Ungeduldig wartete sie, bis er hochgefahren war, und klickte sich in ihr E-Mail-Programm ein. Der Gong sagte ihr, dass sie Post erhalten hatte, und ihr Blick wanderte hastig über die Absender. »smith.rowlyranch@aol.com« las sie, und ihr Herz stockte. Vielleicht doch eine gute Nachricht, sagte sie sich, während sie auf das Öffnen der Mail wartete. Und dann lag der Brief vor ihr und die Entscheidung über Freude oder Leid. Sie flog über die Zeilen, las noch einmal, lächelte und stürzte schließlich zum Zimmer ihrer Freundin hinüber. Sie riss die Tür auf, fand sie ebenfalls vor dem Computer und blieb im Türrahmen stehen. »Lisa! Entschuldige den Überfall, aber ...«

»Du hast gute Nachrichten, was?«

»Jeff schreibt, ich solle meinen Urlaub in Wyoming verbringen! Lisa, weißt du, was das bedeutet?« Anna machte einen Satz durchs Zimmer und hängte sich um den Hals ihrer Freundin. Sie drückte ihr einen Kuss auf die Wange und setzte sich vor ihr auf den Boden. »Ich bin so glücklich. Ich glaub‘s noch gar nicht.«

»Ich freue mich für dich, Anna.«

»Ich werde gleich im Reitstall anrufen und absagen.«

»Das würde ich an deiner Stelle noch nicht tun«, erwiderte Lisa streng. »Immerhin hat dein Jeff doch nur von Urlaub gesprochen, und das klingt noch etwas verhalten.«

»Das ist so seine Art.«

»Ich würde den Job trotzdem nicht an den Nagel hängen. Wenn es ihm wirklich ernst ist, wird er auch noch vier oder sechs Wochen auf dich warten können.«

»Vielleicht hast du Recht«, sagte Anna. »Aber ich weiß gar nicht, wie ich das aushalten soll.«

»Du hast mir doch erklärt, dass du mit diesem Tschi ... wie

auch immer das heißt geduldiger und ruhiger geworden bist. Dann liefere dir selbst jetzt den Beweis dafür.«

»Ach Lisa.« Anna seufzte. »Du hast ja immer so verdammt Recht.« Sie stand auf und ging zur Tür. »Ich werde ihm auf jeden Fall eine Antwort schicken.«

»Akzeptiert«, erwiderte Lisa.

Anna wandte sich ihr noch einmal zu. »Besucht ihr mich dann?«

»Auf jeden Fall. Vielleicht früher und länger, als dir recht ist. Oliver ist nämlich ein Westernfan. Der wollte immer schon mal auf ‚ne echte Ranch.«

»Ich nehme dich beim Wort, Lisa.«

Anna schloss die Tür und ging in ihr Zimmer. Sie setzte sich umgehend an den Rechner und schrieb:

»Lieber Jeff,

du glaubst nicht, wie sehr ich mich über deine schnelle Antwort gefreut habe. Mir ist, als wäre ich aus einem bleiernen Schlaf erwacht, als würde mein Herz einen Purzelbaum nach dem anderen schlagen. Mir ist nach einem gestreckten Galopp über die Weiden, nach einem Schrei aus dem Fenster oder einem Heuler zum Mond. Es ist wie Pfeffer unterm Hintern oder Juckpulver unter den Achseln. Ich weiß noch nicht, wie, doch ich werde es schaffen, vernünftig zu sein und dennoch am Montag meinen Job anzutreten. Aber spätestens ein paar Wochen bevor Luna ihr Fohlen bekommt, bin ich da. Und dann werden wir hoffentlich alle Zeit der Welt haben.

In Liebe

Anna.«

Fast zwei Monate musste sich Anna gedulden, bis sie endlich wieder Wyominger Boden betreten durfte. Sie hatte sechs Wochen lang, wie geplant, mit einem Kollegen zusammen im Reitstall gearbeitet. Sie strich täglich die Tage auf ihrem

Kalender ab. Sie legte sich jeden Abend in Gedanken zu Jeff ins Bett, und ihre Telefonrechnung war ein einziger Schock. Aber dann, eine Woche vor dem Abflug, galoppierten die Tage und rasten an ihr vorbei wie scheue Pferde. Arbeitsübergabe, Visum, Koffer, Telefonate und endlich der Abflug.

Es war ein wunderschöner Nachmittag, an dem sie aus dem kleinen Flieger stieg und die klare Vorgebirgsluft von Cody einatmete. Auf der Ranch war Hochbetrieb, und alle Mann wurden bei der Versorgung der gebärenden Kühe, ihrer Kälber und der abfohlenden Stuten gebraucht. Tom hatte geheiratet und gekündigt, um mit seiner Frau nach Denver zu gehen, und Robert stand nur noch als halbe Kraft zur Verfügung. Und so musste nun auch Jeff bei der Geburtshilfe mit anpacken.

Anna stieg in den vorgebuchten Leihwagen und machte sich auf den Weg zur Ranch. Eine dünne Schneedecke lag über der Prärie, und die Absarokas waren noch in ein einheitliches Weiß getaucht. Die Bergkämme stachen klar und scharfkantig in den blanken blauen Himmel, der fast unnatürlich wirkte. Nur der Rauch, der aus den höher gelegenen Ranchetten aufstieg, trübte diese fette, satte Farbe an vereinzelten Stellen und erinnerte Anna an die unglückselige Diskussion, die den ersten Schatten auf die Beziehung zu Jeff geworfen hatte. Sie würde diesmal vieles anders machen, denn – so hatte sie eingesehen – es kam nicht nur auf das Was, sondern auch auf das Wie an.

Die Sonne fiel tief über die Rowly-Weiden, als Anna zur Ranch hinauffuhr. Sie war so aufgeregt wie ein kleines Kind vor dem Heiligen Abend. Sie entdeckte Luna. Ihr pechschwarzes Fell bildete einen harten Kontrast zum Schnee, und ihr dicker Bauch schaukelte tonnenförmig zwischen ihren schlanken Beinen. Bald würde sie ihr Fohlen bekommen. Und mit diesem Ausblick wusste Anna, dass sie das

Geschehene als Vergangenheit annehmen konnte. Jeff hatte Usaamis Schweigen akzeptiert, und Osborn hatte andere, wichtigere Fälle zu klären. Niemand interessierte sich mehr für ein vergiftetes Pferd, das längst wieder über die Koppel lief.

Anna blickte aus dem Seitenfenster auf die Weide hinaus, bremste ab und spähte angestrengt zum Ostzaun. Ja, es war Jeff, der mit dem Rücken zu ihr eine Latte an den Pfahl hämmerte. Sie hielt an, stellte den Motor aus und rutschte vom Sitz in den Schnee hinaus. Sie rannte über die Weide. Die Pferde stoben auseinander, und Jeff drehte sich zu ihr um. Er hieb den Hammer in den Pfahl, wischte sich die Hände an der Jeans ab und zog seinen alten brauen Hut aus der Stirn. Anna blieb stehen und rang nach Atem. Sie spürte die kühle, klare Luft in ihren Lungen.

Ein Lächeln erfasste Jeffs Gesicht, und seine Augen schienen blauer und leuchtender denn je. Wie viel Bedeutung ein einziger kleiner Moment haben kann, dachte sie. Er würde immer in ihr lebendig bleiben.

Atemlos fiel sie Jeff um den Hals, und er drückte sie schweigend an sich.

»Endlich bin ich zu Hause«, sagte sie, als sich ihr Atem beruhigt hatte.

»Ja. Geh nicht mehr weg.«

Sie schüttelte den Kopf, und Jeff zog etwas aus seiner Jackentasche und hielt es ihr hin.

»Das Amulett!«, rief Anna glücklich. »Wo hast du es gefunden?«

»Zwischen den Matratzen im Bett.«

Sie lächelte, und Jeff legte es um ihren Hals.

Spencer und Bill ritten vorbei und zogen ihre Hüte. Pamela kam heran. Sie fragte, wie ihr Urlaub war. Anna lächelte, und Pamela schien zu verstehen. Jeff nagelte die letzte Latte zwischen zwei Pfähle, sammelte das Werkzeug ein und nahm ihre Hand. Sie gingen zu Luna.

Für den folgenden Abend hatte Robert ein kleines Fest in der Kantine angesetzt, und als Anna mit Jeff den sonst so kahlen Raum betrat, hatte er sich in eine Partyhöhle verwandelt. Unter der Decke hingen Girlanden, und auf den Tischen brannten Kerzen. Aus den hölzernen Lautsprechern schallte Countrymusic. Spencer kam mit einer Kiste voller CDs und seiner Mundharmonika herein. Bob folgte wenig später mit seiner Frau. Beide begrüßten Anna distanziert, aber freundlich.

Pamela hatte sich die Haare strohblond gefärbt und trug nagelneue spitze Cowboystiefel. »Schön, dass du wieder da bist«, sagte sie mit einem ehrlichen Lächeln und legte den Arm um Annas Schulter.

Spencer steckte wie immer in einer protzengen Jeans und hatte sich, ganz klassisch, ein blaurotes Tuch um den dicken Hals gewickelt. »Endlich mal wieder ‚n Grund zum Feiern«, sagte er mit einem breiten Grinsen, und Bill pflichtete ihm bei. Jason gab ihr seine raue Hand zur Begrüßung, ohne dass sich in seinem zerknautschten Adlergesicht etwas regte. Dann kam Robert herein. Er trug ein weißes Hemd mit steifem Kragen und wirkte alles in allem wie aus dem Ei gepellt. Sein volles weißes Haar war länger als sonst, und es wellte sich leicht in seinem Nacken. Er sah sich um, und Anna ging ihm zögerlich entgegen. Sie blieb abwartend vor ihm stehen, bis er lächelte. Dann umarmten sie sich innig. Robert trat schließlich etwas zurück und blickte sie streng an. »Du hast meinen Sohn ganz schön aus der Bahn geworfen, Anna. Eine Weile hatte ich Angst, er würde vollends den Boden unter den Füßen verlieren.«

»Es tut mir so Leid, es war ...«

»Schon gut, Anna. Ich bin ja froh, dass du wieder da bist.« Er legte die Hand auf ihren Arm. »Hat dir Jeff schon von Randy erzählt?«

»Ja. Kaum zu glauben ...« Roberts Worte erfüllten sie mit tiefer Zufriedenheit. »Dann war ja doch nicht alles umsonst«, sagte sie und dachte, wie sich im Nachhinein doch meistens alles zurechtrückt.

»Hi, Anna«, vernahm sie Usaamis Stimme hinter sich. Sie erschrak ein wenig, drehte sich um und sah sie verwundert an. Sie hatte ihr Haar auf Schulterlänge abgeschnitten, und ihr Gesicht war voller und heiterer als sonst. Anna begrüßte sie mit einem versöhnlichen Lächeln und sah Jeff mit dem Bier hereinkommen. Er stellte die Sixpacks Budweiser auf den langen Tisch, und Bill und Spencer langten sofort zu. Sie drückten die Deckel an der Tischkante hoch und ließen das Bier in ihre Kehlen gluckern. Rosy brachte kaltes Fleisch, Salat, Käse und Weißbrot und eröffnete das Büfett. Die Stimmung war gelöst, es gab eine Menge Gelächter, und als alle mit dem Essen fertig waren, gaben Spencer und Usaami ein kleines Konzert. Spencer mochte sich gar nicht mehr von seiner Mundharmonika trennen, aber Usaami stellte die Gitarre schnell wieder zur Seite.

»Heute gibt es erst mal Champagner«, rief Robert. Er ging in die Küche, kam mit einem Korb zurück und stellte vier Flaschen Moët & Chandon auf den Tisch.

»Meine Güte«, sagte Jeff und zog staunend die Stirn kraus. Ein Raunen ging durch den Raum. In dem Moment kam Joanna herein.

»Hi, Cowboys, hi, Ladys!«, rief sie aus, und alle grüßten zurück. »Anna! Wie schön, dass du zu diesem Anlass pünktlich wieder in Wyoming bist«, sagte sie und umarmte dann Robert.

Was für ein Anlass, fragte sich Anna. Sie hatte angenommen, ihre Rückkehr sei der einzige Grund für dieses Fest. Sie blickte fragend zu Jeff, aber er schien nicht minder erstaunt.

Robert öffnete den Champagner, und Jeff schenkte ihn in Weingläser aus.

»Danke, nein«, sagte Usaami, als Jeff ihr ein Glas hinhielt. Anna beobachtete ihre Blicke und entdeckte etwas Ermahnendes in dem von Usaami. Ihr Herz stockte.

»Keinen Champagner?«, fragte Jeff mit Erstaunen. Sie schüttelte den Kopf und erwiderte seinen Blick. Es war nicht mehr der verführerische Augenaufschlag von damals, es lag eher etwas Prüfendes darin.

Robert klatschte in die Hände, Joanna stellte den CD-Player aus, und das ausgelassene Geschnatter verstummte.

»Also Leute«, fing Robert an, und alle wandten sich ihm zu. »Unsere Anna ist zurück, und das ist gut so, denn nicht nur unsere Viecher sehen wieder entspannter und zufriedener aus.« Er lächelte zu Jeff hinüber. »Da ich jetzt nicht mehr im Mittelpunkt dieses Betriebes stehe und kaum noch gesellschaftliche Verpflichtungen habe – der Pastor hat mich ohnehin kaum zu Gesicht bekommen –, möchte ich heute endlich alle Karten auf den Tisch legen und euch an meinem großen Glück teilhaben lassen, auch wenn es die allgemeinen Konventionen durchbricht.« Robert winkte Jeff zu sich und stellte ihn neben sich. »Ich möchte euch meinen Sohn Jefferson Patrick Smith vorstellen.«

Alle standen sprachlos vor Robert und Jeff.

»Hab ich's mir doch schon lange gedacht«, sagte Spencer in die Stille.

»Wir sind doch nicht blind«, fügte Bill hinzu.

Jeff stand reglos mit einem verlegenen Lächeln auf den Lippen neben seinem Vater. Jason schwieg, und Pamela staunte mit offenem Mund. »Wieso?«, rief sie aus und wandte sich an Anna. »Wieso teilt er uns das jetzt erst mit?«, fragte sie leise.

»Weil er es auch erst seit einem drei viertel Jahr weiß.«

»Muss ich das verstehen?«, fragte sie, während Robert Usaami zu sich heranzog und ihr den Arm um die Schulter legte. Anna schüttelte den Kopf und starrte auf Robert.

»Und damit ihr ja nicht aus dem Staunen herauskommt«, fuhr Robert fort, »möchte ich euch jetzt mitteilen, dass Usaami und ich im Mai heiraten werden.«

Nun regte sich gar nichts mehr im Raum. Alle starrten auf das ungleiche Paar und sahen sich dann verdutzt an.

»Ne«, sagte Jason, der neben Anna stand, »das ist mir zu viel.« Er ging zum Tisch und setzte sich. Anna sah Jeff an, aber sein Blick war auf Robert gerichtet. Er schüttelte den Kopf, lachte, schüttelte wieder den Kopf und stieß mit Robert an. »Und warum erfahre ich das erst jetzt?«, fragte er, und Anna sah, dass ihm die Tränen in den Augen standen. Robert schwieg, und Usaami lächelte zufrieden in Roberts Arm. Sie wirkte auf einmal so weich und weiblich, als wäre sie ein anderer Mensch geworden. Anna kam aus dem Staunen nicht mehr heraus. Ihr Hirn arbeitete auf Hochtouren, und sie suchte Jeffs Blick. Endlich lächelte er zu ihr hinüber und zuckte die Schultern.

»Ich weiß«, erhob Robert noch einmal seine Stimme an alle, »dass es nicht gerade den allgemeinen Vorstellungen vom sauberen Familienleben entspricht, einen unehelichen Sohn zu haben und eine Frau zu heiraten, die indianischer Herkunft ist und meine Tochter sein könnte. Aber ich weiß auch, dass ich es hier mit Menschen zu tun habe, die ein großes Herz besitzen, und deshalb möchte ich jetzt mit euch feiern.«

Alle bis auf Jason hoben erneut ihre Gläser und prosteten Robert, Usaami und Jeff und schließlich Anna zu. Joanna stellte die Musik an, die Stimmung begann sich allmählich zu entspannen, und nach einer Weile war es lauter im Raum als zuvor. Anna war die Überraschung auf die Blase geschlagen, und sie ging zur Toilette. Als sie die Tür zum Vorraum aufstieß, fiel ihr Blick auf Usaami, die über dem Waschbecken hing. Sie war kreidebleich. »Geht es dir nicht gut?«, fragte sie.

»Mir ist kotzübel«, erwiderte Usaami.

Anna blieb hinter ihr stehen. »Du bist doch nicht ...«

»Doch«, erwiderte sie, »ich bin schwanger.«

Anna seufzte. »Also noch eine Überraschung!«

Usaami hielt sich den Bauch. Sie beugte sich noch einmal über das Waschbecken und übergab sich und spülte dann ihr Gesicht ab. »Tut mir Leid ...«

»Kein Problem. Hauptsache, ihr freut euch darüber«, sagte Anna. Sie konnte das alles immer noch nicht fassen.

Usaami nickte und lächelte schwach. Anna nahm Bürste und Seife und wischte das Becken sauber, während sich Usaami das Gesicht trocknete. Dann schloss sie sich in der Toilette ein und hörte, wie die Tür zur Kantine zufiel.

38

Jeff stand mit seinem Vater etwas abseits an der Wand. Sie schwiegen eine Weile, und er sah zu Bill und Spencer hinüber, die, von Bier und Champagner benebelt, in eine dichte Rauchwolke gehüllt, mit Bob am Tisch saßen. Anna stand mit Pamela und Bobs Frau zusammen. Jason war ohne ein Wort verschwunden, und Usaami hatte sich entschuldigend zurückgezogen, um frische Luft zu schnappen.

Jeff dachte daran, was Anna ihm gerade erzählt hatte, und dann an das Zusammensein mit Usaami. Es machte ihn beklommen.

»Usaami ist schwanger, nicht?«, sagte er schließlich mit gesenktem Blick.

Robert sah ihn verwundert an. »Hat dir Usaami das erzählt?«

»Nein, Anna. Sie sind sich im Bad begegnet. Usaami ging es nicht gut.«

Er nickte. »Ich wollte uns eigentlich erst mal mit dieser Nachricht verschonen. Zu fettes Essen ist schwer verdaulich. Aber ...«

»Wie lange geht das schon mit euch?«

»Seit letztem Sommer.«

Jeff nickte. »Und warum hast du mir und Anna das alles verschwiegen?«

»Weil ... ich weiß auch nicht, Jeff. Vielleicht war es Feigheit. Ich fand ... Also ich dachte, dass du das vielleicht lächerlich finden würdest. Dein Vater heiratet im Alter von fast siebzig Jahren eine Frau von Mitte dreißig, und dann ...«

»Ich bekomme also einen Bruder oder eine Schwester. Wer hätte das gedacht.« Jeff kickte ein Stück zerknüllte Girlande mit der Stiefelspitze von sich weg.

»Schaut so aus, Jeff«, entgegnete Robert und blickte zur

Tür. Usaami kam wieder herein und gesellte sich zu den Frauen. Robert lächelte kurz zu ihr hinüber. »Ich werde mal ein paar Flaschen Wasser holen. Bin gleich wieder da«, sagte er und verschwand in Richtung Küche.

Jeff beobachtete, wie Usaami sich von den drei Frauen löste und sich allein in die Ecke neben der Toilettentür stellte. Er zögerte und ging schließlich zu ihr hinüber.

»Du bist immer wieder für Überraschungen gut«, sagte er.

Sie lächelte und zog die Augenbrauen hoch.

War das, geplant?«

Sie schüttelte den Kopf.

»Glücklich?«

Sie nickte.

»Bitte tu das, was du mit mir gemacht hast, nicht noch einmal«, sagte Jeff.

»Nein«, erwiderte Usaami ernst.

Einen Augenblick lang herrschte Schweigen, und Jeff sah, wie sein Vater mit dem Wasser kam, ihnen zulächelte und sich zu Bob an den Tisch setzte.

»Wann ist es denn so weit?«, fragte Jeff.

Usaami schwieg und schaute zu Boden.

»Hey, ich habe dich was gefragt.«

»Mitte September.«

Er zählte zurück und erstarrte. Usaami zuckte die Schultern. Sie wandte sich ab und ging zu Robert hinüber.

Jeff blickte ihr nach, sah, wie Robert aufstand, ihr ein Glas Wasser hinhielt und den Rauch, der aus Spencers Zigarette in ihre Richtung zog, von ihr fortwedelte. Er legte seine große Hand an ihre Wange, küsste sie auf die Stirn und sagte etwas zu Bob. Dann erhoben sich beide und verschwanden aus der Tür.

Jeff bemerkte Annas prüfenden Blick und wich ihm aus. Er sah sie auf sich zukommen, und sein Magen krampfte sich zusammen.

»Ich glaube, ich muss auch mal an die frische Luft«, sagte er, als sie vor ihm stand.

»Ich komme mit«, erwiderte sie ernst.

Gemeinsam traten sie auf den Hof hinaus und gingen schweigend an der Remise entlang, unter der Twister und Dreamer standen. Dann hielt Anna plötzlich inne.

»Hast du mit ihr geschlafen?«, fragte sie.

Jeff spürte, wie sich alles in seiner Brust zusammenzog. Er konnte kaum noch atmen.

»Hast du mit ihr geschlafen?«, wiederholte sie eindringlich ihre Frage.

Er blickte zu Boden und nickte.

»Okay«, sagte Anna. »Es musste wohl sein.« Sie atmete tief durch und lehnte sich an den Zaun. »Hauptsache, dein Vater erfährt nichts davon. Sie sind ja sicher nicht erst seit Anfang des Jahres zusammen.«

Jeff schwieg und hoffte, dass Anna ihm keine weiteren Fragen stellen würde. »Es war nicht wichtig, für uns beide nicht. Es war einfach ...«

»Ich weiß, was du sagen willst, Jeff. Aber ich denke doch, dass es wichtig war. Jetzt ist es wirklich vorbei, und wir können neu anfangen. Ich denke, ich werde damit fertig. Ich habe kein Recht, sauer zu sein. Ich habe dich schließlich verlassen.«

Anna bewegte sich langsam in Richtung Kantine, und Jeff folgte ihr. Er dachte an seine erste Begegnung mit Robert, als seine Mutter mit ihm auf die Ranch gefahren war und ihn als einen guten alten Freund vorgestellt hatte, den er Onkel nennen sollte. Und er dachte an Paul. Und schließlich versuchte er sich das Kind vorzustellen, das im September in Usaamis Arm liegen würde. Dann spürte er Annas Hand auf seinem Arm.

»Du wirst bald einen Bruder oder eine Schwester haben, Jeff«, sagte sie mit einem flachen Lächeln.

Er nickte und hoffte, dass es so sein würde.

Am nächsten Morgen fuhren sie auf die Weiden hinaus, halfen frisch in den Schnee geborenen Kälbern auf die Beine und versorgten die Kühe mit Heu. Robert hatte sie gebeten, nach seiner alten Quarterstute zu sehen, die in diesen Tagen fohlen sollte. Sie war früher sein Arbeitspferd gewesen und ein robustes, kräftiges Tier. Er hatte sie mit den anderen Gebrauchspferden draußen gelassen. Sie brauche die Freiheit, um ein gesundes und hartes Fohlen zu gebären, hatte er gesagt. Und er behielt Recht. Jeff und Anna fanden ein Hengstfohlen an ihrer Seite. Es saugte zufrieden am Euter seiner Mutter. Nabelschnur und Nachgeburt lagen im Sand unter der Remise. Alles hatte ohne menschliche Hilfe so funktioniert, wie die Natur es vorsah.

Robert hatte ihnen angeboten, das Wochenende auszuhelfen, und so fuhr Jeff mit Anna in die Berge hinauf, eine Kiste mit Proviant und einige Körbe mit Feuerholz auf der Ladefläche. Es begann noch einmal zu schneien. Dicke, luftige Flocken fielen herab, und es waren vielleicht die letzten in diesem Jahr. Sie hüllten das kleine Haus, die Fichten und Kiefern, die es umgaben, in ein weißes Kleid, und Jeff schien es, als ob der Schnee nur für sie beide fallen würde. Er tauchte die Natur in tiefes Schweigen und ließ alle Gedanken an gestern und morgen verstummen. Was zurückblieb, war die Natürlichkeit, die Schönheit und Klarheit des Augenblicks und ein Gefühl grenzenloser Freiheit und Liebe.

Die Rowly Ranch und alle anderen sind echten Wyominger Ranches nachempfunden, ihre Namen sowie die der Bäche, zwischen denen sie liegt, sind frei erfunden, ebenso wie der Name der Umweltschutzorganisation. Das Bighorn Basin ist ein weites Becken im Nordwesten Wyomings unterhalb der Bighorn Mountains, nahe der Grenze zu Montana gelegen.